{ ANDRÉ MATHIEU }

# Rose
## Rose et le diable
### Tome 3

Les Éditions
Coup d'oeil

*Du même auteur, aux Éditions Coup d'œil :*
*La Tourterelle triste*, 2012
*L'été d'Hélène*, 2012

**La saga des Grégoire**
1- *La forêt verte*, 2012
2- *La maison rouge*, 2012
3- *La moisson d'or*, 2012
4- *Les années grises*, 2012
5- *Les nuits blanches*, 2012
6- *La misère noire*, 2012
7- *Le cheval roux*, 2012

**Docteur Campagne**
1- *Docteur Campagne*, 2013
2- *Les fleurs du soir*, 2013
3- *Clara*, 2013

**Rose**
1- *L'hiver de Rose*, 2014
2- *Le cœur de Rose*, 2014
3- *Rose et le diable*, 2014
4- *Les parfums de Rose*, 2014

*Aux Éditions Nathalie :*
Plus de 60 titres offerts, dont *Aurore* et les Paula.

Couverture : Jeanne Côté et Bérénice Junca
Conception graphique : Annie Ladouceur
Révision et correction : Pierre-Yves Villeneuve, Marilyne Chartrand

Première édition : © 2004, Éditions Nathalie, André Mathieu
Présente édition : © 2014, Les Éditions Coup d'œil, André Mathieu
www.facebook.com/EditionsCoupDoeil

Dépôts légaux : 1er trimestre 2014
Bibliothèque et Archives nationales du Québec
Bibliothèque et Archives Canada

Imprimé au Canada

ISBN : 978-2-89731-345-6

*Mieux vaut tenir le diable dehors*
*que de le mettre à la porte.*
Proverbe anglais

## Note de l'auteur

1. Quoique fondée sur des personnages réels, la tétralogie des Rose ne relève ni de la biographie ni du roman biographique. Beaucoup d'événements sont authentiques. Beaucoup d'autres furent inventés. D'autres encore furent importés d'ailleurs, comme les soi-disant apparitions de la Vierge qui auraient eu lieu à Saint-Sylvestre début des années 1950.

Le lecteur d'un roman doit se laisser entraîner par l'imagination de l'auteur et non par une vaine recherche de la vérité historique. Par exemple, pour en revenir aux apparitions, je les ai utilisées pour en symboliser une autre tout aussi flamboyante : celle de la fée télévision qui abreuvera de merveilleux la soif des masses bien plus encore que la Sainte Vierge précédemment.

On retrouve dans le contenu de la série un mélange de réalité et de fiction concocté depuis les souvenirs d'enfance d'un romancier qui a fait ressurgir en lui le garçon de huit ans qu'il était en 1950. Par conséquent, les dialogues furent écrits par cet enfant d'alors, et les textes, par l'auteur de maintenant.

2. Cette réédition de la série Rose comprend quelques modifications de noms de personnes en regard aux éditions précédentes.

Gustave Martin devient Gustave Poulin.

Rose Poulin retrouve son nom de fille : Rose Martin.

Suzette Bureau devient Lorraine.

Juliette Grégoire devient Solange.

Pierrette Maheux devient Suzanne.

Paulette Bégin devient Pauline.

*André Mathieu*

# Chapitre 1

Ce pauvre Ernest n'en revenait pas; il avait l'innocence éberluée, abasourdie, stupéfaite, quand il aperçut Rose qui sortait de la spacieuse maison des Jolicoeur à Sillery. Lui qui avait retardé d'un jour son retour à la maison malgré tout ce qui le poussait à revenir vite chez lui, comme les foins qui le pressaient, comme les gardes du perron de l'église qui le commandaient, comme ces inévitables clients braillards dont les chevaux trouvaient moyen en tout temps de l'année de perdre malencontreusement un fer.

Il ne voulait pas que l'on cancane à leur sujet, à lui et à Rose. Louis Grégoire surtout, qui était du voyage à Québec avec eux la veille et qui avait dû rire à belle gorge derrière son éternel cure-dents de ne pas les voir revenir dans la Beauce le soir même, ces deux-là.

Ignorant que la Rose Martin passerait la nuit là-bas, le forgeron avait voulu éviter un voyage de retour avec elle. Car Éva, sa femme, n'avait pas manqué de les voir partir ensemble dans le taxi la veille au matin. Et puis elle savait que durant son voyage aux États, à Lewiston, pour visiter son frère qui agonisait d'un cancer total, son mari s'était rendu chez la femme séparée pour lui réparer sa champlure. Ah! Ha!

La dernière chose que le quinquagénaire soucieux eût pu prévoir était que Rose couchât elle aussi à Québec pour ne regagner son village que le jour suivant. Voilà qu'une situation inconfortable prenait allure de patate chaude. Car l'homme avait bien quelques reproches à se faire lui aussi comme d'autres. Il admirait trop les femmes bien enveloppées et il se sustentait parfois à leur image, au point où cela frisait le péché au moins un peu plus que véniel, sinon le péché mortel lui-même... Et la Rose n'avait pas été sans le remarquer, elle qui était venue à la boutique de forge balader sa poitrine importante à deux longueurs du feu pour réclamer les services du forgeron en tant que plombier... Il avait bien effectué la réparation nécessaire, et sitôt après, il avait quitté la maison pour se rendre chez sa voisine Bernadette radouber une poignée de porte. C'est dans le cœur et dans l'âme que sa conduite n'était pas irréprochable. Bon chrétien, sans doute, mais bon catholique, ça, on pouvait en discuter. Assis dans son coin de la voiture, il se rongeait les ongles d'une main sans en donner l'air, tout en rongeant aussi son frein, ce qui s'écrivait en une ride profonde à côté du lieu du sourcil, maintenant déserté par les poils.

Si au moins il s'était assis à l'avant avec le chauffeur de taxi, mais un autre passager avait occupé la meilleure place le premier. Cet autre personnage, c'était un des gars à Boutin-la-Viande, Armand, l'homme le plus maigre au Canada, et qui pourtant, ne souffrait pas de tuberculose comme ce pauvre squelette ambulant d'Armand Grégoire revenu s'installer dans son camp réduit derrière le magasin général pour sans doute y mourir de sa consomption et, en attendant, faire peur à pas mal de monde avec son visage spectral qu'il promenait tout partout à toute heure du jour ou du soir.

— Pis, comment c'est qu'il va donc, ton Martial ? Finalement, il s'est-il fait opérer comme il devait le faire pour ses poumons ?

Le fils aîné d'Ernest souffrait lui aussi, comme tant d'autres, de la terrible tuberculose qui tuait quasiment un membre de chaque famille en ce temps-là. Et qui les faisait s'éteindre à petit feu toujours.

– C'est rien que pas de tes maudites affaires, toi, ça, Armand Boutin! fut-il répondu à ce fouineux tout racotillé dans des épaules sèches qu'il engonçait dans l'encoignure formée par la portière et la banquette grise.

L'homme attaqué parla sur un ton conciliant:

– Ernest, j'ai pas dit ça pour t'offenser, là, moé. De la consomption, c'est pas une honte, y en a quasiment à chaque porte. Mon frère en a fait, lui itou…

Mais l'autre ne démordit pas.

– Maigre comme un chicot comme que t'es, ça me surprendrait pas que tu le serais, consomption, toé itou, ça me surprendrait pas pantoute!

Les oreilles du chauffeur de taxi devinrent rouges comme un soleil couchant. C'est lui qui avait placoté de Martial Maheux avec Armand un peu plus tôt avant qu'Ernest ne monte dans la voiture avec eux. Quand même, il osa dire à son tour pour éviter la poursuite de la grosse chicane:

– Je l'ai vu, Martial, la dernière fois qu'il est venu par chez nous… Il m'a dit qu'il devait se faire ôter les côtes pis ensuite qu'il devrait guérir au complet avant de se faire rouvrir encore une fois la cage pour le poumon…

– C'est de même que ça se passe dans ces cas-là! jeta Ernest sur le ton de celui qui ne veut plus en discuter.

Et il porta son regard hors de la voiture noire.

Rose s'était arrêtée sur le trottoir de pierres plates pour y échanger un dernier mot avec Berthe, qui lui faisait peut-être des recommandations au sujet de sa belle-mère dont la femme séparée prenait soin dans la Beauce.

Ernest jeta un coup d'œil de ce côté-là et son regard tomba sur les formes évidentes de la femme, ce qui le troubla une fois de plus. De son œil droit, l'image des courbes charnues conduisait tout droit à sa concupiscence, et de son œil gauche s'échappait une accusation de péché de la chair lancée en direction de cette femme qui avait quitté son mari l'hiver précédent.

«Le vieux Gus, il devait pas la servir comme il faut, la Rose!» lui redisait souvent Louis Grégoire sur le ton de la confidence en mâchonnant son bout d'allumette, quand il venait faire son tour à la boutique de forge. «Ça y prendrait Philippe Boutin, la Rose, tu penses pas, toi, Ernest?»

Philippe, frère d'Armand, disposait d'un organe digne de l'étalon le mieux pourvu des maquignons de Pintendre, disait-on, et pouvait-on constater d'un simple coup d'œil puisque le pauvre homme ne parvenait pas, malgré l'ampleur de ses pantalons, à camoufler tout à fait ce cadeau de Grec de la nature débridée.

«Toi, mon Louis, tu pourrais peut-être ben y donner un bon service itou.»

«Trois, quatre fois par jour à maison, j'ai ma journée dans le corps quand c'est que je m'endors. Pis toé, Ernest, quand c'est que t'as ferré trois, quatre chevaux dans ta journée, tu dois être tanné de jouer dans le feu?...»

Propos d'hommes de peu de goût qui n'allaient jamais plus loin que des mots joyeux et sans conséquence, se disait Ernest. Car ni Louis ni Ernest n'auraient eu l'audace de sauter la clôture, ce que d'ailleurs chacun ne faisait par l'esprit qu'à moitié, une patte toujours enfargée dans les perches des barrières morales et religieuses, et l'autre pied bien à terre et en sécurité dans sa prairie propre.

La Rose portait une robe fleurie, légère, échancrée au cou. Des petites fleurs roses, couleur de sa peau, imprimées sur fond blanc. Le soleil, qui baissait en ce déclin d'après-midi, frappait dans son dos et sur ses cheveux, et conférait à toute sa personne un éclat lumineux qui enveloppait ses cinquante ans d'une aura de jeunesse que tant d'hommes et de femmes cherchent à garder toujours, même en se livrant à tous les pièges de l'illusion.

Ernest pensa à sa perruque et à ce sort que lui avait jeté le quêteux Labonté ce jour d'impatience où il l'avait abîmé de bêtises devant Lucien Boucher. Cette détestable calvitie picossait son ego chaque matin que le Bon Dieu amenait et avait failli lui coûter la vie quand, au retour de chez un guérisseur de Mégantic, l'autobus dans lequel il voyageait s'était écrasé contre une pompe à essence à Lambton… Quant au quêteux de Saint-Éphrem-de-Tring, il avait eu beau jurer qu'il avait levé son sort, le forgeron en doutait fort. Et les vertus de la lotion NIL-O-NAL, commandée par catalogue, pas plus que celles de la Vierge du cap à Foley, n'avaient fait émerger de ce désert inexorable occupant toute la surface de son crâne la plus mince toison, le plus fin duvet durable… Rien n'y croissait plus à part la honte de se voir chauve.

Le taxi Roy descendit de voiture pour se rendre au coffre arrière y déposer la petite valise de sa passagère. Elle jasait toujours sans avoir l'air de se préoccuper de ceux qu'elle faisait attendre. Ça la déciderait à venir et on pourrait prendre la route vers le pont de Québec puis la Beauce.

– La mère Rose, elle a pas l'air trop trop pressée à soir, lança Armand qui tournait en sa direction son visage tout en os et en rides grises.

Ernest ne dit rien. Il croisa les bras sur des pensées sombres. Le temps qui passe trop vite. Les vieilles misères du temps de la crise économique. Et ces dépressions nerveuses qui lui avaient valu la pire chose qui se puisse imaginer et que l'on ne saurait souhaiter à son plus grand ennemi : des électrochocs.

Le hayon fit un bruit sourd en reprenant sa place sur les bagages. Rose se laissa ouvrir la portière par le taxi et se glissa à l'intérieur, offrant à la vue des deux autres passagers la naissance de son opulente poitrine.

– Si c'est pas Ernest Maheux ! C'est ben pour dire, on est montés en même temps hier matin pis on s'en retourne en même temps à soir.

– Ouais !

– Moé, glissa Armand en redressant une épaule comme pour annoncer une victoire, ça fait trois jours que je passe à Québec.

Il ne lui fut rien répondu et l'homme se tourna la face vers l'avant tandis que le jeune chauffeur manchot reprenait sa place derrière le volant puis prenait un court moment pour glisser vainement sa seule main dans sa chevelure noire coupée court en brosse.

– Contente de voir que je vais voyager en bonne compagnie tout comme hier !

Le visage d'Ernest se transforma, s'éclaira, et son air taciturne du moment d'avant céda toute la place à l'expression du plaisir qu'il ressentait à entendre cette phrase favorable. C'est que la Rose Martin exerçait une emprise certaine sur les hommes qu'elle côtoyait. Car le non glacial qu'elle avait opposé à son mari avait aussi pour cause profonde parmi d'autres ce grand oui torride que sa chair avait de plus en plus de mal à retenir et qu'elle avait d'ailleurs laissé échapper avec un grand adolescent devenu son premier amant, ce soir même où tout le pays du Québec fêtait son nombril national tandis que le haut de la Beauce et des croyants de partout s'agenouillaient sur le cap à Foley pour assister au merveilleux spectacle imaginaire de la divine Madone.

Ce choix qu'elle avait fait d'un si jeune amant et le moment de leur fusion charnelle lui faisaient superstitieusement penser parfois que cela pourrait lui valoir à elle-même ou même à la paroisse quelque malheur envoyé par le ciel. Ou bien par l'enfer… Mais elle avait tôt fait de chasser de telles peurs qui en sa raison ne se pouvaient correspondre avec la grandeur de l'amour de Dieu envers ses créatures.

– Surtout que c'est une bonne machine qui va nous charrier! fit Ernest en se rajustant sur la banquette de manière à s'asseoir en biais vers l'intérieur, et donc vers elle.

– Ça, y a pas de soin!

– T'as fait c'est que tu voulais faire à Québec? lui demanda le forgeron, sans penser qu'il pouvait s'avancer là sur un terrain glissant.

Rose pensa au temps qu'elle avait passé en la très agréable compagnie d'Albert Hamel et un coin de son âme rougit, même s'il ne s'était passé que peu de chose entre elle et cet homme d'affaires voisin des Jolicoeur. Hamel qui, en ce moment même, embusqué derrière les tentures du salon, la regardait partir. Mais elle garda contenance et se félicita d'avoir soigneusement maquillé son visage avant le départ.

Quand l'auto se mit à rouler, elle salua l'autre femme de la main et balaya du regard la maison de ce personnage qu'elle avait connu à la dernière apparition alors qu'il était venu chez elle avec Berthe et Ovide, qui visitaient alors la vieille dame Jolicoeur dont elle était la gardienne soignante.

– Ben oui, à peu près tout! Pis toi?

– Ah! moé itou. J'ai eu c'est que je voulais su' Demers à Lévis pis là, j'ai pris le bateau de la traverse. Dans l'après-midi, j'ai acheté dans le gros su' Hamel et Hamel. Pis j'ai logé pour la nuitte à l'hôtel Saint-Roch.

– Hein!? s'étonna Armand, qui se retourna pour mieux questionner. J'étais là itou, moé. J't'ai pas vu pantoute, Ernest.

– C'est pas petit, ça, l'hôtel Saint-Roch, dit aussitôt le chauffeur de taxi.

Rose se taisait. Albert étant un des propriétaires de Hamel et Hamel, Ernest avait sûrement dû le voir en se rendant à la quincaillerie. Même qu'il le connaissait peut-être de plus longue date. Non, elle ne devrait pas poursuivre sa relation à peine commencée avec ce veuf élégant et galant, si plaisante soit sa présence et si charmant soit son esprit chevaleresque.

Elle ne craignait pas les Jolicoeur qui se montreraient discrets si devait se poursuivre cette relation; mais il lui apparaissait impossible de se fier à quiconque de son village, qui, l'apprenant, aurait vite fait d'arroser toute la paroisse de cette nouvelle à scandale. Il faudrait qu'elle écrive à ce bel homme riche de Sillery pour mettre un terme à un rêve trop court. Le péché dans cette histoire, si elle devait être rendue publique et colportée, ne serait pas issu de sa chair de femme, mais de l'esprit des gens. Et si sa séparation n'avait pas trop nui à son commerce de représentante en produits de beauté, cette fois, elle risquerait gros.

Comme pour ôter la pression de son âme et la remettre sur les hommes, elle dit à son tour:

— Pis c'est pas un hôtel qui a une ben ben bonne réputation non plus.

Le taxi intervint encore et voulut sauver le vernis de ses passagers masculins:

— Ah! ils ont vidé ça v'là pas longtemps! C'est pus un bordel, là, ça… Ben, ça jamais été un bordel, mais y avait des demoiselles qui se tenaient proche de là…

— Ben moé, j'ai rien vu pantoute! s'empressa de dire Ernest, qui commençait tout juste à se libérer d'une situation à scandale pour s'enfermer aussitôt dans une autre encore pire, pour avoir trop parlé sur son emploi du temps depuis la veille.

Armand Boutin, qui s'était rendu au Saint-Roch exprès pour avoir une fille, mentit à pleine bouche:

— Il se passe rien là. C'est des racontars, pas plus!

Le taxi sentit le besoin de donner un coup de balai à cette conversation glissante:

— Monsieur Maheux, dit-il en regardant dans son rétroviseur, avez-vous commencé vos foins?

– Ben maudit torrieu non! Faut que je commence les gardes du perron de l'église avant...

– Mais t'es fou, Ernest, tu vas tout gaspiller ta récolte, avertit Armand.

– J'ai dit : « commencer les gardes ». C'est ben entendu avec le vicaire lui-même que les journées où c'est qu'il va faire beau, je vas m'occuper de mon foin d'abord. J'ai tout mon été pour les finir, les gardes de l'église.

– Ça va prendre du fer en maudit, ça, dit le taxi.

– Pas pour rien que j'sus venu à Québec.

Il y eut une certaine pause. Avec des banalités, on avait coupé l'échange entre les deux passagers de la banquette arrière et Ernest se tut un moment afin de pouvoir ensuite continuer de parler avec la femme qu'il trouvait pas mal plus plaisante que ce fatigant d'Armand Boutin. Entre-temps, il prit plaisir à humer son parfum appuyé. Ce fut Rose qui enchaîna :

– Pis, penses-tu que la Sainte Vierge va apparaître encore samedi qui vient ?

– Crés-tu ça, toé ? Moé, j'sais pas trop quoi en penser !

L'homme ne donnait pas l'heure juste puisque son horloge intérieure avait, comme celle de bien du monde, sonné les grands coups lors des deux précédentes soirées où la Madone s'était soi-disant manifestée aux enfants de la veuve Maria Lessard, et il était allé jusqu'à demander pour lui-même la faveur de retrouver ses cheveux d'antan.

– Ça se parle pas mal à Québec, dit le taxi. Pour moé, va y avoir encore plus de monde autour du cap à Foley que les autres fois.

– Tant mieux, fit Armand en ricanant et rajustant son dentier dans une sorte de cliquetis de plastique. Moé, je vas louer deux fois plus de places pour les machines.

L'homme avait gagné plusieurs dizaines de dollars à transformer en aire de stationnement son terrain en bordure du rang Neuf.

Et grâce à ce revenu imprévu, il s'était payé une petite virée à l'hôtel Saint-Roch. Bonnes retombées économiques ne veulent pas toujours dire fins plus catholiques.

Ces apparitions de la Vierge avaient été montées de toutes pièces par Gilles Maheux, l'avant-dernier fils d'Ernest, qui avait utilisé un ingénieux stratagème pour tromper les enfants Lessard et leur faire croire qu'ils avaient vu la Vierge. Mais ce tour de passe-passe, comme bien d'autres dont il était friand, joué pour rire sans penser à mal, avait échappé des mains de son auteur à cause de la naïveté populaire et pris des proportions si grandes que le garçon lui-même en était venu à se demander si, en fin de compte, il n'y avait pas eu une véritable apparition le soir du premier juillet. Car comment expliquer cette histoire de cèdre ardent avec laquelle lui n'avait eu rien à voir! Un arbre, même sec, ne s'enflamme pas tout à coup à moins qu'il ne soit touché par le feu de quelque allumette divine... ou diabolique... C'est ce qu'on avait dit devant lui.

Mais Ernest ignorait que son fils avait préparé son coup dans le grenier même de la boutique de forge, à son nez et à sa barbe. Qu'il avait collé des morceaux de miroir sur un cadre entourant l'image de Notre-Dame-du-Perpétuel-Secours. Qu'il avait ensuite fixé des œillets au cadre et des cordelettes aux œillets pour manipuler de loin l'image sainte. Qu'il avait attaché sa patente à un arbre sur le cap à Foley. Qu'il s'en était servi pour éblouir les enfants crédules tout en les conditionnant à parler en langues afin qu'ils se mystifient eux-mêmes.

Mieux valait que l'homme n'apprenne jamais la vérité et ne sache pas que son fils était la source de cette fumisterie! Encore qu'à celui-là, il pardonnait plus qu'aux autres à cause de sa vivacité et de son audace. Et le garçon qui par deux fois avait voulu tout révéler, s'était tu par peur de son père et de tous, mais aussi parce que comme bien d'autres, il trouvait grand profit à cette histoire. Assistant bien rémunéré d'un jeune homme à l'âme commerçante, il vendait des objets pieux sur les terres du marchand général où se trouvait le cap des apparitions.

– Pour croire, moi, j'attends de voir, dit Rose.

– Pas sûr que la Sainte Vierge, elle va t'apparaître, à toé, jeta Armand avec un sourire de bisc-en-coin sans se retourner plus qu'à moitié.

La femme comprit son allusion et garda un silence d'accusée. Le taxi se mordait les lèvres pour ne pas rire. Ernest enterra le tout en même temps qu'il se pinçait le nez qui lui piquait :

– C'est certain que l'Église catholique va établir le pour pis le contre pis qu'on va savoir à quoi s'en tenir, ça sera pas trop long. Peut-être ben que le curé, quand il va revenir de Rome, fera la lumière sur cette histoire-là sans que ça prenne trop de temps. Ça peut même se discuter comme c'est là avec le pape Pie XII… Ben… admettons que ça soit pas vrai que la Sainte Vierge apparaisse, le Bon Dieu, lui, c'est partout qu'il est, tout le monde sait ça. Ça veut dire qu'il est sur le cap à Foley itou pis que c'est pas pire ceuses qui vont le prier là que ceuses qui vont le prier dans l'église. S'il t'exauce quand c'est que t'es à l'église, il peut le faire pareil quand c'est que t'es sur le cap à Foley. Mieux, parce que y a plus de monde là, parce que y a plus de foi là.

– Lui as-tu demandé quelque chose au Bon Dieu sur le cap à Foley, toi ?

Ernest sentit ses oreilles rougir comme la crête d'un coq à cette question de Rose. Comme si, lisant en lui, elle voyait qu'il avait prié pour le retour de ses cheveux sur sa luisante boule de billard.

– Ça doit ben ! Qui c'est qui a pas quelque chose à demander au Bon Dieu un jour ou l'autre ? Y a mon beau-frère Fred qui est venu des États pour se faire guérir de son cancer. On sait pas, des fois… Des miracles, ça arrive !

Le taxi ne put se retenir d'intervenir une fois encore :

— J'me demande pourquoi c'est faire que le monde, ça tient tant que ça à la vie ! Quand je me suis fait couper le bras, moi, v'là trois ans, j'étais assez ben : je m'endormais comme ça, tranquillement, pis tout était beau ! Y a des beaux drôles qui m'ont fait un garrot pour empêcher le sang de couler... La mort, c'est probablement c'est qu'il peut nous arriver de mieux ! Le Blanc Gaboury, il a compris ça, lui. Pis Armand Grégoire itou. Pis Dominique Blais...

Rose frémissait à chaque phrase qu'elle entendait et même, elle gémissait intérieurement. Et ça se traduisait par des mains qui se croisaient et se décroisaient nerveusement.

— C'est certain que faut y passer tout le monde, mais le plus tard qu'on pourra, c'est pas une mauvaise idée non plus, hein ! dit Ernest, qui percevait le trouble de sa voisine de banquette.

Armand Boutin prit la parole :

— Faut dire que Blanc Gaboury pis Armand Grégoire, sont consomption jusqu'au cou : quand même qu'ils voudraient s'accrocher après les cordeaux de la vie, ils pourraient pas. La mort leur pend au bout du nez à tous les deux... Pis Dominique Blais, lui, il se sacre de tout' !

Pensant à son fils aîné qui pourrait aussi mourir prématurément, Ernest jeta à ceux d'en avant :

— Maudit torrieu, les gars, parlons donc de la vie au lieu que de parler de la mort : le voyage serait plus plaisant pour tout le monde, hein, Rose ?

Elle se fit sentencieuse pour affirmer de sa voix la plus pointue :

— La vie est un don du ciel et il faut en prendre soin.

Armand insista comme pour narguer :

— Reste que c'est pas en se fermant les yeux qu'on repousse la mort. T'es quasiment mieux d'y penser. Quin, prenez le Léonard Beaulieu : si... y arait pensé à la mort en grimpant dans son poteau, probable qu'il se serait pas fait électrocuter l'autre jour.

Le taxi enchérit :

— C'en est un qui a pas souffert pantoute, ça ! C'est ben mieux mourir de même que… d'traîner son agonie des années de temps comme le Blanc Gaboury…

Rose conservait son visage de cire sous ses lunettes et son maquillage. Elle évitait de se rendre à la poste aux heures d'arrivée des sacs de malle pour ne pas croiser le Blanc, elle changeait de trottoir quand Armand Grégoire venait, elle n'achetait plus de pain au magasin parce qu'il était livré par le boulanger Audet, un autre tuberculeux. Et quand le Martial venait chez lui, heureusement pas souvent, elle laissait au moins deux semaines s'écouler avant de mettre les pieds au magasin d'Éva. Parfois, elle faisait un cauchemar et se voyait, elle aussi, étendue de tout son long sur un grabat, cachectique, le visage exsangue, le souffle à moitié asphyxié, attendant la mort comme cette pauvre Rita Nadeau, crachant ses poumons comme la Octavie Buteau… Pouah !

Elle cherchait en sa tête un sujet fort pour faire dévier la conversation tout en s'assurant qu'on ne reviendrait pas sur quelque chose de macabre et il lui en vint un :

— Coudon, y en a-t-il de vous autres qui ont vu l'étranger arrivé dans la paroisse ? Tout le monde en parle, pis moi, je l'ai jamais croisé. Ça serait-il un fantôme qui se manifeste à d'aucuns pis pas à d'autres ?

— Quoi c'est que tu lui veux ? jeta Armand sur un ton désabusé.

— On est toujours curieux de savoir qui c'est ça, un homme qui fait parler autant de lui.

— Parlez-vous de Jean Béliveau ou ben de Germain Bédard ? demanda le taxi. C'est drôle qu'ils viennent de Victoriaville tous les deux pis qu'ils se connaissent pas pantoute…

— Lui qui s'est installé dans la maison à Polyte, là…

— C'est Bédard. Oui, c'est pas un homme ordinaire. Il s'est fait passer pour un autre un bout de temps.

— Bernadette a dit ça, oui.

— Il prétend qu'il sait ni lire ni écrire.

— Ti-Noire Grégoire a dit ça, oui.

— Pis là où c'est qu'il passe, paraît que y a de quoi qui casse ! dit Ernest.

— Comment ça ? demanda Rose.

— Ben… il était là quand c'est que le petit Beaulieu s'est fait tuer dans le poteau… Pis il a mis la main dans le coulage du ciment du perron de l'église, pis l'orage à défait tout ça en marde de chien ensuite… Pas mal étrange, l'étranger !

Elle dit en le regardant plus bas que les yeux :

— Tu le connais, toi ?

— J'ai parlé avec lui. Ben *smart*, ben poli. Il a l'air de rien. Mais ça… J'y ai donné le conseil de louer la maison à Polyte… J'ai-t-il ben fait ? Ça, je le sais pas… Rachel, ma fille, elle dit que c'est un homme fiable… Étrange, mais fiable… Mais ça, c'est elle qui le dit… Il va faire quoi pour gagner sa vie par chez nous ? Travailler à la manufacture des Blais ? Ou peut-être ben à la manufacture de chemises que les Bilodeau veulent ouvrir avec les Juifs de Montréal ? Mais ça, c'est pas encore fait'…

Ernest se tut. Déjà, on approchait du pont de Québec et cette structure métallique, pour lui gigantesque, le faisait toujours rêver. Rêve d'enfance fait de grandes nouvelles : nouvelle de la chute de l'arche du côté sud en août 1907 alors qu'il avait tout juste 8 ans, puis de la chute de la travée centrale en septembre 1916. L'homme se sentait impressionné, comme subjugué chaque fois qu'il franchissait cette merveille d'ingénierie moderne dont on disait qu'elle était le plus gros pont cantilever au monde. Quelle fierté pour le Canada, et surtout, pour la province de Québec ! Un championnat mondial à nous autres, ça vous fait tournoyer, tourbillonner quelque chose dans la poitrine.

Les autres aussi se turent. Comme si soudain chacun avait été enveloppé d'un respect religieux.

Quand l'auto eut dépassé le pied de la dernière poutrelle verte, Ernest déclara :

— Le petit journaliste a pas mal ben parlé au micro samedi passé. L'avez-vous entendu quelqu'un ?

— Comment c'est qu'il s'appelait déjà ? demanda Rose.

Cette fois, Ernest parla avec plus de fini :

— Lévesque, René Lévesque. Un jeune homme très bien. Un petit monsieur ! Il a dit, pis je m'en rappelle comme il faut : « Nous avons toutes les raisons d'être fiers de ce drapeau lamé de courage qui flotte au mât de la paroisse… » Pis il a dit ça après avoir nommé tous ceuses-là de la paroisse qui ont donné leur vie pour leur patrie, le Canada.

— T'as mis les fleurs de lys du drapeau sur toutes les jalousies de ta maison, mais t'es même pas bleu, Ernest, t'as toujours été libéral, sourit Armand.

— Pis après ?

— Ben c'est le drapeau à Duplessis, tout le monde sait ça… Il est bleu, le drapeau, c'est pas pour rien !

— Le drapeau, mon Armand Boutin, c'est à tout le monde, ça appartient pas rien qu'à Maurice Duplessis. Bleu, rouge, vert, câille ou jaune, un drapeau, mon gars, c'est un drapeau, c'est tout ! De la couleur que ça voudra, faut respecter ça !

Armand n'avait pas envie de discuter ; il se renfrogna un peu plus et jeta sans le moindre intérêt :

— Ouais… si tu veux…

Il y eut une brève pause puis Ernest s'adressa à nouveau à sa voisine :

— Comme ça, t'as vu la maison à Ovide Jolicoeur ? Une vraie maison de monde riche, ça.

– Ovide, il fait de l'argent comme de l'eau. C'est pour ça qu'il reste à Sillery. J'ai passé la nuit là. Comme de raison, moi, j'connais pas beaucoup de monde à Québec. C'est un prêté pour un rendu parce quand ils viennent chez nous, je m'occupe de les recevoir ben comme il faut.

Que ce propos soulageait Ernest ! Les deux autres verraient bien ce qu'il y avait à voir, et rien d'autre. Et puis ça le rendrait éloquent devant Éva. Il préviendrait les coups et viderait son sac en arrivant à la maison de sorte que le moindre soupçon soit immédiatement et irrémédiablement effacé de l'esprit de sa femme. Et ce qui regardait mal dans les apparences deviendrait la preuve de sa fidélité au sacrement du mariage et aux commandements de l'Église catholique. Ah oui, maudit torrieu !

Il croisa les bras, respira un bon coup, l'âme en paix. Maintenant, il pouvait humer à son goût les parfums féminins ; maintenant, il pouvait laisser couler son regard sur ce beau gros buste qui se soulevait à chaque souffle de la femme.

\*\*\*

# Chapitre 2

Aux capiteux parfums de Rose vinrent bientôt se mélanger les odeurs de poussière du chemin gravelé et celle de foin coupé, et parfois, celle plus accusée du fumier animal dont les tas, derrière les granges, avaient été rasés puis étendus sur les prairies de culture céréalière et les jardins.

Chaque village traversé permettait de respirer du bon air odorant que les fleurs des parterres nourrissaient de leurs agréables relents ; et cela inspirait les voyageurs dans leur conversation ininterrompue. Ils ne cessaient de jacasser comme des pies, parfois dans la confusion de plusieurs voix ensemble, le plus souvent à deux, le taxi et Armand discutant de sujets qu'ils connaissaient, et les occupants de l'autre banquette devisant sur n'importe quoi, chacun faisant semblant de toujours s'intéresser hautement aux paroles de l'autre – fausse empathie d'un dialogue à moitié sourd !

Décidément, si Ernest s'était senti pétrifié cette fois où il avait réparé la tuyauterie de Rose, il se montrait tout à fait dégagé maintenant, protégé par la présence d'autres personnes.

Aux abords d'un pont de fer franchissant la rivière Chaudière, il demanda d'une voix qui remplit l'habitacle :

– As-tu connu le vieux Johnny Grégoire, toi, Rose ? Il vient de par icitte, Saint-Isidore de Scott... Lui, il disait : « Scotteu »...

– Un frère à Freddy pis Bernadette, ça ?

– Pas leu' frère, leur oncle. Un frère au vieux Noré, le père à Freddy, qui est mort en 1932, lui, l'année que j'sus venu m'installer dans la paroisse. Le Johnny, il a resté un an avec Freddy, mais la chicane a pris avec Manda, la femme à Freddy, pis il est reparti pour jamais revenir. J'pense même qu'il est mort v'là quelques années...

– Ben sûr que je m'en rappelle asteure! Il était toujours assis au coin du perron du magasin général à fumer sa pipe de blé d'Inde pis à chiquer, pis surtout à cracher noir comme du charbon. Il fallait faire attention pour pas piler dans ça en marchant sur le trottoir... Beurk! un vieux sale, pire que Jos Page.

– Pis Manda qui est propre sans bon sens, ça pouvait pas marcher longtemps dans la maison.

L'auto entra sur le pont étroit dont le tablier était constitué d'un grillage métallique laissant voir l'eau, et qui produisait au contact des pneus un chuintement caractéristique.

– Pis finalement, dit Rose en soupirant, notre Jean-Yves, il est rendu à l'hôpital...

Ernest leva les bras en signe de désolation et ajouta son commentaire sur la maladie mentale du fils des Grégoire:

– À l'asile, à l'asile, faut ben appeler un chat un chat. À Saint-Michel-Archange...

Le chauffeur, qui écoutait d'une oreille, intervint:

– Pis c'est moé que je l'ai descendu en bas. Il vivait dans un autre monde... Complètement perdu, le Jean-Yves. Parti dans les nuages...

Armand dit:

– J'ai su que c'est ta fille Rachel qui l'a trouvé caché dans la cabane à sucre à Freddy, Ernest. Elle a du flair, celle-là?

– C'est pas elle pantoute qui a pensé à ça, c'est le Pit Veilleux. Freddy, lui, voulait pas trop crère ça, pis le Pit a averti Rachel, qui a décidé d'aller voir. C'est comme ça que ça s'est passé, pas autrement. Après ça, elle a passé une journée avec lui pis Armand

Grégoire dans la maison rouge pour essayer de le ramener su' la terre, mais faut que la maladie fasse son temps. Freddy a décidé de l'envoyer en bas. Pour son bien à Jean-Yves. Sa mère, Manda, a passé dix ans à l'asile pis lui, ça va peut-être prendre autant pour le ramener… Qu'est-ce tu veux, c'est de famille, ça! Pas les Grégoire, là, mais du côté des Nadeau, la famille à Manda.

Rose dit:

– Ça fait que Rachel pis lui, ils vont pas se marier. Elle, moi, j'pense qu'elle va finir par marier le Cook Champagne. Il court après, ça fait longtemps. Elle, elle en voulait pas, mais souvent, ça change, ça… Il est tenace comme un chien bouledogue, lui. Il lâchera pas tant qu'il l'aura pas!

Devenu loquace, Ernest commenta:

– Le Cook, il est pas si baise-la-cenne que ça: quin, il vient de s'acheter un bazou su' Roland Campeau. La machine à Todore Gosselin qui a changé pour une flambante neuve, lui… C'est un petit gars ben travaillant, le p'tit Cook. Pis là, il fait vendre des médailles par les enfants sur le cap à Foley le samedi… Mon petit gars travaille pour lui pis il le paye ben comme il faut. Il est pas obligé de garrocher son argent partout comme les bûcherons pis les jeunesses aussitôt qu'ils touchent une cenne. Il voit à ses affaires, le Cook, pis moé, je le blâme pas pour ça. J'y ai vendu toute ma râche ce printemps: il m'a ben payé jusqu'à la dernière cenne.

Tout en écoutant son voisin, Rose pensait aux jeunes et moins jeunes hommes dont l'image travaillait sa chair souvent le soir quand elle se mettait au lit. La liste était longue: le professeur Beaudoin, toujours célibataire à 36 ans; Roland Campeau, qui devait avoir le feu au corps derrière ses apparences de gars tranquille et timoré; le beau Laurent Bilodeau, devant qui elle n'hésiterait pas une seconde à étendre ses *bloomers* à la tête de son lit si l'occasion improbable devait un bon jour se présenter;

et le Cook – pourquoi pas?; et Fernand Rouleau, dont on disait qu'il avait pas mal couraillé au fin fond de l'Ontario, et qui vivait séparé de sa femme indienne. Qui d'autre encore? Philias Bisson, ce garagiste séparé de sa femme – mais il avait la peau si huileuse, celui-là –; Léopold Bélanger, le frère à François, qui venait parfois passer deux ou trois mois chez sa mère; et le Pit Poulin, policier de l'autre village. Les candidats intéressants ne manquaient pas. Néanmoins, pas un seul homme marié ne figurait sur sa liste, quoique si Ernest avait essayé de la violer quand il était venu réparer sa champlure, elle n'aurait sans doute pas offert une résistance «majeure»… Mais le pauvre homme avait détalé comme un lapin sitôt payé pour son travail bien et vite fait.

Elle avait mis plusieurs mois à réfléchir et à se battre contre sa concupiscence avant de se décider à se choisir un amant. Et c'est un adolescent élevé par sa grand-mère, fils d'une femme séparée, qu'elle avait sélectionné. Non sans risques. Si le curé devait apprendre cela, il se fâcherait encore plus contre elle et pourrait lui nuire considérablement. C'est pourquoi elle avait ordonné au jeune homme d'attendre son prochain signe, un signe qui ne viendrait peut-être jamais.

Pour narguer le curé, elle avait pensé séduire le vicaire lui-même, tâche très faisable, savait-elle, mais là encore, les risques l'avaient retenue d'aller jusqu'au bout et elle s'était contentée de provoquer le prêtre dans le but de lui faire prendre conscience de la faiblesse de la chair…

– Il s'en est passé une bonne sur le cap à Foley, dit-elle soudain en touchant le bras replié de son interlocuteur, qui en fut tout remué. Notre bon vicaire a voulu aller effacer les pistes du diable avec Ti-Georges Champagne pis les deux sont tombés sur Ti-Noire Grégoire qui prenait un bain de soleil…

Les trois hommes se mirent à une écoute attentive et Rose poursuivit:

– Le vicaire a voulu y faire des remontrances, mais la Ti-Noire, elle a pas frette aux yeux pis elle s'est pas laissé démonter. Elle a abîmé le vicaire de bêtises. Elle a dit qu'il avait pas d'affaires là avec sa barouette de ciment, qu'il était pas chez eux, de s'en aller avec Ti-Georges... Pis le Ti-Georges, il a échappé la barouette qui a reviré à l'envers dans le bas du cap. Toute une histoire ! Paraît que le vicaire Ti-Toine, il avait pas rien que la barouette de revirée à l'envers quand il a vu la Ti-Noire pas de costume de bain sur le dos.

Ernest éclata d'un long rire sonore rappelant le bruit du tonnerre, et il fut suivi des deux autres hommes qui s'esclaffèrent sur un ton plus pointu. Le chauffeur de taxi battit même du moignon contre son flanc pour ainsi applaudir sans devoir lâcher le volant. Le forgeron reprit :

– C'est bon pour lui, le vicaire, y avait pas d'affaires là. Les pistes du diable, c'est même pas le diable qui a fait ça là, c'est des grosses bêtes qu'ils appellent des dinosaures... avant qu'il y ait du monde su' la Terre... Ti-Toine devrait pourtant savoir ça, lui, un homme instruit comme cent.

Et la conversation se poursuivit sur le même train joyeux, accompagnée par le roulement de la voiture sur la route de nouveau gravoiteuse et poussiéreuse qui les fit bientôt pénétrer dans la Beauce proprement dite révélée par des rives plus montueuses de la rivière Chaudière.

Noir quand il était seul dans sa boutique de forge, Ernest se transformait toujours en personnage exubérant lorsque des personnes s'amenaient devant lui. Et il ne manquait pas de faconde lors de ce voyage de retour chez lui après ses achats de ferronnerie et quincaillerie à Lévis et à Québec. Il en oubliait même son gros creux à l'estomac.

Par delà le long village de Sainte-Marie, l'auto eut une crevaison et il fallut s'arrêter pour changer la roue.

– De l'aide, ça ferait pas de tort ? dit Ernest au taxi.

— J'sus capable de faire ça tout seul, rétorqua le jeune homme qui cherchait constamment à prouver à tous qu'on peut tout faire quand même avec un seul bras si on est débrouillard.

De plus, il ne voulait rien devoir à personne. Mais on ne le crut pas et les deux autres hommes descendirent malgré tout.

— Comme ça, il va y en avoir moins pesant sur le cric, dit Ernest. C'est sur le bord à Rose, on pourrait la faire sortir du char elle itou…

— Ben non, pas besoin !

Et le jeune homme ouvrit le coffre qui contenait le nécessaire pour effectuer une réparation d'urgence, aussi les bagages parmi lesquels on pouvait voir plusieurs bouteilles de boisson forte.

— Maudit Dominique Roy, tu veux prendre tout un coup ! s'exclama Armand.

Le chauffeur rougit, tomba dans le piège et sans réfléchir, se défendit aussitôt :

— C'est pas pour moi. J'en ai pour Dominique Blais, pis pour le Cook Champagne…

— Le Cook ? Mais il boit pas pantoute.

— C'est pour vendre au monde samedi soir sur le cap à Foley. Faut croire que la boisson, ça aide à voir la Sainte Vierge. Il vend ça en cachette…

Ernest éclata :

— Ah ben, Sainte Viarge, on aura tout vu ! C'est Fortunat qui aimera pas ça : il va perdre de la clientèle, là, lui.

Armand commenta :

— Avec le monde qu'il va encore y avoir aux apparitions, l'hôtel va se vider de bière pis de boisson, pis Robert lui avec. C'est une ben bonne idée qu'il a là, le Cook.

— Une chance que le curé est pas là parce que des médailles miraculeuses mélangées avec de la boisson, il aimerait pas ça trop trop, opina Ernest en hochant la tête.

– Quand le chat est pas là, les souris dansent, dit le taxi en dévissant la roue de secours de son ancre.

Pendant ce temps, Rose en profitait pour se refaire une petite beauté en s'aidant d'un mini miroir rond enchâssé dans le couvercle d'un poudrier. Dans les replis de son cœur, elle évaluait maintenant ces trois hommes occupés à remettre l'auto sur quatre pneus solides. Ernest était déjà déclassé à cause de ses peurs et de sa femme. Quant à cet Armand Boutin, qui donc, à part une fille de joie, aurait pu vouloir de lui tant il était maigre, laid, osseux, mal attriqué et mal engueulé. Restait le jeune taxi. Pas trop pire à part son bougon de bras. Mais seul avec une femme dans une chambre, il aurait fondu comme neige au soleil. C'est peut-être pour ça que, sans même le savoir, il avait pu vouloir le perdre, son bras, pour mener ensuite une vie à part, une vie de solitaire parmi la foule…

À bien y songer, elle les trouvait pas mal mollassons, les hommes de son village, à commencer par celui qu'elle avait quitté pour cette raison précisément, ce Gus mou, sucré comme du *marshmallow*, servile comme le chien à Ernest, aplati comme une crêpe…

Les hommes se rapprochèrent de la roue défectueuse et leurs propos lui parvinrent distinctement par la vitre abaissée.

– Le meilleur garagiste qu'on a, c'est encore Philias Bisson, disait le taxi.

– C'est un bon mécanicien, mais il peut pas sentir d'arranger un *flat*, opposa Armand.

– Y a un *tire* qui lui a pété dans la face déjà…

L'esprit de la femme quitta ces propos légers et survola la rivière en un éclair puis les hauteurs boisées et les terres agricoles de même que les villages pour finir par s'arrêter au-dessus de la maison à Polyte dans le rang Dix de sa paroisse. Qui donc était-il, ce jeune homme mystérieux venu s'établir là? se dit-elle pour la dixième, la vingtième fois au moins.

Et pourquoi sans même le connaître se sentait-elle fascinée par lui ? Avait-elle lu quelque chose dans les yeux, dans les mots de celles et ceux qui lui avaient parlé de ce « survenant », que ce soit Bernadette, Ti-Noire, Jeannine Fortier, Rachel Maheux ou bien la femme de l'aveugle Lambert, Ernest, Jos Page, François Bélanger… Tout le monde ne finissait pas de parler de lui.

Il s'était dit au magasin que l'étranger avait fait venir de par chez lui des vieux meubles par le transporteur Dal Morin et qu'avec l'aide des filles à Georges Boutin, il avait tout rénové le dedans de la vieille maison condamnée, et qu'il y vivait tout seul sans électricité. Que vienne donc le temps des framboises et, innocemment, elle irait faire un tour dans ce coin-là où on pouvait en ramasser à la pelle. En espérant que le nouveau venu ne garde pas un chien méchant avec lui…

À raisonner ainsi et à rêvasser à propos de sa dernière obsession, Rose ne vit pas le temps passer et les hommes remontèrent en voiture. Ils s'échangèrent des banalités et on se remit en route.

Dans le bout de Vallée-Jonction, Ernest fit entrer sa voisine dans un sujet qu'elle aimait beaucoup : les produits de beauté. Il en apprit plus sur la question qu'il n'en avait jamais su jusque-là.

— Ouais, dit-il à un moment donné, ça doit coûter cher à une personne qui se met tout ça dans la face à tous les jours…

— C'est ça que font les actrices comme Rita Hayworth… ou ben Lana Turner.

— Pis Mae West, enchérit Armand.

— Mae West, elle est passée de mode, celle-là, dit Rose.

Dans un coq-à-l'âne, Ernest déclara sur un ton péremptoire :

— Les théâtres itou, ça va passer de mode. La télévision va tout faire fermer ça, c'tes salles-là. Moé, sont venus me voir, les genses de la compagnie France Film, pour que je déménage ma grange dans ma cour pour faire un théâtre avec, mais j'ai pas voulu. J'me serais ruiné complètement avec ça, moé. Je le savais que la télévision s'en venait: mon beau-frère des États me l'avait dit, ça, lui. J'en avais parlé avec Fortunat Fortier itou: il est renseigné sur tout ça, lui. Ah! ils m'ont pas embarqué dans leur bateau, eux autres, non, non, tu peux être sûre…

Rose écouta les hommes discuter entre eux de Saint-Joseph à Beauceville, et là, son voisin lui parla de ses ancêtres:

— Mon aïeul François s'est établi à Saint-Joseph. Il venait de l'Ange-Gardien sur le bord du fleuve. Pis son garçon prénommé François itou s'est établi à Beauceville, lui. Pis un de ses gars, ben ce fut mon grand-père. On est ce qu'on appelle une famille de vieille souche. Le premier est venu au pays dans les années seize cent…

Rose commençait à fatiguer de l'entendre raboudiner des vieilleries pareilles. Finalement, il en disait trop sur tout. Et cette voix de prêcheur de retraite fermée! Tiens, elle le ferait parler sur sa femme.

— Pis comment va Éva?

— Éva va comme il faut.

— Je l'ai vue, ça fait pas longtemps.

— Ah!

— Elle travaille trop: elle va ruiner sa santé.

— Pantoute! Quand on aime c'est qu'on fait, on ruine jamais sa santé à trop travailler à moins de travailler dans de la poussière d'amiante comme le Béni Fortier qui est mort v'là trois, quatre ans d'amiantose. Eux autres, ils disent que c'est de la tuberculose, mais c'est de l'amiantose: le p'tit Jean Marchand l'a ben dit…

— Pas pire que dans la poussière de charbon comme toé, Ernest, dit Armand sans se retourner.

— Y a de l'air qui circule tout le temps dans ma boutique, tu sauras ça, Armand Boutin.

Le sujet devenait à nouveau trop masculin au goût de Rose. Elle fit semblant d'écouter et entra en elle-même sur quelques milles pour tâcher de se reposer de parler.

Saint-Georges inspira le séparatisme. Saint-Georges Ouest, Saint-Georges Est : deux municipalités, deux conseils, deux maires, deux administrations. Le rêve de Lucien Boucher. Deux fois plus de pompiers, de fonctionnaires. Deux fois plus de vie politique. Moins de chances de se jalouser entre ceux vivant d'un côté de la Chaudière et ceux vivant de l'autre.

— Suffirait de nommer Lucien Boucher maire de toute la paroisse pour qu'il pense moins à la séparation ! opina Ernest. Quand c'est que tu prends les cordeaux dans tes mains, tu vois pas les affaires de la même manière.

— Radote pas, Ernest, le monde du village, ça votera jamais pour un gars des rangs.

— Ben moi, j'dis pas que je voterais contre lui, Lucien… C'est un homme qui se tient debout, même devant le curé.

— Es-tu pour la séparation, toé ? demanda Armand au forgeron.

— Oui… pis non…

Le chauffeur glissa :

— De ce temps-là, c'est qui intéresse le monde, c'est pas la séparation, c'est les apparitions.

— Va y avoir vingt mille personnes au village samedi dans le petit moins, jugea Armand.

— Fortunat m'a dit qu'ils vont faire une autre quête pour le perron de l'église, révéla Ernest. Ils vont le payer pis encore ben plus. Il va leur en rester pour refaire tout le dedans de l'église. Les Américains qui viennent, ça donne, ça donne… Mon beau-frère des États a donné vingt-cinq piastres à lui tu seul.

– Des apparitions pis des miracles, c'est aussi bon pour le monde de la place qu'une manufacture de chemises, ça, dit le taxi.

Ernest attisa le feu sacré :

– Il est question que le premier ministre Duplessis vienne faire son tour. C'est Pit Roy qui a dit ça. Il l'a su de la bouche du député Georges-Octave. Ça voudrait dire que ça se peut en maudit torrieu que les apparitions, ça soit la vérité...

Armand dit :

– On n'est pas plus gnochons, nous autres, que le monde à Fatima ou ben à Lourdes... ou Sainte-Anne-de-Beaupré...

Ernest montra son scepticisme mal assuré :

– La bonne femme avec une canne, qui s'est dit miraculée l'autre semaine, ça a pas toffé, son miracle. Parce qu'elle est revenue avec sa canne pis sa misère à marcher. Pis encore samedi, quand c'est que les enfants ont vu la Sainte Vierge, elle a lâché sa canne... C'est comme un cheval à la boutique : t'as beau le ferrer comme il faut, des fois, il te revient pas longtemps après en boitant pis faut que tu recommences ton ouvrage. Une guérison, c'est comme un ferrage, c'est pas sûr que ça tient tout le temps.

D'autres milles s'ajoutèrent. On s'éloigna de la Chaudière pour entrer dans les terres par la longue côte dite des Quarante-Arpents. La brunante étendait ses couleurs tamisées sur les feuillages des érablières et les champs de foin mûr pas toujours coupé. Le nuage de poussière derrière la Chevrolet était plus dense, car sur cette portion de la route, aucune huile n'avait été déversée sur la chaussée.

Bientôt, on fut à Saint-Benoît, lieu de naissance d'Ernest. Comme pour se sentir encore mieux, l'homme sortit sa pipe et sa blague à tabac, un sac jaune fabriqué à même une vessie de porc. En fumant, il oublierait sa faim et aussi peut-être les tentations que Rose faisait naître de plus en plus fort au milieu de sa personne. Elle susurra en se penchant vers lui, grand sourire dehors :

— Tu vas toujours pas t'allumer avant d'arriver à la maison ? La boucane chasse pas la poussière.

Il mentit sur le ton de l'amabilité complice :

— Ben non, je prépare ma pipe, c'est tout. Dans pas dix minutes, on arrive…

— Je me disais itou. Parce que moi, la boucane de pipe, ça m'asphyxie ben raide.

Il rétorqua avant de finir de bourrer sa pipe avec son pouce :

— Pis pour tout dire, le bon parfum d'odeur comme le tien, Rose, c'est pas mal mieux que la senteur du canayen fort…

— Ce que j'sais, en tout cas, c'est que y a pas une seule sorte de parfum qui est faite à base de tabac.

Dans un bruit de dents contre du bois, l'homme mit le bouquin entre ses lèvres et serra sa blague dans la poche de son veston étendu derrière lui sur le dossier de tissu gris.

— Quant à faire, tu vas peut-être attendre après souper pour allumer : probable qu'Éva t'aura gardé du fricot.

— D'abord que y a du Corn Flakes, du lait pis du sucre blanc, moé, je me bourre la face le soir. Pis de ce temps-citte, y a des bananes au magasin à Freddy, ça fait que…

Et ça se poursuivit ainsi, légèrement, de côte en côte, jusqu'au village. Armand Boutin fut le premier à descendre. Puis ce fut au tour d'Ernest quelques arpents plus loin. Il ne put voir Éva embusquée derrière un rideau et qui le fusillait du regard, lui mais aussi la Rose.

Ça commençait à bien faire. Monsieur qui voulait pas toucher à ses réserves de fer, et qui, l'avant-veille, avait le feu pour se rendre à Québec. Départ le même jour que la Rose. Monsieur ne reparaît pas le soir même, alors qu'il le devrait. Madame Rose non plus. Et voilà qu'ils refaisaient surface ensemble, assis en arrière tous les deux tandis qu'il y avait une belle place vide en avant. Ah! ha!

Tous les enfants étaient partis de la maison après le repas du soir, à l'exception de Rachel qui devait se trouver au fond de la quatrième chambre, à jongler dans les ravalements de son âme. Le chien non plus n'était pas là.

Dès qu'il mit pied à terre, le forgeron sortit une allumette de sa poche et la frotta vivement contre la jambe de son pantalon. Elle s'enflamma puis alluma le contenu de la pipe.

Sa femme aussi avait la flamme haute dans son œil courroucé:

« Il peut ben se cacher en arrière de sa boucane, celui-là! Pis la Gus, elle, qui montre la moitié de sa devanture! Elle peut ben dire qu'elle est plus jeune que moi d'un an, menteuse qu'elle est! »

Ernest regarda les jalousies de sa maison et s'enorgueillit une fois encore des fleurs de lis découpées de sa main, qu'il y avait apposées. Le patriotisme est une grande vertu, disait souvent le curé; et là-dessus, il avait tout à fait raison, pensait l'homme fier.

Quand elle le vit venir, Éva s'évapora. Il entra. Personne dans la cuisine. Rien sur la table. Le poêle mort. Tant mieux, au fond, se dit-il. Il n'aurait pas à se justifier, à répondre aux gros yeux de sa femme et à son picossage.

Il se dit qu'elle devait être à servir une cliente au magasin dont la porte était strictement fermée. Et il fit quelques pas vers la berçante où il jeta son veston gris, tout fripé par le voyage et par la chaleur de son dos.

Quelques instants plus tard, après avoir couché sa pipe sur une tablette et s'être attablé devant une grande assiette de flocons de maïs, ce fut à son tour de se faire friper. Éva apparut dans l'embrasure de la porte de leur chambre où il n'avait pas pensé qu'elle pût se trouver:

– Une belle heure pour revenir.

– Il est même pas neuf heures encore.

– Oui, mais vingt-quatre heures en retard.

– A fallu que je prenne le bateau de la travarse pour aller à Québec acheter dans le gros. Pis j'ai fini trop tard pour revenir hier.

– Pis tu reviens avec la Gus à moitié décolletée… Pis toi, regarde-toi, la *fly* ouverte…

Ernest pencha la tête et vit qu'en effet, la fermeture éclair de son pantalon n'avait pas été remontée. Il se sentit pris au piège, comme poigné les culottes à terre. Et il pensa que tout le long du voyage de retour, Rose avait dû se rendre compte de cela. Ses oreilles appelèrent le sang, mais elles en laissèrent abondamment pour ses tempes et son front. Il corrigea l'anomalie.

– Tu vas toujours pas penser que la Rose Martin pis moé…

– J'pense rien, c'est toi qui penses. Moi, je vois c'est que je vois, c'est tout.

La femme portait une robe à fond blanc avec de grands motifs verts qui tournoyaient comme des feuilles d'érable flattées par le vent. Elle s'avança jusqu'à lui :

– Assis en arrière dans le même char comme le roi d'Angleterre pis sa femme : c'est beau de voir ça… Ernest pis la Gus Poulin qui voyagent ensemble comme les grands de ce monde.

– Coudon, j'ai ben été obligé de m'assire là, Armand Boutin avait pris la place en avant. Il a débarqué su' Boutin-la-Viande pis on s'est retrouvés tu seuls en arrière, la Rose pis moé pour deux arpents… Y a rien là, là !

Il porta une pelletée de flocons à sa bouche et croqua tout en poursuivant :

– Avant que la chicane poigne, si tu crés rien de c'est que j'te dis, prends le téléphone pis appelle Berthe Grégoire à Québec : elle va te le dire, que la Rose, elle a couché là...

– J'te dis pas que t'as fait du mal avec, mais tu le savais qu'elle revenait rien qu'aujourd'hui pis t'as prolongé ton voyage pour revenir avec elle dans le même taxi, par exemple.

– C'est ben le contraire, j'pensais qu'elle reviendrait hier soir : tu vois comment c'est que tu peux te tromper.

Elle bougonna :

– Pis de quoi c'est que j'ai l'air, moi, aux yeux du monde du village ?

– T'as l'air de rien de ce que t'as pas l'air. À tous les jours, y en a qui voyagent à Québec par les gros chars, par autobus ou ben par taxi. Pis tout ça, c'est correct. Pourquoi c'est faire que tu te fais aller les plumeaux pour ça ?

L'homme continua à manger en hochant la tête et en haussant les épaules.

Éva se calma :

– La Gus, elle est allée là pour ses produits Avon, là, elle, je suppose ?

– Ça doit être ça : t'auras embelle à lui demander.

– Pis elle laisse la mère Jolicoeur tu seule ! Par chance que Bernadette est là.

– Ça, c'est des affaires qui nous regardent pas pantoute.

Elle soupira et fit quelques pas hésitants sans but précis.

– La Rose, j'sais pas pourquoi c'est faire qu'elle est pas restée avec son mari, elle.

– Ça non plus, ça nous regarde pas pantoute.

Il secoua la boîte de flocons de maïs :

– C'est tout ce qui reste de Corn Flakes, ça ?

– Tu l'as tout mangé.

Il se leva de table :

– Je vas en chercher su' Freddy.

Et il partit, laissant sa femme songeuse mais un peu penaude, car elle n'avait plus rien pour nourrir ses nombreux «Ah! Ha!» des derniers jours...

***

# Chapitre 3

Deux jours plus tôt, le mystérieux étranger se préparait à passer sa première nuit dans la maison à Polyte devenue la sienne pour quelques mois. Et peut-être plus selon la moisson qu'il pourrait faire dans ce milieu si catholique…

Bédard avait reçu des meubles durant la journée par Dal Morin qui s'était rendu les prendre à Victoriaville. Le lit était monté dans la chambre du premier étage. Le courant électrique était maintenant rétabli grâce à l'intervention de Parenteau et de son équipe de la Shawinigan Water and Power. Mais Jean Béliveau n'était pas venu ; on l'avait délégué pour assister aux funérailles de Léonard Beaulieu.

Il commença à pleuvoir.

Le bruit des grains de pluie frappant la tôle du pignon lui parvenait jusqu'en bas par la trappe ouverte. Il s'imagina dans une maison fantôme de Val-Jalbert, visité par des spectres du voisinage, puis organisant avec eux une danse macabre sur les couvertures de bardeaux à moitié effondrées.

À quelque distance de là, dans sa chambre, Solange Boutin avait dans l'âme le regard perçant de l'étranger et ça la projetait avec violence sur le mur du désir, sur celui de la peur, sur celui de la colère et sur celui de l'impuissance angoissante.

Bédard éteignit les lumières et s'étendit sur son lit. Le soir opaque pénétrait par la fenêtre et dessinait avec peine les encoignures de la chambre et la commode.

Il se dit qu'il irait la voir chez elle, cette Rose fugitive, dès le lendemain, pour lui acheter n'importe quoi. Ils seraient alors bien obligés de se connaître... bien obligés...[1]

Il se leva aux aurores et resta un moment assis sur le bord du lit, dans le même vêtement qu'au jour de sa naissance. Le mot d'ordre qu'il s'était donné en prenant la décision de se rendre dans cette paroisse lui revint en tête : « Voir sans être vu. »

Bien entendu que cela demeurerait une vision de l'esprit et un objectif à atteindre tant qu'on le verrait comme un étranger, car le temps de se faire oublier, celui de l'intégration première dans une communauté, est proportionnel à celui qu'on prend pour s'y faire connaître. Loin de vivre en reclus, il passerait donc beaucoup de temps, comme depuis son arrivée, à parler aux gens, à les côtoyer, à rendre son image familière.

L'air frais du matin entrait en abondance dans la chambre par le treillis de la moustiquaire installée dans le châssis de la fenêtre à guillotine. L'homme respira un bon coup et délia les muscles de ses bras, donnant l'air d'un animal incarné dans un corps humain tant les poils sur son torse étaient drus et noirs. Puis il sauta sur ses pieds d'un coup sec, avec l'agilité d'un félin, et se rendit à la fenêtre pour mieux voir dehors. Il bomba le torse, banda les pectoraux, les abdominaux, les biceps et tous les autres muscles qu'il exerçait ainsi tous les jours pour conserver le plus longtemps possible ce corps solide qu'il s'était fabriqué grâce à des habitudes de vie saines et à une volonté de fer.

En poursuivant ses exercices, il songeait à tout ce qui avait été fait – ou serait complété dans les prochains jours – dans cette maison depuis qu'il l'avait louée : nettoyage de fond en comble, pose des vitres, peinture à l'intérieur, électrification, mise en fonction de la pompe à l'eau, installation de toiles dans

---

1  Extrait du tome 2, *Le Cœur de Rose*.

les fenêtres et mise en place des meubles. Georges Boutin et ses filles lui avaient apporté beaucoup d'aide et grâce aux efforts combinés de tout ce monde, voilà que la maison à Polyte était maintenant habitable à l'année pourvu que soient faits en automne un bon nettoyage de la fournaise et un ramonage de la cheminée.

Puis il prit des serviettes dans le chiffonnier brun à devants bombés qui lui avait été apporté rempli de lingerie et de literie avec ses autres meubles par le transporteur et il se rendit dans la cuisine pour procéder à ses ablutions dont le rituel matinal était rigoureux et immanquable.

La pompe verte le servit généreusement d'une eau limpide dont il remplit d'abord un plat des mains. Puis il se lava tout le corps à la débarbouillette enduite d'un savon de magasin tout en sifflotant des airs connus de lui seul.

Il eut un peu de mal à lisser les poils touffus de ses sourcils et dut s'y prendre à quelques reprises en s'aidant du miroir suspendu au-dessus de l'évier. Par la suite, il se rendit dans la chambre quérir son nécessaire à barbe, tasse, savon à mousse, blaireau et rasoir, et il eut tôt fait de rendre la peau de son visage aussi douce que celle d'une pêche, malgré la rugueuse densité de ses poils après quelques heures de repousse.

Après s'être habillé d'un sous-vêtement style *boxer*, d'une salopette à la taille en coutil léger aux jambes repliées et d'un gilet de coton à rayures brunes sur fond beige, il se rendit dans la dépense et rapporta sur la table un plat de lait, du sucre et une moitié d'un pain de ménage, qu'il avait acheté de Marie-Ange, la femme à Georges. Et il déjeuna de beurrées faites de tranches de pain trempées dans la crème montée à la surface du lait, et saupoudrées de sucre.

Puis il retourna dans le garde-manger, une pièce étroite d'une douzaine de pieds de longueur remplie de tablettes elles-mêmes déjà à moitié bardées de victuailles non périssables :

cannages, pots, farine, sucre, biscuits, graisse, pois, fèves, gruau, flocons de maïs, moutarde, chandelles et plusieurs bouteilles de liqueur douce Opéra. Une dépense normalement garnie et semblable à celles des gens en général. Pour certaines denrées comme les œufs, les légumes en saison et la viande en conserve, il serait fourni par les Boutin propriétaires. Et il se passerait de viande fraîche jusqu'aux froids, si ce n'est de la saucisse à l'occasion quand il se rendrait au village chez Boutin-la-Viande.

Dans les semaines à venir, il verrait à se procurer du vin rouge en cruche et du whisky pour se concocter du caribou. Il buvait rarement, mais si d'aventure quelqu'un passait pas là... Et puis, il ne doutait pas que des gens le visiteraient. En tout cas, il multiplierait les invitations...

Et par toute la maison, pas un seul signe religieux: ni crucifix, ni croix noire, ni rameau bénit, aucune image pieuse. Rien qui permette de révéler son appartenance à quelque religion que ce soit. Mais il y avait une toile par pièce, et dans le prolongement de la cuisine qui servait de salon, au-dessus d'un divan, vert avait été suspendue une œuvre montrant une femme nue dont le pubis était néanmoins pudiquement recouvert d'un végétal.

Parmi les meubles se trouvait un harmonium qu'on avait placé contre la demi-cloison séparant les deux pièces, le meilleur endroit, lui semblait-il, pour tirer de l'instrument le maximum qu'il pouvait donner. Mais pas une seule fois, il ne l'avait essayé et le moment était venu de le faire. Il s'en approcha, se délia les doigts un moment et prit place sur le banc. Et bientôt, une musique quasi surnaturelle remplit la maison: puissante comme la forêt, imposante comme l'orage, à la fois élégante et tumultueuse, un air classique emprunté par l'Église catholique pour ses rituels funèbres, une œuvre qui vous enveloppe et vous transporte dans un autre monde ou dans un autre vous-même…

Le regard noir du personnage semblait briller de plus en plus à mesure que les secondes passaient. Il hochait la tête et fermait les yeux parfois comme un virtuose. Tout avenir, tout passé s'effaçaient de ses intentions, de ses volontés, de ses mémoires ; il ne restait plus dans l'air ambiant que les vibrations graves des notes frénétiques d'une messe de requiem emportant son âme insondable vers le pays des rêves profonds.

Puis il cessa de jouer tout net, au beau milieu de la pièce. Et se mit la tête en biais pour songer. Il était fin prêt pour ce qu'il appelait sa « moisson des âmes ». Son habitation ne demandait plus grand-chose. Même les fenêtres de tout l'étage avaient des toiles jaunes avec frange, corde et anneau. Elles n'étaient toutes abaissées qu'à demi de sorte que la lumière du matin entrait maintenant à profusion.

Il se leva et retourna dans sa chambre où il s'approcha d'un coffre brun sanglé et cadenassé, placé à côté de la commode. Il le regarda avec intensité, comme si ce contenant recelait tout un monde à lui seul. Il resta un moment debout devant puis s'agenouilla et composa la combinaison du cadenas.

De toutes les choses rapportées par Dal Morin de Victoriaville, ce coffre, à la demande de son propriétaire, était celle ayant requis le plus d'attention et de soin dans son transport.

« Veux-tu ben me dire c'est que y a là-dedans ? C'est même pas pesant… » avait dit Dal.

« C'est mon coffre au trésor ! » de répondre alors Bédard.

Il souleva lentement le couvercle. Son regard plongea à l'intérieur. Et comme si le contenu avait produit son propre éclairage, il sauta aux yeux de l'homme des lueurs coruscantes révélant une puissante accointance entre les objets vus par lui et son esprit qui voyait.

Mais ce n'était pas le moment d'utiliser ces choses. Il y avait trop à faire au village. Trop à entendre. Trop à provoquer. Trop à savoir. Et il ne possédait qu'un esprit, qu'une chair, que deux bras et deux jambes pour voir à tout cela...

Il restait du temps avant son départ. Il l'utilisa pour aller réfléchir un peu au second étage où les chambres étaient à peu près vides. Il sifflota, et les murs et les plafonds de planchettes brunes lui répondirent en écho. Il demeura plus longtemps dans celle incluant un coin victorien en forme de demi-tour ; c'est là qu'il envisageait passer beaucoup de temps futur. Les conscrits déserteurs avaient cloué une échelle sur le mur durant la guerre et construit une passerelle de fortune plus haut afin de surveiller les environs et pour être capables de voir aussi loin que la plus haute côte du rang. Pendant des mois, ils s'étaient relayés en ce lieu d'observation pour éviter de se faire surprendre par la police militaire. Quel meilleur réduit que celui-là pour faire ce qu'il avait à faire !

Il se rendit à l'échelle, vérifia la solidité des barreaux, grimpa et se retrouva sur l'étroit plancher. Tout était fort et sain. Il ne restait plus qu'à ôter les planches en X recouvrant les deux petites fenêtres, mais cela ne pouvait se faire que par l'extérieur ; et Georges avait promis de venir avec une très longue échelle aussitôt qu'il le pourrait, c'est-à-dire quand ses travaux de la ferme lui donneraient une heure ou deux de répit.

Il faudrait poser une tablette sur le mur pour y installer une lampe à l'huile, car pour l'heure, pas question de conduire le courant électrique plus loin qu'au premier étage de la maison !

L'homme put néanmoins examiner les environs à travers les planches de protection. La vue portait loin, comme l'avait dit Georges. Jusque sur le dessus de la côte à Pitou Poulin. Et à travers le feuillage vers l'ouest, on pouvait apercevoir plusieurs portions de la voie, qui menait à l'entrée du bois et que longeaient des digues de roches.

«T'auras pas trop le mal du pays par icitte?» lui avait demandé Georges avant de faire planter les poteaux pour soutenir le fil électrique.

«Je me sens chez moi partout où c'est que je vas.»

Un pic-bois matinal se fit soudain entendre. L'étranger sourit. Il était temps de partir pour le village.

\*\*\*

# Chapitre 4

Tout était encore fraîcheur et humidité quand il sortit sa bicyclette de la remise à bois jouxtant la dépense. La journée s'annonçait brûlante : quelle importance, il n'avait pas peur de la chaleur ni du froid non plus et encore moins de l'orage.

Il marcha à côté du vélo. C'est ainsi qu'il faisait toujours entre la maison et l'orée du bois pour mieux respirer les odeurs sylvestres et permettre aux bêtes cachées de s'apprivoiser à son image et à son odeur.

Le pic-bois, qui s'était tu un moment, se fit à nouveau entendre comme pour saluer le nouvel habitant de la maison. Bédard inspecta les environs d'un regard panoramique et repéra vite l'arbre sec dans lequel picossait l'oiseau à la recherche de larves et de vers, la survie de l'un dépendant de la mort des autres.

Dès qu'il fut au bord du bois, il se sentit observé. Quelqu'un chez les Boutin était-il aux aguets depuis un bon moment, sachant qu'il sortirait de son refuge pour aller au village ? La Solange sûrement, cette jeune femme pas piquée des vers, qu'il savait fasciner et attirer, et qui cherchait à tomber en son pouvoir tout en s'y refusant farouchement… Mais peut-être s'agissait-il de quelqu'un d'autre aussi ? Simone, ou son père, ou une autre personne ? Prisonnier de sa chair, l'étranger, s'il sentait certaines choses, ne pouvait deviner, ne pouvait voir plus loin qu'un autre de même capacité physique, ne pouvait se servir de plus que de ses attributs humains. Mais il savait utiliser au maximum tous ses sens, et surtout, cette faculté empathique qu'il possédait de pouvoir pénétrer les cœurs et les âmes pour les sonder, les mesurer, les influencer voire les incliner à bouger dans le sens qu'il voulait...

Mais c'était Marie-Ange, la mère, qui, appuyée sur ses hanches rondes, le jugement étayé par une cinquantaine d'années d'expérience et d'observation de la nature humaine, regardait par une fenêtre de la crémerie aller ce personnage mystérieux, tandis que son mari et les grandes filles faisaient le train dans l'étable. Il avait eu beau lui parler de ses journées de jeûne, elle était revenue à ses doutes sur cet homme trop peu comme les autres. Elle aurait ses filles à l'œil et ce Bédard devrait toujours sentir qu'elle gardait les yeux grands ouverts.

Il enfourcha son vélo et se laissa aller sans trop pédaler. La voie était en pente jusqu'à la route de gravier. Et il se rendit au village sans aucunement souffrir de la poussière, malgré les quelques autos croisées en chemin ou qui le dépassèrent, la pluie de la veille et la rosée du matin ayant collé à terre les particules légères et volatiles.

En chemin, il avait pu entendre le sifflet de la manufacture de boîtes à beurre, et ça lui rappela qu'il devait la visiter ce jour-là. Pour l'heure, il passa tout droit et se rendit directement chez Rose avec, derrière la tête, le prétexte de lui acheter de la crème pour peau rugueuse. Il sonna à sa porte. On vint ouvrir. C'était Bernadette Grégoire en robe fleurie.

– Si c'est pas monsieur Bédard! Vous venez voir madame Rose, je suppose? Ben elle est pas là, elle vient de partir pour Québec avec le taxi Roy. Elle devrait revenir à soir ou ben demain soir. Mais entrez une minute! Aviez-vous besoin de quelque chose en particulier? Je peux vous servir dans ses produits... Ha ha ha ha, mais j'sais pas trop c'est qu'un homme comme vous voudrait acheter d'une madame Avon.

La femme le devança en claudiquant, et bientôt, ils furent dans le vestibule, au bord du salon.

— C'est moi qui garde la maison. Vous comprenez, y a une femme âgée qui fait de l'asthme icitte pis faut pas la laisser trop longtemps tu seule. Mais j'parle pour rien dire, vous devez être au courant de tout ça depuis le temps que vous êtes au village.

— J'ai besoin d'une crème pour les mains. Comme de raison, j'aimerais mieux la voir pour avoir des conseils en plus… J'ai de la misère quand je travaille dans l'eau, j'ai la peau qui gerce sans bon sens.

— Écoutez, moi, j'connais pas ça comme elle… Si vous voulez les voir, ses produits, ils sont là, sur la table… Sont pas tous là, par exemple.

Il la suivit et son regard fut plutôt accroché par le piano et par la photo de Rose qui se trouvait dessus.

— La connaissez-vous, madame Rose ? Oui, hein ?!

— Non !

— Vous me dites pas. Ben c'est elle, sur la photo, là…

Il s'approcha et examina. Elle poursuivit candidement :

— C'est sûr que là-dessus, elle était un peu plus jeune. Elle a 50 ans asteure. On est quasiment du même âge, elle pis moi. Pas tout à fait. Moi, je vas avoir 46 ans demain. Venue au monde en 1904. Pis y a Éva itou, la femme du forgeron, qui est pas mal de notre âge. Elle a 49. Pis y en a d'autres, c'est sûr, dans le village… Justement, Marie-Ange Boutin que vous connaissez, c'est de notre âge, ça itou… Qui c'est que y a à part de ça ?

— Partie pour Québec tout à l'heure ?

— Justement avec le forgeron pis monsieur Grégoire.

— Votre frère Freddy ?

— Non, Louis Grégoire, le laitier.

— Ah ! Louis le laitier.

– Ben oui, il reste sur la côte pas loin à côté du père Lambert, l'aveugle… dans la maison jaune avec des quartiers de lune sur les jalousies.

– C'est-il parent avec vous?

Elle s'esclaffa et fit un clin d'œil:

– De la fesse gauche pas plus.

– Monsieur Maheux pis monsieur Grégoire… le laitier, ils vont faire quoi à Québec, comme ça en pleine semaine du beau milieu de l'été? Ils ont pas chacun d'eux autres des travaux qui pressent à faire? demanda l'étranger, l'œil petit.

– Savez-vous que je le sais pas trop pourquoi c'est faire qu'ils vont à Québec aujourd'hui, ces deux-là? Madame Rose, elle, c'est pour ses produits Avon…

L'étranger esquissa un mince sourire et il poursuivit sa recherche sur le ton de l'évidence:

– C'est certain que c'est pas pour prendre une brosse, là!

– Ah! non, ça, c'est certain! Ils boivent pas ni l'un ni l'autre… ben à part que du lait.

– Et le portrait, c'est madame Rose vers… disons 35 ans?

Bernadette dit sérieusement, affichant par une moue du visage une quasi certitude:

– Peut-être ben 40? C'est une femme qui prend bon soin de sa personne pis elle vieillit pas vite. Elle est toujours ben *checkée*, pis j'peux vous dire qu'elle sent pas l'étable pantoute…

L'homme jeta un coup d'œil sur les produits étalés:

– J'connais monsieur Maheux. C'est du ben bon monde. Pis j'connais sa fille Rachel…

– Tout du ben bon monde, ces gens-là, monsieur. Ça fait quasiment vingt ans qui sont là, eux autres, dans la maison à Tine Racine, pis on se plaint pas en tant que voisins, Freddy pis moi.

– La maison à Tine Racine?

— Ben oui, avant, le forgeron de la place, c'était un monsieur Racine. On l'appelait Tine. Du ben mon monde ça itou, si vous les aviez connus !

Puis il la fit parler de son neveu souffrant de psychose.

— Faut le faire soigner. Mais c'est de valeur pour Rachel, qui devait se marier avec lui. Que voulez-vous, la maladie mentale, ça frappe n'importe qui, comme la maladie physique. Prenez mon frère Armand, il est revenu par icitte pour mourir de tuberculose. Là, il reste dans son camp en arrière du magasin, mais on pourrait le trouver mort d'une hémorragie des poumons que ça me surprendrait pas pantoute… Pis vous, comment c'est que vous trouvez ça, par icitte ? Avez-vous fini de vous installer dans la maison à Polyte ? C'est à votre goût toujours ? Ça vous fait loin pour voyager au village. C'est vrai que vous avez un bon bicycle. C'est le Cook qui vous a vendu ça, qui avait acheté ça, lui de mon neveu Jean-Yves, celui qui est parti pour en bas. C'est assez de valeur de voir ça… Mais on sait pas avec les apparitions qu'on peut voir de ce temps-là par icitte. Croyez-vous à ça, vous ?

— Non, pas une miette !

La demoiselle fit des yeux incrédules, un peu tristes et très brillants :

— Dites-moi pas ça ! Vous me faites de la peine. Comme ça, vous m'approuverez pas de vouloir faire bâtir une grotte sur le cap à Foley ?

— Vous seriez mieux de la faire bâtir sur votre terrain à côté de votre maison.

— Ben voyons donc, vous, la Sainte Vierge, elle apparaît pas chez nous.

— Peut-être pas non plus sur le cap à Foley. Si vous la faites sur votre terrain, je vous aiderai : la maçonnerie, je connais ça un peu.

— Mais pourquoi pas en haut, sur le cap, là ?

– Pis si c'était pas vrai, les apparitions? Le curé Ennis s'est même pas prononcé ferme encore, selon ce que j'en sais.

– Y a eu des guérisons, vous savez, pis l'arbre qui s'est consumé sans que personne y mette le feu, c'est pas de la poudre aux yeux, ça, laissez-moi vous le dire! Pis les enfants Lessard pis leur mère, c'est catholique plus que le pape…

– Peut-être qu'ils se trompent, les enfants, pis qu'en se trompant, ils trompent les autres sans le faire exprès.

La femme frissonna malgré la chaleur montante:

– Ah! si fallait que ça soit pas vrai, on ferait rire de nous autres dans tout le Canada.

– Non.

– Non?

– Croire en quelque chose, pour une personne humaine, c'est pas une honte, vous pensez pas?

– Certain! fit-elle, soulagée.

Après quelques banalités, l'homme quitta les lieux sous les salutations chaleureuses de la femme. Et reprit son vélo pour se rendre à la manufacture.

Par sa fenêtre à côté de sa cloueuse, Pit Roy, cette vieille fouine à petite moustache fendue par le milieu et aux allures du premier ministre de la province dont il était sans doute le plus fervent partisan – et le sosie –, le vit arriver et le reconnut. C'était l'étranger dont tout le monde parlait quand on ne parlait pas de la Sainte Vierge. Sûr qu'il venait se chercher de l'ouvrage, et pourtant, l'homme n'entra pas dans le bureau pour y donner son nom, et il gravit aussitôt les marches de l'escalier à pic conduisant à l'étage de la fabrication proprement dite où travaillaient Pit et les autres.

Quand le visiteur fut debout dans l'embrasure de la porte ouverte, silhouetté par le soleil du matin, immobile et lointain, il parut que le travail s'arrêta momentanément.

Les bruits des deux déligneuses et de la recipeuse se turent. Dominique cessa d'alimenter la bouveteuse et, de l'autre côté de la machine, Fernand Rouleau n'eut plus de planchettes à frapper avec sa masse pour les assembler. Marcel finissait de souder ensemble les quatre morceaux du corps d'une boîte ; il regarda l'arrivant et ôta ses gants tandis que Pit se dirigeait vers Bédard pour répondre à ses attentes. Seule Marie Sirois continuait inlassablement de mettre et d'enlever les morceaux de bois dans la machine à étamper, mais cette opération ne produisait aucun bruit discernable à travers celui très important des courroies sur les poulies et de tous ces moyeux tournant à haute vitesse sur les billes d'acier bien huilées.

Décidément, chaque semaine apportait son lot de senteux, le plus remarquable ces derniers temps étant ce petit journaliste grimaçant et sympathique qui avait tant vanté le Canada sur la tribune du premier juillet et qui signait des articles dans *Le Soleil* sous le nom de R. Lévesque. Mais cela plaisait à tous car diminuait pour quelques minutes le rythme de production.

– Vous avez affaire à Dominique ? lança Pit à l'oreille du jeune homme.

– À personne, je viens juste visiter… si c'est permis…

– Minute !

Et Pit alla parler à Marcel qui, à l'aide d'une lame, travaillait à enlever de la colle de la table de sa machine.

– Il voudrait faire le tour de la *shop*.

Marcel sourit à Bédard puis descendit deux marches et se rendit à lui.

– Je voudrais juste visiter pour voir comment ça se fait, une boîte à beurre. Dérangez-vous pas pour moi !

– Vous êtes pas un journaliste, toujours ?

– Non, non, pantoute !

– Y en a eu un qui est venu la semaine passée pis il nous a critiqués... à cause du bruit, de la poussière... On n'exploite pas plus le monde par icitte qu'à Montréal ou à Valleyfield.

– Moi, je suis de la place asteure. C'est moi, le gars qui reste dans la maison à Polyte Boutin dans le Dix.

– Ah, c'est toi, ça! J'ai entendu parler... Si tu veux visiter, je vas prendre cinq minutes pour te conduire...

– Dérangez-vous pas pour moi!

– J'ai de l'avance dans l'amanchage des boîtes...

Mains sur les hanches, Pit Roy les regardait, arborant un sourire inquisiteur. Quand ils se mirent en marche, il rajusta son chapeau derrière sa tête et s'empressa de mettre un fond sur un carré de boîte puis d'ajuster le tout sous les seringues de sa cloueuse. Il mit le pied sur la pédale de commande et les huit clous furent enfoncés automatiquement; ensuite, il fit pivoter la boîte et compléta la tâche. Puis il la mit sur une demi-pile derrière lui en jetant à l'étranger un coup d'œil rempli de fierté.

Bédard enfonça plusieurs clous d'argent plutôt qu'un dans l'orgueil du bonhomme en lui lançant:

– C'est ce qu'on appelle de l'ouvrage ben faite.

Pit ne put retenir un rire nerveux qui décora son visage comme un fril sur une poitrine; et de l'adrénaline circula dans toutes ses veines.

Marcel prit la boîte et en montra l'intérieur au visiteur, puis le fond. Pit demeurait serein et joyeux sachant bien qu'on ne lui trouverait aucun défaut.

Bédard s'adressa à nouveau au travailleur, ce célibataire quinquagénaire passionné de politique, et il paracheva son travail de mise en boîte, enfonçant dans son âme un super clou, tout en or, celui-là:

– C'est parfait! Un premier ministre ferait pas mieux.

Pit ignorait que l'étranger le connaissait par Émilien, qui l'avait renseigné aussi sur d'autres travailleurs de la manufacture tandis que Bédard pensionnait à l'hôtel du village ces derniers jours. Le nouveau venu savait donc bien des choses. Par exemple, que Dominique Blais, industriel et préposé aux pompes funèbres buvait comme une outre toutes les fins de semaine et passablement aussi sur semaine, que Fernand Rouleau avait dû se sauver de l'Ontario pour des raisons mystérieuses, que Marie Sirois était une pauvre veuve en deuil de son seul fils et que Fernand cherchait à la maîtriser avec ses griffes de loup, que Pit Saint-Pierre se disait miraculé, sauvé de la mort lors d'une crise de cœur par l'intervention de la petite voyante Nicole Lessard. Ce n'est que de François Bélanger qu'il ignorait encore beaucoup de choses, mais le visage de monstre du pauvre homme ne reflétait-il pas en les résumant toute sa vie, toutes ses pensées, tout son être physique et moral ? Ça restait à voir...

La tournée se poursuivit. Marcel prit le prochain morceau sortant de la presse à étamper et le tendit au visiteur :

– Ça, c'est pour indiquer que c'est du beurre canadien et y a un espace pour le numéro d'enregistrement juste là...

– Malheureusement, j'sais pas lire, mais je devine.

Marcel eut du mal à le croire et il poursuivit ses explications.

Bédard écoutait tout en regardant plutôt Marie Sirois que les écritures noires. Mais la femme gardait son attention plantée dans la grande roulette à sablage et elle attendait qu'on lui laisse poursuivre sa tâche. Il ne fallait pas qu'elle prenne du retard, qu'on attende après elle, qu'on lui fasse le reproche de ne travailler qu'à l'allure d'une femme.

« Quoi lui dire ? » cherchait le visiteur.

Juste la toucher. Juste la saluer.

Il fit deux pas pour inciter l'intarissable Marcel à poursuivre, s'arrêta soudain et mit sa main doucement, tout doucement sur l'avant-bras dénudé et empoussiéré de la femme.

– Je vous salue Marie! Je suis Germain Bédard, un nouveau dans la place.

Elle le reconnaissait. Souriant une fraction de seconde, elle se déroba pour travailler, mais sur chaque morceau ensuite, elle ne verrait plus les mots *Canadian Butter* mais d'autres que son esprit graverait: «Je vous salue Marie.»

En ce moment, personne ne sablait de boîtes ni ne paraffinait. Marcel expliqua le processus à travers quelques grimaces, puis il montra l'homme de la prochaine étape, un travailleur manchot peu sociable qui tuait le temps à fouiller dans le panier à clous de sa machine avec un manche de marteau. L'homme avait perdu son bras au moulin à scie et depuis ce temps-là, on le faisait travailler à la manufacture malgré son handicap, histoire de compenser un peu. Il les ignora tout à fait et les deux autres obliquèrent en direction des bouveteuses. Deux adolescents travaillaient sur l'une tandis que Dominique alimentait l'autre et que Fernand assemblait les morceaux qui en sortaient.

Ah! que voilà deux oiseaux intéressants! pensa Bédard en s'approchant. Certes, il avait déjà échangé quelques mots avec l'un et l'autre, mais il voulait franchir une autre étape dans son approche de ces lurons-là. D'abord, il dit quelques mots sans intérêt à Dominique, puis il glissa à son oreille pour échapper au bruit général et à l'indiscrétion des autres:

– Vous viendrez faire un tour chez moi; on prendra un petit caribou. J'ai tout ce qu'il faut.

– J'y manquerai pas, j'y manquerai pas.

Quant à Fernand, l'étranger l'avait déjà hameçonné en parlant gentiment à Marie, ce qui n'avait pas échappé à cet ex-Franco-Ontarien chassé de là-bas par les Indiens.

– Ça va, toi, Fernand? lui dit-il quand même.

– Ça masse, dit l'autre en montrant son instrument.

– La petite veuve, elle est pas jasante à matin ; il faudrait que tu voies à ça...

Fernand retira son morceau assemblé de la coulisse et s'en servit pour diriger le son vers son interlocuteur. Et sauver les mots du bruit des déligneuses et de l'écoute de Dominique, qui avait la détestable manie de se prendre pour un chevalier en protégeant la veuve et ses orphelines.

– On va y voir, on va y voir !

Ensuite, Marcel expliqua à Bédard les autres étapes, en fait les premières puisqu'on avait tout d'abord suivi le processus dans sa seconde moitié à partir de la cloueuse à Pit tandis qu'on se trouvait maintenant dans la première moitié. Il resterait au visiteur de se rendre au premier étage, où les planches encore rugueuses étaient aplanies par Pit Saint-Pierre, puis à la chaufferie, dont le roi et maître était nul autre que François Bélanger.

L'homme tendit la main à Marcel, qui la serra et tourna les talons pour s'immobiliser un peu plus loin vis-à-vis l'étampeuse, où il resta un moment à faire des singeries pour dérider Marie : palette de calotte tournée vers l'arrière, strabisme provoqué, grimaces et danse de Saint-Guy... Elle sourit, tourna un peu plus la tête : son regard et celui de l'étranger se croisèrent, se rencontrèrent.

Après avoir salué vaguement de la main, le visiteur traversa l'espace d'entreposage et se rendit à l'escalier intérieur qui l'amena au premier étage où il eut tôt fait d'apercevoir Pit Saint-Pierre avec qui il n'eut pas à crier pour se faire entendre puisque le bruit à cet endroit était réduit de moitié au moins par rapport au vacarme incessant de l'autre étage.

– Vous devriez vous reposer, vous, pour vous requinquer un peu après votre attaque de cœur.

– Veux-tu ben me dire comment ça se fait que tu sais ça, toé, mon jeune ? C'est toé qui restes dans la maison à Polyte si je me trompe pas, là ?

– Les bonnes nouvelles voyagent vite, elles itou.

Pit, homme très ridé à cause de son héritage abénaquis, mais aux traits sympathiques, demanda sans arrière-pensée :

– Es-tu venu pour demander de l'ouvrage ?

– Non, non, juste pour visiter... Pis connaître le monde un peu... J'aimerais ça vous entendre au sujet du miracle qui vous est arrivé.

– Là, j'peux pas, j'travaille, mais t'as qu'à te trouver à l'office au dix-minutes tantôt pis je vas te conter tout ça. C'est pas rien, c'est pas des menteries non plus...

– Je vas être là. Je vous crois d'avance... Mais je voudrais savoir comment que ça s'est passé.

– Tu vas le savoir...

– Merci.

Et Bédard le quitta pour s'en aller vers l'étroit escalier menant à la chaufferie. Les marches frôlaient le gros engin qui suait et soufflait. Il allait l'emprunter quand, à l'autre bout des huit marches, en bas, François Bélanger s'engageait en sens inverse. Les deux s'aperçurent, s'arrêtèrent, se demandant qui céderait le passage à l'autre. Vu sous cet angle, le pauvre François donnait l'air d'une de ces gargouilles au faciès démoniaque de l'église Notre-Dame de Paris et à ses yeux à lui, cet étranger de l'autre côté de l'ombre dans cette lumière jaune, apparaissait comme un ange des ténèbres, une sorte de vampire des âmes, assoiffé d'images, de mots, de sentiments forts pour s'en sustenter... Malgré les fines lignes laissant passer la lumière entre les boursouflures de ses paupières, François, tout comme Bédard, s'exerçait à lire dans les visages.

– Ouloè sawè sékon wafé...

Décrypté par sa mère depuis l'enfance, un peu par Dominique Blais et, très étonnamment par ce René Lévesque quelques jours plus tôt, François s'essayait avec l'étranger, qui se mit de travers pour montrer qu'il attendrait le venue de l'autre. Mais François se recula de deux pas et lui fit signe de descendre. Bédard obéit. Sitôt en bas, il prit l'initiative de parler pour éviter les malentendus et aussi empêcher le malheureux de se sentir mal à l'aise, comme tous ceux-là de ce monde qui se savent incompris. Et fuis.

– J'sus venu voir comment ça marche, une *shop* de même. Tous les matins, j'entendais le sifflet pis je me disais que je finirais par venir, ben me v'là. Comme ça, c'est toi qui fais virer tout ça, les scies, la machinerie et tout… Ça, c'est l'engin… Ça vire en maudit. Faut du bon feu pour chauffer le *boiler*…

– S… t… weu woè…

François désigna un autre escalier qui donnait sur une plate-forme d'acier en surplomb et Bédard comprit qu'il voulait l'y conduire. Il le précéda et on fut bientôt en biais au-dessus d'un lit de feu de dix pieds de largeur par vingt de longueur, dont on pouvait apercevoir les brûlantes splendeurs presque blanches par un large orifice permettant de l'alimenter au bran de scie et aux croûtes et délignures de bois.

– Ça ressemble à l'enfer, fit Bédard dont le regard renvoyait aux flammes des lueurs incendiaires.

À ces mots, qui avaient l'air d'exprimer de la crainte, François se mit à rire de sa grosse voix lourde et traînante :

– Moué… pens… pas…non…non…

– Excepté qu'en enfer, le feu fait peut-être pas de mal aux âmes. Et pis, surtout qu'on sera pas tout seuls là. Les plus belles femmes au monde vont y être. Des femmes qui auront pas eu peur de se les montrer sur la terre…

Et l'homme montra sur lui une poitrine imaginaire. François éclata d'un rire qu'il termina en renâclant. Il marmonna des mots injectés de plaisir :

– Couché… moué… ac… fya … éentic…

Et il refit le geste de Bédard qui s'esclaffa et lui entoura les épaules de son bras en disant :

– Si elle était emmanchée de même puis que t'as couché avec, elle va être avec nous autres dans l'enfer du Bon Dieu.

François rit encore. Qu'il le trouvait sympathique, cet étranger qui ne craignait ni le diable ni le sexe! Bédard reprit:

– Ceci étant dit, je dois m'en aller. Faudra aller prendre une bière une bonne fois dans le bar à tuer chez Fortunat.

– Su... abè... tou... lamonn...

François voulait dire: «Chez Robert itou, y en a de la bonne.» Et l'autre fit semblant d'avoir compris:

– C'est ça, c'est ça...

Bédard sortit par l'arrière. Après avoir contourné la bâtisse en marchant dans l'épaisse terre noire, il parvint à sa bicyclette. Les deux mains appuyées sur la tablette du châssis, Pit Roy lui lança par la fenêtre ouverte:

– La semaine passée, on a eu un monsieur d'homme qui est venu nous voir itou. Un monsieur Lévesque... À peu près de votre âge, un journaliste... Il a fait un discours pour la fête du Canada. Il parle comme un premier ministre quasiment. Ben pas comme monsieur Duplessis, là, mais presque.

– Ah! j'sais tout ça, j'sais tout ça! Bonne journée, là!

L'étranger décida de ne pas attendre le moment de relâche pour parler avec Pit Saint-Pierre. Il reviendrait sur l'heure du midi ou dans le courant de l'après-midi. Ou même se rendrait chez le miraculé après souper, puisqu'il avait l'intention de manger au restaurant chez Fortunat les deux repas.

Il y avait plus urgent pour le moment.

***

# Chapitre 5

Au moins trois personnes avaient dit devant lui que le jeune Maheux se trouvait là, sur le cap, la première fois que les enfants Lessard avaient vu la Vierge. L'étranger voulait donc le rencontrer, ce gamin qu'il avait vu à quelques reprises, notamment au restaurant, puis sur les lieux de l'accident ayant coûté la vie à cet électricien, mais aussi derrière un étalage de médailles et autres objets de piété le samedi précédent, en la compagnie d'une belle jeune fille tout juste sortie de l'enfance.

Où donc le trouver ? Sans doute chez lui, mais ce n'était pas certain. Rachel lui avait dit que son jeune frère faisait du porte-à-porte dans la paroisse pour offrir à un peuple qui n'y voyait pas trop clair dans tout ça la marchandise sacrée touchée par les petits voyants.

Une chance qu'Ernest était parti pour Québec, voilà qui lui donnerait un prétexte pour entrer dans la maison. Et il pédala solidement jusqu'à la boutique de forge qu'il trouva fermée et cadenassée, comme il s'y attendait. Alors il se présenta à la demeure familiale par la porte de côté, mais il n'eut pas à entrer puisque seul la moustiquaire de la fausse porte le séparait de l'intérieur. Il colla son nez sur le treillis :

— Je m'excuse, je voulais faire faire de l'ouvrage à la forge…

Il y avait des enfants à table et l'un d'eux cria :

— Mon père est parti à Québec, il va revenir à soir.

— À soir ?

– À soir.

– C'est toi, Gilles?

Éva apparut devant lui:

– Non, le Gilles est parti vendre par les portes.

– Comme ça, monsieur Maheux est parti pour Québec?

– Tantôt, oui.

– Que j'suis donc pas chanceux à matin: j'avais affaire à madame Rose, elle est partie pour Québec; j'avais affaire à votre mari, il est parti pour Québec… Tout le monde s'en va à Québec, pis nous autres, ben…

La femme lui dit sèchement:

– Ben vous reviendrez demain.

– C'est ça, oui. Et mademoiselle Rachel, elle est ici?

Toujours excédée, la femme jeta:

– Elle doit dormir encore, vous reviendrez plus tard.

– C'est beau de même, je vas revenir.

Et il repartit en se demandant quelle direction emprunter. Le haut ou le bas? Puisqu'il n'avait pas aperçu le garçon à son arrivée au village par le côté ouest, il courait plus de chances de le retracer du côté est, et il partit par là.

Des gens le regardèrent avec curiosité quand il passa devant leur demeure. En vacances, le professeur Beaudoin lisait un journal de la veille sur la galerie chez lui; il fit semblant de ne pas voir le cycliste, et pourtant, il en ramassa le plus d'images qu'il put. Pour mieux le voir, Gracieuse Bilodeau fit semblant de remettre droit un mannequin dans la vitrine des habits pour hommes. Philias Bisson regarda par-dessus ses lunettes, et son client du moment lui révéla qu'il s'agissait d'un jeune homme ne sachant ni lire ni écrire installé depuis peu dans le bois à deux milles du village.

– C'est moins avec une plume pour écrire qu'on peut faire du tort aux autres qu'avec sa langue pour parler, lança Philias.

– On dit que c'est un monsieur d'homme!

– C'est Thomas qui va décider de ça quand il va revenir de Rome. Quand un étranger est pas de son goût, au curé, c'est pas long qu'il nous en débarrasse. C'est ça qu'il a fait avec Rioux de Trois-Pistoles. Mais il paraît que le fifi a jeté un sort à Thomas – qui me l'a rapporté lui-même –, pis qu'il lui aurait dit qu'il enverrait le diable en personne par icitte, par chez nous… C'est peut-être ben lui, cet étranger-là, le diable en personne?

Au fond, Philias, grand ami du curé, ne croyait pas un seul instant en de telles sornettes qu'il lançait comme ça pour faire parler son interlocuteur, mais l'autre resta muet, sidéré, et le garagiste replongea sous le capot de sa voiture afin d'y poursuivre son travail avec toute son expertise.

En passant devant l'entrée de la rue Bellegarde, Bédard aperçut un gamin avec une valise pas loin de la maison des voyants. Il fourcha dans cette direction et le rattrapa avant qu'il n'entre chez Pit Saint-Pierre.

En raison de freins peu fiables, le cycliste dut s'immobiliser en laissant traîner ses deux pieds dans le gravier de la rue. Gilles sursauta, s'arrêta.

– Salut!

– Salut!

– Ta mère m'a dit que tu vendais des médailles par les portes.

– C'est pour le Cook Champagne, dit le garçon pour se justifier et faire taire ce nouvel embarras qu'il sentait monter en lui depuis quelques jours.

– Ah!

– Vous le saviez, vous m'avez vu au restaurant quand le Cook m'a payé…

L'étranger joua d'hypocrisie:

– Oui, c'est pourtant vrai! En tout cas, moi, j'aurais voulu en acheter.

– On va en vendre samedi dans le clos à Freddy…

– C'est pas sûr si je vas être là, ça fait que j'aimerais mieux que tu m'en vendes tout de suite aujourd'hui.

– Icitte ? fit le garçon, surpris.

– Non, non, mais quand tu vas aller dîner. Moi, je vas manger au restaurant chez Fortunat. Tu viendras me voir là. On regardera ça dans une cabine… Je vas t'en prendre pour cinq, six piastres, c'est certain…

Le regard de l'adolescent s'éclaira, mais son visage ne sourit pas. En lui, tous ces changements biologiques poursuivaient leur forgeage de son caractère, et il sentait son âme comme ce morceau de fer rougi au feu que son père, à coups de marteau lourd, façonnait sur l'enclume pour en faire des garde-fous au dessin complexe et à nombreuses fioritures.

– Bon, reprit Bédard, je vas être là à midi pis je vas t'attendre. Tu vas manger à la maison chez vous ?

– Oui…

– Ben mange pas trop là, pis je te paierai un bon hot-dog au restaurant ; comme ça, j'mangerai pas tout seul…

– OK !

– À tantôt, là !

– OK !

Et l'étranger repartit, laissant le garçon perplexe, tiraillé entre son contentement d'avoir trouvé un client intéressant qui lui offrait même de lui payer un hot-dog et sa grande crainte de l'apprenti sorcier en lui qui, sans le vouloir ni songer à mal, avait libéré un monstre en organisant la première apparition, monstre qui avait fini par le piéger lui-même de deux manières : d'abord en lui permettant de se faire de beaux revenus grâce à la foi des gens, et puis en le dépassant tout à fait et en le mystifiant à travers cette histoire incompréhensible de cèdre entré en combustion spontanée à l'heure même des soi-disant apparitions.

Un fouillis dans son âme avec cette adolescence montante qu'il ne comprenait pas du tout, et moins encore cette raideur chaude entre ses jambes à tout bout de champ et ce liquide crémeux qui s'échappait de son corps quand il le manipulait...

Il se sentait en état de péché mortel.

Péché d'impureté. Péché de mensonge.

Il poursuivit sa tournée lucrative. Les ventes se faisaient d'elles-mêmes.

Germain Bédard se rendit à la Caisse populaire où il ouvrit un compte. Et pendant que madame Bureau s'occupait de lui, il put entendre par la porte entrouverte d'un bureau quelques bribes d'une discussion. On parlait de la manufacture, des fonds publics, du prêt qu'il fallait aux Bilodeau pour faire démarrer l'entreprise... Il semblait que la collecte de fonds se poursuivrait tant que des foules viendraient assister aux apparitions de la Vierge.

Son projet de lever le voile sur les dessous de cette histoire du cap à Foley nuirait donc à l'éventuelle ouverture d'une manufacture, se dit le nouveau paroissien. Ou peut-être pas, car s'il manquait de fonds publics, la Caisse ferait tout simplement un plus grand effort. Et lui était favorable à l'ouverture de cette manufacture, car voilà quelque chose qui ferait bouger les cœurs et les âmes dans le sens qu'il voulait. Le chemin menant à la bâtisse pressentie pour cette industrie éloignait les gens de l'église et du presbytère...

— Comme ça, dit la petite grosse dame potelée, c'est vous le nouveau venu dans notre belle paroisse. On dit sans arrêt du bien de vous.

— J'espère, fit Bédard de l'autre côté du grillage doré séparant les clients de la caissière.

Quand le papier du dépôt fut complété par la femme, elle le glissa par l'ouverture étroite. Le jeune homme prit le crayon et toucha la formule à l'endroit de la signature sous le regard exercé de l'observatrice.

— C'est là ?

Elle hocha la tête affirmativement. Il traça un X et lui remit la formule.

— C'est que, voyez-vous, moi, j'sais pas signer mon nom étant donné que j'sais pas écrire.

— Pas de problème, je vais l'écrire en grosses lettres carrées vis-à-vis de votre X.

— Je vous fais confiance à cent pour cent.

Et pendant qu'elle écrivait « Germain », il poursuivit :

— C'est un terrible handicap dans une vie de pas savoir écrire, vous savez, c'est pire, je pense, que d'avoir un bras coupé.

La femme leva les yeux sur lui en se demandant s'il savait que son mari, là, dans le bureau, était un manchot. Mais elle ne put lire aucun sarcasme dans le regard noir de son client.

— Mon mari n'a qu'un bras et c'est tout un handicap, ça aussi, vous savez.

— Je m'excuse d'avoir comparé, j'savais pas…

— Bon, tout est maintenant fait. Vous avez une part. Et votre compte est ouvert. Elle glissa le carnet sur la tablette devant lui en montrant le chiffre inscrit :

— C'est écrit cent quarante-cinq dollars…

— Cent quarante-cinq ?

— Les autres cinq dollars, c'est pour la part.

— Ben entendu ! Merci beaucoup, madame Bureau.

— Bienvenue, monsieur Bédard.

Il ferma le petit livret vert et le mit dans sa poche de chemise :

— Paraît qu'ils vont ouvrir une nouvelle manufacture ?

— Ça se parle, fit-elle avec une moue signifiant motus et bouche cousue tandis qu'elle regardait en direction de la porte du bureau, mais je ne peux pas vous en dire plus que n'importe qui d'autre.

— Là-dessus, je vous laisse, madame. Merci beaucoup!

Elle répondit sur un ton de fermeture de transaction:

— Merci monsieur, à votre prochaine visite à votre Caisse populaire. On est à votre service trente-trois heures par semaine.

Quand il fut parti, elle se rendit à la porte entrouverte et jeta aux occupants de la pièce:

— Parlez moins fort, les clients vous entendent.

Là, l'étranger se rendit au garage Bisson. Il entra et resta assis sur son vélo, un pied à terre pour assurer son équilibre. Le garagiste continua de tourner une clé quelque part dans le moteur et Bédard attendit en silence qu'il se manifeste. Le propriétaire du véhicule en réparation avait quitté les lieux et se trouvait maintenant au magasin Boulanger de l'autre côté de la rue.

Au bout de plusieurs minutes, Philias lança soudain:

— C'est qu'on peut faire pour vous, mon bon monsieur? Si c'est pour un *flat*, j'en répare le moins possible sur les chars pis j'sus pas équipé pour les bicycles. Faudrait aller voir Roland Campeau à l'autre bout du village.

— Non, non, j'viens pas pour ça. J'ai pas de *flat*.

— Y a pas de moteur non plus sur votre bicycle?

— Non.

— Espérez une minute, j'arrive...

— Dérangez-vous pas.

— Ben sûr que je vas me déranger. Si vous êtes icitte, ça doit être pour quelque chose.

Le garagiste bedonnant descendit de son petit tabouret et s'amena auprès de son visiteur en l'examinant de pied en cap par-dessus ses lunettes. Il dit sur le ton de la curiosité défiante:

– Quoi c'est que je peux faire pour toi, mon ami ?

– C'est déjà fait.

– Déjà fait ?

– Oui, vous me dites tu au lieu de vous, ça veut dire que vous avez pas peur de moi parce que je viens d'ailleurs.

– Faut pas s'énerver avec ça, parce que moé, je dis tu à tout le monde pis même au curé de la paroisse.

– Mais tantôt, vous me disiez vous.

– Dans l'espoir que tu repartes avec ton *flat*.

– J'ai pas de *flat*.

– Tu me l'as dit.

– Aimez-vous mieux que je reparte ?

– C'est pas ça que j'ai dit.

– Aimez-vous mieux que je reste ?

– J'ai pas dit ça non plus.

– Comme dirait François Bélanger : « Iwa falloè s'fére eune idée. »

Philias éclata de rire. Il était conquis par ce qu'en sa tête il appelait « le front de beu » de l'étranger.

– Je passais comme ça pis je me suis dit en vous voyant à l'ouvrage qu'il faudrait que je vienne vous saluer pis faire connaissance. Mon nom, c'est Germain Bédard…

– Pis tu restes dans la maison à Polyte dans le Dix.

– C'est ça.

Philias tendit la main que l'autre serra. Et à nouveau, le garagiste se mit à rire :

– Tu vas avoir les doigts comme un mécanicien. Regarde…

Bédard aperçut des taches noires dans sa main.

– C'est rien, se salir les mains quand on a les mains blanches.

Philias fronça des sourcils soupçonneux :

– C'est que tu veux dire avec ça, là, toé ?

– Qu'on est des gens honnêtes, vous pis moi.

– Dis-moi donc tu, toi itou, pis on va se sentir encore plus du monde honnête.

– OK! mon Phil!

– Pis tu sais mon nom?

– Ça se parlait à beurrerie à matin!

Le garagiste rit encore et son ventre sautilla.

– Bon, là-dessus, je vas continuer à travailler dans ce moteur-là, mais que ça t'envoye pas.

Le visiteur questionna longuement sur la mécanique et obtint beaucoup de réponses qui faisaient appel au bon sens.

– Pis toi, dira plus loin Bédard, t'as quoi comme voiture?

– Au domaine de l'automobile, mon ami, y a la Cadillac, y a la Pontiac pis y a les autres. Moé, c'est Pontiac, ma sorte. Pis j'en ai une flambante neuve dans mon garage.

– Dans ton garage?

– Là, à côté du garage.

– Une 1950? s'étonna le visiteur. J'ai jamais vu ça...

– Tu veux la voir, vas-y.

– Certain que je veux voir ça!

Philias était gonflé d'orgueil. Il laissa tout tomber et, de son pas long et décidé, il précéda son visiteur vers le hangar voisin dont il ouvrit les portes toutes grandes. Puis il tira sur l'immense couverture avec laquelle il protégeait le véhicule de la poussière, des chiures de mouches et jusque des microbes.

Elle apparut dans toute sa splendeur noire, luisante dans ses chromes et sa peinture neuve, odorante, quasiment humaine, la Pontiac coupée deux portes.

– Jamais rien vu de plus beau! lança Bédard. Jamais de mon existence! Sacrement de sacrement!

Philias eût préféré un beau gros tabarnac admiratif, mais ce sacrement dit en double parlait deux fois plutôt qu'une.

– Crains pas, Philias, j'y toucherai pas autrement qu'avec mes deux yeux. Maudit qu'elle est belle!

Tout ce qu'on aurait pu louanger de sa personne ou de ses biens, et même de sa femme partie pour n'avoir plus à le supporter, n'eût rien signifié à côté de cette expression forte d'un jeune homme devant la beauté de sa voiture. Il ne la sortait jamais les jours de pluie et quand les beaux soleils du dimanche coiffaient le zénith pour plusieurs heures, il en profitait pour la promener à vitesse très réduite d'un bout à l'autre du long village. Et alors, il connaissait une grande, une très grande ivresse.

— C'est aussi beau qu'une belle femme! suggéra Bédard en marchant doucement autour.

— C'est pas pire! dit l'autre avec un air de fausse modestie.

— Ou qu'une belle fleur... une rose... Tiens, je te verrais te promener avec... madame Rose... si elle était pas mariée ben entendu.

— Rose, elle a tout ce qui faut...

Philias parlait distraitement. Cette idée de se promener avec la femme à Gus dans sa Pontiac l'exaltait et en même temps le figeait. Il y avait là quelque chose de divin et de diabolique à la fois.

— Je dis ça comme ça, moi, je la connais pas, madame Rose. Pas encore. On dit que c'est une belle personne... de ton âge à peu près...

— Ouais, mais mariée... Son mari est tout le temps rendu icitte... Le meilleur gars du jour.

— Pis ça doit pas être une courailleuse en plus! J'me suis laissé dire qu'elle marchait comme Mae West des fois...

Le mécanicien lança un regard pétillant par-dessus ses lunettes:

— Ah! j'y donnerais pas l'absolution sans confession, tu sauras. En tout cas, elle sent pas mauvais pantoute, hein!

— Pis vu qu'elle est séparée de son mari le bedeau, le curé doit ben l'avoir à l'œil, hein!

– Tu penses ? Oui, ça doit.

– Mais pas là, parce que le curé est à Rome… Pis même si il était là, il la verrait pas parce qu'elle est partie à Québec avec Ernest Maheux pis Louis Grégoire.

– Dis-moi pas ça, toi !

– C'est Bernadette Grégoire qui me l'a dit tantôt…

Quand son visiteur reprit sa route, Philias continua longtemps de sentir tout son être bardassé par le vent grondeur de la concupiscence, et c'est bien malaisément qu'il parvenait à visser les boulons tant sa main tremblait sur la clé.

Il restait encore une heure avant midi. L'étranger voulut en passer un bout au magasin général, comptant y voir Ti-Noire qui avait montré beaucoup d'intérêt envers lui chaque fois qu'il l'avait rencontrée ces jours derniers. Il y fut bientôt. Et c'est sous le regard contrarié d'Éva revenant de la grange avec les mains pleines d'œufs frais pondus qu'il appuya son vélo au bout du perron de bois et se dirigea vers la porte. Il s'arrêta un court moment et salua la femme de la main. Surprise, elle voulut lui répondre et sa main droite lâcha son contenu qui forma bientôt sur le sol une belle omelette assaisonnée de gravier sec. Mais l'étranger n'eut pas le temps de voir cela et il entra dans le magasin désert où il se rendit tout droit au bureau de poste pour y trouver quelqu'un.

Personne là non plus.

Il songea à quel point il serait facile de soulever la planche mobile, de s'introduire dans le bureau et d'y fouiller dans la boîte des mandats postaux qu'il savait contenir de l'argent comme il l'avait noté lors d'une précédente visite. Peut-être certains jeunes du village faisaient-ils parfois ?

– Y a quelqu'un ? demanda-t-il à voix solide.

Freddy se trouvait peut-être au sous-sol ou dans le *back-store* et viendrait-il en sachant qu'un client attendait ?

Ou bien le responsable du magasin à cette heure était-il Armand, ce qui eût été fort étonnant, pas à cause du moment de la journée mais à cause du mal qui le rongeait. Ou peut-être Bernadette ? Pas elle puisqu'elle devait s'occuper de la vieille dame Jolicoeur...

— J'arrive, j'arrive...

Il reconnut la voix de Ti-Noire, entendit son pas dans l'escalier de la mezzanine, et il sortit vite du vestibule du bureau de poste pour la voir descendre. Elle portait une robe blanche en coton imprimé de feuilles de trèfle et le contraste avec la couleur de ses cheveux en accentuait le noir.

— Je pense que tu maigris, toi...

— C'est à cause de mon nouveau régime américain, dit-elle, contente d'entendre ça.

Il ne se gêna pas pour promener son regard sur toute sa personne. Et elle ne se gêna pas pour accentuer le roulement de ses hanches jusqu'à la dernière marche. Il avait fait exprès pour se placer au pied de l'escalier de sorte que la progression de la jeune femme les mit fort près l'un de l'autre. Ils donnaient l'air d'un couple parfaitement assorti.

Elle mit sa tête en biais :

— Comment va monsieur Bédard à matin ?

— Devant pareil spectacle, ça ne pourrait pas aller mieux.

Elle feignit ne pas comprendre :

— Spectacle ? L'escalier ? Les caisses de Coke pis d'Opéra ? La grande annonce de Picobac ?

Il hocha la tête avec un mince sourire sans rien dire. Elle reprit :

— Qu'est-ce qu'on peut faire pour toi, mon noir, à matin ?

— J'ai besoin d'effets, pas grand-chose...

— Suis là pour ça.

– Et c'est tant mieux! Quand je prends une boîte de pois verts que tu m'as servie, je la sens avant de l'ouvrir pour respirer le parfum de la main qui l'a touchée...

– *Oh boy!* Monsieur se fait romantique à matin!

– Pas romantique, sensuel!

Elle mit ses mains sur ses hanches et prit un faux air sceptique:

– Sais-tu que tu parles pas pantoute comme quelqu'un qui sait pas lire, toi? Ça serait pas des farces pour rire de nous autres, toujours, cette histoire-là? Il me semble que si tu saurais pas lire, tu ferais tout pour le cacher au monde... Mais tu dois le claironner partout parce que tout le monde le sait déjà.

– J'sus ben obligé de le dire. Tiens, je viens d'aller ouvrir un compte à la banque... à la Caisse populaire, pis la dame m'a demandé de signer... Que veux-tu que je dise?

Elle haussa les épaules et fit une moue à la fois incrédule et espiègle:

– Disons! Disons, disons...

Malgré l'envie qu'elle avait de rester là dans le cercle intime du personnage, Ti-Noire s'éloigna et se rendit derrière le comptoir tandis que son client s'approchait pour passer sa commande. Il chercha du regard:

– Sais-tu qu'il me manque pas grand-chose comme je te le disais?

– Il nous manque toujours quelque chose...

Il plongea ses yeux dans ceux de la jeune fille pour dire:

– Rien de plus vrai: il nous manque toujours quelque chose. Et toi qui as tout ici, qu'est-ce qu'il te manque encore, hein?

– Bah! soupira-t-elle, un avenir peut-être.

– Tu parles comme quelqu'un de découragé. Pourquoi pas reprendre le magasin d'abord que Jean-Yves...

Elle l'interrompit pour remettre les pendules à l'heure. D'abord, elle ne se sentait pas déprimée. Puis l'idée de reprendre le magasin lui paraissait farfelue. Et surtout, elle ne voulait pas parler de son frère psychotique.

— C'est pas pour une femme d'être en tête d'un magasin général. Et pis mon père a rien que 63 ans encore...

Elle se pencha et prit sous le comptoir quelque chose qu'il ne vit qu'au moment où elle le porta à sa bouche en disant:

— Un cornichon dans le vinaigre: c'est mon régime des États qui demande ça.

Ce n'était pas la première fois qu'il devinait en elle un grand rêve américain. Il fit en sorte d'en savoir plus:

— Toi, t'as l'air d'une Américaine.

Cela plut à la jeune fille.

— Comment ça?

— T'as pas frette aux yeux. T'es pas toute poignée dans ta gêne comme Rachel Maheux pis même Jeannine Fortier. J'sais pas, rien qu'à te voir, on voit ben...

— En as-tu connu, des Américaines?

— J'ai vu New York, j'ai vu Washington, j'ai vu Miami...

Elle fit les grands yeux:

— Non?

— Ça brille, ces villes-là, de jour comme de nuitte.

— De jour? questionna-t-elle même si elle savait d'avance la réponse pour avoir longuement parlé de ces choses avec ses sœurs déjà.

— *Yes madam!* Les bâtisses, c'est haut que tu vois pas le bout, pis c'est plein de châssis pis de vitres, pis le soleil fesse là-dedans. C'est comme si la ville était couverte de bijoux. Ça brille...

— Comme une apparition de la Sainte Vierge.

— Ah! plus que ça... D'autant que les apparitions, y a que les enfants Lessard pour les voir... malgré que le petit Gilles Maheux était là, lui, la première fois que ça s'est passé.

Ti-Noire avait le cornichon entre les lèvres, mais ne le croquait pas et grimaçait un peu; puis elle s'en servit pour indiquer la direction du voisin d'en face en disant:

— Il est assez fin, celui-là, que je le garrocherais sur les murs. Haïssable mais pas trop... pas méchant... juste pour rire...

Elle croqua dans le concombre qui craqua.

Il suggéra:

— Tu viendras me voir un beau soir, on s'en parlera, des États.

Elle s'exclama:

— J'aurais ben trop peur d'aller chez vous tu seule. Dans le bois pis tout...

— C'est ben moins dangereux que de marcher sur une rue à New York, hein! Non, on pourrait faire une réunion d'amis une bonne fois.

— Comme l'appel aux morts qu'on avait fait dans la maison de la veuve Sirois... Par chance que le curé l'a pas trop su. Il est arrivé pire ensuite, le Fernand Rouleau aurait fait une sorte de cérémonie semblable à une messe noire pour guérir son petit gars qui avait la leucémie... Mais il est mort pareil, le pauvre enfant. Pis sa mère est inconsolable. Je me suis sentie assez coupable d'y être allée la première fois. On n'a pas fait ça pour mal faire, mais ça a fini par mal tourner... pour Marie Sirois, en tout cas. Fernand Rouleau, c'est pas le Bon Dieu, je te jure...

En même temps qu'il écoutait, Bédard, avait le regard plongé dans l'inconnu.

— T'as donc l'air rendu loin?

— Non, je t'écoute.

— Bédard, ça s'écrit-il avec un D ou avec un T?

— Avec un D.

— Ah! Ha! Le gars qui sait ni lire ni écrire, hein!

— Ça veut rien dire pantoute.

Et il fit bifurquer la conversation:

– J'ai su que le vicaire a voulu effacer les pistes du diable sur le cap à Foley ?

Elle dit sèchement :

– Il l'a pas fait parce que moi, j'étais là pis je l'ai empêché.

Il la regarda avec intensité :

– Serais-tu du côté du diable ?

– Rien à voir mon noir. Le diable, s'il passe par icitte, il laissera pas de pistes sur le cap à Foley. Il va se déguiser en beau gars pis il va faire des sourires à tout le monde, tu penses pas ?

– Difficile à dire ! songea-t-il.

– Le vicaire, ça le regarde pas pantoute. Le cap à Foley, c'est à mon père, pas à la fabrique. Il voulait beurrasser le cap avec du ciment clair, non, mais ç'a pas de bon sens. En plus qu'il voulait me faire la morale parce que je me faisais griller la couenne au soleil… Comme si je faisais un péché mortel ! Qu'il pense surtout pas que je vas m'accuser de ça à confesse !

– Ça… faut dire que t'as ben raison.

À la colère de son ton, elle en ajoutait dans son regard plein d'étincelles.

– Ça fait trois fois qu'il reprend le ciment sur le perron de l'église. Une chance qu'il vient du monde aux apparitions pis qu'ils font une quête parce que ça coûterait cher à la paroisse. Mon père, lui, il critique jamais quand c'est les prêtres qui décident. Plus catholique que le pape…

– Faut qu'il fasse attention à la clientèle.

– Ernest Maheux, Philias Bisson, Lucien Boucher, quand ils ont de quoi à dire, même si ça fait pas l'affaire du curé, eux autres, ils le disent. C'est vrai que Lucien Boucher a pas de clients, lui, en tant que cultivateur, mais ça fait rien. Faut pas toujours dire comme le curé pis le vicaire.

– Ben d'accord avec toi, Ti-Noire, ben d'accord. J'aime ça, ta manière de penser. Les femmes, ça parle pas trop pis ça écoute, tandis que toi, t'as une idée sur ce qu'il se passe autour de toi. Y a pas rien que les hommes qui sont capables de penser.

Elle finit son cornichon. Il y eut une pause. Il demanda qu'elle lui serve une boîte de tomates, sachant qu'il ne s'en trouvait que sur la plus haute tablette et qu'elle devrait donc utiliser le *grip*-canne pour l'atteindre, mais la jeune fille ouvrit plutôt deux tiroirs du comptoir mural et grimpa, le pied fort mal assuré. Bédard avait l'air de se délecter de cette image toute en courbes savoureuses, et soudain, avec l'agilité d'un félin, il sauta par-dessus le premier comptoir et se plaça derrière elle.

Elle l'aperçut en atteignant la boîte désirée et comprit qu'il voulait l'empêcher de se casser un membre en tombant. Alors elle joua son jeu, échappa un cri et, quand son pied fut appuyé au tiroir inférieur – sans prendre le moindre risque tout de même –, elle se laissa aller vers l'arrière dans les bras de son sauveteur.

– Oups! j'ai manqué me casser le cou, dit-elle avant un petit rire fabriqué.

Quand elle eut retrouvé son équilibre, il sauta à nouveau par-dessus le comptoir.

– Seigneur! t'es souple, toi! On dirait que tu voles dans les airs...

– Comme un ange?

– Quasiment, oui!

– Qui te dit que j'en suis pas un, hein?

Elle demeura songeuse un moment.

Puis l'échange reprit sur les États, sur les événements locaux, sur les gens du village. Bédard en apprit considérablement...

\*\*\*

# Chapitre 6

Au restaurant, il fut servi à Bédard un gros hamburger dans la dernière cabine du fond près de la sortie. Là, on aurait du mal à entendre ce qu'il dirait à Gilles Maheux et ce que le garçon lui répondrait.

Il sourit à Jeannine qui retournait derrière le comptoir, le visage dubitatif, et ajouta du poivre sur la viande. Il allait mordre dans le mets chaud lorsque la cloche de l'église se fit entendre. C'était l'angélus du midi. Il pensa faire le signe de la croix pour qu'on le pense et dise catholique pratiquant, mais personne ne l'aurait aperçu en ce moment puisqu'il se trouvait presque seul dans la pièce et à l'abri d'un dossier de banquette qui le cachait en entier. Il aurait bien des chances de se montrer fervent chrétien par la suite devant des gens eux-mêmes de solides pratiquants.

Quelqu'un entra quelques minutes plus tard. C'était Fernand Rouleau, à qui il arrivait souvent de venir prendre son repas du midi au restaurant plutôt que de se rendre chez lui dans le bas de la Grande-Ligne. Ça lui coûtait plus cher, mais ça lui donnait plus de temps et ça le reposait mieux. Il hésita un moment tout en saluant Bédard.

– Veux-tu de la compagnie pour le repas ?

– Si ça te chante, sauf que j'attends quelqu'un.

– Ah ! bon, je vas aller m'assire ailleurs d'abord. C'est pas l'espace qui manque…

– Tu peux prendre la place en attendant.

– Dans ce cas-là…

Et il prit toute la place avec sa poussière et ses odeurs de gomme de sapin.

– J'veux pas te déranger non plus.

– Non, non, on va placoter… de la veuve Sirois, disons, fit Bédard avec un clin d'œil.

– T'as l'air à en savoir pas mal, des affaires, toé.

– À ton sujet, oui…

Fernand se sentit mal. C'était comme si on lui dévisageait l'âme et qu'on épluchait son passé tout entier. Il craignait autant les Indiens que la police. Une vengeance par les uns, une arrestation par les autres. Et pour le même motif: viol, extrême violence envers deux Indiennes… et même davantage qu'il avait du mal à s'avouer à lui-même…

– C'est que tu peux ben savoir de moi?

Bédard savait qu'il pourrait jouer sur ses sentiments et y alla à fond:

– Des… secrets…

– Ça me dérange pas. J'ai rien à cacher, moé.

Mais l'inquiétude, voire l'anxiété, pouvait se lire dans le ton et le visage empourpré:

– T'es sûr?

– Bah! c'est certain que le curé approuverait pas tout ce que je fais, pis après? Toé non plus, ça doit…

– Écoute, on va pas se mettre à se faire peur pis à se conter des peurs. J'ai rien que su qu'il s'en était passé dans la maison de la veuve Sirois. Communication avec les défunts… et plus encore. Or, tout ça m'intéresse, me fascine… Loin de moi l'idée de t'accuser ou de te désapprouver en quoi que ce soit, ben au contraire, je suis peut-être plus semblable à toi que tu le penses.

Le visage de Fernand redevint un peu plus serein. L'autre prit une dernière bouchée.

— Ce qui s'est passé, c'est pas terrible. On a essayé à plusieurs de communiquer avec les esprits pis… il s'est passé des choses.

— La cérémonie avec le sang?

— Ça, c'est arrivé plus tard. Pis c'était du sang d'abattoir, rien d'autre. Y a pas personne qui a saigné là, pas même un chat.

— Parce que Dominique Blais pis François Bélanger sont arrivés trop vite, non?

— Ben non, le monde, ça parle, ça parle…

Jeannine vint prendre la commande de Fernand qui demanda aussi un grand hamburger. Et la conversation se poursuivit entre les deux hommes. Bédard jouait sans cesse sur deux registres, celui d'une peur évidente qui transparaissait chez son interlocuteur quand on s'approchait de sa vie passée en Ontario, des Indiens, de son mystère personnel, et puis le registre d'une confiance à susciter en lui en montrant leurs similitudes de pensée, voire d'être.

— Tu viendras jaser de tout ça une bonne fois. On prendra un p'tit caribou. Y a personne qui va le savoir. C'est l'avantage de rester dans une maison en plein bois: moins de placotage quant aux allées et venues, hein!

— C'est donc pour ça que t'as choisi de rester dans la maison à Polyte?

Bédard se cura deux dents sans autre instrument que la succion, laquelle produisit un bruit caractéristique:

— Certain que c'est pour ça! Les petits milieux, ça empêche ce qu'on peut appeler la liberté individuelle. Chacun surveille son voisin. Si t'es dans le bois, les arbres, eux autres, ils jasent pas fort fort…

— J'manquerai pas d'y aller une bonne fois.

Bédard fit un clin d'œil complice et dit à mi-voix:

— Juste une petite affaire, par exemple : tu manqueras pas de m'avertir avant. Tout d'un coup que j'aurais quelqu'un déjà la même journée, tu comprends. On sait jamais. Y a des petites mères pas mal intéressantes par ici… Jeannine, ses petites sœurs, Ti-Noire… pis même des veuves… hen hen…

— Y a les Boutin qui peuvent tout voir pis tout contrôler. Hey! Mais y a un petit chemin de bois pour aller chez vous sans que personne quasiment en ait connaissance… Tous les chasseurs pis les pêcheurs, pis même ceux qui vont aux framboises connaissent ça. Même que y en a deux pour tout dire…

— Explique-moi ça, mon ami, explique-moi ça!

Un chemin passait par le rang voisin et la sucrerie à Rosaire Nadeau; il était plus long mais parfaitement discret.

— L'autre, continua Fernand qui traçait des lignes imaginaires sur la table, t'as qu'à suivre la ligne entre les terres à Eusèbe Talbot pis Émile Poirier jusqu'au trécarré… Pis tu tournes à ta droite jusque pas loin de ta maison… Je vas passer par là, moé… En bicycle pis en machine, c'est sûr que t'es mieux de passer par le Dix parce que le chemin est bon jusque chez vous… Mais autrement…

— Ça fait donc trois bons chemins pour venir me voir? Georges Boutin m'avait pas dit ça. Ouais, je vas me préparer à recevoir du monde…

Jeannine vint reprendre les assiettes vides. Fernand consulta sa montre et déclara qu'il lui restait à peine cinq minutes. Bédard fronça les sourcils, se demandant si Gilles viendrait comme il l'avait pourtant dit. Le garçon entra justement. Il s'arrêta un moment quand il vit les deux hommes dans la même cabine. Bédard ramassa son hésitation dans son ton autoritaire :

– Assis-toi là, dit-il en indiquant la banquette voisine, pis étends tes affaires sur la table. Je vas te faire venir un vrai bon hot-dog.

Il se mit à moitié debout pour héler Jeannine :

– T'as pas besoin de venir, t'as qu'à apporter un hot-dog pour Gilles.

– Ketchup ? Moutarde ? Relish ?

– À quoi ton hot-dog, mon homme ?

– Ketchup, moutarde, relish, dit le garçon à voix trop mince pour porter jusqu'à la serveuse.

– Les trois : ketchup, moutarde, relish, lança Bédard.

– Des patates frites avec ça ? dit Jeannine.

– C'est sûr ! dit Bédard pour Gilles. Pis un bon gros sundae au chocolat comme dessert ensuite.

Le garçon sourit et posa sa valise grise sur la table voisine. Il s'assit derrière et croisa les bras. Les deux hommes se dirent des riens puis Fernand partit en se demandant si ce gars-là n'était pas un fifi comme ce Rioux chassé de la paroisse par le curé. Pourquoi donc ainsi payer la traite au petit Maheux ? Et pourquoi l'inviter à sa maison ? Il avait pourtant l'air intéressé par les filles…

Jeannine se posait les mêmes questions dans la cuisine, sans pouvoir y répondre sur-le-champ.

– Viens t'asseoir là, devant moi, on regardera tes affaires tout à l'heure.

Le garçon obéit. Bédard reprit :

– Parle pas fort. Je veux que ce qu'on va se dire, ça reste entre nous autres.

Le garçon acquiesça d'un signe de tête.

– J'ai un secret à te dire : faudra que t'en parles à personne…

Un œil du garçon s'alluma, mais l'autre resta dans le vague.

– J'pense que les apparitions de la Sainte Vierge, c'est de la *bullshit*… Sais-tu pourquoi c'est faire que j'pense ça ?

Gilles se rajusta sur la banquette et l'autre observait la moindre de ses réactions.

– Ben non...

Jeannine vint servir à Bédard un Pepsi avec une paille.

– Pis un pour lui.

Elle les regarda avec un petit sourire sarcastique et tourna les talons.

– Toi, t'étais là, la première fois que la Vierge est apparue, hein ? Y en a plusieurs me l'ont dit.

– Oui, mais j'ai rien vu, moé...

– Je le sais. Mais comment ça se fait que toi, t'as rien vu pis que les deux petits Lessard ont vu, eux autres, hein ?

– Sais pas...

Puis le garçon mentit pour se protéger :

– Parce que moé, j'sus pas servant de messe...

– Justement, c'est parce que t'es pas crédule. Mais... c'est quoi qu'il s'est passé au juste : veux-tu me le conter ?

– Ben... j'étais sur le cap... pis ils sont venus... pis ils sont mis à genoux... pis ils ont commencé à dire des affaires que je comprenais pas... pis ils ont commencé à dire tout le temps : « Elle est là, elle est là ! » Pis... ben c'est toute...

– Toi, tu voyais rien.

– Ben... non...

– Il faisait noir ou il faisait clair ?

– Y avait le soleil...

– Le soleil a-t-il dansé ?

– Ben... non...

– Le soleil, il était au-dessus de vos têtes ?

– Ben... non...

– Où c'est qu'il était ?

– Là-bas...

– Un soleil couchant ?

– Ben... ouais...

Le garçon était questionné serré pour la première fois et il avait du mal à garder la vérité cachée dans son for intérieur. Il lui semblait que l'autre lisait ses mensonges et savait tout ce qui s'était passé. Mais parler, ce serait terrible. Son père, le curé, tout le monde… Qu'est-ce qu'on lui ferait? Et il perdrait l'argent qu'il gagnait à vendre des médailles. On le prendrait pour l'enfant du diable…

– Moi, j'pense que les enfants, ils ont rien vu de plus que toi. Ou ben c'est toi qui leur a fait accroire quelque chose?

– Ben… non…

– Parce que c'est facile de faire accroire quelque chose à du monde, hein! Je l'ai fait, moi. C'est ça, mon secret. T'as vu l'arbre qui a pris feu la dernière fois. Le monde, ils pensent que c'est un miracle. Ben moi, la veille, j'ai mis de l'huile à charbon sur le cèdre séché… Pis j'ai mis une ficelle que j'avais noircie avec du charbon… Elle courait sur le cap jusque dans le petit bois. Pis le moment venu, deux heures avant les apparitions, j'ai mis le feu à la ficelle. Je savais le temps que ça prendrait pour se rendre au cèdre à cause de la longueur de la corde à magasin. C'est facile, j'avais fait l'expérience plusieurs fois avant. Pis quand le feu est arrivé au cèdre, la flamme a pris… pis le monde, ben ils ont pensé que c'était encore un miracle… Tu vois? Pis après, dans le brouhaha qui a suivi, j'ai effacé les traces de la ficelle brûlée… Ni vu ni connu.

Tandis que Bédard racontait son mauvais coup, Gilles reprenait vie, lui, le joueur de tours qui ne reculait devant rien pour faire rire les autres et surtout pour rire des autres. Il se sentait à égalité avec l'étranger. Il percevait en lui un complice. Un ami. Un frère. Piégé dans la trappe du silence à garder, incapable de s'en libérer, même en avouant son délit à quelqu'un comme Paula Nadeau qui s'était alors moquée de lui, voilà que ce personnage dont il avait peur depuis qu'il l'avait vu pour la première fois en plongée depuis le trou de la trappe de la boutique de forge, devenait en quelque sorte sa bouée de sauvetage. Non seulement il le croirait s'il avouait la vérité, mais il se tairait pour ne pas être lui-même rabroué et condamné. Enfin être compris par quelqu'un qui vous ressemble... Et peut-être pourrait-il aussi expliquer certaines choses qui se passaient en lui... Non... c'était trop personnel, ça...

– C'est que t'en penses?

Le garçon rit.

– Penses-tu que les apparitions, c'est de la *bullshit*?

Le garçon acquiesça d'un lent signe affirmatif.

– Pourquoi?

– Parce que les petits Lessard, ils ont vu rien que le soleil pis une image de la Sainte Vierge avec du miroir dessus. Pis moé, je leur ai montré à dire des affaires de fou... Pis après, eux autres, ils ont continué à penser qu'ils voyaient la Sainte Vierge... Pis le vicaire pis les autres, ils disent que les enfants parlent en langues comme dans l'ancien temps... C'est pas vrai, c'est des folies qu'ils répètent tout le temps. Je les sais par cœur... J'ai pris des mots dans un livre de messe pis je les ai arrangés pour rire...

– Comme?

– *Mater castissima moi sorum vai marium avé garum fridoune vobiscum*... Ça voudrait dire à peu près: «Mère très chaste... ma sœur va se marier avec le gars à Freddy... *vobiscum*...» Des maudites folies de fou comme ça...

Bédard éclata de rire.

Puis le garçon commença à raconter comment il avait préparé son coup. L'autre le fit taire quand Jeannine revint et le fit poursuivre ensuite. Gilles lui dit qu'il avait trouvé un vieux cadre avec une image de Notre-Dame-du-Perpétuel-Secours, qu'il s'était fait montrer par Jean-Yves à tailler et à coller du miroir, qu'il avait fixé des œillets et une corde à l'image qu'il avait attachée à un sapin sur le cap.

– Je leur ai fait regarder le soleil pis ensuite l'image que je faisais bouger avec la corde...

– Ils ont été éblouis par le soleil et les reflets du miroir, dit Bédard, le regard brillant.

– C'est ça, ouais...

– T'es un petit génie. T'es le petit gars le plus intelligent que j'ai jamais vu. Ton hot-dog s'en vient, on parle pas...

La serveuse déposa l'assiette. Elle s'adressa à Bédard :

– Ton dessert, tu le veux tout de suite ?

– C'est pas pour moi, c'est pour lui.

– Ah ! bon !

Et elle repartit.

– C'est que t'as fait avec le cadre de la Vierge ?

– Ben... une secousse, je l'ai laissé sur le cap, dans le bois, en dessous d'une grosse roche plate... pis l'autre soir, je l'ai remportée dans le haut de la boutique pis je l'ai enterrée dans le bran de scie.

Bédard se mit à rire à épaules sautillantes :

– Ah ben, c'est bon, c'est mauditement bon, une histoire de même ! Pis nous v'là tous les deux dans le même bateau... Pas un mot à personne. Bouche cousue... Veux-tu me la montrer, l'image de la Sainte Vierge ?

– Ben... oui...

– Ça serait le bon temps, d'abord que ton père est parti pour Québec.

– Ouais... dit le garçon, la bouche pleine.

L'autre se pencha vers lui et dit d'une voix plus complice encore que le regard :

– On est-il capable de rentrer dans la boutique ? Y a un gros cadenas à la porte. Vas-tu trouver la clé ?

– On passera par la petite porte sur le côté ; elle est jamais barrée, celle-là.

Bédard le laissa manger un peu puis il lui dit :

– Je te regarde le bras, là, mais t'as pas de montre, toi?

– Ben... j'avais pas d'argent...

– Ben moi, j'en ai deux... Pis celle-là, elle a des aiguilles lumineuses...

Gilles fut étonné, mais il ne dit rien. Ni Jos Drouin, le bijoutier, ni Pit Roy, qui discutait souvent de montres et d'horlogerie, n'avaient jamais parlé devant lui d'aiguilles lumineuses. Pour le lui prouver, l'étranger forma un tunnel noir avec sa main et fit voir la chose au garçon.

Jeannine qui venait avec le sundae aperçut le geste. Ça lui parut très bizarre. Une main qui avait l'air de tenir un bâton, posée au-dessus du poignet. Ah! Ha!

Mais que faire? songeait-elle. Son père tournerait ça à la blague. Sa mère était bien trop gênée pour entendre ça. Peut-être le dire à son frère Émilien? Ça serait une manière de le mettre en garde contre lui-même, car elle n'ignorait pas ses penchants que Rioux, le pensionnaire, avait accentués...

– Elle marche ben pis je pourrais te la vendre pas cher. Neuf piastres pis tu pourras me payer avec de la marchandise... C'est que t'en penses? Pis regarde le bracelet: un Fix-O-Flex de première qualité...

Le garçon se sentait au septième ciel pour la première fois depuis longtemps. Un hot-dog, un sundae, une montre avec un bracelet Fix-O-Flex et des aiguilles lumineuses et... un ami.

On fit du troc. L'étranger choisit pour neuf dollars de statuettes, de croix, de n'importe quoi parmi le contenu de la valise, et en retour, il donna sa montre au jeune adolescent qui la mit de suite à son bras et la regarda avec une fierté incommensurable.

Dans l'après-midi, ils se rendirent à la boutique de forge, allèrent dans le grenier. Bédard enflamma une allumette pour mieux voir le petit chef-d'œuvre et rit encore à gorge déployée.

Puis il donna rendez-vous au garçon sur le cap à Foley pour que chacun puisse raconter à l'autre comment il avait monté son coup...

Éva, femme plutôt naïve et fort occupée, avait pourtant l'œil ouvert quand il s'agissait de ses enfants et, quoique très troublée par ce voyage à Québec de son mari en compagnie de Rose, elle vit le Gilles en compagnie de l'étranger et même si elle ne pouvait apercevoir la porte de côté de la boutique de forge, elle crut qu'ils y étaient entrés. Elle se rendit donc reluquer par les vitres, mais ne vit personne à l'intérieur et se demanda où ces deux-là avaient bien pu disparaître... Mais une cliente la réclama au magasin et son enquête dut prendre fin abruptement.

Émilien et Jeannine surveillèrent les allées et venues de Germain Bédard et le suivirent avec des lunettes d'approche quand, depuis le troisième étage de l'hôtel, ils le virent se rendre sur le cap à Foley. Bientôt, ils purent apercevoir le Gilles Maheux qui le rejoignait là-bas... Ah! Ha! La jeune femme crut de son devoir d'aller renseigner Éva, qui lui demanda de n'en rien confier à quiconque et lui dit qu'elle ferait enquête. Jeannine en profita pour s'acheter deux paires de bas de nylon.

Pourtant, au retour d'Ernest, Éva ne souleva pas la question devant lui. Il n'était pas d'humeur à ça, lui non plus. Et peut-être qu'il serait plutôt mauvais juge, qu'il s'énerverait comme souvent... À bien y réfléchir, elle attendrait le retour du curé et se viderait à lui en qui elle avait si grande confiance.

En attendant, elle questionnerait Gilles et d'autres pour savoir ce qui se cachait derrière cette conduite insolite, et surtout, derrière cette belle montre à aiguilles lumineuses avec un bracelet Fix-O-Flex... Trop reluisant, tout ça ! En attendant aussi, elle prierait la Vierge du cap à Foley.

«Je te dis que, ces enfants-là, ça va nous faire mourir...»

\*\*\*

# Chapitre 7

Pendant que la jeunesse du village se réunissait sur les terrains de l'O.T.J., comme tous les soirs de l'été, pour fraterniser dans des jeux simples, croquet, tennis, ballon, balle, balançoire ou simplement flânerie conviviale, un groupe de gens sérieux formé d'hommes et de femmes siégeait au presbytère à ce comité organisateur et coordonnateur des aménagements relatifs aux apparitions de la Vierge.

Des gens de la paroisse se demandaient pourquoi tout ça ne relevait pas du Conseil municipal, à qui devrait appartenir la tâche. Pas si simple ! D'abord, le Conseil ne siégeait quant à lui que le premier lundi du mois, mais pas en juillet à cause des travaux de la ferme. Et puis, par leur nature même, des apparitions, ça relève plus de l'Église que de l'État, quoique le gouvernement provincial ait envoyé le policier Pit Poulin faire enquête discrètement. Quant aux lieux utilisés à part les chemins d'accès, c'étaient les terrains de la fabrique et ceux voisins, appartenant à Freddy.

Et le curé n'était pas là pour donner son pesant avis sur la question. Le vicaire, lui, s'était senti capable de prendre les choses en main, tout comme il avait conduit de main de maître les travaux de réfection du perron de l'église, lesquels ne coûteraient pas une vieille cenne noire aux gens de la place puisque les quêtes spéciales auprès du public des apparitions paieraient le tout et bien plus encore. Les visiteurs venaient cueillir du merveilleux à Saint-Honoré et ils y laissaient des sous utiles. Tout le monde y trouvait son compte. Le bonheur total !

L'état-major du vicaire au grand complet se trouvait là, groupant les responsables de divers comités : stationnement des voitures des visiteurs, aménagements sur le cap à Foley, quête pour le perron, chant et musique, comité de la prière et un nouveau ayant pris la suite de celui de la fête du Canada, et qu'on appela le « comité nationaliste », confié au même directeur que l'autre, le professeur Beaudoin.

Marcel Blais annonça que les autos qui feraient déborder l'espace disponible au cœur du village pourraient non seulement être dirigées vers les champs d'Armand Boutin, mais que, de plus, on ouvrirait une clôture sur les grands terrains du moulin à scie jouxtant les premiers. Armand verrait à faire payer un droit à tout ce monde et il verserait un pourcentage à la fabrique.

— Voilà un comité qui marche sur des roulettes, pour ne pas dire sur des roues, dit le vicaire au jeune industriel, provoquant l'hilarité générale par son propre éclat de rire excessif.

L'autre répondit joyeusement et humblement :

— Suffisait d'y penser. De la place entre les cages de planches, y en a pour cinq cents, mille machines pas moins… Pis la semaine prochaine, on va ouvrir une allée… une sorte d'allée des vaches dans les clos d'en arrière pour que ces visiteurs-là coupent à travers, droit sur le cap à Foley… Une affaire de rien de s'y rendre. Va juste falloir un petit pont sur la décharge du village ; mais ça, une douzaine de madriers de douze pieds pis le tour est joué… On mettra des petits drapeaux pour que les gens suivent l'allée.

Le mot drapeau chatouilla les mains de Jean-Louis : il se mit à applaudir, suivi de Pauline puis de tous. Marcel grimaça de bonheur, puis le vicaire prit la parole en promenant son regard en arc de cercle sur tous et en frottant, avec sa main droite, sa barbe rugueuse, dont la couleur noir de jais était accentuée par la couleur sanguine de son visage :

— Ceci termine notre revue générale. Tout est rodé. Tout va dans chaque comité. Pauline et Jean-Louis, vous vous occupez magnifiquement du chant et de la musique. Et qui mieux que Jean-Louis pourrait agir comme maître de cérémonie, si on peut dire ? Monsieur Fortunat, les résultats de la quête pour le perron ont été formidables la semaine dernière et, avec votre équipe, vous allez répéter l'exploit demain. Guy Boulanger, comme responsable des aménagements, on ne saurait trouver mieux que toi. Laval avec Jean-Louis et Victor, vous aurez en mains le comité nationaliste. Quant à moi, comme la semaine dernière, je ferai l'animation au micro sur les lieux des apparitions. Je suis d'accord pour qu'avant et après l'apparition, vous autres, sur l'estrade civile, si on peut dire, vous fassiez appel aux gens en rapport avec la levée de fonds sous forme de vente d'actions, qui permettra d'ouvrir la manufacture de chemises de nos bons amis les Bilodeau. Et je vous annonce que cette semaine, pour aider à cela au kiosque à cette fin, au lieu des messieurs juifs qui font un peu peur au monde, on aura deux jeunes de valeur, soit Jean Béliveau, que vous connaissez tous, un futur joueur des As de Québec, et Claudia Bilodeau, une jeune personne que tout le monde aime.

Applaudissements.

Victor Drouin demanda la parole et l'obtint.

— J'ai pas eu la chance de vous le dire, mais moi, j'pourrai pas m'occuper convenablement de la tâche qui m'incombe vu que ma femme est sur le bord d'accoucher. Pis je voudrais qu'on me remplace.

— Ça, c'est dommage ! lança aussitôt Guy Boulanger en rajustant entre ses dents sa pipe à long bouquin. Un homme comme toi, Victor, ça se remplace quasiment pas…

Pas sûr, pensait le petit homme à lunettes qui se demandait si le père du futur enfant était bien lui ou le docteur Savoie, qui avait couché avec sa femme pendant que lui s'amusait avec la femme du docteur. Du vieux passé déjà puisque le bon doc avait quitté à jamais la Beauce pour retourner dans l'Ouest de ses origines.

— Bon, dit le vicaire, pas question d'imposer une tâche à quelqu'un qui ne pourrait la remplir selon ses vœux! Et, dans un sens, ça adonne bien puisque j'allais soulever la question d'une sorte de remaniement de notre groupe pour qu'il devienne plus... représentatif. Je pense que nous devrions ajouter trois nouveaux membres à notre équipe: un jeune pour représenter la jeunesse; une femme pour représenter les femmes; un cultivateur pour représenter les gens des rangs.

— Très bonne idée! lança aussitôt Guy Boulanger, qui fit traverser sa pipe d'un coin de sa bouche à l'autre.

— J'approuve, enchaîna Jean-Louis. Pauline voit déjà au chant et à la musique, une autre femme pour représenter les femmes, ça serait une bonne idée. Moi, je dis qu'un jour ou l'autre, y aura des femmes députés, des femmes maires, des femmes marguilliers, des femmes conseillers, des femmes... premier ministre, on sait jamais... Malgré que ça...

Fortunat ne put retenir un rire de scepticisme dont le trémolo fut accentué par son menton en galoche. Mais il se reprit par les mots:

— Ah! on sait jamais!

— Tant que y aura pas de femmes papes, enchérit le professeur en questionnant chacun d'un regard piquant.

Le vicaire ramena l'assemblée à l'ordre:

— Ça va prendre des suggestions, des propositions... À quelles femmes on pourrait offrir ça? Que chacun propose un nom différent, et ensuite, on va en débattre. Toi, Jean-Louis...

— On parlait de Claudia... Calme, intelligente, souriante...

— Pis une mosus de belle fille, dit Pauline en appuyant ses mots avec ses grands yeux bourrés d'évidence.

— Y aurait Ti-Noire Grégoire qui est pas bête non plus, argua Victor Drouin.

Le vicaire blêmit. Jamais il ne pourrait biffer de sa mémoire ce corps de femme à moitié dénudé se faisant rôtir au soleil à côté de ces pistes du diable qu'il allait effacer de la surface de la Terre. Et de surcroît, elle s'était permis de l'engueuler ensuite. Ah! non, pas de Ti-Noire sur le comité des apparitions! N'importe qui, mais pas elle!

— Autre chose, dit-il sèchement. Je veux dire, un autre nom?

— Rachel Maheux, dit Fortunat. Intelligente itou. Instruite. La vie est pas facile pour elle de ce temps-là, mais ça l'aiderait... Pis c'est une grande croyante, je pense.

— Là, on nomme des jeunes femmes, je pensais qu'on prendrait une femme de quarante, cinquante ans... dit Guy en articulant son propos avec des gestes du bouquin de la pipe.

— As-tu une proposition?

— Plusieurs: madame Anna-Marie Lambert, madame Alexina Veilleux, madame Bureau, toutes des grandes chrétiennes!

— Non, non, pas maman, objecta Jean-Louis. Pas deux de la même famille sur le comité.

— T'as raison, t'as raison, fut-il dit par d'aucuns.

Marcel Blais proposa:

— J'en connais une qui pourrait être ben bonne, c'est la veuve Marie Sirois. C'est ben religieux, ça...

— Mais trop gênée: ça dit jamais un mot, argua Victor. Vous, monsieur le vicaire, donnez-nous donc votre idée.

— Claudia, ça serait un bon choix, mais elle est quasiment de la famille Bureau, n'est-ce pas, Jean-Louis?

— C'est sûr qu'elle va se marier avec mon frère...

— Je choisirais madame Lambert pour représenter les femmes, d'autant qu'elle est correspondante au journal et je prendrais Rachel Maheux pour représenter les jeunes. Comme ça, on aurait trois personnes de sexe féminin pour nous seconder dans nos tâches et pour aider à… appliquer nos idées.

Tous applaudirent.

— Et pour représenter les rangs ?

— Le premier nom qui nous vient en tête, c'est celui de Lucien Boucher, dit Guy en claquant le bouquin de sa pipe entre ses dentiers. Il parle fort quand c'est le temps. C'est un homme très populaire dans la paroisse. Un bon cultivateur. Si je vous disais que c'est le plus gros utilisateur d'engrais chimique dans tout le canton. Il est pas contre le village, mais il dit tout le temps : chacun ses bebelles pis dans sa cour. La séparation, c'est son idée, mais il a des bonnes idées aussi… Et puis les apparitions, c'est pas rien que le village ou ben les rangs, ça, c'est toute la province d'un bout à l'autre.

— Pis ça vient de partout des États, ajouta Marcel. Moé, je dirais oui pour Lucien Boucher, ben entendu, s'il est d'accord.

À ce moment, la sonnerie se fit entendre et quelques instants plus tard, Esther alla ouvrir au visiteur qu'elle laissa dans le vestibule.

— On est dû pour avoir de la visite chaque fois qu'on siège, dit le vicaire.

Esther fit deux pas embarrassés dans le grand bureau du curé où étaient réunis les membres du grand comité et elle annonça :

— C'est monsieur Bédard, le nouveau paroissien, qui voudrait vous parler, monsieur le vicaire. Il dit que c'est très important.

— La réunion n'est pas encore finie…

Bédard avança à son tour :

– C'est que j'aurais des choses incroyables à vous dire quant aux apparitions de la Vierge. Je peux parler devant tout le monde et ça sera mieux.

– Prenez la chaise et asseyez-vous! ordonna le prêtre.

Bédard fit quelques pas lents qui paraissaient indécis, saluant chacun d'un signe de tête et d'un sourire figé.

– Nous étions en train de faire de nouvelles nominations au sein de notre comité...

– Ça serait une belle idée, je pense, d'avoir quelqu'un qui vient d'ailleurs, coupa Marcel Blais. Le point de vue d'un étranger, c'est toujours bon.

Guy fit une moue, hocha la tête mais garda le silence. Il ne connaissait l'étranger que par le ouï-dire et à le voir passer sur son vélo. On disait qu'il ne savait pas lire et cela ne constituait pas un bon point pour lui.

– Un ben bon homme, un ben bon homme, répéta Fortunat à qui Jeannine n'avait rien révélé de la conduite particulière de Bédard à l'endroit du petit Maheux.

Pauline et Jean-Louis ne dirent pas un mot. Prudence. Il fallait savoir de quel bois se chauffait ce personnage avant de lui faire une trop belle niche dans la paroisse.

– On a su que tu venais de Victoriaville? dit Victor.

– Arthabaska, c'est à côté.

– Mais c'est le pays de sir Wilfrid Laurier! s'exclama Jean-Louis avec un étonnement heureux, lui qui rêvait de devenir un jour député libéral au fédéral, conscient tout de même qu'il aurait des croûtes à manger avant de remplacer là-bas le docteur Raoul Poulin, député indépendant de la Beauce à Ottawa et superstar politique du comté.

– Mort depuis trente et un ans, le bon Laurier. Moi, il me restait encore deux ans avant de venir au monde.

L'étranger dut faire face à un véritable barrage de questions. Pourquoi venir vivre dans la place? Travaillerait-il pour gagner sa vie ? Qui étaient ses parents ? Que faisait-il avant d'être là ? Il dit tout d'abord n'importe quoi.

« Les apparitions m'ont décidé à venir. J'ai trouvé l'endroit de mon goût. »

« Je suis comme qui dirait en convalescence… Une maladie que je vous dirai pas, mais complètement guérie… »

Tous pensèrent à la tuberculose.

« Mes parents sont morts, mais j'ai de la parenté là-bas. Des frères, des sœurs… Des gens qui cultivent la terre… »

Des mots qui soulageaient, qui apprivoisaient…

– Pour tout vous dire, je vas vivre un peu comme un ermite dans le désert. Ce qui m'empêchera pas de parler avec le monde. J'en connais déjà pas mal. De ce que les gens sont plaisants par chez vous. Ah ! j'en reviens pas ! Je trouve que les gens, ça se tient debout ici, c'est pas des suiveux comme dans les villes.

Toutes les fiertés s'extasièrent au toucher de cette main de velours qui les caressait si expertement. Et la foi de chacun en sa communauté et donc en soi-même connut un sommet. L'enthousiasme général devant le phénomène des apparitions et leurs retombées économiques sur la paroisse monta de plusieurs crans. Bédard le constata dans la discussion qui suivit.

Révéler ce qu'il avait appris de la bouche du jeune Maheux, et ce qu'il avait lui-même fait, se retournerait contre lui. Il tint donc sous verre ses deux secrets. Qu'importe, son heure viendrait quand le curé serait de retour de Rome !

– Des nouvelles de monsieur le curé ? demanda-t-il à un moment donné.

– Il nous revient le 22 juillet, répondit le vicaire. Et j'en profite pour vous annoncer à tous que monsieur Ennis a rencontré notre Saint-Père, le pape Pie XII, qui l'a reçu en audience. On a eu un télégramme à cet effet.

– Tout un honneur pour la paroisse ! clama Fortunat.

Et l'étranger vit passer toutes ces réflexions sur la gloire, l'argent, la foi, et il sourit en s'imaginant l'avenir bâti sur ces valeurs. On oublia sa phrase d'introduction : « Je viens vous révéler des choses incroyables quant aux apparitions. »

Venu pour dénoncer, il s'était fait embrigader.

Mais on ne lui confia aucune tâche officielle pour le moment. Qu'aurait-il pu faire qui n'était pas déjà assumé par quelqu'un ? Il partit néanmoins avant tous, prétextant la distance à parcourir pour se rendre chez lui, de même que son mode de transport.

« L'étranger a la foi, lui aussi », dirait le jour suivant le vicaire à Lucien Boucher en lui annonçant qu'on avait besoin de lui sur le comité des apparitions.

« S'il a la foi, ce n'est donc plus un étranger, ce gars-là, de répondre avec grand sérieux Lucien Boucher, vous devriez savoir ça, monsieur le vicaire ! »

*\*\*\**

# Chapitre 8

Bédard fut debout aux aurores comme tous les matins. Après les gestes rituels, ablutions à l'eau froide, petit déjeuner, exercices physiques, quelques notes sur l'harmonium, il se rendit dans sa tour pour observer enfin à sa guise les environs, car en son absence la veille, Georges Boutin avait trouvé le temps de venir ôter ces planches aux airs de sparadrap mises en X sur les deux fenêtres depuis tant d'années. Pas un carreau n'était brisé. Toutes les vitres paraissaient intactes et ne demandaient qu'un bon nettoyage de leur poussière incrustée.

Il sonda ces fenêtres à l'anglaise susceptibles de s'ouvrir par l'intérieur et toutes les deux obéirent à sa volonté. L'air frais et odorant entra en abondance. Il s'approcha et s'accouda sur le montant pour embrasser de son regard étincelant le plus possible des environs. Il put discerner le pignon de la maison des Boutin et même une partie du deuxième étage ; et tout de suite, il songea qu'au besoin, il pourrait communiquer à l'indienne avec quelqu'un de là-bas moyennant, par exemple, une lampe agitée d'une certaine manière... Et l'image des grandes filles, Simone et Solange, lui vint à l'esprit.

À part le dessus de la côte à Pitou Poulin, qu'il avait vu aussi la veille entre les planches, il ne put apercevoir que de la végétation, une forêt plantée de feuillus : érables, hêtres, bouleaux, merisiers, trembles. Mais aussi, çà et là, comme des intrus, des loups dans la bergerie, des conifères : épinettes, sapins, pins… Et des cèdres du côté nord, ce qui indiquait un fond de terrain humide par là et peut-être un ruisseau silencieux dont les eaux calmes stagnaient l'été sur un fond de terre noire. Alors la dernière image qui lui apparut au-dessus du feuillage vers le nord-est fut, étonnamment, la flèche de l'église paroissiale surmontée de la croix et du coq servant de girouette.

Mais il n'avait pas besoin de cela pour savoir le temps qu'il ferait et donc pour prendre ses décisions quant à son emploi du temps. Pas un nuage dans le ciel : il était clair qu'il ferait beau ce jour-là. Les croyants adresseraient une prière de reconnaissance à la Vierge pour cela et ne manqueraient pas de penser que la mère de Jésus-Christ ne se mouillerait pas les pieds pour faire plaisir aux gens de la paroisse.

Pauvres créatures humaines forcées de croire en Dieu et en diable, c'est-à-dire en la personnification absolue de leurs inclinations naturelles vers le bien et vers le mal. Nier la profondeur de leur âme et s'en remettre à d'autres créatures de ce monde mortel pour se construire une morale, un idéal, une voie à suivre, des balises : voilà qui l'intéressait au plus haut point. Les plus grands étaient aussi ceux qui parvenaient le mieux à canaliser ces forces vers les leurs. Hitler, Napoléon, César, les papes…

Sans doute avait-il mieux valu, la veille au soir, ne pas charcuter leurs illusions. Sa présence au comité des apparitions lui avait montré à quel point sa démarche eut été prématurée. On l'aurait pris pour un éteignoir et il n'aurait moissonné que des âmes ennemies. Non seulement attendrait-il le retour du curé, mais il ne bougerait pas tant que l'Église catholique elle-même, par des instances connues comme l'évêque de Québec, Maurice Roy, ne se soit hameçonnée, et donc compromise. Qu'elle ajoute cet autre ornement brillant à son masque et, le moment venu, il tirerait sur la corde pour changer la face des choses, tout comme à l'aide d'une simple corde, un gamin de 10 ans et lui-même, avaient mystifié tant de gens.

En attendant, il lui faudrait museler son impatience dans les tréfonds de son être sans jamais s'arrêter d'épier l'occasion de faire sauter aux yeux de tous le baril de poudre de perlimpinpin que le jeune Maheux avait bien malgré lui créé de toutes pièces.

En bougeant les pieds, il sentit des craquements. Des mouches mortes formaient une sorte de digue au bord du mur et il en avait écrasé quelques-unes. Il viendrait faire du ménage le lendemain et en profiterait pour fixer sur les deux battants de fenêtre des linges en coton qui serviraient de toiles et qu'il lui suffirait de soulever ou d'abaisser selon ses besoins. De plus, il verrait à se faire fabriquer une grande moustiquaire par le forgeron ou le père Bellegarde. Avant de partir pour le village, il viendrait prendre les mesures à l'aide d'un pied-de-roi.

Depuis la veille qu'il pensait sporadiquement aux chemins menant chez lui et dont lui avait parlé Fernand Rouleau. Pour un chasseur ou un bon marcheur, la distance se parcourait assez bien, certes, mais pas une femme ne voudrait se risquer à faire le chemin à pied. Du côté le plus discret, il y avait un mille de rang plus un mille à travers bois. Par la voie longeant la ligne entre les Talbot et les Poirier, on était en terrain découvert donc pas à l'abri des regards curieux alimentant les doutes et les ragots. Et par le Dix, on ne pouvait se rendre chez lui sans éveiller l'attention des Boutin, dont les yeux très nombreux n'échapperaient rien de ce qui voyagerait le long des digues de roches et de la toute nouvelle ligne électrique.

– Il me faut un bazou, se dit-il tout haut en refermant les fenêtres.

Ayant appris que le Cook n'était pas trop content du sien, il lui en offrirait un bon prix. Philias Bisson s'en occuperait, rafistolerait ce qui faisait défaut, et aussi âgée soit-elle, la machine marcherait. N'avait-il pas touché le garagiste droit au cœur en vantant sa Pontiac neuve ? Philias était homme à relever les défis, à ne pas souffrir de se trouver ailleurs qu'en tête, autre part qu'à la première place. Ah ! comme il est payant de jouer sur les sentiments humains ! Mettre un profit devant le nez de l'un, une flatterie devant le nez de l'autre…

Pas tard dans l'avant-midi, Albert Hamel téléphona à Rose. Il espérait qu'elle l'invite à se rendre chez elle. Les Jolicoeur ne retourneraient pas dans la Beauce ce jour-là, et il ne les mettrait pas au courant s'il devait s'y rendre lui-même. Qui aurait à redire, étant donné que les hôtels des environs seraient remplis et puisqu'elle avait hébergé un étranger journaliste le vendredi d'avant ? Et même, qui saurait, vu la multitude qui serait là une fois encore ce samedi pour une autre manifestation de la mère de Dieu ?

Elle refusa.

« Les gens voient tout dans un village. Les Jolicoeur le sauront par la vieille dame ou par Bernadette : ils seront très mécontents. Berthe est une femme scrupuleuse et religieuse… Plus tard, on verra. Si le curé l'apprend, je perdrais la moitié de ma clientèle… »

Il eut beau insister, elle demeura inflexible. Il promit de la rappeler régulièrement, mais quand il raccrocha, elle sut qu'il ne reviendrait pas à la charge.

Cela ne la mettait pas d'humeur pour se rendre sur le cap des apparitions ce soir-là. D'autant qu'au fond d'elle-même, elle n'y croyait pas du tout, à ces visites de la Vierge aux enfants Lessard. Mais il valait mieux faire semblant, toujours pour la même raison : ne pas offenser ses clientes. Car comment douter des apparitions quand on est en 1950, qu'on est femme et représentante Avon ?

Bédard fut au village de bonne heure l'après-midi. Il voulait rencontrer le Cook et lui faire une proposition d'achat pour sa guimbarde, avant que les affaires de vente de médailles ne se réchauffent trop et que le temps manque au jeune homme pour discuter du prix.

Les tables étaient installées au même endroit que la fois précédente, soit au bout de la deuxième grange à Freddy; et le même tandem, formé de Paula Nadeau et de Gilles Maheux, servait déjà la clientèle.

N'apercevant pas Eugène sur place, Bédard s'adressa au jeune adolescent:

– Penses-tu que le Cook, il me vendrait son bazou?

Le garçon plissa le nez:

– Il vient de l'acheter, sa machine. Il s'en sert pas mal.

– Je vais lui faire une offre. Il pourra s'en acheter une autre, une meilleure… Paraît qu'il s'est fait avoir par Campeau.

– Elle est là, à côté de la grange…

– Je vais la voir.

Bientôt, la curiosité conduisit l'adolescent autour de l'auto, hors de vue de Paula.

– Où c'est qu'il est, le Cook?

– Parti au presbytère porter de l'argent… C'est un pourcentage sur les ventes de médailles qu'il donne pour le perron.

– Quel homme généreux! Sais-tu que t'as une belle petite fille avec toi pour vendre… Elle te regarde avec des beaux yeux quand t'as la tête ailleurs.

Gilles haussa les épaules. Bédard enchaîna sur le ton du comparse en désignant sa poitrine avec ses pouces:

– Pis elle a une belle petite paire de… T'aurais pas de misère à lui prendre, d'après c'est que je peux voir. Les petites jeunes de cet âge-là, elles aiment ça des beaux gars qui ont les mains fouilleuses. Tu l'embrasses comme il faut, pis en même temps, tu lui passes les mains aux bonnes places…

Le garçon ne dit pas un mot, mais fut profondément troublé par ces propos. Jamais personne n'en avait tenu de semblables devant lui. Cela s'inscrivait sans doute dans cette complicité qui s'était établie durant la semaine à cause de leurs confidences mutuelles. Il avait le visage blanc, exsangue, quand il retourna à la table de vente. Paula l'accueillit avec un sourire et le regarda avec intensité. Son trouble augmenta. Et son corps, dans la région du ventre, fut envahi par une chaleur qui ne lui était pas encore familière tant il y avait peu de temps qu'il la connaissait.

Il se promit d'aller reconduire Paula jusque chez elle quand le moment serait venu à la fin des opérations tard en soirée.

Bédard alla attendre le Cook au kiosque des Bilodeau, inoccupé pour le moment, et quand le jeune homme sortit du presbytère, il le laissa venir jusqu'au moment où il fut à sa hauteur alors qu'il apparut soudainement devant lui et le fit sursauter.

— Je pensais que tu m'avais vu.

— Toi, t'apparais pis tu disparais aussi vite…

— C'est peut-être parce que tu pensais à ton argent ?

— Tu sauras que j'pense pas rien qu'à ça.

— Ou à la petite Maheux…

— Comment ça, la petite Maheux ?

— T'as un œil sur elle et le bon.

— Qui c'est qui t'a conté ça ?

— Les murs ont des oreilles.

— Tu te mêles de ce qui te regarde pas trop.

Le Cook eut un ricanement nerveux. Il fouilla dans sa poche de chemise pour en sortir son paquet de tabac dont il fit jaillir avec son pouce expérimenté le rouleau de papier.

– T'as raison. J'y ai parlé, à la petite Rachel, c'est une fille faite pour toi, pas pour Jean-Yves, qui est parti en bas pour jamais revenir.

Ces mots convertirent une grande contrariété en une joie qui fit rougir le visage du Cook et bientôt, il exulta :

– Arrête-moi ça, toé !

– Elle fait pas mal de tours en bicycle pis moi itou. Je l'ai rencontrée par hasard pis à parler, j'ai ben vu que tu la laisses pas indifférente. Ah ! si je continue à faire des balades en vélo, je vas sûrement la revoir... Je vas la questionner plus pis je t'en dirai quelque chose.

Voilà que l'étranger créait chez son interlocuteur une nouvelle contrariété. Il ne fallait pas qu'ils se voient trop, ces deux-là, pour que le peu de terrain gagné par Eugène depuis le départ du fiancé de Rachel ne soit pas perdu aux mains d'un nouveau venu, surtout un gars d'aussi bonne apparence que ce Bédard.

– Marchons donc un peu, veux-tu ?

– Attends que je finisse de rouler ma cigarette.

– Sais-tu, je parlais de ça au petit gars qui t'aide tantôt pis je me demandais si ton bazou, il serait pas à vendre. D'abord, toi, tu vends tout ce que tu peux...

Eugène lécha le papier et en terminant son petit chef-d'œuvre de cigarette, il se désola :

– Ah ! mais c'est que j'en ai besoin asteure de mon char, hein ! J'ai pas mal de stock à charrier avec...

– Je te le laisserai tout le temps que t'en auras besoin pis que tu t'en chercheras un autre.

– Dans ce cas-là, ça dépend de quoi c'est que tu me donnes pour.

– Le prix que tu l'as payé...

Le Cook haussa les épaules et sortit une allumette qu'il frotta contre la jambe de son pantalon. Puis il posa la flamme sur les brindilles de tabac qui pendaient au bout du rouleau de papier. Elles prirent feu.

— Plus soixante-quinze piastres, enchérit Bédard en fixant son regard sur le feu qui faillit brûler le bout du nez du fumeur.

Eugène éclata d'un rire vif qu'il interrompit aussitôt pour ne pas révéler son état d'âme.

— J'dis pas non, mais faudrait me donner le temps d'y penser ben comme y faut.

Bédard lui toucha le bras en prononçant de sa voix la plus rassurante :

— Tout le temps que tu voudras, mon ami, tout le temps que tu voudras ! En attendant, je vas faire du vélo... pis si j'ai l'occasion de parler à la petite Maheux, je vas te le dire...

Le Cook fronça les sourcils. Il cracha du bout de la langue un fil de tabac.

Ils se rendirent néanmoins examiner le teuf teuf, dont Eugène vanta la solidité.

— Le père Thodore a pris soin de ça comme de ses yeux.

Bédard s'opposa en ricanant :

— J'ai entendu dire que t'avais de la misère avec...

— De la misère ? Pantoute, le moteur, ça vire comme un petit taon. Viens, je vas aller te le faire essayer...

Mais Bédard lui dit qu'il le croyait sur parole et il reprit son vélo pour aller ailleurs. Quelques minutes plus tard, il arrivait à la boutique de forge où il venait commander à Ernest les moustiquaires dont il avait besoin pour les fenêtres de sa tour.

— C'est pas trop ma spécialité, ça, dit le forgeron qui travaillait d'arrache-pied sur les gardes du perron. Pis j'ai pas le temps. Les gardes d'église, les foins, les clients... ça arrête pas... Un ouragan...

– Vous prendrez le temps qu'il faudra.

– Dans ce cas-là... As-tu tes mesures?

– Oui, là, sur un papier.

Et il le tendit au forgeron qui le regarda de sa main libre tout en continuant d'actionner le soufflet du feu de forge.

– C'est toé qui...

– C'est pas moi qui ai pris les mesures, c'est Georges Boutin. Moi, j'sais pas lire...

– C'est ce que tu dis, ouais... Bon, on va voir à ça. Le prix, ça va être trois piastres chaque.

– Voulez-vous que je vous paye tout de suite?

– Quand ça sera fait, quand ça sera fait.

Bédard savait à propos d'Ernest qu'il avait perdu ses cheveux et en attribuait la faute au quêteux Labonté qui lui aurait jeté un sort. Il voulut provoquer quelque chose:

– Vous, vous ressemblez comme deux gouttes d'eau à mon frère de Victoriaville. Un bon jour, il a perdu ses cheveux en l'espace de trois semaines. Mais paraît que ça recommence à repousser. Une pelade. Je vous dis ça comme ça: vous devez pas aimer trop en parler, hein!

Ernest jeta, le regard menaçant:

– Si t'as de quoi à dire de bon, dis-le... Comment ça se fait que ça repousse? Pourquoi c'est faire qu'il les a perdus?

– C'est un cultivateur, lui. Il dit que c'est une maladie qui pourrait venir des chevaux. Mais moi, j'ai toujours pensé que c'est quelqu'un qui lui en voulait qui lui a souhaité ça.

– Pareil comme moé, maudit torrieu, pareil comme moé, ça! Un sort qui m'a été j'té par un maudit quêteux...

– Le mieux pour se débarrasser d'un sort, c'est d'envoyer à la personne qui vous l'a jeté une personne qui est capable elle itou de jeter un sort. Ça fait peur à l'autre pis ben... il retire son sort...

– Ça se pourrait. J'ai jamais pensé à ça, moé...

– Je vas repasser pour les moustiquaires, ça presse pas.

Et bientôt, l'étranger quittait la boutique, laissant derrière lui un forgeron au crâne nu bourré de pensées aussi noires que son charbon.

Vis-à-vis la porte de la maison, il fut hélé par Éva qui avait son nez dans le treillis de la porte :

– Vous, là, montez donc icitte un peu.

Bédard laissa son vélo par terre et se rendit à la demande de la femme.

– C'est que vous êtes allé faire avec mon petit gars dans le grenier de la boutique quand son père était parti pour Québec ?

– Jamais allé là, madame !

– Fendez-moi pas la face avec vos menteries, je vous ai vus…

– Madame Maheux, j'ai mis mon bicycle à l'autre bout de la boutique pis j'ai attendu que Gilles revienne avec une broche pour ajuster mon panier… regardez mon panier là.

Il y avait tant de certitude dans sa voix que la femme fut ébranlée dans sa conviction coléreuse :

– C'est dur à crère, ça.

– Demandez à Gilles, il va vous le dire.

– C'est certain que vous allez dire la même affaire. Deux larrons, ça se contredit pas.

Il affirma de sa voix la plus persuasive et retenue :

– C'est là que vous vous trompez, madame Maheux, les deux larrons à côté de Jésus sur la croix, ils se sont contredits, eux autres…

– En tout cas, vous êtes mieux de pas toucher aux enfants, là, vous, parce que…

Il répondit par la négative en agitant sa main gauche ouverte et par une moue et des mots :

– Aucun danger, madame, absolument aucun danger !

Tout avait l'air si vrai en cet ange de lumière : son ton, sa façon de dire le mot Jésus, ses certitudes... J'te dis, j'te dis... Il restait tout un doute dans le regard incrédule de la femme... tout un doute...

\*\*\*

# Chapitre 9

Bédard pensa se rendre chez Rose pour acheter sa crème pour la peau et enfin connaître ce personnage évasif que le destin dérobait du sien depuis son arrivée dans ce village. Car comment ne pas s'intéresser au plus haut point à cette femme séparée de fraîche date, capable de braver le presbytère, la morale publique, les qu'en-dira-t-on, assez osée pour jouer à la Mae West dans un restaurant et qui avait l'air d'exercer une certaine fascination sur certains hommes comme Philias Bisson, Roland Campeau et d'autres, voire Ernest Maheux, qui affichait trop de désinvolture en parlant d'elle pour que la femme le laisse indifférent et aussi froid. Mais il voulut remettre à plus tard cette rencontre et décida de se rendre au restaurant y prendre tôt son repas du midi afin d'avoir toute liberté ensuite d'observer les visiteurs et les têtes connues qui circuleraient et convergeraient vers le cap à Foley et tous ses environs.

Ernest ôta sa perruque, la déposa sur une tablette de châssis, enfila une paire de lunettes fumées, et il se mit à souder un morceau de fer contre un autre. Pourtant, il n'avait pas la tête à son ouvrage et les propos de l'étranger se bousculaient dans son esprit. Non, le quêteux Labonté n'avait pas levé son sort. Oui, il lui enverrait une force d'opposition pour lui faire peur puisque c'était le seul moyen. Car même la Vierge du cap n'avait rien fait pour que ses cheveux recommencent à pousser. Mais qui envoyer à Labonté pour lui faire peur ? Oui, qui ?

La Vierge l'entendit-elle, ? Le ciel lui fit parvenir une réponse aussitôt. En terminant sa soudure, il coupa l'oxygène, fit glisser ses lunettes sur son front et jeta un dernier coup d'œil sur son travail qu'il trouva mal fait et envisageait reprendre lorsqu'une voix énorme, plus grave encore que celle d'une basse, se fit entendre à quelque distance de lui :

— Ernest, mon cheval perd un fer…

Il aperçut dans l'embrasure de la porte, silhouetté par la rencontre de la brillante lumière extérieure et le clair-obscur de l'intérieur, un personnage qui avait allure de géant dans sa très petite taille. C'était le bossu Couët, venu comme le samedi précédent mettre aux pieds de la Vierge du cap ses douleurs éternelles, ses peurs existentielles et son enfermement cruel dans ce corps déformé, exposé chaque jour de sa vie au dédain général.

— Aurais-tu le temps de m'arranger ça ? reprit-il lentement.

— Ben certain ! Dételle ton cheval pis attache-le dans le travail, là. On va s'occuper de ça.

Aussitôt, Ernest pensa qu'il avait son homme. Le bossu quêtait lui aussi, et leurs territoires, à lui et Labonté, se croisaient. Il y avait concurrence. Et le bossu avait la réputation d'arrêter le sang, de chasser la vermine et de faire passer les coliques aux chevaux malades. Nul doute qu'il pouvait aussi opposer un sort à un sort. La prière, les miracles espérés, c'était parfaitement dérisoire dans un cas pareil, car dans un pareil cas, il fallait combattre le feu par le feu. Et le moment pour cela se présentait enfin…

Il le paierait. Dix piastres, vingt, s'il le fallait.

Quelques minutes plus tard, le forgeron agrippait de sa main experte la patte de la bête et l'emprisonnait entre ses jambes.

— Mal ferré, ça ! Non, c'est pas les chars…

En même temps qu'il examinait le sabot, Ernest pensa qu'il avait oublié de remettre sa petite perruque sur sa tête puis il se dit qu'après tout, ce n'était pas une femme qu'il avait devant lui, ni même un homme ordinaire mais plutôt un nabot qui ne devait pas être trop content de sa propre personne non plus.

— Bon, je vas ôter le fer, tailler la corne, pis on va chauffer le fer pour le régrandir un peu là, sur les côtés. Pis on va le remettre comme il faut avec huit bons clous de première classe.

— Ben correct!

Ernest relâcha la patte qui hésita avant de se poser à terre et il dit au bossu en le regardant droit dans les yeux:

— De coutume, ça vaut autour de deux belles piastres, d'l'ouvrage de même, mais je te chargerai pas une maudite cenne, rien pantoute, pis même que je pourrais te faire gagner de l'argent, toé, aujourd'hui si tu veux m'écouter, mon p'tit Couët...

Les deux hommes ne se connaissaient pas de la veille. Depuis de nombreuses années, le bossu passait par là et même logeait chez un maquignon de la Grande-Ligne dans sa tournée des paroisses. Et puis ils s'étaient bien connus naguère à Courcelles, où continuait de vivre l'un depuis le jour sombre de sa naissance et où l'autre avait appris son métier de forgeron vers 1930.

— Y a un proverbe qui dit: «Si vous voulez récolter de l'argent, sumez-en.»

— J'aime ça, entendre ça, mon p'tit Couët, déclara Ernest avec un air de condescendance.

Le forgeron se rendit prendre son marteau qu'il saisit par les oreilles et il montra son crâne dégarni avec le manche:

— Tu vois ça, mon Couët? C'est un sort...

— Un sort?

— Un sort du quêteux Labonté de Saint-Éphrem-de-Tring. Il est venu m'achaler quand c'était pas le temps. Je l'ai jeté dehors, j'aurais jamais dû. Lui, y m'a jeté un sort. Pis toé, tu vas m'en délivrer...

Le bossu se sentit de l'importance comme quand on lui demandait d'arrêter le sang ou le mal de dents :

— J'sais pas si j'pourrais...

— Je te donne dix piastres.

Habitué au maquignonnage et au négoce, le bossu hocha sa grosse tête :

— Le quêteux Labonté, il est fort en maudit...

— Vingt piastres.

— J'peux le forcer à lever son sort, ça, c'est sûr, mais c'est pas garanti que tes cheveux repousseraient...

— Fais lever le sort pis je m'arrange avec le reste. Y a des remèdes à l'iode, y a un nouveau produit... du NIL-O-NAL. Occupe-toé pas du reste.

— Écoute, pour te rendre service, Ernest, après le ferrage, je prends le bord de Saint-Éphrem...

— T'auras probablement pas besoin, parce que le quêteux Labonté, on le voit tous les samedis sur le cap à Foley... Un malfaisant comme lui, j'sais pas pantoute c'est quoi qu'il vient faire là...

— Ben, j'vas y voir dret à soir.

— C'est tout ce que j'veux savoir.

Ernest aperçut quelqu'un arriver dans la cour. Il se dépêcha d'aller reprendre sa galette de cheveux qu'une araignée besogneuse avait commencé d'incorporer à sa toile qui recouvrait une partie de la fenêtre noire.

Bédard commanda deux hot-dogs d'une Jeannine hautaine, qui demanda avec quel condiment il les voulait.

Il lui sourit avec le plus de séduction qu'il put donner à son faciès en disant :

— Ketchup et... avec un sourire brûlant.

Mais il ne l'obtint pas. Elle tourna les talons. Les doutes sur les mœurs de cet étranger avaient pris trop d'ampleur en l'esprit de la jeune femme pour qu'elle lui offre plus qu'un minimum d'obligeance. Avait-il pris la relève de Rioux, le fifi chassé de la paroisse, auprès de son jeune frère ces derniers jours où il avait habité l'hôtel?

Mais pour l'heure, elle n'avait guère le temps de réfléchir à cela puisque le restaurant était maintenant bondé de clients. La plupart des visiteurs et Bédard avaient eu de la chance de se présenter au bon moment, c'est-à-dire quand un couple d'Américains avait quitté les lieux.

Il était seul dans sa cabine. Même au comptoir, tous les bancs étaient occupés. Jeannine avait de la sueur sur le front, son frère l'aidait à servir aux tables tandis que sa sœur et sa mère cuisinaient et qu'une autre de ses sœurs restait derrière le comptoir, et que Fortunat veillait aux choses du bar dans l'hôtel même.

Une famille à l'ouvrage. Mais des gens qui aimaient leur travail et le faisaient avec compétence. De moins en moins question pour Jeannine de s'associer d'une façon ou de l'autre à cette entreprise de manufacture de chemises qui accaparait maintenant toutes les énergies de son ami Laurent. Mais elle préférait ne pas y penser de ce temps-là. L'avenir, c'était demain et plus tard, surtout pas aujourd'hui où ça pressait tant... où ça pressait trop...

Un autre client entra. Un adolescent un peu rondelet que Bédard connaissait déjà par son prénom et à qui il avait même parlé un peu un soir. Il s'approcha:

— Du monde à midi!

— Veux-tu t'asseoir avec moi? Gêne-toi pas, mon gars! J'sus pas gênant, tu vois...

— Va ben falloir d'abord que je vois pas une place libre ailleurs.

Et le jeune homme se glissa sur la banquette. Il avait le visage rouge et suait abondamment.

— Fait chaud partout! dit Bédard après avoir pris une gorgée de Pepsi.

— Je vas aller me chercher un Coke…

— Attends, Jeannine s'en vient…

Que se trouvait-il donc derrière cette face picotée, ce visage tavelé et faussement naïf? Dans toute personne, le court-bouillon des sentiments a tôt fait de révéler les secrets les mieux ensevelis. Bédard désirait fouiller dans cette âme profonde et pour y entrer sans attendre, il hasarda en guise de heurtoir:

— Ta mère est repartie à Montréal d'après ce que le Blanc m'a dit.

— Oui, hier. Connais-tu ma mère?

— Je l'ai vue passer devant l'hôtel pour aller au magasin à Freddy pis Émilien m'a parlé d'elle.

L'adolescent sourit nerveusement:

— C'est qu'il avait à dire?

— Qu'elle reste à Montréal pis…

Bédard s'arrêta pour prendre une gorgée et l'attente énerva encore plus le jeune homme:

— Pis quoi?

L'autre se rendit compte qu'il venait de planter un solide crampon dans l'âme de l'adolescent en lui parlant de sa mère. Il se fit mielleux pour attirer la mouche à lui:

— Que c'est une bonne mère pour toi pis que c'est pour ça qu'elle t'a mis en pension chez ta grand-mère.

Soulagé, Jean d'Arc fit un coq-à-l'âne pour que dévie la conversation vers autre chose:

— Paraît que t'as vu Léonard Beaulieu se faire électrocuter. As-tu eu peur?

— À ma place, toé, aurais-tu eu peur?

— Ça doit pas être beau à voir.

– Un accident, ça a l'air d'un accident.

– On dirait que ça t'a pas fait grand-chose.

– La mort, c'est la mort! La mort, mon ami, c'est juste pas être là... pus être là... Tiens, c'est un peu comme ta mère qui est pas là... elle est un peu morte pour toi...

L'adolescent souffrait de l'absence de sa mère et du fait qu'elle l'ait éloigné. Et voilà maintenant qu'il souffrait de ce demi-rejet par Rose après cette rencontre brûlante où la femme avait fait de lui un homme. Il avait bien aperçu ce personnage venu de Québec avec les Jolicoeur et qu'il savait, par Bernadette, s'appeler Albert Hamel, en la compagnie de Rose sur le site des apparitions le samedi d'avant, et ça l'avait mortifié, terriblement déçu, mis en colère. Un secret qui vous donne des ailes peut vite se transformer en un lourd fardeau qui vous empêche non seulement de voler mais de marcher. Et aucun sentiment humain n'est plus assassin que la jalousie.

Entrer chez Rose par la porte de la cave et aller lui piquer une crise? La dénoncer au curé Ennis comme il l'avait fait à propos de Rioux et de cette séance de masturbation qui avait valu à cet homme de se faire chasser de la paroisse à jamais? Si au moins il pouvait confier son secret à quelqu'un... Trahir Rose au presbytère, ce serait se trahir lui-même. Il ne lui restait, pour le moment, qu'à surveiller cette femme cruelle qui pourtant ressemblait tant à sa mère par sa vie, par son image physique, par toute sa personne...

– Ta mère, c'est une bien belle personne, dit l'étranger comme s'il venait de lire dans les profondeurs de l'âme de l'autre.

– Je l'sais.

– Belle pis bonne, c'est la mère idéale.

Ces mots de velours portaient néanmoins des échardes. Car la femme vivait avec un autre homme qui les avait souvent battus, elle et son fils, et même si l'époque fermait les yeux sur cette accoutumance immonde de certains, l'adolescent n'était jamais parvenu à s'y faire, non plus qu'à l'idée que son vrai père soit parti de la maison un jour dont il ne se rappelait même pas tant il était jeune alors...

— Mon père est parti j'avais trois ans, lança-t-il pour montrer de la force devant cela et ainsi prévenir une attaque sur ce sujet.

Bédard haussa les épaules sur une moue compréhensive :

— Aux États, le divorce, c'est courant. Par icitte, même une séparation est condamnée aux yeux du monde... Quin, prends madame Rose par exemple...

Par ses regards noirs et luisants, Bédard observait le visage de son interlocuteur, surveillait ses mains, sa gestuelle, guettait les moindres signes de nervosité, épiait la moindre réaction physique et voilà qu'il perçut des changements majeurs chez Jean d'Arc à ce moment. L'adolescent bredouilla, rougit encore plus, changea de position sur la banquette, ne put retenir des tics rictus ; et tout cela mit Bédard sur un pied d'alerte psychologique. Pourquoi réagir aussi fort au nom de la Rose ? Il devait à tout prix explorer la grotte profonde dont il venait de découvrir l'entrée :

— ... ben madame Rose, elle doit... La connais-tu, toi ?

— Oui.

— Elle reste où ?

— Voisin de Bernadette.

— C'est une farce. Je le savais... Faut justement que j'y aille tantôt...

Le front de Jean d'Arc s'assombrit soudain. Les ondes tordues voyageaient en abondance dans l'air ambiant. Il suait, soufflait, soupirait...

— Paraît qu'elle a fait la Mae West icitte même dans le restaurant... C'est Émilien Fortier qui me l'a dit...

— Émilien, c'est un maudit f... un placoteux...

– Écoute, c'est pas un péché de marcher comme Mae West pour faire rire le monde, c'est signe que madame Rose, elle est pas achalée, c'est tout…

– Je l'sais.

Jeannine se présenta à la table. Elle trouva détestable de voir ces deux-là à la même banquette ; mais pour le moment, elle n'avait guère le temps de s'en inquiéter davantage ou même d'en parler à l'arrière ou à son père.

– Je vas prendre un Coke pis un sandwich aux tomates avec mayonnaise.

Elle fit battre ses longs cils :

– Pas de tomates, c'est trop de bonne heure dans l'année. Faut attendre pour ça…

– Aux œufs d'abord…

Et elle repartit.

– Madame Rose, reprit l'étranger en regardant profondément le regard embarrassé de l'autre, c'est-il vrai qu'elle en a des pas mal belles, des… boules ?

Jean d'Arc simula un rire excessif qui sonna le fêlé et ne parvint pas à enterrer sa gêne :

– T'as rien qu'à te rouvrir les yeux.

– Oui, mais je l'ai jamais vue autrement que sur son portrait, dit Bédard avec un tel engagement de sa tête penchée en avant et du regard agrandi que l'adolescent irréfléchi tomba dans un piège.

– Le portrait sur le piano ?

– Ouais… justement celui-là…

Jean d'Arc se sentait en train de chuter. Mais, tel un chat, il fit une pirouette et retomba sur ses pattes en attaquant :

– Comment ça se fait que tu l'as vu, toé, son portrait sur le piano ?

– Pis toi, mon gars ?

– J'ai fait une commission pour ma mère.

– Eh ben…

– Pis toé ?

– Pis moi ?

– Pis toé, comment ça se fait que t'as vu son portrait sur le piano ?

– C'est clair. J'suis allé là.

– Quand ça ?

– Mercredi, j'pense…

– Elle était partie pour Québec…

Le pauvre adolescent venait de faire un autre faux pas. Et cette fois, Bédard se mit à le redouter. Il lui apparaissait que le jeune homme nourrissait quelque sentiment inavouable envers cette femme et ça le passionnait… Mais il ne fallait pas tirer trop sur la ficelle pour le moment. Au contraire, il jugea préférable de lui servir un plat de mots assaisonnés de réconfort, même si le sujet différait totalement :

– T'es ben chanceux, toi, de savoir lire pis écrire. Une neuvième année, c'est rare, ça… Ta mère, elle aurait ben pu dire quand t'as fini ta deuxième année : « Toi, va-t'en donc travailler… » Mais elle te fait instruire. Je trouve ça beau de sa part.

Émilien vint servir son Coke à l'un et ses hot-dogs à l'autre. Bédard les regarda puis le regarda en déclarant :

– Ça en est deux beaux gros !

– De la saucisse Fédéral : la meilleure.

– Ça va faire du bien dans le canayen !

Bédard commença à manger. Jean d'Arc décompressait tranquillement. Le serveur repartit content de la remarque de son client. L'odeur des hot-dogs augmentait le bonheur de chacun.

Et quelle chaleur tout partout !

Alors qu'il se rendait payer au comptoir, l'étranger entendit le sifflet de la manufacture annonçant la fin de la semaine de travail des employés et des patrons. En même temps, l'angélus se fit entendre. Il put voir par la fenêtre l'aveugle Lambert qui sonnait la cloche de l'église. Il salua à demi les gens par des sourires esquissés ou des signes du regard ou de la tête, démêlant les Américains des autres, les citadins des campagnards et les classant tous sous l'étendard de la croix et de la foi. Pauvres eux autres! Pauvres aveugles! Pauvres sonneurs de cloches!

De retour à la table, il laissa un pourboire et salua Jean d'Arc qui achevait son sandwich:

– Ben à la prochaine! C'est ben ben intéressant de jaser avec toi.

– Salut!

Et il quitta les lieux.

Jean d'Arc se précipita au comptoir et paya à Émilien ce qu'il devait sans même demander la monnaie de son dollar, et se dépêcha de sortir du restaurant pour voir si Bédard allait chez madame Rose. Mais l'étranger disparut un moment, caché par le magasin général; puis il reparut à pied et entra dans l'établissement. Perdu, hésitant, l'adolescent retourna chez lui.


L'intérieur du magasin était sans doute l'endroit le plus frais du village. On s'y sentait bien pour acheter des effets. Il y a avait déjà une dizaine de clients devant les deux comptoirs et ils accaparaient Freddy, Bernadette et Ti-Noire.

Sachant qu'il venait prendre le sac des choses qu'il avait achetées plus tôt mais n'avait pas emportées avec lui, Ti-Noire lui lança entre deux têtes:

– Ton sac, il est là-bas, dans le cagibi entre le comptoir des dames pis le bureau de poste. T'as qu'à aller le prendre si tu veux.

– Parfait de même! remercia-t-il avec un signe de la main ouverte.

Il alla au lieu dit. Quelqu'un toussa de l'autre côté. Il jeta un coup d'œil et vit Armand Grégoire assis là sur une chaise à dossier enveloppant, qui lisait *Le Soleil* de la veille.

— Monsieur Grégoire…

— Salut, Germain Bédard, l'homme de la maison au vieux Polyte…

Quand ses faibles énergies du matin le permettaient, Armand mettait beaucoup d'expression dans son visage émacié, dans son regard et surtout sa voix pour accueillir quelqu'un, de sorte que la personne puisse se sentir hautement appréciée. Une manière de son père.

— Comment allez-vous en ce beau jour de tout ce que vous voulez ?

— Comment ça, de tout ce que je veux ?

— La Vierge du cap vous attend pour laisser tomber sur vous pis les autres croyants des fleurs, des fleurs, des fleurs…

— Tu crois à ça, toé…

— Pourquoi pas ?

— Me semble que t'as pas l'air trop bête.

— J'sus pas renseigné trop trop, moi, j'lis pas *Le Soleil* tous les jours comme vous. Comme on dit : *Le Soleil*, ça éclaire !

— T'écoutes pas le poste de radio non plus ?

— Dans mon bois, y a rien qui vient. Faudrait un poste pas trop loin… Mais j'en ai une, une radio. Je m'en vas essayer de poser une antenne dans ma tour…

— Ah ! je la connais, la maison à Polyte ! Les gars se cachaient là le temps de la guerre. Ça m'est arrivé d'aller leur porter à manger.

Armand avait déposé son journal, allongé les jambes et croisé les pieds. Et inséré ses pouces dans la ceinture de son pantalon. Il lui plaisait bien davantage de jaser que de lire. Il reprit :

– Pour en revenir aux apparitions...

Bédard savait bien que le point le plus sensible en parlant à cet homme était celui de la santé et de la mort, tout comme pour Blanc Gaboury. Mais ce n'était pas le moment d'entreprendre une conversation là-dessus, d'autant que l'autre avait l'humeur à parler d'un sujet à l'autre extrême.

Mais l'étranger évita de révéler quoi que ce soit sur l'aspect fumeux des apparitions tel qu'il le connaissait; et chaque fois que son interlocuteur voulait son opinion, il évitait de répondre et mettait le focus sur une question connexe.

Puis il fut question de la collecte de fonds pour l'ouverture de la manufacture. Armand appuyait cela et les deux hommes s'entendirent aisément sur ce sujet. Leur échange fut interrompu par l'arrivée de quelqu'un. Bédard le vit par les yeux d'Armand et se tourna. Sa surprise fut grande d'apercevoir Marie Sirois qui se tenait là dans sa coutumière humilité, un peu en retrait, juste visible au maître de poste provisoire.

– Salut, Marie ! s'exclama Armand en se levant. Je vas te dire tout de suite, si tu viens sur le cap à soir, tu pourras me laisser ton bicycle pis t'auras pas peur de te le faire voler avec tous ces étrangers qui viennent par icitte. Ils auront beau venir pour voir la Sainte Vierge, c'est pas tous des anges, pis j'leu' donnerais pas l'absolution sans confession.

– Ben oui...

– Bonjour, madame, dit poliment Bédard, qui se fit plus petit devant la planche à bascule.

– Bonjour...

Elle sentait quelque chose tourbillonner en son sein en la présence de cet homme pas comme les autres, et ces quelques mots qu'il lui avait glissés à l'oreille à la manufacture continuaient de tinter agréablement dans son âme.

— Je viens pour un mandat, dit-elle.

— Oui, madame, on va arranger ça. Quel montant?

— Sept piastres et trente.

— Sept piastres et trente. Ça sera pas long, Marie...

La veuve dont les cils étaient encore poussiéreux sortit une petite enveloppe brune de la poche de son pantalon et l'ouvrit pour en extraire un billet de dix dollars. Puis elle trouva son enveloppe d'expédition dans une autre poche et la mit sur la planche.

— Une commande chez Simpson... Ça va faire sept piastres et cinquante-deux en tout.

Bédard préférait ne rien dire du tout. Il lui semblait avoir devant lui une de ces personnes timides qui se façonnent des mondes intérieurs pour y laisser évoluer leurs rêves, leurs attentes et leurs frustrations. Si proches l'un de l'autre pour un si bon moment, il ne pouvait pas ne pas circuler des vibrations, et il fit un grand effort de concentration pour lui en faire percevoir. Intérieurement, il se fit paterne, sensuel, protecteur...

En ce moment même, Rose entrait dans le magasin. Elle se rendit au comptoir de Bernadette qui cessa de mesurer du matériel à la verge pour lui parler:

— Le monsieur Bédard qui veut de la crème pour les mains, il est justement là, au bureau de poste avec Armand. Si tu veux lui parler...

Le visage de la femme blêmit. Et pourtant, son sang roulait vite dans ses veines. Elle avait l'opportunité de le voir enfin, ce personnage insaisissable, et voilà qu'il se trouvait en la présence d'un tuberculeux qu'elle ne voulait approcher pour rien au monde.

– Merci, je vas… Ben là, je vas aller du côté à Freddy…

– Manque-le pas, tu vas perdre une vente, là, toi…

– Merci, merci, Bernadette.

Rose fit semblant de se diriger vers le bureau de poste. Mais au bout de quelques pas, la peur l'arrêta. Comme s'il s'était senti épié, l'étranger tourna la tête et leurs regards se rencontrèrent. Le portrait du piano lui revint en mémoire et Bédard sut aussitôt qu'il avait enfin à quinze pieds de lui cette femme exceptionnelle qu'il n'avait pourtant jamais vue. Elle frissonna malgré la chaleur. Il se produisit une décharge électrique invisible, la rencontre de deux courants violents passant par les yeux, des flammèches brillantes et brûlantes. Tout observateur eût trouvé saisissante cette scène qui mettait à côté les uns des autres, d'une part une pauvre veuve meurt-la-faim qui incluait toute son espérance du moment dans une commande par catalogue pour ses filles, maigréchine à la main fragile qui tendait un billet de banque à une autre main, celle d'un mort en sursis n'espérant de la vie que sa fin et celle de ses souffrances, et, d'autre part, ce personnage noir venu d'ailleurs avec ses étrangetés, sa puissance physique et l'emprise qu'il exerçait sur les gens, qui plongeait ses signaux les plus sauvages dans ceux d'une femme qui n'avait nulle envie de faiblir et conservait tous les désirs de contrôler chaque parcelle du moment présent…

Pas le moindre sourire ne passa entre eux. Elle savait qu'elle n'avait pas à lui parler, elle savait qu'il avait compris, elle savait qu'il savait déjà beaucoup de choses sur elle… mais pas plus qu'elle n'en connaissait sur lui.

Il détacha ses yeux du visage pour les promener sur la robe rose et la poitrine forte mise en évidence par le tissu serré; elle détacha ses yeux simplement et s'en alla du côté de Freddy, où elle n'acheta rien du tout. Puis elle sortit du magasin…

Elle retourna chez elle et attendit. Attendit qu'il vienne. Car il viendrait, elle le savait, ça aussi, elle le savait...

Marie lécha le rabat de l'enveloppe et la remit entre les mains d'Armand. Il y colla un timbre de quatre cents qu'il oblitéra ensuite d'un coup de marteau encreur.

— Merci! dit-elle à mi-voix.

— Pis oublie pas pour ton bicycle à soir.

— Bonne journée, Marie, dit Bédard de sa voix la plus engageante.

— Bonjour!

Elle partit, tiraillée entre sa honte d'être ce qu'elle était et son émotion de s'imaginer autrement, et, d'autre part, le bien-être qu'elle ressentait quand cet inconnu déjà familier lui adressait un mot.

— Une petite femme ben courageuse! dit Armand quand elle fut partie. Elle devrait se chercher un homme...

— Élever trois enfants sans mari, c'est dur pour une femme pas plus forte qu'elle.

— Le Bon Dieu est drôle des fois...

— Des fois?

— Souvent...

Bédard avait deux images en tête: celle de Rose et celle de Marie. Il ne parla pourtant que de la veuve:

— Le Fernand Rouleau, ça pourrait lui faire un homme comme il faut, à la petite madame...

Armand se rassit et dit sur un ton déclaratoire:

— Il a sa femme encore, lui, dans le fin fond de l'Ontario. Dans le boutte d'Elliot Lake probable... Une sauvagesse, paraît-il... Il veut pas en parler à personne, mais c'est connu de tout le monde. Il a ramené un petit gars avec lui... Parlant de Fernand Rouleau pis de la veuve Sirois, veux-tu que je t'en conte une bonne?

Bédard savait déjà ce qu'Armand avait à lui confier. Mais il feignit l'ignorance et l'autre lui raconta par le détail les cérémonies incantatoires, dont il savait tout déjà, même s'il n'était de retour du sanatorium que depuis quelques jours seulement.

***

# Chapitre 10

Il avait vu Marie enfourcher son vélo et prendre la direction du village à sa sortie de la manufacture quelques secondes avant lui, aussi Fernand s'était-il dépêché de partir vers chez lui sans s'attarder au village.

Il croisa plusieurs autos, dont le passage ajouta une couche de poussière de gravier sur les couches de poussière de bois qui recouvraient ses *overalls* et sa chevelure. Et ses cils s'en trouvaient ainsi rallongés sur son regard petit et vicieux. Il parvint en vue de la maison de la veuve. Alors il réduisit son allure pour être plus certain qu'on puisse le voir s'approcher, et se mit à penser aux événements des deux samedis précédents.

Le 24 juin, tandis que le fils de Marie agonisait et que toute la paroisse plus des milliers et des milliers de visiteurs étaient à demander des faveurs à la Vierge du cap, lui s'était soûlé comme un veau de lait dans le bar à tuer à Fortunat, histoire de célébrer, comme trop d'autres, la fête nationale, et il s'était endormi là, brisant ainsi la promesse formelle qu'il avait faite à Marie de la conduire avec son fils mourant sur le cap de l'espoir où tout était encore possible pour sauver l'enfant, selon sa mère désespérée.

Elle avait enterré son fils puis, prise en pitié par Dominique Blais, avait commencé à travailler à la manufacture. Et le samedi suivant, premier juillet, pour des raisons connues d'elle seule, puisque Marie ne lui parlait presque plus, elle s'était rendue sur le cap, emmenant deux de ses filles et laissant la Cécile à la maison…

Depuis chez lui où il surveillait étroitement sa demeure, Fernand l'avait vue partir, le vélo chargé d'elle-même et de ses deux enfants. Il était parti avec sa lampe de poche en disant à sa mère qu'il se rendait comme tout le monde sur le cap des apparitions, mais il avait bifurqué vers leur grange située pas loin de la maison de la veuve et, buvant du gros gin dont il avait là une réserve, l'œil collé sur un trou de nœud, il avait conçu toutes sortes de pensées perverses sans oser, jusqu'à la brunante, aller plus loin…

La Cécile, serait-elle à la fenêtre du haut, comme il lui avait ordonné de le faire aux heures où il avait à passer devant chez elle ? Il était encore trop tôt pour le savoir et son âme recula dans le temps…

Il ne voit plus rien à l'intérieur de la grange. Sa lampe de poche allumée, on pourrait croire de la route qu'il y a là du feu. Il peut sentir son flacon de gin. Et il le porte encore à sa bouche. Et il remet son œil sur le trou de la planche. La maison de Marie lui apparaît, silhouettée sur un fond de lumière lunaire, au moment même où la Vierge est censée apparaître aux saints enfants Lessard… Si l'homme s'approche, le chien de la maison va alerter Cécile. Mais l'homme doit s'approcher de la maison s'il veut s'approcher de Cécile. Il va chercher à l'attirer dehors à l'arrière de la maison ? Oui, mais avec quel appât ?

Le bruit, les aboiements du chien, les lueurs de sa lampe de poche, tout cela pourrait terroriser la fillette. L'imagination de Cécile stimulera sa propre peur. Il vaut mieux prendre la voie directe. Frapper à la porte arrière. Dire son nom à travers la porte. La rassurer. Lui annoncer vivement pourquoi il vient. Il est un visage familier pour elle. Il est venu souvent dans leur maison. Tiens, il lui donnera de l'argent pour la consoler de rester seule tandis que ses sœurs et sa mère sont sur le cap à Foley en train de participer à un grand événement. Pas trop d'argent pour tâcher de faire naître un secret entre eux. Et surtout pour que ça se répète. Et pour attirer la jeune adolescente à lui ensuite quand il le voudrait.

À tâtons, il cache la bouteille plate derrière une planche appuyée à une poutre verticale et, titubant dans du foin qui chuinte sous ses pas, il sort de la tasserie puis de la grange par le petite porte percée dans les grandes qui donnent sur le pont. Là, il voit mieux grâce au ciel de nuit et s'en va vers la maison. À mi-chemin, la lumière de la cuisine s'allume; Cécile est déjà mise en alerte par le chien. Elle vient à la fenêtre, regarde, mais ne le voit pas. Elle croira que l'animal en renifle un autre, un porc-épic, un chat sauvage, une bête puante...

Il poursuit, entend le chien, arrive à l'escalier à deux marches, reste en bas, frappe avec son doigt replié, l'œil fou aux lueurs excessives...

— Cécile, c'est Fernand, ta mère est pas là?

Elle ne saisit pas tout ce que révèle la question. Qu'il sait que c'est elle et pas une de ses sœurs, qu'il s'adresse à elle et pas à sa mère... Elle ouvre par obéissance... Il lui montre deux pièces de vingt-cinq cents en disant:

— Tiens, je te les donne...

Elle est pâle. Le chien s'est tu: l'odeur de l'arrivant lui est familière, à cette petite bête fidèle et peureuse qui fait semblant de garder la maison par ses maigres aboiements.

— C'est parce que t'es restée tu seule pis que les autres sont chanceuses d'aller voir la Sainte Vierge pis tout le monde là-bas, sur le cap...

Elle tend la main. Il s'en empare tout en remettant l'argent dans sa poche.

– Hey, qu'est petite, ta main ! Quin, mets-la comme ça, dans la mienne pour voir...

Elle obéit. Elle ne sait qu'obéir. Il sent l'alcool, mais pour elle, ce n'est pas un signe et cela n'éveille pas l'inquiétude, le doute, la peur. Il rit :

– Toute une différence, hein ?

– Oui...

– Ben viens icitte dehors, je vas t'en montrer d'autres, des affaires pas pareilles entre moi pis toé...

– Fait noir...

– J'ai ma *flashlight*, regarde...

Il éclaire à côté le bois cordé sous l'appentis, dit à mi-voix, comme pour en pas être entendu par Dieu Lui-même :

– Viens, on va s'assire pis placoter en attendant que ta mère revienne du village.

La fillette sort de la maison. Il referme la porte. Il repère deux bûches qui ont été mises de côté parce que trop grosses pour loger dans la fournaise.

– Assis-toé là...

Et il prend place à côté d'elle puis éteint la lumière.

– Les vingt-cinq cents, je vas te les donner tantôt. Je voulais juste voir ta petite main, là, c'est pour ça que je les ai mis dans ma poche.

– Ah !

– Pis je vas t'en donner d'autres souvent si tu veux. Aimerais-tu ça ?

– Oui, monsieur.

– Faudra pas que tu le dises à ta mère, par exemple... parce qu'elle va le dire à tes sœurs pis ça va faire de la grosse chicane. Toé, je te trouve plus fine pis c'est pour ça que je vas t'en donner... Tu diras que tu l'as trouvé, l'argent, dans le chemin en marchant...

– Oui...

Il soupire à quelques reprises.

— Il fait noir pas mal. As-tu peur?

— N… non…

— Une chance que j'sus là parce que t'aurais peur, hein?

— Ben…

— Qu'il vienne des loups pis je vas les chasser que ça sera pas long. J'en ai déjà chassé, des loups, moé…

— Ah!

— Pis… tu veux que je te montre quelque chose qu'on a qui est pareil? Je te le montrerai pas, je vas te le faire toucher… Donne-moi ta main encore…

La grande fillette connaît son catéchisme par cœur et l'énoncé du sixième commandement de Dieu lui vient en tête. *Impudique point ne seras ni de corps ni de consentement.* Mais elle n'arrive pas à savoir si cela peut avoir un rapport avec la situation présente.

Il trouve la jeune main dans l'obscurité et la guide jusqu'à sa poitrine velue et lui fait toucher un de ses seins et le mamelon tout doucement.

— C'est pareil pour toé. Touche-toé…

Et il guide la main sur elle jusqu'à l'endroit voulu…

— Ça se ressemble, hein?

— Oui…

— Montre donc un peu voir!

Il lâche sa main et tâte la poitrine naissante avec la sienne…

— Même grosseur… On est pareil… C'est drôle… J'ai hâte que ta mère revienne pour savoir si la Sainte Vierge est apparue à soir sur le cap… Toé?

— Moi itou.

— Aurais-tu aimé ça y aller?

— Oui… Maman dit que ça va être mon tour la prochaine fois.

— Ben oui, ben sûr!

Il soupire encore:

– Fait chaud à soir, hein?

– Oui.

Elle l'entend bouger. Il allume la lampe un bref instant.

– Regarde…

La lumière frappe une grosse tige blanche à capuchon rouge que l'homme tient entre les doigts de sa main gauche. Elle a juste le temps de se rendre compte que c'est de la chair et que ça fait partie de son corps.

– Je voulais juste te montrer une autre affaire pas pareille comme toi pantoute.

Elle sait qu'il y a des garçons et des filles, des hommes et des femmes, mais elle ignore cette différence particulière entre eux et n'a jamais vu la nudité de son frère décédé. Et Fernand a pris soin de ne pas garder l'image visible bien longtemps.

– Donne-moé ta main encore…

Elle ne sait plus quoi faire. Il la trouve, sa main douce, molle sur son genou, et l'approche de son sexe en tremblant et en la rassurant:

– Regarde comme c'est chaud! C'est mon bâton, prends-le dans ta main… Comme ça…

La main obéit: elle n'a jamais appris qu'à obéir. Il l'enveloppe de la sienne pour être certain qu'elle reste là et qu'une menace imprimée dans la mémoire de Cécile ne vienne pas la retirer trop tôt. Surexcité, il se masturbe et atteint le climax en quelques secondes alors même que, de la foule réunie sur le cap, jaillit un étonnement général à la vue de la combustion du cèdre sec. Il lui redonne sa main et lui confie sa lampe de poche qu'il allume et dirige vers lui. Il trouve un mouchoir dans sa poche et essuie les mouillures visibles.

– Si tu dis à ta mère c'est que tu viens de faire, elle va le dire à monsieur le curé pis là, ben ça va être terrible. Comprends-tu ça, là?

– Oui…

Il en remet :

— Pis les sœurs vont le savoir pis les autres au couvent pis y a personne qui va vouloir te parler ensuite… Tu vas rester tu seule dans ton coin…

Il put voir une moue de détresse dans le visage de la jeune adolescente. Il fallait lui entrer dans la tête que seul le silence pouvait être son salut.

— Si tu le dis pas, y a jamais personne qui va le savoir. Si tu le dis, tout le monde va le savoir pis ils vont te traiter d'impure comme Aurore, l'enfant martyre… Tu veux pas être traitée comme Aurore, l'enfant martyre ?

Rapetissée, confuse, elle ne répondait que les mots simples que l'homme désirait entendre :

— Non.

— Ce que t'as fait, ça sera notre deuxième secret. Le premier, ça va être les cinquante cents que je vas te donner à chaque semaine. Oui, à chaque semaine. Tiens, je te le donne, ton cinquante cents d'aujourd'hui, là… Il va falloir que tu le caches ben comme il faut. La meilleure place, ça va être dans la grange, là-bas, en dessous d'une roche… Viens, on va y aller ensemble tout de suite…

Il l'y conduit à la lumière de sa lampe. Il lui prépare une cachette entre des pierres assemblées en mini espace. Y met de l'argent en monnaie. L'avertit :

— Quand c'est que tu vas être tu seule à maison, le temps que ta mère ira à messe ou ben ailleurs sans que tu sois avec elle, que ça sera à ton tour de garder ou ben que t'iras aux fraises tu seule ou n'importe quoi, tu vas me le faire savoir d'avance. Tu vas monter dans ta chambre pis mettre un mouchoir dans le châssis… Tu vas le laisser pendre après la toile… Si tu le fais pas, moé je vas le dire à ta mère, c'est qu'il s'est passé… Pis t'auras pus jamais une cenne. Pis le curé, pis les sœurs, pis les autres élèves au couvent, ils vont tous rire de toé pis te traiter comme Aurore, l'enfant martyre... Vas-tu t'en rappeler ?

– Oui.

– T'en est sûre, là ?

– Oui...

– C'est quoi que tu vas mettre dans le châssis ?

– Un mouchoir.

– Pis quand je vais passer pis que tu vas être dans ta chambre, même si tu prévois pas être tu seule, tu me feras signe avec ta main... Pis l'argent, ben je vais venir le mettre icitte : t'auras qu'à le prendre quand tu voudras... Montre-le surtout à personne... Tu pourras t'acheter de la liqueur ou ben... ou ben... des petits Chinois de la Sainte-Enfance...

Voilà comment Fernand s'y était pris pour suborner et subjuguer cette très jeune personne si vulnérable... Élevées par une mère qui possédait une conscience aussi aiguë de sa petitesse et de ses faiblesses, les filles à Marie seraient faciles à manipuler... Et si l'occasion se présentait, il agirait avec les deux autres comme avec la Cécile.

Mais pas tout de suite. Il devait d'abord consolider par l'habitude cette fragile construction commencée avec l'une... Et puis il devait prévenir les attaques en agissant comme tous les hypocrites quand ils veulent camoufler leurs perversions, leurs égoïsmes, leur mépris des êtres faibles, soit entrer dans les profitables jeux de la vertu. Il se présenterait sur les lieux des apparitions. Il prierait avec un chapelet à la main. Il lui fallait redresser l'opinion des gens de la place à son sujet. Et quand il boirait, il le ferait avec plus de discrétion et de modération. Moins tapageur en Ontario, on ne l'aurait pas chassé. À voir ça, un intellectuel aurait pu pontifier : la culture de l'image, la culture de l'image. Qui possède une belle image peut tyranniser impunément son entourage ! Alléluia !

Fernand Rouleau ne se dépouillerait pas du vieil homme en lui, mais il le mettrait à l'abri de tous les soupçons. Et cela, grâce au délit d'ordre sexuel qu'il avait commis.

Il leva la tête vers la fenêtre, sans crainte d'être aperçu par Marie qui avait pris la direction opposée à la sienne plus tôt et crut voir, embusquée derrière les rideaux jaunes, la silhouette tremblotante de cette fillette à moitié femme.

***

# Chapitre 11

Que de langueur en ce corps de femme !

Depuis son retour du magasin, Rose attendait, assise au salon devant l'étalage de ses produits, sûre que d'une minute à l'autre, on sonnerait à la porte. Rafraîchie par les grands arbres, la maison avait gardé l'air ambiant chaud mais supportable. Et maintenant, on pouvait observer que le soleil était souvent voilé par les nuages, car la lumière intérieure augmentait et baissait au gré du passage des cumulus haut dans le ciel.

Dans sa chambre, la vieille dame soufflait fort et gémissait parfois. Son état n'échappait pas à la vigilance de sa gardienne qui au besoin, une fois de temps en temps, se rendait auprès d'elle pour mesurer sa respiration, et à l'occasion, l'aider à vaporiser au fond de sa gorge à l'aide d'une pompe le liquide servant à la dilatation de ses bronches.

Elle avait intérêt à ce que la malade vive le plus longtemps possible : de ce temps-là, pas une seule maison ni aucun loyer dans le village n'étaient disponibles et ça lui causerait tout un problème si cette demeure devait être vendue suite au décès de sa propriétaire invalide et âgée.

— Rose, entendit-elle vaguement.

Aussitôt, elle se rendit dans la chambre de madame Jolicoeur.

— De la misère avec votre respir, là, vous ?

— Ouais… étira l'autre.

– On va vous pomper un peu…

– Ouais…

Rose prit la pompe sur la commode et l'introduisit dans la bouche mollement ouverte de la vieille femme alitée.

– Y a de l'humidité pis de l'orage dans l'air, c'est pour ça que vous filez moins ben, là vous, aujourd'hui. Je vas faire rentrer plus d'air dans votre chambre tantôt…

Elle actionna vivement la poire à une dizaine de reprises et put se rendre compte par la longueur du souffle et les mouvements de la poitrine sous le drap blanc que les bronches laissaient mieux passer l'air. Le rituel terminé, Rose remit la pompe à sa place en disant :

– Pis tâchez de prier la Sainte Vierge, là, vous allez voir qu'elle vous abandonnera pas…

– J'veux pas… qu'elle me garde en vie… j'voudrais… qu'elle vienne me chercher…

– On meurt à son heure, madame Jolicoeur.

– Vivre au litte, c'est pire… qu'être mort, ça…

– Peut-être que vous allez reprendre du mieux pis que vous allez vivre encore des belles années…

En même temps, Rose ouvrait une deuxième fenêtre pour que l'air circule mieux.

– La porte de la cuisine est ouverte pis je vas ouvrir celle-là du salon.

– Arrange-toé pas… pour qu'il fasse frette toujours…

– Madame Jolicoeur, on est en plein cœur d'été, dans le mois de juillet…

– Ouais…

Rose lui jeta un dernier coup d'œil avant de quitter la pièce. Elle ne s'habituait jamais à cette image de la vieillesse, de l'impotence, de la sénilité… Cette tête blanche engoncée dans un oreiller blanc, ce visage détruit par le temps : comment était-elle donc, cette femme, à trente ans ?

Avait-elle joui de son corps, de sa jeunesse ou bien ce corps et les belles saisons de sa vie avaient-ils été pris par d'autres, utilisés, dépensés ?

Dès qu'elle fut de retour au salon, la femme cessa de penser aux malheurs présumés de l'autre et elle se reprit d'attention pour elle-même. Peut-être que l'étranger viendrait plus tard. Et cela vaudrait mieux, car trop tôt après une conversation avec un tuberculeux qui sait s'il ne porterait pas un char de microbes sur lui ?

Elle décida d'aller prendre un bain. Un deuxième depuis le matin. Qu'importe puisqu'elle avait le temps et que c'était bon après n'avoir pas eu la chance de disposer d'un bain toutes ces années de sa vie de ménage. Un plaisir de jeunesse qu'elle retrouvait puisqu'elle l'avait connu avec bien d'autres, du temps où elle travaillait à Montréal vers 1920 avant son mariage.

Il lui suffirait de garder la porte de la salle de bains ouverte afin de pouvoir entendre les appels de la malade ou peut-être la sonnerie de la porte s'il venait un client.

Elle monta à l'autre étage, fit couler l'eau du bain et, sitôt dans sa chambre, elle commença à se dévêtir dans des gestes automatiques et irréfléchis. Car toute sa pensée, comme souvent depuis quelques mois, alla à son besoin d'une intense communication avec une personne de l'autre sexe, ce qui l'avait poussée à prendre un jeune amant un soir, puis à se rendre à l'invitation du veuf de Sillery durant la semaine. Mais voilà que son incroyable attirance pour un inconnu qu'elle n'avait jamais vu, plus des raisons pratiques, l'avaient poussée à remiser ces deux-là et à miser sur le nouveau venu.

Ce Bédard possédait tant de choses. Selon ce qu'on en disait, il semblait toujours se trouver là où il se passait quelque chose d'important. Et il y avait ces mystères qu'il se plaisait à entretenir autour de lui. Et sa marginalité. Et cette solitude qu'il choisissait librement en vivant dans cette maison isolée. Et son énergie, disaient d'autres. On parlait autant de lui que de la Sainte Vierge : il était donc aussi une sorte de star. Un Gregory Peck. Et bel homme, répétaient Bernadette, Ti-Noire, madame Lambert, madame Boutin, madame Lachance, madame Bureau, madame Bilodeau, Éva, Rachel… Non seulement elle ne doutait plus de cela depuis qu'elle l'avait enfin aperçu, mais on ne lui rendait pas justice en ne le qualifiant qu'avec les mots « bel homme »… Énergie, confiance en soi, curiosité, froid contrôle de lui-même, chaleur intérieure, c'est tout cela qui transcendait de son regard pénétrant, c'est tout cela qu'il laissait transparaître en quelques secondes seulement ; quelle éloquence lui trouverait-elle quand il parlerait, quand il s'exprimerait par les gestes, par ses ondes ?

Rose se rendit compte qu'elle avait ôté tous ses vêtements et qu'elle avait endossé une robe de chambre, mais il lui semblait que le moment d'aller au bain n'était pas encore venu. Et elle prit place à sa commode devant son miroir. Pour réfléchir.

L'image dans la glace lui inspira une question : et si ce jeune étranger qui dérangeait tout le monde possédait une âme monstrueuse, un cœur immonde ? Et si cet homme n'était qu'une espèce de vampire qui s'empare du meilleur de vous-même pour s'en nourrir puis vous laisse vide dans votre écorce desséchée ? Le seul énoncé de cette interrogation en son esprit la fit frémir… frémir de plaisir…

Elle prit un tube d'un nouveau produit, le fit tourner entre ses doigts, fut sur le point de l'ouvrir pour s'en servir, mais changea d'idée. Elle reviendrait plus tard à son miroir, à son image, à son maquillage…

Quelques instants plus tard, elle se glissait dans l'eau tiède, qui lui monta jusqu'au cou. Puis elle prit un pain de savon encore dans son emballage rose et l'en sortit. C'était du Cashmere Bouquet, sa marque favorite, à part certains en crème par Avon. Le papier retomba par terre à côté de la cuvette et le pain fut frotté sur la débarbouillette. Savonnage, massage, l'hygiène se mêlait au plaisir sensuel. Il lui vint en tête un air qu'elle fredonna un moment avant de se dire qu'il s'agissait là d'impiété, car on ne doit pas mêler sensualité et spiritualité quand on est l'année sainte...

– Au ciel, au ciel, au ciel, j'irai la voir un jour...

Si le curé voyait cela, si le curé entendait cela ! Heureusement, il n'en aurait jamais l'occasion... Et heureusement qu'il était à l'autre bout du monde, car si la chance se présentait à elle en la personne d'un homme de son goût, elle hésiterait avant de cracher dessus... Et une fois encore, ils lui revinrent en tête, ces candidats à l'amour : le professeur, s'il était donc un peu moins constipé ; Roland Campeau, qui avait l'air de rien comme ça ; Philias Bisson, qui, avec une si belle auto, devait bien avoir quelque chose dans le ventre ; Pit Poulin et son bel uniforme de police provinciale ; et maintenant, le plus espéré de tous, ce grand jeune homme qui semblait fait d'acier.

Elle rêvassa longtemps. N'entendit rien venir d'en bas. Ni appel ni sonnerie. Là, elle retourna dans sa chambre et, pour un moment, s'étendit sur son lit. Tant de bien-être l'invita à la somnolence où elle entra bientôt...

C'est pourtant un vampire qui l'accueillit de l'autre côté de la conscience, qui se coucha auprès d'elle et commença à caresser sa peau douce en ronronnant comme un chat.

Elle se laissa toucher comme il le voulait, s'abandonna à sa volonté ; mais quand il voulut mordre, elle le repoussa. Et il s'en amusa, comme sachant qu'il finirait par obtenir son consentement. En même temps qu'il disparaissait, elle reprit conscience.

Et alla s'asseoir encore devant son miroir, cette fois pour essayer quelques nouveaux produits. Elle possédait la touche pour faire émerger de son visage une image qui attirait les regards des hommes ; mais ce jour-là, il fallait qu'elle réussisse encore mieux, que lui apparaisse une œuvre d'art devant les yeux, que les rides et les ans deviennent partie de l'ouvrage et la rehaussent.

Pourtant, elle ne voulait aller nulle part et n'avait pas l'intention de sortir de la maison...

Au cœur de l'après-midi, tandis que les nuages se pressaient de plus en plus les uns derrière les autres, après que l'étranger eut rencontré des visiteurs et leur ait parlé, qu'il se soit rendu à l'arrière de la boutique Maheux pour y cacher et attacher son vélo, saluant au passage Ernest qui forgeait à tour de bras en prédisant l'orage, qu'il eut sans tarder regagné la région voisine du cimetière et du cap à Foley, il se produisit un événement dont le vicaire, depuis la galerie du presbytère où il lisait son bréviaire, fut un témoin perplexe.

Venu à pied pour n'avoir pu s'approcher plus près en voiture, le policier provincial bien connu dans les paroisses avoisinantes, Pit Poulin, se rendit au kiosque des vendeurs d'actions où œuvraient déjà la belle Claudia Bilodeau ainsi que Jean Béliveau, qui avait accepté de rendre ce service pour le mieux-être de la paroisse. Bédard avait déjà entamé la conversation avec les deux jeunes gens. Le policier dit :

— La maison des voyants, ça se trouve dans quelle rue ?

Il connaissait la réponse, mais c'était sa façon d'établir le contact.

On le lui expliqua tandis que le vicaire s'interrogeait en les voyant gesticuler. Il fut ensuite question du très grand nombre de visiteurs prévu et des inquiétudes que les nuages commençaient à donner. Puis il posa quelques questions sur cette vente d'actions au sujet de laquelle on lui avait fait rapport.

— Vous savez que c'est pas légal, hein ?

– Non, fit Claudia.

– Euh… moi non plus, dit son assistant.

Bédard intervint :

– Vous allez toujours pas faire emprisonner une belle jeune fille comme mademoiselle ?

– Pourquoi pas ?

– Et un futur joueur des As de Québec ?

– Ah oui ?

– Prochaine saison…

– C'est quoi, ton nom ?

– Jean Béliveau…

– On va faire comme si j'avais rien vu, rien entendu… pourvu que ça soit la dernière fois aujourd'hui. Je sais que c'est pour une très bonne cause, ce que vous faites, mais c'est pour des intérêts privés… C'est pas légal de faire appel à l'épargne publique de cette manière-là… Mais comme je vous le dis, faudra pas recommencer… Pis comme ça, tu vas jouer pour les As ?

– Euh… oui…

Bédard se retira un moment. Il sourit à ce triomphe de l'image physique. Le représentant de la loi passait l'éponge parce qu'il avait devant lui une jolie jeune fille et un héros de la patinoire. L'étranger se frotta les mains d'aise. Comme tout cela était fascinant, comme tout cela était donc… humain… si… bêtement humain…

\*\*\*

# Chapitre 12

Quand le vicaire aperçut Pit Poulin qui marchait vers le presbytère, il entra et alla s'asseoir derrière le bureau du curé comme il en avait l'habitude depuis le départ de l'abbé Ennis pour Rome. Et il se creusa les méninges pour savoir la raison de cette visite anticipée de l'agent de police. Peut-être cette histoire de vente publique d'actions sur le terrain de la fabrique ? Quoi d'autre ? Il attendit, attendit, attendit… Enfin la sonnerie se fit entendre. Madame Létourneau se rendit recevoir le visiteur qu'elle fit entrer dans le bureau du prêtre. Ce n'était pas Pit Poulin mais Pit Saint-Pierre, ce voisin miraculé des Lessard.

– J'sais pas c'est qu'il se passe, j'sus venu vous avertir, la police est su' la veuve Lessard…

– Chez madame Maria ? se surprit le vicaire en rougissant jusqu'aux os.

– J'ai marché aussi vite que j'ai pu, mais faut j'fasse attention pour pas avoir une attaque du cœur comme l'autre fois…

Le prêtre bouillait, mais il n'en laissa rien paraître à part les signaux involontaires. Le pouvoir politique envoyait-il le pouvoir judiciaire pour essayer de museler le pouvoir religieux ? Ces trois pouvoirs en ce pays canadien-français pourtant, ne marchaient pas à la queue leu leu mais le plus souvent main dans la main ? Une idée révoltait et survoltait le vicaire : Pit Saint-Pierre avait retrouvé sa santé grâce aux petits voyants et Pit Poulin, lui, agissait pour neutraliser les enfants Lessard. Car, il n'en doutait pas, c'était bien de ça qu'il s'agissait. Mais que faire ? Pit Saint-Pierre lui donna la réponse :

— Vous devriez vous en mêler.

— C'est vrai ! C'est à l'Église de faire enquête, pas à la police. Allons-y !

Les enfants ne voyaient pas souvent la police dans les paroisses si ce n'est par l'imagination à travers les menaces des adultes qui assoyaient ainsi leur pouvoir sur la culture de la peur – graduée – des autorités, les plus effrayantes parmi elles étant naturellement les plus puissantes.

Les deux voyants et leur mère étaient assis à table et Pit Poulin, y ayant pris place aussi pour rédiger un rapport dans un calepin noir, espérait des réponses vagues susceptibles de ne déranger personne afin de satisfaire momentanément les autorités civiles et pour ne pas nuire aux événements du cap à Foley, qu'ils soient surnaturels ou inventés par quelqu'un. Le gouvernement se devait de jouer de prudence, et lui ne voulait pas se mettre le doigt entre l'arbre et l'écorce : ordres venus directement du premier ministre Duplessis.

C'est la mère qui, sourire crispé, répondit pour ses enfants.

— Depuis quand les apparitions ?

— Ça va faire un mois là…

— Les deux enfants étaient-ils seuls sur le cap à ce moment ?

— Non, y'avait un autre petit gars…

— Son nom ?

— Gilles Maheux.

— Le nom de son père ?

— Ernest.

— Il n'a rien vu, lui ?

— Ça a pas l'air…

— Où étiez-vous à ce moment-là ?

— Icitte.

— Y avait personne d'autre sur le cap?

Les enfants répondirent par la négative en hochant la tête. Ils savaient, sentaient que toutes ces questions par un policier exprimaient le doute sur ce qu'ils avaient vu et sur leur sincérité, et ça les glaçait, et ça les vissait sur leurs chaises... Ce qu'ils craignaient par-dessus tout, c'était de se faire dire qu'ils n'avaient rien vu du tout, qu'ils mentaient, que la Vierge ne saurait leur apparaître à eux, des petits pécheurs de pas grand-chose. Alors ils devraient croire ceux qui leur diraient cela. Et la magie du rêve s'estomperait...

— Quand ils voient la Sainte Vierge, qu'est-ce qu'ils voient au juste?

— Ben... la Sainte Vierge!

— Je veux dire... c'est brillant? C'est des rayons? C'est de quelle couleur? Y a-t-il plusieurs couleurs? Du bleu? Et du blanc mettons? De l'argenté?

La veuve faisait signe que oui:

— C'est ça, c'est ça: du bleu, du blanc, de l'argenté itou, pas mal d'argenté, hein, les enfants?

Tous les deux hochèrent aussitôt la tête à plusieurs reprises pour approuver leur mère.

— Et là, on arrive au plus important: qu'est-ce qu'elle dit, la Sainte Vierge, quand elle apparaît?

Les deux enfants se regardèrent avec des yeux interrogateurs. Le policier vint à leur rescousse:

— Elle a peut-être dit qu'il va y avoir une grande guerre?

— Oui, ça, elle l'a dit.

— Parce que le monde... est bien méchant?

— Ça itou, hein Nicole?

— Oui...

Pit se racla la gorge et ajouta:

— Une guerre atomique?

– Oui, des bombes atomiques, il va en mouiller partout…
Mais peut-être que y en aura pas de guerre, si le monde, ils se
mettent à dire leur chapelet comme il faut… À tous les soirs…
à tous les soirs à CKAC…

– Elle a parlé de CKAC ?

– Non, non, mais le chapelet, c'est à CKAC, ça…

Puis l'homme écouta Maria raconter la guérison de Pit
Saint-Pierre. Il prit quelques notes et referma son calepin.
Assez entendu pour ce jour-là.

– C'est tout ? demanda la femme à moitié soulagée.

– Rien que ça, madame. C'est pour mon rapport.

– Ils vont-ils pouvoir retourner sur le cap à soir ?

– Ben sûr, ben sûr, sans problème !

Il salua et quitta les lieux. Dehors, il vit venir le prêtre et
cet homme qu'il connaissait de vue. Et marcha vers eux sans
se presser sous le regard des voyants aux grands yeux rivés aux
vitres d'une fenêtre.

– Dites-moi, cherchez-vous un crime où il n'y en a pas ou
quoi ?

Apostrophé par le ton et les sourcils noirs du prêtre, l'homme
de la police se dressa sur ses ergots :

– Monsieur le vicaire, je fais ce que j'ai à faire et je sais ce
que j'ai à faire.

– Les apparitions, c'est du ressort de l'Église catholique et
de personne d'autre.

– À moins que la fraude et la fumisterie ne soient évidentes.

– Et il s'est passé quoi, là, chez madame Lessard ?

– Ah ! mon cher monsieur le vicaire, ça, c'est du ressort de
la police, pas de l'Église.

– Un des devoirs du presbytère, c'est de protéger les fidèles,
même de la police. Les autorités civiles ont voulu s'en mêler à
Fatima aussi… et comme elles se seraient trompées d'arrêter
les enfants d'aller rencontrer la Vierge !

– Je serai là à soir, mais je ne vais pas m'en mêler.

– C'est à espérer!

– Pour le moment, je dois voir de quoi il retourne sur les routes et voir à ce que la circulation ne s'arrête pas… Excusez-moi!

Non seulement les enfants et leur mère avaient observé la scène mais aussi l'étranger qui, à moitié assis contre le talus rocheux du cimetière avait l'air de se reposer ou d'attendre quelqu'un. Quand le policier arriva à sa hauteur, Bédard lui déclara:

– Vous faites enquête sur les apparitions? Vous me le direz pas, mais on voit ben… Moi, je vous dis que c'est de la bouillie pour les chats tout ça…

– Qu'est-ce qui te fait dire ça?

– Le moment venu, j'en donnerai toutes les preuves…

– C'est quoi ton nom?

– Bédard. Originaire du bout de Victoriaville. Je reste par icitte ça fait deux semaines.

– Tu connais Béliveau là-bas?

– Oui, mais je l'ai connu par icitte.

– Tu fais quoi pour vivre?

– Rien.

– Rien.

– Rien… Convalescence…

– C'est quoi qui te fait dire que les apparitions, c'est pas vrai?

– J'ai mes raisons… mais je les garde pour le moment… tant que le curé reviendra pas… Pis là, je vous dirai ce qu'il en est… à vous pis à lui.

Le policier ne trouva rien à ajouter. Et poursuivit son chemin tandis que le vicaire, après des hésitations devant la maison de la veuve, avait fait demi-tour sans y entrer et revenait au presbytère. Il vint à Bédard pour savoir ce que le policier lui avait dit et l'autre prit les devants et lui confia sur le ton de la confidence en rapetissant les yeux :

— Pour moi, il prépare de quoi de pas catholique, celui-là.

— Il est mieux de s'y prendre de bonne heure. Il va voir que l'Église, c'est plus fort que la police.

Puis le prêtre regarda les nuages s'amonceler.

— Peut-être que la police, mais pas plus fort que le ciel ? suggéra Bédard.

— Penses-tu qu'on va avoir de l'orage ?

— Oui... mais tard à soir.

— Tu veux dire... après...

— C'est ça : après...

L'abbé oubliait que le jour du coulage du ciment du perron, seul Bédard avait pronostiqué faussement parmi tous ceux qui avaient donné leur opinion sur la météo des prochaines heures, mais alors comme maintenant, les prévisions de l'étranger lui convenaient bien davantage...

— Bon, je vas aller travailler aux préparatifs...

— Pis gardez l'œil ouvert sur ce que je vous ai dit.

— Et le bon !

Et maintenant, où aller, à qui parler pour trouver l'expression d'un péché capital ? Bédard regarda à gauche, à droite, devant... Mais pas derrière puisque c'était là le royaume des disparus. Où se cachaient l'orgueil, l'avarice, la gourmandise, la paresse, la luxure, la colère, l'envie ?

— Partout, mais partout ! s'exclama-t-il tout haut pour lui-même en agitant ses deux bras laissés mous...

Et il se dirigea vers la maison de la veuve devant laquelle passaient des visiteurs désireux de voir les enfants vedettes mais qui n'osaient pas... Pit Saint-Pierre était assis en plein milieu de l'escalier, fumant sa pipe, comme pour empêcher les intrus, les voleurs de faveurs non méritées ou les profiteurs tout acabit de passer.

– J'ai pas pu vous revoir pour vous faire conter ce qui vous est arrivé… Allez-vous me le conter ?

– Certain !

– C'est quoi que vous faites là ?

– Le vicaire m'a demandé de protéger la maison…

– Mais c'est pas la bonne manière. Y a les voyants dans la maison. Y a vous là, un homme miraculé. Pis y a plein de monde pour vouloir voir les voyants… Vous allumez pas ?

Pit haussa les épaules :

– Ben… non…

– Il faut pas empêcher les gens d'entrer, au contraire, il faut les inviter à entrer…

– Ils vont faire mourir les enfants.

– Mais non, mais non si c'est ben organisé. Laissez-moi vous expliquer ça… Vous, vous vous tenez en bas de la galerie pis vous contez votre miracle à dix, douze personnes à la fois. On met quelqu'un… peut-être votre femme ? en dedans pour contrôler les visites pis ramasser les dons…

– Les dons ?

– Oui, bien entendu… les dons en argent.

– Comme su' Noël Lessard, le ramancheur de Saint-Victor ?

– Exactement ! Lui, il agit sur le physique pis eux autres sur le moral, sur l'âme…

– Pas rien que sur l'âme, sur le physique eux autres itou… Je vas te conter ce qui m'est arrivé icitte même.

Et Pit fit le récit de sa crise cardiaque et de sa récupération miraculeuse. Bédard écouta avec intérêt. Et peu de temps après, avec le consentement de la veuve, le système des visites était organisé et les gens se mirent à affluer…

– C'est quoi qu'on va faire de tout cet argent-là ? demandèrent Pit et Maria.

– Ça, dit l'étranger, moi, je le sais pas, c'est votre problème… Mais j'sus sûr que vous allez trouver une solution.

Le restant de l'après-midi, Bédard circula, marcha, se rendit au restaurant prendre un Pepsi avec une paille, alla au magasin jaser avec Ti-Noire entre deux clients, placota avec l'aveugle Lambert, avec des visiteurs venus de loin, fit rire Solange la muette en lui parlant de Bernadette et de Suzanne, retourna enfin dans le bar à tuer chez Fortunat pour y prendre son repas du soir en compagnie de Dominique Blais, Fernand Rouleau et du taxi Roy.

Le temps sombre s'y prêtant, Dominique, champion de l'humour noir grâce auquel il étudiait les caractères des gens, induisit une conversation sur la mort. Le taxi perdait de sa réserve en ces moments-là, car il affichait un grand cynisme face à l'inexorable, implacable et infatigable faucheuse.

Bédard les écouta sans trop dire et il lui apparut que ce propos terrorisait Fernand Rouleau; mais il devinait que dans leur for intérieur, les deux autres n'étaient peut-être pas beaucoup plus rassurés que lui, sinon pourquoi ainsi rire et ainsi boire? En effet, le repas de chacun fut fait de petits sandwichs et de grosses bouteilles de bière. Même Fernand finit par oublier sa résolution de boire le moins possible en public. Seul l'étranger fut presque sobre, sirotant un verre de vin rouge de piètre qualité, du Saint-Georges à la cruche.

L'ivrognerie faisant partie de la gourmandise, Bédard put inscrire dans sa mémoire cette scène qui, se disait-il, risquait d'en provoquer d'autres et des meilleures.

D'autant que Dominique paya au taxi la bouteille de boisson forte qu'il lui avait rapportée de la Commission des liqueurs. Il en prendrait livraison plus tard au moment de se rendre sur le cap à Foley où tous voulaient voir ce qu'il s'y passerait de plus, de mieux ou de différent eu égard aux autres fois.

Et pourtant se préparait une soirée pénible pour bien des gens, une soirée d'enfer pour d'autres. Et ce, à cause d'un douteux mélange de péchés capitaux et de mauvaise température avec

derrière tout ça, peut-être, la main du diable lui-même...
Avec pour résultats la peur, le sentiment de culpabilité, la
déception, l'échec et beaucoup de colère.

Mais à qui la faute?

Tout restait encore à venir quand on quitta le bar à tuer
pour se rendre aux apparitions. Le ciel, lui, commençait déjà
à parler; on pouvait entendre dans le lointain le grondement
du tonnerre.

Quand il eut sa bouteille de gin, Dominique la montra aux
trois autres et il défia les éléments:

— Avec ça, y a besoin de tonner fort pour nous effaroucher!

\*\*\*

# Chapitre 13

Le goût du magique animait toujours bien des gens de la place et il puisait abondamment au sentiment de fierté en chacun de voir ainsi la multitude accourir pour rendre hommage à la Mère de Dieu et lui demander des bienfaits. Choisi par la Vierge, choisi par les croyants venus d'ailleurs et de loin, choisi par les médias, choyé par le vedettariat, Saint-Honoré continuait de vibrer haut et fort bien qu'en d'aucuns, la flamme déjà commençait à vaciller quelque peu... En d'autres plus encore. Le camp des sceptiques devenait moins pantois...

Ils ne seraient pas tous sur le cap ce soir-là. Des choses matérielles à s'occuper, des magasins à tenir, des clients à servir, des contrats à remplir...

Rose ne pouvait pas laisser la vieille dame seule à cause de son asthme particulièrement sévère ce jour-là. De plus, elle craignait l'orage. Et puis, elle était déçue d'avoir cru à tort que le jeune étranger viendrait chez elle pour l'acheter, cette fameuse crème, dont Bernadette avait dit qu'il en avait exprimé le besoin alors qu'elle se trouvait en cavale à Québec.

Freddy s'occuperait de la clientèle du magasin et Ti-Noire pourrait se rendre sur le cap ou bien passer la soirée au restaurant comme elle l'avait fait le samedi précédent.

Des milliers et des milliers de personnes recouvraient les abords du cap, le champ jusqu'aux hangars du magasin, les environs des granges, le terrain de jeux, et beaucoup assisteraient à l'événement depuis le champ situé derrière le cimetière, et qui était déjà noir de vivants.

Bédard irait d'un groupe à l'autre, il parlerait au plus de gens possible sans toutefois s'intéresser aux étrangers, sauf à l'occasion. Ce sont les têtes connues qu'il voulait observer et voir réagir. Il s'était livré à cette expérience le samedi précédent et en avait extrait le maximum.

Un peu partout, des gens finissaient ou commençaient leur repas du soir dans leur voiture. Venus pour se nourrir l'âme, il fallait bien se nourrir aussi le corps. D'autres attendaient la dernière minute, craignant l'orage qui se faisait de plus en plus menaçant.

Tout devait ressembler, mais en mieux, en plus fervent et en plus spectaculaire, à la glorieuse manifestation de la semaine précédente sauf les quelques éléments par lesquels on avait souligné et célébré avec beaucoup de bonheur la fête du grand Canada : levée du fleurdelisé faute de l'Union Jack, petit discours patriotique par un inconnu et chant de l'hymne national par Pauline et ses chœurs...

Déjà, le vicaire, rendu sur le cap avec son microphone, avait commencé de haranguer les fidèles en leur parlant de tout ce qui était survenu là depuis quelques semaines. La foi des voyants, la beauté de l'apparition, les manifestations divines, les miracles et guérisons, la combustion du cèdre... Parfois, il s'adonnait à une interruption dans son exposé pour appeler à la prière et alors, comme s'il avait eu les poumons dans l'âme, il lançait de la voix la plus grandiose et convaincue qu'il pouvait se fabriquer un Avé qui faisait frissonner bien des croyants...

– Pour que l'orage nous épargne, dit-il après un *Je vous salue Marie*, nous allons en dire un autre. Priez bien fort et le ciel vous entendra, le ciel vous entendra ; mais si vous ne faites pas un solide effort tous ensemble, nous risquons tous de nous faire mouiller...

Pendant ce temps, Bédard parlait avec Roger Bureau près du kiosque où la fiancée de l'autre vendait des actions en la compagnie de Jean Béliveau, et il vanta avec tant d'emphase le grand jeune joueur de hockey de Victoriaville que son interlocuteur commença à ressentir de l'envie. Un signe ne trompait pas : assis sur un banc, la jambe croisée, le mauvais sentiment commença à tarauder, et sa jambe s'agita, se balança, parla... Alors Bédard s'excusa et s'éloigna.

Dominique Blais, Fernand Rouleau ainsi que le taxi Roy s'étaient suivis vers le cap et, voyant la densité de la foule, ils avaient traversé le cimetière pour se rendre le plus près possible du lieu des apparitions sans devoir pousser ni jouer du coude. Dominique cacha sa bouteille de gin derrière un grand monument et les trois joyeux lurons attendirent un peu plus de noirceur pour fêter ça... En attendant, ils riraient sur leurs réserves d'alcool déjà accumulées dans leur sang.

Pas loin du kiosque des vendeurs d'actions, Bédard aperçut le professeur Beaudoin, qui semblait remplir un devoir en venant là. Dans son assurance placide, le grand personnage digne, à cheveux poivre et sel, se tenait tranquillement adossé au mur de la salle, proche de l'estrade, souhaitant peut-être que vienne l'orage au plus tôt afin qu'il puisse s'en aller. Bien sûr qu'il devait montrer l'image d'un catholique pratiquant, car il avait été engagé par le curé, et c'est la fabrique qui payait son salaire. L'étranger savait ces choses. En s'approchant de lui, il se demandait comment traverser la carapace de ce personnage fermé au point de toujours faire croire qu'il ne l'était pas.

– L'orage s'en vient.

– Oui.

– Vous vous tenez pas loin de la salle pour ça ?

– Bah !

– Tout marche à votre goût ?

– Oui.

– J'sais pas si la Vierge va se montrer même si y tonne pis qu'il fait mauvais ?

– On va voir.

– Pas d'icitte. Faudrait monter plus haut.

– Si je dois voir quelque chose, je vais le voir là où je serai.

– Une bonne idée, ça ! Un bon raisonnement. Le contraire serait naïf...

Le professeur ne put réprimer l'esquisse d'un sourire. Bédard le remarqua. Pas plus ce froid professeur aux réponses laconiques qu'un autre ne peut rester insensible devant une opinion favorable sur son intelligence. Et son interlocuteur enchérit pour provoquer quelque chose :

– Avez-vous pris des actions ? Ah ! ça me regarde pas trop, c'est certain... Mais maudit que ça va donc rapporter dans cinq ou dix ans. Une manufacture gérée par les Bilodeau avec les Juifs de Montréal en arrière d'eux autres, ça pourrait couvrir tout le coteau là-bas...

– Le coteau à Jean Jobin...

– Ah ! j'savais pas le nom... Trois fois plus d'argent qui va rouler dans le village. Trois fois plus d'argent pour payer... le salaire du professeur...

– C'est sûr que ça va faire du bien, mais...

– Quelqu'un qui emprunterait de l'argent à du quatre pour cent, ça lui rapporterait en actions de dix à vingt pour cent, ça, c'est garanti.

– Tu devrais prendre la place à Béliveau pour vendre des actions.

– Ben non, ben non... Lui, c'est quasiment déjà une vedette des As de Québec ; tout le monde a confiance en lui. C'est pour ça qu'on lui a demandé de faire la vente avec mademoiselle Bilodeau...

Le professeur renoua aussitôt avec son laconisme. Après quelques mots de plus et une salutation, Bédard s'éloigna de lui non sans l'observer à la dérobée. Et l'oiseau ne tarda pas à se diriger vers le kiosque des parts-actions.

Le bossu Couët avait laissé son cheval à la boutique et son selky dans la cour devant. De là, il s'était rendu chez les Lambert, des gens qu'il connaissait depuis longtemps. Il s'entendait bien avec l'aveugle, le malheur les rapprochant mais aussi leur réputation commune de soigner les animaux sans autre remède que des incantations muettes et l'appel à la confiance de leurs propriétaires. Ils guérissaient tous les deux les coliques, le charbon, le souffle, mais les chevaux ou autres animaux atteints n'en revenaient pas toujours.

L'homme resta à souper puis s'en alla se poster à un lieu très passant près du hangar du magasin général, où il espérait voir arriver le quêteux Labonté parmi le grand nombre de visiteurs à pied. Il s'étendit dans l'herbe fraîche du soir et attendit. Deux heures plus tard, sa patience fut récompensée et son collègue de Saint-Éphrem, qu'il connaissait fort bien, parut. Il le héla. Ils se parlèrent. Et sous les yeux amusés et curieux de Bernadette, qui les observait depuis chez elle avant de se mettre en marche pour conduire Solange sur le cap, il y eut apparence de chicane en des attitudes menaçantes.

Mais il n'en était rien du tout. Que de la frime, que de la poudre au visage pour les témoins visuels, une joyeuse mise en scène de la mafia mendiante.

— Comment que ça va, mon Labonté ?

La voix pointue du mendiant contrasta avec celle si lourde du bossu :

— Pis toi, mon Couët ?

— Ça fait un an qu'on s'est pas vus…

— Dans le p'tit moins.

– La santé a l'air bonne?

– Ça pourrait être pire…

– Sais-tu, Labonté, on a déjà joué à ça pis faudrait jouer encore : faire semblant de se chicaner… J'te donne cinq piastres… Mais écoute-moé avant…

Et Couët conta à son collègue des grands chemins ce que le forgeron lui avait proposé pour retrouver ses cheveux d'antan. Ce qui fit rire l'autre jusqu'aux os. Il dit qu'Ernest l'avait visité pour lui demander de lever son sort.

– Là, lève les baguettes pis poigne-moé au collet. Y en a qui nous regardent pis qui vont se dépêcher de le colporter dans la moitié du village…

Huit heures du soir, mais un ciel aussi sombre faisait se demander s'il n'était pas déjà neuf heures. La visiteuse céleste se manifestait toujours entre huit heures et demie et huit heures et quarante-cinq; viendrait-elle de nuit noire? D'aucuns le souhaitaient pour, peut-être mieux la voir, silhouettée par sa propre lumière bleue. Par bonheur, le comité des aménagements avait fait installer d'autres lumières-sentinelles depuis la salle paroissiale, le long du cimetière, jusqu'au lieu des apparitions. Six en tout, dont deux éclairaient l'estrade d'animation où les chœurs de Pauline allaient bientôt offrir au peuple des fidèles leurs plus belles prestations. Ces lumières s'ajoutaient à d'autres, dont une au-dessus de la table des vendeurs de médailles, une autre éclairant le camp d'Armand Grégoire, quelques-unes autour des entrepôts du magasin et les huit réflecteurs du terrain de jeux, et pour terminer, une série de lampadaires formant une haie sur le chemin du presbytère plus loin. Et bien entendu, tout comme la fois précédente, des centaines et des centaines de personnes promenaient déjà avec elles des bougies allumées à la flamme fervente…

Bédard circulait à travers les gens quand il repéra Rachel Maheux qui, avec Ti-Noire, avait l'air de se diriger vers le cap. Il leur parla un moment sous l'œil inquiet du Cook bien que le jeune commerçant fût considérablement occupé par ses clients, tout autant que l'étaient à ses côtés ses deux assistants Paula et Gilles.

Toutefois, les deux jeunes filles ne se rendirent pas plus loin et restèrent sur place à jaser entre elles tandis que l'étranger se rendait une fois encore près des tables du bazar à pieuseries... Il y donna au Cook le conseil de se munir de toiles afin de pouvoir mettre vite sa marchandise à l'abri puisque selon lui, l'orage éclaterait subitement...

— Comme ça, tu perdras pas une cenne parce que t'auras pas peur de faire mouiller tes affaires.

— T'as raison, t'as raison, je vas aller voir Freddy...

— C'est le mieux à faire. Pis oublie pas d'en apporter une pour tes deux assistants, qu'ils puissent s'abriter...

L'autre s'étonna :

— Y a le bazou pour ça !

— Ben non, ben non ! Le bazou, c'est pour toi pis Rachel quand c'est que l'orage va prendre... À deux, vous serez mieux là-dedans qu'à quatre...

— Elle est avec Ti-Noire...

— Va demander à Rachel de te remplacer pour quelques minutes, le temps que tu vas aller chercher des toiles, pis en même temps, demande à Ti-Noire de t'emmener chercher des toiles... Ensuite de ça, tout va rouler tout seul : t'auras plus rien qu'à attendre l'orage...

Hautement satisfait de tout ça, le Cook adressa un clin d'œil à Bédard et se dépêcha de servir d'autres clients avant d'agir tel que conseillé...

Et ce diable d'homme venu d'ailleurs poursuivit son chemin à la recherche d'autres âmes à observer et à provoquer...

Il n'y avait pas que des imprévoyants dans les environs : plusieurs personnes emportaient avec elles un parapluie, certaines avaient un manteau ciré noir, d'autres des toiles de petites dimensions qu'elles pourraient opposer à la pluie, le cas échéant... Mais la plupart n'avaient pour protection que leur foi en un ciel qui ne saurait les laisser se mouiller...

En chaque fidèle, grondait la crainte de l'orage, mais plus fort qu'elle, brillait la certitude que le ciel ferait attendre les éléments et les garderait enchaînés tant que la Vierge n'aurait pas montré sa puissance et sa gloire aux heureux voyants, ceux qu'elle avait choisis pour transmettre à l'humanité son message aussi menaçant que prometteur.

Mais si le diable itou s'en mêlait ?

Rendu à son poste sur le lieu des apparitions, micro à la main, le vicaire, de son œil droit, voyait une répétition de ce qui s'était passé là la semaine précédente. Et ça lui valait une impression de déjà-vu.

Cette foule, tous ces gens en béquilles, ces grabataires emportés là grâce aux bras forts de leurs proches et de leurs espérances, les enfants Lessard qui s'en venaient sous bonne escorte, suivis de l'humble veuve égrenant les avés, qu'elle comptait soigneusement sur les grains noirs de son vieux chapelet usé, le chant dirigé par Pauline, dont la voix semblait résonner aux quatre coins de la paroisse, des familles en rangées du côté de la roche plate, les Boutin, les Lapointe, les Page plus loin, les Dulac si près de Dieu depuis toujours, et tous ceux qu'il avait croisés, salués, bénis dans son cœur...

Il aurait eu la larme dans cet œil si ce n'eût été des perceptions de l'autre, le gauche qui voyait du mal un peu partout, du mal qui s'exprimait par tous ces éclairs au bord de l'horizon, suivis de ces incessantes détonations sourdes, comme si la guerre se trouvait là, à la porte, attendant de force des signaux infernaux lui permettant de balayer tout sur son passage...

Des confessions lui venaient en tête... Des aveux de masturbation, d'autres de rapines, d'autres de soûleries, de messes manquées, de Pâques de renard et tant de sacres et de blasphèmes! Et ces couples séparés: la Noëlla Ferland, et surtout, peut-être, car elle ne se cachait pas derrière une distance quelconque, la Rose Martin, qui répandait son mauvais exemple avec ses conseils de maquillage induisant une coquetterie coupable. Ah, Seigneur! Que de choses affreuses malgré tout dans une si petite paroisse! Heureusement que la Vierge s'était montrée!

Mais reviendrait-elle dans quelques minutes? Ou bien trop de péchés lui ferait-il tourner le dos à un monde aussi aveugle de méchanceté?

Les enfants furent là enfin. Mais ils étaient inquiets, ébranlés. Sur le chemin, ils avaient revu ce policier à l'uniforme bourré d'avertissements. Et leur foi naïve se trouvait maintenant encerclée par un sentiment de culpabilité venu de nulle part, venu d'une culture de la culpabilité...

Ils se mirent à genoux comme les fois précédentes. Les gens tout autour se sentirent émus comme les autres fois. Certains aux larmes comme la semaine d'avant. La femme à la canne se trouvait là, espérant se faire survolter une fois encore pour connaître le délice de marcher sur ses deux jambes. La muette Solange, venue encore avec sa tante Bernadette, priait pour le retour de Ti-Paul, qui ne reviendrait jamais, et de Jean-Yves, qui reviendrait peut-être...

Là-bas, en bas, le taxi Roy ayant délaissé les deux buveurs d'occasion pour rejoindre, dans une sorte d'instinct prémonitoire, le Blanc Gaboury et Armand Grégoire, forma avec eux un groupe de sceptiques aux idées vaguement suicidaires, tous trois assis derrière le camp à Armand...

– Le bossu Couët, il est ben mal emmanché! souffla difficilement le Blanc quand il vit le petit homme s'en aller vers le cap à Foley de son pas lent et misérable.

– Pas capable comme lui de mener un char, fit le taxi Roy, moé, j'me sacrerais une balle entre les deux yeux que ça serait pas trop long.

– J'comprends donc! s'exclama Armand qui, pourtant, ne conduisait pas lui-même une automobile. Il se promène d'une paroisse à l'autre en petit selky avec un piton de cheval, à se faire enterrer de poussière par les chars pis les trucks. Pis tout le temps que ça prend… De la misère, de la misère, hey, qu'il y en a dans ce bas monde!

De l'autre côté de l'église, Ti-Georges Champagne commençait à s'énerver. Mais, en même temps, il se sentait dépassé par les événements. Depuis des années qu'il s'en prenait aux maudites machines qu'il haïssait pour les excommunier d'un *bumper* à l'autre, voilà qu'elles se faisaient plus nombreuses dans son village que les grains de pluie d'un gros orage. Arriverait-il à les avertir toutes, à coups de pied, de ne pas revenir se montrer le capot dans les environs? Pendant combien de temps encore parviendrait-il à se retenir de bûcher dessus?

Pas loin des grabataires, sur le cap, Jos Page fraternisait avec Mathias Dulac. Sa crainte de l'orage le faisait éclater de rire chaque fois que le tonnerre claquait dans un lointain de plus en plus proche… Mathias grimaçait, mais ça ne paraissait pas beaucoup sur son visage tout parcheminé. Et Jos jugea bon relever le collet de sa chemise carreautée qui sentait le petit babeurre pour se croire mieux à l'abri de la pluie.

Dans son magasin qu'elle ne pouvait laisser à cause de clientes qui profitaient de leur visite au village pour acheter quelque chose, Éva priait pour la guérison des maux de plusieurs dans la famille : son frère Fred, que la Vierge du cap ne semblait pas, aux dernières nouvelles, avoir guéri de son cancer, son fils Martial, pas moins malade qu'avant entre deux chirurgies, et sa fille Rachel, au cœur esquinté. Et même le Gilles, qui avait l'air si bizarre ces jours-là… Quant à Suzanne, elle resterait toujours Suzanne, alors à quoi bon gaspiller des avés pour elle ? Et le Ti-Paul, il avait choisi librement à quinze ans de sacrer son camp de la maison, c'est pas la Sainte Vierge qui le forcerait à revenir de sitôt… Les grandes filles étaient bien mariées, et le dernier, c'est comme s'il n'existait pas, tant personne ne s'en préoccupait. Et même s'il avait eu besoin de quelque chose, le petit Dédé, la Vierge ne l'aurait pas vu elle non plus… Un enfant effacé !

Pas loin du pacage à Freddy, Lucien Boucher parlait de séparation avec des convertis à sa cause. De plus en plus populaire dans la paroisse, l'homme attendait patiemment son heure. Et entre-temps, il collaborait sans se faire prier à toute patente organisée par le monde du village. Mettre fin à la confusion dans la fusion, redisait-il souvent. Vers la division par la persuasion… Mais on était encore à l'heure des apparitions…

À quelque distance de là, caché par les cerisiers et merisiers, Jean d'Arc profitait de cette précoce brunante pour se glisser dans le sous-sol chez Rose sans y avoir été invité. Et sans trop savoir pourquoi il se conduisait de cette manière. Espionner ? Se montrer et se ruer sur elle pour l'obliger à faire des choses ? Dans le noir de la cave, ses yeux brillaient comme ceux d'un chat et lui ne savait déjà pas quoi faire.

À dix pas des voyants, Solange Boutin se trouvait en avant-scène avec son amie Claudette Lapointe, la fille à Clodomir. En personne plus qu'en elle ne se trouvaient, ainsi dressées sur leurs griffes, les bêtes de la peur, de la concupiscence, de la rébellion. Les yeux de l'étranger en train de regarder ce terrible orage la veille de la mort tragique de l'électricien lui revenaient sans cesse en tête pour remplacer ou précéder cette image de leur repas sensuel pris dans les marches de l'escalier de la maison à Polyte avec pour seule surveillance l'œil de Dieu, loin, si loin là-bas au-dessus de leurs têtes…

Et derrière elles, prostrée dans sa robe noire, Lucille, la veuve de fraîche date, qui, à peine quelques jours plus tôt, inondait de ses larmes le tas de terre voisin de la fosse où le cercueil de son mari s'enfonçait lentement, priait pour la première fois, demandant au ciel d'extirper la révolte de son pauvre cœur meurtri.

Depuis un moment déjà, le chœur s'était tu. Le vicaire multipliait les avés rapides en attendant que les enfants se mettent, comme de coutume, avant l'arrivée de la Vierge, à parler en langues. Les voyants gardaient les yeux fermés. Au bout d'un long moment où on n'entendit que les gémissements des malades en quête de guérison, ils ouvrirent les yeux, et la tension monta d'un gros cran. Ils allaient ouvrir la bouche lorsqu'un craquement énorme se produisit en même temps qu'une lumière insupportable s'allumait, s'éteignait, se rallumait… Et curieusement, dans toutes les maisons du village, les lumières se mirent à s'éteindre, à se rallumer, à s'éteindre…

– Les lumières *flashent* en maudit, s'étonna Jean-Louis Bureau sur l'estrade.

– Ça doit être à cause des apparitions, dit Pauline aux grands yeux ébahis. La volonté du ciel dans les poteaux de la Shawinigan: que c'est donc beau!

Et elle demeura pantoise.

Mais presque au même moment, une trombe d'eau s'abattit sans prévenir... encore que d'aucuns s'y attendaient... La plupart n'en croyaient pas leurs vêtements déjà trempés, car ils avaient cru qu'avant une pluie aussi drue, le ciel aurait mouillassé d'abord pour avertir sérieusement... Les lanternes individuelles s'éteignirent. Un deuxième coup de tonnerre claqua dans le soir noir. Jos Page sentit ses vieux cheveux en épis se redresser encore davantage sur sa tête. Le Cook s'évertuait à couvrir sa marchandise avec une des toiles qu'il avait eues de Freddy. Protégés par l'excédage du camp à Armand, les trois sceptiques riaient du monde. Et dans sa boutique, Ernest, qui continuait de forger à tour de bras, parlait tout haut :

— Je l'avais dit, je l'avais dit, qu'il mouillerait à siau à soir... Y ont pas voulu m'écouter encore une fois, maudit torrieu...

Le prêtre n'y comprenait plus rien. Quelle cohorte de démons cherchait à s'emparer du cap, à faire fuir la foi ? Les plus croyants parmi les croyants sacraient leur camp sans attendre la Vierge : au diable les apparitions, on reviendrait la semaine suivante, même poste, même heure.

Qui était coupable ? se demandait le vicaire en regardant les enfants partir avec leur mère-poule mouillée. Il pensa à d'aucuns. Dominique et Fernand qu'il avait vus boire dans le cimetière. Ou peut-être la veuve Beaulieu qui avait refusé de se résigner le matin où son mari était mort électrocuté.

Un autre coup de tonnerre, sec, terrible, vengeur, frappa l'impiété, l'intempérance et l'impénitence. Et le courant électrique fut interrompu. Plus de sentinelles pour guider les gens qui fuyaient. Plus de chandelles pour diriger leurs pas. Plus rien que les effets stroboscopiques d'éclairs incessants.

Certains pourtant ne bougeaient pas. Et soudain, le prêtre aperçut dans la nuit, droit comme un I sous la pluie battante, planté à moins quinze pas en plein sur une piste du diable, ce Germain Bédard, qui, le jour même, avait une fois encore prédit faussement la température en affirmant que l'orage ne viendrait pas avant assez tard pour que la Vierge ait eu le temps d'apparaître et de disparaître. Alors le vicaire fut saisi d'un grand frisson devant cet homme ruisselant qui paraissait être une sorte de grand maître au royaume des ténèbres, mais ce n'était pas à cause de lui qu'il tremblait, et plutôt par la faute de cette image impudique qui ne cessait de le harceler et lui montrait la Ti-Noire en train de se baigner la poitrine de soleil à deux pas de ces pistes maudites qu'avec Ti-Georges Champagne il avait voulu remplir de ciment pour les effacer à tout jamais de la surface de la Terre...

Il n'était pas le seul en recherche fébrile de coupables. Beaucoup de gens fouillaient en eux-mêmes pour y trouver des points noirs capables de valoir à tous les foudres du ciel. Bernadette s'en voulait de n'avoir parlé que d'une grotte sur le cap alors qu'il faudrait au moins une cathédrale pour loger tout ce monde et les abriter de l'orage.

François Bélanger s'en voulait d'avoir menti à tout le monde en disant qu'il lui arrivait d'aller coucher avec une putain de Mégantic, mais il s'en voulait encore plus d'y avoir souvent pensé: mauvais, si mauvais désir! Il marchait sans se presser contre la pluie et le vent, les yeux protégés par ses énormes paupières des pans d'eau qui le sciaient par le travers.

Collée contre sa mère sous les sapins du cap où elles avaient trouvé refuge, Cécile Sirois demandait pardon au Bon Dieu pour le péché que Fernand Rouleau lui avait fait commettre de force, mais sa peur de le dire avec les conséquences qu'il lui avait fait apprendre par cœur, dépassait celle des pires coups de tonnerre.

Soudain, Marie aperçut Bédard au cœur de la tourmente, là, sur le roc, tel un seigneur de la nuit, maître des éléments qu'il semblait le seul à enchaîner, dénué, semblait-il de toute crainte. Et pourtant, l'homme ne lui causa aucun effroi.

L'éclair d'après, il avait disparu…

Le professeur Beaudoin se sentait mal à l'aise d'avoir fait croire à tous qu'il croyait dans les apparitions et d'avoir poussé la dissimulation jusqu'à faire partie du grand comité de logistique. Entré dans la salle avant tous les autres, ses vêtements étaient secs comme le désert. Mais lui n'ayant rien d'un chameau aurait bien voulu pouvoir se rendre d'un clin d'œil chez Robert pour y déguster une grande et joyeuse Molson, comme il en prenait une chaque soir de sa petite vie tranquille.

Jos Page et Mathias Dulac venaient de trouver refuge entre les deux granges à Freddy, distantes de pas trois pieds. Chacun se disait qu'il avait paressé : Jos s'accusait de traîner la patte quand il s'agissait de soigner les porcs du propriétaire de la beurrerie et Mathias se donnait la coulpe de laisser trop souvent son frère Philippe soigner seul les renards de leur élevage.

Après avoir aidé le Cook à mettre la marchandise à l'abri d'une toile, Gilles et Paula trouvèrent refuge sous une autre, tandis que leur patron suivait Rachel dans le bazou à Thodore.

– Qu'il fait noir ! dit Paula sous leur tente improvisée.

– Ouais…

Gilles avait le cœur qui battait la chamade. Et il fut surpris une fois encore par cette chaleur entre ses jambes. Quelle magnifique chance de suivre le conseil à Bédard et de s'emparer des petites boules de sa compagne ! Mais il le fit sans ménagement. Sa main glissa vivement sur l'épaule de Paula et ses doigts pressèrent le sein si fort que l'adolescente hurla de douleur et de colère :

— C'est que tu fais là, toi, mon tornon de cochon ?

— Ben... j'lai pas fait exprès.

— Pis t'es mieux, en tout cas !

Alors le nouvel adolescent sombra dans un abîme de culpabilité. Coupable d'un super mensonge par lequel il avait monté l'histoire des apparitions de la Vierge. Coupable d'en profiter pour vendre des médailles. Coupable d'avoir frotté son corps. Coupable d'avoir toujours les yeux sur les poitrines féminines. Coupable d'avoir irrité Paula... La culpabilité formait des couches superposées sur sa conscience : comme des pelures d'oignon. Pas étonnant que le ciel se déchaîne enfin, pas étonnant du tout !

— On est chanceux d'être à l'abri, hein ? dit le Cook à Rachel qui restait dans un mutisme respectueux devant cette furie des éléments.

— Oui, murmura-t-elle.

Il ricana :

— Mon bazou, je vas le vendre à l'étranger. Il est tanné de se promener en bicycle...

Contrariée, la jeune femme le montra :

— C'est quoi qu'il te fait dire ça ?

— C'est lui qui me l'a dit.

— Quand ça ?

— Tantôt... aujourd'hui...

— Il t'a dit quoi à part de ça ?

— Ben... qu'il t'avait parlé en faisant un tour de bicycle...

— Pis ?

Le Cook éclata d'un rire niais et pointu, comme il savait si bien en composer quand il se sentait traqué. Il se fit évasif et cela irrita Rachel.

– Ben... pas grand-chose là... Batêche, en v'là un qui a fessé dur, dit-il en parlant d'un coup de tonnerre.

– Change pas le sujet, réponds à ma question !

– Ta question ?

– Pis ?

– Pis quoi ?

– Pis c'est qu'il t'a dit à part de ce que t'as dit ?

– J'ai dit quoi ?

Elle soupira puis fit débouler un voyage de mots entre deux éclats du ciel :

– Écoute, Eugène Champagne, tu me cours après, tu m'invites à aller au théâtre, tu m'as rendu service, c'est vrai, quand on a ramené Jean-Yves de la cabane, mais t'as des manières qui me tapent sur les nerfs si tu veux savoir... Tu ris pas comme les autres, tu fumes pas comme les autres, tu ménages tes cennes, tu réponds pas quand on te pose une question... en deux mots, t'es un tannant.

Il éclata de rire une autre fois et déclara :

– Hey que j'aime ça, quelqu'un comme toé qui a du bras comme on dit !

La jeune fille avait le sentiment de trahir son fiancé parti quelques jours plus tôt pour l'hôpital psychiatrique. Elle avait envie de sortir, de partir, mais le ciel ou peut-être l'enfer l'empêchait de s'en aller et en faisait l'otage d'un sapré fatiquant...

En lui-même, le Cook se posait la question sur sa relation avec l'argent... Et s'il était plus séraphin que la moyenne des gens, cela ajouterait-il quelques éclairs de plus à la colère divine de ce soir-là ?

– Paraît qu'elle apparaît pas, la Vierge, à soir, dit Émilien en entrant à petits pas dans le restaurant.

Il s'adressait à sa sœur et à Laurent qui discutaient dans une cabine à la lueur d'une bougie dans une dernière tentative pour sauver leur relation agonisante.

– Y a de quoi avec un temps pareil! dit Laurent.

Mais ni lui ni Jeannine ne possédaient une foi aveugle en ces apparitions et ils étaient de ceux, très nombreux, qui préféraient la voie de la prudence et de l'attente. À l'Église catholique de se prononcer d'abord! Et ni l'un ni l'autre ne se sentaient coupable de quoi que ce soit en ce moment. Peut-on s'accuser à confesse de nourrir l'ambition de gagner beaucoup d'argent plus tard?

Émilien, quant à lui, cachait sa nervosité sous des dehors désinvoltes. Il venait de passer plusieurs minutes sur la galerie sous la protection du garde-soleil à regarder l'orage et le déroulement des événements devant lui sur le terrain de la fabrique, autour de la salle paroissiale et sur le terrain conduisant au cap. Lui aussi ressentait des coups d'épingle dans sa conscience. Le péché de la chair, ça le connaissait, et on avait tendance à croire que c'était précisément celui-là qui chagrinait le plus la Vierge Marie, elle qui n'avait jamais connu que la douleur en ce domaine.

Les hommes de Fortunat avaient trouvé refuge à gauche et à droite avec leurs boîtes à beurre contenant l'argent de la quête pour le perron. Devant le déchaînement des éléments et les piètres résultats de la collecte, pas un n'aurait osé prendre un seul dollar pour lui-même, et ceux qui l'avaient fait la semaine précédente s'étaient empressés de remettre l'argent pour le mieux-être de la sainte Église et la réfection de l'église…

Depuis les premières prises de conscience de l'espèce humaine, chacun fait un examen de sa conduite devant les excès de la nature qu'il attribue à des forces surnaturelles punitives. *Mea culpa, mea culpa, mea maxima culpa.* Tout était là en ce soir où on attendait la Vierge par les voyants pour faire naître et grandir l'épouvante.

Après tout, peut-être que le ciel n'était pas entre les mains du diable et que, bien au contraire, il grondait fort afin d'avertir pour les convertir ces deux pervertis de Dominique Blais et Fernand Rouleau qui, au déclenchement de l'orage, avaient trouvé refuge avec leur bouteille de boisson à l'intérieur du charnier du cimetière, une construction de ciment surmontée d'un calvaire composé de la croix du Christ portant le crucifié, d'une statue de la Vierge en larmes et d'un ange anonyme équilibrant l'ensemble sculptural.

La porte du saint lieu restait à moitié ouverte tout l'été pour que l'intérieur soit aéré et asséché, et se départisse des odeurs de cadavre qui, au dégel printanier, incrustaient murs et plafond.

— Ça sent pas trop mauvais dans le sépulcre, dit Dominique dans l'obscurité.

L'autre avait le visage décomposé et son ami put s'en rendre compte quand une série d'éclairs entra par la porte.

— As-tu peur, mon Fernand ?

— Pas une graine, voyons donc !

— C'est vrai que t'as vu les chars, toi, dans le fin fond de l'Ontario.

Un gros coup de tonnerre les fit taire un moment.

— Passe-moi le flasque…

Dominique le tendit et Fernand l'attrapa quand il put le voir, et prit un grand coup.

— Pis… tu penses pas que le diable s'en mêle à soir ?

Fernand pensait depuis un moment à ses nombreux péchés passés et ça le poussa à braver le ciel :

— Les apparitions, c'est de la maudite *bullshit*...

L'univers entier parut alors éclater pour se faire fracas et feu. Une énorme vibration les secoua tous les deux, ébranla la terre sous leurs pieds tandis que des jets de flammes dansaient dehors à trois pieds de leurs nez. Une odeur de soufre, de chair en putréfaction, se répandit dans l'air.

— Baptême, ils vont finir par me faire peur, dit Dominique à mi-voix.

Fernand lui apparut à plusieurs reprises sur fond lumineux. Le pauvre homme était prostré, comme atteint d'un malaise cardiaque, regard figé, rictus gelé, cheveux en épis sur la tête... Dominique crut qu'il était en train de sécher de frayeur comme les méchants de l'apocalypse.

— Sacrons notre camp à la salle paroissiale ! Moé, je m'en vas d'icitte, en tout cas ! Viens, Fernand...

Et l'un, toujours hébété, suivit l'autre. Quand ils parvinrent devant le calvaire, un spectacle affreux les cloua sur place pendant un instant, l'espace de quelques éclairs... Dominique s'écria :

— Tabergère, le tonnerre est tombé su' l'calvaire ! Un miracle qu'on soit pas mort tous les deux.

Ce qu'ils apprendraient le jour suivant, c'est que la main divine s'était exprimée de manière bien plus éclatante encore par ce coup de tonnerre, puisqu'il avait pourfendu la croix du Christ sans toucher ni même effleurer le crucifié. Le ciel, dans sa fureur nocturne devant les péchés des hommes, avait miraculeusement épargné le personnage du Christ mais déchiqueté l'instrument de son supplice qui représentait le mal... On en parlerait, de ce coup de foudre, pendant bien des années à Saint-Honoré...

Pour le moment, les choses continuaient de se passer très mal. Le vicaire, qui s'abritait avec les Boutin et les Lapointe sous la table rocheuse, cherchait à repérer Bédard sans y parvenir. Que le tonnerre l'emporte, pensa-t-il soudain malgré lui. Faire l'empereur comme ça à braver l'orage, ça prenait rien qu'un mordu du diable pour ça. Et il continua de se demander qui était responsable de ce désastre...

La femme à la canne, qui avait crié au miracle les deux samedis précédents, se pressa vers son véhicule, accompagnée de son fils. Et stimulée par le mauvais temps, elle en perdit sa canne une fois de plus...

Comme le pire était passé, le sentiment de culpabilité en plusieurs fit place à un sentiment d'autodéfense. Peut-être après tout que c'était la faute à quelqu'un d'autre qui l'attirait sur la tête de tous, cette menace du ciel?

Dans une auto garée devant le presbytère, un homme parlait entre deux poffes de boucane et il rehaussait son propos de grimaces incessantes et de hochements de tête:

– J'ai jamais été aussi triste d'être un Canadien français qu'à soir! Il est grand temps de faire sortir ce peuple de la naïveté, de la docilité, de la niaiserie...

Mais c'est à lui-même que le petit journaliste parlait, car il se trouvait fin seul dans la voiture. Soudain, il fut secoué par quelque chose. Parmi tous les gens qui se trouvaient dans les environs, un seul homme semblait rester indifférent à la colère divine et remplissait sa mission sans s'occuper ni des éclairs ni du tonnerre ni de la pluie, et c'était Ti-Georges Champagne qui frappait les autos et les bousculait à coups de pied sur le pare-chocs en répétant dans une litanie:

– Maudite machine à marde, m'en vas te débâtir, Christ de scrap de Christ de scrap... Maudite machine à marde...

Lévesque fut surpris et intrigué de voir faire l'autre qui déjà cognait sur une autre voiture. Il abaissa la vitre et l'entendit jurer à travers le grondement du ciel. Et il se dit tout haut en jetant sa cigarette dans l'eau boueuse :

– Au moins un Canadien français qui sait ce qu'il fait !

***

# Chapitre 14

Il paraissait à Rose que cet orage n'en finirait jamais avec son village, sa maison, son cœur. Tant de force au-dessus de soi et toute cette faiblesse humaine à lui opposer ! Et pourtant, la nature dans toute son immensité par la voûte étoilée de ses nuits belles, dans toute sa puissance par ses soleils de plein été, par ses longs vents d'hiver et par les violences de sa foudre, ne l'avait jamais induite à croire que ses éclats puissent avoir le moindre lien avec la conduite des humains. Sinon, comment Dieu arriverait-il à décider qui de la paroisse priant pour avoir de la pluie favorable aux récoltes ou du village demandant pour les mêmes jours du beau temps pour rendre possible quelque événement religieux obtiendrait sa faveur ?

Mais si Dieu n'intervient pas et laisse aller les choses suivant les balises qu'il leur a données au jour de la Création du ciel et de la terre, le diable lui, ne s'en donne-t-il pas à cœur joie ? Étendue sur son lit, une bougie sur sa table de chevet, tout habillée de sa robe blanche à petites fleurs rouges, la femme écoutait bien davantage la voix de sa raison que celle des éléments et elle réagissait d'autant moins aux coups de tonnerre que chacun était prévu selon l'intensité de l'éclair le précédant. Et malgré cette double occupation de sa pensée, elle entendit clairement quelqu'un frapper à la porte en bas. Très nettement. Le son se répandit en elle comme une musique inhabituelle et cela aurait dû lui indiquer l'identité du visiteur, mais il n'en fut rien. Elle se leva, se dépêcha de descendre le long escalier en pensant à diverses personnes et leurs motifs de venir chez elle par ce soir profond déchiré par l'orage. Bernadette incapable de se retenir et venant lui annoncer une catastrophe. Ou l'aveugle Lambert surpris par la pluie et tout désorienté, comme ça lui arrivait parfois quand il courait, canne devant et crainte au derrière... Ti-Georges, mêlé de maison. Quelqu'un venu en commission pour quelqu'un d'autre : le beau Laurent pour sa mère Gracieuse, François Bélanger pour sa mère aussi. Un passant venu se réfugier. Ou qui sait, peut-être ce petit journaliste à simagrées venu coucher le samedi d'avant et qu'elle n'aurait pas haï de lui faire visiter sa chambre.

Un autre coup se fit entendre. Bref. Comme doux pour dire qu'on se trouvait toujours là...

Si elle avait su que son jeune amant du soir de la Saint-Jean s'était glissé dans sa cave avant le déclenchement de l'orage, peut-être ne serait-elle jamais allée ouvrir cette porte.

Albert Hamel : impossible. Le professeur Beaudoin revenant de chez Robert avec deux ou trois grosses Molson en arrière de la cravate : même sachant qu'en entrant chez elle, il acquerrait le pouvoir de changer la pluie en bière, il ne le ferait jamais. Trop feluette au fond de lui-même ! À croire qu'il ne connaîtrait jamais la femme, celui-là !

Un gamin venu lui jouer un tour : ça, c'était bien possible. Il y avait peu de sonneries électriques dans le village et pour bien des enfants, ça représentait un jouet et une façon d'exercer un pouvoir, celui de déranger... Mais qui laisserait de jeunes enfants dehors par un temps pareil ? Et puis elle se traita de sotte puisqu'on avait frappé et non sonné en raison de l'interruption du courant électrique.

— J'arrive, j'arrive, fit-elle à voix pointue à la dernière marche.

Elle entra dans le vestibule dont la porte restait toujours ouverte l'été. Et la lueur de la flamme silhouetta vaguement la personne sur la galerie. Elle pensa à quelqu'un de contrariant : peut-être un homme de Fortunat venu passer la boîte à beurre pour le perron de l'église ? Ridicule ! se dit-elle aussitôt. Qui donc oserait quêter par un temps aussi abominable ? On demande la charité quand il fait beau.

Et puis ça pouvait être n'importe qui venu de n'importe où...

Et elle ouvrit enfin l'autre porte...

La femme aussitôt fut frappée par un éclair. Un éclair jaillissant du regard noir, insondable de son visiteur. Un éclair qui la figea sur place pendant quelques secondes. C'était un personnage familier au visage bien étrange. Familier parce qu'elle avait l'impression de le connaître depuis longtemps ; étrange parce qu'il l'était.

Germain Bédard se tenait là, vêtements trempés, sans rien dire, ruisselant, sans sourire, en attente de quelque chose, et pourtant, qui, par sa seule présence aux airs d'absence, commandait, subjuguait, imposait sa volonté. Elle devait donc lui céder la sienne. Une partie de la sienne car personne en ce monde, et pas même Lucifer venu d'un autre, n'auraient pu s'emparer de toute son âme... Jamais en cette vie ou dans une autre, jamais !

Il dit après un long moment :

– Vous m'attendiez, je pense.

Elle bredouilla :

– Pas du tout... oui, d'une manière... non...

– Mademoiselle Bernadette a dû vous dire que...

– Que vous êtes venu, oui... Entrez donc...

– Quelle soirée !

– Une soirée d'enfer, monsieur.

– Vous ne sauriez mieux dire, madame.

Quand il fut dans le vestibule et qu'elle eut refermé, il se tourna vers elle et tendit une de ses mains qu'elle regarda une fraction de seconde.

— Donnez-moi la chandelle, je vais vous éclairer à mon tour.

C'était un vrai bougeoir en argent avec un manche qu'il prit en effleurant la main féminine. Elle baissa les yeux pour regarder ses vêtements.

— Par chance que je prends pas l'eau, parce que je serais mort noyé. Je vais salir vos planchers...

— Y a une laize dans le salon, venez...

Et elle le précéda. Et il en profita pour toiser son corps d'un regard indécent presque lubrique. Comme si Rose l'avait deviné, elle se tourna brusquement à demi pour lui parler encore :

— Ça fait drôle de retourner à la vieille mode : pas de courant électrique, pas de lumière électrique, pas de sonnerie à la porte.

— Y a rien comme de manquer de quelque chose pour en réaliser toute la valeur.

Elle acquiesça d'un signe de tête en biais signifiant que la remarque lui paraissait fondée mais en partie seulement. Son mari ne lui manquait pas. Le mariage non plus. Mais l'amour physique, ça, oui ! Il reprit tandis qu'elle se tournait pour faire quelques pas de plus :

— Ou bien manquer d'une chose en certaines circonstances comme moi, à soir, d'une machine pour retourner chez moi. Il n'y a pas une chambre libre à l'hôtel et je n'ai que ma bicyclette pour retourner à la maison.

Rendue près de son étalage de produits, elle lui jeta un regard inquisiteur :

— Je pense que vous avez pas peur de l'orage. Autrement, vous auriez pas marché dedans pour vous rendre chez moi.

L'étranger se lança, l'œil brillant, dans un vibrant plaidoyer :

– Bien vu ! L'orage, c'est quelque chose de magnifique, vous trouvez pas ? J'aime l'orage, que je l'aime ! Quand la pluie battante s'abat sur vous, que le vent vous la jette au visage en espérant vous insulter, que des trombes d'eau cherchent à vous arracher du sol trempé que vous foulez de vos pieds, que des éclairs formidables déchiquettent le ciel comme s'il était le voile d'un temple, que le tonnerre éclate comme un canon énorme ou une bombe atomique et que son bruit se répercute aux quatre coins de l'horizon : que c'est superbe alors, et comme je me sens donc chez moi !...

– Oui, mais la foudre peut vous tuer.

– Et sans aucune souffrance, vous voilà dans un autre monde.

– Mais la pluie peut vous faire attraper votre coup de mort : la tuberculose rôde partout autour de nous...

– Blanc Gaboury, Armand Grégoire craignent pas trop la mort. Qui craint la mort ? Le gars en pleine santé...

Rose secoua la tête. Elle n'avait le goût de parler ni de la consomption ni de la mort. Autre chose prit son intérêt et son attention : la crème pour les mains rugueuses. Elle en prit un tube à travers les autres produits.

– Mettez la bougie sur la table !

– Avant, je voudrais regarder encore une fois votre portrait sur le piano.

Elle rit nerveusement :

– Ça date pas d'hier, vous savez.

– On dirait bien pourtant.

Les reflets de la flamme dansaient sur toutes choses et maintenant donnaient à la photo une touche de mystère qu'elle-même remarqua :

– Seigneur de Dieu, j'ai l'air drôle là-dessus à la chandelle...

Il laissa porter son regard sur la photo puis sur elle, comparant et s'étonnant :

– J'ai dit devant mademoiselle Bernadette que je vous trouvais une grande beauté et je ne vois pas pourquoi je ne le répéterais pas devant vous, madame... Rose...

– Merci... Mais la beauté, ça veut pas dire la même chose aux yeux de tout le monde...

– J'allais le dire... Chez vous, la touche magique, c'est votre petit côté... fantasque... pardonnez-moi de le dire... Et ce n'est pas une insulte, croyez-moi, c'est plutôt un compliment... Il y a du défi dans vos yeux, sur votre bouche...

Sous eux, dans la cave totalement obscure, Jean d'Arc écoutait et cherchait à saisir ce qu'on disait en haut. Toutefois, n'y parvenait pas et n'arrivait à percevoir qu'une seule chose : un homme parlait avec Rose... Mais qui ? Mais de quoi ? Mais pour combien de temps ? Quel tourment de vivre ainsi dans la noirceur et l'incertitude ! Peut-être qu'il entendrait mieux s'il se rendait en haut de l'escalier et y collait son oreille contre la porte donnant sur la cuisine. Mais s'il fallait qu'il s'enfarge ou bien que la femme en vînt à ouvrir cette porte !

Bédard posa le bougeoir sur la table. Rose ouvrit le tube et, s'emparant de la main gauche de l'homme, elle y plaça l'orifice et fit jaillir la crème, puis attendit qu'il l'étende lui-même ; mais il n'en fit rien et lui offrit son regard le plus ironique. Elle répondit par son air fantasque de la photo et, ayant posé le tube, elle répandit l'odorant produit sur toute la main restée suspendue dans l'air. Cela dura plus d'une minute au cours de laquelle ils demeurèrent silencieux mais se parlèrent intensément à travers leurs yeux accrochés les uns par les autres, inondés par le désir, enluminés par un incendiaire mélange de concupiscence provocante et de sauvagerie tyrannique. Regards de velours sur passions déchaînées...

Le ciel frappa la terre d'un marteau gigantesque et le bruit sourd fut d'une telle puissance que la maison fut ébranlée sur ses fondations et que les vitres en tremblèrent. C'était le coup de tonnerre qui venait de mettre en morceaux la croix du Christ du cimetière.

– Vous devriez faire sécher votre linge, dit la femme sur une voix qui chevrotait.

– Oui, je le devrais.

– Suivez-moi en haut...

– Vous avez raison, je pourrais prendre mon coup de mort autrement.

Chacun savait que le péché de la chair triomphait déjà.

Dans son lit, la malade pouvait apercevoir une portion de l'escalier; elle appelait depuis un moment mais sa voix était étouffée par l'asthme et le tonnerre. L'image fantasmagorique de ces êtres noirs montant à l'autre étage, avec entre les deux une flamme maigre et fuyante, miroita dans le regard éteint de la vieille dame, mais hélas! ni le son de sa voix ni le geste de sa main ne furent suffisants pour attirer leur attention. Et l'angoisse redoubla pour écraser de son poids inexorable ses voies respiratoires...

L'adolescent retenait sa respiration, lui, de l'autre côté de la porte de la cave. Il ne savait plus du tout à quoi s'en tenir. Sa main commença à sonder la poignée tout doucement, agissant comme celle d'un cambrioleur expérimenté. On parle fort quand on salue quelqu'un qui part et il n'avait pas entendu cela. Ni porte que l'on referme. Se pouvait-il que la femme cachât chez elle cet homme inconnu qu'il avait vu le samedi précédent et dont Bernadette révélait plus tard qu'il s'agissait d'un ami et voisin des Jolicoeur à Québec? Le pauvre espion craignait que les coups ne fassent jaillir son cœur hors de sa poitrine et que l'organe ne se mette à sautiller à gauche et à droite comme une poule que l'on vient d'étêter... Soudain, la porte s'ouvrit sous son poids et il se retrouva à genoux en pleine cuisine dans un bruit qu'il fut le seul à entendre puisque totalement masqué par une autre cascade assourdissante tombée du ciel en dégringolant.

— La chambre de bains est derrière cette porte, dit Rose à l'homme qui l'avait suivie et tenait toujours le bougeoir.

— Je ne vous crois pas. Vous allez devoir venir me la montrer.

Elle l'y précéda, mais l'homme referma la porte derrière lui, la retenant prisonnière :

— J'ai besoin de votre aide...

— Pour faire quoi au juste ?

— Ôter mon linge, sécher mon corps...

Elle sourit d'un seul côté du visage et commença aussitôt à défaire les boutons de sa chemise tandis que leurs regards restaient solidement attachés, se lançant des lueurs dansantes et en absorbant sans arrêt.

D'un mouvement sec, elle fit sortir la chemise du pantalon et en repoussa les revers vers l'arrière, dénudant la poitrine, la toison mouillée, les muscles saillants. Puis elle se rendit prendre une serviette dans le placard et s'en servit pour entreprendre d'éponger l'humidité...

— Lèche-moi ! ordonna-t-il en repoussant la serviette avec sa main libre.

Elle fit un léger signe de tête négatif puis la redressa bien haut pour montrer qu'elle n'obéissait pas mais faisait sienne la suggestion, et elle mit sa bouche dans ce pelage qui sentait bon l'homme et la pluie.

— Lèche... lèche... lèche...

La femme devint ardente, se mit à mordiller, à frapper la peau de ses dents, à griffer de ses ongles à travers la serviette.

– Je serai ton époux cette nuit, chère Rose... Je vais te
posséder, te posséder...

Elle voulut montrer que le jeu se jouerait à deux et pour cela,
alla se mettre derrière lui et rabattit sa chemise vers l'arrière
dans un geste si brutal qu'il faillit laisser tomber le bougeoir.
Une manche fut ôtée, la chandelle changée de main et enfin
la chemise tomba. Sans attendre, elle défit la ceinture puis
retourna en avant de lui et s'agenouilla en lui jetant haut :

– Jeune homme, tu vas voir ce que tu vas voir.

Aussitôt libéré, le pantalon tomba de sa propre lourdeur.

L'homme savait que ce n'était pas le moment de lui intimer
un ordre puisqu'elle se trouvait dans une position apparemment
humiliante et il lui laissa la bride sur le cou. Elle promena sa
bouche mouillée sur la peau humide des cuisses, du ventre,
évitant du mieux qu'elle pouvait le sexe terriblement érigé...
mais l'amas de tissu formé par la serviette faisait parfois
bouger la tige et le manège tirait de l'homme des respirations
profondes.

– Et toi, tu perds rien pour attendre, ma chère Rose, tu
perds rien pour attendre...

Douce menace qui décuplait les sensations qu'elle buvait
à pleine bouche. Car elle n'attendait pas qu'il l'aime à son
tour puisque son corps de femme, tout entier à ce puissant
désir tant d'années, tant de mois, tant de jours, tant d'heures
refoulé, ondulait dans les fourrures d'hermine, de vison,
baigné des parfums les plus rares, en proie aux tentations les
plus exquises...

L'adolescent à genoux se releva. Et mû par une curiosité
morbide et une jalousie incontrôlable, il marcha dans la pièce
que l'atmosphère chargée d'électricité ne cessait d'éclabousser
de lumière et de ténèbres. Et avança jusqu'au pied de l'escalier
où dans une accalmie, il crut entendre des soupirs et des

grognements humains. Il se dit à tort que ça ne pouvait pas venir de la chambre de la vieille dame qu'il avait vue si tranquille dans son sommeil le soir où Rose avait fait de lui un homme; et le démon du soupçon lui souffla à l'oreille du cœur qu'il s'agissait plutôt de Rose et d'un amant fantôme… Il mit un pied sur la première marche sans oser davantage. Pour le moment…

Rose délaça les chaussures, ôta les bas, assécha les pieds de l'homme dans des gestes adroits, rapides et dénués de sens, du moins avant qu'il ne lui dise:

— Jésus-Christ a fait douze fois plus que toi…

Elle se remit sur ses pieds sans rien dire et là, empoigna le sexe masculin toujours emprisonné dans le tissu:

— C'est pas toi le maître ici, c'est moi…

— Je le sais… je le sais très bien. Et que veux-tu de moi, chère maîtresse… épouse de Satan?

Le claquement d'un autre coup de tonnerre suivit ces mots; Rose eut un frisson dans le dos.

— Satan pourrait pas donner du plaisir à une femme; il peut rien que faire du mal, non?

— Je ne t'ai pas donné de plaisir…

— Ben plus que tu penses…

— Non, tu te l'es donné à toi-même, le plaisir, tu l'as pris, tu l'as saisi comme tu t'empares de…

Elle fit bouger sa main sur lui.

— Allons voir si t'es un homme ou un diable…

— Je suis un… diable d'homme…

Leurs yeux s'échangèrent des lueurs. Elle le laissa avec la serviette et le bougeoir. Et sortit de la pièce, traversa le couloir et entra dans sa chambre, suivie par l'homme presque nu.

D'en bas, Jean d'Arc aperçut les formes sombres en haut de l'escalier. Il resta figé sur place, atterré. Ce tableau surréaliste en mouvement avait tout pour sidérer l'adolescent catholique dont l'âme depuis l'enfance s'abreuvait d'images pieuses, de sculptures angéliques, de Christ crucifiés et de *mater dolorosa*. Certes, Rose l'avait dépucelé, mais dans les règles, dans un lit, dans la position du missionnaire et s'il y avait eu péché contre certaines règles, il n'y avait pas eu de péché contre nature. Comment à voir cela ne pas imaginer les feux de l'enfer et les foudres du ciel ? Il ne pouvait plus s'empêcher de monter, d'aller voir, de…

Rose referma quand il fut entré. Elle prit le bougeoir et le posa sur la table de chevet. Il resta dans l'ombre le temps qu'elle retirait ses vêtements un à un et les jetait sur une chaise. Toutes les dix ou vingt secondes, des éclairs allumaient la pièce d'un clair-obscur plutôt épais à cause des toiles et rideaux des fenêtres, mais suffisant pour qu'ils se voient juste assez pour non seulement garder le désir élevé mais en augmenter l'intensité à mesure que les instants s'écoulaient.

Elle resta en soutien-gorge et en culotte. En femme sensuelle, Rose savait depuis longtemps que l'excitation est mieux servie par la semi-nudité.

– Ça serait le temps pour un premier… baiser, tu penses pas ? dit-il en s'approchant.

Il prit la serviette, l'étira à sa pleine longueur et entoura le dos de sa partenaire.

– Faut-il continuer à jouer à qui est le plus fort de nous deux ? J'aimerais mieux te voir jouer à Mae West…

– Qui c'est qui t'a parlé de ça, toi ?

– Émilien…

– Grande langue celui-là !

– Mais c'est pas le temps pour ça…

Et il l'attira contre lui brusquement… Avant que les lèvres ne se rencontrent, chacun goûta l'autre par ses autres sens. Il lui lécha la main puis les épaules. En lenteur, en douceur… Puis il eut un nouveau geste brutal quand il saisit sa tête entre ses mains. Et il respira profondément…

– Tu sens le meilleur parfum qu'une femme peut exhaler… le parfum de l'amour… il vaut un million de fois tous les autres parfums réunis…

Elle aussi humait les odeurs masculines et féminines se mélangeant, et ses narines le révélaient. Mais c'est surtout par la vue que chacun s'appropriait de l'autre. Des images incessantes, toujours et jamais les mêmes, dans des milliers de gris balisés de tons très foncés et d'autres pâles qui se chevauchaient et s'entraînaient. La peau, le blanc des vêtements féminins, des draps du lit, et en contraste, les yeux, la toison, la chevelure de cet homme jeune qui se comportait comme un personnage de rêve, un chevalier sans armure, tout cela survoltait les chimies corporelles et enfin, les bouches se plaquèrent l'une sur l'autre puis se dévorèrent dans une curée vampirique…

La vieille dame n'en crut pas ses yeux quand elle aperçut cette forme dans l'escalier. Elle pensa à un tour que l'orage lui jouait, mais l'orage lui montra encore et encore cet être bizarre qui gravissait les marches sur la pointe des pieds comme un félin qui s'approche d'une proie dans la savane… Quand il disparut à sa vue, elle cessa d'y croire et se remit à réclamer sa pompe. Pompé au maximum, l'adolescent se rendit jusqu'aux marches les plus hautes et il se coucha là pour attendre et entendre ce qui se passait dans la chambre de ses amours mortes…

Une sorte de plainte agressive traversa la porte et se rendit à lui. C'était Rose qu'il crut en danger un moment. Les mots qu'elle dit jetèrent de l'eau froide sur son cœur et de l'huile bouillante sur le feu de sa jalousie :

– Viens me montrer ce que le diable est capable de donner à une femme...

– Le ciel, pas moins...

Ils reculèrent au lit et s'y couchèrent par le travers, l'un face à l'autre. Il dit sur un ton désinvolte :

– En amour, Rose, c'est pas en donnant qu'on donne, c'est en prenant pour soi-même. Penser au plaisir de l'autre, c'est miner le plaisir des deux... Chacun pour soi, c'est mieux pour les deux.

– Ça prend pas mal d'expérience pour savoir ça...

– J'en ai pas mal...

Et le tango de l'amour reprit son pas nerveux, alternant de la rudesse à la délicatesse, du recul vers le pas de charge, au rythme des soupirs, des cris de la chair quémandeuse, des coups de tonnerre... Elle le savait solide gaillard depuis la chambre de bains, mais quand elle toucha sa nudité, l'impression reçue à travers sa main dépassa tout ce qu'elle avait imaginé d'un homme jusque-là à part peut-être ce villageois monstrueusement équipé et donc imprenable pour une femme.

D'un geste sec et habile, il défit l'agrafe du soutien-gorge puis la libéra de l'autre sous-vêtement. Leurs mains se croisaient, se décroisaient, exploraient le corps de l'autre, griffaient...

Le jeune homme ne saisissait que des sons, des gémissements, des grognements, les craquements du lit, les éclats de la nature ; il pensait grimper au bout des dernières marches pour aller coller son oreille contre la porte et ainsi mieux nourrir son dépit, mais une peur indéfinissable, celle de lui-même, le clouait là. Qui était cet homme le remplaçant dans les bras de

Rose? Qui? Surpris, il pourrait devenir furieux, dangereux, égorgeur qui sait.

Bédard avait posé son doigt sur le point le plus sensible du corps de la femme, un bouton comme celui de la sonnerie de la porte et, orage ou pas, le courant électrique passait. Qu'ils sont beaux, les plaisirs défendus, qu'ils sont puissants, qu'ils flamboient, qu'ils éblouissent, qu'ils sont bons!

Que d'habileté dans ces mains d'homme! Que de connaissances dans ces fesses d'homme! Que d'excellence dans cette bouche d'homme!

Les ingrédients les plus connus de l'amour charnel sont, dans un mélange à diverses doses, la romance, le fruit défendu, l'orgueil, la soumission, la peur, l'agressivité et quelques éléments indéfinissables inscrits dans les gènes, et cette pizza de sentiments incite les vivants à leur propre reproduction. Mais la recette de la grande fusion des corps et des sens échappe à presque tous depuis toujours, si bien que personne, les écrivains moins que quiconque, ne l'a jamais écrite ni même décrite. Elle allait pourtant se concocter dans la chambre de Rose...

Un observateur scientifique se tenant à deux pas du lit aurait pu comparer ce qui se passait à la transformation d'un courant alternatif en courant continu. Plus de composantes négatives : pas de peur, aucune contrainte, ni souffrance ni regrets, aucun doute, les orgueils envolés et surtout rien de romantique. De la jouissance à l'état pur. Plaisir divin ou... infernal...

Enlacés, ils roulent l'un sur l'autre. Une chaleur humide ajoute à une autre chaleur humide. Les chairs deviendraient braises que leurs mains se feraient tisonniers. Ils s'arrêtent et c'est afin que la symphonie magistrale se poursuive : il attaque le corps féminin avec ses lèvres qui mordent, ses dents qui baisent, sa langue qui furète, fouille, flétrit... Le cou est atteint, la nuque est fébrile. L'assoiffé poursuit et son parcours est fabuleux: l'épaule nue, le sein charnu, le ventre défendu, le sexe éperdu... Il plonge dans la caverne de tous les mythes comme pour refaire en sens inverse le voyage de la vie, comme pour s'implanter en elle à jamais...

Rose gémit doucement, agite la jambe, les mains sur lui, tâtonne, pétrit... Elle a fait tant de choses délicates dans sa vie, elle possède un sens si prononcé de l'accomplissement...

Ce sont deux artistes de l'amour qui font l'amour.

Ils ont gravi les plus hautes cimes. Ils se veulent ensemble pour atteindre l'au-delà, le plus-que-parfait du temps présent, la lumière.

L'homme plonge en la femme au moment même où un éclair déchire la nuit pour confier un pan de noirceur au tonnerre et l'autre à ses propres enfants que sont ces petites lumières pressées les unes sur les autres, se suivant à la queue leu leu...

Rose pousse en avant, non pour se donner mais pour en prendre encore plus de lui. Ils montent tous deux sur la même étoile qui file vers les confins de l'univers...

En haut de l'escalier, Jean d'Arc pourtant, lui, se sent au pied de l'échelle de Jacob. Écrasé. Humilié. Vengeur. Il entend, il attend. Que finisse ce voyage de damnés parsemé de cris, d'appels, de halètements et de tout ce qu'il imaginait de baisers sacrilèges et de caresses blasphématoires!

L'homme s'enfonce de plus en plus vite et profondément, la femme est propulsée vers l'infini... Son pouls est excessif, sa respiration extrême. Sa main tremble... Elle ne voit pas la main de la vieille dame en bas qui demande sa pompe, elle n'entend pas son souffle rauque, tordu. Le tonnerre frappe. Jean d'Arc souffre terriblement. Tout éclate : Rose, son partenaire, le cœur de l'adolescent, le désespoir de la malade en bas...

Encore. Encore. Encore. Encore.

Rose devient folle de plaisir.

L'homme est un guerrier fou qui empale et empale.

Le jeune homme est fou de rage.

La vieille dame croit devenir folle de peur et de misère.

Et Rose pleure de plaisir.

Et la vieille dame pleure de désespoir.

Et Jean d'Arc pleure de jalousie.

Et Germain n'a aucune envie de pleurer.

Tout se relâche subitement. Rose se calme et se repose dans un lit de fleurs. La vieille dame retrouve du souffle. L'adolescent songe à s'en aller... La tempête diminue... s'éloigne...

L'homme se lève et va aux toilettes. L'adolescent voit passer ce gorille qu'il croit reconnaître et il prend peur ; il redescend en se laissant glisser dans les marches...

À quelques bâtisses de là, de l'autre côté de la rue, le regard rougi par la fatigue d'heures trop longues à l'ouvrage, le visage taché de houille, éclairé par les seuls reflets de la flamme courte de son fanal, Ernest posa son marteau à plat sur l'enclume et jeta tout haut pour lui-même :

– Maudit torrieu, que j'sus donc tanné de travailler comme un nègre pis à noirceur en plus ! Si le Bon Dieu veut que je les finisse au plus sacrant, les gardes d'église, qu'il nous redonne donc le courant électrique !

Fut-il entendu ou bien le hasard procéda-t-il à l'arrangement souhaité, toujours est-il que ses lumières jaunes de boutique de forge se rallumèrent toutes comme par enchantement. L'homme jeta un coup d'œil aux braises grises qui cachaient encore de l'incandescence en leur cœur et il parla à nouveau :

– Je sacre mon camp d'icitte pareil, moé… J'travaille pas pour le diable, maudit torrieu!

L'étranger retourna vers Rose. Après quelques caresses, il la pénétra une deuxième fois. Les éclairs furent moins violents, le tonnerre moins puissant. Ils se dirent peu de mots et laissèrent leurs corps se parler jusqu'aux petites heures du matin…

\*\*\*

# Chapitre 15

Le vicaire prit une partie de la nuit pour réfléchir aux événements de la veille et préparer son sermon. Il frapperait à tour de bras sur le rebord de la chaire. On prierait. On chanterait. On donnerait pour le perron et pour la rénovation de l'intérieur de l'église. On se rapetisserait devant la grandeur de Dieu et devant sa colère. Le curé, dans deux semaines à peine, trouverait une paroisse grandie par l'épreuve. Et la Vierge reviendrait le samedi suivant. Et les autres semaines ensuite. Et le cap à Foley deviendrait un lieu de pèlerinage aussi fréquenté que Sainte-Anne-de-Beaupré ou le Cap-de-la-Madeleine ou bien il demanderait qu'on l'envoie ailleurs, lui. Si le curé Laplante de Saint-Sébastien pouvait donc s'en aller aussi qu'il prenne sa place dans cette belle paroisse où il avait été vicaire dans les années quarante. Mais ça, c'était pas la veille…

Que de mines basses à la messe basse !

Arthur Quirion, qui restait toujours debout à l'arrière, même par église à moitié vide, demeura à genoux plus longtemps que le prêtre le demandait. Lui qui sacrait comme un charretier quand il travaillait dans un moteur de bazou se sentait un peu responsable du refus de la Vierge de se montrer aux saints enfants. Et combien d'autres se faisaient ainsi la coulpe. Heureusement pour eux, le vicaire ne prêcha pas. Il gardait toute la gomme et toute sa gourme pour la grand-messe.

«Je nommerai personne par son nom, mais ils vont y goûter, qu'ils vont y goûter!» répétait-il à chaque nouvelle ligne qu'il avait écrite et chaque fois qu'il avait trempé sa plume dans l'encre.

Ce pauvre vicaire Gilbert joua de malheur. La chaire haut perchée comptait une douzaine de marches dans un escalier virevoltant. À mi-chemin, il s'enfargea dans sa soutane et dégringola jusqu'en bas. Jamais chose pareille ne lui était arrivée. Les fidèles éclatèrent tous de rire, voyant qu'il ne s'était pas blessé, mais le prêcheur en lui ne parvint pas à convaincre qui que ce soit des idées-matraques qu'il avait mis tant d'heures à leur mijoter.

Ça n'empêcha pas les paroissiens de se sentir tristes en ce dimanche nuageux mais sans pluie. Chacun savait bien que l'étoile de Saint-Honoré prenait tout un coup de pâleur à cause de ce désaveu du ciel. Pas d'apparitions, pas de rayonnement à travers tout le pays! Pas de vedette, pas de journalistes pour mettre la vedette en vedette!

Avec la permission spéciale du vicaire puisqu'on était dimanche, Pit Veilleux, payé par Freddy, son patron, commença le nettoyage du cap et des environs. Et lui trouva la cause de tout le mal et se rendit au presbytère pour en avertir le vicaire:

– La damnée boisson! J'ai trouvé au-dessus de cent bouteilles de bière vides pis pas moins de cinquante flasques de gin ou d'autre boisson forte. La semaine passée: même pas une douzaine. Le 24 juin... y en avait pas mal, mais y faut comprendre que c'était la fête nationale, pis que là, la bière, c'est normal... Tandis qu'hier, c'était la fête à parsonne.

– Y a ça, c'est certain... mais y a aussi les péchés de la chair...

Pit cracha sur le trottoir et hocha la tête:

– Ça, moi j'ai rien vu de ce côté-là...

Le prêtre descendit de la galerie et marcha dans le chemin afin que l'autre suive et pour ne pas être entendu par Esther ou sa mère, et il parla à Pit des pistes du diable, en lui demandant de faire pression sur Freddy pour qu'on les efface à tout jamais.

Bédard avait passé tout droit dans son sommeil matinal. Et pas question de quitter la maison des Jolicoeur en plein jour. Il fallait donc qu'il passe la journée avec Rose. Avant la messe, elle le présenta à la vieille dame:

– Lui, c'est mon neveu de Montréal, vous savez, le garçon à Roland…

– Hen?

Bédard prit la parole:

– Moi, je suis un garçon à Roland. Ça veut dire que ma tante Rose, ben c'est ma tante.

– Ah… Tu te trouves à être un petit qui?

– Un p'tit…

– Poulin, dit Rose.

– Un p'tit Poulin…

– Ah, bon!

Bédard se montra très sympathique à la dame qui l'aima comme tous ceux qui entraient dans sa chambre et lui parlaient. Aux abords de la mort, il est vain de faire quoi que ce soit d'autre que de nourrir des sentiments positifs envers l'humanité: un bon placement pour l'éternité!

Rose demanda à l'homme de se retirer; elle devait mettre la bassine à la dame. Plus tard, elle rejoignit son nouvel amant dans sa chambre du haut et ils parlèrent de la malade un moment, moitié assis, moitié couchés sur le lit.

– Pour son bien, ce serait mieux qu'elle meure, pour le mien, c'est mieux qu'elle vive!

– Elle peut vivre encore dix ans comme ça.

– C'est ça que pensent les Jolicoeur et le docteur. Mais si elle venait qu'à mourir, y a pas grand place pour aller rester par icitte.

– Y a chez moi…

– C'est trop loin.

– Je m'achète une machine.

– Le scandale que ça ferait: une femme de mon âge, séparée de son mari, aller vivre avec un étranger de trente ans. Je perdrais toute ma clientèle pis le curé verrait à me faire excommunier…

Il y eut une pause pendant laquelle il promena son regard sur le corps de la femme. Rose était en robe du dimanche en coton gris bleu avec col blanc.

– Le curé doit avoir le goût de toi.

– Voyons donc!

– Le curé est pas fait en acier.

– Le curé Ennis, oui. Acier trempé… jusqu'aux os…

– Fais ben attention. C'est tout ce qu'on peut dire… La nature humaine, soutane ou pas, c'est la nature humaine.

– Le curé est à sa place, mais le vicaire, lui, j'pense qu'il aime pas mal les enfants…

– J'ai vu ça. Surtout les petits voyants. Il les tient proche de lui passablement…

Elle dut couper court à la conversation et se leva:

– Faut aller à la messe asteure. Toi, il va ben falloir que tu restes parce que si quelqu'un te voit sortir…

– De toute façon, je suis déjà en état de péché mortel pour ce qu'on a fait ensemble…

Rose s'arrêta au milieu de la pièce:

– Péché mortel de laisser parler la nature humaine dans ce qu'elle a de meilleur: inventions de la religion catholique, ça, pures inventions…

– La Bible dit que tu ne dois pas convoiter la femme de ton voisin.

– T'as lu pas mal dans la Bible?

– Ben… oui pis non… Comme j'sais pas lire, je m'en suis fait lire des bouts…

– Par qui?

– Une personne de ma vie passée…

– J'aimerais ça que tu m'en parles, de ta vie passée.

– Faut que tu partes pour l'église.

– En revenant…

– Tout ce que tu voudras savoir…

– J'ai hâte de revenir.

– Reviens vite.

– Ça serait mieux que tu restes dans la chambre…

– Je bouge pas d'un poil…

Durant la messe, Éva se rendit chercher les œufs à l'étable et au retour, elle aperçut la bicyclette de l'étranger, qu'elle reconnut pour l'avoir vue à deux reprises au moins entre ses mains et parce que l'objet lui était familier, ayant appartenu à Jean-Yves pendant quelques années. Elle entra dans la boutique où Ernest travaillait dur avec la permission spéciale du vicaire.

– Savais-tu que l'étranger avait laissé son bicycle en arrière de la boutique?

– Non.

– Ben va voir.

– Pourquoi?

– Pour savoir…

– Pour savoir quoi? Ça me fait rien qu'il mette son bicycle là. C'est pas le feu, c'est un bicycle, maudit torrieu.

– Y a pas grand-chose qui te fait de quoi…

— C'est un monsieur d'homme, pourquoi c'est faire que tu chiales après lui?

— Un monsieur d'homme... pas sûre de ça, moi.

— En tout cas, laisse-moi tranquille, tu vois ben que je me dépêche pour faire les gardes...

La femme n'ajouta rien, tourna les talons et rentra à la maison avec son tablier rempli d'œufs frais. Si beaucoup de choses allaient plutôt mal dans le village et la paroisse, au moins les poules pondaient de ce temps-là, apparitions ou pas... Ou peut-être que la Sainte Vierge avait fait un tour au poulailler?

À la sortie de la messe, Jean d'Arc se dépêcha et fut un des premiers dehors. Il resta dans une encoignure près de la porte et attendit. Il manifesterait sa présence à Rose quand elle passerait par là. Elle lui dirait quelque chose, lui ferait un signe. Mais la femme l'avait vu sortir de ce côté, ce qui n'était pas normal, et elle choisit de passer par le tambour central. Le pauvre jeune homme ne put que la voir suivre le flot de personnes qui prenait la direction du bas du village. Impossible de lui courir après, de lui parler devant tout le monde... Il décida d'aller sur le cap à Foley pour voir l'arrière de sa maison de loin et pour y trouver une inspiration quelconque.

Rendu là, il trouva quelque chose. Sûr à presque cent pour cent que le nouvel amant de Rose était ce Bédard qui lui avait tiré les vers du nez au restaurant, il pensa se rendre chez lui pour savoir s'il s'y trouvait. Sinon, il augmenterait sa conviction à cent pour cent. Prétexte: la pêche. Plusieurs ruisseaux regorgeant de truites traversaient ces bois-là... Il connaissait plusieurs bassins d'eau noire... Puis il se mit à hésiter. Il ne savait quoi faire une fois de plus...

Rose rentra. Elle vit aux besoins de la malade puis monta dans sa chambre retrouver son visiteur. Il était allongé, les mains croisées sous la tête. Elle tourna vers lui la petite chaise de sa commode et prit place :

— On a tout le temps de la grand-messe pour parler de ton passé… Je t'écoute…

— Si je t'en dis trop, tu vas me trouver moins… attirant, non ?

— Non… Et pourquoi ?

— La nature humaine. Ce qu'on imagine est toujours plus beau ou pire que la réalité.

Elle sourit finement :

— Comme j'imagine le pire, ce que tu vas me dire va embellir les choses.

— Le pire ? Qu'est-ce que t'imagines donc ?

— J'ai dans l'idée que y a rien à ton épreuve.

— Y a ben des affaires qui me font peur. Par exemple, de me faire voir en sortant d'ici.

— Ça, faut se protéger. Provoquer le monde, ça peut rien que nous faire du tort. C'est pas ça que je veux dire…

Il sourit mais garda le silence.

— Je veux dire que t'es pas l'homme que tu prétends être.

— *Come on !* C'est parce que j'ai pas donné mon vrai nom en arrivant. Ti-Noire était intriguée, Bernadette, tout mêlée, pis le forgeron Maheux, amusé… Parlant du forgeron, vous êtes allés à Québec ensemble cette semaine ?

— Pis ?

— Ben… y a Louis Grégoire qui a jasé… un peu.

La femme se leva d'un bond :

— C'est quoi ça ? Louis Grégoire était du voyage avec nous autres. Placoteux qu'il est, celui-là !

— Madame Éva a dû s'inquiéter de pas vous voir revenir le soir ni l'un ni l'autre.

— J'suis allée à Québec chercher des produits pis lui pour acheter du fer pour les gardes de l'église. C'est Berthe, la sœur à Bernadette, qui m'a hébergée. Pour quoi c'est faire qu'Éva se ferait du souci pour ça ?

Bédard avait touché un point sensible. La femme réagissait trop fort pour avoir patte blanche. Sans doute avait-elle déjà caressé l'idée de se faire *serrailler* dans un coin par le forgeron.

Il trouverait bien d'autres esquives pour échapper aux questions de la femme sur sa vie passée et il en dirait le moins possible, car même les mensonges, s'il devait en arriver là, lui feraient perdre du mystère et donc de l'emprise et de l'attrait.

Quand, après s'être calmée, au bout d'un long détour, elle revint à la charge pour le connaître mieux, il lui fit une proposition :

— Si on faisait un peu d'exercice physique ? Moi, j'en fais tous les matins et ça tient la forme...

— Je marche assez dans mon année pour être en santé longtemps.

— Une autre sorte d'exercice.

— Ça pourrait pas faire de tort, hein ! Mais souvent il vient du monde acheter. Pis faut que je prépare à dîner... Mais tu perds rien pour attendre.

— J'ai vu ça hier.

Plus tard, quand la femme fut occupée en bas, Bédard jeta un œil dehors par l'interstice entre la fenêtre et la toile pour observer la vie du village à cette heure du dimanche entre la messe et le repas du midi. Tout l'intéressa, mais rien autant que de voir passer Philias Bisson au volant de sa rutilante Pontiac roulant à vitesse de tortue. Il voulut que Rose voie ça et, du haut de l'escalier, lui cria d'aller regarder dans sa porte. Elle revint deux instants plus tard :

— Pis ? C'est rien que Philias Bisson avec son beau char...

— Un homme intéressant pour toi, non ?

— Y a pas grand monde que tu connais pas déjà, on dirait.

– C'est ça quand on est curieux comme une belette. On s'en reparlera, de lui…

Elle leva la tête, voulant dire qu'elle ne désirait pas jouer ce jeu-là, et retourna à la cuisine.

– J'me demande ben s'il va à la messe, cet homme-là, dit Marie-Ange Boutin à la tablée du midi. Y en a-t-il qui l'ont vu dans l'église ou ben qui l'ont vu passer?

Elle eut droit à des non marmonnés et à des signes négatifs. Son mari parla en ruminant selon son habitude:

– C'est pas de nos affaires, ça, nous autres. Il pourrait être malade chez eux, on sait pas. Pis qui sait s'il a pas passé par le trécarré pour monter au village. Il pourrait être allé à la basse messe. Probable qu'il est resté à l'hôtel à Fortunat vu l'orage qu'il faisait hier soir…

– T'aurais ben dû lui offrir à revenir avec nous autres itou, toé…

– Je l'ai seulement pas vu hier soir.

– Voyons donc! Il est resté planté au beau milieu du cap à se faire mouiller sans broncher… Comme si dans les éclairs pis le tonnerre, il s'était senti sous le beau soleil de plein midi… Un homme pas mal étrange, l'étranger.

Quelques instants plus tard, Solange annonça qu'elle irait à la pêche durant l'après-midi. Une de ses jeunes sœurs cria aussitôt qu'elle voulait y aller avec elle.

– On n'est pas encore dans le bois que tu te lamentes déjà que tu veux revenir.

– C'est parce que tu veux aller rôder dans le bout de la maison à Germain Bédard, plaisanta Huguette.

– Niaiseuse, je m'en vas pas dans ce boutte-là pantoute, je vas aller dans le bois à monsieur Couture.

– Les Dulac ont piégé pas mal d'ours noirs dans ce boutte-là l'année passée, avertit le père en respirant fort après une gorgée de thé. Tu devrais aller au grand bassin d'eau noire de l'autre bord de la maison à Polyte... T'es sûre d'en poigner là...

La mère fronça les sourcils et dit, l'œil autoritaire :

— Si tu vas de ce bord-là, t'emmèneras ta petite sœur...

Solange haussa les épaules :

— Si tu suis pas, tu resteras en arrière avec les ours noirs...

— Peuh! j'ai pas peur pantoute, tu sauras!


Après avoir pris son bain, Rose fit exprès de se promener en jupon devant Germain. Elle commença à se maquiller devant le miroir de sa commode et leur conversation tomba sur le futur.

— Blanc Gaboury soutient que la vie sera invivable dans cinquante ans.

— Il sera pas là pour voir ça ni moi non plus.

— En 1999, j'aurai 78 ans si je vis encore.

— Comment que ça meurt un homme comme toi ?

— Dans son sommeil.

— Pis ça va au ciel ou ben en enfer ?

Il éclata de rire :

— Là où sont les belle femmes comme toi.

— T'es un maudit maquereau ou quoi ?

— Tu vas me faire croire qu'une femme chaude comme toi a rien qu'un amant...

Elle réagit en cessant de se toucher avec la poudrette, mais rattrapa son geste par des mots choisis :

— Une femme qui a un amant comme toi en a pas besoin d'un autre. Ça suffit!

— Bien visé. C'est flatteur pour moi, et en même temps, ça me cloue le bec.

— Tu faisais quoi par chez vous au juste ?

Il dit des vérités mêlées de menteries :

— Ben des choses... De la chasse, de la pêche, des solages, de l'ouvrage de cultivateur, ce qui se présentait... J'ai reçu un petit magot d'un oncle en héritage pis je veux vivre là-dessus un bout de temps...

— T'as pas les mains d'un homme qui a travaillé dur.

— J'ai toujours mis des gants...

— Ah, bon! Ça paraît... T'es venu faire quoi par icitte?

— Rien.

— T'es pas un repris de justice toujours?

Il y eut une pause. Bédard se leva et s'approcha d'elle.

— Je pense ben qu'à toi, je vas le dire...

— Dire quoi?

— Ce que je suis venu faire.

— J'écoute.

— Si tu viens me voir à ma maison.

— J'irai pas à pied.

— Je te prendrai en auto quand j'en aurai une.

— Si t'étais pas venu, j'avais l'intention d'aller aux framboises au mois d'août dans le bois autour de la maison à Polyte.

Ils s'avouèrent qu'ils désiraient tous les deux se rencontrer. Puis il entreprit de lui masser les épaules, le cou, la poitrine... Elle délaissa ce qu'elle faisait.

— Prête pour les exercices?

— Si tu me dis ce que t'es venu faire par icitte.

— Je vais te le dire quand tu vas venir me voir. Le secret est dans mon coffre à la maison...

— C'est bon, j'attendrai.

— En attendant... tu perds rien pour attendre...

Elle rit et s'abandonna à ces mains qui n'avaient jamais travaillé fort.

Solange en robe vert pâle revenait avec sa jeune sœur du bassin aux eaux noires. Elle n'avait rien attrapé faute de pouvoir appâter son hameçon avec un ver étant donné qu'elle refusait de toucher à cette chose grouillante et visqueuse sans laquelle la tentation n'était pas bien grande pour les truites somnolentes. Et l'autre avait cette même horreur des vers qu'on avait laissés dans la boîte de fer-blanc.

En montant, elles avaient jacassé fort aux abords de la maison à Polyte, n'obtenant aucun signe de vie. Elles y arrivaient sur le chemin du retour.

— On va se reposer un peu.

Et la plus grande courut s'asseoir dans l'escalier arrière, là même où elle avait partagé un repas avec l'étranger qui l'avait alors captivée, envoûtée par ses gestes et ses paroles.

— Ben moé, je m'en vas à maison, dit l'autre qui poursuivit son chemin.

Solange posa la boîte de vers et la canne à pêche. Et elle s'appuya les coudes sur une marche pour mieux offrir la peau de son visage et de ses bras aux rayons du soleil qui perçaient maintenant la couche nuageuse. Mais vite fatiguée de se faire piquer par les maringouins, elle décida d'entrer dans la maison. Sûre qu'il n'y avait personne, elle frappa quand même à la première porte qu'elle ouvrit ensuite pour se trouver le nez devant un gros cadenas noir. Elle le toucha avec un peu de dépit pour se rendre compte qu'il n'était pas barré. Et entra…

— Y a quelqu'un?

Tout lui parut étrange et merveilleux à la fois, si différent d'avant, du temps où la maison était vide et même d'il y a quelques jours alors qu'elle y avait travaillé à des rénovations avec son père, Simone et l'étranger. Avec les meubles était entré en ces lieux un double mystère, le second s'ajoutant à celui du personnage lui-même.

Elle répéta:

— Y a quelqu'un?

Sachant fort bien maintenant qu'elle n'aurait pas de réponse.

Elle resta un moment au bord de la porte, son regard explorant tout ce qui entrait dans son champ de vision. La pompe verte sur le comptoir de l'évier. Le poêle qui lui parut moins familier que naguère, du temps où elle venait se réfugier dans la maison à Polyte pour y noyer une grande solitude dans une plus grande solitude encore. L'escalier plongeant dans l'étage qui devait regorger de choses à voir... La porte de la chambre plus loin, voisine de celle d'en avant. Puis la table massive entourée de quatre chaises à gros bois usé. Elle ne pouvait apercevoir l'harmonium à cause de la cloison, mais de ce côté-ci se trouvait un vaisselier qui paraissait venir d'un autre siècle.

Que faire? Repartir? Avancer? Ne pas céder à la curiosité, à la fascination que les choses mystérieuses du mystérieux étranger exerçaient sur elle? Impensable. Elle fit quelques pas; le plancher craqua; c'était plus excitant encore.

Le second étage surtout lui faisait signe de monter. Elle y trouverait un lit en métal avec un couvre-lit de catalogne. Des valises noires dans les ravalements. Des coffres avec déjà un peu de poussière dessus. Quoi d'autre? Des cadres sûrement avec des images bizarres. Ou des objets anciens aux formes insondables...

En passant dans l'autre partie de la cuisine pour aller s'engager dans l'escalier, elle ne vit ni l'imposant instrument de musique ni l'intérieur de la chambre dont la porte était restée ouverte. Et elle gravit lentement les marches, qui souvent gémissaient.

Rien dans la première chambre. Le vide complet. De la lumière et quelques cadavres de mouches sous les fenêtres. Elle se rendit dans l'autre pièce: moins que rien à première vue. Et pourtant, ces panneaux de lumière solaire venus de la tour et s'appuyant sur le plancher lui semblaient contenir des secrets bien plus formidables que ceux qui se trouvaient là auparavant alors que les planches sur les fenêtres de la tour ne laissaient passer que des rais faiblards et gardaient la chambre dans une pénombre inquiétante habitée par de rares insectes.

Elle prit l'échelle et monta dans la tour pour y voir ce que Germain verrait quand il s'y rendrait. Ses yeux embrassèrent tous les horizons possibles. Vu de là, rien n'était pareil. Les arbres paraissaient soumis, le ciel un allié, les nuages un décor, la flèche de l'église un symbole et... un avertissement...

Une chaleur suffocante l'environnait et elle redescendit. Au bas de l'escalier, elle s'arrêta, hésitant entre la chambre et l'harmonium, entre les vibrations charnelles et celles de l'artiste en elle... Elle opta pour la chambre. L'odeur fut la première chose à ramasser tous ses sens y compris sa vue. Ce mélange de senteurs pouvait s'analyser et chacune donnerait naissance à une image apte à la colorier. En fond, il y avait les parfums de la forêt, subtils et peu prononcés. Puis un arôme de fleur, et il lui semblait que c'était la rose. Mais au-dessus des autres, une émanation chimique rappelant la résine, la peinture, la térébenthine... Et celle-là venait de la droite. Pour le moment, c'était l'odeur provenant de la gauche qui lui disait d'approcher. Celle du lit défait. Celle des draps froissés. Celle de l'homme parti...

La jeune femme s'assit sur le bord du lit et fit glisser sa main gauche sur le drap blanc pour défaire les plis. Et prit l'oreiller pour le retaper, mais l'odeur la fit changer d'intention. Elle regarda un moment puis sentit le tissu de la taie bleue. Tout son corps de femme en fut transporté de plaisir. Si bien qu'elle fut sur le point d'embrasser l'oreiller et de s'y enfoncer la tête. Il lui sembla en son for intérieur qu'on la verrait faire et elle voulut que cela se passe avec une excuse de le faire. Elle remit l'oreiller à sa place et s'étendit pour chasser une fatigue inexistante, les yeux grands ouverts qui regardaient le coffre sombre.

Germain Bédard avait mis un cadenas à combinaison, qui défiait la jeune femme. Elle comprenait de plus que l'odeur forte venait de là. Peut-être que ce cadenas, comme celui de la porte d'en arrière, n'était pas vraiment barré... Elle se leva et se pencha pour vérifier. Pas de chance cette fois. Peut-être qu'à jouer avec le bouton, le mécanisme se déclencherait? Mais elle se trouvait peu confortable dans cette position et s'assit droit sur le plancher de bois. La senteur augmenta. Elle tourna la roulette à gauche, à droite, dix fois, vingt, cent, sans résultat...

De guerre lasse, elle laissa tomber et quitta la chambre pour aller toucher, juste sur quelques notes, l'harmonium. Le son s'éloignait puis revenait à son oreille : écho produit par la longueur de la pièce, les poutres apparentes du plafond et le silence de la forêt répandu partout...

Elle retourna au bord de la porte, jeta un dernier œil à ce qu'elle pouvait voir, se rappelant de tout ce qu'elle avait fait pour être sûre de ne pas laisser de traces de son passage et de ce... viol de la propriété d'autrui, puis s'en alla en replaçant soigneusement le cadenas comme il était à son arrivée.

\*\*\*

# Chapitre 16

Il se produisit beaucoup d'étincelles dans la chambre de Rose ce dimanche après-midi là. Du feu qui ne consume pas. Des torrents d'une lave qui ne brûle pas. Il se fit raz-de-marée, elle se fit volcan ; et souvent, l'inverse… Chacun parut vouloir reprendre des années et des années de sensations perdues. Ou bien la collision de deux êtres perdus leur procurait-elle un plaisir inaccessible aux gens de bonne volonté, les choyés de la vie, les choisis, les élus qui ne doutent pas de leur salut temporel aussi bien que de leur salut éternel. Revanche des méchants sur les bons qui cherchent à les détruire ? Philosophes et psychologues se trouvaient réunis dans la personne des prêtres en ce temps-là et, parmi eux, pas beaucoup ne s'intéressaient aux fleurs du mal.

Concupiscence. Libertinage. Vice. Impureté. Débauche. Dépravation. Luxure. Licence. Stupre. Scandale. Dévergondage. Corruption. Qu'ils sont nombreux, les mots utilisés par les bonnes gens pour décrire la sexualité des autres ! Par chance que Dieu a permis la leur qui, faute de pouvoir emprunter le vocabulaire antonyme comprenant des mots comme la vertu, la pureté, l'abstinence, la continence met dans le mot amour les grandeurs et splendeurs de leur propre nature. Ayant compris cela, ayant compris ce mépris de la bête qui copule par l'avant pour la bête qui copule par l'arrière, toutes les religions se sont empressées de gérer la sexualité des pauvres humains par des règles qui séparent joyeusement et définitivement l'ivraie du bon grain dans un même champ. Alléluia! Hourra, les religions!

Quand les corps furent repus, que la noirceur fut venue, Bédard pensa à partir.

— Si j'ai mon bazou samedi prochain, je te prendrai dans le bord du rang Neuf. Personne va te remarquer parmi les visiteurs. Et je t'emmène chez moi pour jusqu'à minuit... Pis j'espère qu'on aura un aussi bel orage qu'hier soir.

Elle sourit et lui donna un léger soufflet de tendresse au visage puis une tape sur la fesse tandis qu'il s'apprêtait à descendre l'escalier de la cave. Car c'est par là, tout comme son prédécesseur dans le lit glorieux, qu'il passerait pour s'en aller sans être vu, si cela était possible.

Il longerait la maison par l'arrière, déboucherait sur le terrain à Bernadette avec une belle excuse dans un tiroir de son imagination : n'avait-il pas promis à la femme célibataire de l'aider à ériger une grotte à côté de sa demeure? Il fallait bien sonder les lieux, jouer à l'architecte, évaluer.

Qui d'autre était en mesure de le voir, à part l'aveugle Lambert dont la maison en biais avait des fenêtres qui donnaient dans cette direction? Mais l'aveugle en ce moment écoutait ses pensées avec, pour seul éclairage, celui d'un lampion aux pieds d'une image du Sacré-Cœur, tandis que sa femme journaliste cherchait les mots pour exprimer sans insister la déconfiture de la veille sur le cap à Foley, se disant qu'il vaudrait peut-être mieux attendre le journal du lendemain qui ne manquerait pas de servir sur le même sujet un article du petit Lévesque, ce jeune homme qui savait si bien expliquer les choses qu'elle ne comprenait pas.

Puis il passa derrière la maison à Bernadette et déboucha sur le chemin qui allait de la rue principale à la terre à Freddy derrière les diverses bâtisses du magasin et les granges de même que le camp à Armand. Rendu là, l'honneur était sauf. Déjà trop loin de chez Rose, même un soupçonneux se heurterait lui-même au soupçon, s'il devait ragoter.

Mais on avait vu son ombre que dessinait la lumière du lampadaire de l'autre côté de la rue. Rachel Maheux se berçait dans sa solitude et la véranda du deuxième étage de chez elle. Son cœur fit un bond. Le marcheur disparut un moment, caché par le *punch* à Freddy. Elle crut qu'il s'agissait de l'étranger. Et quand il eut émergé dans un secteur plus éclairé, elle perdit son doute. Il fallait qu'elle lui parle. Du Cook. De ce qu'il avait dit sur elle. Et pour lui jaser un moment, comme au fond du rang Six quelques jours auparavant lors d'une randonnée en bicyclette. Leur communication avait été si profonde, si... métaphysique, à côté des propos banals du Cook, pour qui les rouleuses avaient plus d'importance que les réflexions proustiennes.

Elle descendit l'escalier quatre à quatre sous le regard étonné de sa mère occupée à vernir un chapeau de paille dans sa cuisine sous le regard du Bum qui, allongé à côté du poêle refroidi, silait parfois d'ennui en soulevant une paupière languide qu'il laissait retomber aussitôt dans sa pleine lourdeur.

– Où c'est que tu vas d'une ripousse de même?

La femme n'obtint aucune réponse. Elle soupira. On ne lui répondait pas souvent. À quoi bon poser des questions? Tout ce qui lui était répondu encore et encore, c'était le bruit du marteau d'Ernest sur l'enclume de la boutique de forge. À quoi bon jouer à la mère de famille? Les enfants: des poules énervées.

– Germain, Germain, dit la jeune fille qui le rattrapait sur le chemin de l'étable près de l'extrémité de la boutique.

– Qui c'est? fit-il en se retournant. Ah! c'est Rachel, comment que ça va, toi?

– Moyen...

– Je peux te parler un peu?

– Pourquoi pas ? Je suis là !

Il pensa qu'elle pouvait l'avoir vu du côté de chez Freddy et il effaça de suite ses appréhensions à ce propos :

– J'arrive de chez Armand Grégoire, j'espère que la tuberculose te fait pas trop peur, je pourrais ben être porteur de ses microbes…

– Mon frère est malade de ça pis ça m'a jamais fait peur.

– C'est le principe des anticorps; on se défend d'autant d'un virus que son organisme a appris à le combattre à petites doses. C'est le principe des vaccins…

– T'en sais des choses pour quelqu'un qui sait pas écrire. Au monde ordinaire, les anticorps, ça dit pas grand-chose…

– Mon oncle est docteur à… Warwick… Pis l'hôpital, je connais ça…

– Ah ! T'aurais pas toi-même fait du sanatorium ?

Quelle porte ouverte ! il entra aussitôt :

– Qui sait, hein ?

– Ben, j'voulais te parler du Cook. Autant te parler franchement, il m'a dit que tu lui as parlé de moi.

– C'est vrai, mais en bien, en très très bien…

– J'aime pas ça plus.

– Ça me surprend ! Pas être contente quand on fait dire du bien de soi tandis qu'il se dit tant de mal… Je comprends pas.

– Ça l'encourage à me faire de la façon pis ça m'intéresse pas, sa façon.

– Moi, j'pouvais pas savoir ça. Pis t'as rien qu'à lui dire que tu veux pas de lui.

– Il le sait, mais il se tanne pas de m'achaler.

– Pourtant, quand on veut, on peut.

– J'veux pas justement.

Elle aurait voulu que la conversation bifurque et soit moins contraignante, plus personnelle, plus à leur sujet à elle et à lui, plus dans le champ de leurs intérêts. Ça avait été pourtant fascinant la dernière fois. Il y avait comme une barrière entre eux: Cook, le limoneux... L'homme en mit une autre aussi haute:

— Des nouvelles de Jean-Yves?

— N... non...

— À ben y penser, tu devrais pas chercher à en avoir non plus parce que c'est pas l'homme qu'il faut à une jeune fille comme toi.

— Et quelle sorte d'homme qu'il faut à une jeune fille comme moi?

On pouvait entendre les incessants coups de marteau sur l'enclume du forgeron et voir les lueurs jaunâtres dans les vitres noircies de la boutique, mais Ernest, lui, ne voyait pas dehors. C'était soir noir là-haut, mais sans lune.

— Faudrait en parler plus que dans une cour. Viens me voir au Dix, on en jasera.

Elle ricana un peu:

— Monter là, ça serait un scandale.

— T'as pas à le crier sur tous les toits. Passe par les sucreries du Grand-Shenley, y a personne qui s'en rendra compte. T'auras qu'à laisser ton bicycle au trécarré au fond de la sucrerie à Rosaire Nadeau pis faire le reste à pied; c'est à cinq minutes de là. Faudrait que je le sache avant, parce que je m'attends à recevoir ben des visiteurs cet été pis cet automne... Je veux me faire beaucoup d'amis dans la paroisse. Pour devenir ce qu'on appelle un citoyen à part entière.

Rachel se disait que cela l'aiderait à fuir la douleur qu'elle avait à cause de la perte de Jean-Yves, à oublier son impatience devant les assiduités du Cook, à s'évader de son métier de maîtresse d'école, de sa famille et probablement d'elle-même; et pourtant, elle hésitait. Qu'en était-il de la moralité de cet homme? Il lui suffit de se rappeler leur entretien au fond du rang Six à l'écart de tous pour changer d'idée. Il s'était

montré prévenant, respectueux quoique mystérieux souvent et
inaccessible.

— Je vas y aller une bonne fois.

— Au mois d'août, va y avoir plein de framboises autour de
la maison : tu feras d'une pierre deux coups. On jasera et on
ramassera des framboises… mais à une condition…

— Laquelle ?

— Tu devras me faire une tarte aux framboises ensuite.

— OK ! Paraît que je suis bonne en cuisine. En tout cas pas
mal meilleure que ma mère.

— Mais tout ça en secret.

— En secret…

— Bon, je vais y aller : j'ai du chemin à faire.

Pour éviter les questions de sa mère ou bien pour avoir de
quoi lui répondre, Rachel entra dans la boutique et s'arrêta à
une certaine distance de son père qui forgeait toujours. Elle
croisa les bras comme ça lui arrivait et le regarda faire sans rien
dire. Il s'imaginait qu'elle admirait son travail.

L'étranger pédala fort et fut bientôt rendu chez lui. Quand
le vélo fut arrêté à l'arrière de la maison, l'homme tomba dans
l'obscurité totale. Même lui qui lisait tant dans les cœurs et les
âmes ne disposait pas du pouvoir des chats de voir dans la nuit
profonde. Peut-être ferait-il installer une lumière dehors bientôt.
Il y songeait en gravissant les marches, et soudain, son pied frappa
un petit objet qui se renversa mais resta sur place. Qu'avait-il donc
oublié là ? Il recula un peu et tâta avec sa main, trouvant de la terre
et des vers qui grouillaient sous ses doigts. Puis il repéra la boîte
et comprit qu'un pêcheur était passé par là et y avait laissé un
signe de piste. Peut-être qu'on était entré dans la maison ? Peut-
être qu'il se trouvait quelqu'un à l'intérieur en ce moment même ?
Quelqu'un d'ailleurs déjà venu par là et qui ignorait qu'on y
avait emménagé ? Quelqu'un surpris par la noirceur ?

Il franchit le seuil de la première porte et fit craquer une allumette pour voir et vérifier la position du cadenas. Rien à signaler. Et il entra et fit de la lumière électrique. Son premier regard fut pour les portes, celles des toilettes et de sa chambre qu'il tenait toujours entrebâillées. Rien à signaler là non plus. Mais quand il fut dans sa chambre devant son coffre, son visage s'assombrit. Quelqu'un avait tourné le bouton du cadenas, c'était net. Il le remettait toujours à zéro et voilà qu'il le retrouvait à douze. Il ne s'agissait pas d'un voleur, mais d'un curieux, sinon on aurait trouvé moyen de faire sauter la serrure avec la première branche venue ou un outil pris dans la remise.

Il alluma une lampe et se rendit au deuxième étage. Quand toute la maison fut visitée, il se coucha et dormit aussitôt. Il aurait tout son temps le lendemain pour enquêter sur sa « visite » peu respectueuse qu'il imaginait être quelqu'un de la famille Boutin. Ou Georges ou Marie-Ange ou Simone ou Solange… Probablement la Solange, probablement elle…

Au matin, il se rendit à l'arrière de la maison et trouva des pistes. Et il se dit tout haut :

– Ah ! Ha ! deux biches sont passées par là !

Non seulement il devait savoir, mais ça lui servirait de prétexte pour aller chez les Boutin demander que la jeune fille lui serve sa première leçon de lecture. Il partit tôt pour les trouver tous à l'étable à l'heure du train et c'est à bicyclette qu'il s'y rendit.

De la crémerie, Marie-Ange l'aperçut venir et elle se rendit annoncer la nouvelle dans l'étable, disant à voix forte comme pour donner un avertissement :

– Y a l'étranger qui s'en vient ! Que ça vous empêche pas de faire votre ouvrage comme il faut, là, vous autres !

Solange, qui trayait une vache, en perdit le pis d'une main et tira de travers de l'autre de sorte que le jet de lait s'écrasa sur sa jambe de pantalon d'*overall*.

— Ben voyons, tu sais pus tirer une vache, lui dit en riant son père qui passait dans l'allée avec un seau d'avoine.

Elle ne dit rien et poursuivit sa tâche. Mais il lui semblait que Bédard savait qu'elle avait fouiné dans sa maison la veille. Elle tira plus vivement sur les pis et le lait sifflait en frappant la broue dans la chaudière d'aluminium. Il arriva trop vite; elle n'avait pas eu le temps de se bâtir quelques menteries valables.

Il se mit à sa pleine grandeur dans l'embrasure de la porte.

— Salut, tout le monde! Va faire beau aujourd'hui. Idéal pour les foins...

Georges s'approcha en marmonnant des choses inintelligibles et Marie-Ange vint, mains sur les hanches et regard menaçant. Bédard reprit en montrant une boîte de fer-blanc:

— Y a quelqu'un qui a oublié sa canne de vers à la maison hier. Je la rapporte...

— Ah! C'est la Solange qui est allée pêcher dans le bassin des eaux noires, dit Georges.

Marie-Ange fronça les sourcils:

— Elle est allée de ce bord-là? Je l'savais pas... À entendre parler qu'elle allait du côté des Couture...

Solange termina la traite et se leva pour se défendre et mentir en même temps:

— Ben oui, je vous l'ai dit... Pis la canne, c'est vrai que je l'ai oubliée dans l'escalier chez vous. J'ai arrêté deux minutes pour me reposer, mais c'est tout.

— Ah! j'en doute pas.

— T'aurais pu la sacrer au bout de tes bras, la canne de vers, dit Georges en riant un peu.

— Pis salir le bois? Dans dix ans, vingt ans, en 2000, elle serait encore là, rouillée...

– Pas avec les mêmes vers dedans toujours ? dit Georges.

– Riez pas, c'est sérieux. Pis rendez à César ce qui appartient à César. Une canne de fer-blanc, ça vaut rien, mais ça pourrait servir encore…

– Ben voyons, t'es ben plus *blod* que ça, dit Georges.

– *Blod* pis gaspilleux, c'est pas pareil, hein !

– Monsieur Bédard a parfaitement raison, affirma Marie-Ange pour trancher la question comme elle aimait le faire. Pis y a-t-il autre chose qu'on peut faire pour toi, mon gars, à matin ?

– Je viens voir si mademoiselle Solange pourrait pas commencer aujourd'hui mes leçons de lecture pis d'écriture.

La mère répondit pour sa fille :

– C'est sûr, mais va falloir que ça se passe à maison, icitte. Ou ben dans le salon ou ben, si y fait trop chaud, sur la galerie dehors en avant. Vous avez pas peur de la poussière du chemin toujours ?

– Ben non, je voyage en bicycle tous les jours.

– Les foins finis, vous pourriez vous installer dans la batterie de la grange avec les portes grandes ouvertes. C'est clair, c'est frais, c'est tranquille là… Mais comme c'est là, on travaille aux foins toute la semaine, nous autres.

– Je vas vous aider gratis.

Marie-Ange jeta un œil à son chétif de mari :

– On a besoin de bons bras. Ça compensera pour les leçons qu'elle va vous donner. Donnant donnant…

Bédard commenta le plus sérieusement du monde :

– Une heure de maîtresse d'école, ça vaut ben une demi-journée de bras d'homme, ça, hein ?

– Dans ce cas-là, vas-y, Solange, avec monsieur Bédard. Pis installez-vous sur la galerie, d'abord qu'il fait beau comme ça aujourd'hui.

– Mon autre vache ?

— Georges, tu vas tirer son autre vache, faut qu'elle parte.

— OK, de même !

— J'ai ni cahier ni crayon, mais si vous en avez, je vous les achète.

— Elle va tout arranger ça, c'est son métier, fit la mère en tournant les talons pour mieux montrer qu'elle n'avait plus rien à commander.

Solange et Germain se rendirent sur la galerie. Elle le quitta et entra dans la maison. Ça lui prit un quart d'heure avant de revenir. Entre-temps, elle se lava du mieux qu'elle put pour faire disparaître les odeurs de l'étable, s'enduisit d'eau de toilette, se mit un peu de rouge sur les lèvres et brossa ses cheveux pour en ôter les brindilles de foin. Et elle changea de vêtements pour endosser une robe de sa sœur Simone, jaune paille avec des pois bruns, légèrement dégagée dans l'échancrure et pas trop longue en bas des genoux.

Lui attendait, assis dans une berçante, regardant le poteau de la mort au coin du jardin plus loin. Elle le fit sursauter quand elle revint avec son sac à la main.

— Je me rappelais l'accident, dit-il, les traits durcis.

— Personne comprend ça : un électricien aussi bon que Léonard Beaulieu, se faire tuer bêtement comme ça...

— Le mauvais sort.

Elle devint dubitative :

— On dirait...

Il se frappa dans les mains :

— Bon, installons-nous dans l'escalier comme l'autre fois quand on a mangé... Quelle lettre que tu vas me montrer à matin ? C'est vingt-six lettres, hein, que y a dans l'alphabet ?

— C'est ça, oui...

Ils prirent place. Elle ouvrit le sac et sortit un cahier à deux lignes et un crayon orange fraîchement aiguisé. L'illustration sur la couverture consistait en un pêcheur dans une barque sur un lac. Il y mit le doigt avant qu'elle ne l'ouvre:

– T'en as poigné, des poissons hier?

– Ben... non...

– En as-tu déjà poigné dans ta vie, des truites?

– Ben... ouais...

– Des belles?

– Ouais...

– C'est drôle que t'aies oublié tes vers: pêches-tu pas de vers ou quoi?

– Ben... ouais... j'ai peur des vers.

– Ah! c'est pour ça que tu les as oubliés dans l'escalier.

Contente de la perche tendue, elle la saisit:

– C'est justement!

– Bon, ben, c'est le temps de se mettre à l'ouvrage. La première affaire, c'est d'apprendre à tenir le crayon, je suppose ben. J'ai vu faire ça un million de fois, mais j'ai jamais trop trop remarqué.

Il prit le crayon comme s'il avait été un poignard.

– Ben non, pas comme ça...

– Mets-le-moi comme il faut, dit-il en tendant la main.

Elle lui ouvrit doucement les trois doigts du bas et posa son index sur l'objet qui s'appuyait dans le creux du pouce.

– Aujourd'hui, on va faire les voyelles.

– On a vu les A l'autre fois... tu t'en rappelles...

– On recommence à zéro... Bon, un A majuscule pis ensuite un A minuscule.

– A comme dans... Marie?

– Ben... ouais... Y en a un dans Solange itou.

– Ben non: dans solage, pas dans Solange. A, A, Solage, pas Solange...

Elle éclata de rire :

— Ben oui, mais A pis N à côté, ça fait AN… Mais on n'est pas rendu là. Faut commencer par A…

Elle ouvrit à la première page du cahier où se trouvait déjà un A majuscule imprimé d'avance en haut de la page et un A minuscule au premier tiers. Puis un E majuscule au milieu et un E minuscule au deuxième tiers.

— Bon, faut que je fasse pareil ? Ben, ça sera pas dur, j'sus capable d'écrire des chiffres déjà…

— Tu m'avais pas dit ça.

— J'ai pas pensé…

— Ben dessine le A d'abord…

Il le fit sans regarder le cahier, mais en plongeant son regard dans celui de la jeune femme. Et la subjugua une fois de plus. Comme si elle avait été dans une attente hypnotique et qu'au moindre signe, au moindre regard de commandement, elle ait été prête à tomber en son pouvoir.

— Qu'est-ce tu fais ?

— Je lis dans tes yeux.

— Y a rien d'écrit dedans, objecta-t-elle à voix tremblante.

— Il s'en écrit chaque seconde, chaque fraction de seconde… Des secrets que tu ne veux révéler à personne… à personne d'autre qu'à moi…

— J'ai p… pas de secrets, parvint-elle à dire en bégayant.

— Moi, j'en ai.

— Ah !

— Plein un coffre chez moi…

La jeune fille blêmit et resta muette. L'odeur du coffre lui revenait en tête. Et le cadenas à roulette. Et l'odeur de l'oreiller. Il reprit en la regardant droit au fond des yeux :

— Y a un cadenas à combinaison après mon coffre… au trésor pis c'est pour ça qu'il a fallu que j'apprenne les chiffres… À vrai dire, y a qu'un chiffre à retenir. Le 6. C'est pas dur…

Tu tournes à gauche à 6. Tu tournes à droite à 6. Tu retournes à gauche à 6. Le tour est joué. C'est pas plus compliqué que ça, pis c'est facile à se rappeler : 666.

La jeune femme faillit s'évanouir. Mais c'était le chiffre du diable, que ce 666 ! Elle l'avait entendu dire déjà à l'école. La peur et cet immense bien-être qu'elle ressentait en la présence de cet homme, voilà deux sentiments qui se tiraient dessus comme des soldats ennemis, chacun défendant jalousement un territoire de son âme et de son cœur. La peur lui ordonnait de prier, l'autre émotion lui disait de ne pas s'en faire. Car rien dans sa demeure n'indiquait quoi que ce soit de diabolique. En haut, c'était le vide. En bas, c'était le poêle de toujours, c'était un harmonium comme un autre, c'était un lit aux montants de laiton, c'était ce coffre qui sentait le... la... le...

Elle ne savait plus à quel saint se vouer. La réponse à cette angoissante question qu'elle se posait toujours à son sujet devait se trouver dans ce coffre cadenassé. Il venait de dire que tous ses secrets s'y trouvaient... Si elle pouvait donc l'ouvrir et en découvrir le contenu... Elle détenait maintenant la combinaison, mais utiliser ce numéro lui brûlerait les doigts un million de fois plus que sa curiosité...

– Vaut ben mieux ne pas connaître tous les secrets des autres. Je l'ai dit à quelqu'un justement hier...

– Où c'est que t'étais hier ?

– Au village.

– Oui mais où ça ? À l'hôtel ?

– À l'hôtel.

– Ah !

Puis elle se rendit compte que la lettre A était écrite comme par une main expérimentée.

– Tu sais écrire.

– Ben non, c'est arrivé comme ça ; je regardais même pas sur le cahier…

Et voilà qui, aussi, parut bien bizarre à Solange, bien bizarre…

\*\*\*

# Chapitre 17

Le ballon se dégonfle-t-il donc ? Pourquoi l'Église refuse-t-elle de s'en mêler ? Manipulation du public ? Poudre de perlimpinpin ? Fumée qui disparaît quand il y a feu ?

L'article de Lévesque n'en finissait pas de poser des questions sur les apparitions et donc de les mettre en très sérieux doute. Il en vint même à inviter les lecteurs à une sorte de boycottage ou de grève, non pour ainsi s'en prendre à l'institution elle-même que constituait la foi catholique mais bien plutôt pour démasquer ceux qui, d'après lui, tiraient les ficelles derrière les apparences brillantes.

L'article avait reçu pour titre un seul mot : « Disparition ».

Le journal fit le tour de la paroisse dans les jours à venir.

Bernadette fut attristée, scandalisée, choquée. Le vicaire fulminait. Jean-Louis et Pauline songeaient très sérieusement à quitter le comité central, mais ils ne trouvaient pas un motif assez fort, indiscutable, qui ne leur mette pas à dos le presbytère. Et bien sûr le curé surtout...

— Suis pas ce qu'il écrit, c'est un petit jeune homme qui a les yeux fermés, dit l'aveugle à sa journaliste de femme qui elle, ne savait plus à quel saint se vouer pour écrire son propre article destiné à l'hebdo régional.

Ce n'est pourtant pas le contenu du journal qui frappa Ti-Noire quand elle dépaqueta la malle ce lundi soir, mais le nom qu'elle dut lire sur un des exemplaires du *Soleil* :

Germain Bédard. Quand il vint au bureau de poste ce mardi-là, elle courut pour lui remettre son courrier :

— Avec quelles lunettes lis-tu le journal ? Ou ben t'en sers-tu rien que pour laver tes vitres de maison ?

— Celles à Solange Boutin qui me montre à lire. En attendant que je l'apprenne comme il faut, je me fais lire les articles. C'est pareil pour mes lettres. Avant, c'était Jeannine Fortier à l'hôtel… Faut ben qu'on m'aide, je suis un handicapé…

Il déplia le journal :

— On dirait qu'ils parlent des apparitions ? En tout cas, d'après les photos… Tiens, c'est le portrait du petit Lévesque, ça… Veux-tu me lire ce qu'ils disent ?

Elle lut l'article et au beau milieu lança :

— Je vas aller te voir disons jeudi ou vendredi ?

— Jeudi… mais faut que je travaille aux foins l'après-midi… Faudrait que tu viennes le soir. As-tu un bicycle avec un dynamo pis une lumière dessus ? C'est pour revenir à noirceur. Parce que j'imagine que tu coucheras pas chez moi…

— J'ai tout ça, mon noir. Attends-moi jeudi soir.

Comme il y avait urgence, le vicaire convoqua les membres du grand comité des apparitions en assemblée spéciale pour le mercredi, donc deux jours d'avance puisqu'on se réunissait toujours le vendredi.

Lucien Boucher, qui remplaçait Victor Drouin, se montra coopératif en acceptant de venir au village en plein cœur de semaine et cela encouragea le vicaire. C'était le seul nouveau membre, car d'autres, qui avaient aussi été approchés parce que suggérés à la dernière assemblée, s'étaient tous trouvé une esquive. Le curé aurait eu plus de succès dans un tel recrutement. D'aucuns affirmèrent même qu'ils reconsidéreraient leur décision au retour du pasteur de Rome le 22 juillet.

Ils étaient là, dans le même cercle autour du bureau du curé que le vicaire occupait gravement, la mine de chacun déconfite de tant de désagréments survenus ces jours derniers. Le vicaire mit fin aux conversations à deux et ouvrit officiellement l'assemblée:

– Mes amis, merci d'être là! Merci de garder courage et espoir. Merci au nom de la Vierge du cap; elle vous en sera reconnaissante. Car elle reviendra, car elle reviendra. Ce que l'optimiste dit quand il y a des... pépins, c'est: «Il n'y a pas de problèmes, il n'y a que des solutions.» Et il a bien raison... mais les solutions ne sont pas toujours évidentes et il faut les chercher pour les trouver. Cette semaine, on nous massacre dans les journaux. D'aucuns à la plume sacrilège comme ce Lévesque de malheur que nous avons pourtant accueilli, hébergé – pas ici mais chez madame Rose –, et à qui nous avons donné l'occasion d'exprimer publiquement son patriotisme canadien. Eh bien, voilà qu'il vire son capot de bord. C'est ça, oui, un vire-capot, comme en politique...

Lucien Boucher mit sa tête en biais et parla doucement, le ton comme de la mie de pain frais:

– Moi, j'dirais pas ça, monsieur le vicaire. C'est vrai qu'il pose ben des questions, mais il n'affirme rien du tout.

– Lucien, t'as mal lu. Il dit aux gens de ne pas venir ici samedi prochain.

– On sait ben que ça va produire l'effet contraire. Et pis, faudrait prendre des mesures...

Il hocha la tête comme cherchant la suite.

– Des mesures comme quoi, par exemple? demanda le vicaire en s'appuyant les coudes sur le bureau dans une position de commandement.

– Au lieu d'attendre que les gens de la presse viennent voir et repartent avec des idées disons pas trop catholiques, prenons les choses en mains. On fait rédiger des communiqués de presse qu'on envoie chaque semaine à tous les journaux, et même à CHRC puis à CKAC… Il s'est passé ceci, il s'est passé cela. On pourrait même leur envoyer des photos.

L'homme reçut l'approbation de tous. Le vicaire en voulut encore :

— As-tu d'autres bonnes idées, Lucien ?

Il sourit :

— J'pense toujours qu'il va falloir séparer la paroisse en deux municipalités… pour le bien des deux… Mais ça, c'est une autre histoire, c'est sûr…

— Reviens à nos moutons.

L'homme pencha la tête et reprit :

— J'ai pensé qu'il faudrait s'occuper des plus démunis, ceux-là qui viennent en béquilles : les infirmes, les cancéreux, les grands malades… Montrer à tout le monde tout le soulagement que la Sainte Vierge peut leur apporter à ces gens-là. Les miracles, mettre ça en évidence. Les gens peuvent pas voir la Sainte Vierge, mais en réalité, ils peuvent entrevoir sa présence, je dirais sa puissance à travers des manifestations visibles comme les miracles ou les grands soulagements apportés aux démunis… Si les gens se rendent vraiment compte que d'aucuns en sortent guéris ou quasiment, ils vont prier trois fois plus fort pour obtenir des faveurs eux autres aussi.

Le regard du vicaire brillait. Il comprenait qu'il n'avait pas misé assez sur cet aspect. Il fallait préparer les malades à leur guérison, les prédisposer aux miracles et pour ça, il faudrait les réunir tous, à part, avant l'heure des apparitions, pour les conditionner et les mettre sur le chemin de la guérison en stimulant leur foi.

— Je trouve ton idée extraordinaire, Lucien. Et je vais ajouter ceci…

Et il expliqua ce qu'il venait de concocter dans sa tête. Lucien approuva à cent pour cent :

– Toujours miser sur les plus faibles : c'est comme ça qu'on va devenir populaires et inattaquables...

Marcel Blais y alla à son tour de sa petite idée :

– J'ai pensé qu'on pourrait faire venir un corps de majorettes. Il me semble que ça mettrait de l'ambiance. Y a les Marinades de Mégantic qu'on pourrait avoir, c'est sûr. Mon beau-frère connaît comme il faut le beau-frère du gars qui les dirige.

Mais il ne rallia pas la majorité et la proposition fut mise sur une voie de garage. Et quelqu'un lui fit remarquer qu'il s'agissait des Marinières et non des Marinades.

Une fois l'assemblée dissoute et quand les membres du comité furent tous partis, le vicaire se frotta les mains d'aise. On remettrait le train sur ses rails ce samedi et le curé assisterait la semaine suivante à la plus belle soirée d'apparitions jamais vue depuis le début de la saison...


Le cheval, un gros gris jeune et musclé, pencha la tête vers ses sabots d'en avant et fonça droit sur le pont de la grange, entraînant à sa suite un lourd chargement de foin sur lequel prenaient place Georges Boutin et l'étranger. Tout allait beaucoup plus vite depuis que Bédard les aidait, et les Boutin s'en félicitaient. Il chantait à pleins poumons la plupart du temps et cela stimulait les troupes. Il marchait comme un militaire et cela donnait du cœur aux autres.

Les vailloches paraissaient s'envoler au-dessus de lui comme par enchantement pour atterrir sur le voyage et Georges ne cessait de lui répéter :

– Hen hen, ça te pèse pas au bout du bras, toé, une fourchetée de foin.

Et voilà qu'on venait serrer un dernier chargement pour cette journée-là. Il faudrait que Georges fauche un autre champ le matin suivant puisqu'il n'y avait plus rien à sécher sur les prairies. Rien à part les râtelures qu'étaient en train de rassembler Simone et Solange, pressées d'en finir pour pouvoir regagner la fraîcheur de l'ombre dans les bâtisses.

Les deux hommes se couchèrent la tête pour ne pas se la faire accrocher par le lambris. Et les sabots du cheval claquèrent durement sur le fond de la batterie.

– Huhau! Huhau! cria Georges en tirant sur les cordeaux de cuir rattachés à la bride.

En vain, puisque le cheval ne pouvait aller plus loin. Aussitôt, Bédard se laissa glisser à terre et se rendit dételer puis conduisit la bête sur le pont où il attacha les traits après le bacul servant à tirer le câble de la fourche à foin.

– C'est prêt, cria Georges qui avait déjà planté la fourche dans le chargement.

Mais rien ne bougea. Il redit :

– OK! les *boys*…

Rien encore. Après avoir accroché le cheval, Bédard était descendu pour aller pisser contre le parapet de pierres du pont. Au loin, là-bas, en direction de sa maison, Solange finissait de réunir les râtelures autour d'un tas de roches à l'aide d'un râteau de bois. Il lui arrivait souvent de lever la tête pour jeter un coup d'œil du côté de l'étranger; elle le fit une fois encore mais se trouva embarrassée de le voir ainsi se soulager, bien qu'il lui fît dos.

Puis il remonta vers le cheval. S'arrêtant à mi-chemin, il regarda vers chez lui sans voir le moindre coin de la maison à cause du feuillage, et il se mit à agiter la main pour saluer.

Lui et Solange ne s'étaient pas croisés ce jour-là. Elle crut un moment que c'était pour elle. Simone se trouvait maintenant loin dans un autre champ et pas visible depuis le pont de la grange. Puis elle changea d'idée. Ce n'était sûrement pas pour elle. Alors elle regarda tout autour, mais ne vit personne d'autre. Son cœur, qui battait déjà fort, se remplit d'une joie tourbillonnante mêlée de cette indéracinable crainte qu'elle ressentait toujours à la seule pensée de cet homme si original. Elle fut sur le point de lui envoyer la main à son tour, mais se retint et ne fit que rajuster son grand chapeau de paille profondément calé sur sa tête. Il croirait qu'elle ne l'avait pas vu. Mais elle l'aurait à l'œil pour savoir. Ça oui !

– Es-tu toujours là, Germain ? demanda Georges, qui ne put en dire plus long, car il fut jeté hors de sa position et quasiment hors du chargement par l'arrachement subit d'une énorme gueulée de foin.

Ayant entendu le signal d'alerte un peu plus tôt, le jeune homme n'avait pas cru bon avertir à son tour avant de mettre le cheval en marche... Revenu en bas du pont devant la bête, Bédard salua encore une fois de la main. Solange, qui en finissait avec son travail, prit le chemin du retour. Encore sur l'emprise du doute, elle tourna la tête pour, cette fois, voir quelqu'un qui marchait à côté d'une bicyclette le long de la digue de roches en direction de la maison à Polyte. Et cet être était une femme. En robe soleil flamboyante. Comment ne l'avait-elle pas aperçue plus tôt ? Et qui était-ce ? Elle aussi portait un chapeau de paille et il lui cachait le visage. La personne se rendait chez lui et il le savait d'avance. Et l'avait reconnue. Solange eut envie de casser le manche de son râteau. Et dire qu'elle croyait un instant plus tôt que l'étranger l'avait saluée, elle.

Elle revint vers les bâtiments d'un pas majeur sans la moindre intention de lui parler ou bien de se faire voir, mais impossible de ne pas passer à côté du pont ; et quand elle y fut alors qu'on finissait de vider le chargement, elle ne put se retenir de lui décocher une flèche :

– As-tu vu que...

Il l'empêcha de poursuivre :

– Tu fais l'indifférente aujourd'hui ? Ça fait deux fois que je t'envoye la main pis tu me réponds même pas.

Désarçonnée, elle bredouilla :

— Ben… j'pensais que c'était pour… pour ta visite…

— Ma visite ?

— Y a quelqu'un qui monte en bicycle chez vous.

— Ça me surprendrait.

— Je te le dis… C'est une fille du village…

— Qui ça ?

— Sais pas.

— Comment que tu sais que c'est une fille du village.

— Les filles des rangs travaillent, eux autres…

— J'vois pas qui c'est qui aurait affaire à moi aujourd'hui.

— Non, moi non plus…

Elle esquissa un sourire et prit la direction de la maison. Il lui cria :

— J'prendrai pas de leçon demain, Solange, faut que j'aille au village.

— Comme tu voudras !

Il regarda en direction de chez lui en souriant aussi. La Ti-Noire tenait promesse sauf qu'elle arrivait avant le temps prévu. Il trouverait bien quelque chose dans le garde-manger pour elle. Et c'était à elle qu'il avait adressé un signe de la main la seconde fois… et cette pauvre Solange qui croyait que c'était pour elle les deux fois.

Georges, qui avait entendu la phrase lancée à haute voix, demanda à son aide :

— Comme ça, tu seras pas là demain ?

— Rien qu'une partie de la journée. Faut que je passe acheter le bazou du Cook. Pis avec lui, les affaires prennent pas mal de temps.

— J'te pense, il gratte une demi-journée pour un vieux cinq cennes.

— Malgré que des fois… il me surprend, vous savez.

— Ah! c'est un avaricieux ben intelligent! Il sait ben que de l'argent, c'est comme des pétaques, faut en sumer si on veut en récolter, hein!

— Là-dessus, monsieur Boutin, je vas m'en aller, d'abord qu'on a fini notre journée.

— Dans ce cas-là, je jetterai pas trop de foin à terre demain matin, surtout que samedi, on va monter au village de bonne heure...

— C'est ben beau! À demain pareil! Si on serre deux voyages, ça sera toujours ça de pris...

\*\*\*

# Chapitre 18

Bédard emprunta une fourche à trois fourchons qu'il avait dessein d'utiliser autour de sa maison pour ramasser les broussailles coupées ou arrachées un soir précédent. Et il se mit en marche vers chez lui de son pas le plus assuré.

Georges, qui débridait le cheval, lui cria :

— Germain, tu le garderas chez vous, la fourche, nous autres on n'en manque pas.

Il s'opposa sur le ton de l'honnête homme :

— Ah ! je vas la rapporter, craignez pas !

— J'te dis pas ça pour que tu la rapportes, j'te dis ça pour que tu la gardes pour de vrai. Tu nous en donnes assez de ton temps comme ça.

— C'est beau d'abord. Pour un homme comme moi, une fourche à foin, ça peut toujours servir.

Et Bédard reprit son long pas pressé.

De sa fenêtre de chambre, Solange le regardait aller. Le démon de la curiosité la fouettait pour l'affliger le plus qu'il pouvait. Elle prendrait prétexte de râtelures à finir pour approcher de la maison à Polyte après souper. En tout cas, pour se tenir le plus longtemps possible le plus près possible du chemin de la digue de roches afin de pouvoir identifier cette visiteuse quand elle repasserait par là… Mais s'en retournerait-elle ? Impensable qu'elle restât chez lui pour la nuit… Ou bien risquait-elle de repartir vite, avant le repas du soir ou à l'heure même du souper… Toutes ces questions simples tenaillaient la jeune femme et pourtant, ne lui indiquaient pas à quel point cet homme la bouleversait et jusqu'où déjà elle était jalouse des personnes comme des choses qui entraient dans sa vie. Car elle enviait cette visiteuse, car elle enviait ce coffre à secrets dont elle détenait maintenant la terrible clé du cadenas sous la forme de trois chiffres…

L'homme tint la fourche à mi-manche pendant une partie du trajet puis la mit sur son épaule, fourchons vers l'arrière, tenant l'extrémité dans la paume de sa main gauche. Solange le regardait toujours aller, se remémorant ses bras nus à toison noire et son estomac plus velu encore que laissait voir l'échancrure de sa camisole au tissu jauni par la sueur. Elle avait bien senti l'odeur de l'homme en passant pas loin de lui, se mélangeant avec celle du cheval et une autre de foin coupé, mais aveuglée par son trouble intérieur trop prenant, elle ne s'y était pas arrêtée ; et voilà que ces exhalaisons enivrantes revenaient à la mémoire de ses sens pour la troubler.

À l'orée du bois, Germain s'arrêta un moment. Il secoua vivement sa chevelure pour la débarrasser d'une partie de ces brindilles et particules que la chaleur du jour, le vent et la nature de son travail avaient fait se déposer et coller dans cette broussaille dense couleur du charbon.

Dès lors, il put apercevoir la tour de sa maison et les vifs reflets des rayons solaires dans les vitres des fenêtres hautes. Comme il lui tardait de finir d'aménager l'endroit et d'y vivre des soirs excessifs…

Cette décision de Ti-Noire de se rendre chez lui seule et malgré le peu de temps qu'il se trouvait dans la paroisse continuait de l'étonner. Sans doute qu'il aurait réponse à cette question plus tard. Ou bien les jeunes Beauceronnes avaient-elles moins froid aux yeux que les jeunes filles des Bois-Francs, peut-être en raison d'un sang plus indianisé.

Il fut bientôt rendu. Ti-Noire avait laissé son vélo sur le côté de la maison; elle devait donc l'attendre à l'arrière. Il l'y trouva bien assise dans l'escalier, à l'ombre de la maison grise, elle-même à moitié entrée dans une zone sombre par la présence des grands arbres du côté sud-ouest. Elle parla la première tandis qu'il posait sa fourche contre le mur:

— Salut, mon noir! Tu pensais jamais me voir ici, hein? Ben, comme tu vois, je suis là.

— Je savais que tu viendrais, ma belle Ti-Noire, je savais que tu viendrais.

Elle fit une moue incrédule:

— T'es sûr de ça, là, toi?

— Absolument certain! Je sais lire dans les yeux...

— D'abord que tu le dis.

Il était debout devant elle et pouvait apercevoir sa peau bronzée du visage, des bras, et surtout, du haut de la poitrine qu'il ne se gênait pas pour regarder sans toutefois s'y arrêter plus d'une seconde pour ne pas la gêner.

— T'aurais pu entrer pour te protéger des maringouins.

— Je l'aurais peut-être fait, mais y a un cadenas sur la porte.

— Il est mis comme ça sur les crampes, mais il est jamais barré parce que j'ai perdu la clé. De toute manière, quelqu'un qui voudrait entrer de force aurait pas de misère à faire sauter tout ça avec n'importe quoi qui lui tomberait sous la main.

— Pour dire vrai, même si la porte avait été grande ouverte, je serais restée dehors. Y a des choses que j'ai apprises à respecter. Ça nous vient de grand-père Grégoire pis de ma grand-mère, le respect de la propriété des autres. Chez nous, y a personne qui fouille dans les affaires des autres, le courrier pis tout... C'est comme ça.

— C'est louable.

— As-tu vu mon sac? J'ai apporté ce qu'il faut pour souper.

— J'ai ce qu'il faut ici...

– Pensais-tu que je viendrais plus tard que ça?

– Oui, mais j'aime mieux de même. On va avoir plus de temps à nous autres.

– Je pense que la Solange Boutin m'a vue tout à l'heure.

– Justement, elle en a parlé, mais elle savait pas qui t'étais.

– Je me suis tenu la tête basse pour pas qu'elle me reconnaisse. Autrement, ça va faire le tour de la paroisse.

Elle le détailla des pieds à la tête et lança, rieuse:

– Sais-tu, je te regardais là, avec ta fourche sur le dos, sais-tu à qui tu me faisais penser?

– À Satan, c'est certain. La fourche. Les cheveux noirs. Les yeux noirs. Pis j'suis un étranger un peu bizarre.

– Paraît que t'as quasiment fait peur au monde samedi passé sur le cap à Foley durant l'orage.

– L'orage, c'est l'orage; pis moi, c'est moi… Le monde a peur de ça, pas moi, c'est tout. Toi, t'as peur de l'orage?

– J'aime mieux le soleil…

– Je vois ça, fit-il en touchant la peau de son bras gauche. Un beau *tan*.

– Avec le temps qu'il fait depuis quelques semaines… Le tien est pas mal non plus.

– Je fais les foins avec les Boutin. Pis pas mal de bicycle par la force des choses, c'est-à-dire la distance entre icitte pis le village…

– Donne-toi la peine d'entrer. Tu vas voir comme il fait frais à l'intérieur. Pis surtout pas de mouches!

– OK, mon noir! On y va…

Il sauta sur la galerie, poussa la première porte, défit le cadenas et ouvrit la deuxième.

– Entrez madame! fit-il en imitant d'un geste de la main droite le salut du mousquetaire et en faisant la révérence.

Et quand elle fut devant lui, il laissa couler son regard à souhait sur son dos, ses fesses, ses jambes… Ce qu'elle sentait en y prenant du plaisir.

— Mets ton sac sur la table. Y a un crochet au bord de la porte pour ton chapeau…

— J'ai fait des bons sandwichs avec du pain frais, des œufs frais cuits à la coque…

— N'en dis rien que je découvre tout ça quand la table va être mise…

— OK, mon noir !

— J'ai un plan à te proposer. Tu mets la table. La vaisselle est là dans le meuble. Pis durant ce temps-là, moi, je vas me laver comme il faut parce que la journée a été pas mal chaude… Ensuite, on soupe. Pis après le repas, je te fais faire le tour du propriétaire.

— Ben j'aime ça. Faisons donc ça !

Pendant qu'il multipliait les allers et retours avec un seau d'eau depuis la pompe de la cuisine à la cuve de la salle des toilettes, Ti-Noire dressait le couvert. Les gestes de chacun étaient machinaux. De plus, ils ne cessaient de converser.

Il dit qu'il donnait du temps aux Boutin pour leurs foins en retour de celui de Solange, qui lui montrait à lire et à écrire dans trois ou quatre leçons hebdomadaires.

— Comment ça se fait que t'as jamais appris ?

Il cessa d'actionner la pompe et lui servit une réponse évasive en même temps qu'il repartait vers la pièce du bain :

— Les circonstances… Dans la vie, on fait ce qu'on peut, pas ce qu'on veut, c'est ben connu…

Debout dans la cuve de bois, il achevait de se laver quand le son de l'harmonium lui parvint. Une note. Puis une autre. Et une troisième.

— Ça veut dire que le souper est prêt ?

— Oui, mon noir.

— J'arrive dans deux minutes.

— Prends le temps qu'il faut.

Il reparut habillé autrement, propre, les cheveux démêlés, encore mouillés et lisses sur la tête, une chemise blanche sans cravate sur des pantalons noirs.

— Eh ben, t'as l'air d'un monsieur!

— De quoi j'avais l'air en habits de travail?

— D'un bon cultivateur.

— L'habit fait pas le moine.

Jetant un œil sur la table, il la félicita :

— Jamais vu des sandwichs aussi ben présentés.

— Si t'es prêt, ils sont prêts à être mangés.

Il contourna la table et se rendit du côté du vaisselier tirer la chaise pour la faire asseoir. Elle salua d'un léger signe de tête et prit place. Et bientôt, il était assis en face d'elle. Le hasard fit qu'on entendit au loin le son de la cloche de l'église. C'était le moment de l'angélus du soir. Ils se regardèrent un moment, hésitèrent.

— Tu veux dire le bénédicité?

— Si tu veux, mais nous autres, chez nous, c'est pas la mode, dit-elle.

— Ça me dérange pas du tout.

— Le Bon Dieu, des formules, il doit s'en passer…

— T'as raison… Mais comment ça se fait que tu te fasses tes propres règles? As-tu dit chez vous où c'est que t'allais comme ça, en plein jour?

— Mon noir, je suis majeure.

— Et vaccinée?

Elle eut un vif éclat de rire comme en avait parfois sa mère, et peu justifié :

— Et vaccinée.

Coudes sur la table, mains croisées sous le menton, il revint à la charge pour satisfaire sa curiosité :

— La plupart des jeunes filles, même majeures, n'oseraient jamais aller chez un célibataire qui vit dans une maison isolée dans le bois... Pourquoi toi ?

Elle crâna :

— Dis-le-moi, je vas te le dire...

Elle ferma un œil, prit un morceau de sandwich dans une assiette au centre de la table et le tendit :

— On mange ?

— Oui, si tu me donnes aussi une réponse à me mettre sous la dent.

Elle mit le sandwich dans son assiette et se fabriqua un sourire :

— Bon... si tu veux... J'vas pas te fionner ça non plus... Ma mère a passé dix ans à l'hôpital psychiatrique, pis moi, j'ai été élevée par l'aînée de la famille qui devait aller à l'école pis aider mon père au magasin... Je me suis fait mes propres règles. As-tu quelque chose contre ça ? Je vas à confesse, je fais mes Pâques, pis le reste, je fais comme Dominique Blais, je vis... As-tu quelque chose contre ça ?

Malgré la question répétée, il demeura imperturbable. Elle poursuivit :

— Y a ben des filles qui m'enviaient de voir que j'avais plus de choses matérielles à cause du magasin... Des bas, des jupons, tout... Pis surtout que je faisais souvent à ma tête, même que pas tout le temps, hein ! Sauf qu'ils pensent pas, ces filles-là, à ce qui nous guette, nous autres, à cause de notre mère. Pis c'est encore plus clair depuis que mon frère est parti pour l'hôpital. Bon, ça fait que tu sais tout. En retour, tu vas me confier un secret important pis je vas me sentir à égalité avec toi, autrement, j'serai pas sur le même pied pis je vas m'en aller la tête basse...

Elle baissa la tête et commença à manger.

– J'aime ta fierté.

– Ça serait peut-être mieux d'appeler ça le goût de vivre tout court parce que la fierté, c'est dur pour moi d'en avoir trop : le premier venu peut me rabattre le caquet n'importe quand, hein, mon noir ?

L'œil du jeune homme brilla plus que de coutume. Il prit le morceau de sandwich sans s'arrêter de la regarder :

– Tu baisses ta garde et j'admire ça. Oui, je vas te confier un secret à mon tour. Mais tout à l'heure… Si t'as pas d'objection à venir dans ma chambre, je vais te montrer quelque chose dans un coffre et te parler de mon passé…

Au même moment, à la table du souper, Solange annonça qu'elle se rendrait finir les râtelures après le repas. Sa mère posa sur elle un regard lourd, soupçonneux, inquiet. La femme changeait souvent son fusil d'épaule face à l'étranger et là, elle le craignait à cause de ce qu'elle avait vu durant l'orage sur le cap le samedi précédent…

La jeune fille avait son plan. Il y avait des râtelures à faire sur le chemin près de la digue de roches et là, elle pourrait disparaître à la vue de sa mère derrière un bosquet. En fait, le bosquet lui servirait de faux paravent, car elle avait l'intention plus ferme encore de se rendre près de la maison à Polyte pour savoir ce qui s'y passait. Puisqu'elle connaissait par cœur tous les sentiers des vaches et autres permettant de s'en approcher, elle le ferait donc dans le plus grand secret… C'était oublier qu'elle portait une robe pâle ; c'était oublier que Bédard avait essarté autour de la maison et que le risque d'être vue s'en approchant s'en trouvait décuplé maintenant.

Les deux jeunes gens passèrent près de deux heures à table. Elle parla de son rêve américain, l'écouta parler de liberté.

– Je trouve la mienne ici… même si tu pourrais en douter. Moi, être isolé, ça me libère des regards accusateurs ou moralisateurs.

– Mais dans une grande ville, on est bien plus à l'abri des autres qu'icitte dans le bois…

– C'est vrai ! Mais la ville me limiterait beaucoup trop, moi. J'ai trouvé par icitte le lieu idéal… Tu vas comprendre tout à l'heure.

– Allons-y tout de suite.

Elle se leva, ajouta :

– Mais avant, j'aimerais que tu me joues un morceau d'harmonium… Un beau, là. Moi, je vais m'asseoir sur le divan pis t'écouter. Ça sera comme sur une peinture que j'ai vue chez madame Maheux.

Il la suivit. Une fois devant l'instrument, il attendit qu'elle ait pris place puis se délia les doigts après les avoir croisés et tourné les mains à l'envers.

– Ce sera la première fois que je vais en jouer devant quelqu'un depuis que je suis arrivé ici et c'est pour la plus belle jeune femme que j'ai jamais vue.

Pour lui faire savoir que sa fleur était trop précoce, elle demanda subitement :

– Ma tante Bernadette m'a dit que tu cherchais de la crème pour les mains, en as-tu trouvé ?

Il se fit élusif tout en prenant place :

– Tu vas comprendre tout à l'heure pourquoi j'en voulais… Faisons une chose à la fois, veux-tu ?

Et bientôt, les notes remplirent l'air ambiant, glissèrent le long des lambourdes, sortirent de la maison par les treillis des fenêtres et allèrent se perdre dans la végétation avoisinante.

Dehors, encore cachée par les aulnes et les arbres, Solange demeura un moment interdite. Malgré son pouls excessif, elle réussit à raisonner: s'il se trouvait à l'harmonium, Germain ne pourrait pas la voir venir et c'était donc le moment de s'approcher le plus près possible car la meilleure cachette, ce serait accroupie sous une fenêtre, collée contre le mur extérieur. Elle ne verrait pas, mais elle entendrait et en apprendrait peut-être autant... Et puis, on se trouvait à la brunante donc la noirceur de plus en plus la déroberait aux regards des gens de l'intérieur.

Le musicien s'arrêta un moment. Il faisait maintenant très sombre dans la pièce.

— Non seulement tu joues à l'oreille, mais tu joues les yeux fermés.

— Je vais faire un peu de lumière, dit-il en se levant.

— Reste, je vais y aller...

Il la retint par le bras:

— Non, non, pas la lumière électrique... Je vais allumer une lampe, ce sera beaucoup plus... romantique... Attends, attends, retourne t'asseoir comme tu étais: ça va donner une image superbe sous la lumière d'une lampe... Je vais dans ma chambre en prendre une...

Il s'y rendit. La lampe se trouvait sur une tablette près de la fenêtre. Au moment de la prendre, il lui sembla voir une ombre bouger dehors où, à cette heure du soir, il faisait encore moins sombre qu'à l'intérieur. Réelle ou imaginaire, elle entra dans sa préoccupation du moment. Il continuerait d'agir comme prévu tout en gardant à l'esprit qu'une bête rôdait autour. Ours noir, loup, chien errant? Probablement une bête humaine, se dit-il en levant un sourcil suspicieux.

Il trouva une allumette sur la tablette. Si l'ombre était celle d'une bête, il la verrait détaler quand le feu apparaîtrait. Il n'en fut rien. Même quand il haussa la mèche très haut et que la flamme se mit à danser sur un rythme endiablé.

À l'autre bout de la pièce, Ti-Noire mit son nez et ses épaules dans l'entrebâillement de la porte :

— Tu veux pas me montrer ce que tu devais me montrer ?

— La curiosité l'emporte, hein ?

— Ben… oui… Pis je veux qu'on soit d'égal à égal tout de suite pour mieux se comprendre ensuite.

— OK ! Viens, entre, je vais te montrer ça.

Elle promena vivement son regard sur tous les mystères de la chambre et en fit aussitôt des choses connues et familières, encore qu'elle les trouvait bien changeantes sous les reflets de cette lumière qui bougeait d'elle-même et parce qu'on la transportait plutôt rapidement.

— Tu vois mon coffre au trésor… Tout ce que je suis est contenu là-dedans. Tiens-toi devant, je vais mettre la lampe sur la table à l'autre bout…

Ce qu'il fit en la contournant. Puis il vint s'agenouiller devant le cadenas.

Dehors, blottie contre le mur, Solange avait tout entendu par la moustiquaire de la fenêtre. Mais elle voulait en voir le plus possible aussi, sachant bien qu'à cette distance, elle ne pourrait rien apercevoir du contenu du coffre. Au moins, pourrait-elle identifier cette jeune personne avec qui déjà, il partageait ses secrets les plus cachés. Elle savait que, même si l'un d'eux tournait la tête, on ne pourrait la voir puisque leurs pupilles seraient agrandies par la lumière de la flamme. Et puis elle ne mettrait que son œil gauche au risque…

— Tu sais lire les chiffres ?

— Ça, on me l'a montré… Mets-toi à genoux à côté de moi, on va lever le couvercle ensemble.

Elle obéit :

— J'espère que y a pas le diable là-dedans.

Il lui souffla à l'oreille :

– J'veux pas te faire peur, mais j'pense que y a quelqu'un dehors qui nous surveille. Ça serait la Solange que ça me surprendrait pas. Je vas te dire des choses à haute voix pis d'autres à voix basse. Toi, tu parles toujours bas. Pis tu restes là, cachée vis-à-vis de moi, pour pas qu'elle te reconnaisse... M'as-tu compris ?

– Oui.

Il dit à voix haute :

– Asteure, aide-moi à ouvrir le coffre, même si c'est pas pesant pantoute.

Solange n'y tint plus et mit son œil au coin de la fenêtre. Elle aperçut les mains sur le couvercle qui se soulevait lentement puis, dans un halo jaune, la silhouette de l'étranger qui cachait presque toute celle de la jeune femme.

– Ah ! ben si je m'attendais à ça ! ne put retenir Ti-Noire à mi-voix.

Il y avait dans le coffre tout l'attirail d'un peintre : pots de peinture, térébenthine, palette, canevas, chevalet démonté. Et même des toiles à moitié peintes.

– C'est ça, ton secret, mais ça va se savoir quand tu vas t'installer quelque part pour travailler.

– Ça, oui, mais y a aussi ce que je vais te dire...

Solange le voyait parler à la personne et en concevait une mixture de sentiments désastreux: d'exclusion, de jalousie, de colère, de tristesse... Puis elle les vit se pencher tous les deux en avant, et lui qui sortait des objets qu'elle ne parvenait pas à distinguer nettement, et qu'il mettait dans l'ombre, sur le plancher. Et le pire se forgea dans sa tête sur l'enclume de son âme par le marteau du tourment intérieur: cet homme était Satan lui-même, en train d'envoûter cette personne, et la pauvre, elle y perdrait sans doute son âme. Mais le pire pour l'autre aurait pour effet de la sauver, elle, du pire. Car elle ne tomberait pas entre ses griffes. Peut-être même qu'elle le forcerait à ôter son masque un jour ou l'autre...

Lorsque Germain eut vidé une bonne partie du contenu du coffre et livré certains de ses secrets à Ti-Noire, ne les révélant qu'à voix basse, il se leva et lui murmura :

— Retourne au salon. Moi, je vais sortir de la maison pour effaroucher les senteux...

Et il dit à voix haute :

— J'ai vu quelque chose dehors, ça doit être un ours. Je vais aller voir...

En même temps, il tira sur la corde et alluma la lumière électrique. Puis il quitta la pièce et ensuite sortit à l'extérieur par la porte de devant en faisant le plus de bruit possible... Il fut de retour quelques instants plus tard.

— La personne est partie.

On discuta des possibilités. La jeune femme s'inquiéta. Il la rassura. Il ferait son enquête. Il trouverait moyen de couvrir son invitée par d'excellents motifs si nécessaire.

Par la suite, il lui fit voir le deuxième étage et lui parla de ses aménagements dans la tour, qui seraient complétés avant la fin du mois. Et il lui dit que la chambre servirait de studio...

— Par chance que tu t'appelles pas Fernand Rouleau, j'aurais peur que tu fasses des messes noires...

— Aurais-tu peur d'assister à une messe noire ?

— Oui pis non...

Elle regarda les toiles suspendues au mur et les trouva assez particulières sous les reflets de la flamme :

— T'es un peintre plutôt sombre.

— C'est pour ça que je vais n'avoir pour lumière que celle de la tour. Ah ! mais quand je peins à l'extérieur, c'est tout le contraire, hein !

Elle soupira :

— J'ai pas vu une seule toile à couleurs pâles.

— T'en verras, t'en verras. Comme quelqu'un m'a déjà dit : « Tu perds rien pour attendre. »

Ti-Noire resta songeuse un moment, puis lança :

— Veux-tu que je revienne te voir ?

— Tant que tu voudras et plus encore. Y a beaucoup de choses à partager, toi pis moi. Comme à soir…

— Faudra que tu me rassures parce que des fois, j'ai peur…

— De moi ?

— Surtout de moi-même…

Il posa la lampe à terre.

— Ce qui veut dire ?

— Que je suis une personne imprévisible.

— On l'est tous.

La jeune femme était envahie par cette incroyable tristesse qui l'affligeait souvent ; et l'homme le percevait. Il s'approcha et la prit par les épaules :

— Je serai ton ami et je te comprendrai quoi que tu fasses. Tu reviendras et on parlera encore de ton rêve américain, de ton passé, du mien… Tu me parleras de ton village, de tes gens ; et moi, je mettrai toutes sortes d'images devant tes yeux. Tu seras libre et tu respecteras ma liberté ; je serai libre et je respecterai ta liberté…

Ces paroles étaient fort belles et sonnaient mieux à l'oreille de la jeune femme que les plus ravissantes notes de l'harmonium. Elle lui sourit et se blottit sur sa poitrine un moment. Et quand ses sens se mirent à lui parler, elle recula.

Ils se sourirent et s'en allèrent.

Aux questions de sa mère, Solange répondit qu'elle était revenue de clarté à la grange, qu'elle s'était couchée pour quelques minutes dans la tasserie et qu'elle s'y était endormie.

Marie-Ange n'en croyait rien, mais comment réfuter ce dire si clair et net.

En fait, elle était restée sur le pont de la grange tant qu'elle n'avait pas vu une lumière sur le petit chemin de la digue, ce qui lui révélait que la visiteuse retournait d'où elle venait. Depuis ce temps-là qu'elle supputait sur son identité ; et son imagination passa par bien des maisons où il y avait des jeunes femmes non mariées, mais pas une fois, elle ne songea à Ti-Noire. Et son plus grand doute tomba sur la veuve Sirois, car elle les avait vus se parler sur le cap le soir de l'orage, et la Marie Sirois passait la moitié de sa vie sur une bicyclette... Solange apprendrait plus tard qu'il ne pouvait pas s'agir de la veuve qui, le jour, travaillait durement dans la fabrication de boîtes à beurre.

Le jour suivant, Bédard dissipa ses doutes et ses angoisses quand il se présenta pour sa leçon. C'était une visite à l'improviste puisqu'il avait lui-même annoncé la veille qu'il ne pourrait pas venir.

Quand ils furent installés à une table sur la galerie d'en avant, il la manœuvra habilement et se rendit compte qu'elle ignorait l'identité de sa visiteuse de la veille. Alors il l'amena à croire qu'il s'agissait de sa propre sœur venue de Thetford Mines le visiter. Elle s'était soi-disant loué un vélo chez Roland Campeau. C'était gros comme menterie, mais la jeune femme était plutôt naïve.

Solange goba la mouche et se lava vite tout l'intérieur des mauvais sentiments qui depuis la veille, s'y étaient déposés comme des sédiments gluants. Et sa jalousie entra dans un état de somnolence... Quant à lui, il ne tarda pas à savoir que l'espionne de la veille à se fenêtre était bien elle, mais il fit en sorte qu'elle ne sache pas qu'il savait.

Puis il annonça qu'il se rendait chez le Cook lui acheter son bazou tel que convenu quelques jours auparavant.

Cette transaction fut conclue plus vite que prévu puisqu'il rentrait chez lui pour le souper de ce vendredi soir.

Désormais, ce serait bien plus facile pour la jeune femme de contrôler ses allées et venues en raison du bruit, de la poussière sur le rang et de la taille même du véhicule par rapport à la bicyclette, sans compter des phares le soir.

\*\*\*

# Chapitre 19

Arrivait enfin cette soirée de la relance après cette trop longue semaine de l'incertitude. Les critiques des journaux n'influencèrent en rien le nombre des visiteurs au cap à Foley que d'aucuns parmi les plus croyants appelaient la « Terre sainte du Canada ». Il en vint de partout comme les fois précédentes. Et beaucoup plus encore des États-Unis.

Mais chez plusieurs, parmi les paroissiens proches des événements, un certain doute minait l'enthousiasme des dernières semaines. Beaucoup craignaient de faire rire d'eux par trop de foi. On était de plus en plus convaincu qu'il fallait attendre le curé, qu'il fallait attendre que l'Église catholique se prononce.

Pour le vicaire, pareille attitude constituait une sorte de motion de blâme à son endroit. Il avait grand espoir de redresser la situation grâce aux conseils avisés de Lucien Boucher. Il pria toute la semaine le ciel pour que dame nature lui soit favorable. Quant au reste, il y verrait.

Dès le vendredi, il avait fait délimiter un enclos avec des câbles à cordeaux afin que tous les handicapés, tous les malades, tous les éclopés de la vie en quête d'une intercession mariale et d'une intervention divine puissent être harangués et donc disposés au mieux. « *Boostés* au boutte », aurait dit Philias Bisson.

Et cela se produisit par un soir magnifique devant un soleil couchant de toutes les splendeurs. Ils étaient au moins deux cents venus là sur grabat, sur béquilles, sur canne, sur pieds bots et peut-être même sur pieds fourchus.

Bédard fut proche témoin de l'exhortation. Il était adossé à une clôture de perches donnant sur le terrain derrière le cimetière parmi un groupe qu'animait de sa présence forte Lucien Boucher venu voir à quel point la misère humaine pouvait être source de capital religieux.

Ce fut d'abord une prière en latin par le prêtre. Personne n'y comprit un traître mot, mais il s'agissait en premier lieu de mystifier les petites gens par un discours hors de leur portée. Puis il traduisit en français :

– Seigneur, exaucez ma prière, prêtez l'oreille à mon instante supplique dans votre vérité ; exaucez-moi dans votre justice. Et n'entrez pas en jugement avec votre serviteur ; car, en votre présence, nul homme vivant ne sera justifié. Parce que l'ennemi m'a plongé dans des lieux obscurs, comme les morts d'un siècle, et mon esprit a été dans l'anxiété sur mon sort ; au-dedans de moi mon cœur s'est troublé. Je me suis souvenu des jours anciens, j'ai médité sur toutes vos œuvres, sur les ouvrages… Ne détournez pas votre face de moi, autrement, je serai semblable à ceux qui descendent dans la fosse… Et vous perdrez tous ceux qui tourmentent mon âme, parce que moi, je suis votre serviteur… Seigneur, ne vous souvenez pas de nos fautes, ni de celles de nos proches, et ne tirez pas vengeance de nos péchés… Amen.

Le soir s'était fait silence devant cet appel au repentir et à l'exclusion des méchants d'ailleurs. Le vicaire ensuite prêcha solidement :

– La foi peut soulever des montagnes. La foi. La vraie foi. Une foi totale. Une totale confiance en la force du Seigneur. Une totale confiance dans le pouvoir de la Sainte Vierge Marie. Si vous y croyez, vous êtes capable. Je vais parler à chacun de vous en disant tu. Toi, là, t'es capable. Toi, là, plus loin, t'es capable. Si tu crois en la puissance du Seigneur en toi, tu guériras. Parce que la force de guérir, elle est en chacun de nous grâce au ciel, grâce au Seigneur, grâce aux saints, aux saintes, à la Vierge, à ceux qui nous ont précédés dans la mort et qui veillent sur nous, grâce aux saints anges... Et contre les démons...

Le prêtre s'enflamma en parlant des forces du mal. Il lui arrivait de croiser le regard de certains en dehors de l'enclos des misérables. Celui de l'étranger, celui de Lucien Boucher, celui de la Ti-Noire qui venait de s'incorporer à ce groupe et faisait sa féline par son port de tête et sa gestuelle. Il lui arriva aussi de jeter son index vers un autre groupe où se trouvaient Marie Sirois et ses trois filles réunies autour d'elle, et qui demandait pardon à Dieu pour leurs péchés. Et parmi elles, la Cécile qui se croyait damnée à moins que la Vierge ne la sorte des griffes de Fernand Rouleau.

Et Fernand, lui, s'adonnait à l'opération charme. Il se tenait près de l'enclos des éclopés, chapelet en mains devant lui, penchant la tête parfois pour mieux montrer qu'il priait fort. Presque tout dans sa motivation relevait du calcul, mais il y avait aussi quelques éléments de peur : celle de son passé en Ontario et celle née de l'éclatement bizarre de la croix du Christ sur le calvaire, ce qui lui valait encore des nuits cauchemardesques après sept jours.

Le vicaire poursuivait :

– La toute-puissance divine s'est manifestée à nous voilà une semaine, vous vous en souvenez tous. Mais d'aucuns qui sont ici ce soir n'étaient pas là pour voir ça. Ceux venus de Lewiston et d'Augusta, d'autres croyants qui nous arrivent du Lac-Saint-Jean ou de Rimouski, des malades parmi vous qui sont de Montréal et d'Ontario, tous ces fils et filles de Marie originaires du Maine, du Vermont, du Connecticut et même de Virginie, vous qui êtes là pour la première fois, tournez la tête vers le cimetière si vous le pouvez et regardez le Christ crucifié. Eh bien, le ciel a frappé la croix, l'instrument du supplice et l'a déchiquetée sans toutefois une seule égratignure à Jésus crucifié. Certains disent que c'est Satan qui contrôle la foudre, moi, je dis que si c'est lui, alors il a frappé un drôle de nœud... Mais c'est Dieu qui détient les pouvoirs de la nature et Il a voulu nous donner une leçon à tous et nous expliquer ce qu'est un miracle en laissant l'éclair frapper la croix tout en gardant la personne du Christ intacte. Laissez Dieu frapper votre croix à vous, le mal physique et même moral auquel vous êtes cloué; laissez la Vierge panser vos plaies, guérir vos blessures... mais de grâce, désirez-le de toutes vos forces. Dites avec moi... dites fort: «Je veux être guéri, Seigneur, je le veux de toutes mes forces...»

Il leva la main et les misérables suivirent ainsi qu'une bonne partie de la foule:

– Je veux être guéri, Seigneur, je le veux de toutes mes forces.

– Encore.

– Je veux être guéri, Seigneur, je le veux de toutes mes forces.

– Encore et encore...

– Je veux être guéri, Seigneur, je le veux de toutes mes forces. Je veux être guéri, Seigneur, je le veux de toutes mes forces.

– S'il vous plaît, donnez-nous de la musique...

Pauline fit résonner l'harmonium à travers tous les haut-parleurs à la grandeur des environs, sur trois notes saccadées, et le prêtre fit répéter aux fidèles l'incantation autosuggestive.

– Et maintenant, vous allez répéter: «Je suis capable. Je vais gagner. Je suis capable, je vais gagner. Je suis capable, je vais gagner...»

– Je suis capable, je vais gagner. Je suis capable, je vais gagner. Je suis capable, je vais gagner...

Béliveau, qui ne travaillait ni à la vente d'actions, laquelle avait pris fin de manière abrupte, ni à la circulation automobile, se tenait dans une haie d'honneur qui formée pour encadrer les petits voyants quand ils viendraient. Il se sentait transporté et ne put s'empêcher d'embarquer dans l'euphorie générale et de dire aussi :

– Je suis capable, je vais gagner. Je suis capable, je vais gagner.

Un infirme jeta son bâton par terre et marcha ; il était guéri avant l'heure. Revenue une fois de plus avec son arthrite rhumatoïde, la femme à la canne, miraculée à quelques reprises les semaines précédentes, se sentit dépassée par les événements. C'est pourtant elle qui avait donné le meilleur spectacle et voilà qu'on la devançait. Il ne le fallait pas. Mais elle avait beau essayer, elle n'arrivait pas à se relever. C'est qu'en plus de son arthrite, elle était maintenant poignée d'une maudite phlébite. Elle aurait dû prier pour que la Vierge fasse aussi de la prévention et pas seulement de la guérison, mais elle n'y avait pas songé. Elle non plus...

Dominique Blais, lui, ne s'en mêlait plus. En ce moment même, il se trouvait dans le bar à tuer chez Fortunat à jouer aux cartes avec trois autres sceptiques, spécimens de sa trempe, devant autant de grosses bières.

On avait requis les services du photographe Gamache de Saint-Georges et toutes deux minutes, il prenait un nouveau cliché en tenant compte régulièrement de la réduction du niveau d'éclairage en raison du déclin du soleil. Il s'était engagé à obtenir les photos finies pour le lendemain afin que le vicaire lui-même puisse les envoyer à la presse avec un communiqué ainsi que l'avait suggéré Lucien Boucher.

Aussi fervente que d'habitude, Bernadette se tenait avec Solange à prier les yeux fermés. Parfois, elle ouvrait un œil pour voir ce qui se passait puis le refermait doucement, religieusement.

Rose n'aurait pas eu le toupet d'aller jusqu'à prier pour que son nouvel amant vienne la voir, mais elle le souhaitait fortement. Sa chair le demandait. Ses sens étaient tisonnés par l'attente, par sa perception du temps et de sa fuite, par le simple travail glandulaire.

Et Ernest tisonnait son feu pour mieux faire blanchir un autre bout de fer qui s'ajouterait aux autres pour que prenne forme une autre portion de l'ensemble. Il comptait en finir dans les jours prochains avec ce contrat. Mais il lui semblait que cet autre contrat, celui qu'il avait tacitement signé avec le bossu Couët, ne donnait pas plus de résultats que le NIL-O-NAL qu'il appliquait deux fois par jour sur son crâne nu. Certes, le bossu avait menacé le quêteux Labonté – il l'avait su par Bernadette –, mais avait-il mis toute la gomme, toute la pression requise ? Il n'avait plus revu ce maudit petit bossu... Torrieu de torrieu !

Et le Blanc Gaboury et Armand Grégoire, tous deux assis derrière le camp, rêvaient d'un nouveau sport de compétition : celui de la toux et du morviat. On ne se parlait pas des apparitions tout en écoutant ce qui se disait, se criait ou se chantait dans les haut-parleurs, mais des derniers Jeux olympiques.

Et le vicaire et la foule continuaient de dire :

– Je suis capable, je vais gagner. Je suis capable, je vais gagner.

– Eux autres, ils savent pas trop ce qu'ils disent, hein ! dit le Blanc.

– La foi est en train de soulever le cap à Foley, commenta Armand avant une nouvelle quinte de toux.

Gilles restait fort embarrassé devant Paula. Elle avait pourtant oublié son geste impoli et impudique de la semaine dernière. Mais il n'arrivait plus à la regarder droit dans les yeux. L'enfance agonisait en lui. Le système de la vie était à jeter sur son âme des chaînes lourdes. Une à une. Inexorablement...

Jean d'Arc tourna la tête pour regarder du côté de chez Rose. Il toucha la poche arrière de son pantalon avec sa main gauche pour en vérifier une fois encore le contenu. C'était une lettre adressée au curé dans laquelle il dénonçait la conduite de Rose et de cet étranger. Il n'avait pas l'intention de l'envoyer mais plutôt de s'en servir pour exercer de l'emprise sur la femme séparée, pour l'obliger à lui obéir. Il l'obligerait à reprendre leur lien charnel et à couper celui qu'elle avait établi avec cet homme. Rien de moins. Dès que l'occasion se présenterait, il mettrait son plan à exécution, entrerait dans sa cave, ferait du bruit, la forcerait à descendre, à lire, à se soumettre...

Éva se trouvait sur le cap ce soir-là. Il y avait trop à demander à la Vierge pour ses enfants. Et ça lui donnait l'occasion de rattraper quelques clientes qu'elle n'avait pas vues depuis un bail au magasin. Il faut mentionner que cette histoire de tonnerre tombé sur le calvaire l'avait troublée passablement, elle comme bien d'autres y compris Freddy qui avait pris la même décision de fermer son magasin et de se rendre participer à la dévotion populaire devant une apparition probable.

Les Bilodeau, eux, ces bâtisseurs d'avenir, n'étaient pas là. En compagnie des Juifs, installés à une table d'affaires dans leur magasin fermé, ils achevaient de planifier leur projet de manufacture. Tout allait dans le droit fil. Les capitaux nécessaires étaient disponibles. Les équipements pourraient être achetés sitôt la bâtisse à leur nom, ce qui n'était plus affaire que de deux ou trois semaines. On prévoyait ouvrir en même temps que les classes. Dix à vingt jobs en partant.

— Y croire, voilà ce qu'il faut quand on veut la guérison. La foi, la foi, la foi. Croire, croire, croire. Prions, mes frères, mes sœurs, prions le Bon Dieu de nous bénir ce soir. C'est commencé, voyez le soleil et le beau temps. Pas d'orage sur nos têtes. Pas de forces contraires à celles du bien. Pas de menaces et d'avertissements du ciel. Unissons-nous tous dans la foi. Adorons le Seigneur. Espérons la Vierge. Que son image sacrée apparaisse ce soir comme à toutes les semaines à la même heure ici... Nos soucis seront soulagés. Nos douleurs seront diminuées. Nos afflictions disparaîtront...

Jean-Louis était revenu peu à peu à de meilleures dispositions. Et quand le prêtre eut terminé son adresse à la nation des éclopés, il prit le micro et se fit un bon animateur de foule en attendant l'arrivée des vraies vedettes de la soirée, Nicole, qui portait aussi depuis son baptême le prénom de Céline, et Yvon, qui, lui, avait Roch pour nom de rechange.

Rassurés quant à la police, les enfants virent la Vierge une fois encore. Mais ce soir-là, les conséquences de cette nouvelle apparition furent étourdissantes. Ils se levèrent par dizaines de leurs grabats et de leurs civières pour marcher en pleurant et en riant, à se dire : « J'chus capab', j'chus capab'... »

Quand les voyants et les croyants s'en allèrent, le vicaire et Lucien Boucher se parlèrent un peu en se félicitant.

— Dans toute chose, c'est une question d'organisation, dit le cultivateur. Une terre, pour que ça pousse, il faut de la bonne graine pis de l'engrais chimique pis de la pluie... pis en arrière de ça, des bons bras... Asteure, dépêchez-vous de communiquer tout ça aux journaux... C'est ça, l'engrais chimique pis la pluie...

– Quand t'assistes à ça, tu trouves pas que ça serait de valeur de diviser la paroisse?

– Ça, c'est une autre histoire, monsieur le vicaire, une tout autre histoire…

\*\*\*

# Chapitre 20

Ce soir-là, sur le cap, Bédard parla un peu avec Ti-Noire, un peu avec Rachel, avec Solange même, mais sans plus. Chacune comprit qu'il devait se montrer discret. Et pendant que Rose espérait qu'il se manifeste, lui calculait autre chose. Il avait garé son bazou près du camp à Armand et il s'y rendit pour attendre la fin des activités sur le cap.

Quand la foule se dispersa et que les autos commencèrent de s'écouler vers ailleurs, il ne bougea pas de là. Et il resta ainsi embusqué à regarder les gens passer, à lire sur ces visages transformés, à penser... En fait, il guettait l'arrivée de Marie Sirois et de ses enfants. Puisqu'elle les avait toutes les trois avec elle, nul doute qu'elle était venue à pied. Il les emmènerait sous le prétexte qu'il passait devant leur maison. Mais il voulait plus...

Personne plus qu'elle parmi les gens de cette paroisse qu'il connaissait déjà ne valait qu'il s'y intéressât à ce point. Il en savait déjà pas mal à son sujet: sa timidité, son humilité, ses misères, sa grande douleur récente, les séances occultes qui s'étaient déroulées chez elle, mais aussi son audace de travailler comme un homme parmi les hommes, sa foi superstitieuse et... ce frémissement qu'elle avait eu quand il lui avait touché le bras à la manufacture.

Elle parut enfin, deux filles devant et Cécile marchant à son côté. Un pas court et nerveux. Et aucune attention portée aux autos garées ou qui circulaient lentement. Bédard la prit par surprise quand, de sa banquette, par la portière, il lui dit simplement :

— Je vous salue, Marie.

Elle sursauta :

— Monsieur Bédard! Les filles, attendez un peu...

— Vous êtes à pied à ce que je vois ?

— Ben...

— Oui, dirent deux des filles.

— Embarquez, je passe devant chez vous. J'attendais que ça circule un peu moins. J'ai pas encore mes licences pis je fais attention. Mais craignez pas, je sais conduire...

— Ah! on peut s'en aller à pied, on voudrait pas vous déranger.

— Attendez un peu...

Il descendit et ouvrit la portière arrière :

— Embarquez, les filles...

Deux hésitèrent. Cécile monta sans attendre. Marie fit un signe d'acquiescement vers les deux autres qui suivirent. Puis il fit le tour de la voiture et ouvrit la portière avant :

— À toi, madame Marie.

— Bon...

Quand il se remit derrière le volant, elle dit :

— Mais c'est le bazou du Cook ça!

— C'est à moi; je l'ai acheté hier.

— Comme ça, on vous verra pus passer en bicycle.

— Moi, j'parle pas aux gens qui me disent vous gros comme le bras... Je m'appelle Germain. Tu t'appelles Marie. Pis vous autres, les filles ?

— Yvonne...

— Annette...

— Cécile...

– Comme les jumelles Dionne, dirent en même temps Yvonne et Annette qui s'échangèrent ensuite des regards timorés, mais où se lisait le plaisir qu'elles ressentaient de pouvoir faire un tour d'auto.

Bédard les prévint:

– Attention, les filles, de pas toucher aux poignées de porte… parce que ces portes-là, ça ouvre à l'envers pis quand ça ouvre, ben le vent les arrache pis la personne qui tient la poignée avec…

Il obtint des bras croisés. Quand on vient de voir son frère dans sa tombe, on ne défie pas la mort.

Ceci étant dit, ce premier pas d'autorité bien fait, il crut bon les faire rire:

– Bon, ben, en route su' la croûte…

Il recueillit de légers sourires par le rétroviseur et fit démarrer le moteur.

Marie était excitée à l'intérieur d'elle-même et confuse, mais son apparence, à l'exception de ses yeux humides, disait le contraire tout à fait: placide, voix posée, mesurée… Elle ne comprenait pas comment elle parvenait à faire jaillir de sa bouche des phrases aussi claires et nettes. Elle tira sur sa robe à fleurs bleues pour cacher ses genoux puis se rajusta plus confortablement sur la banquette grise. Il se montra discret envers elle, ne lui jetant que des demi-coups d'œil rapides en même temps qu'il faisait faire demi-tour à l'auto pour lui mettre le nez vers la rue principale.

– Il s'en est passé, des guérisons, à soir, hein?

– Pas mal, oui.

– Pourvu qu'ils retombent pas dans leur maladie demain.

– Tu… crois pas, toi?

– J'ai une certaine foi…

– Comment ça?

– Je crois que t'es là pis que tes filles sont en arrière…

– Ça, c'est sûr. Tu crois rien qu'à ce qui est sûr ?

Il freina sec. Les filles furent secouées et ça les fit éclater de rire tandis qu'elle s'adossaient à la banquette.

– Excusez, j'ai cru voir passer un écureuil sur le chemin…

Il mentait. Son geste avait pour but de faire dévier la conversation sur autre chose. Puis il tourna cela à la blague :

– C'est peut-être un gros rat d'égout qui s'en va visiter notre Armand Grégoire.

On passait à côté du camp et son propriétaire se montra à la fenêtre, un hasard qui lui permit de discerner les occupants de la bagnole. Il resta sur place, mais tourna la tête pour dire au Blanc qui se trouvait toujours chez lui :

– Pour moi, l'étranger va faire des ravages dans le village. Je suis ça un peu depuis que je suis arrivé pis j'pense que y en a quelques-unes qui ont la tremblote pis le frisson quand elles le voient ou qu'on en parle. À commencer par ma nièce Ti-Noire. Pis Rachel Maheux, ben ça y comblerait un vide, à celle-là… Mais là, v'là que Bédard reconduit la veuve Sirois avec ses enfants dans son char qu'il vient d'acheter du Cook… C'est un jeune homme qui a de l'ambition… Paraît ben. En santé. Il vient d'ailleurs… C'est quoi que tu veux de plus pour faire tomber les plus beaux cœurs dans tes bras, hein ? Mais ça, c'est pas pour nous autres… Encore qu'au sanatorium l'année passée, j'en ai connu une…

La circulation continuait de s'écouler lentement sur la rue principale. Quelqu'un s'arrêta pour y laisser entrer la vieille auto grise. On se parla de la foule venue et cela augmentait la foi de la veuve :

– Le monde, ça viendrait pas comme ça de partout pour rien.

– Le monde, ça court le monde…

Elle soupira. Ça la chagrinait un peu de voir que l'homme était réservé, si tiède par rapport au surnaturel. Mais l'était-il vraiment ? Peut-être qu'au fin fond de lui-même, il croyait plus qu'il ne le laissait paraître. Elle prierait pour sa conversion. Et elle ferait prier les filles. La Vierge écoutait les enfants…

On avança pied à pied et il y eut bouchon longtemps alors qu'ils se trouvaient sous les fenêtres de Rose. Il en fut question à travers les autres propos.

– Tu connais madame Rose ?

– Ben… un peu…

– Elle reste là, dans la maison à Jolicoeur.

– Ouais…

Il y eut une pause qu'il rompit :

– Y a-t-il quelque chose de spécial quant à madame Rose que tu voulais me dire ?

– Non, non, c'est juste qu'elle est… spéciale…

– Spéciale ?

– Oui…

Quelqu'un saurait-il qu'il avait passé vingt-quatre heures chez la femme séparée ? Quelqu'un, Armand Grégoire peut-être, l'avait-il vu sortir de là par l'arrière ? Et la nouvelle s'était-elle répandue ? Il aurait fallu bien plus que ces questions pour faire perdre contenance au jeune homme qui dit :

– Émilien m'en a parlé pas mal le temps que je pensionnais à l'hôtel. Elle était pas là quand vous avez fait un appel aux morts, toujours ?

Marie devint nerveuse :

– Comment ça se fait que tu sais ça ?

– J'pense que c'est Fernand Rouleau qui m'en a parlé.

Derrière, Cécile, qui regardait dehors la nuit, les lueurs, les passants, tourna la tête. Son regard rencontra celui de Bédard par le miroir grâce aux reflets d'un réverbère. Il crut y voir quelque chose, mais ne savait pas ce que c'était ni pourquoi c'était là...

Il dit :

— Vous êtes pas trop petitement, en arrière ? Vous pouvez vous accoter dans les portes, mais vous avez rien qu'à pas toucher aux poignées avant qu'on soit arrêté.

Des onomatopées d'acquiescement se mélangèrent. Marie revint à la charge :

— Ça se passera plus jamais, des affaires de même chez nous.

— C'est rien de si pire, d'après ce que j'en sais.

— On joue pas avec ça. Ça porte pas chance.

— C'est pas péché mortel.

— Y en a qui veulent aller trop loin des fois.

— Dans ce temps-là, on les laisse pas faire.

Marie soupira et tourna la tête. Il y eut une pause.

— Quin, madame Rose qui se couche ; sa lumière de chambre vient de s'allumer.

— Qu'est-ce qui te dit que c'est sa chambre ?

— Madame Jolicoeur est dans la chambre du bas... qui d'autre que madame Rose dans la chambre du haut ?

— Ben oui, hein !

— Comme ça, tu la connais, madame Rose ?

— Je connais quasiment la moitié du village déjà. Dans six mois, je vas connaître tout le monde de la paroisse.

— Pis ça va te servir à quoi ?

— Plus on est seul, plus on est pauvre ; pis je parle pas rien que d'argent, là...

— C'est quand on est pauvre qu'on est tout seul.

— C'est la poule et l'œuf : on sait pas ce qui vient en premier.

L'homme s'étonnait de constater que la femme était plus loquace qu'il ne l'avait prévu. Elle avait des choses à dire, elle avait une volonté, elle avait une conscience des choses que bien des femmes ne semblaient pas posséder, elles qui se laissaient porter par la vie, par l'autorité, par les règles établies sans jamais donner la moindre opinion.

Enfin ça se mit à bouger devant eux et l'auto put rouler de plus en plus vite. Bientôt, les maisons que définissaient leurs ombres et leurs lumières défilèrent à bonne allure de chaque côté jusqu'à la dernière du village. Si lent à pied, le court voyage s'achevait déjà et chacun commençait à regretter que ça ne dure pas davantage.

Pourtant, l'auto ne décéléra pas en approchant de la maison de la veuve ; elle s'en inquiéta :

– C'est là, chez moi.

– Je sais, mais là, on va chez moi.

– Bon, en v'là une bonne !

– Ben oui, ça va faire un tour plus long pis je vas vous faire visiter ma maison.

Marie ne parvenait pas à s'opposer. Lui savait fort bien qu'elle ne le ferait pas. Son projet était de les familiariser avec sa maison pour qu'elles y reviennent plus aisément par la suite. Un étranger qui vit dans l'isolement, ça fait peur a priori et beaucoup plus à une personne timorée, veuve et femme…

– Craignez pas, je vais vous ramener dans pas une heure.

Annette et Yvonne se mirent à jacasser comme des pies et leurs rires et leurs dires révélaient leur contentement. Il entrait de la poussière dans le véhicule, mais on ne sentait que l'excitation. L'orage de la semaine précédente avait laissé pas mal d'ornières sur le chemin et le conducteur ne pouvait pas les éviter toutes, mais quelle importance le bruit et les secousses puisqu'on partait à la découverte de quelque chose de nouveau !

Sur la côte à Pitou Poulin, Bédard aperçut de la lumière chez les Boutin et sut donc qu'ils étaient revenus du village. Mais il ne pouvait voir la Solange dans sa fenêtre de chambre, qui guettait son retour. Qu'importe, puisqu'à cette distance, même de plein jour, on ne pourrait pas voir aisément s'il avait quelqu'un en voiture avec lui.

Marie le questionna sur sa maison. Il répondit qu'elle était presque prête. Il ne manquait plus que l'aménagement final de la tour pour la rendre comme il la voulait. Pas une seule fois l'homme ne regarda ailleurs que sur le chemin à une voie quand on y fut, car à deux endroits, il fallait contourner des roches qui pointaient dangereusement et risquaient de défoncer la panne à l'huile.

Au bout de quelques brèves minutes, on fut rendu. Ce soir-là, il avait laissé de la lumière à l'intérieur et il n'eut pas à tâtonner pour entrer, suivi de ses quatre invitées qu'il fit aussitôt asseoir autour de la table.

— Je vous sers de la liqueur. J'en ai deux grosses bouteilles à la fraîche dans l'eau du puits dehors, je reviens...

Il repartit à l'extérieur.

— Le monsieur, il est pas peureux, dit Annette.

— Moi, j'aurais assez peur de rester icitte dans le bois, enchérit Yvonne. Pis vous, maman?

— C'est peut-être mieux d'avoir des arbres comme voisins que du monde...

Cécile demeura muette comme toujours depuis quelque temps, mais en son for intérieur, elle se disait qu'elle voudrait vivre n'importe où excepté chez elle...

L'homme revint avec deux grosses bouteilles ruisselantes, une de Kik et l'autre d'Opéra, et les mit sur la table. Puis il se rendit au vaisselier d'où il revint avec un décapsuleur et quatre verres à boire.

— Tiens, Marie, sers-nous à boire si tu veux.

La femme ouvrit les bouteilles et s'apprêta à verser du Kik dans le verre d'Annette. Germain dit:

— C'est-il la sorte qu'elle préfère?

– Elles ont jamais bu ni de Kik ni d'Opéra, dit leur mère.

Et elle versa du Kik à toutes tandis que l'homme prenait le verre à boire de l'évier pour lui-même. Il le tendit et reçut sa part. Puis il leva le verre en disant :

– À Yvonne, à Annette, à Cécile et à... Marie !

Marie leva timidement le sien. Les filles suivirent en se demandant si elles faisaient ce qu'il fallait. Et chacun but.

– C'est ça, la maison à Polyte, s'exclama-t-il. Vous devriez venir à la pêche un bon dimanche. J'ai su que y a un bassin aux eaux noires pas trop loin par là pis que c'est bourré de truites.

– Maman y va souvent, glissa Yvonne.

– Ah ? Je ne t'ai jamais vue passer pourtant, dit-il.

– Je passe par le trécarré.

– Fais-tu des bonnes pêches ?

– Quand j'en ai poigné cinq ou six, je m'en retourne.

– Même si ça mord ?

– Pourquoi c'est faire en prendre plus pis les jeter ? L'été, faut qu'on les mange la même journée.

– Ça, si tout le monde faisait comme toi, les ruisseaux se videraient moins vite.

Cécile buvait à petites gorgées et regardait autour, les meubles, les murs, les plafonds. Tout en parlant, Marie se rappelait le temps de son mariage. Son mari avait été bon envers elle. Peu exigeant et jamais indélicat. Le ton égal. Trop peut-être.

– T'as pas peur de geler icitte l'hiver prochain ?

Ce n'était pas la vraie réponse à la question qui intéressait Marie, mais sa réponse indirecte à la question sous-jacente : vas-tu rester encore là l'hiver prochain ?

– Y a pas une maison de la paroisse qui est plus à l'abri du vent. Un bon poêle.

– Tu ferais mieux de changer ton char pour un cheval si tu veux aller au village assez souvent...

— Je vas y aller en raquettes en passant par la trécarré. Pis je vas avoir une traîne sauvage.

On poursuivit cette conversation légère. Les filles surveillaient les verres des adultes pour ne pas boire plus vite qu'eux et leur mère faisait de même envers leur hôte.

— Les filles buvez de l'Opéra asteure, le temps que votre mère pis moi, on fait le tour de la maison. Viens Marie, je vais te montrer les airs pis ensuite, je vas jouer un morceau d'harmonium.

Il ne restait aucune échappatoire dans cette voix masculine solide et impérieuse, et toutes obéirent.

Bientôt, les deux adultes se retrouvèrent dans la chambre-studio où, à la lueur de la lampe, il lui révéla qu'il faisait de la peinture par temps perdu... Elle put admirer ses œuvres sur les murs et en fut impressionnée. Ne possédant aucune connaissance dans cet art mais beaucoup de sensibilité devant toute chose, elle exprima beaucoup d'intérêt malgré son habituelle discrétion et sa gêne chronique.

Cet homme la transformait avec si peu de chose. Un simple mot. Un regard. Un geste. Sans savoir grand-chose de lui, elle avait confiance. Et jamais il ne lui serait venu à l'idée qu'il aurait pu vouloir lui faire du mal. Tout ce qu'elle espérait, c'était de ne pas lui déplaire, de ne pas le contrarier, de ne pas l'offenser par des mots ou même par des silences.

Et c'est pourquoi elle parlait plus en sa présence que devant n'importe qui.

— T'aimes ça pour de vrai ? dit-il en parlant d'une toile qui montrait un grand aigle en plein vol. Qu'est-ce que ça te dit ?

— La liberté, la force, la solitude... la paix aussi... et je dirais... la connaissance...

— Mais... est-ce que ça pourrait pas être aussi... la quête d'une proie, la... prédation et... la mort ?

— Tu le penses ?

Il dit d'une voix lointaine :

– Je ne sais pas… Je peins sans penser… sans intention…

– Le rêve pis la réalité, c'est deux. Un rêve d'artiste, c'est pas sa réalité, moi, j'pense pas en tout cas…

Dessinée en ombre chinoise par la lumière de la lampe, la femme leva les bras, délia les doigts et leur donna des formes agressives aux allures de serres d'oiseau de proie.

– Nous sommes créés à l'image et à la ressemblance de Dieu et… du diable…

Décidément, cette femme l'étonnait de plus en plus. L'homme leva à son tour une main devant la lampe et fit en sorte que l'ombre qu'elle produisit couvre une des mains de la femme sur le mur.

– Quand tu viendras à la pêche par icitte, manque pas d'arrêter me voir.

– Ça se pourrait ben, mais si t'es pas tout seul ?

– Pour te recevoir, je mettrai dehors ceux-là qui seront là.

La femme aurait voulu que toute l'ombre de cet homme la couvre. Disparaître dans la sienne. Pour toujours.

Mais il y avait les enfants en bas. La Cécile, surtout, qui l'inquiétait plus que les deux autres…

\*\*\*

# Chapitre 21

Ce fut une semaine de liesse et de fébrilité dans la paroisse que cette troisième semaine de juillet.

On s'y préparait à deux événements d'importance : une autre apparition de la Vierge et la réapparition du curé. Lui arriverait le vendredi. Il pourrait assister à la soirée de guérison sur le cap le samedi. Et on le fêterait le dimanche.

Tout ça devait se préparer, comme le disait Lucien Boucher. Il fallait être sûr de gagner sur toute la ligne. Sa recette avait très bien fonctionné la semaine d'avant. Lévesque lui-même, parti vers d'autres intérêts, s'était tu ; et des journalistes plus favorables aux apparitions, aidés en cela par les communiqués et les photos, et poussés par le fait que les lecteurs dévoraient tout ce qui s'écrivait sur la Vierge du cap, firent remonter la cote du phénomène de manière très significative.

Il fallait d'autres bras pour travailler au niveau de l'organisation, et cette fois, on ne fit aucune sélection. Fernand Rouleau se joignit au groupe de volontaires chargé de préparer la fête de retour au bercail du pasteur paroissial. Lui aussi augmentait sa cote chaque jour auprès du vicaire et de son entourage...

Ernest termina les gardes sans pour cela avoir négligé ses foins. Et aidé par Grand-Paul, il les installa solidement dans le ciment du perron et de sa fierté. Et dix fois par jour, en allant de la boutique à la maison, il admirait de loin son travail. Il ne fut pas le seul et reçut beaucoup de félicitations de tous ceux qui eurent l'occasion de lui parler.

Éva continuait de se taire en attendant le retour du curé. Son travail au magasin l'empêchait de surveiller de près ses jeunes garçons, mais à ce propos, elle s'en remettait entièrement à la Vierge Marie, qu'elle avait considérablement priée ces jours derniers et qui, en tant que reine de la pureté, ne pourrait pas lui refuser son aide.

Rachel poursuivait son été dans la solitude et dans l'attente. Il lui arrivait souvent de partir en bicyclette, mais pas une fois, elle n'osa se rendre jusque chez l'étranger en passant par les sucreries, comme il le lui avait conseillé. Quelque chose l'arrêtait. Elle ne devait pas précipiter les choses.

Et Ti-Noire, qui se nourrissait maintenant d'un nouveau rêve, s'évadait par l'imagination entre deux clients et se laissait emporter vers une grande ville américaine par un grand coursier blanc mené par un bel étranger chevaleresque. «Un beau geste de sa part», dit-elle à son oncle Armand quand, au fil d'une conversation, il lui apprit qu'il avait vu Bédard reconduire la veuve Sirois et ses enfants dans son nouveau char.

Germain prit trois leçons de Solange à travers les travaux de terminaison des foins. Il se fit discret. Ne chercha pas à la provoquer, à la rendre mal à l'aise, à lui faire peur; mais pas plus à la rassurer ou à l'amadouer. Une indifférence qu'elle trouvait pire que tout.

— Je t'ai vu retourner au village tard samedi, avais-tu oublié quelque chose?

Il répondit avec candeur et sans hésiter:

— Non, j'ai reconduit la veuve Sirois pis ses filles... Pis je leur ai offert de visiter ma maison. As-tu quelque chose contre ça?

— Ben non! Pourquoi?

— Je demande ça comme ça...

Mais Solange en fut profondément troublée. Ainsi donc, cette visiteuse en bicycle quelques jours plus tôt était bel et bien la Marie Sirois et non sa sœur de Thetford comme il l'avait dit. Que se passait-il donc entre ces deux-là? Pourquoi lui avait-il montré le contenu de son coffre à secrets, à elle? Ah! quel tourment intérieur!

Il lui dit qu'il n'était pas du tout certain d'aller au village le samedi suivant. Il y avait des travaux à finir à la maison. Et puis la circulation trop dense du soir des apparitions, c'était dangereux pour les accrochages avec les risques d'avoir à faire appel à la police. Et sans permis de conduire…

Elle nota soigneusement tout ce qu'il disait.

Il fit montre de rapides progrès dans son apprentissage de l'écriture.

Ce fut une grosse semaine de production à la manufacture. Plus de mille boîtes à beurre par jour. Marie évitait toujours Fernand qui la regardait vaguement parfois, mais pensait souvent à elle et à Cécile.

Il confia à Dominique qu'il avait l'intention de proposer au comité des fêtes de fin de semaine l'organisation d'une quête spéciale pour non plus le perron ou les rénovations de l'intérieur de l'église, mais pour les réparations qui s'imposaient sur le calvaire du cimetière. Et aussi pour une bourse d'accueil au curé à son retour. Que de couvertures il se donnerait par son geste! Endormir sa peur superstitieuse née dans le charnier, le soir de l'orage. Endormir sa conscience pour ce qu'il avait fait subir à Marie et à sa fille Cécile. Endormir tout le monde quoi!

Le vicaire se rendit chez Maria bénir les petits voyants. Une fois encore, il les rassura. Non seulement les enfants permettaient de multiples guérisons du corps, mais grâce à eux s'ouvriraient devant bien des âmes les portes du ciel. Pas moins. Pensant à Fernand, il dit :

— Je connais un homme de la paroisse qui faisait partie des tièdes et qui maintenant s'est converti. Il dit son chapelet, il nous donne de son temps et de ses efforts, il ne boit plus... Incroyable mais vrai, madame !

Maria crut qu'il parlait de Dominique Blais.

Bédard se rendit au village une fois au milieu de la semaine. Il alla au magasin. Ti-Noire était partie en vélo avec Rachel. Il se procura de la marchandise puis repartit. Et se rendit à la manufacture pour y acheter quelques planches. De retour à son auto et prêt à quitter les lieux, il aperçut Marie par une fenêtre. Elle travaillait au paraffinage. Il lui fit des signes. Sans succès. Alors il mit ses doigts dans sa bouche et siffla. Devant sa cloueuse, Pit Roy crut qu'il s'adressait à lui et se mit le torse dehors pour se rendre compte que l'homme faisait des simagrées qui s'adressaient à quelqu'un d'autre sur l'autre façade de la bâtisse.

Quand Marie se montra le visage, Germain mima une partie de pêche. Il la montra. Puis fit le geste d'appâter un hameçon imaginaire qu'il lança à l'eau. Et il attrapa une truite énorme qu'il mesura devant son regard. Enfin, il la désigna une fois encore. Elle sourit, salua de la main et continua son travail. Bédard salua Pit Roy et monta dans son bazou.

Pit rentra. Il chercha du regard à savoir à qui l'homme s'adressait, mais tout un enchevêtrement de piles de boîtes l'empêchait de voir grand-chose autour de lui. Il présuma que c'était avec Marcel qui avait la manie de parler par signes et grimaces lui aussi.

Marie comprit qu'il lui disait encore une fois de passer par chez lui quand elle irait à la pêche. Elle se dit qu'elle pourrait bien y aller le dimanche après-midi qui venait...

C'était un beau soir. Doux et clair. Le soleil avait plombé une heure ou deux durant la journée mais voilà qu'aux trois quarts de l'après-midi, il laissait aux hommes un dernier tiers de vendredi fort agréable.

Le Blanc stationna sa voiture à deux pas de la gare, là où il s'arrêtait toujours quand il allait prendre les sacs de courrier pour Saint-Honoré. Il descendit et marcha un peu en cherchant du regard quelque chose de neuf à voir mais n'en trouva pas. Les changements sont si lents d'un bout de journée à l'autre. Le train arriverait dans quelques minutes et en descendrait un passager peu commun : le curé Ennis qui revenait de son voyage à Rome. Il ne lui chargerait pas un sou pour le ramener chez lui. Ce serait son cadeau. L'homme malade avait beau se montrer stoïque devant l'idée de la mort et ne guère croire aux enseignements de l'Église catholique, ça ne l'empêchait pas de respecter le curé.

Il entendit le sifflet de la locomotive dans le lointain. Et il rajusta sa casquette sur sa tête. Mais voilà qu'une superbe automobile qu'il connaissait bien vint se stationner juste à côté de la sienne. C'était bien sûr Philias Bisson qui descendit aussitôt et s'adressa à lui sans trop s'approcher :

– Salut, Blanc, comment c'est que ça va ?

– Comme c'est mené.

– Pis je sais que tu mènes ben ça.

– Veux-tu ben me dire, pars-tu pour Mégantic à soir ?

– Mais non, mais non ! Je viens chercher Thomas…

Le Blanc se montra contrarié :

– Comment ça ? J'comprends pas… Il montera pas avec moi ?

Philias hésita, comprenant que l'autre était vexé :

– Ç'a pas d'l'air… Il m'a appelé de Québec à midi pour me dire de venir le prendre… Me v'là… As-tu quelque chose contre ça ?

Ces mots ajoutèrent à la colère muselée du Blanc.

— C'est de ses affaires. J'lui aurais pas chargé une cenne pour monter, c'est tout.

Et l'homme, sans rien ajouter, entra dans la gare, blessé dans son amour-propre. Que Rose Martin change de trottoir pour ne pas le croiser, que d'autres s'éloignent en le voyant venir, qu'on se retienne d'ouvrir la bouche en sa présence par peur des microbes, il comprenait et acceptait ces attitudes, et même s'en amusait, mais que celui qui devait porter un respect particulier aux malheureux comme lui que la maladie condamnait à mourir en pleine jeunesse se comportât comme les autres qui faisaient de la discrimination à son égard l'offensait.

Le train siffla plus près.

Le Blanc décida qu'il resterait à l'intérieur. Il attendrait que les sacs de malle soient sur le quai, que le curé descende, s'en aille avec Philias, et ensuite seulement, il vaquerait à sa ritournelle de postillon du roi. Pas avant.

Le train siffla tout près. Son vacarme s'approcha. Le bruit entra dans la gare. Son arrêt eut lieu. Blanc ne broncha pas d'une ligne. Il faisait semblant de roupiller, tête entre les mains et coudes sur les genoux.

— Blanc, lança le chef de gare, la malle t'attend.

Il ne bougea pas. On entra. On s'approcha de lui. Il reconnut les souliers noirs, la soutane…

— Albert, c'est le curé Ennis, dit la voix traînante et puissante du prêtre.

Le jeune homme releva la tête :

— Ah ! c'est vous ça !

— Comment ça va, toi, mon garçon ?

Le Blanc se mit sur ses pieds.

— Pas pire.

Le curé lui tendit un objet, une image sur laquelle étaient collés de manière cruciforme deux éclisses de bois beige :

— Tiens, prends ça, c'est pour toi. Ça pourrait t'aider. D'aucuns disent que ça vient de la croix de Jésus ; moi, je pense que ça vient de cyprès qui datent du temps de Jésus et qu'il pourrait les avoir touchés. J'en ai pour ben du monde, mais le premier, c'est pour toi, pour que tu gardes courage, pour que tu reviennes à la santé…

Philias avait soufflé au prêtre un mot sur la réaction du Blanc quelques minutes plus tôt et le curé voulait rassurer le malade.

— Merci ben, dit Blanc qui accepta l'image.

— J'ai voulu faire plaisir à mon ami Philias, tu comprends, lui et sa Pontiac flambant neuve… La fierté de sa vie…

— Oui, ça, il en est ben fier !

— Et ce n'était pas pour t'ôter le pain de la bouche parce que je sais que tu n'aurais pas voulu me faire payer.

— Sûr que non !

Le curé serra le bras du postillon :

— Je te remercie. T'es un homme qui a une tête sur les épaules et qui sait comprendre le bon sens. La prochaine fois que je prendrai le train, je ferai le voyage avec toi pour venir ici à la gare ou pour retourner au presbytère. Là-dessus, je te salue, Albert.

Le curé était le seul homme qui l'appelait le plus souvent par son véritable prénom et le Blanc était maintenant complètement amadoué.

— Salut ben, pis merci encore !

— De rien, ça m'a fait grand plaisir.

Bientôt, Philias mettait la Pontiac en marche.

— Pis Thomas, parle-moi de ton voyage !

— Plus tard, Philias, plus tard. Pour le moment, je voudrais que toi, tu me parles de ce qui se passe dans la paroisse.

C'est pour ça que je voulais te voir en premier... Avoir ton opinion sur les événements de par chez nous... Oublions la mort qui a frappé durement encore une fois. J'ai reçu un télégramme de monsieur le vicaire à ce sujet. Mais le reste...

Philias parla des apparitions et ne put s'empêcher de montrer son scepticisme. Il dit qu'on avait pu assister à plusieurs guérisons le samedi précédent.

— Tu as vu ça?

— Non, Thomas, j'ai rien vu. J'étais pas là. Entendu parler, pas plus...

Il ajouta que l'avant-dernier samedi, rien ne s'était passé. Que l'orage avait dispersé la foule et que la foudre avait sérieusement endommagé la pietà du cimetière.

Le prêtre fut plus impressionné quand il apprit que Marie Sirois travaillait comme un homme parmi des hommes.

— Ah! C'est pas du nouveau. Dans le temps de la guerre, les femmes ont rempli des tâches d'homme dans tous les pays qui se battaient y compris le nôtre!

Et ça les amena à parler de la manufacture de chemises.

— Là, il va y avoir de l'ouvrage pour les femmes! Madame Sirois pourra changer d'emploi. Elle a du courage de trimer cinquante-cinq heures par semaine dans la poussière, la chaleur, à travers les scies. C'est une femme exceptionnelle. Et madame Rose, elle se porte bien?

Philias se racla la gorge. Il lui semblait que son ami le curé lisait dans son âme, dans son intention d'essayer d'approcher la femme séparée comme le lui avait subtilement suggéré l'étranger. Mais pour ne pas que sa voix le trahisse, il se livra à un autre coq-à-l'âne:

— On a un étranger venu s'installer dans la paroisse. Un jeune homme assez spécial. Il vit dans la maison à Polyte Boutin dans le Dix.

Le curé qui était à charger sa pipe ne termina pas son geste et mit le bouquin entre ses dents. Les fils de tabac retombaient de chaque côté du fourneau. La malédiction de Rioux lui revenait en tête une fois de plus : «Je vous enverrai le diable en personne dans la paroisse…»

— Qui c'est, cet homme-là ?

— Il vient du bout de Victoriaville, par là…

— Il fait quoi dans la vie ?

— Rien.

— Il est venu faire quoi ?

— Rien. Il reste là, c'est tout. Il vient d'acheter le bazou à Thodore Gosselin, qui l'avait vendu à Campeau, qui l'avait vendu au Cook Champagne… Il est connu de tout le monde. Tout le monde en parle autant que de la Sainte Vierge.

— Autant que de la Sainte Vierge ?

— Autant que de la Sainte Vierge…

— Tu le connais ?

— Certainement !

— Il a l'air de quoi ?

— Il se présente plutôt ben de sa personne. Mais il sait ni lire ni écrire…

— Sait ni lire ni écrire.

— C'est lui-même qui le dit. Paraîtrait que la fille à Georges Boutin serait à l'instruire un peu.

— Quel âge ?

— Autour de 30 ans. Assez grand. Les cheveux noirs. Les bras comme un gorille. Pas ordinaire. Mais ben avenant. Il est venu au garage, il a voulu voir mon char… Pas un fou, là !

Mais tout le long du voyage, le prêtre eut beaucoup de mal à écouter les nouvelles, bonnes ou moins bonnes, que lui rapportait son ami. Il demanda que l'on s'arrête en plein devant l'église, et ce n'était pas pour se signer, mais pour examiner les travaux de ciment et de fer forgé qui redonnaient un nouveau look au temple paroissial. Il ne descendit pas.

— C'est Ernest qui a fait les gardes. De la ben belle ouvrage. Ton petit vicaire, Thomas, il s'est débrouillé pas pire le temps que t'étais parti. Ah ! il était temps que tu reviennes, c'est certain, mais n'empêche que ça s'est ben passé depuis que t'es parti.

— Ça reste à voir, Philias, ça reste à voir, fit l'abbé sur un ton énigmatique.

— T'as oublié d'allumer ta pipe finalement.

— Tu m'en as trop dit...

— C'est quoi au juste qui t'écrase les méninges de même à soir, Thomas, après un beau voyage pis tout' ?

— Ce qui me tracasse, je te le dirai un peu plus tard, quand je verrai que j'ai raison de me faire du mauvais sang.

Le prêtre arriva au beau milieu de la réunion hebdomadaire du comité des apparitions doublé de celui de sa fête.

Cette fois, l'assemblée avait lieu dans le bureau du vicaire séparé de celui du curé par le couloir. Un choix stratégique. Il ne fallait pas indisposer l'abbé Ennis en accaparant son territoire alors même qu'il s'en était éloigné pendant quelque temps. Et puis on savait que la fête d'un retour, ça se planifie en catimini... même si le curé était déjà au courant de ce qu'on lui préparait pour l'avoir lui-même suggéré subtilement à son vicaire et devant Pauline avant son départ.

Ils étaient une douzaine assis en rond, dans un arc de cercle bouclé par le bureau de l'abbé Gilbert qui présidait les deux comités à la fois. Le curé entra sans sonner. S'avança hors du vestibule de quelques pas, s'arrêta. On le vit par la porte ouverte et ce fut une exclamation générale en même temps que le vicaire se levait et s'écriait en venant l'accueillir à bras tendus :

— Monsieur le curé qui nous revient de Rome et de la Terre Sainte !

Les deux prêtres se serrèrent la main, ce qui ne leur arrivait jamais. C'est qu'il y avait de la tension entre eux et que, pour y faire face en évitant la haute tension, ils avaient érigé plusieurs barrières entre eux. Et, bien que vivant sous le même toit, ils ne se rencontraient guère que sur les choses concernant leurs ministères respectifs et pas sur un plan amical. En fait, le vicaire faisait en sorte de limiter l'autorité de l'autre et le curé, qui avait fait renvoyer le prédécesseur de l'abbé Gilbert de la paroisse, tolérait un peu mieux celui-ci. Mais pour combien de temps encore?

– Je vois que tout marche sur des roulettes même quand je ne suis pas là.

– Entrez une minute! On vous attendait.

L'abbé franchit le seuil de la porte. Déjà les mains se tendaient vers lui pour toucher quelqu'un qui avait baisé l'anneau papal et sans doute tenu de la terre sur laquelle Jésus et ses apôtres avaient marché. Et bien sûr la Vierge Marie…

Il les serra toutes. Et quel ne fut pas son étonnement de voir là Fernand Rouleau et surtout Lucien Boucher!

Après avoir échangé quelques mots avec chacun, il annonça qu'il se retirait dans ses quartiers. On ne doutait pas de son état de fatigue et il partit avec la bénédiction morale de tous.

Mais le curé se sentait en forme malgré les problèmes à résoudre et le collier à reprendre. Il avait envie de fumer une pipée, de faire une marche, de voir lentement le cœur du village. Autant en profiter pour rendre visite à celle qui, avec Philias, constituait sa paire d'amis les meilleurs, Marie-Anna, son organiste.

Il traversa son bureau, surprit Esther et sa mère à la cuisine et, après quelques mots, sortit du presbytère par la porte de côté. Sur la galerie, il sortit de sa poche de soutane sa pipe encore chargée de tabac, la paqueta mieux encore avec son gros pouce et l'alluma. Puis il se mit en marche en boucanant et en pensant.

Les six sœurs du couvent, accablées comme tout l'été par leurs habits lourds et noirs, et qui cherchaient misérablement la fraîcheur du soir en marchant dans la cour, se mirent à piailler. Elles venaient d'apercevoir le pasteur, mais déjà l'homme tournait le coin rond du perron et s'engageait dans l'escalier pour y monter. Il examina de plus près les travaux, les gardes surtout, et poursuivit son chemin. Partout, on le vit passer, à l'hôtel, au magasin, mais pas Ernest qui travaillait à son établi à bois du fond de la boutique. L'abbé traversa la rue en biais devant le magasin d'Éva. Elle le vit et fut sur le point de lui courir après mais se ravisa. Mieux valait attendre qu'il retourne au presbytère après sa visite à la voisine. Et pour ne pas le manquer, elle sortit sur la galerie deux chaises berçantes, et en occupa une en espérant qu'il ne lui tombe aucune cliente sur le dos.

Marie-Anna et son mari se reposaient sous les arbres. Ils accueillirent le prêtre avec beaucoup d'égards, le firent asseoir, lui servirent de la limonade. Leur fils aîné, âgé de 4 ans, reçut quelques caresses dans ses cheveux frisés. Bernadette osa traverser la rue en courant pour saluer le prêtre.

Rose allait sortir de chez elle pour se rendre au bureau de poste. Dans le vestibule, elle aperçut par le treillis de la fausse porte le petit conciliabule sous les érables. Elle recula d'instinct pour ne pas être vue, ce qui était d'ailleurs impossible. Que faire ? Éviter d'aller à ses affaires ? Attendre au lendemain ? Elle espérait un paquet de Québec : des produits déjà vendus qui retardaient à venir. Un moment, il lui sembla que le curé, investi d'une nouvelle vertu divinatoire, lirait en elle comme dans un livre ouvert et y verrait ses deux amants, et même cet homme rencontré à Sillery. Puis elle releva la tête. Il fallait qu'elle prenne le taureau par les cornes. Pourquoi fuir puisque sa raison lui disait qu'elle n'était coupable de rien ? Elle sortit résolument et marcha de son côté de la rue, tête droite comme toujours. À hauteur du groupe, elle regarda vers lui et fit la surprise. Et traversa :

– Ah! ben je vais venir saluer notre grand voyageur devant l'Éternel.

– Ben oui, c'est ça que je me suis dit, approuva Bernadette en riant sur un ton pointu.

Rose demeura sur le trottoir. Chacun savait que c'était au curé de dire un mot à son tour, mais il ne le fit pas et Rose dut parler :

– Vous êtes arrivé aujourd'hui ?

– J'en viens tout juste.

– Ah! j'ai vu le Blanc passer, mais sans vous...

– C'est Philias qui est venu me prendre à la gare.

Bernadette glissa :

– Vous avez pas eu besoin de vous rendre à pied.

– Philias est bien greyé si on peut dire.

Rose et Bernadette eurent en même temps une pensée grivoise à entendre cette expression et elles s'échangèrent un coup d'œil rieur, chacune se disant que l'autre ne pouvait pas s'imaginer le garagiste tout nu.

– Un bon voyage ?

– Excellent !

– Et le pape Pie XII, comment il est ? demanda Bernadette.

– Pas très grand... de taille, je veux dire. Et la voix flûtée.

– Mais pour le reste, pour le dedans ? insista la demoiselle.

– Un très saint homme ! Intelligent. Polyglotte. Impressionnant.

– Et la Terre sainte ? s'enquit Rose.

– Inoubliable !

Le curé voulait attendre au dimanche soir pour tout raconter d'un seul coup aux paroissiens venus le fêter, mais il ne voulait pas qu'on sache qu'il savait pour cette soirée de réception. Alors il se faisait lapidaire. Et puis il ne voulait pas se montrer trop avenant, trop conciliant avec la femme séparée; elle le prendrait pour de l'approbation, tandis qu'il voulait continuer à lui faire sentir toute sa réprobation dans l'espoir que cette pression s'ajoutant à d'autres, elle en vienne à retourner avec son mari.

La situation inconfortable fut dénouée par la venue de l'aveugle Lambert qui, canne devant et rire déployé, venait saluer le prêtre et lui exprimer sa joie.

Rose en profita pour s'éclipser sur un dernier salut. Elle se rendit à la poste, mais en repartit les mains vides. Puis retourna chez elle en saluant Éva de la main et de quelques mots au passage.

Une demi-heure plus tard, le curé prenait congé de ses amis et retournait chez lui. Éva l'attrapa au vol quand il passa devant ses fougères et ses glaïeuls.

— C'est pour vous parler du nouveau venu qui s'est installé dans la maison à Polyte...

Le prêtre ne se fit pas prier pour monter sur la galerie et s'asseoir. La femme lui raconta ce qu'elle savait de Bédard: qu'il avait payé des gâteries à Gilles, qu'ils s'étaient rendus dans le grenier de la boutique, que Jeannine Fortier les avait vus ensemble sur le cap à Foley...

À chaque révélation, le curé mordait le bouquin de sa pipe, laquelle, bien que morte depuis un moment, semblait sur le point de se remettre à boucaner. Mais ses paupières ne bougeaient pas d'une ligne derrière les verres ronds de ses lunettes.

— Et qu'est-ce que notre bon Ernest en dit?

— J'ai rien qu'essayé de lui dire quelque chose, il m'a dit de me mêler de mes affaires pis de pas porter de jugements téméraires. Pis là, j'ai décidé de pas lui mettre les faits sur le nez pis de vous attendre.

— Tu as bien fait Éva, tu as très bien fait. Parle de tout ça à personne; laisse-moi ça entre les mains. Je vais tout arranger… Si faut le faire expulser de la paroisse par la police, on va le faire. Méfiez-vous des étrangers, ils viennent toujours pour prendre, pas pour donner… Il a besoin de me donner de bonnes explications sur sa conduite, celui-là. Quel est son nom déjà?

— Bédard, Germain Bédard. Mais c'est peut-être autre chose parce que la semaine de son arrivée, il a donné deux, trois noms différents… Il vient de Victoriaville, mais lui pis le p'tit Béliveau, qui travaille pour la Shawinigan, qui vient de la même place, ils se connaissaient pas avant. C'est drôle pareil…

— Ça se pourrait. Victoriaville, c'est une grosse paroisse.

— En tout cas, j'espère que la Sainte Vierge va protéger notre paroisse comme il faut.

— Aide-toi et le ciel t'aidera!

— Ah! je sais qu'on peut pas se croiser les bras pis attendre; c'est pour ça que je vous en parle.

Le prêtre se leva:

— Ernest travaille?

— Dans sa boutique…

— Je vais aller le féliciter pour les gardes. Mais pas un mot sur ce que tu viens de me dire. Il pourrait monter sur ses grands cheveux pis on sait jamais, l'étranger est peut-être innocent?

— Vous voulez dire sur ses grands chevaux?

— Sur ses grands chevaux, oui, c'est normal pour un forgeron, n'est-ce pas?

Il se flatta la bedaine et marcha sur la galerie pour descendre par l'escalier du côté. À l'aube d'une bataille pour garder la paroisse unie, il fallait le moins d'opposition possible, et Ernest était de ceux qui ne disaient pas toujours comme lui. Le vicaire l'avait hameçonné avec l'argent, il le prendrait par la fierté.

Et plus tard, le prêtre repartit avec la conviction qu'il avait mis le forgeron dans sa poche.

Il retourna au presbytère et ne fit aucun arrêt sur son chemin. Les membres des comités partaient. Fort d'une autorité plus grande qu'il croyait avoir maintenant à cause de sa rencontre avec le chef de l'Église et Vicaire du Christ, il voulut livrer un message à Lucien Boucher, qu'il demanda à voir dans son bureau.

L'homme prit place. Aussitôt, le curé employa la méthode douce en le félicitant de faire partie du comité, en louant la capacité de son jugement et le comparant favorablement à la moyenne des cultivateurs de la paroisse, du comté.

Trop rusé lui-même, Lucien n'était pas homme à se faire piéger à ce jeu-là. Mais il le joua. Encouragé, le curé put à la fin lui glisser un message contre la séparation de la paroisse que l'autre prêchait sans cesse depuis une couple d'années :

— Ce n'est pas chrétien, Lucien, la division. La foi chrétienne demande l'addition, la multiplication, pas la soustraction ou la division. La foi est rassembleuse, positive, unificatrice… Une famille brisée, un couple divorcé, ça coûte très cher à chacun : à l'homme, à la femme, et surtout, aux enfants.

— Sauf, monsieur le curé, qu'une famille et une paroisse, on peut pas comparer ça tout de même.

— La famille paroissiale, voilà la plus grande valeur après la famille tout court, nous disent l'Église et le pape Pie XII lui-même.

— Moi, je dis qu'il faut pas mêler la politique municipale avec la religion. Je l'ai dit à monsieur le vicaire encore la semaine dernière.

Ayant livré son message et pour éviter que l'autre ne s'entête, le curé changea le cours de la conversation :

— Paraît qu'on a un nouveau citoyen dans la paroisse ?

– Oui, un jeune homme d'une trentaine d'années. Je l'ai rencontré à la boutique de forge pis je l'ai vu sur le cap les soirs d'apparition. Un monsieur, on dirait...

Une fois de plus, le prêtre constatait que l'étranger séduisait les gens de la paroisse. Heureusement que madame Éva avait eu l'œil ouvert... Ah! Saint nom de Jésus!

***

# Chapitre 22

Ce soir-là, Solange se livrait à de l'espionnage.

Partie à bicyclette à la brunante en direction du village soi-disant pour aller chez son amie Claudette Lapointe dans le bas de la Grande-Ligne, elle cacha son vélo de l'autre côté du pignon de la côte à Pitou Poulin et marcha dans le champ à l'abri des regards vers la maison à Polyte. En fait, seule une personne dans la tour de la maison aurait pu l'apercevoir venir, mais à la condition de s'y attendre et de bien observer dans cette direction-là.

Au retour, elle aurait un quartier de lune pour allié et pourrait sans problème emprunter le chemin de la digue de roches puis bifurquer à droite jusqu'à l'endroit où se trouvait sa bécane. En conséquence, elle se croyait parfaitement à l'abri de tout.

Lorsque la maison à Polyte fut visible, la jeune fille demeura en embuscade derrière un arbre afin d'observer les alentours et, si possible, situer exactement l'endroit où se trouvait le locataire des lieux. Surprise par lui, elle aurait l'air drôlement bête puisque cette fois, elle n'avait aucune raison de se trouver là. Aucune raison avouable. Ni l'excuse de lui apporter quelque chose de la part de sa mère ou de son père, ni celle de la pêche, ni celle d'une leçon à donner puisque sur ordre de sa mère, toutes devaient se passer à la maison des Boutin.

Des lueurs s'échappaient de la maison. La première, fai-
blarde et inégale, provenait des fenêtres de la tour. L'étranger
devait se trouver dans la grande chambre en train de regarder
ses toiles effrayantes… Ou bien s'y livrait-il à quelque activité
diabolique à l'aide d'accessoires tirés de son terrible coffre ?

Soudain, il apparut vis-à-vis de la fenêtre du salon. Pouvait-il
ainsi passer d'un étage à l'autre en une fraction de seconde ou
bien pouvait-il se trouver en deux endroits en même temps ?
Il marchait de long en large, tenant à la main quelque chose
qu'elle ne pouvait pas discerner à cette distance. Elle s'imagina
que le personnage possédait un territoire à l'intérieur duquel
il pouvait, comme un chien, flairer ou entendre tout ce qui s'y
passait, et que les limites de cette surface devaient être celles-là
même de la forêt tout autour, et qu'il avait donc essarté pour
établir clairement ce secteur. Alors elle se tiendrait à l'extérieur
de ce périmètre, quitte à se grafigner les bras et les jambes à
cause des aulnes. Et elle progressa pour l'avoir droit devant
dans son champ de vision.

Une incroyable vérité lui sauta en plein visage alors. L'homme
allait et venait avec un livre à la main. Par conséquent, il savait
lire et cela expliquait ses si rapides progrès au cours des leçons
qu'elle lui donnait. Un menteur donc. Un tricheur. Mais
pire, il ne lisait pas comme un humain, personne au monde
n'étant capable de le faire à pareille vitesse. Elle voyait son
doigt descendre rapidement dans la page et sa tête bouger
vivement sur les lignes. Puis il tournait à la suivante. Puis à
une autre. Oui, il allait à train d'enfer, et tout ça, en marchant
et en marchant sans cesse…

Cela dura un quart d'heure. Alors il posa son livre sur
quelque chose qu'elle ne pouvait voir, sans doute le divan
vert, et il prit place à l'harmonium. La musique sortit par
les moustiquaires des fenêtres et se répandit dans tous les
environs. L'air lui était familier, mais elle n'en pouvait pas

remettre le titre en face de sa mémoire. Une très belle mélodie qui commençait doucement puis prenait un puissant envol vers les plus hautes notes. Qu'était-ce donc, qu'était-ce donc ?

Puis ça lui revint. C'était *Smoke gets in your eyes*. Et son imagination travailla encore. Fumée, feu, enfer, flammes : pourquoi jouait-il si divinement une mélodie dont le titre, plutôt anodin lorsque prononcé dans un salon familial, prenait une tout autre allure en ces circonstances, en cet endroit, en ce moment précis ?

Il cessa aussi soudainement qu'il avait commencé, se rendit à la fenêtre et fit descendre la toile jusqu'en bas. Un moment, elle se dit qu'il sentait sa présence. Puis elle se rassura en se redisant sa théorie sur le territoire du personnage.

Au bout de quelques minutes, elle décida de bouger puisque de ce point d'observation, elle ne pourrait plus rien recueillir du tout. Et se déplaça en passant dans les branchages ; et à travers les arbres du devant, elle contourna le fameux *no woman's land* pour se retrouver en un lieu qu'elle connaissait bien vu que, de là, elle s'était livrée au même genre d'un espionnage – qu'elle appelait « enquête » – une première fois la semaine précédente, le surprenant avec une femme qu'elle n'avait pas pu identifier, qu'elle avait cru être Marie Sirois à cause du vélo, mais qu'il avait dit être sa propre sœur de Thetford Mines.

Par chance, la toile était encore relevée. S'il venait l'abaisser, elle n'aurait d'autre choix que de s'en aller bredouille. Pas tout à fait puisqu'elle l'avait vu lire...

Mais il fallait aussi qu'il fasse de la lumière, car, de cette chambre et de son contenu, elle ne pouvait apercevoir en ce moment qu'une infime partie : quelques lignes sombres dessinant la tête du lit, la porte et une partie du chambranle.

Elle attendit sagement un autre quart d'heure et fut alors récompensée. L'homme entra dans la pièce et alluma la lumière électrique qui répandit sur toutes choses ses lueurs jaunes.

Il se rendit à sa commode et en sortit quelque chose. Sans doute un pyjama, se dit l'observatrice. Puis il ôta son pantalon qu'il mit sur une chaise. Solange oublia ses peurs pendant un instant. Elle en vint même à sourire à le voir ainsi en «queue de chemise», comme aurait dit son père. Bras et jambes noirs avec, pour accentuer leur couleur, cette chemise blanche et un caleçon *boxer* pâle...

Sa détente fut éphémère et la crainte reprit le dessus en elle quand l'homme se mit à défaire les boutons de sa chemise. Bientôt, il apparut, torse nu, ventre nu, jambes nues, et elle en fut profondément troublée. Il fit quelques pas pour se placer à mi-chemin entre le pied de son lit et la fenêtre, et se lança dans quelques exercices physiques consistant plus en des gestes de réchauffement lents des muscles des bras et des jambes.

Chaque image que lui offrait ce corps puissant ajoutait à la chaleur qu'elle sentait se promener dans ses veines. Et elle en vint vite à ne plus pouvoir bouger la tête ou les pieds. Son bras droit enroulait son sein et elle faisait glisser son pouce sur sa lèvre inférieure dans un sens puis dans l'autre tandis que sa bouche se remplissait de salive.

Lorsque, sembla-t-il, l'étranger fut prêt à faire ses vrais exercices, il ôta son caleçon dans un geste si rapide que la jeune femme n'eut pas le choix de ne pas voir. Elle n'aperçut pourtant que les fesses velues et se dit que la Vierge du cap l'avait peut-être protégée d'en voir trop. Et pourtant, elle ne bougea pas. Quelque chose la subjuguait; autre chose la préservait...

Bédard commença des flexions des jambes et des bras. Par chance qu'il se trouvait entre la lumière et la fenêtre : ça rendait les détails difficiles à palper du regard... Sauf que s'il devait avoir l'idée de se tourner, certains appendices pourraient tenir discours. Et ce discours, elle ne devrait pas l'écouter sous peine de péché mortel, très mortel...

Comme s'il avait deviné qu'elle s'était elle-même condamnée à l'enfer, Bédard sauta comme un chat; et, du même coup, il tournoya sur lui-même et retomba sur ses pieds plus loin, derrière les reflets de la lumière de sorte que sa nudité fut maintenant parfaitement discernable.

Une grosse mâchoire d'acier comme il y en avait une chez le forgeron du village enserrait la tête de la jeune fille qui restait figée, comme foudroyée... On la punissait comme la femme de Loth pour sa curiosité défendue. Ou bien les serviteurs de Satan l'empêchaient-ils de se dérober au péché de la chair.

Mais pire encore, l'homme se mit à non plus exercer son corps mais à danser lascivement en ondulant les hanches comme Rita Hayworth dans Gilda. Et son sexe, tel celui du David de Michel-Ange qu'elle avait souvent vu dans une encyclopédie illustrée sans toutefois s'y arrêter plus longtemps que pour la valeur d'un péché véniel, aspirait son regard, comme une boue visqueuse et mouvante suce une jambe qui s'y aventure pour l'attirer vers des profondeurs infâmes.

C'est à ce moment que tout doute sur cet homme s'envola de son âme: il était le diable incarné, ou bien Satan lui-même, ou son fondé de pouvoir au rayon de l'impudicité. Car le regard intense de l'homme parvint jusqu'au sien, le pénétra et insuffla à ce jeune corps de vierge une jouissance incommensurable. Quel péché terrible! Quel péché profond! Quel péché abominable que de ressentir un tel plaisir! Surtout si on est femme... C'est bien pire si on est femme!

Elle essayait de réagir contre cet emportement infernal de ses sens, mais n'y parvenait pas.

«Oh! Notre-Dame-du-Perpétuel-Secours, faites quelque chose pour empêcher cela!»

Une autre manifestation de la magie noire se produisit lorsque le personnage prit son sexe dans sa main et que la chose s'érigea comme l'arbre qu'elle touchait de sa hanche en ce moment même.

«Oh! Notre-Dame-du-Perpétuel-Secours, sauvez-moi de ces affreux... délices!»

Mais Solange jouissait encore et encore. Rien que de voir cet ange sombre nu et fort, de se sentir prise par ses yeux qui brillaient comme des perles noires, possédée par une odeur de térébenthine qui rendait son cerveau somnolent...

Lui revint en mémoire ce moment exquis où elle s'était couchée dans son lit défait en humant les senteurs mâles de son oreiller et il lui parut qu'elle s'y étendait encore et qu'il s'approchait pour la couvrir, pour la combler...

La pauvre esclave en était venue à sucer son pouce comme une enfant de quelques mois, le regard grand, la peur sur un niveau plateau, le teint anémique.

L'homme dansait encore. Et voilà que par quelque autre tour de magie noire, la musique de l'harmonium interprétant *Smoke gets in your eyes* vint accompagner ses pas et rythmer les mouvements langoureux de tous ses muscles. Quant à la verge, elle conservait son angle montant même si ses balancements parfois lui donnaient un angle descendant. Et Solange y gardait ses yeux rivés, comme s'ils avaient été les bouches d'une sangsue tout en craignant que cela aide à l'orgueilleuse érection.

Elle n'arrivait plus à invoquer la Vierge et se sentait enfoncer à chaque seconde de plus en plus dans le fond vaseux du péché de l'impureté, du vice. Ne pas bouger, ne pas résister, c'était pire que de signer le contrat de Faust, puisqu'elle était à vendre non seulement son âme au diable mais aussi son corps qui devenait brûlant, sans doute dévoré déjà par les premières flammes de l'enfer.

Mais elle ne résistait plus. Tout était perdu. Son propre corps nu gisait sur la couche de Satan et il y plongeait avec toute sa puissance irrésistible. Et plus il fouillait dans son ventre avec cette lance sauvage, plus elle désirait qu'il continue, qu'il continue, qu'il continue…

Elle finit par échapper un cri. L'homme s'arrêta net. Son regard devint phosphorescent. Une lumière en jaillit, qui sortit par la vitre, qui se transforma en chauve-souris et vola de ses ailes battantes jusqu'à la pécheresse, se posa sur son épaule au-dessus d'un sein, enfonça sa gueule dans son cou…

La jeune femme cria encore et encore, secouant la tête.

Et elle sortit enfin de cet épouvantable cauchemar en se réveillant. Plus tôt dans la soirée, elle se déclarait malade et se couchait, mais c'était un prétexte pour penser à l'étranger. Et elle était entrée dans un état de somnolence qui l'avait transportée dans les vastes pays des songes.

Il lui fallut plusieurs secondes pour recouvrer toute sa conscience; et, tout ce temps, elle frissonna. De peur et de plaisir confondus. Mais surtout, elle se sentit libre de tout péché. Car ce n'était qu'un rêve…

Elle avait besoin de repenser le projet qu'elle avait en tête et qui consistait à se rendre aux environs de la maison à Polyte le lendemain soir, alors qu'elle se dirait malade pour ne pas se rendre avec tous les autres au village à la prochaine apparition sur le cap à Foley.

Et s'il fallait que son rêve devienne réalité?

Tiens, elle se mettrait un chapelet béni et touché par les voyants autour du cou. Satan ne pourrait entrer dans ce territoire sacré. Ah non, par exemple!

\*\*\*

# Chapitre 23

Comme elle avait commencé à le faire la veille, Solange se montra, traînant de la patte ce samedi-là. Et ce dès l'heure du train alors qu'elle se plaignit d'une forte migraine. Sa mère crut à des problèmes prémenstruels et elle l'exempta des travaux du jour.

— Rendu que tu resteras couchée pis que tu prendras des aspirines, dit Marie-Ange, qui confia à son mari le seau que sa fille avait commencé à remplir de lait chaud.

Et la jeune fille passa toute la journée dans sa chambre étouffante à faire semblant et à tisonner son audace afin d'être sûre d'aller reluquer autour de la maison à Polyte, sachant que Bédard serait là puisqu'il l'avait dit lui-même.

Au presbytère, après le dîner, les deux prêtres se rencontrèrent dans le bureau du curé, premier tête-à-tête véritable portant sur les problèmes de la paroisse. Un état de la situation telle que vue par le vicaire.

C'est beaucoup de fierté que l'abbé Ennis vit exposer sur son bureau par son collègue. Le perron. La quête pour le perron. Et les apparitions qui se portaient de mieux en mieux. L'abbé Gilbert parla de nombreuses guérisons, de miracles, de ferveur populaire. Et du plus grand fait surnaturel de tous, la préservation du corps du Christ sur le calvaire lors du coup de tonnerre.

— L'ami Fernand Rouleau a suggéré de transformer la quête pour le perron en quête pour le calvaire. C'est entendu que les gens sont moins portés à donner pour le perron maintenant qu'il est terminé; mais la désolante image du calvaire les touche au plus profond de l'âme et ça les incline à délier les cordons de leur bourse.

— Je vous adresse mes félicitations, monsieur le vicaire, vous avez tout mené de main de maître.

Le visage de l'abbé congratulé devint rouge comme une tomate et sa voix émue bredouilla :

— Comme vous voyez, la situation est pas si mauvaise. Mais c'est le temps que vous repreniez les cordeaux en mains.

— Y a qu'une chose dont il me fut parlé et que je vous reproche un peu, oh! rien qu'un peu, et c'est cette histoire des pistes du diable. Il ne faudrait pas mêler l'Église à ce que j'appellerais de la superstition de gens crédules…

Le vicaire perdit les joies de sa fierté qui furent remplacées par du dépit. Si le curé avait vu la Ti-Noire à moitié nue, il changerait de registre peut-être. Il fut sur le point de discuter, mais l'autre les engagea sur un tout autre sujet :

— Il y a un nouveau dans la paroisse, vous le connaissez ?

— Je le connais.

— Vous lui avez parlé une fois ? Plusieurs ? Racontez-moi ce que vous savez sur lui.

— Qu'est-ce qui se passe ? Serait-il un…

— Vous connaissez le passé de cette paroisse tout comme moi et savez qu'il vaut mieux se montrer prudent quand vient s'installer parmi nous un survenant surgissant d'on ne sait trop où…

— C'est un garçon de Victoriaville.

— Selon ce qu'il dit.

— Pourquoi cacherait-il son lieu d'origine ?

– Non, je dis qu'il faut tout vérifier. C'est peut-être un repris de justice, quelqu'un qui s'en prend aux enfants... Il cache des choses puisqu'il a déclaré s'appeler autrement en arrivant. Son nom est-il bien Germain Bédard?

– J'imagine.

– Je vous écoute...

– Attendez que je me rappelle... Écoutez, il est venu nous aider à couler le ciment du perron. Il a travaillé trois bonnes heures avec nous autres. Sans se faire payer. À part de ça, je l'ai vu sur le cap à Foley. Tiens, je lui ai parlé ici en arrière du presbytère samedi passé ou l'autre d'avant...

– Vous avez parlé de quoi?

– À vrai dire, je ne me souviens pas trop. De la pluie et du beau temps...

– J'ai su que l'orage, ça ne lui fait pas peur, lui? Plusieurs l'ont vu sur le cap au milieu des éclairs et de la pluie.

– Je l'ai vu moi aussi.

– Et alors?

– Que voulez-vous, il s'est fait prendre par la pluie. J'ai cru qu'il restait là à cause de la Vierge, à cause de sa foi...

– Il vient à la messe?

– Je... je pense que oui.

– Mais vous ne savez pas.

– Ben...

– Et vous ne vous êtes pas renseigné?

– Monsieur le curé, comme vous le savez, j'avais pas mal d'autres chats à fouetter.

– Pendant que vous fouettiez des chats, et je vous répète que vous l'avez très bien fait, il se pourrait qu'une hyène se soit introduite dans la paroisse à votre insu. Et une hyène, je ne vous l'apprends pas, est une bête plus dangereuse qu'un lion, plus hypocrite qu'un serpent, plus malfaisante qu'un rat d'égout...

— Monsieur le curé, ne soyez pas alarmiste, tout de même. Je n'ai encore rencontré personne qui dise du mal de ce nouveau citoyen de la paroisse. Même Lucien Boucher en a dit du bien...

— Ce n'est pas forcément un bon point.

— Avez-vous parlé à quelqu'un à son sujet? À monsieur Ernest, à monsieur Freddy, à monsieur Blanchette, à monsieur Lambert, à monsieur Dominique, à monsieur Fortunat?

— Parfois, monsieur le vicaire, ce sont les dames qui ont l'œil ouvert, pas les hommes.

— On dirait que vous savez des choses sur monsieur Bédard et que vous ne me les dites pas. Comment puis-je garder l'œil ouvert, moi, et le bon?

Le curé posa sa pipe dans un cendrier:

— Pour le moment, je n'ai rien à dire. Je verrai à mesure.

Le vicaire savait que ce n'était pas la peine d'insister et il pensa que le curé voyait des êtres dangereux dans tous les étrangers, sauf si ces gens-là évoluaient dans leur milieu. Au fond, il trouvait en lui le même chauvinisme paroissial qu'en Lucien Boucher. Il enquêterait, aboutirait à un cul-de-sac, et entre-temps, le nouveau venu deviendrait petit à petit un citoyen à part entière. Bien sûr que ce Bédard ne valait pas un clou pour prédire le temps qu'il ferait et il lui en avait donné deux preuves plutôt qu'une, mais de là à le prendre pour une hyène, tout de même...

— Et ce soir, viendrez-vous donner votre bénédiction à la foule sur le cap?

— Non, dit le curé en hochant la tête.

— Non? s'étonna le vicaire avec des yeux qu'on aurait pu voir agrandis sans les verres épais de ses lunettes.

— Non. Permettez-moi de continuer de garder une certaine distance face à ces événements. Je dois discuter avec monseigneur l'évêque de Québec...

– Monseigneur Roy ne s'est pas affiché contre ce qui se passe chez nous.

– Pas pour non plus. Je dois voir. Il doit voir. Le pape lui-même verra. Vous savez qu'il m'en a parlé ? Il a reçu des lettres de l'évêché sur le sujet. Pour le moment, on attend…

– On attend quoi ? Que la Vierge cesse d'apparaître à nos enfants ?

– On laisse venir les événements.

– Mais toutes ces guérisons inexplicables…

– Vous savez, des guérisons inexplicables, il y en a moins de cent dans les trois cents dernières années dans les registres de la sainte Église catholique…

Le vicaire sortit un calepin noir contenant la liste des guérisons dont il avait été témoin ces dernières semaines.

– Madame Labonté s'est mise à marcher…

– Oui, mais elle laisse tomber sa canne chaque semaine. La guérison ne tient pas fort dans son cas, comme le dit Philias Bisson.

– Monsieur Bisson est un sceptique invétéré.

– Le bras du taxi Roy n'a pas repoussé, le visage de François Bélanger est resté le même, la tuberculose de Blanc Gaboury et celle d'Armand Grégoire sont toujours en eux à les ronger et à leur faire cracher le sang… Quant à Lucien Boucher, il est toujours séparatiste.

Le vicaire rit jaune :

– Monsieur le curé, le taxi Roy est un autre sceptique. Blanc Gaboury et Armand Grégoire sont pires encore que lui. Pour ce qui est de Lucien Boucher, ce n'est pas une infirmité que d'être séparatiste…

– C'est toute une infirmité, quant à moi… Et François Bélanger, un bon chrétien… je dirais même un bon catholique…

Le vicaire évita une seconde fois de parler de l'homme au visage de monstre :

— La guérison de Pit Saint-Pierre, vous avez entendu parler ?

— Non…

— Il se mourait chez madame Lessard. Les quatre fers en l'air au bord de la porte. La petite Nicole lui a imposé la main et monsieur Pit se porte comme un neuf depuis ce temps-là…

— Crise cardiaque et récupération. Ce n'est pas exceptionnel.

— Tenez, ce cas que j'ai répertorié ici… Un cancéreux de Black Lake…

— Et monsieur Couët, le bossu, toujours aussi bossu…

— On dit qu'il est jeteur de sorts, ce qui n'est pas catholique trop trop…

Le curé reprit sa pipe qu'il remit en bouche et se recula sur sa chaise à bascule :

— J'ai voulu vous montrer qu'il faut user de prudence avec cette histoire-là. Les enfants pourraient être les victimes d'hallucinations. Des gens pourraient être guéris par la foi et non par la Vierge Marie. Je ne suis pas certain que tout cela soit la meilleure façon d'évangéliser les gens. Même si elle est fort spectaculaire, bien entendu… Je ne veux pas vous couper les ailes, monsieur le vicaire, je connais vos enthousiasmes, mais je vous demande simplement de ne pas m'impliquer… me mouiller dans cela… Pas pour le moment, en tout cas… Mais poursuivez votre action, je ne vous en empêcherai pas.

Le vicaire repartit malheureux. Il ne comprenait pas que le curé ne comprenne pas. Sûr que l'influence d'un tiède comme Philias Bisson n'aidait pas… Ces deux-là ne semblaient croire qu'en les vertus de l'automobile et des progrès mécaniques et techniques. Le curé parlait déjà de s'acheter une Chrysler 51. Ça non plus, ce n'était pas la meilleure façon d'évangéliser les fidèles.

François Bélanger avait décidé de prendre un petit coup ce soir-là. Il se rendit chez Robert et avala d'une claque presque deux grosses bières. Eu égard à sa résistance, c'était une quantité astronomique. Il sortit du débit de boisson tout croche, titubant, marmonnant et mâchouillant des chansons d'amour. Et il prit la direction de la manufacture en marchant difficilement sur le trottoir que gardaient, heureusement, toutes ces voitures stationnées comme dans une ville et venues d'ailleurs en emportant à Saint-Honoré la foi et l'espérance des croyants.

Mais au lieu de se rendre à la manufacture, il prit la direction du moulin à scie et il entra dans le local de la chaufferie où tout d'abord il pissa dans un tas de bran de scie en se racontant des histoires et en pensant aux femmes qu'il désirait, comme Marie Sirois, comme Rose Martin, comme Ti-Noire Grégoire, comme la belle Claudia Bilodeau... En son imagination, il les fondait toutes en une seule personne, cette irréelle prostituée de Mégantic avec laquelle il se vantait de coucher régulièrement.

Puis il s'assit dans les marches de l'escalier qui menait à la plate-forme d'acier près du feu où il ne restait que des braises enfouies sous un tas charbonneux. Il passa sa main sur son visage comme pour voir sa hideur sans autre forme de miroir devant lui et se mit à hocher la tête en chantonnant.

Quelque temps après, des larmes montèrent à ses yeux et tombèrent sur son pantalon défraîchi et encore poussiéreux de son travail de l'avant-midi.

Bien que son cerveau soit imprégné d'alcool et malgré la force dévastatrice des émotions ressenties, le pauvre homme parvenait à penser. Il se rappela qu'on avait fait battre un sentier dans le foin derrière le moulin afin que les automobilistes, se stationnant dans la cour arrière et sur la terre d'Armand Boutin, puissent se rendre directement sur le cap à Foley à travers champs. Marcel Blais avait lui-même vu à la construction d'un pont de fortune traversant la décharge du village qui passait par là. Et on avait posé des affiches à intervalles réguliers le long de la voie improvisée.

Avec bien des difficultés, François parvint à sortir sa montre de sa poche et il se rendit compte que l'heure de l'apparition de la Vierge approchait à grands pas. De plus, il commençait à faire sombre en ce lieu et son seul plaisir consistait à regarder le gros engin qui faisait virer le moulin aux heures de travail.

Peut-être que s'il proposait une transaction à la Vierge ? Une guérison de sa laideur contre la fin de toute pensée impure. Et tiens, il ajouterait aussi la tempérance définitive. Et il promit en plus de réciter son rosaire chaque jour du reste de sa vie s'il advenait que son nez rétrécisse… un peu, que ses plis rapetissent… un peu, que ses yeux s'agrandissent… un peu, que son visage s'embellisse…

Il se leva et sortit de la bâtisse. Et il prit la direction du cap à Foley en empruntant le nouveau sentier. Beaucoup d'arrivants le croisaient et se rendaient au même endroit que lui, mais en passant par la voie de la rue principale. Car on ne croyait pas aux signes de piste posés et on se suivait à la queue leu leu, comme le veut la foi… Et il attirait les regards. Et on se demandait à quelle mascarade, cet homme, à l'envers de tous les autres, allait donc en marchant de cette si chambranlante façon.

François s'arrêtait parfois pour reprendre son aplomb et regarder le soleil qui baissait là-bas dans l'infini. Et il reprenait une marche qui risquait de durer longtemps puisqu'à tout bout de champ, il défaisait le pas qu'il venait tout juste de faire. On ne le précédait pas, on ne le dépassait pas, on ne le suivait pas. Il était seul sur le chemin d'un miracle écrianché et de l'illusion perdue d'avance.

Rendu au pont sur la décharge, il s'arrêta encore une fois pour se parler à lui-même et invoquer la Vierge du cap. Soudain, son univers bascula net. Il mit le pied hors des madriers et tomba en pleine face dans un lit boueux, vaseux, moitié d'excréments humains, moitié de terre noire limoneuse. Il pensa un court instant que c'était la fin et que c'était bien ainsi, mais son instinct de survie reprit le dessus et, de peine et de misère, mains dans une substance spongieuse qui, au lieu de les retenir à sa surface les aspirait dans sa profondeur, il parvint à se redresser à moitié pour constater que ses genoux aussi étaient prisonniers de la merde.

Homme de peu d'énergie et maintenant aux forces considérablement sapées par l'alcool, jamais il ne parviendrait à se sortir de là tout seul. Il cria :

– Noué… noué… eucitt…

Sa voix ne dépassait guère les madriers du pont de fortune qu'il pouvait apercevoir en biais au-dessus de lui en tournant sa tête maculée de boue verte et noire. Autant mourir dans le feu du moulin que dans une mare aux étrons.

Il tenta de se dégager. Encore et encore. Cria :

– Noué… noué… eucitt…

En vain.

Si la nuit devait le surprendre là, il mourrait, c'est certain. La fatigue, la faiblesse et la bière coucheraient sa tête dans le liquide nauséabond et il se noierait dans le caca de son village. Quelle fin atroce et humiliante ! Mais quand on est né perdant, à quoi pourrait-on s'attendre de mieux comme trépas ?

À moins que… À moins que le ciel ne s'en mêle. C'était le moment ou jamais. La Vierge du cap devait montrer sa puissance et prouver au monde entier qu'on peut s'en sortir.

Alors le pauvre se mit à battre le liquide épais et merdeux de ses deux mains, et il ne parvenait tout au plus qu'à éclabousser ses éclaboussures. Il fut pris de colère, de rage, de peur, de détresse, de tristesse, de tendresse et même de liesse et d'ivresse. Rien n'y fit malgré tous ses efforts. Ses forces déclinaient en même temps que le soleil dans le lointain rougeoyant. C'est alors qu'il parvint à dire les mots les plus clairs qui soient jamais sortis de sa bouche :

— Sainte Viarge… soté-moué ded'là…

Et il fut entendu. Une voix qui lui parut céleste se manifesta :

— Jhuwah, jhuwah, jhuwah, jhuwah…

C'était le vieux rire rauque à Jos Page. Le bonhomme passait par là par le plus grand des hasards. Sorti de la beurrerie après sa journée de travail, il avait pris la direction du rang Neuf et s'était rendu à pied jusqu'à leur terre d'autrefois, à lui et à ses vieilles sœurs, qui l'avaient héritée de leurs parents et vendue. Nostalgie. Puis, consultant le soleil pour savoir l'heure, il était revenu de son vieux pas pas pressé pour pouvoir se rendre sur le cap à temps. Au passage de l'aire de stationnement de l'entrée du rang, il échangea quelques mots avec Armand Boutin qui lui conseilla de se rendre au cap par le nouveau sentier dont il lui montra les balises.

Et voilà qu'il tombait devant une espèce de lézard de grande taille, peut-être un crocodile ou bien un crapaud géant… Mais le crapaud parla :

— Noué… noué… Jos…

Jos comprit le mot « Jos » et il y répondit en même temps qu'il reconnaissait le misérable prisonnier de la décharge du village :

— Jhuwah, jhuwah, jhuwah… C'est que tchu fé dans mard', là toué, Frînçois Bellanghé…

— Gnin.. tumbé… noué… nèié…

— Jhuwah, jhuwah, jhuwah… Attends… là… toué…

Et Jos prit le plus petit madrier du pont qu'il fit glisser sur les autres vers la victime qui put s'y agripper et se hisser hors des griffes du merdier. François s'éloigna ensuite de quelques pas et dit, la voix qui titubait :

— Ien… ien… pançç… niacl…

Jos dit :

– Un miracle sartin… Maudit'min chanceux d'pas êt' mor… Jhuwah, jhuwah, jhuwah, jhuwah…

Et il suggéra au rescapé d'aller se montrer au vicaire sur le cap pour raconter l'accident. L'autre fit comprendre à Jos qu'il n'était pas propre trop trop… Jos lui fit comprendre que ce n'était que de la merde. François craignait de traverser à nouveau le pont. Il croyait au miracle. Il devait aller là-bas. Le surnaturel lui faisait signe après lui avoir fait un signe.

On le laissa passer par respect pour son odeur à laquelle s'ajoutait celle de babeurre dégagée par la personne de Jos. Et le vicaire, qui se préparait à haranguer les malades, parvint à décrypter ce que les deux hommes venaient lui confier. Alors il leva son micro au bout de son bras en signe de victoire. Le curé l'aurait son miracle concernant François Bélanger, il l'aurait… Et il verrait comme tout prêtre devait le voir avant le monde ordinaire que les voies de Dieu sont impénétrables. Non, la Vierge n'avait pas guéri l'infirmité du monstre, elle lui avait fait une faveur de loin supérieure en le sauvant de la mort et en le gardant en vie… Alléluia!

François délia les cordons de sa bourse et il donna cinq piastres pour la réfection du calvaire du cimetière. L'argent, heureusement gardé dans un portefeuille épais enfoui dans une poche de fesse, avait été protégé des souillures…

Et le prêtre incorpora ce fait tout frais vécu aux idées stimulantes de sa sainte allocution aux malades et autres éclopés venus chercher le réconfort sur le cap à Foley…

Alors même que le vicaire commençait à s'adresser aux misérables, Solange, enfin laissée seule par sa famille partie au village, allait se mettre en marche pour fouiner dans les alentours de la maison à Polyte quand elle aperçut de sa fenêtre de chambre l'auto de Bédard qui descendait le chemin de la digue de roches.

– Ah! menteur qu'il est! À l'entendre dire qu'il passerait la veillée chez lui pis v'là qu'il prend le bord du village lui itou.

Elle aurait dû s'en douter qu'il ne resterait pas chez lui un samedi soir où tant d'âmes convergeaient vers le cap à Foley. Qu'à cela ne tienne, elle tenait la chance d'en apprendre peut-être mille fois plus en allant mettre le nez dans la maison comme l'autre fois. Mais cette fois-ci, forte de la combinaison du coffre étrange.

En chouclaques, elle pourrait courir dans le champ et se trouver chez lui en moins de deux. Sans attendre, elle descendit l'escalier en vitesse et quitta la maison sans la cadenasser, tandis que le bazou de Germain gravissait la côte à Pitou Poulin dans un nuage de poussière.

Et ça lui prit peu de temps, comme elle l'avait prévu, pour arriver à la maison le ventre à terre et hors d'haleine. Il fallait à tout prix éviter de laisser des traces de son passage cette fois-ci. Elle se rappela la canne de vers. Elle se souvint de son rêve de la veille au cours duquel l'homme se rendait compte de sa présence.

Le cadenas n'avait pas été barré. Quelle chance! Bédard avait même à son insu poussé la gentillesse jusqu'à laisser des lumières allumées, l'une à l'extérieur et l'autre dans la cuisine. Plus qu'à explorer. Plus qu'à découvrir les secrets inavoués. Les premiers êtres de la maison la rendirent moins nerveuse et hésitante que la dernière fois et elle fut vite dans la chambre devant le coffre. Mais elle n'y voyait guère et dut allumer la lumière électrique.

Pour la première fois, il lui vint à l'idée que l'étranger puisse rebrousser chemin et revenir vite à la maison. Que faire alors? Que lui dire? Puis elle se dit que ce n'était pas logique. Il n'aurait pas le temps de la surprendre. Le temps d'ouvrir le coffre, elle garderait l'oreille aux aguets. Et si le bruit d'un moteur lui parvenait par la moustiquaire, elle aurait le temps de le refermer et de regagner la cuisine où elle... trouverait quelque prétexte à lui servir… Tiens, sa leçon du lundi à lui donner parce qu'elle ne serait pas en mesure de le faire à ce moment-là…

Sa détermination fut ébranlée quand vint le moment de composer la combinaison. Il lui semblait que de faire ce chiffre 666 la rendrait sacrilège ou plutôt complice de quelque chose d'épouvantable. Ce pouvait être une immense boîte de Pandore qui gisait là, cadenas à hauteur de ses genoux frémissants, boîte remplie de maux qui se répandraient sur elle, les siens, la paroisse…

Ou bien y trouverait-elle des choses ordinaires que l'homme ne voulait pas montrer. Comme des photos révélant qu'il était marié ou l'avait été. Comme des papiers personnels disant qu'il avait souffert de telle ou telle maladie. Comme de documents officiels de l'armée montrant qu'il avait été soldat à la guerre et qu'il pouvait même être un déserteur du temps de paix. Ou bien apprendrait-elle qu'il avait fait de la prison, de la contrebande ?

Elle s'agenouilla.

Pensa que le contenu pouvait aussi être constitué d'objets maléfiques, de masques, de choses terribles utilisées pour des rites sataniques…

Elle fit le premier six, tendit l'oreille.

Elle tourna vers le deuxième six, tendit l'oreille.

Elle revint au premier six, tendit l'âme…

Rien ne se produisit à part l'obéissance du mécanisme à la pression qu'elle exerça vers le bas. Il avait dit la vérité. Le cadenas s'ouvrait. Elle mit ses mains hésitantes sur le coffre et le souleva doucement, pouce à pouce. Ses yeux s'agrandirent, devinrent fixes et mouillés…

Devant eux : rien. Rien du tout. Le vide. Le néant. Était-ce là le secret, les secrets ?

Mais devant ses narines : une forte odeur. La même que l'autre fois et qui était si présente encore dans la chair de sa mémoire.

Mais elle n'en rechercha pas les composantes. Si c'était la senteur de démons? Et si cet invisible devant sa vue était composé d'âmes damnées? Quelque chose l'incita à mettre sa main à l'intérieur et à la faire glisser sur la paroi tapissée. Rien encore. Mais qu'avait-il donc pu montrer à sa visiteuse l'autre soir? Elle se rappela qu'il avait sorti des choses et les avait mises à terre. Peut-être avait-il vidé le contenu entier pour le mettre ailleurs? Elle referma et remit le cadenas à sa place sans prendre soin cette fois non plus d'aligner la flèche sur la roulette avec le chiffre zéro.

Elle ferma la lumière et sortit. Au pied de l'escalier, elle s'arrêta et se demanda si elle ne devait pas aller à l'étage? Là-haut, elle y verrait plus aisément grâce aux restants du soir qui devaient entrer encore par les fenêtres de la tour.

Bientôt elle y fut. Et elle comprit, à voir tout l'attirail d'un peintre, que c'était ça, le contenu du coffre.

Mais pourquoi donc avait-il caché cela? Une bonne réponse lui vint en tête: c'était parce qu'un peintre a besoin de femmes nues pour s'inspirer… Pourtant, aucune toile sur les murs n'en représentait une seule. Ces toiles particulières, il devait les envoyer ailleurs, au loin.

Et tout ça lui posait à nouveau la question: quelle personne de sexe féminin était venue chez lui? Sûrement pas sa sœur de Thetford comme il l'avait dit.

Elle repartit, contente de sa visite. Rassurée. Tout ce qu'elle avait prêté de diabolique à Germain s'en allait loin en arrière-plan, très loin… Pour l'heure…

\*\*\*

# Chapitre 24

Ce fut un véritable miracle si Rose ne rencontra pas Jos Page sur son chemin. Il s'en fallut de quelques minutes seulement. Le vieil homme alors l'aurait questionnée naïvement, il l'aurait surveillée, s'asseyant au bord de la route pour charger sa pipe et la fumer tant qu'il la garderait dans son collimateur. Et il aurait vu Bédard passer dans son auto puis, incapable de faire deux plus deux égalent quatre, il aurait par la suite posé des questions complémentaires pour dénouer l'impasse dans sa tête.

Mais le ciel protégea la femme. Ou bien ce fut l'enfer...

Tout en marchant, elle se remémorait les petits événements encore frais.

Tout d'abord, elle prenait un long bain moussant vers sept heures. Puis elle visita la malade et ne vit pas chez elle le moindre signe de menace de crise asthmatique pour les vingt-quatre heures à venir ni aucun indice annonciateur dans l'air du temps. C'était un soir sec.

Elle mentit à la vieille dame, un mensonge qui, aux oreilles des croyants bien-pensants, aurait eu odeur de sacrilège :

— Bon, ben, je vas sur le cap à Foley prier pour vous, là, madame Jolicoeur. On sait jamais, peut-être que la Sainte Vierge vous aidera à mieux respirer.

Comme si elle avait flairé autre chose à travers les parfums de Rose, la dame âgée souffla :

— Ton neveu est-il venu, Rose ?

– Mon neveu?

Un moment, elle oublia que c'est ainsi qu'elle avait présenté l'étranger le dimanche précédent puis la mémoire lui revint:

– Ah, oui! Mon cher neveu! Non! Ah! vous savez, il est bourré d'ouvrage, lui, hein!

– Ah!

Elle borda le lit, salua la dame et s'en alla.

Tout comme François Bélanger, elle croisa beaucoup de gens inconnus qui se demandaient où cette personne pouvait aller ailleurs au monde qu'au cap des apparitions. Et ceux qui la connaissaient crurent qu'elle se rendait livrer des produits Avon, car elle avait pris soin de traîner avec elle sa grosse sacoche commerciale, éloquente et carrée.

C'était une chance de meilleure discrétion, toutes ces autos qui affluaient au village et dont une bonne partie, grâce à un homme d'Armand Boutin placé au coin du Neuf, entrait dans le rang pour aller se stationner moyennant soixante-quinze cents sur le terrain aménagé par lui à cette fin et aussi maintenant sur la terre des Blais derrière le moulin à scie. Qui donc la remarquerait? Qui donc verrait Bédard la prendre avec lui comme cela avait été entendu le dimanche d'avant?

À son tour, elle entra dans le rang.

Quand les quelques mètres de pavage macadamisé furent franchis, elle regarda ses pieds qui foulaient maintenant une chaussée, huilée et salée pour la circonstance. Certes, elle serait protégée de la poussière sur cette portion de route, mais elle risquait de tacher ses beaux souliers blancs.

Armand Boutin percevait lui-même l'argent auprès des automobilistes. Il leur disait de se rendre là où un jeune homme portant un drapeau rouge voyait à faire aligner les voitures pour éviter le chaos et pour qu'on puisse en loger le plus possible sur les terrains attitrés.

Il vit Rose qui passait.

– Salut, madame Rose! dit-il malgré son occupation.

Surprise de se voir ainsi interpellée, elle tourna la tête vers lui qui proposa ce qu'il avait dit à Jos Page :

– Si vous voulez aller sur le cap à travers les clos, y a un chemin… Mais vous deviez le savoir ?

Elle s'arrêta :

– Je m'en vas pas sur le cap, je vas livrer des produits à madame Donat Roy.

– Ça vous fait un bon boutte à pied, ça, là ?

Elle dit, sèche :

– J'ai l'accoutumance de marcher.

– Ah! j'sais ça…

Elle reprit son pas et poursuivit son chemin, mal à l'aise. Cette espèce de fouine d'Armand Boutin verrait Bédard passer et la faire monter, puis il les apercevrait ensemble dans la voiture qui repasserait par là… Ah! engeance de vieux sac d'os! Elle aurait dû attendre que la brunante soit un peu plus épaisse. Maintenant, il lui fallait marcher jusqu'à la côte de l'écore et y attendre son nouvel amant à l'abri des regards inquisiteurs. Mais si Germain Bédard devait l'attendre sur le plateau ? Et puis viendrait-il seulement ou bien avait-il oublié leur rendez-vous ?

Bédard devait suivre le courant. Pare-chocs à pare-chocs, les autos avançaient pied par pied. Devant lui, un couple dans la cinquantaine avec une religieuse et une vieille dame à cheveux blancs, dans une Packard 1942. Derrière lui, une famille comprenant une vraie fourmilière d'enfants, en Pontiac 1937.

Le jeune homme se demandait ce qu'il adviendrait de leur foi à tous quand le chat sortirait du sac et que le ballon des apparitions serait dégonflé. Que diraient donc les uns à leurs enfants et quel autre miroir aux alouettes réclameraient la sœur et la dame âgée pour soulager leur peur viscérale de l'après-vie ?

Une fois encore, il questionnait sa décision de faire éclater au grand jour l'absurdité de tout ça... Ne valait-il pas mieux pour lui laisser tous ces gobe-mouches sur le chemin des illusions ? Quelle attitude lui permettrait de récolter davantage ? Même lui ne possédait pas l'intelligence nécessaire pour peser justement le pour et le contre...

Il lui fallut vingt minutes pour parvenir à la hauteur d'Armand, qui le regarda rouler vers l'intérieur du rang où allait Rose, cachée à sa vue par la distance et la dépression de l'écore... Ah ! Ha ! Il ne manquerait pas de guetter, de ne rien échapper...

Bédard tint une vitesse réduite pour soulever le minimum de poussière et apercevoir à bonne distance la silhouette de cette femme dont il avait grosse faim et grande soif.

Rose attendait en regardant l'eau couler dans le ruisseau. À trois reprises, elle avait dû se remettre à marcher pour que des automobilistes, dont Lucien Boucher, passent droit vers le village sans s'arrêter à sa hauteur pour lui offrir de l'emmener. Puis elle était retournée au petit pont pour attendre et espérer...

Il parut enfin sur le dessus de la côte. Phares éteints dans le soir tombant. Il pensait à tout. Non éblouie, elle reconnut le bazou et fit un signe de la main. Il fut bientôt à sa hauteur et se pencha pour ouvrir la portière. Elle monta vite et dit encore plus vivement alors qu'elle déposait son sac sur la banquette arrière :

– Le maudit Armand Boutin m'a vue pis m'a parlé. C'est autant pour toi que pour moi qu'il nous voit pas ensemble...

– Ah ! j'ai prévu tout ça, ma chère ! D'abord, donne-moi un de ces becs sucrés.

Ils se penchèrent l'un vers l'autre et, plus qu'un bec sucré, ce fut un baiser tout ce qu'il y a de plus lascif, langue contre langue, plus léchage fougueux et morsures presque au sang. S'il avait fallu que la Vierge passe par là pour se rendre au cap à Foley, sa pudeur en aurait sérieusement souffert! Car l'heure de son apparition approchait à pas drus. C'était aussi le moment où François Bélanger se montrait au prêtre pour lui faire part de sa renaissance grâce à Jos Page et Marie céleste.

Il prit une couverture de laine sur la banquette arrière et la lui donna:

— Tu vas te mettre à genoux et je vais te couvrir avec ça. Ni vu ni connu…

— J'aime pas trop ça…

— T'aimes mieux être vue du monde? Faut faire le sacrifice… Et quoi d'humiliant, je suis seul à savoir…

Il montra son pantalon vis-à-vis son entrejambe et lui fit un clin d'œil:

— Et pis tu pourras toi itou t'amuser avec le bras de vitesses…

— Je vas étouffer…

— Sers-toi rien que de tes mains…

— Je veux dire à cause de la chaleur…

— Je vas t'abrier quand ça sera le temps, c'est tout… L'important, c'est que tu restes à genoux pour que personne se rende compte que t'es avec moi. Pas de preuves données, pas de crainte à avoir!

— Bah! c'est aussi ben de même, j'vas dire comme toi…

Elle s'agenouilla. Il étendit la couverture grise sur elle, jusqu'au cou et embraya en première avec dessein d'aller revirer dans l'entrée de cour à Donat Roy pour revenir vers la sortie du rang… Se rendre au Dix ne présenterait pas le moindre problème puisqu'il n'y avait aucune circulation automobile dans l'autre sens.

Dès qu'il le demanda, elle introduisit sa main dans la fermeture éclair qu'il venait d'ouvrir…

Le vicaire serrait le micro devant sa bouche.

— Et le Verbe s'est fait chair et il a habité parmi nous. Reine du ciel, réjouissez-vous, alléluia!

Il fut interrompu par la première guérison de la soirée. C'était la femme à la canne qui laissa tomber sa fidèle compagne d'osier et marcha seule, sans aide. Des «oh» et des «ah» fusèrent de partout dans la foule, de la part de gens qui voyaient cette personne pour la première fois. Mais le prêtre, craignant de faire rire de lui avec cette guérison répétitive, n'en fit cette fois aucun cas.

«Faut sans cesse du nouveau dans la continuité», disait souvent Lucien Boucher, homme d'ascendance normande.

Ernest se trouvait au cœur de l'action ce soir-là sur le cap. Il avait besoin qu'on le récompense pour son travail. L'argent, il l'avait en poche déjà, mais c'est sa fierté qu'il voulait que l'on tisonne par des congratulations. Et il en recevait souvent.

«Avec des gardes de même, ça donne envie d'aller à l'église à tous les jours», dit Bernadette avec un grand œil admiratif.

«J'ai sondé ça, pontifia Louis Grégoire en tassant son cure-dents dans le coin de sa bouche, c'est bon pour jusqu'en 1999 au moins.»

«Les motifs dans le fer forgé, là, où c'est que t'as pris ça, Ernest, dans ta tête? Ça travaille ben, une tête chauve…»

Elmire Page venait de lui envoyer au visage une fleur magnifique plantée dans un pot rempli de vase. Il fut sur le point de lui dire de manger un char de marde lorsque son regard tomba sur le bossu Couët qui avait l'air de se cacher derrière un sapin. Ah! Ha! il le prendrait au collet celui-là pour lui faire avouer la raison pour laquelle pas le plus petit duvet, rien du tout ne poussait encore sous sa pizza poilue artificielle.

Quand il l'aperçut venir dans sa direction, le bossu détala en bringuebalant sans se préoccuper des pistes du diable où il mettait les deux pieds pressés, emporté par la pente descendante du roc vers le bosquet touffu où Ti-Georges

Champagne avait répandu le contenu de sa brouette de ciment. Là, il pourrait se fondre dans une certaine obscurité en attendant que la Vierge apparaisse et que le forgeron disparaisse.

En ce moment même, Jean d'Arc s'introduisait une fois encore dans le sous-sol chez Rose. Il resta dans le noir à écouter, palpant l'enveloppe qu'il avait sur sa poche de fesse. Puis il gravit en silence les marches de l'escalier et, quand la porte fut atteinte, il sortit sa lettre et la glissa par l'interstice sur le plancher de la cuisine. Elle la verrait, la lirait, le ferait venir, lui obéirait... Et il retourna s'asseoir dans la dernière marche du bas pour épier le silence de la nuit avec ses oreilles les plus pointues.

Gilles vendait toujours des objets de piété en compagnie de Paula qu'il croyait fâchée à jamais à cause de son geste effronté sous la toile le soir de l'orage. Et pourtant, elle espérait qu'il lui manifeste de l'intérêt, de la tendresse voire de l'affection. Ce soir-là, elle s'était mis du parfum acheté chez Rose. Son premier flacon de vrai parfum. Mais le vent soufflait dans une direction qui emportait les effluves loin de son collègue de travail et plutôt vers le clos de pacage à Freddy, où le taureau faisait la cour à une nouvelle taure. Et chaque fois qu'elle s'approchait de lui, il s'éloignait comme pour montrer à quel point sa conduite de l'autre fois continuait de le gêner.

— T'as pas beaucoup de jasette? lui dit-elle soudain quand une accalmie se présenta alors que tous cherchaient à se rapprocher de l'événement d'en haut du cap.

— Ben... non...

Avec un regard doux, une voix douce, un ton doux, des mots teintés de douceur, elle demanda:

— Aimerais-tu ça, Gilles, si on chang'rait d'place un p'tit bout de temps ? Ça serait le fun, tu penses pas ?

— Ben… je l'sais pas…

La jeune adolescente voulait se mettre dans le vent pour qu'il sente son attachement à travers son parfum. Elle le prit par la main et les fit changer de place.

— Oui, mais le Cook, c'est qu'il va dire ?

— Il va rien dire.


Le Cook en effet ne disait pas grand-chose ces jours-là. Sa nouvelle auto ne le sortait guère de ses sourcils froncés et de son air taciturne. Tout ce qu'il échafaudait pour se rendre attrayant aux yeux de Rachel échouait lamentablement, et ce qui avait l'air d'aller un jour sombrait le jour d'après. Elle ne voulait embarquer dans aucun de ses bateaux et encore moins dans sa bagnole, que personne pourtant ne pouvait considérer comme un bazou.

Il lui arrivait comme en ce moment alors qu'il était assis dans le foin, le dos contre le pare-chocs arrière de son auto à se rouler une cigarette, de songer à jeter son dévolu sur une autre jeune fille. Mais Ti-Noire non plus ne voulait pas de lui. Pas plus que les filles à Fortunat. Il y en avait de son âge ou un peu plus jeune chez les Bilodeau, les Boulanger, les Lapointe, les Vaillancourt, les Boutin, les Poirier du rang Grand-Shenley. Toutes des filles pas trop pires mais aucune qui lui fasse tourbillonner le plaisir là, au milieu de la poitrine.

Il cracha un fil de tabac après avoir collé le papier et marmonna pour lui-même et pour son char :

— On va aller jeunesser dans une autre paroisse d'abord que c'est de même par icitte.

Dépit momentané car son imagination le mit au bras d'une Couture du Neuf, d'une Bolduc du Quatre, d'une Carrier du Six, d'une Pelchat du Petit-Shenley…

Mais son cœur revint à Rachel. Après tout, elle ne sortait avec personne et, maintenant que l'étranger était attelé avec un bazou, ils avaient bien peu de chances de se rencontrer, elle et lui, dorénavant. Pas de rival en vue. Pas d'espoir de retour avant deux ou trois ans pour Jean-Yves. D'ailleurs, il était clair à l'esprit de tous que la jeune femme avait fait son deuil de son fiancé. Il regarda un moment la flamme de son allumette avant d'y coller le bout de sa rouleuse. Son œil brilla...

Accompagnés de leur escorte habituelle qui se tenait à distance, les voyants se trouvaient maintenant à genoux devant le sapin sacré à prier en langues, appelant ainsi la venue de la Vierge. Le chœur de Pauline faisait résonner la nuit du *Ave Maris Stella* tandis qu'au presbytère, Fortunat parlait avec le curé en attendant le retour de ses hommes qui passaient la boîte à beurre au profit du calvaire et de l'abbé Ennis.

Agenouillée devant la tige érigée qu'elle faisait tourner entre les paumes de ses mains comme un rouleau, Rose tirait la langue mais c'était à cause de la chaleur.
— Fait chaud...
— Le village est fini, dans une minute je t'ôte la couverte.
— Asteure qu'on est parti de même, aussi ben continuer.
— J'demande pas mieux, moi...
— Le savais-tu que d'aucuns t'appellent le diable?
— Non. Comment tu le sais?
— C'est Bernadette qui a dit ça.
— Elle m'appelle le diable?
— Non, pas elle. Mais c'est elle qui m'a rapporté ça cette semaine. Elle dit que si t'es un diable, t'es un bon diable.
Une étincelle jaillit de l'œil gauche du personnage:
— Pourquoi?
— J'sais pas.

— T'as aucune idée ?

— Parce qu'ils t'ont vu sur le cap en plein orage, les pieds dans les pistes du diable tandis que tout le monde se cachait. Ils disent que t'apparaissais pis que tu disparaissais...

— Qu'est-ce que t'en penses, toi ?

— J'sais pas... Que ça se pourrait ben...

— Tu coucherais avec le diable ?

— Le Bon Dieu m'a jamais permis de coucher avec un vrai homme dans ma vie. Autant coucher avec le diable !

— Elle est là, elle est là, elle est là...

Les voyants s'exclamaient tout en demeurant dans leur transe. Des éclopés se déclarèrent guéris. Un cancéreux se leva et cria :

— Je me sens mieux, je me sens mieux...

Le vicaire riait, criait, priait... À n'en pas douter, la soirée serait une fois de plus un immense succès et il rendait grâce au Seigneur, et surtout, à sa mère...

À la maison, Éva relisait une lettre qu'elle avait reçue des États quelques jours plus tôt. Son frère Fred en était à ses derniers milles. Venu lui aussi sur le cap quelques semaines auparavant, il avait connu une période de rémission, trop courte pour qu'on saute au miracle, et voilà que l'achevait son cancer du poumon que l'on avait transporté sur une civière avec sa personne pitoyable, plus amaigrie encore que celles d'Armand Boutin, Armand Grégoire et Blanc Gaboury confondus, depuis Lewiston jusque sur le cap à Foley. En post-scriptum, sa femme disait qu'elle croyait hélas ! que son mari avait fumé la veille sa dernière cigarette...

Ils étaient trois clients chez Robert ce soir-là, à non point refaire le monde mais à le parfaire devant une grosse bière.

Un quatrième, François Bélanger, était parti voilà une heure. Le propriétaire, ne possédant pas de permis du gouvernement et ne louant pas de chambres, ne pouvait afficher ses couleurs de sorte que personne parmi les visiteurs n'y venait sans savoir.

Le professeur Beaudoin était là depuis un bon moment déjà. Lui aussi avait croisé bien des gens sur le trottoir, qui se questionnaient sur sa destination puisqu'il s'éloignait tout comme Rose du cap des apparitions. L'un d'eux osa même lui demander :

– La Sainte Vierge, c'est dans quel boutte ?

– Dans ce bout-là, avait-il répondu en montrant dans l'autre direction que la sienne.

– Vous êtes sûr de ça ? lui avait alors dit le croyant sceptique.

– Moi, je suis de la place.

– Ah !

Et le professeur avait repris sa marche vers son refuge préféré. Après tout, il avait livré la marchandise à son comité du nationalisme. De sa propre main instruite, il avait copié en une douzaine d'exemplaires un texte de l'abbé Groulx, utilisant du papier carbone et travaillant sur des feuilles qui avaient pour en-tête en lettres stylisées *Dieu et la patrie*. Puis il avait fait placarder ces tirés à part en tous lieux stratégiques du cœur du village : trois aux portes de l'église, un au magasin général, un à l'hôtel, un au restaurant de l'hôtel, un autre à l'entrée de la salle paroissiale, un au magasin à Boutin-la-Viande, un au magasin Boulanger, un à la boutique de forge, un sur un piquet planté dans la terre sacrée du cap à Foley et le dernier, il le gardait dans sa poche pour faire sa cabale patriotique de bouche à oreille en s'aidant à l'occasion des visions géniales de l'abbé Groulx qui lui rafraîchissaient la mémoire quand la Molson la lui défraîchissait.

Mais il avait suivi Rose de loin dans sa marche vers l'étranger. Ah! Ha! Où allait-elle donc par là, celle-là? Il la vit entrer dans le rang Neuf. Aucune maison là avant un mille quasiment. Bon, elle devait sans doute prendre une marche de santé.

S'il avait donc pu se laisser aller du temps où elle vivait à la salle paroissiale où il tenait sa classe, après le départ des élèves et alors que Gustave était occupé à l'église par un baptême ou la préparation des lieux pour une fête religieuse du lendemain; il y en avait tant: la Fête-Dieu, les Rogations, l'Annonciation, la Pentecôte, Pâques, Noël, le jour de l'An, la fête de l'Immaculée-Conception, la fête de l'Assomption de Jésus, les jours saints, le mois de Marie, le mercredi des Cendres... Que de travail pour un pauvre bedeau et que d'occasions pour sa femme quand se trouve dans les proches parages un jeune homme en santé! Mais il n'avait pas osé, pas même après la séparation du couple quand elle l'avait fait entrer chez elle...

Voilà les idées qu'il tassait dans son cerveau avec l'alcool de la bière. Mais vint Rosaire Nadeau le tirer de ses pensées peu catholiques. Bon pratiquant, le cultivateur qui vivait à peu de distance de chez Robert dont sa maison n'était séparée du débit de boisson que par la propriété des frères Dulac et par la beurrerie, ne croyait pas aux miracles ni aux guérisons miraculeuses. Sa femme Rita vivait au sanatorium et toutes ses prières ne la ramenaient pas à la maison, et son état de santé ne s'améliorait pas de mois en mois.

Les deux hommes discutaient avec Robert lui-même, un petit personnage à moustache, rondelet et dont la tête dépassait à peine le haut comptoir derrière lequel il restait toujours, pensant qu'il ne fallait jamais tourner le dos à un client, qu'il soit chaud ou pas, ou à la caisse...

Entra un nouveau client, Laurent Bilodeau qui, exception-nellement, y venait chercher le fond d'une bouteille. Il salua tout le monde et resta debout au comptoir pour y boire sa Dow. De ce temps-là, le blondin devait se montrer partout, prêcher en faveur de l'implantation de sa future manufacture, inciter les gens à investir sans toutefois les solliciter directement.

— Quand est-ce que se fait l'ouverture ? demanda Robert de sa voix haute et forte qui attaquait n'importe quel sujet comme le taillant aiguisé d'une hache.

Laurent agita sa main ouverte, voulant dire d'ici peu sans trop savoir le moment exact.

— Comme ça, tu feras pas un hôtelier ?

— Pas parti pour ça.

— Paraît qu'ils vous empêchent de vendre des actions ?

— En public, pas en privé.

— J'en ai pas pris encore, moi, mais j'y pense. Ah ! si on veut que la paroisse se développe, faut se grouiller le cul. Moi, j'suis de tout cœur avec vous autres… S'il vient de la main-d'œuvre féminine d'en dehors, je vas m'organiser pour louer des chambres à la semaine.

— Dans ce cas-là, t'aurais tout intérêt à prendre des actions, dit le professeur.

— Quoi, t'en as-tu, toi ?

— J'ai pas de chambres à louer, moi.

— Comme ça, t'en as pas…

— J'ai pas dit ça.

— T'en as ou ben t'en as pas.

— C'est des affaires qu'on dit pas.

— Ça veut dire que t'en as.

— On peut rien te cacher, mon Robert.

Le petit homme eut l'air de réfléchir un moment tandis que chacun des trois autres profitait de la pause pour remplir son verre, et finalement, il dit à Laurent :

– Viens m'expliquer ton affaire quand tu voudras, je vas embarquer. J'sais pas pour combien d'argent, mais je vas embarquer…

Rosaire lança :

– Le jour qu'on aura le crédit social, on n'aura plus besoin de vendre des actions pour partir des manufactures.

– Comment ça, Rosaire Nadeau, dit Robert, tu crois pas aux apparitions de la Vierge pis tu crois au crédit social. T'es pas un vrai créditiste.

– Ben moi, j'sus un créditiste nationaliste.

– Eh bien moi, je suis nationaliste, mais pas créditiste, dit le professeur.

– Moi, déclara Laurent, j'sus un capitaliste nationaliste.

Il restait maintenant à Robert à se définir. Les regards de chacun convergèrent sur lui. Il fit un sourire rusé comme souvent :

– Disons que moi, j'sus un réaliste optimiste…

***

# Chapitre 25

Il ne fallut guère de temps à Bédard pour se rendre compte qu'une fois de plus quelqu'un avait pénétré chez lui en son absence.

Après avoir fait asseoir Rose à la table de la cuisine, il sortit chercher du Kik frais dans le puits et il revint lui en servir pour lui faire oublier ce qu'elle avait enduré de chaleur en route. Puis il se rendit dans sa chambre et en revint en s'exclamant, la voix chantante :

— Ben y a une fouine qui est venue mettre son nez encore une fois. Il va falloir que je fasse quelque chose pour régler ce petit problème. Elle est peut-être encore autour de la maison, je vais abaisser les toiles pour l'empêcher de voir et de savoir…

Rose se rajusta sur sa chaise :

— J'espère parce que s'il faut que ça se parle que j'sus venue icitte, j'sus pas mieux que morte, moi.

— C'est pour ça que je t'ai fait cacher dans la machine.

— Rien que pour ça ?

— Bah ! faut ben joindre l'utile à l'agréable.

Et il repartit en ajoutant :

— Ça ne me surprendrait pas de savoir c'est qui la source…

Il abaissa la toile du salon et se rendit faire la même chose dans sa chambre. À son retour, elle demanda :

— La source de quoi ?

— De ce qu'on dit sur mon compte…

— On dit quoi?

— D'aucuns m'appellent Satan, c'est toi-même qui le disais tantôt.

— Pas Satan, le diable...

Pendant qu'il prenait place de l'autre côté de la table près du vaisselier:

— C'est quoi la différence?

— Satan, c'est Satan, tandis qu'un diable, c'est pas pareil... c'est un de sa gang...

— On m'appelle le diable pis on m'appelle même pas Satan? C'est humiliant, ça!

— Pis la source, c'est qui?

— La Solange Boutin. C'est elle qui vient reluquer icitte. C'est vrai que je lui ai donné de la corde pour qu'elle se pende.

— Pourquoi c'est faire qu'elle t'appellerait Sa... le diable?

— Parce qu'elle est en amour avec moi pis qu'elle le sait pas et ne se l'avoue même pas.

— Elle le sait pas?

— Pas encore.

— Tu vas lui dire?

— Sais pas... peut-être... ça va dépendre...

— As-tu déjà été marié?

— Non, madame!

— Pourquoi ce ton-là?

— Le mariage, c'est pas fait pour un gars comme moi.

— Et pourquoi donc?

— Trois raisons: liberté, liberté, liberté.

Elle but une gorgée:

— Pis la fouine, c'est la Solange itou?

Il acquiesça d'un signe de tête puis transperça le regard de la femme avant de dire:

— Le diable, Rose, du moins Satan, ne frappe pas, ne tue pas, il séduit pour avoir les âmes. Si j'étais le diable, tu n'aurais donc rien à craindre du tout, mais si je n'étais qu'un homme parmi les meilleurs, parmi ceux qui frappent, qui méprisent, qui assassinent, hein? Personne ne sait que t'es venue ici, personne… Si j'étais le diable, je ne te poignarderais pas pour te découper en morceaux ensuite, mais je te ferais l'amour comme l'autre fois pour m'infiltrer dans ton âme après m'être infiltré dans ton corps… Et pour m'emparer de ton principe éternel. Mais si je suis un homme, là, je peux être dangereux pour toi, ce soir… T'as pas peur de moi? Qu'est-ce que tu penses que je suis venu faire, moi, dans ta paroisse? Dans une maison isolée, à l'abri des regards…

Elle eut un éclat de rire:

— D'après ce que tu viens de me dire, t'es pas trop à l'abri des regards. Dès que tu tournes le dos, on fouine dans ta maison.

— Oui, mais je peux lui montrer ce que je veux bien et elle pourrait me servir de caution pis même d'alibi si je devais faire un mauvais coup.

— Sainte bénite! mais tu parles comme quelqu'un d'instruit, toi! Mais pourquoi c'est faire que tu veux jamais répondre aux questions sur ta vie passée dans le bout de par chez vous?

— Moins tu me connais, plus tu veux me connaître. Moins tu sais, plus tu veux savoir. Pis c'est comme ça que je reste intéressant, non? L'important, c'est ce que tu ressens envers moi. Si les femmes étaient moins curieuses, un peu moins fouineuses comme la Solange, elles resteraient en amour beaucoup plus longtemps avec l'homme qu'elles ont choisi. Pourquoi le Cook, il poigne pas avec les filles, c'est parce qu'il a rien à cacher. Tu lis dans lui comme dans un livre ouvert. Ça, c'est platte…

— Tomberais-tu en amour avec une femme de cinquante ans comme moi?

— Non, et pas parce que t'es pas aimable, mais parce que moi, j'suis pas aimant…

– Peuh! c'est parce que t'as pas rencontré la tienne encore.

– Cent fois qu'on me dit ça.

Elle demeura silencieuse, légèrement souriante. Il but un peu de Kik.

– Pis toi, tomberais-tu en amour avec un petit jeune de trente ans comme moi?

– Jamais!

– Pourquoi? J'ai pas ce qu'il te faut?

– T'as trop c'est qu'il me faut, justement!

– Où est le problème dans ce cas-là?

– Rose est pas faite pour vivre avec un homme.

– Même en amour?

– Surtout en amour.

– J'ai envie de tomber en bas de ma chaise. On pourrait imaginer une mentalité comme celle-là – pour une femme en tout cas – dans cinquante ans d'icitte, en 1999, quelque part par là, pas en 1950.

Elle hocha la tête et jeta avec une grande conviction:

– C'est ça pis c'est ben ça! Pis on est ben dans l'été 1950 dans un petit village de la Beauce au Canada, pas en l'année 2000, hein! Parce qu'en 2000, les cuisses me feront pus mal depuis belle lurette.

– Y a Rachel Maheux qui me disait la même chose.

On se parla de Rachel, de son chagrin, de ses hésitations, de son âme naturellement en peine.

– Elle, elle va finir par marier le Cook Champagne, tu sauras me le dire, assura Rose.

– C'est mon idée. C'est drôle, hein?

– Bon, ben, tu me fais visiter ton logis comme tu l'avais dit?

– Sans attendre, très chère.

Elle se leva et lui aussi.

– Tu te prends pas un poignard pour me guider?

– Je frappe sans avertir. Comme la mort.

– Je te suis…

Il l'emmena au salon. Elle tomba en amour avec le divan vert et l'harmonium. Puis ils se rendirent dans sa chambre.

– La Solange, elle a fouillé dans mon coffre. Je lui ai dit la combinaison…

– Tu le fais exprès… Pis?

– Tu veux voir c'est que y a dedans?

– Rose Martin s'est toujours mêlée de ses affaires. Elle parle rarement contre les autres… Excepté le curé de ce temps-là parce que, lui, il se mêle pas des siennes, ses mosus d'affaires… J'ai eu la paix le temps qu'il était parti, mais là, il est revenu…

– Quand le chat est pas là…

Il se pencha un peu, fit la combinaison, ouvrit le cadenas puis le couvercle d'un geste ferme. Elle écarquilla les yeux.

– Je gage que tu pensais qu'il y avait un mouton dedans.

– Pourquoi faire un mouton?

– Bah! c'est une histoire de… de petit prince…

– Il a toujours été vide comme ça? Non…

– D'abord, il est beaucoup plus plein que tu penses.

– Plein de place?

– Et plus… Mais il y avait des choses dedans et je vais te les montrer. Viens en haut dans la grande chambre… des tortures… Les couteaux pour te dépecer sont tous là.

Elle tourna les talons et resta un moment devant son lit couvert d'une catalogne en patchwork.

– Tu couches là ou en haut?

– Là…

– Ah!

Sans raison, elle aurait voulu qu'il l'y pousse et que l'orage éclate, mais elle se reprit:

– Allons-y…

– Il me faut une lampe, sinon… L'électricité est pas rendue en haut… ben je te l'avais dit.

Il alluma celle qui se trouvait sur sa table de chevet et la précéda dans l'escalier. Cela rappelait à Rose quelques scènes du samedi de leurs folies furieuses… Et elle aimait ça. Et elle aimait le suivre dans son univers. Et elle aimait ne pas savoir ce qui l'attendait. Et elle aimait être libre. Et elle aimait être enchaînée à un homme de liberté. Et elle aimait cette chaleur en elle, ce bouleversement des sens, cet appel de la chair…

Ils traversèrent la petite chambre vide pour arriver à la grande, celle de la tour, qu'il avait transformée en studio de peintre… et peut-être en plus que cela… Le chevalet était là, debout, supportant un canevas vierge qui attendait la main d'un artiste et la palette était posée sur une table à côté des pots de peinture et autres accessoires.

Contrairement à Ti-Noire, Rose vit d'abord ces choses avant les toiles déjà peintes. Et c'est la raison pour laquelle il crut ce qu'elle déclara:

– Tu me dis pas que t'es un peintre? J'ai toujours rêvé depuis que je suis petite de faire de la peinture. Toujours rêvé à ça, mais j'ai toujours eu peur de faire rire de moi…

– Comment ça?

– Ben… une femme peintre, ça se peut pas… Oui, ça se peut, mais nous autres, on est fait pour mettre des enfants au monde pis les élever…

– Une peinture, c'est un enfant qu'on met au monde.

– As-tu déjà entendu parler d'une femme qui fait de la peinture? Y en a-t-il une seule qui soit devenue célèbre?

L'œil de Bédard s'enflamma.

– Les femmes foncent pas d'avant. Depuis le paradis terrestre que la peur les a prises…

Elle prit la palette et dit, enjouée:

– Comment tu tiens ça?

– Ton pouce dans le trou, là...

– Comme ça ?

– Tu vois, tu sais déjà...

– Hey, que j'aimerais donc ça !

Il se fit une pause qu'il rompit après avoir déposé la lampe et, en même temps qu'il allumait l'autre, celle qui restait en permanence dans la pièce, sur la tablette, entre deux toiles :

– Je peux te montrer la base si tu veux.

– Où ? Quand ? Hey, que j'aimerais donc ça !

– Bien sûr ici et quand tu voudras. Sauf qu'il faudra que ce soit de jour.

Elle eut un rire nerveux :

– Ça serait-il compliqué de venir me chercher pis me reconduire au village après ? Je demanderai à Bernadette de garder l'œil ouvert sur madame Jolicoeur.

– Qu'est-ce que tu dirais du mercredi ?

Elle prit un ton débiné :

– Ah ! j'aimerais ben ça, mais c'est quoi que le monde ils vont dire ? Pis le curé Ennis ? Imagine donc : une femme qui vient de se séparer, prendre des cours de peinture dans une maison isolée d'un homme que personne connaît pis que d'aucuns prennent pour le diable... Le scandale du siècle à Saint-Honoré ! Non, j'peux pas, j'peux pas... On se ferait excommunier tous les deux pis même chasser de la paroisse...

– On se cachera...

– Sortir à noirceur, ça se peut, mais en plein jour... Comment qu'on pourrait se rejoindre ?

– Viens en bicycle.

– J'sais pas mener ça, je l'ai jamais fait. À pied, on va me voir venir.

– Tu pourrais passer par le chemin des sucreries. Ça fait un bon bout, mais personne va te voir venir. Tu diras que tu fais de la livraison dans le Grand-Shenley. Viens une fois par mois d'icitte les neiges… Je suis allé voir… Tu fourches dans le creux des côtes vers la cabane à Rosaire Nadeau pis tu continues jusqu'au trécarré et le temps de le dire, une fois rendue là, t'es arrivée. Y a des chemins de cabane tout le long. Tu peux pas te tromper…

— Mais on est-il obligé d'avoir de la lumière de jour pour faire de la peinture ?

— Un artiste s'exprime avec les moyens qu'il a de le faire.

— Mais moi, je serai pas une vraie artiste, rien qu'une peintureuse…

Rose se sentait heureuse et malheureuse en même temps. Heureuse de pouvoir entrevoir la réalisation d'un vieux rêve. Malheureuse de ne pas pouvoir s'y jeter à corps perdu. À 50 ans, elle n'avait plus le temps de tergiverser, d'attendre, de remettre au lendemain…

Ce mélange d'émotions mit quelques perles dans ses yeux. Puis elle se mit à hocher la tête et prononça des mots entre ses dents serrées :

— Je vas venir, je vas venir par les sucreries… même si il faut que je meure en chemin…

— J'ai une meilleure idée… Mais ça te poserait tout un problème…

— N'importe quoi, parle…

— La journée que tu veux venir, tu descends à Saint-Évariste avec le Blanc Gaboury. Tu dis que c'est pour faire du porte-à-porte par là. Moi, je te prends là. Pis à la fin de la journée, je te reconduis à la même place. Il te reste à remonter chez toi avec le Blanc. Secret absolu !

— Avec le Blanc, mais t'es fou : j'ai peur de la consomption comme du diable.

— Tu le sais que t'as pas peur du diable…

Rose se sentait deux fois plus heureuse et deux fois plus malheureuse. Attraper la consomption, c'était pire que tout.

– Un homme ou ben une femme de 20 ans, marcher dans les sucreries, ça peut toujours se faire. Tu sais, ça fait en tout à partir du village un bon trois milles… Pis ça peut être mouilleux dans le bois. Pis si quelqu'un te voit là, Rosaire Nadeau ou n'importe qui, ça va se savoir que tu viens ici avec les conséquences que ça peut avoir. Tu sais, y a Roger Lemelin qui, grâce justement à la consomption, est devenu un grand écrivain…

Elle mit sa main sur son front:

– Sais-tu c'est quoi que j'ai dans la tête là? On dirait que je vois plein de griffes. Celles du malheur pis celles du plaisir. Comme si ce que je voudrais devait me coûter trop cher pis même se transformer en malheur. J'ai aimé ça, coucher avec toi, hey, que j'ai aimé ça! Mais j'ai quasiment pas le droit de penser ça pis de me le dire. Me séparer de mon mari, vendre des produits pour gagner ma vie pis me mettre du maquillage comme j'en mets, c'est quasiment déjà ça, l'enfer, le scandale, la honte… Faire de la peinture en plus?

– Maudit que les femmes ont du chemin à faire!

Elle hésita un long moment, en proie au pire des orages puis elle se rua sur lui et sa main libre chercha et trouva le sexe masculin qui s'érigea en une seconde:

– Je veux prendre le temps que je peux prendre…

– Saute les murs, Rose, même celui de la consomption.

– Oui, oui, oui, oui, oui, oui, oui…

Ces oui lui vaudront dans l'heure suivante de nouveaux plaisirs, tout aussi grands que ceux-là ressentis l'autre fois…

\*\*\*

# Chapitre 26

De retour du cap à Foley, Marie Sirois jongla un bon bout de temps avant de se coucher, ce samedi-là. Toutes ses pensées plongeaient d'abord dans le même enrobage de peur, de regret, de culpabilité avant d'apparaître au fronton de sa raison. La peur : celle de perdre un autre enfant après les départs de son mari et de son fils. Regret : celui d'avoir laissé un certain temps Fernand Rouleau prendre de l'ascendant sur elle. Culpabilité puisque maintenant cet homme passait pour un converti qui plutôt que de boire du gin mangeait son chapelet. Qui sait si elle ne l'avait pas méjugé en le voyant plus noir qu'il ne l'était à cause de sa propre noirceur intérieure ?

Et voilà qu'apparaissait dans son horizon un autre personnage pas comme les autres hommes. Un étranger à la paroisse. Peu enclin à se faire connaître. Le seul sans doute à ne pas avoir peur de ses peurs à elle. Et quelqu'un qui ne craignait aucunement, semblait-il, la solitude. Il imposait sa volonté, certes, mais qui donc pouvait l'approcher, elle, la veuve si farouche, sinon quelqu'un montrant de la résolution et du caractère ?

Les gestes qu'il avait dessinés, mimés sous sa fenêtre de la manufacture, incluaient-ils le ton du commandement ou bien laissaient-ils de la place pour son libre arbitre à elle ? Devait-elle se rendre à la pêche au bassin des eaux noires le lendemain et s'arrêter ensuite chez lui ? Elle hésitait depuis le midi.

Et la Vierge ne lui avait pas donné l'éclairage qu'elle lui demandait une heure plus tôt. Il fallait qu'elle s'en remette à sa propre décision... La nuit porte conseil, et elle finit par s'endormir...

Le lendemain, elle se rendit à la messe à pied avec Yvonne et Annette, laissant Cécile seule pour garder la maison et parce que la jeune adolescente lui semblait malade tant ses yeux étaient cernés et son teint livide.

Fernand les vit partir. Il se rendit aussitôt à la grange où il attendit la venue de celle dont il avait maintenant le contrôle absolu. Elle le rejoignit quelques minutes plus tard. Il s'adonna à des attouchements sur son jeune corps, lui donna de l'argent, se fit manipuler jusqu'à ce qu'il obtienne son plaisir puis la renvoya après avoir redit ses menaces et copieusement arrosé sa peur des conséquences advenant qu'elle avoue à sa mère ou devant qui que ce soit ce qu'ils faisaient ensemble.

Quand sa mère revint à la maison, Cécile était couchée en haut. Elle y monta pour s'enquérir de son état.

— As-tu encore mal à la tête?

— N... non...

— Es-tu restée couchée tout le temps de la messe?

— Non... oui...

— Vu que tes petites sœurs sont venues à la messe avec moi, veux-tu venir à la pêche après-midi? On va aller au bassin aux eaux noires...

— Pis on va-t-il aller voir monsieur Bédard?

— Ben... j'sais pas, peut-être...

— Je vas y aller si vous voulez...

— Là, je vas aller piocher des vers en arrière de la grange à monsieur Rouleau pis ensuite on va dîner, pis après, on partira. Veux-tu venir m'aider à piocher des vers?

— Oui...

Ce dimanche matin, Ti-Noire aida son père à servir la clientèle des cultivateurs qui faisait halte au magasin entre la sortie de l'église et le retour à la maison. Elle se demandait de plus en plus souvent pourquoi Germain Bédard ne lui donnait pas signe de vie. Avait-il donc tant de travail à faire pour les Boutin et pour lui-même dans l'aménagement de sa tour qu'il ne pouvait même pas se manifester d'une manière ou de l'autre ?

En période prémenstruelle, toute sa personne physique et morale était perturbée et voilà que le spectre de la psychose familiale augmentait considérablement son angoisse. Il lui fallait voir quelqu'un qui ne lui soit pas familier et qui pourtant lui inspirerait la confiance, et cette personne qui venait d'entrer dans sa vie, c'était Germain Bédard, qui l'avait prise dans ses bras pour la rassurer en un moment de profonde tristesse.

Elle se rendrait chez lui dans le courant de l'après-midi et qu'importe si on la voyait.

Rachel Maheux ruminait son secret. À deux reprises, elle avait eu une conversation particulièrement riche avec l'étranger ; il l'avait invitée à lui rendre visite par les sucreries ; elle hésitait. Ce n'était pas convenable du tout. Elle y pensait vingt, cinquante fois par jour, mais quelque chose la retenait. Certes, il lui avait demandé de l'avertir, mais comment le faire puisqu'elle ne le voyait plus qu'en public et encore très peu ? Une lettre peut-être ? Et la personne qui la lui lirait saurait… Y aller sans le prévenir ? Pourquoi pas une fois ? Et cette fois-là, ce serait dans l'après-midi du dimanche, dans quelques heures…

Il risquait fort d'y avoir un embouteillage aux environs de la maison à Polyte au train où allaient les choses. Trois personnes passeraient par là aux mêmes heures : une pêcheuse, une pleureuse et une peureuse. S'il fallait qu'au lot s'ajoute une curieuse? Et cela se pourrait bien si la Solange voyait quelqu'un se diriger vers là.

Une certaine lettre que Rose trouva sur le plancher de sa cuisine à son retour de chez Bédard la veille lui jeta la mort dans l'âme. Le petit jeune homme menaçait de les dénoncer au curé. Il savait qu'elle était la maîtresse de l'étranger. Il disait qu'il les avait vus sans préciser davantage. Rose ne ferma pas l'œil de la nuit. Ses rencontres secrètes avec un amant de rêve devraient prendre fin. Et ce formidable projet de se rendre chez lui tous les quinze jours, quitte à devoir affronter la consomption du Blanc Gaboury, peut-être même toutes les semaines, pour y prendre des leçons et pour s'initier à un art qui l'emballait et pour lequel elle se sentait du talent, venait de s'envoler sur les ailes collantes de la jalousie de son premier amant. Comme elle regrettait d'en avoir fait un homme! Et maintenant, il n'y avait pas de temps à perdre. Mais que faire? Que faire d'autre à part voir Germain au plus vite? S'y retrouverait-elle par les sucreries? Quelle heure serait la meilleure pour partir de chez elle? Midi: pour se trouver dans le creux des côtes, là où elle devait entrer dans l'érablière à Rosaire Nadeau pas plus tard qu'à midi et demi. C'est qu'avant, les retardataires risquaient de retourner chez eux dans le rang et qu'après, d'autres pourraient remonter au village pour diverses raisons, dont on ne manquait pas de ce temps-là avec ce beau temps du cœur de l'été, avec cette affaire des apparitions et maintenant avec le retour du curé... Quelle vie que celle d'une femme qui veut vivre à sa manière et à son goût quand c'est l'année sainte, et que pour l'essentiel, le quotidien de chacun est réglé d'avance comme sur du papier à musique.

Et de quatre femmes avec l'intention de visiter l'étranger cet après-midi-là! Il ne manquait plus que la Solange.

Elle était dans sa chambre à se demander comment échapper à l'œil d'aigle de sa mère. Aller à la pêche aux eaux noires, revenir bredouille et voir quelqu'un rapporter à la maison sa canne de vers, c'était plutôt usé comme prétexte. Il fallait un autre refrain. Le même que la dernière fois lui paraissait risqué en plein dimanche après-midi, mais elle n'en pouvait trouver de meilleur. Partir en vélo pour aller prétendument chez Claudette Lapointe et marcher sur la terre à Eusèbe Talbot pour atteindre les abords de la maison à Polyte. Les Talbot, les Poulin, les occupants d'une auto passant dans le rang, voire quelqu'un dans la tour chez Germain, bien des gens risquaient de l'apercevoir et de se s'interroger sur ses agissements et sa démarche.

Et après ? Qu'on le fasse donc ! Elle serait bientôt majeure. Elle volerait de ses propres ailes. Elle avait tout un motif de se rendre chez lui avec ces leçons qu'elle lui donnait. Fascinée, subjuguée et maintenant obsédée par ce personnage : elle ne pouvait pas s'empêcher d'aller chez lui ce jour-là.

Et de cinq dont le cœur était déjà en route pour chez Germain Bédard !

Si plusieurs devaient se présenter chez lui à la même heure, il aurait alors à se débattre comme un diable dans l'eau bénite pour justifier aux yeux des autres la présence de chacune d'elles. Mais la situation aurait pu être pire. Ce n'étaient pas cinq curés qui le visiteraient, mais cinq jolies personnes du beau sexe... Et pour le moment, l'homme pouvait manger en paix puisqu'il ignorait cette impensable convergence vers chez lui. Ses pouvoirs mentaux ne possédaient pas la force requise pour le deviner, bien qu'il appréhendât la venue de deux d'entre elles, comme cela s'était produit quand Solange les avait espionnés, Ti-Noire et lui.

L'accident résulte de la rencontre de conditions fortuites et les chances qu'il se produise sont le plus souvent minimes. Certes, il y avait un côté accidentel dans cette convergence du dimanche après-midi, mais Bédard récoltait un peu de ce qu'il avait semé.

Il exerçait une forte attraction sur ces cœurs en attente. Il avait ouvert grandes les portes qui, dans l'imagination de ces êtres isolés dans leurs sentiments, donnaient sur un monde inconnu et brillant. Et tout en mystifiant, il donnait confiance par la douceur de ses mots et de son propos engageant.

Chacune des cinq femmes était prête à l'amour à sa manière. Même Rose en dépit de ses dires. Et l'appel rôdait dans les rêves profonds de chacune. Rêves d'or, pourtant baignés dans l'inconscient d'une appréhension : l'inaccessibilité du personnage. À chacune, il apparaissait comme debout sur un sommet dont elle tâchait de se rapprocher sans jamais parvenir à réduire la distance.

– Je me demande ben où c'est que la Ti-Noire s'en va comme ça en bicycle avec son petit panier à pique-nique pis sa robe soleil échancrée, pis son grand chapeau de paille calé jusqu'aux oreilles en plus ? adressa Éva à la tablée en revenant de son magasin de l'autre côté des deux portes qui y donnaient accès.

Sa famille mangeait. En fait quelques-uns seulement : son mari au bout de la table, Rachel à l'autre bout, Suzanne et Gilles d'un côté et, de l'autre, le petit dernier, qui donnait toujours l'air de ne manger que les visages des autres par ses regards avides et de gruger leurs propos par ses oreilles en portes de grange. La femme prit place à côté de lui en s'adressant à sa fille :

– Vous vous parlez pas trop de ce temps-là, toi pis Ti-Noire ?

– Ben… pas moins que d'ordinaire.

Quelque chose échappait à Éva dans tout ce fricot sentimental impliquant Rachel, Ti-Noire, Jean-Yves, le Cook et ce diable d'inconnu qui courait les garçons…

Ernest se taillait une pointe d'un gâteau galette brun et massif dont sa femme possédait le secret. Pitoyable secret que personne, cependant, ne demandait jamais à partager avec elle.

– Elle s'en va en pique-nique, dit-il.

– Pourquoi que tu dis ça ?

– Parce que t'as dit qu'elle a un panier à pique-nique...

– Elle peut avoir d'autre chose que du manger dedans... j'sais pas, des effets de magasin.

L'homme porta le morceau dur à sa bouche avec sa main, il croqua puis sapa dans un bruit caractéristique, comme il le faisait toujours quand il goûtait quelque chose.

– Elle se sera fait un chum dans le bas de la Grande-Ligne... le Cook Champagne, j'sais pas...

Rachel eut une réaction dont elle reprit le contrôle en la transformant. Son couteau frappa l'assiette et elle se leva et mentit :

– Moi, je vas voir Esther au presbytère.

Ernest enchérit :

– Ou ben ça sera le Fernand Rouleau qu'elle va voir...

– C'est un séparé, dit Éva, l'œil scandalisé.

– Pas pire lui que Jos King avec sa divorcée...

– Jos King va être damné si y se repent pas avant de mourir.

– Ça, c'est ben dur à dire...

Et l'homme avala ce qui restait dans sa bouche sans trop sandwicher les morceaux entre ses mâchoires ; et il arrosa le tout d'un grand trait de thé fort.

– Ah ! pis tout ça, c'est pas de nos affaires, pas une maudite miette !

– C'est pas parler en mal de quelqu'un, c'est que je dis là.

– C'est quoi si c'est pas ça ?

– C'est montrer aux enfants des exemples qu'il faut pas suivre. On sait ben, toi, élever des enfants ?

– C'est que tu veux dire ?

– Tu leur montres pas toujours le droit chemin.

L'homme haussa les épaules et ne répondit que par la recherche de sa pipe.

— Ta pipe, lui lança-t-elle, elle est derrière le *tea pot*.

La théière se trouvait sur une tablette de verre à l'arrière et au-dessus du poêle.

— Qui c'est donc qui a mis ça là encore?

— C'est toi...

L'homme s'empara de sa pipe et, palpant sa poche de fesse pour y constater la présence de sa blague à tabac, il sortit dehors en apportant avec lui son humeur sombre.

Rachel déjà enfourchait son vélo et prenait la direction de l'église et du presbytère. Son père lui cria:

— Tu jetteras un coup d'œil sur les gardes!

Elle ne répondit pas. Les gardes de l'église, ça ne l'intéressait pas du tout. Elle était travaillée par autre chose: l'idée que Ti-Noire puisse, comme l'avait dit son père, s'être fait un chum dans le bas de la Grande-Ligne. Pourvu que ça ne soit pas Germain Bédard, dont elle parlait avec des yeux étincelants.

Cette idée-là lui donnait la détermination pour se rendre chez lui. Mais elle voulait tromper son monde en parlant de sa visite à Esther. De l'autre côté du presbytère, elle fourcherait devant le cimetière, contournerait la salle, passerait sur la terre à Freddy et sortirait sur la grand-rue en espérant que sa mère ne soit pas retournée au magasin et ne regarde pas dehors à partir de là. Assis sur la galerie sur l'autre face de la maison, son père ne la verrait pas, lui. Et puis quelle obligation de se cacher à tout prix? C'est dans ce temps-là qu'on laisse voir une attitude coupable. Elle reviendrait plus tard et ils auraient oublié...

Rose venait de partir à pied. Et à contrecœur. C'était tout un aria que de marcher jusque chez son amant. La moitié du village à parcourir puis la côte gravoiteuse à Rosaire Nadeau, la poussière à endurer, les renifleux dans les vitres… Les Dulac ne manqueraient pas de la voir. Mathias dirait : « Où c'est que tu t'en vas de ce train-là, Rose, aujourd'hui ? » Elle répondrait avec un large sourire : « Au paradis. »

Dès son départ, elle fut retardée par Anna-Marie Lambert et regretta d'avoir traversé la rue trop vite. La grosse femme se tenait derrière sa porte à moustiquaire. Elle dit :

– Ben beau temps pour prendre une marche du dimanche. Madame Jolicoeur va ben ?

« Elle marche dans mon jardin deux fois plutôt qu'une », se dit Rose tout en lui offrant un grand sourire.

– Je vas porter des produits à madame Wilfrid Grégoire.

– Ça doit être pour ses grandes filles parce qu'elle, comme moi, elle se grime pas trop trop…

– C'est ça, ouais : c'est pour Jeannine pis Évangéline.

– Deux belles grandes filles. Ça restera pas sur le carreau, ces deusses-là.

Pendant qu'elles se parlaient ainsi et que toute l'attention de Rose était concentrée sur son interlocutrice difficile à voir, Rachel passa dans son dos sur la rue et elle ne la vit pas. Pas plus qu'elle n'avait vu passer Ti-Noire un peu plus tôt. Et l'échange se poursuivit durant quelques minutes.

– Changement de sujet, t'aurais pas vu Germain Bédard, toi, dernièrement ?

Rose fut saisie au cœur. Était-ce là une question insidieuse ? La femme ajouta à son grand soulagement :

– Il s'est abonné à *L'Éclaireur* pis il m'a donné une piastre de trop. J'ai compté ça quand c'est qu'il fut parti pis j'ai trouvé ça…

– Donnez la piastre à Freddy qui va lui donner.

– Ouais… j'peux toujours faire ça. J'aurais aimé mieux lui remettre de main à main. C'est un monsieur qui est intéressant à parler. Tu dois le connaître ?

Rose ferma un œil :

— Un peu...

— Tu l'as déjà vu ?

— Oui... une fois ou deux... C'est qu'il veut faire avec *L'Éclaireur*, j'ai su qu'il savait même pas lire.

— Ah ! il se fait lire le journal par quelqu'un. Pis là, il paraît qu'il prend des cours de la fille à Georges Boutin.

— Ben coudon, ça fait un nouveau citoyen dans la paroisse.

— Pis pas le pire, pis pas le pire !

— Ben c'est tant mieux !

— Il est allé chez vous l'autre fois, mais t'étais partie à Québec.

— Oui, Bernadette m'a dit ça.

— Pis, madame Jolicoeur ?

— Ah ! ça va ben. C'est sec de ce temps-citte. Elle souffre pas trop de son asthme.

— C'est pas drôle de vieillir, hein !

— Faut pas penser à ça.

— Ah ! mais toi, t'as l'air d'une jeune poulette encore.

— Merci de me dire ça.

— C'est vrai. Je disais ça à Poléon encore hier. Je disais : « Rose, on dirait qu'elle rajeunit. Toujours rien que sur une patte. Toujours ben grimée. Des beaux cheveux ben peignés. Tandis que nous autres, les autres femmes, on a l'air de vieilles mémères... » Je te dis que Poléon, il aimerait ça te voir. Moi, je fais des farces, je lui dis : « T'as assez de la sentir quand tu vas à la malle. »

Une voix drôle se fit entendre derrière elle :

— Un aveugle comme moé, ça voit comme ça peut.

— Ah ! monsieur Lambert, bonne journée là, vous.

— Toé itou, Rose !

— Bon, ben, j'vas continuer mon chemin... À un autre tantôt !

— C'est ça, à un autre tantôt.

Et Rose se remit à marcher sur le trottoir. De son pas le plus rapide, celui des jours où, vraiment, elle visitait sa clientèle par le porte-à-porte.

Mathias Dulac fumait sa pipe dehors, assis sur la galerie écrianchée de sa maison écrianchée :

— Où c'est que tu t'en vas donc de ce train-là, Rose, aujourd'hui ?

— Ah ! je m'en vas voir madame Poirier.

— Ça te fait un maudit bout à marcher, ça ?

— J'sus une femme qui marche.

— Ah ! j'sais que t'as du millage de fait.

— Je m'achèterais ben un char, mais j'serais pas capable de mener ça, moi.

— Tu serais pas pire que la Clara Rancourt de Saint-Benoît... Elle fume la pipe, elle commerce des chevaux pis elle ronne son bazou dans tout le comté.

— La pipe, Mathias, j'te la laisse.

Il rit :

— Crains pas, je la garde.

Rose poursuivait sa marche.

— Bonne ronne, dit l'homme.

— Merci !

Marie et sa fille se mettaient en route sous le regard d'Yvonne, qui eût bien aimé aller à la pêche elle aussi. Au pied de la côte, avant d'entrer sur la terre des Talbot pour suivre la clôture jusqu'au trécarré, elles virent passer Ti-Noire sur son vélo.

— Bonjour, madame Sirois. Vous allez à pêche ?

— Oui.

— Ben moi, je m'en vas en pique-nique.

— Bonne journée, là.

Pour un moment, Ti-Noire s'inquiéta. Se pouvait-il que Marie passe par chez Bédard? Se rendait-elle pêcher dans le ruisseau de bois qui traversait la terre des Boutin? Cette idée la quitta aussi vite que son vélo descendait la côte. Puis elle pédala pour remonter la suivante.

— Aimerais-tu ça qu'on irait chez monsieur Bédard? dit Marie à sa fille.

— Ben... oui...

La réponse paraissait un peu indifférente, mais Cécile, en son for intérieur, l'espérait. Elle s'était sentie protégée quand le personnage les avait emmenées voir sa maison le samedi d'avant. Protégée par la forêt, par la force de l'étranger, par la distance la séparant de chez elle, de la grange, de Fernand Rouleau...

— Si on poigne des truites, on va lui en apporter trois, quatre.

— Ben... OK!

Et pourtant, une sorte de désespoir revint en force dans le cœur de la jeune adolescente lorsqu'elles arrivèrent au bassin des eaux noires au détour d'un sentier broussailleux et étouffant. Elles ne possédaient qu'une canne à pêche pour deux et après avoir appâté l'hameçon, Marie jeta sa ligne à l'eau en projetant la pesée de plomb vers le milieu de la surface tranquille et miroitante. Et elle attendit sans parler. Cécile restait à son côté, appuyée sur une seule jambe, le regard absent, plongé dans la profondeur de l'eau. On avait parlé devant elle déjà d'un homme nommé Ti-Louis Pelchat qui s'était noyé dans un lac à Saint-Benoît quelques années auparavant. Noyé, avait-on dit aussi en sa présence, c'est comme s'endormir le soir pour ne jamais se réveiller et c'est dormir sans faire de cauchemars...

Des rayons d'un soleil très haut dans le ciel s'infiltraient à travers les branches des cèdres crochus entourant la mare et se perdaient dans le miroir sombre que frôlaient parfois des mouches et autres insectes inconnus pour l'une et l'autre. D'aucuns pourtant, les maringouins et les mouches noires, faisaient sentir leur présence active aux pêcheuses, surtout à la jeune fille qui ne tentait aucun effort pour les chasser. Et puis, on s'était recouvert les bras, les mains et le visage de DDT à la maison avant le départ. Des maringouins repartaient de leur peau soûls de sang et du produit chimique, et allaient digérer cette concoction de tous les délices quelque part dans la forêt à l'abri d'une feuille ou d'une écorce.

La ligne bougea. Marie sentit une légère tension sur la branche qui tenait lieu de canne. Elle tira en faisant un pas vers l'arrière. Rien.

La mère portait des pantalons de son mari et des bottes de caoutchouc genre tuyau. Sa fille avait endossé une paire de culottes de son frère décédé voilà quelques semaines. Autrement, habillées de robes, les insectes piqueurs se seraient infiltrés sous le vêtement pour les vampiriser et ruiner leur plaisir de pêcher. Mais cet accoutrement inquiétait Marie, parce qu'elle désirait visiter cet homme qui se disait déjà son ami, ce personnage de six ans son cadet et qui semblait parfois posséder la sagesse d'un vieillard. Si au moins elle avait des truites à lui donner, elle se sentirait justifiée de s'arrêter chez lui, de passer par là tandis qu'elle n'avait pas à le faire. Sinon, elle se sentirait bien plus mal à l'aise d'aller le voir.

Et la Cécile dans son désarroi espérait que les poissons livrent leur vie afin d'être sûre qu'on se rende chez Germain plus tard...

Destin, destin, vas-tu donc par quatre chemins? Ou par cinq? Chez lui, Germain venait de finir de ranger les choses du repas. Il se rendit dans sa chambre et ouvrit son coffre vide. Moins vide que ne l'auraient cru Ti-Noire, Rose ou Solange pourtant, quand le couvercle avait laissé passer leur curiosité. Il se mit à genoux et introduisit sa main à l'intérieur, jusqu'au fond. En fait, jusqu'au double fond, qu'il souleva pour voir les choses de son plus grand secret, accessoires d'un rite peut-être divin, peut-être satanique... Certains de ces objets qu'il prit entre ses mains firent éclater dans son regard les lueurs les plus vives que son être charnel puisse générer. Il y avait son âme au fond de ce coffre, il y avait son esprit, il y avait son image, il y avait son pouvoir, son plus grand pouvoir... Et c'est dans la tour qu'il s'adonnait au rituel... Mais cela ne pouvait souffrir de témoins...

Il ferma les yeux.

Solange et Ti-Noire pédalaient vigoureusement l'une vers l'autre sans le savoir. La première attaquait la côte à Pitou Poulin en direction de la Grande-Ligne tandis que l'autre quittait cette route pour entrer dans le rang Dix.

Solange comptait arriver au plus vite dans la dépression qui précédait le plateau, là où elle cacherait son vélo derrière un bouquet d'aulnes pour ensuite marcher à l'abri des regards scrutateurs de sa mère ou autre membre de sa famille.

Si elles devaient se retrouver face à face, Solange saurait qui était la personne ayant rendu visite à Bédard l'autre jour. Même chapeau. Même couleur de robe. Même allure... Ah! Ha!

Et Ti-Noire devrait alors improviser des mensonges invraisemblables :

«Je m'en allais faire un pique-nique avec un ami... Eugène Champagne... »

«Ah oui, où ça ? »

«Dans le fond du rang. »

«Pourquoi c'est faire qu'il t'emmène pas dans son char ? »

«Ben... pour me dégourdir les jambes un peu... »

Et chacune pédalait, pédalait, sans penser à l'imprévisible et à l'imprévu.

Ti-Noire travailla dur pour gravir la moitié de la pente de son côté et alors, elle dut descendre du vélo pour finir l'ascension à pied à côté du bicycle. Mais voilà que son temps du mois, l'effort accompli et une bénédiction du ciel peut-être se conjuguèrent pour couler de son corps comme un déluge avec la soudaineté de l'orage. Et elle n'avait rien emporté avec elle pour parer cet inconvénient. Elle grimaça, trépigna... Et quand ça s'y mettait avec elle, ça s'y mettait. Elle n'eut d'autre choix que de rebrousser chemin et de retourner chez elle.

En ce moment même, Solange posait son vélo à terre derrière les aulnes. Après avoir écouté le silence des deux directions, elle prit celle de la maison à Polyte en marchant lentement pour réduire au minimum les chances d'être vue...

Rachel manquait de détermination, maintenant qu'elle se trouvait au cœur de la sucrerie à Rosaire Nadeau, à moins d'un mille de la maison à Polyte par ce chemin-là. Elle s'arrêta pour s'interroger sur sa démarche. Et progressa plus lentement puis à la clôture du trécarré, s'arrêta et s'assit sur le sol pour hésiter encore plus et toujours.

Dix minutes plus tôt, Marie Sirois et sa fille passaient par là pour se rendre au bassin tandis que Rose en ce moment arrivait sur le rang à l'entrée du chemin de cabane. Après celui qui avait empêché Ti-Noire et Solange de se croiser, quel miracle maintenant sauverait les trois autres femmes de la collision quelque part en forêt sinon chez l'étranger? Ou bien quelle force du destin? Ou quel pouvoir occulte?

Et Rose marcha, marcha, le regard à l'affût et la pensée rivée à cette maudite lettre qu'elle gardait dans sa brassière pour être certaine qu'on ne puisse la prendre qu'en cas de décès. Elle s'arrêta à la cabane pour une courte halte. Alors quelque chose de brillant là-bas entre les arbres lui apparut. Rosaire avait-il oublié une chaudière au printemps? La femme flaira quelque chose et se mit en embuscade sous l'appentis derrière une cordée de bois. Son regard passa entre les quartiers de bois et d'autres reflets lui parvinrent. Elle se dit qu'elle ferait mieux d'attendre là un quart d'heure. Ça la reposerait et elle aurait tout le temps de constater que la chose brillante ne signifiait pas une présence humaine par là.

Dans la tranquillité des grands arbres, Rachel avait fermé les yeux pour mieux réfléchir à elle-même. Il lui semblait qu'elle allait vers nulle part en ce moment. Il lui apparut qu'il était peut-être trop tôt pour se rendre chez cet homme. L'isolement invite à la confidence, certes, mais convenait-il de mettre ses soucis les plus personnels dans la marmite d'un quasi-inconnu qui n'avait rien d'un prêtre? Sa curiosité l'attirait pourtant à pousser plus loin. Si la Ti-Noire devait se trouver là... Mais ça, elle pourrait le savoir plus tard, par exemple, en testant la fille à Freddy mine de rien... Et ça, elle pourrait le faire l'après-midi même en questionnant l'autre quand elle reviendrait de sa randonnée... Il lui suffirait de se bercer sur la galerie d'en avant et de guetter son retour... Elle reprit son vélo et grâce au terrain en pente put l'enfourcher pour refaire le trajet dans l'autre direction.

Quand elle vit cette brillance mouvante, Rose ne tarda pas à reconnaître les rayons des roues d'un vélo. Et ça venait vers la cabane. Pétrifiée, elle ne savait que faire. Et c'était tant mieux puisque la meilleure solution était de rester là, de ne pas bouger afin de ne pas être repérée. Et si la personne qui venait, sans doute Paula Nadeau, présuma-t-elle, elle lui servirait une justification quelconque. Une marche de santé dans la sucrerie, tiens...

Mais ce fut l'image de Rachel Maheux qui bientôt apparut dans son champ de vision. Que faisait-elle donc là, celle-là, sinon qu'elle revenait de chez Germain Bédard ? Inconcevable, et pourtant... Quoi lui dire si elle la surprenait là ? Ce serait moins facile qu'avec Paula Nadeau. Mais elle, qu'aurait-elle à dire ? Que viennent les événements puisqu'il le fallait !

Rachel passa son chemin, toute son attention allant à l'état de son âme et toute sa concentration à celui du chemin de cabane, dont il lui fallait éviter les rayages pour ne pas prendre une débarque. Alors Rose fut prise de panique. N'importe qui pouvait la surprendre sur ce chemin et elle pourrait moins se défendre alors des conséquences que de cette lettre du jeune homme qu'elle pourrait attribuer à ses fantaisies coupables si la jalousie de l'adolescent devait l'amener à comparaître devant le curé.

Une demi-heure plus tard, elle quitta l'appentis, pensa continuer quand même vers la maison à Polyte tant qu'à se trouver déjà là, changea d'idée et reprit en prudence la direction du rang. Nul doute qu'elle pourrait voir son amant dans les prochains jours et alors, elle lui ferait des signes pour pouvoir lui parler coûte que coûte à l'écart. Tiens, elle préparerait un paquet à lui remettre et le seul contenu en serait la lettre menaçante...

\*\*\*

# Chapitre 27

Marie et sa fille se partagèrent la canne à pêcher. Cécile parvint à prendre trois truites à force de souhaiter en attraper. Sa mère en sortit huit de la mare noire : des belles d'environ sept pouces. Le plus grand bonheur de chacune pour une heure ou deux fut de pouvoir oublier tout ce qui l'alarmait d'habitude en son for intérieur. Ces sentiments de tristesse coupable et de peur constante disparaissaient temporairement pour laisser la place à la joie de cueillir un fruit de la nature et d'en faire une réserve qui leur permettrait d'en offrir à Germain.

Comment songer un seul instant à la souffrance des vers transpercés vivants par l'hameçon d'acier et à celle des truites privées d'air et qui étouffaient au bout de la ligne en agitant désespérément leurs branchies ?

Elles s'éloignèrent donc du bassin avec des poissons morts accrochés par la gueule sur une branche en Y et un enthousiasme leur traversant délicieusement le cœur. Douze minutes plus tard, elles arrivaient en vue de la maison à Polyte.

Assis à une table dans la tour, agréablement rafraîchi par l'air des bois qui entrait par les fenêtres ouvertes, Germain Bédard ne pouvait les apercevoir, pas plus qu'il ne pouvait voir Solange qui, une fois encore, l'espionnait, embusquée derrière un groupe de trois jeunes sapins qui essayaient de se tailler une moindre place au soleil parmi les grands feuillus des environs.

Marie frappa à sa porte et n'obtint pas de réponse. Elle essaya une autre fois : rien encore. Pourtant, l'auto se trouvait là, stationnée à côté de la maison. Elle se dit qu'il refusait peut-être de répondre, qu'il avait peut-être quelqu'un chez lui, qu'il dormait peut-être… Le cadenas n'était pas barré. Un silence dominical régnait sur les alentours… Elle crut bon aller à la porte d'en avant. Et c'est rendue au pied de la tour seulement qu'elle l'imagina dans son studio.

– Germain, Germain…

Il se mit aussitôt à la fenêtre :

– C'est Marie ? Mais entre donc, je suis dans la tour. Entre pis monte me voir.

Solange en avait le souffle coupé. C'était donc elle, la visiteuse. Ses doutes sur Marie, qu'elle avait pourtant rejetés, se confirmaient… Néanmoins, la présence de Cécile lui interdisait d'aller trop loin dans ses conclusions. Elle devrait rester sur place, tâcher d'en apprendre davantage. Mais ces maudits maringouins arrachaient allégrement des morceaux de sa peau qu'ils prélevaient sur les bras, les jambes, le cou et même la poitrine jusqu'où ils s'infiltraient sans aucune pudeur ; et elle ne pouvait pas trop bouger là où elle se trouvait de peur de se faire repérer… L'air ne circulait guère au ras du sol et les insectes avaient beau jeu. Elle ne pourrait pas rester là bien longtemps, même s'il lui restait encore des bouts de peau rose à investir.

– Je t'apporte des truites, cria Marie.

– Mets-les à tremper dans l'eau dans le *sink* : on verra à ça plus tard. Pour le moment, montez icitte…

Il descendit par l'escalier tournant qu'il avait aménagé de ses propres mains ces derniers temps dans ses moments de liberté et resta dans le studio surchauffé. Elles apparurent bientôt.

– On a poigné onze belles truites, Cécile pis moi.

– Tant que ça ?

– Onze, dit Cécile avec un petit éclat dans l'œil gauche et un cœur qui battait plus vite.

– Ah! on a l'air pas mal guenillouses comme ça, dans nos habits d'hommes…

– On va pas à la pêche endimanché.

– C'est justement!

– Fait chaud en dedans, hein, mais en haut dans la tour, le vent est bon.

– Tu fais de la peinture aujourd'hui?

– Pas tout à fait…

Il eut l'air de réfléchir profondément puis il dit:

– Si vous êtes capables de garder un secret, je vais vous en dire un…

Ces mots ramenèrent l'image de Fernand Rouleau dans la tête de Cécile et la peur revint s'emparer de son âme.

– Moi, j'peux… pis Cécile itou, ça doit…

– Vous le direz à personne?

– À personne, dit Marie.

– À personne, marmonna sa fille.

– Vous allez monter avec moi dans la tour…

Solange les aperçut tous les trois qui regardaient quelque chose là-haut. Marie et l'homme se parlaient. Cécile se tourna vers l'extérieur pour examiner les environs. Et pour tâcher de trouver quelque chose dans son esprit confus.

Il n'avait révélé à personne, disait-il, ce grand secret qu'il venait pourtant de leur confier, affirmant qu'elles seraient probablement les seules de la paroisse à jamais savoir. Pourquoi à elles? Et surtout, pourquoi elle? Il devait l'aimer pour faire ça. Il devait aimer sa mère pour faire ça. Et si elle lui confiait son propre secret si terriblement lourd à porter, peut-être qu'il la sortirait des griffes qui s'étaient enfermées sur elle et qu'alors, elle émergerait de son état de péché mortel? Car c'était ça, le pire: que l'enfer la guette et lui soit réservé pour l'éternité. Elle ne pouvait même pas souhaiter mourir, s'endormir dans l'eau de la mare, comme Ti-Blanc-Pelchat dans celle du lac de Saint-Benoît. Condamnée au désespoir, elle cherchait une petite lueur dans la nuit et voilà que cet homme en allumait une encore devant ses yeux.

— Viens en bas, Cécile, lui dit Marie.

L'adolescente sortit de sa réflexion et descendit à la suite des deux autres.

— Asteure, montrez-moi ça, ces truites-là!

Elles se rendirent à la cuisine. Cécile devança sa mère et souleva fièrement la branche pour lui montrer leurs prises.

— Attention pour pas faire d'eau à terre, dit Marie.

— C'est rien... Ouais, c'est de la belle. Mais vous autres, à quatre, c'est juste assez pour votre souper. Tu m'en laisseras pas...

— On est venues pour ça.

— Tant que tu voudras.

— D'abord, viens en manger avec nous autres à la maison.

— À soir?

— Ben oui...

Le regard de l'homme croisa celui de l'adolescente. Elle eut l'air de dire: «Je t'en supplie...»

— Ben... OK! Mais je vas apporter des patates, du pain pis des confitures aux fraises. Pis ensuite, je vas aller directement à la fête du curé à la salle paroissiale. Ça fait longtemps que je veux le connaître, l'abbé Ennis...

— Un saint homme.

— Comme tous les prêtres?

Elle sourit:

— Comme tous les prêtres...

Solange les vit partir. Puis elle entra dans la maison de la même manière que la dernière fois. Il lui semblait qu'elle découvrirait quelque chose qu'elle ne connaissait pas de lui. Elle ouvrit rapidement son coffre et n'y trouva encore une fois que le vide et l'odeur forte. Puis elle se rendit en haut et vit le studio. C'est dans la tour qu'elle en apprendrait…

Elle se trouvait à mi-chemin quand une voix se fit entendre :

– Solange, t'as pas le droit…

Stupéfaite, pétrifiée, elle ne parvenait pas à descendre ni monter. Comment cet homme pouvait-il se trouver là puisqu'il était parti en auto, emmenant avec lui Marie Sirois et sa fille aînée ? Seul un être avec des pouvoirs extraordinaires pouvait faire cela. C'était de l'ubiquité… Elle l'aperçut à l'autre bout du studio, qui la regardait froidement.

– Descends de là, t'es pas chez toi, même si la maison appartient à ton père. Tu pouvais venir avant, mais asteure, c'est loué.

– Ah ! je voulais juste aller voir dans la tour, parvint-elle à dire d'une voix chevrotante.

– Descends.

Elle obéit et s'approcha, transie par la peur :

– J'ai pas voulu…

– Écoute, j'en dirai pas un mot à personne, mais faudrait que t'arrêtes de venir fouiller icitte.

– J'viens pas fouiller icitte… J'ai jamais pu voir comme il faut dans la tour à cause des planches que y avait sur les fenêtres…

– Je te crois si tu le dis.

Il la prit par les épaules et plongea son regard dans le sien pour dire sur un ton plus qu'impératif :

– D'abord que t'es capable de venir en secret, je veux que tu viennes pis que tu rentres dans la maison quand je serai là.

Elle acquiesça sans rien dire.

– J'te ferai pas mal, ma grande, j'te ferai même pas mal…

Elle acquiesça à nouveau.

– Tu vas venir demain soir.

Elle acquiesça encore.

– Pour le moment, tu vas retourner chez vous pis tu diras pas à ta mère ce qui s'est passé ici aujourd'hui, pas même que t'as vu quelqu'un passer par ici…

Elle acquiesça encore, l'œil contrit.

– Comme ça, on va s'entendre.

Il relâcha son étreinte et lui mit doucement la main dans le dos en lui donnant un dernier ordre, l'index qui commandait :

– Je veux que tu repartes de la même manière que t'es venue : quand j'serai pas là. Tu vas attendre ici dix minutes pis après, tu vas t'en aller. Mais tu fouilleras nulle part, hein ? Autrement…

– J'voulais pas fouiller non plus…

Il voulait la mystifier encore davantage. Elle ne comprendrait pas pourquoi il agissait ainsi. Elle s'était introduite chez lui et voilà qu'il la laissait seule dans la maison…

Car il n'y avait aucun élément mystérieux dans ce qui venait de se produire. Parti avec Marie et Cécile, Bédard avait stoppé la voiture à la sortie du bois et il était revenu à pied pour cacher les objets de son secret par crainte justement de Solange. Dès le premier cadenas, il savait qu'elle se trouvait à l'intérieur. Alors il avait marché sur le bout des pieds pour la surprendre en flagrant délit, arrivant juste à temps pour l'empêcher de voir ce qu'il venait cacher et qu'il avait laissé dans la tour. Il sautait donc alors sur l'occasion de la faire souffrir en enfermant sa curiosité maladive dans un coin sombre et bourré de mystères.

Il connaissait assez les humains pour savoir qu'elle n'oserait pas lui désobéir, tout comme il savait que Marie et Cécile se laisseraient mourir plutôt que de révéler ce qu'il leur avait dit à propos de lui-même.

Où était-il? Que faisait-il? Il venait de disparaître comme par enchantement. Solange resta là, debout, sans oser quoi que ce soit. Dépourvue de montre, elle ignorait le nombre de minutes passées depuis le départ de Bédard. Et elle se mit à compter sur ses doigts les secondes qui s'écoulaient dans la pénombre et la chaleur de ce studio où elle eût voulu ne jamais être venue à l'insu de ce personnage énigmatique qui semblait commander aussi bien à l'électricité qu'à la foudre.

Elle finit par s'en aller. Et pourtant, elle n'était pas guérie de tout ça, de lui, de son influence et de sa force irrésistible... C'est en lui apprenant qu'elle apprendrait le plus sur lui, mais il faudrait à l'avenir qu'elle ne soit pas tout le temps sur la défensive en sa présence. Rester à l'affût, aux aguets, observer comme lui le faisait, trouver ses faiblesses, sa vérité quelle qu'elle soit.

Le pourrait-elle?


Marie entra chez elle, précédée de Cécile et suivie de Bédard. Ses deux autres filles avaient du mal à cacher leur bonheur. Cet homme les avait gâtées, entourées, aimées dans les quelques minutes passées avec elles. En le voyant arriver dans la cour avec leur mère et leur sœur, chacune avait senti son cœur battre plus fort, plus vite, plus agréablement...

Elles avaient pris place à chaque bout d'un vieux divan brun dont les bras étaient effilochés à cause des griffes du chat.

— On a poigné onze poissons, dit aussitôt Cécile en montrant la branche en Y lourde de truites.

Yvonne sourit. Annette fit ballotter sa jambe croisée.

— Pis c'est ça qu'on va manger pour souper.

— Salut, les filles, dit Bédard qui se rendit poser son panier de victuailles sur la table. Comment ça va? Bien?

Elles acquiescèrent de la tête et du sourire.

Il reprit :

— Ça va aller encore mieux tantôt parce qu'on va manger de la truite pour souper avec des bonnes patates pilées, du pain pis des confitures aux petites fraises.

Présentées ainsi par cet homme si rempli de persuasion et d'enthousiasme, les choses à manger promettaient les plus grands délices, et le plus réputé chef au monde leur décrivant le mets le plus subtil eût fait piètre figure à côté de ce plat de beaux et bons mots.

— Bon, ben moi, je vas aller me changer. Tu vas m'excuser, Germain.

— Ben moi, durant ce temps-là, je vas aller arranger les poissons. As-tu un bon couteau qui coupe ?

— J'ai un bon couteau de boucherie qui a été fait dans une lame de scie à ruban du moulin par monsieur Ovide Blais.

Elle se rendit au tiroir du comptoir de l'évier et trouva l'objet pour le lui remettre.

— Ovide ? Je le connais pas. C'est le frère des autres ?

— On le voit pas souvent, il travaille toujours tout seul dans son coin. C'est un homme qui est un peu tout écharogné…

Bédard prit le couteau large et brillant et le regarda intensément :

— « Tout écharogné » ?

— Il s'est fait couper une partie de chaque main dans les scies. Pis dans un autre accident au moulin, y a un morceau de bois qui l'a fessé par la tête pis ça l'a fait paralyser. Il a un bras mort depuis ce temps-là pis une jambe qui boite. Finalement, il s'est fait crever un œil dans un autre accident. Une éclisse de bois pis l'œil lui a coulé sur le plancher dans le bran de scie…

L'homme toucha le fil du couteau avec son pouce pour en évaluer le tranchant :

— J'aimerais ça le voir, ce monsieur-là…

— Moi, je le connais, dit Annette.

– Moi itou, dit Yvonne qui ne voulait pas être en reste.

– Il travaille toujours à limer des scies dans le bas de la *shop*, dit Marie. C'est le seul ouvrage qu'il est capable de faire.

– Ben je vas aller le voir un bon jour...

– Si y faut, je te mènerai à lui.

– Bon, ben je vas aller en arrière de la maison...

– Tu jetteras les têtes pis les tripes plus loin dans le clos, les chats vont venir manger le plus gros pis les oiseaux vont s'emparer du restant...

– Viens avec tes poissons, Cécile.

– Moi, je vas me changer...

Marie partit dans sa chambre. Cécile suivit Bédard à l'extérieur. Les deux autres attendirent sur le divan sans trop savoir quoi faire.

Depuis chez lui, Fernand avait aperçu l'auto de l'étranger devant la maison de sa voisine. Resté à l'affût, voici qu'il pouvait maintenant voir cet homme et Cécile ensemble sous l'appentis et qui avaient l'air de chercher quelque chose. Des traces de ce qu'il avait évacué là l'autre fois peut-être? Tout ça le bouleversait. Qu'arrivait-il donc? Il était en proie à divers sentiments. La jalousie. Cet homme-là piétinait son territoire. La peur. Si Cécile devait parler, il risquait gros. Il fallait absolument qu'il garde en mains toutes les cartes afin de pouvoir faire face au violon. Que Bédard cherche à lui nuire, à le confondre voire à le faire arrêter par la police et il ferait en sorte que la situation se retourne contre lui. À la salle dans quelques heures, c'est lui qui présenterait une bourse au curé: quel capital moral ça lui vaudrait!

Bédard mit une bûche au milieu de la place et il s'agenouilla. Cécile resta debout devant lui à une distance que la distance ne permettait pas d'évaluer correctement.

À sa fenêtre, Fernand en serrait les mâchoires de dépit à la vue de cette image.

— Donne-moi une truite.

Cécile en décrocha une qu'elle tendit. Il la mit sur la bûche, lui coupa la tête d'un geste vif et adroit. Puis la queue. Puis il la prit dans sa main, piqua le ventre et trancha sec pour l'ouvrir, s'arrêta un peu... Il repéra une grosse écorce de merisier plus loin et demanda à l'adolescente de le mettre à côté de lui afin qu'il puisse y déposer les tripes.

Il parut soudain à la jeune fille qu'on les regardait depuis là-bas, depuis cette maison qui lui rappelait son malheur. Elle bougea pour se mettre de côté et regarder ailleurs. Ce geste pas plus que tous ses autres n'échappa à Bédard qui sentait un drame profond chez elle depuis qu'il la connaissait.

— Quel âge que t'as, Cécile, déjà ?

— Onze ans.

— T'es en quelle année à l'école ?

— Cinquième. Ben là, je vas être en sixième.

— T'as des bonnes notes ?

— Ben... oui...

Il finit d'étriper la truite, gratta l'intérieur puis la posa sur des rondins de hêtre dont il fit un lit sur le sol.

— Aimes-tu ça, l'école ?

— Ben... oui...

— Donne-moi un autre poisson, veux-tu ?

Elle obéit.

— Moi, je trouve que t'as des beaux yeux, mais qu'ils sont tristes souvent. On dirait que tu penses tout le temps à quelque chose qui te fait de la peine.

— Ben... non...

Il sentit qu'elle avait peur. La voix tremblait. La main aussi sur la branche des truites.

– Un chat qui est malade, sais-tu c'est qu'il fait? Il va se cacher. Il veut pas qu'on le voie parce qu'il a peur. Dans chacun de nous autres, surtout à ton âge, y a un petit chat qui a peur quand il sent que ça fait mal en dedans... pis il se cache... Tu me dis non, mais je sais que t'as de la peine, je le sais...

Sa voix était à la fois ferme et douce et alors il lui donna le ton de l'autorité bienveillante :

– Tu vas me dire c'est quoi ton secret, comme moi, je t'ai dit le mien tantôt à la maison.

Cécile sentait son âme mise à nu. Ça ne l'effrayait pas, mais ça l'attristait encore plus. Beaucoup plus. Il reprit :

– Si tu me le dis pas à moi, tu vas le dire à ta mère.

Il fit plus adroitement les gestes nécessaires pour vider le poisson. Et en demanda un autre. Et il poursuivit sa prise de possession de la volonté de la jeune fille. Quand il vit une grande détresse dans ses yeux tandis qu'il finissait d'arranger les poissons, il lui assena le coup de grâce :

– As-tu peur de quelqu'un?

Elle éclata en sanglots. Il se leva, s'approcha, la prit par les épaules :

– De qui que t'as peur?

Renfrognée sur elle-même, la branche vidée qui pendait le long de son pauvre corps, la jeune fille parvint à marmonner à travers ses pleurs :

– Mon... sieur... Rou... leau...

Et elle se jeta dans les bras de celui qu'elle prenait pour son protecteur maintenant. Marie arriva à la porte au même moment. Bédard serra l'adolescente et fit signe à sa mère de sortir et de s'approcher. Les deux autres enfants vinrent mettre le nez dans la moustiquaire, mais Marie leur ordonna de se rendre dans leur chambre en haut de la maison, ce qu'elles firent aussitôt.

– Je pense qu'elle a quelque chose à te dire.

Et Cécile passa aux aveux tandis que de son point d'observation, Fernand se mordait les lèvres jusqu'au sang.

Quand elle eut fini et que sa mère, blême comme une morte, tâchait de la consoler sans parvenir à dire quelque chose, l'homme prit l'initiative :

— Ça itou, ça va rester entre nous autres. Y a jamais personne qui va en parler, pas plus que ce que je vous ai dit aujourd'hui.

— Mais faut en parler à monsieur le curé, il faut !

— C'est la dernière chose à faire.

— On peut pas laisser faire ça de même... C'est quoi qu'il va arriver si on fait rien ?

Marie grimaçait de douleur et parvenait mal à se retenir de pleurer elle aussi.

— Écoute, je vais m'arranger pour le voir, ce gars-là. Je le connais. Pis il va la laisser tranquille, ça, je peux te le garantir...

— C'est pire qu'un chien, un homme comme lui.

— Là, on va aller préparer à souper. Pis on va manger. Moi, je vais aller à la salle à la fête du curé. Je suis certain que je vas le voir là pis je vas tout arranger... Si tu veux, Marie, je m'occupe de tout. Veux-tu ?

— Mais tu vas faire quoi au juste ?

— Fais-moi pleine et entière confiance.

La femme hésita un moment puis sa volonté fléchit tout comme celle de sa fille quelques instants auparavant. Elle accepta d'un signe de tête et les choses en restèrent là.

— Parle avec elle, je m'en vas préparer le souper.

Et il quitta les lieux.

Marie finit de consoler Cécile. De la rassurer. Et l'enrôla dans le secret que Germain Bédard demandait au nom du bien de tous.

Finalement, Cécile s'abandonna tout à fait et sa mine fut réjouie tout le long du repas. Quelque chose en chacune de ses sœurs leur disait qu'elles avaient retrouvé un membre de la famille absent depuis un certain temps.

Et Marie eut la sensation aussi de retrouver quelqu'un.

Et elle abandonna toute sa confiance à l'étranger…

\*\*\*

# Chapitre 28

Enfin, la paroisse respirait. Non pas que quiconque se soit senti étouffé en l'absence du curé, mais parce que la plupart des fidèles retenaient volontairement leur souffle. Ils se faisaient rares ceux qui suivaient le vicaire jusqu'au bout de son enthousiasme. Les ratés du grand soir de l'orage avaient tout de même laissé des séquelles. La routine des apparitions s'installait. Et puis la Vierge du cap à Foley ne livrait jamais un de ces messages à faire dresser les cheveux sur la tête dont le grand public maso est si friand : quelque menace de destruction massive de tout un continent, voire de la planète entière. Au moins, on savait que la série des apparitions prendrait fin le premier samedi d'octobre, un autre mois après mai, consacré à la Vierge et plus spécialement au rosaire. Peut-être que la Reine du ciel réservait pour sa dernière visite le grand message à tête de mort, histoire de n'avoir pas à répondre aux nombreuses questions qui ne manqueraient pas sur le jour et l'heure de l'apocalypse.

En ce dimanche soir, Saint-Honoré vibrait non pas à l'heure de sa Vierge mais de son curé. De toutes parts, à l'appel du vicaire en chaire le matin et le dimanche précédent, l'on convergeait vers la salle paroissiale pour accueillir le pasteur, lui témoigner de l'affection et surtout de la reconnaissance pour ce qu'il avait fait pour sa paroisse, lui comme tant d'autres curés du Québec, soit de se rendre à Rome et en Terre sainte pour ainsi faire un lien entre eux et le pape, Jésus-Christ et Dieu Lui-même. Leur foi en ce système hiérarchisé installé depuis des siècles et des siècles demeurait solide, tandis que celle dans les apparitions vacillait à tout vent et tout propos comme la flamme d'une chandelle, et demandait de plus en plus à ce que le phénomène soit intégré, entériné par le système catholique, logique, lui, masculin, fort, infaillible.

S'inspirant de la dernière Cène, le vicaire avait fait installer treize chaises sur la scène. Celle du centre qu'occuperait le curé était plus massive que les autres. Elle avait des bras et on la recouvrit d'un tissu ornemental rouge apte à faire ressortir la personne du prêtre habillée de noir et d'humilité.

Et six chaises de chaque côté de lui pour symboliser les douze apôtres. Mais attention, il y aurait quelques femmes dans le groupe. Les douze seraient Fortunat, le vicaire, Esther, sa mère, Fernand Rouleau, Jean-Louis Bureau, agissant comme maître de cérémonie, le curé de Saint-Martin, le docteur Poulin, député indépendant au fédéral, Lucien Boucher, qu'on espérait neutraliser par les honneurs, Maria Lessard et ses deux enfants voyants.

L'un d'eux représentait-il Judas aux yeux du public? En tout cas, pas Fernand Rouleau, qui montrait tant de dévotion de ce temps-là et qui présenterait la bourse au curé pour avoir eu cette formidable idée de la faire constituer et d'avoir travaillé comme un nègre par ses soirs et tout son samedi à tisonner les hommes de la grande quête, qui passaient la boîte à beurre parmi la foule. En fait, on divisait le produit en deux parties, l'une pour les rénovations du calvaire du cimetière et l'autre pour honorer l'abbé Ennis et le remercier d'être allé à Rome pour sa paroisse.

Il y avait un nom attaché à chaque dossier comme sur un plateau de cinéma, chaque vedette selon sa stature se situant plus près ou plus loin du curé. À sa droite, ce serait le vicaire;

à sa gauche l'autre curé. Puis le député, puis Fortunat, même s'il n'était plus maire officiellement. Voisin du député, il y aurait Lucien Boucher, à qui on avait servi comme prétexte de se trouver là parmi les invités d'honneur celui de représenter cette belle classe agricole qui constituait l'épine dorsale de la paroisse. Suivraient les femmes et enfants d'un côté et de l'autre, tandis que Fernand et Jean-Louis occuperaient les deux extrémités de l'arc de cercle.

Prendraient la parole dans l'ordre : le vicaire, le curé de la paroisse voisine, le député et le curé Ennis, qui raconterait son voyage et ferait le point sur les apparitions. Il serait ensuite remercié par Lucien Boucher. Et Fernand présenterait la bourse au nom des paroissiens. Un spectacle de près de deux heures en tout d'après toutes les prévisions.

Jean-Louis consulta sa montre. Dans quinze minutes, il serait temps de commencer, à la condition que le jubilaire soit au rendez-vous à l'heure. Ils étaient au moins trois cents déjà qui occupaient des chaises droites en rangées. Et on ne cessait d'envahir la grande salle au point de la faire s'écrouler. Le jeune homme calcula qu'à cent cinquante livres de moyenne, cinq cents personnes pesaient en tout quarante tonnes. De quoi agacer un peu les structures de la bâtisse. Et il rêvait du jour où il pourrait lui-même attirer autant de monde et s'en faire applaudir. La seule manière d'y parvenir à moins d'être prêtre, c'était de devenir député. Ou un joueur de hockey aussi réputé que Maurice Richard, mais il n'en possédait ni la carrure, ni le talent, ni la vitesse... Béliveau peut-être, mais pas lui, le p'tit Bureau de la Beauce.

Chez elle, Rose, assise devant son miroir à se maquiller, se demandait encore si elle devrait participer. Des choses l'y poussaient, mais d'autres la retenaient. Peu encline à fêter le curé, elle aurait pu y rencontrer Germain Bédard et lui donner rendez-vous en lui signalant l'urgence de la situation. Mais c'était s'exposer à être vue avec lui et démontrer par avance et par les apparences que le contenu de la lettre du jeune homme qui les dénonçait était fondé. Et puis elle risquait de se retrouver face à face avec Jean d'Arc. De plus, une femme seule et séparée de fraîche date dans une fête comme celle-là, c'était osé.

Que des gens du presbytère ou bien Bernadette lui fassent remarquer son absence, elle leur servirait son meilleur prétexte : l'état de santé de la dame âgée... Quant à Germain Bédard, elle comptait sur le hasard pour le voir. Mais aussi sur la surveillance qu'elle ferait de la rue devant le magasin général aux fins d'y apercevoir sa bagnole auquel cas, elle aurait tôt fait de s'y rendre... Et qui sait, peut-être profiterait-il de la nuit pour se glisser dans la cave comme ils avaient convenu qu'il pourrait le faire si la chance se présentait à lui, encore que son auto devenait alors un handicap.

À l'arrière de la salle, des hommes restaient debout à placoter en attendant qu'on les invite à s'asseoir. Un groupe était formé autour de Lucien Boucher qui, lui, avait l'intention de se rendre sur scène à la dernière minute seulement. Dans un sens, il n'aimait guère cet honneur qu'on lui faisait malgré lui, mais de l'autre il savait qu'il s'en servirait comme d'un avantage politique quand l'heure viendrait d'un référendum sur la séparation de la paroisse. Ce qui pourrait bien se produire avant l'hiver.

Gravitaient autour de lui quelques personnes de son rang, ainsi que Louis Grégoire, Ernest Maheux, Armand Boutin et son père, le vieux Boutin-la-Viande. En arrivant dans la salle, Germain Bédard jeta un coup d'œil de reconnaissance et il décida de se joindre à eux. Car c'était le groupe où se trouvaient le plus de gens qu'il connaissait déjà.

On parla des événements de la veille :

– Un autre succès ! déclara Lucien. Pis des ben belles retombées sur la paroisse au complet.

– Ça serait moins drôle s'ils venaient à trouver que c'est rien que des folies, ces apparitions-là, rétorqua Ernest.

– Penserais-tu ça, toé ?

– On sait jamais. Aujourd'hui, il s'en passe des affaires, on n'est pas dans le temps de la crise, là…

– Ben voyons, qui c'est qui aurait pu monter un ballon comme celui-là ? fit Lucien en repoussant plus haut sur sa tête une couette de cheveux rebelles. Je dis pas ça pour m'objecter, c'est plutôt par curiosité…

Ernest ricana en hochant la tête :

– Ah, ah, ah, j'te maudis pas. Peut-être ben Armand Boutin, là, ben quin…

– Pourquoi c'est faire que je ferais ça, moi ? fit l'interpellé.

– Parce que t'as rien que ça à faire, maudit torrieu.

– Coudon, toi, Ernest, me prends-tu pour un lâche ? Chaque maudite fois que tu me parles, tu m'abîmes de bêtises. C'est que je t'ai donc fait ? J'te dis pas que t'as déjà eu des chocs électriques, moi…

Les cheveux de l'homme insulté se seraient dressés sur sa tête s'ils avaient été encore là. Il rougit jusqu'aux os. Quelqu'un devait éteindre le feu. Lucien et Bédard s'échangèrent un coup d'œil. C'est Lucien qui sauva la situation :

– Ben moé, j'ai besoin de bons hommes pour siéger sur le comité de la séparation. Il y en a-t-il parmi vous autres ? Toi, Ernest, je sais que ton idée est pas faite à demeure mais je t'en parle pareil…

– Bah ! Ben…

Ébranlé, choqué, l'homme avait du mal à parler.

– Moi, j'me porte volontaire, dit Bédard. Si je peux faire quelque chose d'utile, même si c'est rien que de transporter du monde le jour de la votation.

– J'dis pas non, parvint à prononcer Ernest.

– Vous savez tous les deux que pour un bout de temps, ça risque de diviser la paroisse plus que sur le plan politique, là ?

Armand et son père différaient d'opinion. À leur tour, ils voulurent faire dévier la conversation sur un autre sujet et après s'être échangé un coup d'œil, le premier s'adressa à Bédard :

– Coudon, l'étranger, t'es pas allé loin dans le Neuf avec ton char hier soir ? Aurais-tu passé la Rose Martin en t'en allant ? Je l'ai vue aller dans le bout à Donat Roy pis je l'ai jamais vue revenir de là... Elle est comme la Sainte Vierge, elle apparaît pis elle disparaît...

C'est pourtant Lucien qui prit la parole et le fit avec un large sourire qui enrôlait :

– Je te dirai, Armand, que ce monsieur est pas un étranger chez nous. Il est ben installé dans la paroisse pis faut le considérer asteure comme un des nôtres.

– Ah ! c'est ben certain, c'est ben certain !

Dans la mésentente, on finissait par s'entendre. Après tout, la raison pour laquelle on se trouvait là était hautement noble et il eût été bien malséant de s'y prendre au collet trop fort.

Louis Grégoire promenait son allumette d'un côté à l'autre de la bouche et parfois il en arrachait une petite éclisse qu'il crachait discrètement de côté en se tournant la tête hors du cercle. Il se demandait bien, lui aussi, quelles étaient les réponses aux questions d'Armand Boutin... Ouais, ouais... Et il regarda Bédard avec son œil de porc frais.

Le curé entra dans la salle par le bas. Il passa par un escalier qui donnait sur les coulisses de la scène. Il voulait voir son monde avant que son monde ne le voie. Jaser un peu avec n'importe qui tout en s'imprégnant de l'esprit de la fête. Ouïr l'ambiance. Sentir l'odeur de la foule. Il était facile d'y voir sans être vu à travers l'interstice séparant deux panneaux d'un décor pliant.

Quand il vit la queue de soutane, Jean-Louis se dirigea vers le prêtre qui déjà prenait le pouls de la salle de son regard d'aigle.

— Bonsoir, monsieur le curé. C'est un succès bœuf, ce soir.

— Un succès bœuf pour un taureau assis, rétorqua le curé pince-sans-rire.

— Hey, hey, ouais...

Le prêtre regarda d'abord les premiers rangs puis ses yeux vagabondèrent dans les suivants jusqu'aux derniers. Ah ! tant de gens qu'il aimait bien, tant de ses ouailles bénies qui venaient lui témoigner leur affection ! Il en eut la larme à l'œil pour un instant. Puis il tomba sur le groupe de Lucien Boucher et alors ses larmes se tarirent. Et pourtant, c'est moins à la politique municipale qu'il songea alors qu'à l'identité de ce jeune personnage à la crinière si noire qui faisait partie du cercle. Une tête qu'on remarque au premier coup d'œil.

— Jean-Louis, qui donc est ce jeune homme à côté de monsieur Boucher au fond de la salle ?

L'autre s'approcha en disant :

— Monsieur est pas pressé pour monter sur la scène...

— On dirait bien... Tiens, regarde au fond à droite...

— C'est le nouveau venu dans la paroisse. Vous le connaissez pas ? Un illettré...

— C'est lui, ce Germain Bédard, qui s'est installé dans la maison à Polyte ?

— En plein lui...

Et Jean-Louis céda sa place :

— Je vas aller inviter monsieur Boucher à venir sur la scène.

— Et avant d'ouvrir la soirée, veux-tu aller me le chercher, cet homme-là, que je lui parle. Il est important de connaître les survenants qui nous arrivent de nulle part, n'est-ce pas ?

Le curé colla à nouveau son œil sur l'espace et examina ce groupe seulement et personne d'autre.

Jean-Louis s'adressa aux gens pour les faire patienter encore :

– On demanderait aux invités d'honneur qui ne sont pas encore sur la scène de bien vouloir s'y rendre. Et j'ai nommé notre député indépendant au fédéral, monsieur Raoul Poulin ainsi que le curé Cloutier de s'approcher. Aussi monsieur Lucien Boucher...

Louis Grégoire s'exclama joyeusement :

– Veux-tu me dire, Lucien, t'es dans les honneurs à soir.

– C'est pas pour m'honorer moé, c'est pour honorer toute la classe agricole à travers moé. Après tout, j'suis rien qu'un petit gars du rang Neuf, moé !

– Aussi, je prierais monsieur Germain Bédard de se présenter en avant s'il vous plaît, monsieur Germain Bédard... On vous demande à l'avant...

Ce nom en fit taire plusieurs et la rumeur générale baissa de plusieurs crans. On suivit du regard Lucien Boucher qui précédait l'autre, mais c'est l'étranger qui accaparait toute l'attention. Tout était tellement singulier chez cet homme. Ce soir-là, il portait un habit noir dont le veston dépassait la norme, comme si le vêtement était issu d'un autre siècle et avait été celui d'un pasteur protestant, une chemise blanche et une cravate de ruban noir.

Lucien gravit les marches de l'escalier, entra, tint la porte pour livrer le passage à l'autre. Il se rendit sur scène tandis que Bédard arrivait face à face avec le curé. Il tendit la main que le prêtre refusa de serrer.

– Je suis demandé ici, paraît-il.

– Je... vous ai fait demander.

– Ah !

– Je voudrais que vous vous rendiez au presbytère à mon bureau dans les plus brefs délais, monsieur.

– Bédard, Germain Bédard.

– Et c'est tout ce que j'ai à vous dire pour le moment.

Les mots du prêtre avaient été aussi secs qu'autoritaires. Et Bédard rejoignit le groupe où il se trouvait précédemment. À part Lucien Boucher, tous étaient encore là. Il jugea bon répondre devant tous à la question qui lui avait été posée avant son absence par le peu subtil Armand Boutin.

– Pour te répondre, je te dirai que j'ai jamais mis le nez dans le rang Neuf hier, mon ami. T'auras eu la berlue. J'étais chez moi et même que j'avais de la visite…

– Maudit non, c'était toi. Tu dois te tromper de soir.

– T'auras vu le père Thodore dans son nouveau char pis t'auras pensé qu'il était dans son vieux. On appelle ça de la compensation mentale.

– Tabarnac, y en a un qui me traite de lâche pis l'autre qui me traite de fou.

Armand fut la risée de tous. Il haussa les épaules et fit semblant de s'intéresser à quelqu'un qui se trouvait plus loin pour mieux s'éloigner.

Malgré son rire, Ernest gardait le goût de l'assommer avec son plus gros marteau de la boutique et il fallut que le maître de cérémonie demande aux personnes debout de prendre place pour que sa pression baisse un peu.

– Et j'inviterais maintenant notre pasteur, le curé Ennis, à venir s'asseoir au milieu de sa famille paroissiale, au milieu de nous, à la place d'honneur que nous lui avons préparée. Applaudissons monsieur le curé, mesdames et messieurs, et très fort…

Ce fut une ovation debout.

Le saint homme entra de son pas lourd. Sans sourire, il se rendit à la chaise du milieu. Et alors, l'autre curé s'empressa de lui tendre la main. Tous se la firent serrer. Le député donna une poignée de mains vigoureuse qu'il accompagna de signes de tête solides. Maria Lessard donna sa main molle et ses enfants leurs menottes peureuses. Fernand Rouleau courba l'échine plus que tous les autres. Et Fortunat secoua les mains au rythme des mouvements de sa longue mâchoire qui enchevêtrait les rires avec des mots inintelligibles, mais que tous comprirent puisqu'une seule voix générale réunissait toutes les cordes vocales et c'était celle des félicitations reconnaissantes.

Ce fut une longue ovation.

Le curé prit place et salua à quelques reprises à la Charles de Gaulle. Le député lui glissa à l'oreille :

— Vous êtes populaire dans votre paroisse.

— Pas autant que vous dans le comté.

— C'est aimable à vous de me dire ça.

Quand il jugea approprié de le faire, le prêtre fit un signe à Jean-Louis pour lui demander de passer à autre chose. Le jeune homme étendit ses mains et les gens se turent et reprirent leur place. Il présenta le vicaire qui développa quelques idées sur son sujet favori : les apparitions de la Vierge. Fut tissé un lien entre ces événements et le voyage du curé à Rome, mais la boucle ne fut jamais bouclée et personne n'y comprit grand-chose, pas même le curé, et cela l'arrangeait, puisque d'entretenir la confusion mentale chez les gens sert les intérêts de leurs meneurs.

Le curé de Saint-Martin se montra aimable, serein, généreux dans son propos. Il fit bien sûr l'éloge de son collègue, sachant que la pareille lui serait rendue dans quelque temps. Puis ce fut le tour du député qui s'amena devant le microphone sous les applaudissements nourris d'une foule qui l'aimait.

— Monsieur le président, monsieur le curé de Saint-Martin, invités d'honneur, mesdames, messieurs de cette belle et grande paroisse, vous remarquerez que je n'inclus pas le nom de notre jubilaire, l'abbé Ennis, parmi cette liste du début de mon propos et c'est intentionnel. Car si je m'adresse à vous tous, je ne veux pas m'adresser à lui. Pour la bonne raison que je vais parler DE lui. Ah! mais je l'invite à m'écouter bien sagement…

Tous les yeux y compris les siens se tournèrent sur le curé qui fit un signe de tête et esquissa un sourire, ce qui provoqua demi-sourires et demi-rires chez tous.

– … qu'il sache notre haute, très haute considération à tous…

Le bon docteur politicien savait mieux que tout autre faire montre d'originalité tout en ne dépassant jamais les limites du plus pur conformisme. C'était là son plus grand signe distinctif. Celui que se partagent tous les grands hommes politiques.

«Craignez rien tant que je suis avec vous autres, car je vous ressemble. Mais craignez-moi parce que j'ai des idées, moi…» «Je mets des I comme vous dans les mots qui l'exigent, mais je ne leur mets pas de point.» «Rigoureux, je sais défier la rigueur.» «Nono comme vous autres, j'en ai moins l'air…»

«Oui, hey, ce qu'il nous ressemble, cet homme-là, hein!» se disaient-ils.

«Ah! il est extraordinaire, c'est ben trop vrai…»

Et resté debout au fond de la salle pour mieux voir, et surtout, se faire voir par son politicien favori après Duplessis, Pit Roy trépignait; il était surexcité, survolté. Il avait rejeté son chapeau en arrière en partie à cause de la chaleur, mais surtout pour rabattre vers sa grosse tête le moindre iota du député, son plus petit I, avec ou sans point dessus. Cette façon de faire entrer cette musique politicienne dans ses oreilles l'isolait du monde extérieur et comme il se sentait bien là-haut à se balader au-dessus de la masse!

Le curé porta son attention à la salle. Les robes des femmes attiraient son regard. Les décolletés tout particulièrement. Certaines exagéraient. On avait beau être l'été dans une foule rendue à plus de quatre cents personnes maintenant en comptant tous les jeunes ayant pris place dans la mezzanine où se trouvait la cabine de projection de films, ça ne justifiait pas de se laisser voir la « craque ». Surtout, justement, que des adolescents haut perchés ne se privaient sans doute pas de laisser couler leurs regards dans ces vallées charnelles à rebords montueux... Seigneur de Dieu, protégez-nous de la concupiscence !

Mais il y avait pire avec tous ces pédophiles dont il devait protéger la paroisse. Ce scandaleux Rioux qu'il avait chassé. Et ce Bédard très probablement. Par chance que le grand Béliveau n'en était pas un, sinon il lui aurait fait perdre son emploi à la Shawinigan par les députés et le gouvernement.

Le vicaire pensait à ce mal de reins qui ne le quittait pas depuis qu'il avait coulé le perron de l'église avec l'équipe de Grand-Paul, et il se demandait si la petite Nicole, par imposition de ses mains comme dans le cas de la guérison de Pit Saint-Pierre, ne réussirait pas à l'en débarrasser.

Apparut un retardataire en haut de l'escalier à l'arrière. C'était le bedeau, gardien de la salle, et il était normal qu'il vienne en retard puisqu'il devait tenir sa cantine d'en bas ouverte jusqu'au début des discours. Le curé comprenait et approuvait cela. Et puis le profit du Coke, des chips et des tablettes de chocolat vendus allaient directement dans la caisse pour la salle, dont les coûts d'entretien dépassaient les recettes chaque année.

Voir Gus lui fit penser à Rose. Il serait surpris de l'apercevoir dans la salle. Elle l'évitait depuis qu'il était intervenu auprès d'elle l'hiver précédent pour qu'elle ne quitte pas son mari. Il avait exercé sur elle une forte pression sans arriver à la faire fléchir et cela laissait des traces ineffaçables. Il avait l'intention de revenir à la charge indirectement, subtilement... Seigneur de Dieu, une aussi belle femme vivre seule !

Il se reprit d'attention pour la mezzanine. Offre lui avait été faite avant son départ par France-Films d'une présentation d'un long métrage par mois, tous les mois de l'année sans exception, et même de deux par mois en juillet et août. Il accepterait, pourvu que l'on propose des produits propres. Du Abbott et Costello, du Laurel et Hardy, du Lassie, mais jamais du Betty Grable ou du Rita Hayworth. Par chance que la pécheresse de Mae West était démodée!

— Ah! mes bons amis de cette belle paroisse, quelle chance vous avez, tout comme chez nous à Saint-Martin, et d'ailleurs dans toutes les paroisses du comté, d'être guidés par une main ferme dans un gant de velours!

La pensée du jubilaire vagabonda dans son passé récent. Il se revit agenouillé devant Pie XII à tâcher de répondre du mieux qu'il pouvait à ses questions sur cette histoire embarrassante des apparitions. Il lui avait fallu patiner comme un politicien et ça lui avait bien réussi. Le pape et l'Église attendraient les prochains développements avant de procéder à une enquête et c'est l'abbé Ennis qui devrait la demander quand il jugerait le moment opportun venu.

Bédard se demandait s'il devait tâcher de parler à Fernand Rouleau dès après cette soirée ou bien s'il valait mieux attendre et en profiter pour visiter Rose chez elle. Si ce pauvre Gus, rendu à quelques pieds seulement de lui apprenait qu'elle était devenue sa maîtresse, le cœur, à l'image de sa semelle molle, se mettrait à lui claudiquer dans la poitrine et à flacoter comme les valves usées d'un moteur magané.

Et Fernand se sentait torturé par tant de choses. Ces souvenirs d'Ontario lui revenaient en force. Il se revoyait en train de frapper encore et encore sur cette femme indienne. Le sang qui giclait. Et ça augmentait son plaisir de frapper toujours plus fort. Il lui semblait que l'étranger au fond de la salle le transperçait de son regard pointu. Que s'était-il passé chez Marie sous l'appentis? La Cécile et Bédard avaient fait des choses inavouables. Il devrait en parler au curé, mais cela pourrait tout aussi bien se retourner contre lui. Ses propres péchés lui gardaient la bouche cousue. Et s'il fallait que la Cécile ait vidé son sac et qu'on l'apostrophe, il nierait tout avec l'énergie du désespoir. C'était la seule issue.

Pour le moment, c'est toute la paroisse qu'il devait abuser...

Bédard souffla un mot à l'oreille de Gus:

— Veut veut pas, faut que j'aille aux toilettes.

— Dans le passage en bas...

Mais l'homme n'avait pas envie. Il crut bon profiter de la nouvelle noirceur pour faire une courte visite à Rose en passant par l'arrière des maisons. Car tous ceux des environs se trouvaient à la fête: Bernadette, les Poirier, Marie-Anna et son mari ainsi que les Lambert et même Louis Grégoire. Armand Grégoire seulement risquait de le voir se faufiler, mais encore devrait-il pour ça se montrer à la fenêtre de sa masure. Quant à son auto, personne ne la remarquerait, ainsi perdue à travers des centaines d'autres. Et il reviendrait vite puisqu'il ne voulait qu'une chose d'elle: la questionner sur le curé. Car l'attitude du prêtre envers lui ayant été des plus antipathiques, il croyait qu'on avait pu les dénoncer, lui et sa maîtresse...

Il fut bientôt chez elle. S'introduisit dans la cave, monta, frappa des coups entendus d'avance. Elle vint lui ouvrir:

— De ce que je voulais te voir, toi!

Ils restèrent dans la cuisine, toiles baissées, et discutèrent du contenu de la lettre non signée.

— C'est déjà rendu au presbytère, j'ai bien peur. Je me suis fait apostropher par le curé. Il me demande de me rendre à son bureau dans les plus brefs délais...

— Tu vas faire quoi au juste?

— Dur à dire.

– Tu prendras pas le mors aux dents, il va te faire expulser de la paroisse comme il l'a fait pour le vicaire Turgeon avant l'abbé Gilbert.

– On ne s'entête pas avec un curé : je vais devoir sortir les armes de la séduction. Bon… je vais retourner à la salle pour éviter une absence trop longue… On va prendre le taureau par les cornes.

– Fais attention pour pas te faire encorner.

Déjà dans la pénombre de l'escalier de la cave, l'autre rétorqua, le regard malin :

– Ou c'est lui qui va se faire écorner…

– Donne-moi donc un beau gros bec avant de t'en aller, grand égoïste, tu m'as même pas embrassée en arrivant.

Il l'attira sur lui et elle perdit son équilibre. Recevant son poids, il faillit perdre le pied et dut s'aider du mur *in extremis* :

– Un peu plus pis ça y était. On était bons tous les deux pour l'enfer.

– Avec le plus beau parmi les diables… toi…

Ils se donnèrent un baiser enflammé comme chaque fois.

– Pis à quand ta première leçon chez moi ? As-tu repensé à ça ? Aimes-tu mieux pas venir à cause du Blanc pis de sa consomption ?

– Je vas y aller pas plus tard que mercredi.

– « Pas vivre longtemps, mais vivre pleinement. » C'est ma devise, c'est ma vie.

– Je vas m'assire en arrière.

– Ça, je te le conseille pas.

– Bon, comment ça ?

– Parce que des fois, le Blanc, il crache par sa vitre ouverte pis ça refoule sur la banquette arrière.

– Dis-moi pas ça !

— Je le sais, j'ai voyagé avec lui. Bon, tu t'assis en avant. Tu gardes la bouche fermée. Tu respires par le nez. Tu parles pas. Pis tu viens me voir. Tu perds rien pour attendre.

— Tu perds rien pour attendre, toi non plus.

Il se détacha d'elle et s'en alla.

Bédard put revenir dans la grande salle alors qu'on arrivait à la présentation de la bourse par Fernand Rouleau à qui on avait adjoint en dernière minute la petite voyante Nicole Lessard.

Jean-Louis prenait la parole :

— Celui qui va présenter la bourse, mesdames, messieurs, c'est celui qui a eu la bonne idée de faire une collecte spéciale pour souligner le retour de monsieur le curé parmi nous et qui a travaillé dur dans son projet. Et vous allez voir qu'il n'est pas tout seul pour faire la présentation. Cet homme nous revient du fond de l'Ontario, où il a vécu là de nombreuses années parmi les Anglais… comme notre bon député à Ottawa, le docteur Poulin.

La foule émit des onomatopées de désolation et elle rit.

— Malgré tout, il nous est revenu d'un seul morceau et il a un mot à vous dire à tous. Le voici, monsieur Fernand Rouleau.

Nerveux, tremblant, les paupières qui lui clignaient sans arrêt, l'homme se présenta au microphone et le premier son qu'il émit fut celui d'un petit rire de timidité qu'il ne pouvait pas retenir. On rit avec lui.

— Monsieur le curé, invités d'honneur… je… je sus… ben honoré d'avoir été… choisi pour présenter une bourse à monsieur le curé… Ça va lui prouver qu'on n'oublie pas notre monde quand ils sont pas là pis qu'ils vivent au loin.

Il reçut des applaudissements et ça le raplomba quelque peu dans son laïus :

— Ceux-là qui sont partis longtemps de la paroisse, d'aucuns nous appellent des revenants, mais d'autres disent que c'est pas pire des revenants que des survenants…

Il recueillit des rires. Dans son coin, Bédard sut que l'orateur lui lançait une flèche, mais il resta impassible sous le regard des gens autour de lui.

– Mais faut être loin de quelque chose pour en savoir la vraie valeur... Monsieur le curé, on vous souhaite la bienvenue non pas chez nous, mais chez vous. On sait qu'un voyage à Rome, ça coûte pas rien. On sait itou que vous payez de votre poche pour l'instruction des jeunes à l'école du professeur. On sait que vous payez de votre poche pour entretenir la salle paroissiale. Ça fait qu'on voulait faire un peu notre petite part. Acceptez cette bourse. C'est tout le monde, c'est quasiment tout le monde qui a mis quelque chose dedans. Ça va vous être présenté par une petite fille de la place qui est connue asteure quasiment dans le monde entier, la petite Nicole Lessard... Monsieur le curé nous a dit qu'il a vu son portrait dans *l'Osbsar*... *l'Ossarva*... le journal du Vatican à Rome... Tout un honneur pour nous autres.

Le vicaire vint porter un petit sac de velours rouge à cordons d'or à la fillette vêtue d'une nouvelle robe blanche à fril. Elle le prit précautionneusement et le porta avec ses deux mains au curé tandis que Fernand demandait à l'assistance des applaudissements que l'on donna avec générosité.

À l'arrière de la salle, Bédard n'arrivait pas à empêcher sa tête de hocher négativement...

\*\*\*

# Chapitre 29

L'étranger ne doutait pas un seul instant qu'il y aurait confrontation entre le curé et lui, et l'idée lui plaisait au plus haut point. C'est qu'il aurait devant lui un homme de trempe, de poigne, d'acier. Quelqu'un à sa mesure ! La partie serait robuste. Étincelles garanties, comme sous le marteau d'Ernest. Flammèches. Feu. Peut-être même un incendie. Et s'il le fallait, une bombe atomique. Car il garderait en réserve dans sa manche cette formidable carte d'atout que constituait la fumisterie montée de toutes pièces par un enfant. Aux attaques et aux menaces du prêtre, il répondrait par des coups donnés à sa gestion des apparitions.

Pendant que toutes ces pensées brûlantes occupaient son esprit, il voyageait dans sa voiture vers le village alors que le curé à son bureau fumait sa pipe à grosse tête brune chargée d'un bon canayen fort, jaune comme de l'or, dont il s'était tant ennuyé là-bas chez ces Italiens à la petite pipe blanche en os de bouc.

Il était deux heures de l'après-midi. Un temps nuageux sans lourdeur. Une journée chaude comme toujours aux trois quarts de juillet. Mais endurable.

Le jeune homme avait passé deux heures matinales dans sa tour puis il avait commencé une toile, dont le sujet était la fête du curé, plus précisément la scène comportant les invités d'honneur en arc de cercle. C'est à travers elle qu'il dispenserait à Rose son premier cours dans deux jours.

Mais aussi par elle, il exprimerait les grandeurs de la crédulité, de l'hypocrisie, de la concupiscence et de l'aveuglement.

Il stationna sa voiture sur une section herbeuse, verte, sous l'un de ces arbres tout aussi verts bordant l'allée du presbytère. Il viendrait poser son chevalet par là aussitôt que son intégration dans la paroisse serait accomplie, peut-être même avant cela. Mais d'abord, il devait faire face à la musique et c'est le curé qui avait en mains les baguettes de chef d'orchestre.

Quelqu'un du presbytère avertit le curé de son arrivée imminente et le prêtre dit qu'il irait lui-même répondre à la porte. Rien, pas même le sourire d'Esther ou de sa mère, ne devait paraître sympathique à cet étranger porteur d'un virus capable de semer la mort dans bien des jeunes âmes.

Bédard sonna. Deux coups très brefs. L'attente fut tout aussi courte. La silhouette noire apparut à travers le givrage de la vitre de porte, qui s'ouvrit.

– C'est vous, ça. Venez dans mon bureau et prenez une chaise, s'il vous plaît!

– Mais certainement, monsieur le curé!

Déjà le prêtre lui tournait le dos et refaisait son chemin de son gros pas pontifical jusque derrière son bureau sur lequel se trouvaient des registres et sa pipe fumante posée sur un cendrier.

– Je n'irai pas par quatre chemins, monsieur…

– Bédard…

– … monsieur Bédard, si je vous ai fait venir, c'est pour vous intimer l'ordre de quitter cette paroisse au plus tôt.

– Rien que ça, monsieur le curé? fit l'autre en s'asseyant sur une chaise rembourrée avec bras chantournés.

– Raison fort simple: inconduite et scandale. Des témoignages vous accablent et il est de mon devoir d'en tenir compte.

– Je vous écoute.

– Vous m'écoutez? C'est à vous de parler si tant est que vous ayez quelque chose à dire pour votre défense.

– Je suis devant une sorte de tribunal si je comprends bien?

– Mieux vaut ce tribunal du presbytère que le vrai, où je pourrais peut-être vous envoyer tout droit.

– Le péché de la chair serait-il maintenant sous juridiction civile?

– Ah, mais vous avouez! C'est tout ce que j'attendais, monsieur. Non pas «monsieur», vous ne méritez pas tant, vous n'êtes qu'un individu misérable, un chien de la pire espèce. Venir dans une paroisse propre comme la nôtre pour y répandre vos... votre... virus infernal. Vous avez trois jours pour débarrasser le plancher, pas un de plus.

– Je n'ai commis aucun crime. Ceux qui ont témoigné contre moi ne sauraient avoir vu quoi que ce soit.

Le prêtre frappa le bureau de sa main terrible et vengeresse, et il tonna:

– Et hypocrite de surcroît! Vous avouez bêtement et la minute d'après, vous osez dire: pas de preuves, pas coupable... Hey, hey, ça ne va pas se passer comme ça! La police va se charger de vous faire avouer; et cette fois, vous ne pourrez pas vous rétracter l'instant qui suit.

– La police? Qu'est-ce qu'elle a donc à voir dans cette histoire?

– Vous risquez sept ans de prison. C'est écrit dans la loi même si vous ne savez pas lire, selon ce qui se dit de vous.

Bédard alluma. Le curé et lui ne pensaient pas du tout à la même chose. Mais à quoi faisait-il donc allusion? Un crime charnel de cet ordre, il ne pouvait s'agir que de pédophilie.

– Écoutez, je n'ai rien avoué du tout. J'ai lancé une boutade, c'est tout. De quoi parlez-vous au juste?

– De vos relations coupables avec de jeunes garçons.

– Comme qui?

Le prêtre n'en pouvait plus. Il se leva et se rendit au téléphone mural en disant:

– En plus que vous cherchez à vous moquer? C'est maintenant que j'appelle la police provinciale. Ces gens-là ne rient pas avec l'homosexualité et l'abus des enfants...

Bédard sauta sur ses pieds. Il projeta sa main en avant, index accusateur pointé:

– Je plaide non coupable. Et je vous accuse de malversation, de mensonge, de calomnie, d'abus coupable, de haine. Vous êtes l'incarnation d'un parfait démon... Refermez cet appareil et venez m'expliquer. Et venez entendre ce que j'ai à répondre, moi.

Jamais de toute sa vie le curé n'avait entendu une voix pareille semblant venir d'un lointain profond, enragée, caverneuse, hitlérienne. Il en demeura figé, interdit pendant un moment, celui de raccrocher et d'hésiter...

Bédard adoucit le ton aussitôt:

– Je vous dirai tout ce que vous voulez savoir et vous lirez en moi comme dans un grand livre ouvert... Tiens, comme dans vos registres, là...

La perspective de reprendre le contrôle de la situation sourit au prêtre qui retourna prendre place en grommelant:

– Tous ces problèmes impossibles auxquels un curé de paroisse doit faire face... Par bonheur que le Saint-Père en sait quelque chose...

– Vous devez d'abord me dire clairement contre quelle accusation je dois me battre.

– On vous a vu dans une situation anormale avec un gamin de 10 ans. Vous êtes entré dans un endroit où vous n'auriez pas dû aller et vous y êtes resté longtemps sans aucun témoin. Puis vous avez entraîné ce même enfant sur le cap à Foley. Tout ça après l'avoir amadoué avec une montre, des gâteries au restaurant, etc. Je devais vous interroger d'abord, mais vous avez avoué dès votre arrivée. Qu'avez-vous à dire?

Bédard se frotta la barbe avec la paume de ses mains puis frotta ses oreilles avant de lisser ses cheveux vers l'arrière de la tête.

— Que j'ai pas le choix de tout vous dire… mais monsieur, vous l'aurez voulu, vous l'aurez voulu…

Le jeune homme soupira, regarda dans plusieurs directions avant de foncer de l'avant:

— Il se passe que cette histoire d'apparitions de la Vierge, ben c'est de la bouillie pour les chats. Un montage. Une fumisterie qui a dépassé celui qui l'a pensée et réalisée. On a pris une image de Notre-Dame-du-Perpétuel-Secours, on l'a encadrée avec des languettes de miroir, pis on a fait briller le tout devant le visage de deux enfants vulnérables qu'on avait conditionnés d'avance, que la religion elle-même avait conditionnés d'avance avec tous ces rites bizarres et ces croyances ridicules. Un tour d'enfant qui a échappé à son auteur. Une histoire d'apprenti sorcier comme il en arrive tous les jours de par le monde… Le garçon s'est confié à moi. Il est terrorisé. Il m'a tout montré. Chez lui et sur le lieu des apparitions…

— Rites bizarres, croyances ridicules, dites-vous?

— Vous-même, monsieur, hier, avez fait croire aux gens que vous leur rapportiez des éclats de bois de la croix de Jésus-Christ: vous savez bien que c'est rire du monde, ça.

Le prêtre bardassa sa pipe dans le cendrier:

— Jeune homme, je vous donne une dernière chance de vous montrer sous votre meilleur jour, s'il y en a un.

Mais il était lui-même choqué par la révélation de l'autre. Et il poursuivit:

— Mais je vais écouter votre… confession jusqu'au bout.

— Pas sous le couvert du sacrement de pénitence.

— Bien sûr que non! Un homme comme vous ne doit pas avoir beaucoup à dire dans un confessionnal, n'est-ce pas?

— En effet!

– Bon, vous allez me répéter ce que vous avez dit. Mais d'abord, qui est donc cet apprenti sorcier ?

– Je vas pas dire son nom, mais vous n'avez pas à le demander d'abord que vous le connaissez aussi ben que moi, d'après ce que j'vous ai dit. J'ai fait une promesse au garçon et, comme vous voyez, je ne la tiens que par la peau des dents, ce qui me… turlupine.

– Mettons quelque chose au clair maintenant, monsieur Bédard. Pourquoi affirmez-vous ne pas savoir lire alors que vous utilisez des mots comme… « bizarre », « apprenti sorcier », « fumisterie »… Moi, je crois que le fumiste, c'est vous. Parfois vous utilisez le « ne » explétif dans une phrase négative, parfois vous ne l'utilisez pas. Vous dites le mot « ben » pour « bien », mais il vous arrive de vous échapper et de dire « bien ». Ou encore « pis » à la place de « et »… Il vous arrive de dire « maintenant », il vous arrive de dire « asteure ». Vous sonnez faux. Vous faites mauvais comédien. J'ai entendu dire que d'aucuns vous prennent pour le diable, mais je suis soulagé à vous entendre car le diable saurait mentir bien mieux que vous.

Bédard fit une moue et un léger sourire :

– Je dois vous avouer que j'ai un peu menti en arrivant ici. Je ne voulais pas effrayer les gens à cause de mes attitudes. En réalité, je suis un artiste. Et par définition, un artiste est plutôt solitaire.

– Artiste, voyez-vous ça, dit le prêtre en se reculant sur sa chaise.

– Peintre.

Le curé continua de se faire sarcastique :

– Artiste peintre ou peintre en bâtiment ?

– Ne vous moquez pas. C'est un dur métier.

– Ou peintre du dimanche ?

– Je travaille du mieux que je peux.

— En tout cas, première nouvelle que j'en ai. Et vous vous servez de… modèles féminins, je présume ?

— Ben… écoutez, c'est arrivé déjà… dans le temps…

— Très bien, alors, revenons à nos moutons. Plutôt à notre mouton noir de Gilles Maheux, puisqu'il s'agit de lui. Il aurait donc trafiqué une image de la Vierge pour abuser les petits Lessard… Et personne ne l'aurait vu faire quoi que ce soit ? Ses parents, par exemple… Ses frères, ses sœurs. C'est une histoire pas mal tirée par les cheveux, vous ne pensez pas ? Et cet arbre qui s'est enflammé spontanément ? Et les enfants qui parlent en langues, comme on le dit dans la Sainte Bible ? Et les journalistes qui sont venus et qui continuent de venir ?

— Y a monsieur Lévesque qui s'est pas fait prendre. Et puis les journalistes, ils aiment ça servir au grand public de la bouillie pour les chats. Et les paroles en langues, c'est des mots inventés à partir d'un livre de messe et que les enfants ont appris par cœur.

— Mais pourquoi donc un enfant de 10 ans aurait-il agi de la sorte ?

— Parce que c'est un petit joueur de tours bourré d'imagination. Il a pris un vieux cadre entreposé avec d'autres dans le grenier de la boutique. Jean-Yves Grégoire, sans savoir pour quelle raison le garçon le lui demandait, lui a montré à tailler du miroir. Des œillets, deux cordes et le tour était joué. Il a manipulé l'image de la Vierge tout comme il a manipulé les enfants en leur faisant regarder le soleil pour les éblouir. Ensuite, quand tout a été fixé dans leur propre imagination, ils ont réellement cru qu'ils étaient des voyants. Que voulez-vous ? Tout le monde a entendu parler de Fatima… Sauf que tout ça a pris l'ampleur que vous savez parce que les gens sont crédules et moutons. Ils n'ont pas de volonté propre, sauf quelques-uns, comme vous, qui deviennent leurs leaders. Quatre-vingt-dix-neuf virgule neuf pour cent des gens ne veulent pas être capitaine du bateau. Ils embarquent et se donnent aveuglément à celui qui conduit. C'est comme ça et ça ne changera pas. Ils veulent être protégés et menés à bon port. Par vous, par la Vierge, par Dieu, par n'importe qui, pourvu que ce ne soit pas par eux-mêmes.

— Ou par le diable?

— Sûrement par lui aussi!

Le curé redevint plus calme et il dit sur un ton définitif:

— Je ne vais considérer ce que vous me dites qu'à deux conditions, monsieur. La première, vous devrez continuer de garder le secret sur tout ça. La deuxième, vous m'apporterez des preuves tangibles, des faits précis, et vite. Je vous donne vingt-quatre heures pour préparer votre... plaidoirie.

— Eh bien, j'y mets aussi une condition.

— Vous n'êtes pas en mesure...

— Sans cela, je n'embarque pas dans votre bateau.

— Dites toujours.

— Le gamin devra être laissé en dehors de ça.

— Laisser le principal intéressé en dehors de ça? Vous n'y pensez pas! Je ne vais tout de même pas me contenter de votre seul témoignage. Comme vous dites, il faut beaucoup d'imagination pour penser à tout ça et je serais surpris qu'un gamin de son âge, de nos jours, puisse en avoir autant.

— Jésus-Christ n'en avait-il pas autant à cet âge?

— Jésus était Dieu, monsieur.

— Ça pourrait se discuter longtemps.

— Mais quoi, seriez-vous donc un athée? Un communiste, tant qu'à y être? Un ami de Lénine et de Staline? Mais ce n'est pas le moment de régler cette question. Soyez ici demain à la même heure et nous irons chez Ernest et sur le cap à Foley. Et vous mettrez les évidences devant mon visage, si évidences il y a... Pour le reste, on verra ensuite.

Dès qu'il fut parti, l'abbé Ennis commença une lettre adressée à son évêque dans laquelle il demandait non pas une enquête de l'Église sur l'affaire des apparitions, mais un communiqué de l'archevêché les mettant en doute. Il croyait déjà ce que lui avait dit l'étranger, mais il voulait désamorcer l'histoire lui-même. Sauver la face de la paroisse et la sienne, bien entendu. Profiter de la situation pour raccorder la foi des fidèles avec les valeurs religieuses traditionnelles. Donner le signal de la fin de la visite de l'île mystérieuse et celui du rembarquement sur le bateau de croisière catholique, dont le pape était le capitaine et dont lui-même était un des officiers.

Au vicaire, il dirait simplement trois mots courts : « Fini les folies ! » Et il utiliserait tout ça pour casser les reins, pour quelque temps en tout cas, à l'idée de la séparation. Lucien Boucher s'était compromis en misant de son intelligence au comité des apparitions et Ernest était le père négligent et insoucieux de l'apprenti sorcier. Car l'abbé savait déjà, par le père Boutin-la-Viande, que ces deux hommes avaient dessein d'unir leurs forces pour promouvoir la séparation de la paroisse en formant un organisme officiel dévoué à cette cause.

Et la question de cet étranger, il la réglerait à sa manière. Et trouverait bien des raisons valables de l'empêcher de nuire.

\*\*\*

# Chapitre 30

Ce mardi, le 24 juillet 1950, un curé attendait sans en avoir l'air.

Après le repas du midi, il s'était assis sur la galerie avant du presbytère pour fumer une pipe et, selon son dire à la table, se concentrer sur un problème de taille.

Quand le vicaire osa le déranger tout de même sous prétexte d'une chose urgente au sujet de laquelle il voulait l'avis de son supérieur ecclésiastique, le curé lui dit d'une voix lancinante :

— Monsieur le vicaire, agissez comme si je n'étais pas encore de retour. D'ailleurs, je ne le suis pas encore tout à fait.

En réalité son plan était tout tracé depuis la veille et son seul souci depuis lors, c'était de se conditionner lui-même afin de ne pas se laisser désarçonner par cet étranger dangereux. Et alors même qu'il songeait à divers moyens à utiliser pour le dénicher de la maison à Polyte et le forcer à s'envoler ailleurs, l'auto du jeune homme parut au tournant de la rue principale et du chemin de gravier menant au presbytère.

Aussitôt, le prêtre descendit de la galerie et quand la voiture fut arrêtée à sa hauteur, il s'adressa à Bédard :

— Écoutez, je marche jusqu'à la boutique de forge. Vous allez m'y précéder et je serai là dans quelques minutes à peine après un court arrêt à la sacristie.

— OK, patron !

De ce qu'il le trouvait fantasque, ce personnage, à l'entendre lui parler aussi cavalièrement!

— Allez-y maintenant, ordonna le prêtre avec sa pipe accusatrice.

— De ce pas.

Pas un des deux ne savait si Ernest se trouverait chez lui. Par ce temps, il risquait fort de travailler à ses foins. Mais il avait fait sa dernière serrée la veille et ce jour-là, il était à vernousser dans la boutique tout en réfléchissant à un nouveau concept de herse lorsque Bédard stationna son auto à côté des grandes portes ouvertes.

— On vous dérange pas trop? dit le visiteur qui entra sur le bout des pieds et le ton sur le bout de la langue.

— Pas une miette. Rentre, mon gars!

— J'serai pas tout à fait tout seul, y a monsieur le curé qui s'en vient. On a un petit peu affaire à vous.

Ernest se sentit vite menacé. Il se fit suspicieux:

— C'est quoi qu'il se passe? Y a-t-il quelque chose de pas correct dans l'ouvrage que j'ai fait pour la fabrique?

— Ah! non, non... C'est pas pantoute ce que vous pensez. Vous pouvez même pas vous en faire une idée. Mais attendez dans deux ou trois minutes, il va venir.

Gilles avait fini sa tournée de vente. Il aurait mérité une médaille pour avoir vendu autant de médailles. Et il venait d'être demandé par Dominique pour cager de la planche de quatre pieds. Une offre trop alléchante pour la refuser. Trois dollars par jour, pourvu qu'ils fournissent, lui et un autre, à empiler tout ce que le moulin fournirait selon les normes requises pour que le bois sèche au plus coupant. La demande en boîtes étant très forte cette année-là, et la production de la manufacture atteignant son point maximal depuis plusieurs semaines, il avait fallu acheter des billes de quatre pieds et mettre le moulin en marche en plein cœur d'été.

Il avait fallu transférer quelques hommes de la manufacture vers le moulin et, parmi eux, Fernand Rouleau, de sorte que Marie n'eut pas à le voir ces jours-là. Tant mieux pour elle! Et au dix-minutes du quart de jour, elle se dépêchait d'aller chercher son Pepsi au bureau et l'emportait au local de la bouilloire. Elle préférait de loin voir le visage de François Bélanger que celui de ce monstre aux doigts impurs et agresseurs qui avaient l'audace sacrilège d'égrener les avés et de tenir la bourse du curé.

— Salut, Ernest! dit le prêtre qui arrivait sur son pas le plus important.

— Salut ben! répondit le forgeron, qui avait commencé à parler à son autre visiteur, les deux se tenant debout au milieu de la place à côté de l'échelle penchée menant au grenier, bras croisés dans la bonne entente.

— Qu'est-ce que tu fais de bon? As-tu fini tes foins? demanda l'abbé en s'approchant.

— Hier justement. Ah! j'ai pas tout fait tout seul. J'ai engagé Paul Boutin pis Zoël Poulin.

— En tout cas, je voulais te le dire encore, tes gardes, c'est de la belle ouvrage comme on dit.

— Ah! ça a pris tout mon p'tit change pour les finir à temps.

— À temps?

— Le vicaire les voulait avant votre retour de voyage.

— Bon, y a monsieur Bédard qui aurait quelque chose à dire. On va l'écouter.

Et l'étranger fit le récit des événements qui se cachaient derrière les apparitions y compris celui de la combustion du cèdre sec, dont il était lui-même responsable et qu'il n'avait pas expliquée au curé la veille. Quand il eut fini, Ernest éclata de son plus long rire aux saccades espacées, un rire pesant.

– Faudrait-il rire ? demanda le prêtre.

– J'comprends pourquoi c'est faire que les prières donnaient pas de résultats pis que les guérisons tenaient pas sur le monde. Pis j'comprends pourquoi c'est faire que ça empestait l'huile à charbon dans le bout où c'est que le vieux cèdre a pris en feu sur le cap l'autre fois...

Et l'homme se reprit à rire.

– De toute manière, moé, il me faut des preuves réelles. Pourrais-tu aller voir dans le grenier si l'image de la Vierge y est.

– C'est en avant à gauche... Je peux y aller pour vous.

– Fais donc ça !

Pendant l'absence de Bédard, le curé recommanda hautement au forgeron de garder l'affaire secrète. Autrement, dit-il, la paroisse en souffrirait et serait la risée du pays tout entier.

Et bientôt, le curé vit de ses propres yeux l'élément principal de la mise en scène. Vivement, il le remit entre les mains du forgeron en disant :

– Là, on va aller constater sur le cap. Venez, vous...

Les deux visiteurs le quittèrent et Ernest regarda le cadre sans pouvoir s'arrêter de rire. Pas une seule fois, il ne lui vint à l'idée de sacrer une volée au coupable. Au contraire, il était content de voir à quelle imagination d'enfant il avait donné le jour.

Il finit par s'exclamer tout haut, tandis qu'Éva venait se renseigner sur les visiteurs :

– Ouais, ben j'pense que je vas m'en remettre à ma lotion NIL-O-NAL pour faire pousser mes cheveux...

– Tu parles tout seul asteure ? dit la femme.

Il rit encore.

– Y a de quoi !

– Arrête, tu ris comme Jos Page.

L'homme rit encore davantage.

– Explique-toi. C'est qu'ils sont venus faire icitte, le curé pis le... le gars du Dix ?

– Ils m'ont conté une affaire, ça se peut quasiment pas…
Il rit à nouveau.

– Accouche! dit-elle.

– Les apparitions du cap, c'est des affaires d'enfant. Ton frère Fred, penses-y pus, il est pas mieux que mort…

Et l'homme rit et rit comme il n'avait jamais ri de toute sa vie.

– Coudon, as-tu eu un choc électrique, toi?

Cette fois, l'insulte n'eut sur lui aucune prise et, pour la première fois depuis le temps de sa dépression nerveuse, il ne se fâcha pas de se le faire rappeler. Bien que pas toujours très loquace avec elle, il lui raconta ce qu'il avait appris des deux visiteurs.

Éva ressentait de la honte d'avoir pris l'étranger pour un fifi. Elle avait encore plus honte de la conduite de son fils fumiste. Ah! ces pauvres enfants, ça peut faire pendre leurs parents!

Pendant qu'ils se parlaient, le curé et Bédard inspectaient le site des apparitions. Le jeune homme lui montra comment l'enfant avait fixé son attrape-nigaud sur le sapin dit sacré et comment il s'y était pris pour actionner les ficelles de sorte que l'image de la Vierge bouge et brille grâce aux reflets du soleil.

Le curé hochait la tête sans dire ce que cela signifiait.

– Et cette histoire de cèdre qui s'enflamme? Montrez-moi…

– Vous voyez le tronc calciné? Sentez l'odeur d'huile à charbon. J'ai fait courir une simple corde à magasin sur le cap et j'y ai mis le feu à l'heure qu'il fallait pour que l'accélérant et l'arbre s'enflamment peu avant une apparition. Vous savez qu'une corde brûle très lentement. Simple comme bonjour!

– On peut toujours comprendre qu'un enfant veuille jouer un tour à quelqu'un, mais quel était votre dessein à en ajouter à la mystification? Vous ne me semblez pas un enfant de 10 ans tout de même?

– Je voulais voir comment les gens réagiraient, répondit-il en regardant dans le lointain.

— Pour vous moquer de la foi ?

— Non, pour provoquer des réactions comme je viens de vous le dire, reprit-il sur le ton de l'évidence et en se composant une moue négative.

— Et pourquoi provoquer des réactions ? Répondez donc à cette question. Votre but, votre dessein à vous ?

— Pas pour détruire la foi, mais pour tâcher de détruire l'aveuglement dans la foi.

— Eh bien, vous avez fait fausse route. Et si on peut pardonner à l'enfant, vous êtes impardonnable.

— Ce sont les gens qui favorisent la foi aveugle qui sont impardonnables.

Le curé regarda les pistes du diable puis plongea son regard dans celui de l'étranger :

— Et si la foi créait le miracle, alors quelle importance qu'il se trouve des faits réels ou des fruits de l'imagination à la base de cet élan collectif ? Le garçon a exercé sa créativité pour obtenir du rire et son geste l'a dépassé. Les enfants Lessard ont imaginé voir la Vierge et ça les a élevés. Les croyants pensent que la Vierge apparaît et ça les rend plus fervents, meilleurs...

— Mais tout ça, c'est comme de se promener sur la mer avec un bateau dont la carène est bourrée de vers... La structure finira par s'effriter, le bateau va couler et noyer passagers et membres d'équipage y compris, et surtout, son capitaine.

— Il n'est pas impossible, monsieur, que l'élan collectif ait provoqué les choses, ainsi que je viens de vous le dire. En conséquence, ce n'est pas à vous, c'est à l'Église de faire la lumière sur tout cela. Pourquoi vous, nouveau dans la paroisse, survenant arrivé d'on ne sait où, cherchez-vous déjà à intervenir ?

— Parce que je veux être un citoyen à part entière.

— Vous vous croyez investi d'une mission quelconque ?

— Je suis cartésien.

– Et vous croyez que les valeurs de la raison doivent l'emporter sur celles de la foi ?

– En effet !

– L'esprit cartésien, c'est aussi celui du *non serviam* de Lucifer. L'orgueil est le pire ennemi de la foi. La raison seule est impuissante à expliquer la vie et seule la foi peut répondre aux attentes profondes de l'être humain et de l'humanité en comblant les vides que la connaissance et la science des hommes ne peuvent pas combler ni ne le pourront jamais.

Chacun prit conscience au même moment que la conversation n'allait nulle part. Le prêtre les avait, ses faits réels servant de preuve, et c'était clair qu'il n'obtiendrait pas en prime la mainmise sur la conscience de l'autre. Et Bédard sentit qu'il valait mieux faire une concession au prêtre quant à ses attitudes pour lui faire oublier qu'il ne voulait rien céder au niveau de la philosophie.

– Écoutez, je vous remets tout ça entre les mains. Faites-en ce que vous voudrez...

Pour obtenir le silence de l'autre, le curé était prêt à lui parler d'excommunication, et surtout, d'expulsion de la paroisse, quoiqu'il n'en eût plus le pouvoir, maintenant que l'autre avait démontré que les apparences de sa conduite cachaient des faits sans aucun lien avec la pédophilie. Mais Bédard, contre toute attente, lui en faisait cadeau sur un plateau d'argent.

– Je n'en attendais pas moins de vous, monsieur, dans les circonstances présentes.

– Si vous voulez laisser aller les choses comme elles allaient, je ne dirai pas un mot. Mais il vous faudra obtenir aussi une bouche cousue de la part de monsieur le forgeron...

– Vous et moi savons très bien, n'est-ce pas, que je ne peux plus laisser aller les choses comme elles allaient.

Et le curé tourna les talons.

– Je vous laisse le bonjour, monsieur le peintre. Peignez des toiles dignes de ce nom !

– À la prochaine, monsieur le curé !

Le prêtre s'en alla sans rien voir de ces vieux lieux coutumiers et sécurisants, ni le cimetière puis la salle paroissiale sur sa gauche, pas plus que les granges à Freddy sur sa droite et encore moins le camp à Armand qu'il frôla. C'est tout droit chez les Maheux qu'il se rendit pour non plus seulement recommander le silence à Ernest, mais les bâillonner tous deux et leur imposer de se taire sur ce qu'ils avaient appris et leur intimer l'ordre de n'en souffler mot à personne, pas même à leur fils fautif.

Éva lui dit :

– De toute manière, mon mari, il trouve ça drôle que son gars ait fait une affaire de même.

Ernest rit encore :

– Ça prouve qu'on peut vendre des frigidaires aux Esquimaux.

Même s'il n'avait pas envie de rire, le curé repartit néanmoins très satisfait : il reprenait le contrôle de sa paroisse. C'est lui qui mettrait fin à la fumisterie. Et il le ferait à sa manière, comme il avait commencé de le faire.

Et le chapeau, il verrait à ce que les étrangers à Saint-Honoré le portent, tous ces chasseurs de faveurs venus de partout et, le moment venu, cet artiste peintre, dont on pouvait fort bien se passer dans une paroisse aussi propre.

Bédard retourna chez lui aussitôt sans s'arrêter au magasin comme l'espérait Ti-Noire qui l'avait aperçu à la boutique de forge. Sans perdre une minute, il se rendit dans sa chambre à son coffre profond et en sortit de la section sous le fond toutes les choses dont il avait besoin pour accomplir ce pourquoi il était venu s'établir dans cette paroisse : secret qu'il n'avait partagé qu'avec Marie Sirois et sa fille Cécile. Et il se rendit dans la tour où il passa le restant de la journée jusque tard le soir.

Depuis sa fenêtre, Solange put se rendre compte par des brins de lumière qu'elle pouvait apercevoir au loin à travers le feuillage le signe que le jeune homme était chez lui. Elle se demandait pourquoi il n'était pas venu prendre son cours la veille, et s'il viendrait le jour suivant...

\*\*\*

# Chapitre 31

Le Blanc Gaboury comptait parmi les plus sceptiques de la paroisse en tout ce qui touchait les choses de la religion. Les apparitions, ça le faisait parler intérieurement de la naïveté populaire. Et pourtant, ce matin-là, il ne fut pas loin de croire à un véritable miracle. Rose Martin l'attendait dans le magasin et dès qu'il fut entré, elle lui demanda pour voyager avec lui jusqu'à la gare. Estomaqué, il le montra :

— C'est-il à moé que vous demandez ça, là, vous ?

— C'est-il toi le postillon du roi ou ben c'est-il quelqu'un d'autre ? répondit-elle avec un œil sarcastique.

Il désigna son auto :

— Embarquez. Aussitôt que le sac de malle est prêt, on part pour Saint-Évariste.

— Il est prêt, j'ai vu Freddy barrer le cadenas tantôt.

Dès qu'il se fut éloigné, elle sortit et monta dans l'auto en avant. Gantée pour éviter de ramasser trop de microbes, elle plaça entre le conducteur et elle sa grosse sacoche commerciale.

Blanc se demandait quelle puissante raison faisait que la Rose désirait voyager avec lui pour se rendre à la gare. Dès qu'il fut derrière le volant, elle lui servit sa réponse sans qu'il ait à lui poser la question.

— J'ai une grosse clientèle, moi, par là. Je vas faire ma tournée aujourd'hui. Comme de raison, y a Bernadette qui va s'occuper de voir à madame Jolicoeur. Moi, faut ben que je gagne ma vie, hein !

— Ça fait-il longtemps que vous vendez des produits dans ce bout-là ?

— Bah ! quasiment un an, là.

— De coutume, vous voyagez en autobus, je suppose. Ça coûte un peu plus cher, mais les heures, c'est mieux pour vous ?

Rose faillit perdre connaissance. Elle aurait voulu ouvrir son *beauty-case*, prendre tout ce qui s'y trouvait de flacons de parfums, de lotions pour les mains, de crème faciale, de bâtons de rouge à lèvres et les manger. Et manger ses gants par-dessus. Comment donc n'avait-elle pas pensé voyager par l'autobus qui passait devant chez elle deux fois par jour ? Tout le monde prenait l'autobus un jour ou l'autre. Mais il fallait souffrir d'amnésie pour n'en avoir pas parlé quand Germain Bédard lui avait suggéré de voyager avec le postillon. Lui, un étranger, pouvait fort bien avoir oublié cela ou même l'ignorer, bien qu'il ait vécu à l'hôtel qui servait de halte et de terminus local, mais pas une femme de 50 ans qui changeait de trottoir quand elle voyait venir un tuberculeux.

Aussitôt, elle pensa prendre l'autobus et dire :

« Arrête-moi chez nous, j'ai oublié quelque chose… À ben y penser, j'irai plutôt demain, faire ma ronne. »

Sauf que l'autobus du matin était déjà passé et que le suivant dans cette direction ne passerait que sur la fin de l'après-midi. Elle avait rendez-vous avec son amant dans une demi-heure. Plus question de virer de bord.

— C'est ça, justement, je voyage en autobus. Toi, t'es trop tard le matin pis trop tard le soir itou. C'est pas que je veux pas t'encourager, là…

— Ah ! mon métier, madame Martin, c'est postillon, pas taxi. J'accommode le monde, c'est tout'.

Elle se fit condescendante :

– Pis tu le fais ben comme il faut, je pense, hein !

– On fait ce qu'on peut avec ce qu'on a. Pis le reste, on y pense pas.

– À qui le dis-tu, mon cher, à qui le dis-tu !

– Parlant de taxi, y a une femme à Montréal qui est taxi pour la première fois. Ça doit faire drôle de voir ça...

– Y a rien de drôle là-dedans. Pourquoi c'est faire qu'une femme pourrait pas être chauffeur de taxi ? Te penses-tu avant la guerre de 14, là, toi ?

– Ben... j'dis ça comme ça, là... En tout cas... C'est une Anglaise du nom de Eve Laws... Fallait une Anglaise pour faire ça, hein !

– Ça fait dix ans qu'on a le droit de vote pis dans vingt-cinq ans, les femmes vont gagner leur vie pareil comme les hommes.

– Moé, j'ai rien contre ça, mais les prêtres...

– Les prêtres, ils vont pas tout le temps mener le monde par le bout du nez, eux autres, tu sauras ça, Blanc Gaboury.

– Ah ! moé, j'sus pas contre ça pantoute, que le monde arrête de les écouter comme des moutons !

Soudain, Rose se tut. Elle pensa au conseil de Germain. Ne pas ouvrir la bouche pour éviter que les microbes ne s'infiltrent dans sa poitrine. Et voilà qu'elle se laissait prendre à placoter avec cet homme qu'elle n'aimait guère, moins à cause de sa maladie que de son attitude envers la maladie et envers les autres. Une personne atteinte de consomption ne devrait pas se promener parmi le monde et surtout pas agir dans une fonction publique comme postillon de la Couronne.

Le reste du voyage, qui dura huit minutes, elle garda les dents serrées et ne fit aucun commentaire sur ses propos. À peine répondit-elle à ses questions. Rendue à la gare, elle le paya avec une piastre dure et lui laissa le reste en pourboire.

– Mais c'est rien que cinquante cents ! protesta le Blanc.

– Ça vaut une piastre. Ça vaut autant que le voyage en autobus. Garde le reste.

Déjà descendue, elle se mit en marche sans rien ajouter. Le lieu de rendez-vous avec Germain : de l'autre côté de l'église. Blanc la regarda s'en aller en se grattant la tête. Tout cela n'était pas clair. Mais elle disparut de son champ de vision et il entra prendre les sacs de malle. Le sifflement du train se fit entendre dans le lointain.

Avant de mettre son véhicule en marche, l'amant de Rose laissa passer dix minutes au cours desquelles il lui dit que la convocation du curé n'avait rien eu à voir avec elle et il lui promit de lui révéler plus tard dans la journée pourquoi cela s'était produit. Et un quart d'heure plus tard, ils arrivaient à la maison à Polyte sans que personne ne les ait aperçus ensemble, d'autant que la femme resta couchée sur la banquette arrière tout le long du voyage.

– Asteure, on va baisser les toiles pour éviter de se faire espionner comme ça arrive des fois. Viens mettre tes affaires dans la chambre.

Et là, il lui fit revêtir un sarrau taché de peinture.

D'abord, le lui montrant, il dit :

– L'habit qui fait le moine.

– J'ai de la misère à le croire.

– Tourne-toi.

– J'sais pas si y va me faire.

– Il va te faire, c'est certain.

Elle se tourna et se le fit mettre comme il le voulait. Puis il l'attira contre lui et dit cette phrase qu'ils avaient adoptée :

– Tu perds rien pour attendre.

– Toi non plus.

– Mais… y a un prix à payer pour mes leçons.

– En argent ou autrement ?

– Autrement, c'est sûr.

– Je le paierai.

– C'est pas forcément ce que tu penses.

– Tu penses à quoi au juste ?

– Je veux que tu me serves de modèle...

– T'es fou raide !

– Raide, mais pas fou.

– J'ai pas un beau corps. Cinquante ans, trois enfants.

– Et je ne suis pas Rubens non plus.

– Rubens ?

– Un peintre renommé.

– J'en sais si peu, soupira-t-elle.

– Je vais t'en montrer un peu, et le reste, tu l'apprendras par toi-même... Comme tu m'as montré certaines choses... plutôt agréables...

Il saisit ses seins, lécha sa nuque. Elle pencha la tête un peu :

– Tu m'en diras tant. T'étais pas né de la dernière pluie toi non plus, hein !

Il se retira de l'étreinte :

– Bon, à l'ouvrage ! Les pinceaux nous attendent en haut.

Ils y furent en moins de deux et l'homme enfila un autre sarrau qu'il utilisait ces jours-là pour peindre.

– Je me suis laissé dire qu'un studio de peintre, c'était ensoleillé tant qu'on veut, mais icitte, c'est pas mal sombre, je trouve.

– Je te l'ai dit l'autre fois : pour moi, l'éclairage a pas d'importance. C'est comme dehors, pourquoi attendrais-tu qu'il fasse soleil pour peindre ? Il y a d'autres nuances, d'autres tons sous les nuages et on peut très bien le faire sous la pluie pourvu qu'on s'en protège et qu'on protège son matériel, sa toile, ses peintures, etc. Et puis, quand il fait un peu plus sombre, les modèles sont moins embarrassés de montrer leur nudité...

Il ôta le drap cachant une toile sur le chevalet :

– Regarde ce que j'ai terminé hier.

C'était le portrait d'une femme nue jusqu'à la taille, vue de dos, jarretière au bras, cheveux longs blonds comme agités par le vent, et visage en profil.

— Seigneur, mais elle ressemble à Ti-Noire !

— Ti-Noire est noire.

— Les traits du visage.

— Ça se pourrait. T'as quelque chose contre ça ?

— Pantoute !

— Tant mieux ! Ça fait que là, on va travailler pour de vrai. J'ôte ça et on va installer un autre canevas. J'en ai là, dans le coin sous le drap, ils sont montés d'avance. Choisis-en un.

La femme le fit et rapporta une structure en largeur d'environ trois pieds par deux.

— La première chose que tu devrais faire, c'est de jouer avec les peintures. Tiens, prends la palette là sur la table...

Le curé avait le vicaire dans son bureau.

— Vous allez mettre la pédale douce sur toute cette histoire d'apparitions. Tout cela dépasse et de loin les vœux et les vues de l'Église catholique, vous le savez bien.

— Monsieur le curé, quels sont au juste les vœux et les vues de l'Église ?

— Il n'y a pas eu enquête et...

— Quel besoin d'une enquête ? Les faits sont là sous nos yeux.

— Je vous ai dit ce que je pensais des soi-disant guérisons et je ne reviendrai pas là-dessus. Il s'agit d'autoguérisons sans plus. Les gens y arrivent par la force de leur inconscient. Il ne faut pas attribuer cela à la Vierge.

Le vicaire devint rouge, vert, bleu, jaune, multicolore comme un vitrail de l'église :

— Monsieur le curé, vous n'avez pas vu ce qui s'est passé ici. Vous étiez à l'autre bout du monde. Et même à votre retour, vous avez préféré rester au presbytère plutôt que de venir constater par vous-même.

— J'en sais bien plus que vous, monsieur le vicaire, et c'est la raison pour laquelle je vous demande d'y mettre la pédale douce.

— Mais que savez-vous que je ne sais pas?

— Je ne vous en dirai pas plus pour le moment.

L'abbé Gilbert bondit. L'attitude du curé lui paraissait intolérable. Pour une fois, il ne plierait pas l'échine devant lui sans au moins obtenir des explications.

— La foi que j'ai en la Vierge du cap n'est pas aveugle, mon cher monsieur, ne me demandez pas de la remplacer par une foi aveugle en vous. Il n'en est pas question.

Le curé appuya ses coudes sur la table et il parla avec calme et autorité:

— Reprenez vos nerfs en mains et obéissez aux ordres donnés. Vous n'êtes pas curé, et quand vous le deviendrez, vous agirez de la manière que vous voudrez avec vos assistants. Pour l'heure, je suis celui qui mène ce ministère et cette paroisse... spirituellement parlant. Voici ce que je vous demande plus précisément. Ouvrez bien vos deux oreilles. Ne faites plus des apparitions, qui n'en sont probablement pas, un spectacle. Ne haranguez pas les éclopés en leur faisant croire qu'ils pourraient trouver la guérison. Arrêtez... votre... cinéma! C'est tout. C'est simplement ça que je vous demande, que j'exige de vous...

Le prêtre prit sa plume entre ses doigts et termina:

— Je suis certain que vous avez beaucoup de choses à voir tant à l'O.T.J. que dans votre atelier de menuiserie. Bonne journée et merci d'être venu me voir!

Le vicaire savait qu'il était parfaitement inutile d'insister. Toutes les couleurs disparurent de son visage qui devint pâle comme un spectre. Il tourna les talons et marcha d'un pas bourré d'irritation jusqu'à son bureau, la soutane claquant sur ses genoux comme un drapeau fouetté par un grand vent d'automne. Il s'enferma pour rager et jurer sans employer toutefois les noms connus du ciel mais en utilisant un juron symbole qui les réunissait tous :

— Sainte statue de sainte statue de sainte statue…

Et le plus loin où il se rendit fut :

— De sainte merde de sainte merde… Lui et sa pédale douce…

Solange enfourcha son vélo comme elle le faisait tous les jours maintenant. Elle avait un rendez-vous important. Et que vienne Bédard s'il le voulait pour prendre son cours de lecture et d'écriture, elle serait absente ! Il la laissait dans l'attente, elle le laisserait dans l'attente.

Et c'est la colère dans l'âme qu'elle passa à la hauteur du chemin qui partait du rang pour aller vers la maison à Polyte. Non, elle n'irait plus jamais reluquer dans ses fenêtres et qu'il reçoive donc qui il voudrait chez lui ou bien qu'il crève dans sa solitude, elle ne ferait pas un seul pas dans sa direction, quelle que soit la raison… Non, non, non, se disait-elle à chaque effort qu'elle faisait maintenant pour gravir la côte à Pitou Poulin.

Et malgré un ciel qui se couvrait de nuages menaçants, elle se rendit au village rencontrer Rachel Maheux, qui l'attendait pour partager avec elle des préparations de classe et des idées sur la pédagogie. Leur rencontre eut lieu dehors, sur la galerie. Peu de temps après, Ti-Noire traversa de chez elle et le sujet de la conversation fut vite Germain Bédard :

— Pis, comment qu'il va, ton grand élève, Solange ?

— Qui ça ?

— Voyons donc, tu sais de qui je veux parler.

— Ah ! l'étranger ? Bah ! Il doit s'imaginer qu'il sait lire parce qu'il vient plus prendre ses cours…

— C'est un artiste peintre, le savais-tu ?

— Ben… oui… il me l'a dit.

– J'sais pas ce qu'il s'est passé hier, mais ma tante Bernadette l'a vu avec monsieur le curé. Sont venus à la boutique de forge pis sont allés sur le cap ensemble. Ça regarde ben drôle, vous trouvez pas ? C'est que t'en penses, toi, Rachel ? T'as rien su de ton père ?

Estomaquée, Rachel bredouilla :

– Je le savais pas... J'étais partie à mon école hier... pour commencer à préparer mon année...

– Ou ben pour te faire voir par le Cook ?

– Hey, toi, parle-moi pas de celui-là !

– Ma tante pense qu'ils font peut-être des plans pour bâtir une sorte de chapelle sur le cap. Mais va falloir qu'ils en parlent avec mon père avant. Après tout, le cap à Foley, c'est à lui, pas au curé ni à personne d'autre...

– Y a ben des gens qui disent le cap à Freddy.

Et voilà que dans la tête de chacune des trois jeunes filles, une série de questions rôdait: pourquoi cette histoire entre l'étranger et le curé ? pourquoi visiter Ernest ? pourquoi aller sur le cap ?

– Attendez, dit Rachel, je vas aller voir ma mère.

Elle sauta sur ses jambes et entra dans le petit magasin où Éva s'affairait à classer des factures.

– Pourquoi c'est faire que Bédard du Dix est venu à la boutique avec le curé hier ?

Éva hocha la tête négativement.

– Vous devez ben le savoir ? Les avez-vous vus ?

La marchande hocha à nouveau la tête.

– Papa vous en a-t-il parlé ?

Nouveaux hochements de tête. Rachel s'impatienta et dit en sortant:

– Y a jamais moyen de rien savoir icitte !

Éva hocha à nouveau la tête, mais c'était pour elle-même et cela exprimait de la désolation. Le curé avait demandé le silence, elle donnerait au curé le silence qu'il réclamait.

Rachel n'eut pas à redire ce qui s'était passé puisque son monologue avec sa mère avait franchi la moustiquaire de la porte. Elle dit:

— Je vas aller voir mon père à la boutique...

Et elle s'y rendit par la galerie et l'autre escalier.

Ernest travaillait devant son établi à bois au fond de la boutique. Elle se rendit à lui:

— Je peux vous parler?

Il haussa les épaules en ayant l'air de dire:

— Si tu veux.

— Vous avez eu la visite du curé hier?

Ernest se mit à rire.

— C'est-il vrai?

— Ouais.

— Avec Bédard, l'étranger, il paraît?

— Il paraît...

— Pis?

— Pis quoi?

— C'est quoi qu'ils voulaient? Bâtir une chapelle sur le cap à Foley?

L'homme éclata de rire.

Elle attendait une réponse. Il la regardait et recommençait à rire de plus belle.

— Pourquoi c'est faire que vous répondez pas?

— Tu le sauras ben assez vite.

— C'est quoi que y a de si drôle là-dedans?

Et l'homme continua de se comporter comme s'il avait respiré un gaz hilarant. Elle tourna les talons et repartit en l'entendant se dilater la rate. De retour aux deux autres jeunes femmes, elle dit, fâchée:

— Si l'école peut recommencer, je m'en vas dans le bas de la Grande-Ligne pis je remets pas les pieds à la maison de l'année. Pas capable de rien savoir... Une maison de fous!

L'œil de Ti-Noire pétilla :

– Savez-vous, les filles, ce qu'on devrait faire ? On devrait partir en bicycle pis aller voir l'étranger chez eux.

– Quand ça ? demanda Solange que la proposition enchantait tellement qu'elle la rendait livide.

– Tout de suite. Là. Ben disons après dîner.

– Pis on va lui tirer les vers du nez, dit Rachel qui en oubliait sa mauvaise humeur de l'instant d'avant.

– Pis avec les vers qu'on va lui tirer du nez, on se rendra aux eaux noires pour pêcher de la truite, enchérit Solange.

Et les trois éclatèrent de rire.

Dans son magasin, Éva faisait la moue à les écouter s'exciter ainsi. Et elle pensait à son mari en se demandant s'il ne fallait pas envisager de le faire soigner, mais cette fois pas pour dépression nerveuse et plutôt à l'autre extrême pour la maladie du rire. À croire qu'ils avaient tous attrapé le virus à Jos Page ! Elle soupira et soupira encore à voir en plus que le crédit arrivait à un point critique...

Plus tard, les filles se regroupèrent au restaurant où Jeannine leur révéla ce qu'elle savait à propos de l'étranger sans dire les noms des jeunes impliqués dans ce qu'elle croyait être un scandale sexuel.

– C'est une histoire qui tient pas debout, affirma Rachel.

– Impossible ! déclara Ti-Noire.

– Je le saurais, assura Solange.

– Croyez-le ou pas, c'est ça. Pas pour rien qu'il se trouvait avec le curé icitte et là...

Rachel pensa à la montre de son jeune frère. Au mutisme de sa mère. Aux rires de son père. Qu'est-ce que tout ça pouvait donc vouloir dire ?

Elles se montrèrent encore plus déterminées à se rendre chez Bédard.

– Moi, en tout, cas, ce gars-là… dit Jeannine sans finir sa phrase. Par chance que le curé s'en occupe.

On entendit un bruit lointain. Peut-être le tonnerre.

À la table qu'ils partageaient, Bédard et Rose entendirent aussi le grondement. Leurs yeux se parlèrent sans que leurs bouches ne disent mot. Ils se rappelaient avec tant de folie dans l'âme ces souvenirs impérissables, du soir de l'orage alors qu'ils avaient fait l'amour au rythme des éclairs et des coups de tonnerre. Voilà qu'une occasion semblable pourrait peut-être se présenter et c'est tout ça qui passa par la voie de leurs regards.

– On va se lutiner un peu? proposa-t-il.

– Ça se refuse pas.

– Mais en haut, dans le studio. J'ai une idée terrible qui me passe par la tête. Viens…

Il prit des couvertures dans sa chambre au passage, et bientôt, ils furent à nouveau dans le studio.

– T'es venue ici pour entrer dans un rêve que tu caresses depuis des années, à ton tour, tu vas m'aider à vivre un rêve que j'ai depuis longtemps…

– Quoi?

– Tu vas voir à mesure. Oh! comme il va s'en passer, des choses, comme il va s'en passer!

– J'perds rien pour attendre?

– C'est ça.

Il prit un nouveau canevas qu'il mit non pas sur le chevalet lui-même mais par terre en appui aux pattes de chevalet. Puis il mit une couverture sur le plancher et il demanda à la femme de se dénuder et de s'asseoir.

– Tu veux que je serve de modèle.

– Et plus encore.

Pendant qu'elle se déshabillait, il fit de même puis il s'étendit sur sa propre couverture, palette à la main et pinceau dans l'autre.

Elle s'assit en riant un peu, nue comme le jour de sa naissance un demi-siècle plus tôt.

— C'est ça, mon rêve : le peintre aussi nu que le modèle.

Et pendant une heure, il commença de réaliser ce qu'il disait devoir être le chef-d'œuvre de sa vie. Alors il s'arrêta, mit ses accessoires un peu plus loin à terre et s'approcha d'elle en même temps que la pièce s'assombrissait à cause de l'orage qui menaçait de plus en plus.

Au village, malgré le ciel bourré de moutons noirs qui se poussaillaient, les filles partaient en vélo pour s'en venir à la maison à Polyte. Si elles devaient se faire surprendre par l'orage, elles trouveraient bien un abri quelque part.

— Si y faut, vous passerez le reste de l'après-midi chez nous, avait dit Solange aux deux autres pour effacer leurs inquiétudes de dernière minute.

Et Marie Sirois enviait leur liberté quand elle les vit passer sous sa fenêtre de la manufacture.

Et le village s'écoula de chaque côté d'elles.

Et elles parcoururent les deux milles qui les menèrent à l'entrée du rang.

Le peintre nu chantait en touchant la toile du bout de son talent et de son pinceau :

*Mignonne, allons voir si la rose*
*Qui, ce matin, avait déclose*
*Sa robe de pourpre au soleil*
*A point perdu cette vesprée*
*Les plis de sa robe pourprée*
*Et son teint au vôtre pareil*
*Et son teint au vôtre pareil...*

Après de doux et vibrants préliminaires, le couple s'était réuni par la chair. Rose avait remis son porte-jarretelles et ses bas ; et voici maintenant qu'elle chevauchait le jeune homme, lui servant de modèle en même temps tandis que lui fredonnait une mélodie ancienne sur une ode de Ronsard : *Mignonne.*

La pluie commença, mais le tonnerre restait à une certaine distance.

> *Voyez comme en un peu d'espace,*
> *Mignonne, elle a dessus la place,*
> *Hélas ! ses beautés laissé choir !*
> *Ô vraiment marâtre Nature,*
> *Puisqu'une telle fleur ne dure*
> *Que du matin jusque au soir,*
> *Que du matin jusque au soir !*

— Arrête un moment, Rose et… jouissons doucement de ce doux moment !

— Ta chanson me fait peur un peu… les mots… On dirait que tu veux me faire souffrir… Ta voix est si… étrange…

Surprises par la grosse pluie sur le plateau de la côte à Pitou Poulin, les trois jeunes filles, Solange en tête, se pressèrent de descendre jusque chez les Boutin pour s'y mettre à l'abri comme convenu, le temps de l'orage. Elles entrèrent trempées jusqu'aux os, cheveux collés à la tête, sous le regard menaçant de Marie-Ange aux mains appuyées sur les hanches :

— C'est quoi que vous faites dehors en bicycle quand il mouille de même ? demanda-t-elle de sa voix la plus aiguë.

— On a décidé de faire un petit tour.

— J'appelle pas ça un petit tour, moi. Faites-vous sécher là, vous allez prendre votre coup de mort.

Elle se rendit leur chercher des serviettes dans la salle des toilettes tandis qu'elles papotaient joyeusement tout en exprimant une certaine déception.

– C'est pas grave, on repartira après l'orage. La maison à Polyte va pas fondre, dit Ti-Noire.

– Y en a qui disent que l'étranger, il commande l'orage. C'est peut-être lui qui voulait pas qu'on se rende à sa maison.

Marie-Ange entendit et s'enquit de leur destination en leur remettant les serviettes.

– On va chez monsieur Bédard, dit Ti-Noire.

– Pour quoi faire ?

– Fouiner... Ça fait deux après-midi qu'il passe avec le curé. On pense qu'ils veulent bâtir une chapelle sur le cap à Foley.

– Mon père sait des affaires, mais il veut rien dire, ajouta Rachel.

– Vous devriez pas aller là si vous êtes pas invitées. Comme c'est là, la maison à Polyte, c'est chez eux, à cet homme-là, hein !

– Y a Jeannine Fortier qui dit qu'il court les petits gars, dit Solange. En tout cas, c'est des personnes habillées en gars qui sont allées là dimanche passé, mais...

La jeune femme venait d'échapper un secret qu'elle s'était juré pourtant de garder puisque cela risquait de la mettre dans l'eau chaude. Il était trop tard.

– Qui c'est qui est allé là ? demanda Marie-Ange.

– Ben une femme...

– Qui donc ? Dis-nous ça ! demanda Ti-Noire.

– La veuve Sirois avec sa fille... Elle revenait d'aller à pêche aux eaux noires.

Toutes les quatre se regardèrent sans rien dire.

Tandis que sa maîtresse reprenait la chevauchée des sens, Bédard recommençait à peindre et à chanter :

*Donc, si vous me croyez, Mignonne,*
*Tandis que votre âge fleuronne*
*En sa plus verte nouveauté,*
*Cueillez, cueillez votre jeunesse :*
*Comme à cette fleur la vieillesse*
*Fera ternir votre beauté,*
*Fera ternir votre beauté.*

La toile consistait en la même scène qu'ils vivaient en ce moment : une femme presque nue faisant l'amour à un peintre étendu nu en train de travailler. Il posa sa palette et son pinceau et se mit à lui caresser la poitrine alors qu'elle bougeait à peine.

— Si on nous voyait, on dirait que c'est la pire dépravation qui soit. Imagine le tableau pour les bonnes gens. Un homme et une femme non mariés qui font ça : péché mortel de la chair. La femme est séparée et a vingt ans de plus que l'homme : double péché mortel. Ils font ça sur le plancher et pas dans un lit : triple péché mortel. Ils y mettent du piquant, car l'homme peint pour que leur sens de la vue participe lui aussi : quadruple péché mortel. Toi et moi, Rose, nous irons tous les deux dans l'enfer le plus profond, l'enfer du quatrième degré.

— En attendant, montons donc tous les deux au ciel du quatrième degré !

La pluie tassée faisait entendre sa douce musique sur le toit tandis que les amants accordaient leurs violons. Rose atteignit un sommet à trois reprises et chaque fois, Germain prenait le pinceau et ajoutait une touche particulière à un élément de la toile. Là, il posa l'accessoire et proposa à son tour la recherche du quatrième degré. Pour ça, ils changèrent de position et c'est l'homme qui reprit le dessus. Et ce fut la symphonie des cinq sens, tous reliés par un sixième: le sens artistique. Ils s'abreuvaient à l'image de leur nudité et à celles de l'œuvre en devenir sur la toile. Ils s'arrêtaient pour entendre les rages du vent et le chant de l'orage. Parfois, ils se dévoraient dans des baisers inédits. Les odeurs de la peinture et des produits accessoires se mélangeaient à celles des parfums de Rose et de leur sexualité, que les sueurs exprimaient en abondance. Et les mille et une nuances les plus chaudes du plaisir pur partagé se trouvaient dans chaque toucher, dans la moindre parcelle d'union de leurs peaux, de leurs sexes.

L'homme reprit son ode de Ronsard:

*Mignonne, allons voir si la rose,*
*Qui, ce matin, avait déclose*
*Sa robe de pourpre au soleil,*
*A point perdu cette vesprée*
*Les plis de sa robe pourprée,*
*Et son teint au vôtre pareil,*
*Et son teint au vôtre pareil...*

Chacun pour l'autre se transforma en lumière, en apparition éclatante, et pendant un moment, tout disparut, même le monde des sens.

– C'est qu'on fait asteure, les filles? Il commence à mouiller un peu moins là…

– C'est comme je vous l'ai dit, intervint la mère de Solange, faudrait pas aller déranger monsieur Bédard pour rien.

En réalité, la femme voulait empêcher le scandale. Si elles se rendaient chez l'étranger, ça se saurait, ça se parlerait et ça pourrait se rendre aux oreilles du curé qui n'aimerait pas trop ça.

Elle ajouta :

– Pour ce qui est de savoir pourquoi il se tient avec le curé de ce temps-là, ça va se savoir dans quelques jours, craignez pas. On n'est pas à Montréal par icitte. Tout finit par se savoir...

Les amants s'étaient rhabillés.

– Il nous reste plusieurs bonnes heures pour travailler, dit-il, mais avant, j'ai des choses à te dire. D'abord, pour ce qui est de la lettre du jeune homme, notre Jean d'Arc, je pense que le mieux c'est d'attendre les coups. Pis de voir. Ça, c'est mon idée. Tu feras ce que tu voudras.

– J'ai pas le choix de l'ignorer, hein ?

– Pas trop. Pis l'autre chose, c'est la vraie raison pour laquelle je suis venu m'établir dans cette maison, dans cette paroisse. Viens que je te montre. Solange Boutin a failli la découvrir mais elle a manqué son coup. Viens... C'est dans ma chambre... c'est dans mon coffre.

Elle le précéda dans l'escalier et dans la chambre. Il ouvrit le cadenas, le couvercle puis l'invita à regarder à l'intérieur où selon les premières apparences, il n'y avait rien du tout.

– Mon âme est là-dedans.

– Je ne la vois pas. On ne voit pas une âme...

– La mienne, oui... Attends...

Il se pencha et souleva le double fond. Parurent des feuilles manuscrites et des crayons.

– C'est quoi ?

– C'est mon âme... Et je vais y enfermer une partie de la tienne. Et une partie de celle de beaucoup de personnes de cette paroisse.

– Je ne comprends pas...

– En réalité, je ne suis pas un peintre. Bon, je fais de la peinture en amateur par temps perdu et pour donner le change aux gens.

— Tu fais quoi ?

— Je te l'ai dit : je moissonne les âmes et pour ça, je dois cacher aux gens ce que je fais... J'ai choisi cette paroisse à cause du phénomène des apparitions... des prétendues apparitions...

— On dirait souvent que tu voudrais me faire peur, mais... non... j'ai pas peur de toi...

— D'aucuns pensent peut-être que je suis un associé du diable, ou au moins un suppôt de Satan, mais ce sont leurs propres peurs qui leur font penser ça. Leurs superstitions.

— Vas-tu finir par m'expliquer ?

— Tout est là : le manuscrit, les crayons... Je suis un écrivain. Je suis venu m'installer ici pour écrire un livre.

— Pis tu sais ni lire ni écrire.

— C'est pour cacher encore mieux mon identité véritable.

— J'espère que tu vas pas me mettre là-dedans.

— Je ne le voudrais pas que je ne le pourrais pas. Je suis dans chaque personnage et tu es en moi, donc tu te retrouves automatiquement dans les personnages.

— Si tu me nommes pis que tu dis ce qui s'est passé entre nous autres, t'es pas mieux que mort.

— Mais non, fais-moi confiance, t'auras pas honte. En plus que mon livre va paraître sous un nom de plume...

Il se fit une pause. Elle sourit un moment :

— Comme ça, le chat vient de sortir du sac. C'est ça, ton grand mystère... Pas si grand que ça !

— Un mystère n'est grand que quand c'est un mystère. Tout comme un secret, d'ailleurs. On parle aux gens d'un secret et ils s'imaginent les choses les plus extraordinaires qui soient, mais quand on le leur révèle, ils disent que l'éléphant vient d'accoucher d'une souris.

Elle trouva tout naturel qu'il ait choisi cette maison isolée et qu'il tâche de rencontrer le plus de gens possible.

– Et souvent, j'essaie de provoquer les choses pour voir les réactions. De retour ici, je prends note de tout ça et je poursuis l'histoire que j'ai commencée.

– T'as pas peur que j'en parle ?

– C'est pas dans ton intérêt. Je sais que t'en parleras pas avant que je m'en retourne d'où je viens le printemps prochain.

– C'est quoi qui te le dit que j'en parlerai pas ?

– C'est que je te le demande, c'est tout…

– Ah ! j'vois pas pourquoi j'en parlerais.

– Et j'ai autre chose à te raconter…

Il lui révéla pourquoi le curé l'avait convoqué, ce qui l'obligea à dire que l'affaire des apparitions n'était rien de plus qu'une fumisterie.

– Tu te trouves à avoir manqué à ta parole envers le petit gars en parlant de ce que t'avais trouvé.

– Une parole donnée n'est pas un absolu. Et surtout, je n'avais pas le choix. Autrement, le curé appelait la police et me faisait ramasser pour pédophilie. Sa mère, au petit gars, en était fermement convaincue. Et j'aurais baisé la prison peut-être… Et perdu la maison ici. Et ne pas pouvoir écrire mon livre déjà commencé… Je ne le pouvais pas. Le Gilles en restera pas marqué, d'autant moins que son père, loin de le blâmer, trouve ça ben drôle. Il a raison de trouver ça drôle parce que ça l'est à mort… Toute une population qui marche aussitôt qu'il est question d'une apparition, ça mérite un gros éclat de rire.

– Asteure que tu l'as dit au curé, ça va se savoir…

– Pas trop vite. Le curé veut garder le contrôle sur tout ça. Là, il cherche à gagner du temps pour le reprendre, ce contrôle. Il a bâillonné les Maheux, et moi aussi d'une certaine façon. À quoi bon me le mettre à dos ?

– T'as raison… parce que quand on l'a sur le dos…

– Ah ! je vais me taire. Le curé va reprendre toute l'affaire en main. Il va y trouver son compte. Et moi, j'aurai tout loisir de poursuivre mon travail... C'est vrai, il y a quelque chose de diabolique dans l'écriture étant donné qu'on moissonne les âmes ainsi que je te le disais, et qu'on s'empare d'elles pour les transformer à notre guise, mais je n'ai rien à voir avec le diable... Et puis, il y a un petit côté divin dans l'écriture aussi... à cause de la créativité qui s'exerce... Mais ça, c'est une autre histoire.

– Mais, tôt ou tard, la vérité va sortir sur ton compte.

– C'est sûr, mais tranquillement, petit à petit. Et moi, tout comme le curé, je vais gagner du temps. Je veux passer incognito pour que les gens restent eux-mêmes : pour moi, c'est fondamental. C'est comme ça que Louis Hémon a écrit *Maria Chapdelaine*. Il venait de France, il s'est installé à Péribonka chez un colon, il a pris des notes et il a écrit son livre. Je fais comme lui.

– Et la peinture dans ça ?

– Un passe-temps et je m'en sers comme couverture pour le moment. Quand tu viendras me voir le mercredi, tu feras de la peinture et je ferai de l'écriture. Deux artistes à l'œuvre cachés dans le grand bois... Et on fera l'amour comme deux artistes, comme on l'a fait tout à l'heure... Le bonheur presque total !

– Le temps que ça va durer...

– Le temps que ça durera...

***

# Chapitre 32

La pluie ne cessa pas ce jour-là. Ti-Noire et Rachel durent être ramenées au village par le père de Solange, qui mit les bicyclettes dans le coffre arrière de son auto.

Quant à Rose, elle put regagner son domicile en soirée après la tombée du jour. Germain la reconduisit au village voisin, où elle prit l'autobus pour retourner chez elle. Ni vu ni connu. Rendez-vous désormais tous les mercredis. Même itinéraire. Mêmes heures. Mais du piquant dans la peinture et dans l'amour.

La rumeur commença à se répandre dans le village à propos d'une supercherie cachée derrière le phénomène des apparitions. C'est le curé lui-même qui l'avait fait naître par des suggestions à gauche, à droite. Il fallait préparer les gens, les conditionner. Car le dimanche, il leur livrerait un sermon sur la vraie foi et leur expliquerait certaines choses sur les phénomènes de masse. C'est en douce, mais par lui, que se terminerait cet épisode de la vie de sa paroisse bien-aimée.

La bonne vie de naguère reprendrait son cours normal. Si ce n'est qu'il devrait continuer de neutraliser Lucien Boucher et ses visées séparatistes, comme il l'avait fait jusqu'à maintenant, et protéger la paroisse des corps étrangers en tâchant de bouter dehors ce Germain Bédard, qui avait plus l'air d'un pique-assiette que d'un Picasso, à moins qu'il ne devienne un citoyen conforme.

Il y eut encore une foule énorme ce samedi-là sur le cap à Foley, mais le spectacle fut d'un ennui très grand. Pas de chant choral, pas de harangue des malades par le vicaire, pas même de maître de cérémonie, puisque le système de haut-parleurs avait été mis en panne par Gus à la demande discrète de l'abbé Ennis.

Et il le livra, son sermon sur la vraie foi, le jour suivant. Et il enseigna la prudence. Il prit bon soin de ne pas mettre les fidèles dans leur tort d'y croire, en ces phénomènes hors du commun qui semblaient se dérouler dans la paroisse, mais il réveilla leur sens critique.

Germain assista à la grand-messe puis il se rendit au magasin général, où il eut un entretien vif mais discret avec Ti-Noire. Il apprit qu'il avait failli recevoir de la belle visite le mercredi.

— On voulait savoir pourquoi c'est faire que lundi pis mardi, t'as vernoussé avec le curé à gauche pis à droite…

Il lui dit la vérité. Ainsi, elle ne croirait pas qu'il recherchait la compagnie des jeunes garçons et si on l'accusait de cela, elle pourrait le défendre. Elle aussi trouva la chose très comique puisque le Gilles était depuis toujours son préféré parmi les gamins du village. Il l'invita à se rendre chez lui le samedi à venir et annonça qu'il lui en dirait plus qu'elle n'en savait sur lui-même.

Un cri de son père ramena la jeune femme derrière le comptoir, car il y avait beaucoup de monde à servir; et parmi eux, Jean d'Arc, que Bédard repéra mais ignora. L'adolescent, au contraire, surveilla tout ce que faisait l'autre.

Cet après-midi-là, le curé fit venir au presbytère les enfants Lessard et leur mère. Il leur dit que l'Église n'approuvait pas ce qui se passait, ni lui non plus. Il suggéra fortement aux enfants que ce qu'ils voyaient sur le cap était sans doute le diable déguisé en ange de lumière. Il mentionna qu'on pouvait aussi appeler ça une hallucination ou une illusion fabriquée par deux imaginations sensibles et brillantes.

— Ils ne commettent pas de péchés, ils ne sont pas à blâmer, dit-il à leur mère, mais il est certain, absolument certain qu'ils se trompent.

— Pourquoi c'est faire que la Sainte Vierge pourrait pas leur apparaître à eux autres ? demanda la femme au long nez dans toute sa naïveté de mère poule.

— Elle le pourrait, chère madame, elle le pourrait sûrement. Mais elle ne l'a pas fait dans ce cas-ci. Pour le moment, je ne peux pas vous en dire plus. Mais j'éclairerai votre lanterne un peu plus tard.

Dans la cour du moulin, à cager de la planche de quatre pieds, Gilles suait, et il était loin de s'imaginer à quel point il avait été au centre des événements au cœur du village ces jours-là. Jamais il n'aurait pensé que l'étranger puisse le trahir et ne pas tenir sa parole en dévoilant ses confidences. Et il commençait à apprivoiser ce corps qui changeait si rapidement. De toute manière, il n'avait guère le temps de réfléchir. Les voyages de bois se succédaient, apportés par Pit Saint-Pierre et sa charrette banneau attelée du meilleur cheval de la compagnie ; et il fallait faire vite pour ne pas se laisser dépasser par la production d'un moulin qui, ces semaines-là, virait à plein rendement.

Un peu femmelette, l'adolescent qui travaillait avec lui cageait bien moins vite, et ça faisait enrager l'autre qui ne lui parlait pas beaucoup. Ce jour-là, il tombait une pluie fine, sorte de brouillard qui ajoutait son humidité à la sueur des fronts, car il faisait chaud malgré tout et la sciure de bois collait à la peau des bras tandis que la gomme des croûtes adhérait aux gants qui s'épaississaient chaque heure.

Tout à coup, le garçon vit venir une auto noire entre les cages hautes faites de planches de douze pieds. Il eut tôt fait de la reconnaître et l'autre le confirma :

— C'est la machine du curé.

Aussitôt, Gilles ressentit de la peur. Mais il poursuivit son travail, mine de rien. Ce n'était pas forcément le prêtre. Et si c'était lui, il ne venait pas forcément pour lui. Et si c'était le curé et qu'il venait pour lui parler, ce ne serait pas forcément au sujet des apparitions... Les idées s'empilaient dans son cerveau comme les planches d'une cage les unes sur les autres pour former un édifice solide que même les grands vents ne parvenaient pas à vaincre et à convaincre... Mais il y avait les ouragans et parfois le curé en faisait partie, de ces tornades implacables.

L'auto s'arrêta à bonne distance. Il semblait que son conducteur ne voulait pas se rendre plus loin, de crainte de s'enliser dans les rayons de terre noire mouillée. On pouvait aisément voir qu'il s'agissait bel et bien du curé Ennis. Il klaxonna. Deux petits coups. Les garçons regardèrent autour comme des imbéciles, comme si, selon eux, le prêtre voulait signaler aux cages de planches de se rendre auprès de lui.

L'abbé dut descendre à moitié et crier :

— Gilles... Gilles Maheux, viens ici.

Le garçon passa sa main gantée sur son front et se le salit, se le colla de gomme. Il ôta ses gants et se dirigea vers l'auto, jambes frémissantes. Quand il fut plus près, l'abbé lui dit de monter avec lui en avant. Gilles ouvrit la portière et avant de prendre place, il se trouva une excuse pour ne pas le faire :

— Je vas salir votre machine. Du bran de scie pis de la gomme de sapin sur mes culottes...

— Inquiète-toi pas pour ça, on va voir plus tard.

Gilles monta. Le curé reprit lentement :

– Tu te demandes comment ça se fait que je t'ai trouvé ? C'est monsieur Dominique qui m'a envoyé ici…

Puis il hocha la tête et fit une moue :

– Ouais, ouais, vous faites de la belle ouvrage, vous autres, pour des petits gars de votre âge.

– Faut pas prendre de retard parce qu'on va se faire clairer.

– Ah ! ça ne sera pas très long et puis ton patron comprendra pourquoi tu as pris du retard.

Le garçon avait les fesses de plus en plus serrées. Le curé savait tout. Il le blâmerait. Et peut-être qu'à l'école le mois prochain, il se ferait sacrer une volée par le professeur à cause des apparitions. Les deux hommes qui entendaient le moins à rire dans cette paroisse étaient justement le curé et le professeur. Or, l'un payait le salaire de l'autre en bonne partie. Maudit ! qu'il regrettait donc ses folies !

– Tu dois te demander pourquoi je viens te voir ?

– Ben… ouais…

Et le garçon se moucha la roupie avec le revers de sa main.

– T'as pas de mouchoir ?

– Oui…

Et il s'en servit, l'air embarrassé.

– Fais-tu tes prières matin et soir ?

– Ben… oui…

C'était un mensonge. Pour Gilles, se mettre à genoux à côté de son lit pour prier, c'était bon pour les enfants ou les filles. Pas pour lui depuis il ne savait plus quand. Mais il lui fallait bien dire au curé ce que le curé voulait entendre.

– Et… tu dis tous tes péchés à confesse ?

– Ben… oui…

Autre mensonge. Jamais il n'aurait avoué qu'il touchait à son corps et en retirait des plaisirs impurs. Plutôt l'enfer que d'en parler à qui que ce soit !

Le prêtre crut à sa réponse puisque l'écran de fumée devant les apparitions ne constituait pas un péché réel, l'intention de faire le mal étant absente de l'esprit de celui qui avait posé le geste.

— J'ai parlé de toi avec Mère Supérieure ces jours-ci et à la suite de cela, je voulais te voir. J'aurais pu te faire venir au presbytère, bien sûr, mais... je voulais te voir dans ta vraie vie... habillé en semaine...

Gilles avait du mal à parler sans que sa voix ne tremble, du mal à bouger sans penser que tout son corps frissonnait malgré la chaleur humide. Si le curé pouvait donc dire ce qu'il avait à dire au lieu de prolonger le martyre comme il le faisait...

— À cause de tes très bonnes notes à l'école depuis ta première année, il est à se demander si... si tu n'aurais pas la vocation sacerdotale. À la lumière de ce que j'en sais, tu pourrais dès cet automne entrer au petit séminaire de Saint-Georges pour y faire ton cours classique... Ensuite, le grand séminaire de Québec, et tu deviens... un prêtre. C'est tes parents qui en seraient heureux. Et c'est... une éternité heureuse garantie !

Le garçon sentit tout à coup son âme envahie par une sorte de gomme de sapin qui s'épaississait et devenait de plus en plus collante à mesure que le prêtre s'exprimait. On avait bien déjà parlé de prêtrise devant lui et à propos de lui, mais ça ne le concernait aucunement. Aucun attrait pour la soutane. Aucun désir de distribuer la communion et confesser les gens. Le prêtre poursuivit :

— Je sais que tu as été un des enfants de la paroisse les plus sensibles aux apparitions de la Vierge. Tu y étais la première fois. Et puis tu as vendu des objets de piété chaque samedi sur le terrain de monsieur Grégoire ; et plus encore, tu as fait du porte-à-porte pour en vendre et répandre le bien à travers ces médailles et statuettes... Tu mérites des félicitations. Et puis tout ça indique bien que tu es attiré par les choses de la religion. Tu as de l'imagination, une belle personnalité, tu aimes les gens...

Quelle bouillabaisse! pensait le garçon. Il avait trompé tout le monde avec les apparitions, il avait vendu des objets de piété pour se faire de l'argent et voilà qu'on lui sacrait sur le dos de l'âme tout un voyage de vertus.

Au même moment, Pit Saint-Pierre arrivait avec un banneau plein qu'il vida. Et il repartit sans attendre. Le retard commençait pour l'équipe de cageurs. Le deuxième d'ailleurs prenait tout son temps. Il profiterait lui aussi de l'excuse que leur donnait le curé.

Le prêtre jouait d'une certaine malhonnêteté. Il profitait de ce qu'il avait affaire à un cœur qui se sentait coupable. Mais il se le pardonnait en se disant que c'était un bon tour catholique que le Gilles avait joué à tout le monde, qu'il s'était intéressé tout de même, quelles que soient ses raisons, au culte de la Vierge Marie. Pour lui, le signe de la vocation ne se trouvait pas forcément dans un état de prière et de soumission. Jésus, s'il était un homme et un vrai, avait dû rire tout de même et jouer des tours.

— Écoute, tu as deux semaines pour y penser encore. Tu n'aurais qu'à venir me voir au presbytère et on ferait ton inscription au petit séminaire.

— Ben... j'sais pas là...

— Quand le Bon Dieu nous donne du potentiel... du potentiel, ça veut dire des talents... du talent comme toi... Eh bien, il faut Lui en savoir gré, il faut payer Dieu en retour pour cela. Il y a de grands sacrifices à faire pour devenir prêtre, mais les compensations sont nombreuses... Une soutane, ce n'est pas très confortable, surtout l'été...

Le garçon s'essuya la sueur du front avec son mouchoir jauni et encroûté.

– Et bien sûr, il faut se lever tôt le matin. Et il faut faire de longues études, apprendre le latin et le grec, la philosophie… Et il y a le vœu de pauvreté et celui d'obéissance. Pauvreté ne veut pas dire non plus mourir de faim. Obéir au pape, ce n'est pas dangereux; il ne demande à personne de se jeter en bas d'un pont.

Le garçon sourit. Le curé aussi. Et dit encore:

– Aller à Rome et en Terre sainte, ça fait partie des compensations. Oh! bien sûr, on ne peut pas passer sous silence le vœu de chasteté… Mais lorsqu'on pratique la chasteté dès les premières années de son adolescence, tout est alors plus facile. C'est pourquoi il est bon de partir jeune pour aller vivre au pensionnat, où on est bien encadré par les prêtres qui aident à la protection de la… de la chasteté des garçons. Tu comprends?

Et le curé parla de sa vie au séminaire.

Et un autre voyage de planches fut déchargé alors que le précédent n'avait même pas été entamé par le collègue de Gilles.

Et le curé parla de son voyage à Rome.

Et Pit Saint-Pierre semblait le faire exprès pour prendre de l'avance. Un autre voyage. Un autre maudit voyage. Dans la tête de Gilles, cela devenait catastrophique.

Et le curé parlait, parlait…

– Préparer un sermon, par exemple, c'est dur et ce n'est pas dur. Les sujets nous sont donnés par l'Évangile et par les événements paroissiaux ou mondiaux. Il suffit de mélanger les deux, de baigner le quotidien des fidèles de cette eau de source remplie de bienfaits, que constitue la parole de Jésus, et ses actes, et ses exemples, et ses paraboles…

Six voyages de planches d'avance et le curé parlait à nouveau de son voyage passé.

Le garçon soupirait en l'écoutant. C'était un bon signe pour le prêtre. On a tendance à soupirer quand on aime quelque chose.

— Ah! il faut travailler trois cent soixante-cinq jours par année. La messe tous les matins. Le bureau. Les confessions. Les sacrements. Secourir les malades, assister les agonisants. Prier. Lire son bréviaire. Écrire à son évêque. Porter l'ostensoir à la Fête-Dieu quand on est en vêtements sacerdotaux et qu'il fait chaud, c'est dur, mais quand on voit tous les gens le long du parcours ou ceux qui suivent la procession, adorer la sainte hostie, on oublie qu'on a les bras morts…

« Un autre ostie de voyage de planches! »

Gilles pensa qu'il les aurait morts et plus encore, les bras, quand il aurait rattrapé son retard.

— Bon, je vais partir. Et viens me voir au presbytère quand tu voudras faire ton inscription. Il y a cinq garçons chez toi et sûrement un pour la sainte Église. Martial est malade à mourir. Paul est parti. Léo… bien… Et puis toi…

— Pis mon petit frère André…

— On le voit si peu, si peu, celui-là… C'est toi qui ferais le meilleur prêtre, j'en suis certain. Et maintenant, retourne travailler.

Dans le haut du moulin, Raoul Blais pouvait voir les tas de planches s'accumuler le long des cages en longueur, mais il ne pouvait pas apercevoir la voiture du prêtre que cachaient les cages hautes. Et la colère grondait en lui de plus en plus fort. C'était le Dominique qui avait engagé ces deux cageurs-là et « ils valaient pas de la marde ». Que vienne le dix-minutes de l'après-midi et ça brasserait dans le bureau!

Mais quand le moulin s'arrêta, plutôt de se rendre au bureau, il se dirigea tout droit à la rencontre des cageurs. Gilles travaillait pour tâcher de reprendre le retard, mais son compagnon refusa de le faire et il s'assit pour prendre son lunch dans un sac, et pour le manger en attendant le coup de sifflet suivant.

— Pensez-vous, vous autres, qu'on va vous payer trois piastres par jour pour vous prendre le cul ? dit le patron furieux quand il fut là au détour d'un chemin surprenant qui courait entre les cages hautes.

— C'est pas de notre faute, c'est le curé, lança Gilles qui sentait la révolte grimper en lui.

— Le curé ?

— Il est venu…

— Vous aviez rien qu'à pas lui parler. Rattrapez-vous avant six heures parce que demain matin, c'est deux autres cageux qu'il va y avoir à votre place.

Et il tourna les talons en grommelant :

— On paye ça le gros prix pis c'est même pas capable de faire leur ouvrage…

Et Gilles redoubla d'efforts. Et il parvint à rattraper le retard une demi-heure après la fermeture de six heures. Seul. L'autre, élevé et gâté par ses grands-parents, dit qu'il ne reviendrait pas le lendemain de toute manière.

Après le souper, Gilles fut pris à part par sa sœur Rachel qui le conduisit à la boutique pour lui parler.

— C'est quoi que tu veux ? dit-il inquiet.

Il avait de quoi l'être, inquiet, de ce temps-là. Empêtré dans l'histoire des apparitions, empêtré dans son embarras face à Paula pour lui avoir pincé un *jos*, empêtré avec son corps qui bouillait, empêtré avec la crainte que lui inspirait un des boss, empêtré dans ces frais souvenirs de la mort tragique de l'électricien, empêtré toujours et partout, il craignait fort par le ton qu'elle avait pris pour le mener là qu'il se ferait empêtrer aussi par sa sœur.

Ce fut pire qu'il n'avait anticipé.

– Toi, t'as fait des choses pas correctes avec Germain Bédard.

– Pas vrai!

– T'as passé un bout de temps avec lui en haut de la boutique pis y en a qui t'ont vu avec lui sur le cap à Foley. C'est que tu dis de ça, hein? Pis il t'a payé du lunch au restaurant pis il t'a donné une montre avec un bracelet Fix-O-Flex.

– Peuh!

– Y a pas de peuh! C'est quoi que t'as fait avec lui? Regarde, t'as les oreilles rouges comme la crête du coq… Parle…

– C'est pas de tes affaires pantoute!

– Ben plus que tu penses…

Elle mit son doigt pointu dans sa poitrine.

– Lâche-moi tranquille, toi, là!

Il regarda autour pour s'échapper, mais la jeune femme bloquait la porte.

– T'es rien qu'un petit fif, hein, c'est ça?

– Mange donc de la marde!

Elle ne croyait pas ce qu'elle avançait, mais il fallait qu'elle sache à quoi s'en tenir sur l'étranger, il fallait que son frère parle.

– Pourquoi c'est faire que Germain Bédard pis monsieur le curé sont venus voir papa pis maman, hein?

Le garçon déjà pâle passa à la couleur de la cire.

– Quand ça? Après-midi?

– Pas après-midi, la semaine passée…

Gilles nageait en pleine confusion. Fif, il ne savait pas trop ce que c'était. Si le curé et Bédard étaient venus voir ses parents la semaine passée, comment personne ne lui en avait-il soufflé mot, et surtout, pourquoi le curé ne lui avait-il parlé que de vocation sacerdotale quelques heures plus tôt? Tous ces changements en lui, il devait sombrer dans la folie. Il aurait besoin d'électrochocs pour comprendre tout ça. On savait qu'il avait passé du temps dans le grenier de la boutique avec l'étranger et sur le cap à Foley, et on savait que Bédard lui avait acheté pas mal de choses pieuses… Mais on n'avait pas l'air de connaître la supercherie derrière les apparitions… Autrement, son père lui aurait sacré une volée, c'est certain. Et le curé l'aurait condamné à l'enfer où l'emporterait tout droit une fusée V-2.

– C'est quoi que t'as fait avec l'étranger, hein ?

– Rien…

Une voix masculine se fit entendre derrière Rachel ; c'était son père :

– C'est quoi que tu lui veux au juste ?

– La vérité.

– À propos de quoi ?

– Pourquoi qu'il se tient avec l'étranger ? Pis vous, vous devez le savoir ? Pis maman itou, hein ?

Ernest se fit bourru, ce qui lui était naturel :

– Il a rien fait en toute. Laisse-le tranquille !

Rachel en fut figée sur place. Elle décida de tourner les talons, mais elle échappa en partant :

– Une vraie maison de fous, une vraie maison de fous !

Et elle entendit le rire de l'homme qui suivit les mots qu'il adressait au garçon :

– Laisse-la faire, ça la regarde pas.

Et pourtant, le Gilles, empêtré plus que jamais, se demandait aussi s'il ne vivait pas dans une vraie maison de fous…

\*\*\*

# Chapitre 33

Rachel visita Bédard chez lui. Maintenant, elle avait une bonne raison de le faire. Et même deux. Empêcher les mauvaises rumeurs de courir. Et pour ça, connaître la vérité sur la relation que Bédard avait eue avec son jeune frère et savoir pourquoi le curé s'était mêlé de tout ça.

C'était vendredi soir pas tard.

L'homme ouvrit largement sa porte et son sourire.

Elle possédait bien moins d'assurance maintenant qu'elle se trouvait là. Le courage de se jeter à l'eau manque parfois à ceux qui, au bord de l'étang, aperçoivent leur propre image sur la surface tranquille.

— Je pensais que tu viendrais jamais.

— Comment ça ?

— Ben… je t'ai invitée, ça fait un bout de temps et tu m'avais dit que tu viendrais… Et tu ne te décidais pas… Une maîtresse en vacances, c'est-il si bourré d'ouvrage que ça ?

— Ça fait pas si longtemps que ça.

Elle regarda tout autour :

— Hey que ça ressemble à la maison de mes grands-parents à Saint-Benoît, ici !

— Tant mieux, tu vas te sentir un peu plus chez vous. Viens t'asseoir à table… non, d'abord, je te fais visiter la maison.

Et ce fut la tournée du bas.

– Je trouve l'ambiance… disons, romantique… Pas dans le sens sentimental.

– Tu veux dire que c'est une maison qui conviendrait bien dans un roman… même sans amour.

– C'est ça, oui.

Il la regarda dans les yeux et dit avec un fin sourire :

– Dans un roman d'amour, ce serait bien mieux encore, non ?

– Pourquoi pas ?

Ils étaient au pied de l'escalier. Elle jeta un coup d'œil vers le haut. Il fit un signe de tête :

– C'est encore plus romantique par là.

– Allons-y, tant qu'à faire !

Et elle découvrit la suite de son environnement. Il ne la fit pas monter dans la tour. Son matériel d'écriture s'y trouvait exposé et il ne voulait pas lui livrer ce secret, sachant néanmoins que la vérité à ce propos se diffuserait à travers les branches, maintenant qu'il s'était livré à plus de deux personnes.

– Je le savais que t'étais peintre…

Il lui montra plusieurs toiles, mais garda sous drap certaines dont il dit qu'elles représentaient le péché mortel de la concupiscence et ne devaient être mises que sous des yeux très très avertis, ceux d'experts en peinture qui ne s'en scandaliseraient pas.

Elle se dressa sur ses ergots :

– Je ne suis pas exactement ce qu'on appelle une cruche : des nus, y en a au Vatican.

– Disons que… je te les montrerai la prochaine fois que tu viendras ici. C'est une manière de t'inciter à revenir me voir pour… placoter des choses de la vie… T'es capable d'approfondir une discussion, même si le sujet ne te concerne pas directement et j'apprécie ça… C'est pour ça que t'es venue, j'imagine ?

– Ben… dans un sens… D'abord, y a des mauvaises rumeurs qui circulent au village sur ton compte. On t'a pas mal vu avec mon petit frère et ça fait jaser. On t'a vu avec le curé et ça fait jaser encore plus. Paraît qu'il veut te faire chasser de la paroisse et tout. Moi, j'aurais besoin que tu m'expliques, parce que mes parents, qui ont l'air d'en savoir pas mal, veulent pas me dire quoi que ce soit. On me prend pour une idiote, on dirait! Pis mon petit frère, il est bouché ben dur.

Le jeune homme hocha la tête en soupirant.

– Allons au salon, je vais tout te dire. Mais faudra que tu le gardes pour toi-même…

– Suis capable de me taire.

Ils descendirent. Il la fit asseoir sur le divan et lui servit du cola, puis il prit place sur sa berçante et croisa la jambe.

– Tant qu'à faire, aussi bien tout te dire. Suis venu vivre par ici pour écrire un livre. J'ai choisi cette paroisse à cause des apparitions, en lesquelles je ne croyais pas, mais que je savais changer la vie des gens et les faire sortir de leurs vieilles habitudes au sujet desquelles il n'y a pas grand-chose à écrire… Bon, j'ai raconté que je ne savais pas lire, mais c'était pour cacher mon identité véritable et mon objectif. Parce que je suis raisonneur, non croyant et observateur des gens, j'ai vite vu qu'il y avait fumisterie derrière le phénomène des apparitions. Et j'ai trouvé le fumiste…

Pour montrer sa perspicacité, la jeune fille coupa :

– Le fumiste, c'est mon petit frère ?

– En effet ! Je te raconterai comment il s'y est pris. Même ton ami Jean-Yves y fut pour quelque chose sans le vouloir… Un coup très intelligent pour un enfant de cet âge. Mais ça l'a dépassé complètement ; et à cause de ça, il traverse une période très dure avec son adolescence, qui lui tombe sur le dos en même temps et tout le reste.

— Et c'est pour ça qu'on t'a vu avec mon petit frère. Et c'est pour ça qu'on t'a vu avec le curé. Et c'est pour ça que mes parents ne veulent pas parler. Et c'est pour ça que mon père trouve quelque chose, probablement cette histoire-là, de si drôle de ce temps-là. Un enfant a rendu ridicules tous ces crédules que nous sommes et ça le fait ben rire…

— Il rit aussi de lui-même probablement… C'est un homme généreux, ton père, derrière ses airs noirs. Faut pas mépriser les gens parce qu'ils croient. Tiens, prends Bernadette, c'est une âme merveilleuse, et pourtant, c'est une très grande croyante. Elle n'a que du bien à dire des autres. Elle rit. Elle sème du bonheur partout, toujours, autour d'elle.

— Et fait pousser de la bonne ciboulette…

— C'est pas la foi qui la rend meilleure, elle a une bonne nature, c'est tout.

— Une rumeur à ton sujet voudrait que tu parles au diable…

— Et j'ai fait exprès d'encourager ça… pour faire réagir les gens. Il y a un côté provocateur en moi. C'est nécessaire pour savoir ce qui se cache derrière les masques. Et puis je ne crains pas la foudre, la noirceur et les araignées. Et encore moins la pluie, que j'aime beaucoup tandis que les gens la décrient. Toutes ces nouvelles couleurs que la pluie donne à la nature. Toute cette énergie qu'elle répand dans les végétaux. Et quand ça vous frappe la peau, c'est d'une… sensualité… J'aime voir les éclairs zébrer le ciel la nuit : quel spectacle magnifique ! Et j'aime ces éclats du tonnerre qui me font me rendre compte de ma faiblesse humaine.

La jeune femme était complètement rassurée. Toute sa personne se détendait et le contentement s'emparait de son âme. D'un autre côté, elle voulait livrer d'elle-même la meilleure image. La conversation se poursuivit. Il joua un morceau à l'harmonium. La brunante commença d'étendre ses voilures sur les environs. Elle demanda qu'il éclaire l'intérieur à la lampe plutôt qu'à l'électricité.

Peu de temps après, elle manifesta son intention de s'en aller:

– J'ai un dynamo sur le bicycle, mais j'me fie pas trop dessus.

– Et il fait noir comme chez le loup. Je peux te reconduire si tu veux...

– Non, les gens parleraient...

– Jusqu'au bord du village. Les lampadaires vont t'aider à te rendre. Pis ça te permettrait de rester encore une heure.

– T'as peut-être de l'ouvrage...

– Ce qu'on va se raconter va m'aider demain à progresser dans mon travail... si on peut appeler ça du travail.

– As-tu déjà fait publier des livres?

– Un... Je te le montre. Il est caché au fond de mon coffre... Parlant de mon coffre, cette pauvre Solange a fouiné dedans et...

Il confia beaucoup de choses à la jeune femme, mais il ne leva aucun voile sur sa vie privée de naguère, d'avant son arrivée là. Et qui plus est, il fit des suggestions pour qu'elle se questionne à ce propos, pour tisonner son désir de savoir...

Et ils se donnèrent le vendredi soir comme rendez-vous régulier jusqu'aux neiges. En amitié. En discrétion. En échanges intellectuels.

– J'espère que le Cook va pas nous voir parce qu'il va placoter dans toute la paroisse, dit-elle quand ils passèrent près de chez lui.

Bédard sourit intérieurement à penser que ce n'était pas à cause des ragots qu'elle préférait ne pas être vue par le Cook, mais parce que le Cook faisait partie de son destin...

Voilà que Germain avait un carnet de rendez-vous assez chargé. Rose les mercredis. Rachel les vendredis. Ti-Noire les samedis. Et Marie le dimanche. Que de pièges, que de pièges à éviter! Celui de l'amour en premier. Pas de danger pour lui, mais elles... Et celui de la jalousie. Comment éviter que les unes n'apprennent que les autres le visitaient ? Et la Solange qui passait son temps à surveiller ses allées et venues et celles des personnes qu'elle voyait prendre la direction de la maison à Polyte. Par chance qu'il n'envisageait pas vivre là à demeure. Et il y avait ceux qui l'épiaient sans en avoir l'air. Le curé maintenant sûrement. Jean d'Arc qui souffrait à cause de Rose. Le Cook. Fernand Rouleau…

Tout cela était pas mal emberlificoté, mais c'était ça, son pain le meilleur et il tâchait de démêler les écheveaux autant dans sa vie personnelle que dans le récit de cette vie qu'il faisait d'un chapitre à l'autre dans son ouvrage en cours. Et dans ses toiles.

Beaucoup moins de monde sur le cap ce samedi-là. Une paroisse peu enthousiaste. Le doute rôdait partout. Les rumeurs se promenaient sur des béquilles ou sur cannes. Rumeurs de guérisons, rumeurs d'illusions, rumeurs de confusion.

Bédard passa par le magasin à l'heure du souper. Il proposa à Ti-Noire de la prendre de noirceur, car c'était leur soir de rendez-vous et parce qu'il voulait voir la suite des événements sur le cap.

Là, il put donc constater une grande baisse de la foi. Prit des notes. Évita de rencontrer le Gilles et le Cook. Plusieurs lui dirent que le curé faisait enquête et qu'il y avait anguille sous roche dans cette histoire-là. Mais il put constater que les gens venus d'ailleurs gardaient leur engouement. Quand il quitta les lieux, il se dit qu'il n'y retournerait plus. Ce qu'il avait besoin de savoir, il le savait.

Et il fit monter Ti-Noire, tel que prévu, à l'autre bout du village où il avait laissé son auto. Dix minutes plus tard, ils étaient rendus à la maison.

— As-tu ben baissé tes toiles ? demanda-t-elle quand ils furent au salon.

– La Solange, j'pense pas qu'elle revienne fouiner de sitôt dans mes fenêtres.

À elle aussi, il dit son secret. Et lui demanda de n'en pas parler. Autrement, on saurait qu'elle le voyait.

– La tombe, comme ils disent dans *Les belles histoires des pays d'en haut*. Pis parlant de ça, veux-tu me dire pourquoi c'est faire que t'as pas un radio. Y a des ben bons programmes: *Métropole, Jeunesse Dorée, Je vous ai tant aimé*… Ah! ça, c'est bon! Des fois, j'en peux pas, pis je pleure comme une Madeleine.

– J'ai rien contre le radio, mais c'est pas pour moi. Pas asteure…

– Aux États, les chanceux, ils ont la télévision…

– Une belle invention!

– Les romans-savons, ils vont en faire des télé-savons.

Ils jasèrent un bon moment de l'avenir. Pour elle, tout passait toujours par son rêve américain. Il lui arriva de la mettre en garde sur les valeurs trop matérialistes qui gouvernent le peuple voisin. Mais elle ne comprenait pas ce langage. Puis ils se rendirent dans le studio à la lueur de la lampe.

Il mit un canevas sur le chevalet, approcha une chaise.

– Je veux que tu me serves de modèle… Assieds-toi!…

– Comme ça?

– Comme ça…

Mais elle commença à défaire les boutons de sa blouse…

– Ah! je t'en demande pas tant!

– On est des artistes ou ben on l'est pas…

Pourtant, il changea son plan. S'approchant d'elle, il dit:

– Tu es la plus belle fille de cette paroisse, tu savais?

Elle fit une moue voulant dire: «Quelle importance?» Et elle finit de déboutonner son vêtement dont elle écarta les pans:

– Aime-moi!

– Quoi?

– Aime-moi!

Elle prit les mains de l'artiste et les mit sur sa taille nue sous le soutien-gorge.

– Et l'amour dans ça?

– Posons-nous pas de questions, mon noir, veux-tu?

Une fois de plus, Ti-Noire prenait les devants d'une manière que Germain n'avait pas prévue. Le désir ne lui manquait pas. Mais la prudence lui conseillait de maîtriser ses pulsions.

– C'est un jeu dangereux, ça…

– Jouons-le à deux, ça sera moins dangereux.

Elle entoura son cou de ses mains et lui offrit sa bouche. Sa généreuse poitrine s'appuya sur celle de l'homme. Il lui frotta le nez avec le sien. Il lui fit un clin d'œil.

– Allons dans un lieu plus confortable…

– Viens…

Elle l'entraîna en bas.

L'amour dura une heure. Ils furent nus, collés, enchevêtrés. Ils s'excitèrent, se caressèrent, luttèrent. Il se fit velouté, délicat, chatouilleux. Ils rirent. Elle faillit pleurer de bien-être. Elle croyait naître.

Il la pénétra, mais se retira avant le moment ultime. Quand ils eurent repris leur souffle, elle lui en demanda la raison.

– Tu voudrais te retrouver enceinte?

– Je connais mes périodes.

– Ça marche pas toujours.

– Aux États, on peut se faire avorter.

– C'est une idée qui ne me sourit pas.

– Dans ce cas-là, t'aurais eu qu'à m'épouser.

– J'suis pas l'homme qu'il te faut.

– Comment ça?

– Tu crois que je suis l'homme qu'il te faut?

– J'en sais rien. Comment savoir ça?

– L'amour est faiseur de mésentente et de divorce derrière ses apparences idéales. C'est le pire conseiller de deux personnes qui décident de former un couple.

– On s'aime pas d'amour.

– Parce que toi et moi, on a peur de l'amour tous les deux. Elle soupira devant l'évidence.

– Si je continue de venir te voir, ça pourrait mal tourner ?

– Non, j'pense pas. Je tiens bien le volant. Et tu tiens bien ton volant. Sans ça, je ne me serais pas rendu jusque-là où on est. Pis toi non plus probablement... Ton rêve américain, c'est là-bas ; le mien, c'est ici.

***

# Chapitre 34

Marie et Germain étaient assis sur la galerie à relaxer. C'était dimanche. Un beau dimanche après-midi. Une chaleur douce. Un ciel bleu.

Il n'avait rien pu faire encore à propos de Fernand et il lui en parla :

— Je me demande si la meilleure solution serait pas de tenir ça mort. Peut-être qu'il vaut mieux ne pas lui dire un mot. Le silence est souvent la colère la plus menaçante. Rien que de savoir que je suis ici, comme dimanche passé, et il pourrait bien se tenir tranquille à l'avenir. Et d'abord que Cécile a tout dit, il n'a plus de prise sur elle. Il ne peut plus exercer contre elle son petit chantage.

La veuve grimaça :

— Par chance qu'il a été envoyé au moulin parce que de lui voir la face de ce temps-là, ça me ferait mourir. Ce gars-là a des reproches à se faire pour sa vie passée en Ontario. C'est une injustice qu'il ne soit jamais puni pour ce qu'il fait.

— L'injustice, c'est la vie. On la rencontre partout. J'en sais quelque chose.

Il faisait allusion à un événement lointain qu'elle ignorait. Par discrétion, elle ne demanda pas ce que c'était. À lui de s'ouvrir s'il le voulait.

Des gens passaient sur la route. En auto, en vélo, en voitures à chevaux et certains même en Weezer. Les véhicules motorisés soulevaient des nuages de poussière et leurs passagers se tordaient le cou pour être sûrs que le visiteur chez la veuve était bel et bien Germain Bédard.

À l'intérieur, les filles s'amusaient à des jeux de leur âge. Parfois, Cécile levait les yeux de la table pour tâcher de voir une épaule, une main du jeune homme par la fenêtre. Comme elle aurait voulu être dehors, assise sur la galerie, même à terre, pour entendre sa voix plus clairement qu'à travers la moustiquaire de la porte, pour pouvoir s'abreuver copieusement aux images de lui, pour se mettre dans l'occasion de se faire parler, taquiner, dire des petites fleurs.

Il lui arrivait souvent de pleurer, le soir tard, ou en cachette le jour, à penser à tout ce qui les séparait : distance, âge, connaissances, barrières diverses dont celle de sa mère qui elle, devait l'aimer d'amour... Oh! comme elle eût voulu se rendre aux eaux noires avec la canne à pêche pour ensuite passer par chez lui en espérant qu'il l'aperçoive et lui parle. Comment oser cela? Elle aurait subi mille reproches de sa mère. «Tu pourrais t'être blessée. Il y a des ours dans ce bois-là. Mais tu as dérangé monsieur Bédard.» Prendre comme prétexte de lui apporter des truites comme l'avait fait sa mère. Encore faudrait-il qu'elle en prenne et elle n'était pas trop habile à cela.

Tous les jours et chaque heure du jour, elle pensait à ce dieu si beau, si grand, si fort, si bon... Et alors, il y avait un tel bonheur qui tourbillonnait dans son ventre et sa poitrine. Se pourrait-il qu'un jour ou l'autre, il parte de la maison à Polyte et retourne d'où il était venu? Aussitôt que cette pensée désolante se présentait à son esprit, elle la repoussait, la chassait et lui ordonnait de ne pas revenir la hanter...

Marie aussi, tout en lui parlant, se demandait souvent combien de temps ça durerait, cette belle amitié. Viendrait-il le dimanche suivant et l'autre dimanche ensuite? Des rumeurs couraient voulant qu'il reçoive souvent de la visite chez lui. De qui pouvait-il donc s'agir ? Sûrement pas de la parenté venue de loin. Mais il avait le droit de faire ce qu'il voulait ; pourquoi s'inquiéter pour cela ? L'important, c'était qu'il soit là en ce moment même et pas ailleurs. Demain, on verrait bien...

Marie se leva pour aller aux toilettes et dans l'embrasure de la porte, elle lui dit :

– J'ai acheté du bon pain frais, des bananes pis des œufs. Vas-tu rester à souper avec nous autres ? C'est pas un repas de grand restaurant, je le sais ben, mais...

Cécile entendit et pria de toutes ses forces pour qu'il dise oui.

– Certain ! Avec grand plaisir ! Sauf que je vas m'en aller pas tard vu que je veux aligner quelques pages avant de me coucher.

– Tu partiras quand tu voudras, quand tu voudras...

– Mets une carte sur la table, c'est à ton tour, geignit Annette en s'adressant à sa sœur.

Marie entra, le regard rempli de contentement :

– Pis, les filles, vous vous amusez ?

Elles acquiescèrent par signes de tête et mots mêlés :

– Ben oui... Hum hum... Oui, maman...

– On va garder notre visite pour le souper. Vous oublierez pas de vous brosser les cheveux, là...

Cécile l'avait déjà fait et à plusieurs reprises depuis qu'elle savait que Germain viendrait passer du temps à la maison ce jour-là. Elle avait revêtu la seule robe d'été du dimanche qu'elle possédait et qui lui venait de sa mère qui l'avait elle-même défaite et mise à la taille de la jeune adolescente. Surtout, elle avait mis des guirlandes roses tout autour de son jeune cœur. Et sur la plus belle de toutes, elle y avait écrit en lettres d'or cachées le doux nom de Germain.

Ce qu'il lui inspirait, ce qu'il murmurait à l'oreille de son adolescence nouvelle demeurerait un secret éternel. Tout comme elle garderait toujours en son âme le secret qu'il leur avait confié l'autre dimanche.

«Un jour, vous serez toutes les deux dans mon livre, leur avait-il dit, mais on ne vous reconnaîtra pas. Mais vous, vous saurez et vous serez contentes. Et chaque fois que vous lirez dedans, vous penserez à moi. »

Oui, mais quand il aurait fini d'écrire ce livre, s'en irait-il à tout jamais ? Elle perdrait son protecteur, son ami, son héros. Et le répugnant Fernand pourrait alors s'emparer de sa volonté et de celle de sa mère...

Les sandwichs du souper furent exquis. Yvonne et Annette se taquinèrent pour attirer l'attention, mais Cécile fut d'un silence impeccable. Si bien que l'homme un peu inquiet d'elle et de son âme le fit remarquer :

— Pis, la Cécile, elle, comment qu'elle va ? Elle va bien ?

L'intéressée fit signe que oui en esquissant un léger sourire. Germain posa la sempiternelle question grâce à laquelle les enfants trouvent invariablement intérêt et quelque chose à répondre :

— Pis as-tu hâte de retourner à l'école ?

— Non... Je voudrais tout le temps rester à la maison. C'est ben plus le fun.

Il y avait du vrai et du faux dans sa réponse. Du faux parce qu'au fond elle aimait bien aller à l'école et se méritait toujours de bonnes notes sans pour autant être première de classe. Du vrai parce qu'elle se savait une tache à cause de Fernand Rouleau et craignait qu'on la questionne là-dessus, même si cette possibilité était tout à fait invraisemblable. Le sentiment de culpabilité obnubile tout autant la raison que celui de la peur ou même celui de l'amour.

— Pis vous autres ?

Cécile répondit à leur place :

— Eux autres, elles aiment ça, aller à l'école.

– Ben non, pas plus que toi, dit l'une.

– Ben non, ajouta l'autre.

Germain dit :

– Moi, j'aimais ça, aller à l'école. Apprendre. Comprendre. Surtout prendre… une récréation !

Les trois jeunes demoiselles changèrent aussitôt d'opinion et l'exprimèrent par des mots superposés.

– Ben… moi itou, des fois, dit l'une.

– Ben moi, j'aime ça… mais j'aime pas ça me lever de bonne heure le matin…

– Ben moi, je trouve que c'est long, marcher à l'école…

– Apprenez comme il faut, pis quand vous allez être plus grandes, vous allez être capables d'écrire des belles lettres d'amour à vos cavaliers.

Il obtint des éclats de rire d'Yvonne et Annette, mais rien de Cécile. Elle ne pourrait jamais écrire des lettres d'amour parce que c'est à lui qu'elle les aurait adressées, et que ça, la vie le lui interdirait.

Marie et l'homme s'échangèrent un regard qui en dit long devant cette réaction. Chacun comprit que, derrière ce visage sérieux, se trouvait la trace des griffes de Fernand Rouleau. Et pourtant, Cécile souffrait pour une autre raison bien que sans l'action de Fernand, Germain n'aurait pas occupé le même espace en elle… Tout s'enchaîne, tout interagit…

Le lendemain, Marie eut la désagréable surprise de voir que Fernand reprenait sa place à la manufacture. Comment ferait-elle donc pour supporter sa face de rat chaque minute des dix heures que durerait la journée et des six jours et demi que durerait la semaine ?

Quand elle travaillait à l'étampeuse, pas de problème : elle se concentrait sur son travail et ne levait jamais les yeux, ce qu'elle ne pouvait se permettre de toute manière pour ne pas risquer de voir un morceau de bois écrasé par la presse ou pire, sa main.

Parfois, elle aidait Pit Roy à la machine à tenons et l'homme la déridait par des farces toujours plates mais dépourvues de toute allusion scabreuse. Et l'endroit où elle parvenait le mieux à oublier l'abuseur de sa fille, c'était à la première sableuse juste derrière l'assembleuse des carrés de boîte. Là, elle était protégée de le voir ou d'être vue de lui par une cloison de sécurité servant à cacher les scies déligneuses et recipeuses qui tournaient à train d'enfer et produisaient un bruit strident chaque fois qu'on leur donnait à manger un morceau de bois ou plusieurs.

Pour accélérer la production, on avait fait entrer deux adolescents dont l'un exécutait la tâche la plus chaude, mais aussi la plus facile : le paraffinage de l'intérieur des boîtes. Ainsi, Marie n'aurait pas à travailler à côté de Fernand quand il était appelé à travailler à la deuxième sableuse.

Tant mieux, le temps parviendrait petit à petit à enfermer dans son âme toute l'amertume qu'elle avait à cause de cet homme qui l'avait entraînée dans une cérémonie occulte, qui avait brisé sa promesse d'emmener son fils agonisant sur le cap des apparitions et des guérisons, qui avait suborné sa fille et qui jetait sur elle des regards d'une incroyable méchanceté que rehaussait un sourire miel et sucre de la plus abjecte hypocrisie.

Dominique devinait le sentiment qui l'animait. Il ne voulait pas questionner Marie et faisait en sorte que ces deux-là s'évitent. Pour aider, il mit Fernand sur la recipeuse et confia à un nouveau le travail de la masse.

Elle parvint à ne pas le voir de la journée. Ne pas le voir ou presque, puisqu'il y avait des interstices assez larges dans la cloison de sécurité, pas assez pour laisser passer une main ni même un doigt, mais des regards, oui, et qui livraient une portion de la personne qui se trouvait de l'autre côté.

Pour être absolument sûre de ne rien voir de lui, Marie gardait la tête penchée en avant vers le carré de boîte qu'il lui fallait faire tourner huit fois pour mettre le bois à niveau et le débarrasser des aspérités et des éclats. Puis elle bouchait les trous de nœuds en se servant de résidus qui tombaient de la recipeuse sur laquelle travaillait Fernand.

Et passent les jours sans que ne se dissipent ses sentiments noirs qu'elle tâchait d'enterrer en pensant à Germain. D'une manière paradoxale chez elle, son bonheur d'avoir l'artiste dans son imagination était meurtri par l'idée qu'il en prendrait une autre pour femme, ou par celle qu'il partirait quand il aurait fini d'écrire son livre dans six mois ou un an. La proximité de cet être immonde de l'autre côté du mur flottant alimentait son pessimisme naturel et ses craintes morbides en obscurcissant le soleil qui pourtant se trouvait là, au zénith.

Car son nouvel ami reviendrait les voir dimanche, elle et ses filles. Mais en attendant, il fallait sabler, sabler, sabler, boucher des trous, boucher des trous, boucher des trous… Puis empiler les morceaux près de la cloueuse à Pit Roy qui, lui, souriait sans rien dire chaque fois qu'il la regardait. Il aurait bien voulu savoir tout ce qui se passait dans ce petit bout de personnage féminin qui accomplissait un travail d'homme avec une telle énergie et une telle résistance au bruit, à la poussière, à la chaleur et à l'effort prolongé.

De l'autre côté du mur, Fernand répétait également les mêmes gestes. Et lui aussi le faisait mécaniquement, laissant divaguer son esprit vers des contrées sauvages où la prédation est la loi qui gère tous les êtres y vivant. Il aimait les faibles, non pour exercer sa compassion, mais pour se livrer à ses passions. Vampire comme bien des humains, il avait l'impérieux besoin d'affaiblir les autres pour se sentir régénéré.

Il empilait quatre morceaux et les plaçait sur la tablette mobile où il les tirait vers lui d'une main tout en poussant la table dans l'autre direction, vers les scies, de sa main droite en s'aidant du poids de son corps pour éviter une trop grande dépense d'énergie. Car ce même geste, il le répétait deux fois par minute, donc plus de cent fois l'heure et mille fois par jour. Quatre mille morceaux, cela donnait mille boîtes.

Ce matin-là, Dominique dit aux employés avant de monter au travail avec eux :

– Les *boys*, faut sortir onze cents boîtes aujourd'hui. Au besoin, on fera une heure de plus après souper. C'est pas que je veux vous en mettre trop sur le dos, c'est qu'il faut absolument livrer un chargement à Verchères demain. Pis l'entrepôt est vide. Ça fait qu'on se crache dans les mains…

C'était aux bouveteuses et aux scies qu'il fallait accélérer le travail, surtout vu qu'ailleurs, on arriverait bien à fournir. Un défi à relever pour Fernand. Il lui faudrait concentrer en dix heures une production normale de onze heures. On verrait bien de quel bois il se chauffait. C'était l'occasion de se faire valoir aux yeux du patron autant qu'à ceux des collègues.

Depuis deux heures et demie, il flottait sur les plaisirs de l'ego. Il prenait les morceaux délignés, les cordait vivement sur la table, les couchait, les poussait en avant, puis les classait sans soin pour gagner là quelques secondes.

Il sciait, sciait, sciait et ça ne l'empêchait pas de sans cesse ressasser des souvenirs excitants, ses ravages amoureux avec les Indiennes du Nord ontarien. Comme elles ne se faisaient pas prier pour plaire à un homme, ces jeunes femmes-là ! Et que de plaisir il avait ressenti chaque fois qu'il avait battu celle qu'il avait prise pour concubine et qui était donc devenue alors sa propriété ! Mais un jour, il y avait eu un accident… Il l'avait frappée un peu trop fort.

Le bruit décrut. La vitesse des scies diminua. Déjà, la plupart avaient compris qu'on arrivait au dix-minutes du quart de jour. Et on se ruait vers la porte et le Pepsi. Il fallait s'asseoir quelques minutes et se refaire de l'énergie par le sucre de la boisson gazeuse accompagnée d'un petit gâteau à dix cents, soit un Jos Louis soit un Caramel, les préférés, ou pour d'aucuns comme Marcel, les demi-lunes au chocolat.

Marie, qui se trouvait le plus près de la porte, fut la première dehors, la première en bas, la première au bureau et la première à boire et manger. En sortant avec son Pepsi et son Jos Louis, et comme elle voulait aller se réfugier plus loin, elle vit Fernand qui descendait l'escalier. Retardataire, il ne se pressait pas. Comme pour donner l'exemple et montrer sa hauteur. Mais il trébucha soudain et faillit tomber. Marie eut un mouvement spontané de plaisir à le voir et elle disposa de la fraction de seconde qu'il fallait pour souhaiter qu'il se casse une jambe... Il se redressa par la force de sa main droite et tourna la tête vers elle pour sourire en ayant l'air de dire: «Hein, je me tiens debout, as-tu vu?»

Il retourna s'asseoir dans les marches de l'escalier pour boire et manger. Et quand le sifflet se fit entendre, il jeta sa bouteille vide à côté et monta sans tarder.

– Notre Fernand, il y donne la gomme aujourd'hui, dit Pit Roy à Marie quand elle le précéda dans l'escalier.

– S'il faut sortir onze cents boîtes dans la journée, il est ben obligé.

– Ah! c'est un bon travaillant!

– Vous itou.

– Ben... c'est sûr...

Elle se remettait au sablage que déjà la recipeuse faisait entendre ses sons sourds depuis trois reprises au moins. Fernand avait aperçu la femme rentrer, mais il était si occupé qu'il n'avait pas une seconde pour poser son regard sur elle. Et il se contentait de poser celui de son imagination sur la main de Cécile qu'il forçait d'emprisonner son sexe.

Et il emprisonna les quatre nouveaux morceaux sur la table mobile et, un sourire lubrique en tête, il poussa...

Marie devait boucher un gros trou de nœud. Elle se pencha pour prendre un résidu de bois dans le tas formé par terre autour d'un trou qui avalait le plus gros des restes pour le conduire par une dalle vers le feu. Elle évitait de prendre quelque chose en même temps que le bruit de la botteuse se faisait entendre afin de ne pas recevoir sur la main un petit morceau de bois qui, projeté avec force, pouvait faire très mal et même la blesser légèrement.

Elle vécut alors une seconde bizarre. Seconde de surprise horrifiée. L'objet qu'elle prit dans sa main n'était pas en bois mais en chair et en os... Elle réalisa qu'il s'agissait d'un doigt et que du sang pulvérisé éclaboussait la sciure tout partout... Il lui fallut une autre seconde pour réaliser vraiment ce qui venait de se passer. Alors elle rejeta la chose et se releva... Et aussitôt, elle se retrouva plus loin entre la cloueuse et la machine à tenons avec Marcel et Pit qui, tout comme elle, regardaient Fernand danser comme un Indien en se tenant la main droite avec l'autre, criant et pleurant comme un enfant désespéré tandis que le sang giclait de l'écharognure impossible faite à sa main par la scie impassible.

On pouvait voir qu'il manquait non pas un mais deux doigts, l'annulaire et l'auriculaire, et un morceau de la main du côté de ces doigts-là. Marie ne put s'empêcher de ressentir une sorte de bien-être. C'était la main sacrilège que le sort avait à moitié détruite et il y avait des chances qu'il ne puisse jamais plus s'en servir pour abuser quelqu'un.

– Va falloir le soigner, faire un pansement, un garrot... Vite, Marie, cours au bureau chercher la trousse d'urgence! Demande au commis de venir...

Elle courut, mais le commis était absent, comme ça lui arrivait souvent quand il se rendait au moulin, à la banque ou dans la cour arrière. La porte alors n'était pas barrée et la femme put entrer. Tandis qu'elle cherchait la trousse, il lui vint en tête l'idée de prendre du temps un peu plus que requis. Elle avait le bon prétexte : où était cette trousse ? Ne méritait-il pas de saigner plus, cet affreux homme ?

L'urgence de la situation eut le meilleur et elle aperçut la trousse sur le coffre-fort. En moins de deux, elle fut à nouveau en haut auprès du blessé qui, assis par terre, se lamentait en tenant sa main ensanglantée. Elle savait faire un garrot et un pansement de fortune.

— Je vas chercher la machine du père pour l'emmener voir le docteur, dit Marcel qui partit vivement.

Marie se mit à genoux devant le blessé. Leurs regards se rencontrèrent et il eut l'air de crier au secours. Elle ouvrit la trousse et en sortit un rouleau de gaze et des ciseaux. Elle s'en coupa un morceau qu'elle tordit en écheveau pour en faire une sorte de corde dont elle entoura le poignet. Dominique savait ce qu'il fallait faire puisqu'il avait subi semblable accident déjà et qu'il avait même exposé son doigt dans un pot rempli de formol suspendu au milieu du moulin à scie pour servir de blague morbide et d'incitation à la prudence. Il avait en main une solide délignure pour servir de bâton au garrot et il aida Marie à l'assujettir.

Puis elle essuya le sang avec de la ouate.

— C'est quoi qu'il m'arrive, c'est quoi qu'il m'arrive ?

— La même affaire qu'à moi, dit Dominique. On en meurt pas mais ça fait mal un bout de temps.

Ça ne travaillait presque plus dans la manufacture. L'homme du délignage regardait la scène, mains sur les hanches, plaignant ce pauvre Fernand qu'il trouvait bien gauche. Lui-même délignait depuis vingt ans et n'avait perdu qu'un semblant de bout du petit doigt…

Dominique se faisait des reproches :

— Tu te dépêchais un peu trop… D'abord que je l'ai dit qu'on ferait de l'*overtime* après souper.

François Bélanger apprit la nouvelle par l'homme qui délignait dans le trou pas loin de la chaufferie et se dépêcha de monter pour voir cette image de malheur qui lui ferait oublier la sienne pendant un court instant. Il demanda à l'oreille de Dominique :

— Eutu… aèté… anhen…

— Arrêter l'engin : pourquoi faire ? Fernand a perdu deux doigts pis demain, ben nous autres, il faut livrer onze cents boîtes à Verchères…

François observa la scène lui aussi. Maintenant, Fernand était blanc plus encore que le visage de Cécile ; et Marie fit une comparaison entre les deux quand elle appliqua sur la plaie une montagne de ouate qu'elle demanda à Dominique de retenir en place pour qu'elle puisse l'envelopper de gaze.

Ce qu'elle fit.

— Où c'est qu'ils sont, mes deux doigts, là, où c'est qu'ils sont donc ?

— Dans le feu, jeta la femme sèchement. Tu pourras pus jamais t'en servir…

Puis elle demanda :

— Que quelqu'un aille chercher de l'eau frette parce qu'il va perdre connaissance.

Pit Roy se précipita vers la porte.

— Par chance que tu connais ça ! cria Dominique à Marie.

— Ouais…

Fernand entendit, mais il était loin de la reconnaissance en ce moment et il se sentait complètement perdu, abasourdi, en mal de soins, comme un enfant qui vient de se faire une coupure et voit couler son sang.

Elle coupa un long bout de sparadrap et l'appliqua sur le pansement que retenait l'industriel. Puis un autre en X. Un troisième. Un quatrième.

Dehors, Marcel reculait de la cour de la maison paternelle au volant de la grosse Chrysler verte de son père, une 1947 à immense grille avant. Pit Roy sortait du bureau avec un plat rempli d'eau dans les mains, et à chaque pas, il en perdait...

François se rendit au petit tas de résidus sous la recipeuse et il trouva le doigt que Marie avait rejeté un peu plus tôt. Il revint en le tenant haut, content de sa découverte engluée de sang et se sciure, et dit à voix forte :

– Yané ouvé un...

En le voyant, son propriétaire tourna de l'œil. Et sa tête frappa une pile de morceaux de bois qu'il avait lui-même faite un peu plus tôt, qui s'éparpilla sur le plancher.

Marie le laissa allongé. Elle demeura impassible en attendant qu'il se passe quelque chose. Son devoir était accompli. Pourtant, elle regrettait de lui avoir souhaité du mal. Pit Roy arriva. Dominique s'occupa de faire revenir à lui le blessé en lui jetant au visage des poignées d'eau. Et ça réussit. Avec son frère, il aida Fernand à se relever et on l'emmena dehors.

– Mes doigts, mes doigts, dites-leur de les garder, dites-leur de les garder...

Pit Roy qui les avait suivis le rassura :

– Je vas le dire, je vas le dire...

C'est ainsi que l'inclinaison masculine à vouloir relever des défis pour bien paraître et satisfaire son ego, s'ajoutant à sa concupiscence distrayante, aidée par des scies dangereuses, peut provoquer des accidents malencontreux.

Fernand avait voulu, par sa performance, se faire valoir aux yeux de tous. Tous, pour quelques heures, le prendraient en pitié. Et Marie, qui n'aspirait qu'à faire du mieux qu'elle pouvait avec ses faibles moyens, fit, bien malgré elle, la démonstration que l'humilité obtient parfois de meilleurs résultats que les grandes entreprises de l'orgueil.

***

# Chapitre 35

Le temps tasse les choses. Il les enrobe gentiment avant de commencer à les encroûter. Et cela favorise l'apparition de nouvelles choses. Et si ce processus de stagnation-évolution s'accélère, cela devient révolution par la friction des systèmes chauds et froids de la nouveauté et du conservatisme.

Et puis intervient le jugement de chacun. Pour le curé, les conceptions de Lucien Boucher en matière de changement politique paroissial étaient révolution à combattre. Il ne pouvait plus y avoir de progrès en matière d'idées et de foi aux yeux de ce prêtre, qui pourtant, bénissait les nouveaux projets pourvu qu'ils respectent les vieilles normes. Et il voyait d'un bon œil l'avancement technique permettant d'alléger les travaux du quotidien, de faciliter déplacements et communications.

C'est ainsi qu'au début du mois d'août, il se produisit un événement qui mit l'aveugle en colère et le chagrina beaucoup. Depuis des années, il avait pour tâche de creuser les fosses au cimetière et cela ajoutait quelques dollars à son modeste revenu constitué à partir de son travail de sonneur de cloches et de transporteur du courrier du presbytère. Il suffisait qu'on délimite le lot à excaver à l'aide de pieux et d'une corde pour qu'il creuse une fosse parfaitement droite dans ses trois dimensions et de l'exacte grandeur voulue. Pas un voyant n'aurait pu faire mieux. Mais il arriva qu'un homme du village se procure une petite pelle mécanique. Le curé accepta sa proposition de l'utiliser pour creuser les fosses à l'avenir. L'aveugle eut une altercation avec le prêtre. Chacun tint son bout, l'un au nom du progrès, l'autre au nom de sa survie. La situation empira. Le père Lambert fit la grève. Plus de transport de la malle du curé. Et que le bedeau les sonne tout seul toutes les cloches tout le temps !

Des citoyens s'en mêlèrent. D'aucuns organisèrent une pétition. Le curé dut céder et l'aveugle retrouva son plein travail.

C'était une brèche dans le mur de l'autorité religieuse dont l'abbé Ennis aurait bien voulu se passer ! Surtout qu'il voyait venir comme un gros nuage noir à l'horizon Lucien Boucher et son détestable projet séparatiste.

Les voyants eurent défense de retourner sur le cap à Foley. Les journaux parlèrent de fumisterie découverte par le curé, mais soigneusement cachée par lui. La vérité circula sous forme de rumeurs. Sur des bribes recueillies à gauche et à droite, les plus sceptiques et les plus perspicaces se mirent à lancer des « moi, j'pense que » et ça leur valait d'autres indices. Les pièces du puzzle s'assemblaient peu à peu dans l'âme de chacun. Il y eut de moins en moins de paroissiens sur les lieux que les étrangers pourtant ne cessaient de fréquenter. Il faudrait une déclaration officielle de l'évêché pour tordre le cou à cette histoire qui finirait par rougir comme les feuilles d'automne pour se détacher du grand arbre catholique et tomber dans l'oubli.

Bien trop occupé par son écriture, sa peinture et quatre femmes qui le visitaient chaque semaine, l'étranger ne se rendit plus sur le cap le samedi soir.

La vérité à son sujet circulait à travers les branches. D'abord, on sut qu'il était peintre, puisqu'il promena son chevalet un peu partout dans la paroisse. Il s'installa pendant deux jours sur la côte du Grand-Shenley pour s'inspirer d'une vue plongeante sur le village. Avec la permission de Freddy, il travailla sur le cap à Foley pour y réaliser une toile incluant la maison rouge, la plus vieille bâtisse du village avec ses soixante-quinze ans bien sonnés. Puis il posa les pieds et le trépied au commencement de l'allée du presbytère près de la rue principale et réalisa une œuvre nouvelle.

Parfois, on s'arrêtait pour le voir travailler. Il parlait aux gens sans les regarder, prenant soin de leur dire qu'il s'intéressait à eux mais désirait garder son inspiration en action. Le curé passa dans sa voiture noire. Il ne salua pas ni ne répondit au geste de salutation de l'artiste à l'œuvre.

Rose s'arrêta quelques secondes seulement et les mots qu'ils s'échangèrent auraient pu être entendus par tout le village. À d'autres, il demanda leur nom, et ceux-là, il les regarda un moment puis associa leur image à celle qui se trouvait sur sa toile pour mieux conserver en sa mémoire leur nom et leur visage. On n'avait pas souvent vu de peintre à l'œuvre à Saint-Honoré si ce n'est des peintres en bâtiment et Germain portait un chapeau de cow-boy pour se protéger du soleil, ce qui lui valait encore plus d'attention de la part des curieux et des passants.

Ce jour-là, le curé en profita pour se rendre chez Georges Boutin y mener son enquête personnelle sur leur locataire. Plusieurs travaillaient au jardin à l'arrière de la maison et c'est avec un grand étonnement que l'on vit arriver le visiteur de marque.

– Mon doux Jésus, c'est quoi qui nous vaut l'honneur de votre visite ? demanda Marie-Ange qui s'approcha de la barrière de bois et mit ses mains sur ses hanches selon son habitude.

– Rien de particulier. Je passais par là.

– Je gage que vous alliez chez monsieur Poulin ?

– C'est ça, oui… Et comment ça s'annonce, les légumes?

– Ça pousse ben, vint dire Georges.

– Une vraie bénédiction du ciel! déclara Marie-Ange.

– Sûrement! fit le curé.

– Mademoiselle Solange est ici?

– Je pense, ouais. Elle sera dans sa chambre à travailler sur quelque chose…

– Par cette chaleur sous les combles? dit le prêtre en soulevant son chapeau de paille noire pour laisser passer plus d'air que par les interstices entre les mailles.

– Vous en noir, vous devez avoir terriblement chaud sous le soleil?

– Voilà pourquoi on pourrait aller jaser un peu à l'ombre, sur la galerie.

Marie-Ange ouvrit la barrière. Georges s'approcha. Mais il lui fut dit:

– Tu peux continuer ton ouvrage, Georges, j'ai rien que deux mots à dire à madame.

– Ah! c'est ben comme vous voudrez, monsieur le curé…

– La Solange, je peux l'appeler?

– Non, non, c'est à vous que je veux parler.

Et ils se rendirent sur la galerie où le prêtre put s'asseoir au vent frais sur une chaise berçante et craquante. Elle prit une chaise droite pour répandre sa personne fessue.

– Je voudrais un peu de renseignements sur votre locataire, monsieur Bédard. Rien de bien important. Il y a deux raisons. Tout d'abord, c'est un nouveau dans la paroisse et il est normal que le curé se renseigne à son propos. Et puis j'ai appris que votre fille Solange lui donnait des cours de lecture.

– Ça, c'est fini, il vient pus en prendre. On l'a pas revu autrement que quand il passe dans son bazou sur le chemin qui va chez eux.

– Tant mieux puisqu'il n'avait nul besoin de prendre ces cours. Il sait lire et écrire pas mal mieux que Solange et bien d'autres.

– Comment ça?

– Il écrit des livres.

Le regard de la femme devint très menaçant:

– Pourquoi c'est faire qu'il nous a conté des peurs de même, là, lui?

– Faudrait lui demander à lui? dit le prêtre qui ne voulut pas défendre Bédard en parlant de son besoin d'incognito pour mieux cerner les caractères et les décrire... et les écrire.

– Il voulait peut-être fréquenter la Solange pis c'est le moyen qu'il a trouvé... Mais asteure, paraît qu'il se tient avec la veuve Sirois le dimanche. Ce qui est certain, c'est qu'on lui voit pas la face depuis un bout de temps. Il a fait les foins avec nous autres pis après, on l'a quasiment pas revu.

– Il paie son loyer, j'espère?

– Ça, oui, ben comme il faut! Même qu'il nous payé plusieurs mois d'avance.

– Voilà qui est un peu imprudent de votre part. Supposons qu'il soit quelqu'un de pas très... catholique... je veux dire qu'il se rende coupable de choses pas correctes, ce serait difficile de l'expulser puisque vous avez accepté son loyer d'avance, vous comprenez, Marie-Ange?

– Ah! j'penserais pas qu'il fasse des choses pas correctes, par exemple. Un bout de temps, on le trouvait étrange, mais de savoir que c'est un artiste, on peut comprendre... Pensez-vous qu'il fait des choses?

– Je faisais une supposition, Marie-Ange, je faisais une supposition. Quoi qu'il en soit, je sais bien que vous êtes là pour veiller au grain... je veux dire pour voir à ce que tout se passe bien là-bas dans la maison à Polyte.

– On peut pas être dans la maison, tout ce qu'on peut voir, c'est le va-et-vient...

– Alors, surveillez-les bien, ces allées et venues !

De sa chambre, par sa fenêtre ouverte, Solange entendait tout et emmagasinait.

– Tout ça m'inquiète un peu ; je devrais avoir la puce à l'oreille au sujet de quelque chose, là moi ?

– C'est comme je vous le disais : il s'agit tout simplement d'avoir l'œil ouvert puisque monsieur Bédard est un étranger.

– Ben... c'est un Canadien français comme nous autres...

– Bien sûr, bien sûr, mais un étranger à notre paroisse.

– Ben, on va voir à ça. On va faire attention...

– Et soyez tout à fait discrète. N'en dites rien à personne d'autre qu'à moi... Il ne faudrait pas susciter le doute et les soupçons sur une personne qui est sans doute une très bonne personne, vous savez...

– Ça, c'est certain !

Ce que la jeune fille embusquée dans sa chambre retiendrait le plus, c'était la surveillance des allées et venues que le prêtre demandait à sa mère. Elle aussi y prendrait part sans trop en avoir l'air. D'ailleurs, elle le faisait sans cesse depuis un bout de temps déjà. Tiens, peut-être qu'elle offrirait à sa mère son aide, qui consisterait à se rendre reluquer en secret dans les environs de la maison à Polyte ? Ainsi, elle n'aurait pas à se cacher de ses parents comme de Bédard pour espionner cet homme. Car elle le haïssait maintenant à se sentir cruellement trompée avec cette histoire de leçons de lecture, d'autant qu'il n'avait même pas daigné l'avertir qu'il interrompait ses cours privés.

Non seulement elle le surveillerait, mais elle tiendrait un journal de ses observations. Dès le départ du curé, elle dit à sa mère qu'elle avait entendu leur conversation bien malgré elle et proposa son aide pour prendre Bédard dans leur collimateur. Marie-Ange trouva l'idée bonne puisque ses trente-six occupations l'auraient empêchée de bien accomplir la tâche.

Et malgré son chagrin coléreux, Solange ressentit du plaisir à penser qu'elle aurait peut-être la chance de se venger de lui...

Maintenant, elle se sentait plus forte que lui. Il ne pourrait plus la dominer par la peur... Fini ce temps-là! Fini, n, i, ni...

Elle n'était pas la seule à patauger dans ce mauvais sentiment puisqu'au village, Jean d'Arc rongeait toujours son frein devant le silence de Rose à son égard malgré cette lettre menaçante qu'il lui avait fait parvenir. Et même si elle n'avait pas cédé à son chantage, il ne parvenait pas à la dénoncer au curé, pas même sous le couvert de l'anonymat puisqu'à son tour, elle pourrait le dénoncer lui et s'aider de la lettre pour le faire. Il avait honte d'avoir couché avec cette femme. Il avait honte de la lettre. Et la honte fait souvent enrager celui qui la ressent.

Si ce peintre pouvait donc disparaître de la paroisse, peut-être que la Rose le rappellerait dans ses draps. Alors il surveillait cet homme. Il connaissait le chemin des érablières et l'empruntait souvent à bicyclette avec une canne à la pêche attachée à la barre transversale pour lui servir de prétexte au besoin.

Et lui aussi prenait des notes. Mentalement...

Il lui arriva un dimanche de se rendre jusque chez Germain. Il sonda la porte, le cadenas et, comme Solange déjà, il découvrit qu'il pouvait entrer. Voilà qui était terriblement risqué. L'autre pouvait revenir n'importe quand... « Qui ne risque rien n'a rien! » disait souvent le professeur sans lui-même jamais risquer quoi que ce soit. Ce grain de sagesse emporta le morceau et l'adolescent entra pour effectuer une visite éclair des lieux. Il n'apprit rien qu'il ne savait déjà sauf qu'il put voir ces toiles empilées contre le mur et qui comportaient des nus dont un surtout le frappa : il crut reconnaître les fesses de Rose. Nerveux, il ne s'attarda point et se hâta de s'en retourner au plus vite à l'abri de la forêt...

Au début, il n'eut guère de chance puis le temps aidant, il aperçut Rachel Maheux descendre de l'auto de Bédard; et une autre fois, un samedi soir, il vit Ti-Noire à la brunante près d'une fenêtre... Ah! Ha! Il se doutait bien que Rose aussi puisse lui rendre visite, mais quand?

Un autre jour, il vit Lucien Boucher dans les parages. Ce n'est que plus tard qu'il saurait pourquoi. Pour l'heure, il ne put qu'entendre quelques mots échangés dehors.

Ayant appris que le jeune homme non seulement savait lire et écrire, mais que de plus, il pouvait écrire des livres, le cultivateur séparatiste était venu l'enrôler dans son comité à titre de secrétaire et propagandiste.

— Je serai le Joseph Goebbels de la cause, déclara Germain, pince-sans-rire en tendant la main à son visiteur.

Homme renseigné, Lucien savait de qui il voulait parler et il le prit en riant:

— J't'en demande pas tant, pis surtout, j'voudrais pas passer pour le Hitler de la paroisse.

Et passent les jours et passent les semaines.

Bédard peignait, écrivait, recevait une femme ou une autre, visitait Marie et ses enfants. Il se rendit compte qu'elles éprouvaient toutes pour lui un certain sentiment amoureux. Même Rose qui le niait fort pour se mettre à l'abri elle-même.

Le comité pour la séparation de la paroisse siégerait tous les lundis soirs jusqu'à obtention du Conseil municipal de la tenue d'un référendum sur la question. Freddy, qui agissait comme maire par intérim, soutenait qu'il ne pouvait pas engager la paroisse dans un tel processus et qu'il faudrait attendre novembre et l'élection d'un nouveau maire, soit par acclamation, soit par votation. Lucien crut qu'il faille en profiter pour tâcher de faire élire un maire séparatiste. Mais qui ?

– Qui mieux que vous, monsieur Boucher ? demanda Germain quand la question fut posée.

– Si je devais être battu...

– Ça, il faut pas penser à ça pantoute, dit Ernest qui siégeait sur le comité.

– Monsieur Grégoire a la confiance du monde.

– Ouais, mais Freddy se présentera pas, c'est certain. C'est Phonse Boulanger qui va venir sur les rangs, vous allez voir... On peut te présenter, mon Lucien, pis tu pourrais ben battre Phonse...

Ils étaient six à la réunion qui se déroulait à la boutique de forge : à part Lucien, Ernest et Germain, le groupe était composé de Paul Martin, un cultivateur du bas de la Grande-Ligne, de Fred Mercier du haut de la Grande-Ligne et de Cléophas Quirion du rang Petit-Shenley.

Ernest n'était pas désintéressé dans sa prise de position séparatiste, car presque toute sa clientèle se recrutait dans les rangs plutôt que dans le village, et que tôt ou tard, selon lui, la paroisse formerait sa propre municipalité indépendante. Et puis, il lui semblait plus juste que chaque groupe paye pour ses propres services. Enfin, il aimait s'opposer au curé dans ce qui ne regardait pas la religion ou la fabrique paroissiale.

Il fut discuté ensuite du meilleur moyen pour rejoindre les gens à part la cabale de porte-à-porte. Il y avait le tract distribué à la porte de l'église. Il y avait la lettre générale diffusée par la poste rurale. Il y avait enfin l'appel général par téléphone. Dans les trois cas, il y aurait des frais et il fallait donc organiser une collecte générale de fonds pour soutenir la cause. Il fut décidé que chacun des membres du comité avancerait une somme de dix dollars qui permettrait d'assumer les frais de la dite collecte.

D'aucuns furent pris par la gêne, mais, certains de récupérer leur mise, ils la firent quand même.

Lucien partit content. Le premier pas était fait. Il pourrait bien se porter candidat à la mairie.

\*\*\*

# Chapitre 36

Le curé réfléchissait.

Quand il y avait un feu quelque part dans la paroisse, on le réclamait afin qu'il vienne circonscrire le brasier avec des médailles, ce qui aidait grandement les pompiers à sauver les bâtisses voisines. Honoré Champagne, un commerçant ratoureux, lui avait même demandé un jour de parsemer d'avance le *tourage* des siennes pour que le feu n'y prenne pas du tout. Ainsi, il sauverait non pas ses bâtisses moins une, mais toutes ses bâtisses.

«Ah! ce n'est pas ainsi que ça fonctionne, lui avait dit le prêtre. Dieu ne négocie pas avec ses créatures.» Mais Honoré avait eu du mal à comprendre cette logique.

Cette fois, dans l'affaire des apparitions, non seulement le prêtre encerclait le désastre, mais il avait fait office de pompier, arrosant le feu avec l'eau du doute et creusant une tranchée de scepticisme pour distancer les paroissiens du phénomène inventé.

Et il avait réussi.

Plus personne n'en parlait plus. Chacun voulait oublier qu'une fausse apparition prête à rire. Et faire rire de sa paroisse quand on est curé, c'est faire rire de soi. Et par ses sermons depuis lors, l'abbé rebâtissait dans la tête de son monde le sentiment qu'il avait cultivé depuis tant d'années à savoir qu'ils vivaient dans la plus belle paroisse de la province de Québec. Et certains dimanches euphoriques, il disait «du Canada».

Celui que l'on vante directement ou par nationalisme interposé devient un gouffre sans fond capable d'absorber les éloges les plus incroyables et invraisemblables. Et si un individu, à force d'années, peut en arriver à connaître ses limites approximatives, la collectivité semble, quant à elle, tout à fait incapable d'une pareille auto-analyse. D'autant que les plus éclairés de ses membres, eux qui pourraient la faire à leur place, n'y trouvent aucun intérêt puisque la démagogie nationaliste les sert mieux, et surtout, bien plus grassement.

Et le curé réfléchissait.

Un plan avait surgi dans sa tête et il en mesurait toutes les conséquences.

C'est qu'il avait appris la formation officielle du comité de la séparation et la possibilité pour Lucien Boucher de se présenter à la mairie en novembre. Il ne fallait surtout pas que la mairie s'en aille dans un rang, encore moins dans le Neuf. Il ne devait pas agir non plus comme si le séparatisme paroissial n'existait pas. Attaquer Lucien de front, c'était risqué. Attendre, ce serait pire. Il lui apparut souhaitable de provoquer un référendum au plus vite afin de faire avorter l'idée du séparatisme en la tuant directement dans son œuf de crabe.

Il fallait une stratégie astucieuse. Et une question brutale. Le maire par intérim lui dirait oui. Freddy disait toujours oui à tout le monde. Et Lucien ne saurait s'opposer puisque la décision en apparence irait dans le sens de sa cause. À la demande du curé, Freddy reviendrait sur sa décision de ne pas s'en mêler, surtout que les contre aussi bien que les pour s'entendraient sur la tenue d'un référendum.

Et le curé passa à l'action une fois encore.

Il rencontra Freddy au bureau de poste et n'eut pas de mal à le convaincre. Il téléphona aux conseillers. Même résultat. Le premier lundi de septembre, à une assemblée du Conseil, à laquelle assistaient Lucien et plusieurs autres de son groupe, une proposition quant à la tenue d'un référendum fut mise au vote et adoptée unanimement.

Lucien fut piégé. Lui aussi applaudit. Dans son enthousiasme, il oubliait que Paris ne s'est pas bâti en un jour et que c'est petit à petit que l'oiseau fait son nid. Il ignorait que derrière cette naissance prématurée se trouvait cet avorteur de curé.

Après la séance, le comité de la séparation tint une assemblée de fortune sous un lampadaire du terrain de l'O.T.J. Germain Bédard soutint que l'unanimité du vote sur la question du référendum indiquait qu'il y avait anguille sous roche et que quelqu'un, sans doute du groupe à Phonse Boulanger, utilisait la stratégie de la «vitesse qui tue» pour transformer le fœtus séparatiste en un avorton mort-né.

— Un plan quasi nazi! dit-il à la fin.

— Peut-être, acquiesça Lucien, mais il faut vivre avec ça. Pis là, il faut le gagner, le référendum du premier octobre 1950 dans cette belle paroisse qu'on veut unie dans la division.

— C'est vrai qu'on va rester des bons associés, enchérit Ernest.

— C'est comme ça qu'il faut le présenter aux gens: on se sépare pour mieux s'associer.

Les tâches furent sommairement réparties. On se réunirait de nouveau le lendemain pour établir un plan de campagne.


Germain se rendit compte que la Solange continuait de le surveiller. Elle venait souvent rôder dans le sous-bois à la brunante. Il en déduisit que cela ne se pouvait faire qu'avec l'accord tacite de ses parents. Il leur fit savoir par lettre qu'il ne désirait plus prendre de cours de lecture et d'écriture, et ses remerciements à cet égard et à l'endroit de la jeune femme furent chaleureux. Il ajouta qu'il pourrait avoir besoin d'aide plus tard dans des travaux qu'il ferait avec leur accord au deuxième étage de la maison. Ils pourraient toucher du salaire.

Cette perspective réduisit l'ardeur de Marie-Ange à le surveiller et à rapporter ses faits et gestes au presbytère, ce qu'elle n'avait d'ailleurs pas encore fait. La femme confia toute la tâche à sa fille, que sa classe nouvellement ouverte accaparait maintenant les jours de semaine.

Un jour que Rose le visita, Germain lui demanda un nécessaire à maquillage de base : rouge à lèvres, crayon pour les yeux, mascara, ombre à paupières… Elle n'eut pas le temps de trop s'étonner puisqu'il mit cela sur le compte de la peinture.

— Je vais m'en appliquer et grâce à un miroir, je servirai de modèle pour moi-même. Personne ne me verra. Personne ne saura.

Il se fit si convaincant qu'elle le crut. D'autant qu'il la paya en bel argent avec pourboire généreux, qu'elle refusa mais dut finir par accepter.

— C'est pour les conseils que tu me donnes.

— Pis les tiens en peinture ?

— C'est une autre histoire, ça…

L'art est large d'esprit et Rose oublierait vite cette vente et son contenu.

À cause de la campagne référendaire, Germain dut annuler ses rendez-vous hebdomadaires avec Ti-Noire, Rachel et Marie. À chacune, il dit qu'il se manifesterait quand il le pourrait. Quant à Rose, elle-même devrait allouer trois bonnes semaines pour sa tournée d'automne de la clientèle Avon. Un homme n'est pas une machine. Il devait écrire, peindre, faire de la politique, faire l'amour au complet avec Rose, faire l'amour à moitié avec Ti-Noire, faire l'amour platonique avec Rachel et Marie. Et voilà qu'il devait maintenant s'occuper sérieusement de Solange avant qu'elle ne lui fasse trop de tort.

Voilà pourquoi il lui tendit un piège. Il fixa des cordes çà et là dans le sous-bois et les fit courir jusqu'à ses fenêtres, leur faisant commander un onglet à ressorts qui l'avertirait d'une présence aux environs. Peut-être serait-il dérangé par des bêtes, mais il faudrait que ce soient des grosses puisque les cordes étaient tendues à la hauteur d'un genou humain.

Un soir tôt, il attrapa le poisson. Le bruit vint du côté du salon. Il se précipita au deuxième étage et grimpa dans la tour d'où il put apercevoir la jeune femme dont les épaules n'étaient pas tout à fait cachées par l'arbre derrière lequel elle s'adossait pour le moment. Il sortit par l'arrière et fit un détour jusqu'à couper une éventuelle retraite de la visiteuse. Et il tomba sur elle en quelques minutes à peine.

– Je gage que tu reviens des eaux noires ?

– Ben... non... Je... j'faisais une marche dans le bois...

– Je vois. Dans ce cas-là, viens à la maison.

– J'sais pas si...

– Je t'invite... Viens...

Il lui prit la main et elle dut le suivre. Quand elle fut assise à table, il lui servit du vin rouge : un grand verre. Et il multiplia les prétextes pour la faire boire : santé, défi, salutation à quelqu'un ou quelque chose... Peu habituée, elle ne tarda pas à sentir sa tête qui tournait... Là, il l'invita à se rendre en haut où il la rejoindrait dans quelques minutes :

– Le temps d'aller aux toilettes... Tu regarderas les toiles qu'il y a par terre contre le mur en face de la porte.

Elle se leva et le dévisagea, courageuse dans sa courte ivresse :

– Ah ! je le sais, que tu savais lire. Pis que tu m'as fait accroire que tu le savais pas...

– Je l'ai fait accroire à tout le monde. C'était pour passer incognito en même temps pour provoquer les réactions... C'est ça, mon métier.

Elle mit ses mains sur ses hanches et dit, défiante :

– Ma mère pense que c'est parce que tu voulais me voir.

Il sauta sur l'occasion:

– C'est vrai, c'était pour ça.

– D'abord, pourquoi c'est faire que t'as arrêté de prendre des leçons?

– Parce que ça s'est su que je savais lire.

– Ah!

– Emporte-nous chacun un verre de vin en haut. Je vas te rejoindre dans quelques minutes.

– OK!

Elle avait soif de bien plus que de vin. Et il lui semblait que ce soir-là, elle pourrait boire bien plus que du vin. À cause de ses années à l'École normale, elle n'avait pas eu de cavaliers encore. Il n'y avait pas de gars de son âge dans son petit rang. Et ceux des autres rangs trouvaient fille à marier dans leur coin souvent, ou ailleurs dans la paroisse. On oubliait toujours les quatre familles du Dix, un rang qui, par le nombre de ses habitants, ne faisait même pas le quart du plus petit des neuf autres de la paroisse. Le rang des oubliés pis des oubliettes, disait parfois Germain Bédard.

Quant aux gars du village, la plupart partaient jeunes pour aller travailler à Montréal ou à Valleyfield. Et puis Solange ne se trouvait pas très attirante avec ses joues trop pleines et son front trop étroit. Elle sentait le besoin de la force d'un homme comme lui, d'un homme de trente ans, d'un homme quasiment inaccessible, d'un homme venu d'ailleurs... Il l'enrageait, il la subjuguait, il la bouleversait, il l'emprisonnait... Son sentiment pour lui, c'était comme cette nuit orageuse où il avait eu l'air de faire corps avec la tempête, de faire jaillir l'éclair de son regard et de son âme, de commander au ciel ou à l'enfer...

Ils firent tel que prévu. Elle versa du vin dans leurs deux grands verres qu'elle transporta ensuite en précaution malgré l'enchantement de son âme, jusqu'en haut, sans en répandre une seule goutte. Et elle les posa sur la longue table où des accessoires de travail pour le peintre attendaient leur utilisateur. Et elle but en l'attendant, sans se rappeler qu'il lui avait dit de regarder les toiles empilées contre le mur d'en face. Ce n'est que deux ou trois minutes après, et au bout de quatre ou cinq petites gorgées, qu'elle aperçut l'empilement.

Elle s'y rendit et s'accroupit puis ôta le drap blanc portant des taches de couleurs, qui recouvrait les œuvres. Et les regarda une après l'autre dans la pénombre car le jour baissait déjà dehors. Une d'elles l'estomaqua malgré cet enivrement qui grandissait en elle. À plusieurs reprises, elle ferma les paupières et les rouvrit pour bien voir ce qu'elle n'avait jamais vu ni même osé trop imaginer dans ses moments les plus débridés : une femme en train de chevaucher un homme qui était occupé à peindre.

Au bas du cadre, il y avait le titre de l'œuvre : *OUI*.

Alors elle entendit le plancher craquer, et comme une ombre apparaître au-dessus de sa tête. Et ressentit une présence tout près… Elle se mit de travers sur ses jambes pliées et tourna la tête… Un cri s'échappa de sa bouche. Et pour un instant qui lui parut une éternité, tout eut l'air de se figer dans le temps et l'espace, aussi bien elle-même et son sang, qui se glaçait dans ses veines, que l'image de cet être extraordinaire qui se tenait à deux pas d'elle.

C'était Germain, elle le reconnaissait. Mais ce n'était pas lui. Ou bien s'agissait-il de sa réincarnation ? Son visage impassible se situait à mi-chemin entre l'image de la féminité agressive et celle de la masculinité preneuse. Un mélange bizarre de Rudolph Valentino, de Carlos Gardel et de Joan Crawford. Il avait du rouge sur les lèvres, des paupières bistrées et des cheveux parfaitement lisses, luisants, séparés par le milieu. Et ce regard pénétrant, dur, sauvage, qui entre dans votre âme et se retrouve dans tout votre corps pour l'enflammer, le séduire, le remplir d'énergie avant de l'en vider complètement.

Tout de noir vêtu, l'homme exprimait aussi une profonde tristesse par l'expression d'un trait rouge sur la paupière inférieure et l'application de rouge plus haut que la lèvre aux deux coins de la bouche.

– C'est quoi… qu'il t'arrive donc ? parvint-elle à balbutier.

Il ne répondit pas.

– T'as ben l'air étrange ?

Il continua de rester muet et de ne pas bouger. Elle se leva et, un peu angoissée, regarda par-dessus son épaule puis sa poitrine que laissait voir une ouverture dans sa chemise noire. Chaque fois qu'elle approchait cet homme, il se passait quelque chose de si incompréhensible… Elle se sentit envahir par la chair de poule. Elle eût voulu partir ; elle eût voulu rester. Elle eût voulu qu'il disparaisse ; elle eût voulu qu'il la prenne sur lui. Pourquoi ce silence de mort ? Pourquoi était-il apparu juste au moment où elle regardait cette toile à la gloire de l'impureté la plus pure ? Il était déjà arrivé là de cette même manière fantomatique pour la surprendre en train de fouiner dans cette même pièce. Comment pouvait-il apparaître comme un homme tout à fait ordinaire et devenir le moment d'après un être aussi exceptionnel ?

On suffoquait dans cette pièce. L'air chaud empestait la térébenthine et les relents de peinture. Et voilà qui lui rappelait les odeurs de ce coffre vide dans sa chambre. Elle hocha la tête pour lui dire qu'elle n'avait pas peur de lui ; aussitôt, son poignet fut enserré par la main de l'homme comme dans un étau féroce. Il l'attira à lui et l'emprisonna dans ses bras.

– C'est que tu fais, c'est que tu veux ?

– Ce que tu veux, dit-il en détachant chaque mot et en les prononçant d'une voix insolite, rauque et murmurante.

Et à chaque mouvement de résistance, il serrait plus fort. L'odeur de l'homme et ses parfums artificiels remplacèrent les senteurs chimiques dans les narines de la jeune femme.

– Dis que tu voudrais t'en aller, fit-il lentement en approchant sa bouche de celle de la jeune fille.

– Qui es-tu? Pourquoi que t'es comme ça?

– Je suis ce qu'il y a de plus pervers en toi-même.

Elle hochait la tête, mais pas le plus qu'elle pouvait.

– Y a rien de pervers en moi...

– On va bien voir.

– J'ai vu ta peinture. C'est de la cochonnerie...

– Quel beau compliment!

– Pis tes livres, ça doit être pareil.

– J'aime te l'entendre dire.

Il commença à l'embrasser sur la joue, cherchant sa bouche sans y parvenir. Alors il la repoussa tout en la retenant, jusqu'au mur afin de pouvoir l'y écraser et pour redresser sa tête à l'aide d'une main afin qu'elle ne puisse plus se dérober.

Il put plaquer sa bouche vorace sur celle fermement crispée de la jeune fille. Il s'arrêta pour lui souffler au visage:

– Crie... crie au meurtre...

Elle-même à bout de souffle répondit:

– Personne ne m'entendrait, tu sais ça...

– Qu'est-ce que tu veux, Solange, hein, qu'est-ce que tu veux de moi? Tu veux le côté pervers qu'il y a en moi? Et s'il n'y avait qu'un seul côté en moi, hein? Une seule face perverse... hypocrite et perverse...

Et il plaqua encore sa bouche sur celle, moins réticente maintenant, de la jeune fille. Puis il lécha sa bouche en disant des mots nerveux auxquels il insufflait un ton mauvais:

– Je... suis... un... cochon... un porc... comme ceux-là... dans la porcherie... du village... Pis toi... t'es une... chienne...

Elle se ramollit. Il introduisit sa langue entre ses lèvres, poussa fort, finit par réussir à entrouvrir la bouche dans laquelle il s'engouffra. Et sa main gauche commença à explorer la poitrine… Elle cessa de résister et parvint quand même à dire avec une moue qui exprimait la douleur :

— Tu me fais pas peur…

— Le dire fait deviner qu'on pense le contraire, hein, petite garce, hein ? Oui, t'as peur… mais t'aimes avoir peur…

Le jeu se poursuivit. Il l'embrassa, la pelota et sa main fouilla l'entrejambe. Il colla son sexe érigé contre ses cuisses et entre ses jambes. Cela dura plus d'une demi-heure. Alors il lui montra la toile intitulée *OUI* en lui soufflant près du visage :

— Un jour, on va faire ça, toi pis moi… Pas pour procréer, mais pour le seul plaisir de le faire. Pour la jouissance que ça rapporte, que ça va nous donner… Ce jour-là, il te faudra renier la sainte hostie et marcher dessus… Pour que le plaisir soit multiplié par cent, par mille, par l'infini…

Elle fit plusieurs signes de tête négatifs en même temps qu'il parlait.

— Il le faudra…

Elle commença à pleurer.

— Je suis un démon sorti des enfers… Tu dois m'obéir. Tu dois m'obéir.

Il la fit entrer dans un processus hypnotique et elle ne parvint plus à sortir de son emprise. Il continua encore de se livrer sur elle à des attouchements lubriques en même temps que de lui faire des suggestions. Il lui fit boire du vin, la fit coucher sur la table, dénuda son corps qu'il couvrit ensuite de cent baisers tandis qu'elle était sans cesse agitée de longs frémissements qui allaient de sa nuque à ses genoux.

Et là, d'une manière aussi brutale que soudaine, il lui commanda de s'en aller :

— Pars, Solange Boutin, pars. Va-t'en ! Hors de ma vue ! Tu reviendras quand je te ferai signe. Quand tu verras dans la tour une lumière qui bouge vers neuf heures du soir, tu viendras le jour d'après…

Il l'aida à se rhabiller et le fit sans soins ni douceur. Il la suivit en silence jusqu'à la porte à l'étage du bas. Elle partit en titubant. Le mélange d'alcool et de sentiments débridés lui donnait son pas de zombie.

Lui se précipita à la salle de toilettes où il se débarrassa de son maquillage. Puis il se rendit dans la tour où, à la lueur de la lampe, il ajouta à son manuscrit en quelques lignes des plus fébriles :

*Quelle expérience exaltante avec une jeune fille du voisinage ! Elle aime tant se faire tourmenter ; c'est dans sa nature profonde. Et c'est peut-être la seule manière de l'enfermer dans le silence dont j'ai besoin pour maintenir à distance, le temps qu'il faudra, la persécution et l'exclusion que j'anticipe pour commettre le crime de ne pas être comme eux tous. Pourrait-elle en rester marquée ? Pas plus que tous ces naïfs qui ont cru aux apparitions de la Vierge semaine après semaine, priant, pleurant, implorant le ciel de leur accorder des faveurs, pauvres crétins qui oublient que les plus grandes forces capables de les sauver se trouvent en eux-mêmes... Et puis les marques que l'on porte ne font-elles pas notre bagage personnel le plus utile et le plus fertile ?*

\*\*\*

# Chapitre 37

Comme souvent, Rose faisait le point sur sa vie devant son miroir en brossant ses cheveux et en défiant son âge.

Tout un monde déjà la séparait de son univers de la salle paroissiale d'il y avait moins d'un an. Son mari, dont elle savait qu'il continuait d'espérer son retour, n'était plus qu'une image dans son album de souvenirs. Mais son contrat de mariage devant Dieu et les hommes ne pouvait pas, lui, être classé aussi facilement. Le prix à payer pour aller au bout de ses sens, comme elle l'avait fait avec deux amants déjà et sans aucun remords, consistait à devoir se cacher pour devenir elle-même et roucouler dans les bras de ces hommes virils et chauds.

Ces mercredis chez l'étranger lui apportaient ce que, dans son moi profond, elle avait toujours voulu : un mélange explosif de jouissance physique et artistique. Aller au bout de ses possibilités sans aucun frein, ni par la religion, ni par le partenaire, ni par les enfants, ni par les normes, ni par les doigts accusateurs, ni par la peur de la peur elle-même… Ce n'était rien, prendre l'autobus pour se rendre au village voisin : elle avait le parfait prétexte, elle avait le moyen financier, elle avait le désir, elle avait le temps, elle avait la générosité de Bernadette qui, sans le savoir, devenait la complice de ses amours et de ses plaisirs.

Germain lui disait tout. Du moins, l'affirmait-il. Elle savait, comme toute la paroisse maintenant, qu'il voyait Marie Sirois le dimanche. Mais en plus, elle savait qu'il voyait en secret

Ti-Noire et parfois Rachel. Et il lui raconta ce qu'il avait fait à Solange pour la neutraliser.

Rose ne connaissait pas le démon de la jalousie. Elle voyait en lui un spécimen si différent du reste des hommes qu'elle ne parvenait pas à l'imaginer en amour avec l'une ou l'autre des quatre autres femmes, pourtant bien plus jeunes qu'elle-même. Et qu'importe si cela devait arriver un jour! Elle prendrait un nouvel amant et un nouvel envol. Il lui offrait à elle ce qu'il ne donnait à personne d'autre: une sexualité folle chaque fois poussée jusqu'à des limites situées hors du temps et de l'espace, et aussi ce fil d'Ariane qu'était l'expression artistique lui permettant de sortir hors d'une autre prison, ce tortueux et labyrinthique elle-même. Sans compter qu'à ces connaissances sur lesquelles il lui ouvrait la porte, il la tenait au courant de ses autres relations personnelles. Qu'aurait-elle pu espérer de mieux?

En ce moment, elle se sentait comblée, heureuse.

Et intouchable.

Une main la toucha à l'épaule. C'était celle du curé. L'été, il marchait sur des semelles indiennes et on ne l'entendait pas toujours venir, surtout quand on se trouvait au bureau de poste un peu à l'écart du magasin où on ne remarquait pas qui venait ou même si on venait. Rose qui adressait un mandat postal à son fournisseur tourna la tête:

— Ah! bonjour, monsieur le curé!

— Comment allez-vous, madame… madame Rose?

Il avait du mal à ne pas lui faire sentir qu'il la considérait toujours comme madame Poulin. Toutefois, il ne désirait pas l'indisposer, ni elle ni personne en cette campagne référendaire. Le prêtre devait faire circuler des messages d'union et il faisait flèche de tout bois.

— Dangereusement bien, monsieur le curé!

– J'aime ça, une réponse comme celle-là. Ça veut dire que les choses ne vont pas si mal que ça dans notre belle paroisse unie.

– D'autant plus qu'avec une nouvelle manufacture qui va ouvrir ses portes, il va y avoir du gagne pour ben du monde.

– C'est un grand progrès. Et puis j'ai la garantie des Bilodeau qu'ils vont engager des personnes de partout dans la paroisse, et même, quand le besoin se fera sentir, d'ailleurs. Bien sûr, je leur ai recommandé de regarder du côté de Dorset après ici...

– Ayant été curé là-bas, vous devez connaître tout le monde à Dorset.

– Comme par ici, madame. Et Dorset, c'est une paroisse qui reste unie.

Deux fois déjà le prêtre avait glissé son message. Rose le comprit tandis que Freddy, occupé aux affaires du Roi, faisait semblant de ne rien entendre.

– Ah! C'est de valeur que j'aie pas le droit de vote au référendum parce que ça serait non à la division de la paroisse.

Le curé prit un ton détaché :

– Moi, vous savez, je ne m'en mêle pas. J'ai dit mon mot pour que la question soit enfin posée et vidée, mais maintenant, c'est au peuple de décider. Lui seul est souverain. Si le curé devait prendre position... officiellement, ça ne servirait qu'à envenimer une situation déjà tendue entre les deux... disons, les deux factions militant pour ou contre la séparation.

– Dans votre cœur de prêtre, vous êtes plutôt contre.

– Je vous laisse le soin de le dire, moi, je ne me prononce pas. Que les meilleurs gagnent !

On entendit le bruyant ressort de la porte de l'entrepôt s'étirer puis la porte se refermer sur quelqu'un qui s'avança et apparut dans la deuxième entrée de l'étroit bureau. C'était Armand Grégoire qui venait sans doute placoter avec son frère et qu'il trouvait pas mal occupé.

– Tiens, bonjour, madame Poulin... Ah! pis si c'est pas monsieur le curé!

– Salut, Armand! Comment vas-tu?

– Toujours égal, toujours égal.

– Paraît que Martial Maheux va se faire opérer ces jours-ci?

– Ouais, fit l'homme malade, j'suis au courant. Pis j'espère qu'il va s'en sortir. Moé, mon règne est pas mal entamé, mais lui, il est ben trop jeune pour mourir.

Rose colla son enveloppe et la remit sur la planche à bascule avec une pièce de cinq cents. Elle s'éclipsa en saluant:

– Je vous laisse piquer une jasette entre hommes. Bonne journée, tout le monde, là!

Le curé s'approcha de la planche. Cette fois, il voulait influencer Armand, bien qu'il n'eut pas d'illusions à ce sujet.

– Il est jamais trop tard pour bien faire.

L'autre savait bien que pour l'heure, toute la passion du prêtre était accaparée par la campagne référendaire. Il fit dévier le propos dans cette direction:

– Pis, monsieur le curé, qui c'est qui va gagner le référendum d'après vous?

– Ceux pour qui tu vas voter, Armand.

– Ah! j'ai le droit de vote pis je vas l'exercer.

– Et alors?

– Ben je vas écouter tout ce qui va se dire sur la question... À Sainte-Germaine, ils ont séparé la paroisse pis ça va pas plus mal pour ça.

Freddy lui jeta un regard par-dessus ses lunettes et intervint à la place du curé:

– Pis ça va-t-il mieux pour ça?

Armand prit son ton le plus long:

– Je viens de dire, Freddy, que ça va pas plus mal pour ça.

– Pas aller plus mal pis aller mieux, c'est pas la même affaire, ça, là.

— Si c'est pas pire, ça doit être mieux.

Le visage du prêtre s'assombrit. Il croyait comprendre que l'autre voterait sans doute pour la séparation et ça l'ennuyait bien entendu.

— Mais faut dire que là-bas, y a le sanatorium qui fait un village en lui-même. Par ici, c'est pas la même affaire pantoute. Mais d'un autre côté, y a rien qui change pas dans ce bas monde. Au début, quand notre père est venu s'installer par icitte, y avait pas grand-monde. Asteure, on dépasse les deux mille personnes. Son règne pis le nôtre, c'est pas pareil.

Le curé se retenait de dire quelque chose. Il se contenta de sortir sa pipe et de commencer à la charger à même sa blague noire bourrée de canayen frais haché.

— Pour parler franchement, j'voterais non si c'était demain le jour du vote. Il reste du temps avant le premier octobre. En attendant, il va couler de l'eau dans les ruisseaux du village pis ceux de la paroisse itou...

— En attendant, je vas devoir m'en aller, dit le curé, mais il me faudrait une douzaine de timbres.

Il les obtint, salua et repartit sans avoir allumé sa pipe.

Le jour suivant, ce fut la bénédiction de la nouvelle manufacture avant son ouverture officielle la semaine d'après. Il y avait plein de gens contents : les deux prêtres, les deux Juifs, les deux Bilodeau, les deux Bureau, les deux Boulanger, Freddy tout seul, les quatre Blais, les Fortier par politesse, et beaucoup d'autres intéressés, dont plusieurs parents de jeunes filles qui auraient du gagne en attendant leur mariage.

Lucien Boucher et Germain Bédard y étaient aussi. Des gens les entouraient. Des odeurs de référendum flottaient dans l'air malgré la volonté des propriétaires, des responsables et des personnalités de ne pas mélanger la vie politique et la vie économique de la paroisse.

On fit d'abord visiter l'étage le plus haut, le quatrième. Trois douzaines de machines à coudre y étaient alignées comme des soldats, prêtes à rassembler collets, poignets, devants, dos, boutons, étiquettes pour donner au bout de la ligne des chemises de qualité.

Chacun faisait l'étonné, l'ébahi. Les bretelles gonflées, Laurent voulut faire une démonstration, mais il se piqua cruellement avec une aiguille. Après une grimace et quelques gouttes de sang, il déclara :

— Dans la vie, faut souffrir pour réussir !

On l'applaudit en riant. Il sauva la face et n'avait pas perdu le doigt non plus. On ne visita pas l'étage du milieu, qui ressemblait à l'autre, et tout le monde se retrouva au rez-de-chaussée où se ferait le taillage et un certain entreposage. Sur une longue table se trouvaient des coupes de vin blanc et des canapés. Chacun fut invité à se servir puis ce fut le moment des petits discours avant la bénédiction par le curé Ennis.

Jean-Louis Bureau agissait comme maître de cérémonie à la demande de ses amis les Bilodeau. Juché sur une petite tribune improvisée, le petit jeune homme moustachu demanda et obtint l'attention des cinquante personnes et plus qui se trouvaient là. Il présenta Laurent, qui prit la parole et raconta comment il avait eu cette belle idée un bon soir de lancer une entreprise qui donnerait du gagne à la paroisse. Applaudi sur la patinoire de l'O.T.J depuis l'enfance, il le serait désormais sur celle de la vie économique et politique de son patelin et de la région.

Plus tard, le curé s'exprima lentement et avec sa coutumière assurance.

— L'union fait la force, dit-il en premier. Je ne parle pas ici des unions ouvrières à pensée communiste, je pense à l'union des forces des gens de chez nous. Je pense à ceux qui ont conçu ce beau projet, qui ont trouvé l'argent pour le réaliser, qui se sont donné l'expertise pour le mener à bien et qui vont trouver dans les mains habiles de nos jeunes filles, formées, par exemple, aux cours d'enseignement ménager, l'appui nécessaire pour faire grandir cette entreprise familiale. Le vrai moteur, au fond, c'est le progrès. Et le progrès requiert l'union de toutes les forces vives d'une communauté humaine...

Le prêtre appuya son regard sur la personne de Lucien Boucher qui était à l'arrière pas loin de la porte avec Germain Bédard et il répéta :

– Oui, l'union des forces vives d'une communauté, voilà ce qui donne les meilleurs résultats. Ce n'est pas du communisme, ça, c'est l'union au service de la force. En fait, l'union de tous au service d'une force motrice qui leur rendra leur énergie sous forme de salaires, sous forme d'emploi... Nos amis les Bilodeau sont la force motrice de cette entreprise. Ils feront du capital mis entre leurs mains et du travail fourni par la main d'œuvre... des chemises. Oui, des chemises qui se vendront par tout le pays...

Les Juifs déclenchèrent les applaudissements et leurs boudins en furent tout secoués. Ils n'avaient pas pensé que les catholiques, même en dehors du temple paroissial, n'applaudissaient pas leur curé sinon à la fin de son laïus.

– ... Et c'est toute la communauté paroissiale sans discrimination qui y trouvera son profit. Des jeunes filles de tous les rangs de la paroisse viendront travailler au village. Il y aura des salaires versés aux employés, mais aussi des taxes à la municipalité par l'entreprise. C'est ça, le progrès. Le Bon Dieu bénit un tel progrès, un tel avancement. On se sert des moyens que le Bon Dieu a mis à notre disposition pour mieux s'unir, fraterniser, aller vers Lui qui est Un... qui est l'Unité même... Le Bon Dieu ne veut pas la division, la guerre, l'opposition. Il veut l'union, la fraternité, la cohésion... Voilà le bon chemin qui mène d'une idée à sa réalisation, d'une petite entreprise à une plus grande. Oh! on dira que les Bilodeau tireront profit de l'affaire. Quoi de plus normal? Devrait-on interdire de boire à ceux qui ont creusé le puits? Bien sûr que non! Le Bon Dieu bénit le profit qui est signe de prospérité et de travail. Chacun à sa manière et selon ses aptitudes gagne son pain à la sueur de son front et grâce au progrès. Eh bien, cette sueur devient moins abondante et plus productive.

Lucien mit sa main devant sa bouche pour empêcher le curé de voir qu'il parlait et il souffla vers son voisin:

— J'pensais qu'il bûcherait plus fort que ça contre la séparation.

Bédard esquissa un signe de tête approbateur et, bras croisés, se reprit d'attention pour la suite...

— Comme apparition dans la paroisse, je crois que celle-ci est la meilleure depuis des années...

Le curé faisait allusion autant aux apparitions de la Vierge qu'à l'arrivée de l'artiste séparatiste. Il balaya l'assistance de son regard et lança une étincelle à Bédard qui serra contre lui une pile de tracts à être distribués à la fin de cette assemblée dehors.

— Et sans attendre, je vais procéder à la bénédiction officielle de cette manufacture nouvelle... Que la bénédiction du Dieu tout-puissant, Père, Fils et Saint-Esprit descende sur cette entreprise et ceux qui l'ont créée et y demeure à jamais! Ainsi soit-il.

Le prêtre descendit aussitôt de la petite estrade et se laissa entourer par un Juif, un Bilodeau, un Bureau et un Boulanger, tandis que Boucher et Bédard allaient se mettre en embuscade sur la rue qu'on n'appelait plus maintenant la rue de l'hôtel mais bien la rue de la *shop*. Et ils tâchèrent de répandre la foi séparatiste...

\*\*\*

# Chapitre 38

— Paraît qu'ils vont pas engager une personne pour faire de la couture si sa famille est séparatiste, lança Ernest au comité réuni à la forge. Ça vient de Philias Bisson. Il l'a su des Boulanger. Eux autres, ils l'ont su des Bureau. Pis d'où c'est que vous pensez que les Bureau l'ont su, eux autres?

Les hommes siégeaient, assis sur deux bancs de bois mis à côté du travail à chevaux. C'était le soir après le souper et on voulait faire un autre point sur la campagne.

— Faisons-le savoir à la population, dit Bédard. Si c'est faux, le pire qu'il peut arriver, c'est qu'ils vont le démentir.

— Bonne idée! J'approuve, dit Paul Martin.

— Encore mieux, reprit Bédard, y a la veuve Sirois qui va donner son nom pour travailler à la manufacture. Chacun sait que je me tiens chez eux le dimanche pis qu'elle a des chances de voter de not'bord… On verra ce qu'on verra…

Quelques machines à coudre étaient déjà en fonction. On laissait entrer les employés au compte-gouttes. Ceux qui pensaient que n'importe qui pourrait entrer au service des Bilodeau déchantaient. On procédait à une minutieuse sélection. Il fallait des filles dociles, vaillantes, habiles, attentives, appliquées, et pour le moment, il est vrai, on tenait un peu compte de la politique familiale. Ça ne coûtait pas plus et ça ferait plaisir au curé.

Laurent lui-même passait les candidates en entrevue.

Marie Sirois serait devant lui dans un instant. Elle avait obtenu une heure de Dominique pour aller inscrire son nom. La production de boîtes à beurre diminuait déjà, et fin octobre, on fermerait la manufacture pour l'hiver. La chance se présentait à elle d'avoir du travail à l'année pour faire vivre sa petite famille, et la veuve, malgré ses peurs et sa vulnérabilité, ne voulait pas manquer le bateau. Mais la prendrait-on, elle, femme seule, femme faible ?

Laissée dans une salle en longueur, assise sur une chaise droite face au bureau derrière lequel se trouvait une porte, la femme pensait à toute la liberté trouvée si elle devait avoir un bon emploi à l'année dans une tâche féminine. Liberté de payer ses dettes. Liberté de changer de résidence. Liberté de ne plus avoir besoin du secours direct. Et liberté de ne plus voir la face de Fernand Rouleau à quelques pas d'elle.

La porte s'entrouvrit et elle put apercevoir le jeune homme qui terminait un échange avec quelqu'un dans le bureau d'où il venait.

— Tiens, ma bonne madame Sirois ! s'exclama-t-il sur son plus large sourire et en entrant finalement.

— Bonjour, fit-elle timidement.

Il prit place à son tour et ouvrit un cahier à couverture noire dans lequel il compilait des notes sur chaque personne qui présentait sa candidature. Il sourit à Marie et se pencha pour écrire son nom qu'il prononça :

— Marie… Sirois…

Puis il posa le crayon et croisa les doigts :

— Comment allez-vous ? Bien, j'en suis certain… J'ai pas grand-chose à vous dire… Bon… vous venez pour de l'ouvrage pis on a de l'ouvrage à donner au monde. Vous travaillez déjà fort… Ça sera moins dur ici, vous savez… Vous êtes bonne en couture ? Vous aimez ça ? C'est sûr que vous devez coudre pour vos enfants ?

À chaque question, elle faisait un signe affirmatif peu appuyé ; son âme était encagée dans un malaise indéfinissable.

— Écoutez, madame, la rumeur circule voulant qu'on n'engage pas des personnes qui se proposent de voter oui au référendum paroissial, vous avez entendu ça ?

— N... non...

— Et vous, c'est quoi votre opinion sur la séparation ?

— J'suis rien que locataire, j'ai même pas le droit de vote.

— Mais non, les locataires ont le droit de vote eux aussi. C'est un référendum, pas une élection municipale.

— Bon... tout c'est que j'veux, c'est que y ait pas de chicane. La vie est trop courte pour qu'on la vive à se chicaner entre nous autres. On est tous du bon monde d'abord...

— Vous avez raison, là, vous avez raison... Et pour en revenir à vous, vous seriez prête à commencer quand ? Demain ? Lundi qui vient ?

— Lundi qui vient.

— On va vous attendre à huit heures du matin.

— On commence pas à sept heures ?

— Non, madame ! Vous allez pas travailler dans les boîtes à beurre, vous allez confectionner des chemises, et ce n'est pas du tout la même chose.

— Je m'en vas être là...

— La paye... ben c'est tant la douzaine. Y a un salaire plancher pis y a des bonus si vous en faites plus.

Il se leva :

— Là-dessus, je vous laisse retourner à votre ouvrage. Je sais que vous allez faire une bonne couturière.

— J'flâne pas su' mon ouvrage.

Ils se saluèrent. Elle repartit heureuse.

Malgré son esprit bourgeois, le jeune se montrait toujours d'une grande cordialité avec tous. Affable par nature, comme son père et sa sœur Claudia, ce trait de caractère était le meilleur gage de sa réussite future.

Toutefois, c'est son frère qui serait le contremaître et lui possédait une humeur généralement massacrante ainsi qu'un ton acariâtre et souvent cinglant. Mais cela, Marie ne le savait pas encore. Elle l'apprendrait bien assez vite.

On sut que des hommes aussi pouvaient se présenter pour travailler dans la guenille. Au taillage. À l'inspection. À la mécanique. Et même pour opérer des machines à coudre. Que certains avaient été embauchés déjà. Mais il leur fallait des habiletés, des compétences. Et Fernand Rouleau n'en possédait pas. De plus, il lui manquait deux doigts et un morceau de main ; et il se trouvait toujours en convalescence, profitant de l'assurance-accident de travail. Mais il ne sortait guère de chez lui. Il réfléchissait...

Ce dimanche, Germain Bédard visita Marie en après-midi, mais ne resta qu'une heure. Il fallait cabaler dans le haut de la Grande-Ligne, le rang le moins chaud pour la séparation à cause de ses habitants qui frayaient mieux avec les villageois. À leurs yeux, la séparation était plus affaire sociale que politique. On s'insulterait à se diviser et le curé disposait d'alliés de taille dans ce bout-là. Il fallait absolument en convertir quelques-uns à la cause de la division.

— Ben on va s'ennuyer au souper à soir, glissa Marie, quand il fut au bord de la porte au moment de s'en aller.

Il put lire le même message, mais avec bien plus d'intensité, dans le regard de Cécile.

Trompé par son côté paternel, le visiteur promit :

— J'arrêterai une demi-heure en retournant après souper. Vers neuf heures...

Voilà qui noya tout le monde de bonheur. Surtout l'une d'entre elles...

Le souper de Marie et des enfants fut bon et beau. Et heureux. La jeune femme commencerait une nouvelle vie le lendemain matin. Et dans une heure ou deux, Germain serait revenu pour quelques minutes. Dans son cœur, elle sentait tant de reconnaissance envers le ciel qu'elle invita les filles à la récitation d'une dizaine de chapelet. Au neuvième avé, on frappa à la porte. Germain revenait avant son heure, pensa-t-elle aussitôt. Mais ce n'était pas lui.

— C'est monsieur Rouleau, lança Annette.

Marie devint blanche comme de la cire. Mais elle put vite se rendre compte qu'il s'agissait du père de Fernand. Et se souvint qu'elle avait oublié de lui verser l'argent du loyer mensuel. En ouvrant, elle avoua :

— Vous allez m'en vouloir pour mon retard, là, vous.

— Pantoute ! J'passais à pied pis j'ai pensé à ça. Si ça t'adonne pas, j'peux attendre le mois prochain pis même le mois d'après.

— Non, non. Entrez. Ça commence à se faire cru le soir dehors. Je vas aller vous chercher l'argent. C'était prêt. Pure négligence de ma part.

Et la veuve se rendit dans sa chambre tandis que le visiteur, personnage d'âge mûr, taquinait les filles. Elle lui donna son dû et il repartit en s'excusant presque.

On fit la vaisselle. On joua aux cartes. Le soleil baissait. On fit de la lumière et la partie se poursuivit, joyeuse et bruyante. Enfin, on frappa à la porte. On n'avait pas entendu l'auto s'arrêter devant la maison.

Cécile se précipita à la porte, ouvrit. Puis recula de trois pas et son visage se durcit. Elle lança, voix tremblante :

— Maman, c'est pour vous.

À son tour, Marie devint glaciale. Fernand Rouleau lui dit de sa voix sirupeuse :

— Je peux te parler une minute ?

— J'attends quelqu'un.

– Maman, c'est pour vous.

– Ça sera pas long… J'ai su que tu vas aller travailler à la *shop* de chemises. Pis qu'ils vont prendre des hommes itou pour travailler. Je viens te voir pour ça… J'ai pensé que j'pourrais…

– T'as qu'à voir Laurent Bilodeau.

– Mais… j'ai aucune qualification. Faudrait que j'apprenne à me servir d'une machine à coudre. Ma mère est paralysée. J'ai pensé que tu pourrais me l'apprendre. Ah! je vas te payer. Tu m'as ben soigné l'autre fois pis…

Marie avait fait taire son remords d'avoir souhaité du mal à cet homme à cause de Cécile. Elle avait cru en être débarrassée pour de bon en s'engageant chez le Bilodeau. Voilà une minute encore, elle se sentait heureuse pour une des rares fois depuis la mort de son fils et voici que ce faux dévot mielleux survenait une fois encore pour flétrir cette heure à venir.

– Ta main, ça guérit?

Entendant ces mots, Cécile ressentit de la tristesse. Elle baissa les yeux.

– Grâce à toé. J'aurais pu mourir au bout de mon sang l'autre jour. Je voulais te remercier…

– Contente pour toi! Bonsoir là!

Elle lui jeta la porte au nez. Il hésita, cria:

– J'te remercie pas pour ça, j'te remercie pas, Marie…

La femme mis la main sur la tête de sa fille et dit de sa voix la meilleure:

– Viens, on va jouer aux cartes en attendant Germain.

\*\*\*

# Chapitre 39

Voilà que cette année sainte et chaude entrait de plain-pied dans ses fraîches d'automne. Et elle s'habillait des tons les plus frappants qui s'étalaient quelque part entre le rouge cardinal et le jaune ostensoir.

Au cœur de septembre, on se disputait dans la paroisse pour se montrer qu'on s'aimait bien. Et pour préparer la poignée de main du jour de l'An. Et pour se dire qu'on serait là en 51, en 52, en 53 pour voir et vivre la suite des événements. Et pour mesurer ce que, bien des années plus tard, on appellerait le sentiment d'appartenance.

Au cœur de septembre, on se disputait avec la vie.

D'aucuns pourtant, et des pas mal jeunes, se disputaient déjà avec la mort.

Et ceux-là ne prenaient pas très au sérieux cette histoire de référendum. Ils avaient jeté un coup d'œil du côté des apparitions, mais n'y avaient pas cru. Ou pas longtemps puisque leurs bacilles de Koch avaient été les premiers à s'en moquer.

Blanc Gaboury prit le lit. Son moral déjà bas sombra.

Bernadette fit du porte-à-porte pour annoncer à tous, le visage décomposé et tragique :

– Pauvre Blanc, il passera pas l'hiver !

Et elle se rendit chez son frère pour lui dire :

– Armand, tu passeras pas l'hiver dans ton camp. T'as même pas de baignoire, t'as rien icitte. Je vas prendre soin de toi : j'ai pas peur de ça, moi, la tuberculose. Greye tes affaires pis traverse à maison. C'est grand ; j'sus tu seule !

Il la calma :

– On va attendre aux neiges, on va attendre aux neiges.

Et quand elle partit, c'est le son désespérant d'une longue quinte de toux sèche qui l'accompagna jusque sur le chemin d'à côté. Alors, elle se rendit voir Éva à son magasin de coupons pour obtenir des nouvelles de Martial qui passait au couteau dans les jours prochains.

– Pis ton gars, lui ?

– Opéré après-demain à Québec. La moitié du poumon gauche va y passer. D'après les radiographies, l'autre est bon. C'est pour ça qu'il se fait opérer.

– Blanc Gaboury pis Armand, ils ont les deux poumons attaqués, eux autres. C'est pour ça qu'il reste rien qu'un miracle pour les sauver...

– Asteure, les miracles ! Faut pus trop se fier là-dessus.

– Vous avez pas demandé à personne de par icitte pour du sang comme l'autre fois ?

– Martial a demandé à Saint-Georges Côté d'en parler au radio pis y en ont trouvé en masse.

– Comme par miracle.

– Ben... faut pas exagérer non plus, là, Bernadette.

Elles se parlèrent de la grotte que la demoiselle voulait faire ériger à côté de sa maison.

– Monsieur Bédard m'a dit qu'il m'aiderait. Va falloir que j'en reparle avec lui. Paraît qu'il s'y connaît dans de la petite maçonnerie comme ça... C'est pas comme couler un solage, là, ça... Ça prend une certaine habileté...

– Je t'ai vue venir du camp à Armand. Comment c'est qu'il va, lui ? On le voit pas beaucoup, on dirait, depuis une semaine. On s'inquiète pour lui.

– Pas mieux qu'il faut. Mon doux Seigneur que c'est une maladie épouvantable. Mourir à petit feu... Ton gars fait ben de régler ça une fois pour toutes, lui.

Bernadette passa directement de son air tragique à son air comique :

– J'sais pas si t'as su, mais la Rose Martin est descendue à la station avec le Blanc Gaboury v'là pas longtemps. De coutume qu'elle se sauve de lui comme de la peste pis de la gale, une par-dessus l'autre... Dur à comprendre. En avoir envie de même, ça se peut pas...

– Envie de quoi ?

– Ben... vendre des produits de beauté... Elle m'a dit qu'elle avait une clientèle par là... Je le savais pas. C'est sûr que ça prend quelqu'un pour voir à madame Jolicoeur le temps que Rose est partie, hein !

– Elle doit pas assez vendre par icitte. Ah ! c'est ben certain qu'une boîte de poudre, ça dure pas mal longtemps. Pis en plus qu'on est loin de s'en mettre comme elle aimerait qu'on s'en mette, du rouge à lèvres pis du fard.

Bernadette fit un coq-à-l'âne :

– Pis, allez-vous gagner votre référendum ?

– Pourquoi dire « votre » référendum ?

– Ben... tu vas voter comme Ernest...

– J'pense pas, non. J'sus contre ça, la séparation. Ça va donner quoi ? De la chicane. Les hommes, ça trouve toujours moyen de se chicaner. Je te dis qu'ils s'en trouvent, des raisons pour ça, eux autres... Pis toi, c'est que t'en penses ?

– Même chose que toi. J'vote non pis c'est toute.

Elle s'esclaffa et répéta les derniers mots :

– Pis c'est toute… pis c'est toute… mais pissez pas trop! Mon doux Jésus que j'sus pas fine de dire des affaires de même, hein! Bon, ben, j'vas m'en aller travailler au magasin. Pis tu me tiendras au courant pour ton gars pis son opération… Je vas le redire à Armand pour l'encourager… ou pour le décourager, j'sais pas trop… Ah! il aurait ben dû rester au sanatorium, lui! Il va mourir par icitte… comme le Blanc Gaboury qui s'éteint comme une chandelle qui manque d'air… C'est pas drôle, mon doux Seigneur, que c'est pas drôle!

Et elle sortit tandis que l'autre femme répétait en écho:

– Non, c'est pas drôle!

– Comme tu dis souvent, Éva, on n'est pas dans la vallée de Josaphat, loin de là, on est dans une vallée de larmes ici-bas! Oui, une vallée de larmes…

– C'est ben trop vrai! dit Éva, à travers la moustiquaire de la porte, à Bernadette qui hésitait sur la galerie.

– Y en a un qui s'en vient… j'te dis que le référendum pis la tuberculose, ça prend pas trop sur lui, ça…

– Qui ça?

– Notre Jos Page à nous autres. Mon doux Jésus qu'il sent donc mauvais, hein! Pis nous autres, on mange son beurre à pleines beurrées… Fait pas que j'parle de même: c'est dire du mal des autres, ça…

– Dire du mal des autres, c'est pas ça! C'est pas parler de leur pauvreté pis de leur saleté, c'est parler de leurs péchés. La pauvreté pis la saleté, c'est pas plaisant à endurer, mais c'est pas péché…

– T'as ben raison, Éva. Si ça te fait rien, je vas attendre qu'il soit passé… Autrement, c'est sûr que j'mangerai pas de beurre de la journée.

L'autre protesta doucement:

– Ah! il taponne pas dans le beurre, il chauffe le *boiler*!

– Attention, Éva, il l'enveloppe des fois…
– Bah! les microbes à Jos Page sont pas dangereux.

Quatre gars à moitié couchés, à moitié assis contre une montagne d'oreillers se parlaient. Et deux, les moins fortunés, fumaient des rouleuses. Un venu de la Beauce, Martial. Un originaire de Rivière-du-Loup, et qui portait le prénom de Robert. Un troisième de Lévis, Philippe. Et le quatrième de Château-Richer, Jean-Paul.

Pas un ne dépassait 25 ans. Maigres comme des bicycles. Même air malade; même chambre blanche. Ils se connaissaient depuis un siècle. En fait, depuis une semaine. Mais chacun avait tout appris des trois autres. Ils étaient tous passés par la thoraco au printemps et voilà que le moment était venu pour eux de se faire charcuter les poumons.

Martial y passerait le premier cet avant-midi-là, Robert, dans l'après-midi, et les deux autres, le jour suivant. Philippe avait un réveille-matin sur sa table de chevet; il y jeta un coup d'œil, que Martial aperçut.

– L'heure du crime approche, dit-il en écrasant sa cigarette dans le cendrier sur le bureau entre lui et son voisin Jean-Paul, un blondin à cheveux clairs.

On s'attendait à voir les infirmiers et la civière venir d'une minute à l'autre pour emporter Martial vers son destin. Chacun avait avoué vouloir le devancer pour que le sort en soit jeté au plus coupant. Si la thoraco était plus douloureuse à subir et plus longue à guérir, la chirurgie du poumon présentait plus de risques à cause des hémorragies possibles pendant, et surtout, après l'intervention.

Le jeune homme prit aussitôt son paquet de LaSalle dont il fit émerger le paquet jaune du papier à rouler et avec ses deux doigts jaunis, il fouilla expertement dans le paquet de tabac et en sortit une motte de brindilles qu'il entreprit d'étendre sur un papier ouvert.

Les trois autres avaient reçu de la visite depuis qu'ils se trouvaient à l'hôpital Laval. Pas Martial. Il excusait sa famille par la distance. Et il avait raison. Et il se sentait seul pour affronter ce jour difficile de sa jeune vie. Pas de téléphone, pas de télégramme, pas de lettre. Rachel était venue la dernière fois, mais là, elle était à l'ouvrage dans son école du rang. Pas de parenté à Québec ou aux alentours. Et sa blonde se trouvait loin, au sanatorium de Lac-Etchemin, où il retournerait quelque temps après l'opération.

Mais quand ça fait mal et qu'on a les yeux tournés vers un destin semblable, on fraternise vite. Chacun souhaitait aux autres la guérison définitive qu'il voulait pour lui-même. Chacun même priait pour les trois autres.

On entendit des pas, des bruits de roulettes sur le plancher de ciment, des voix... Martial se mit à trembler. La cigarette se défit. Il en jeta les restes dans le cendrier. Mais on s'était arrêté dans le couloir. On venait pour lui. Ce n'était plus qu'une question de secondes : il le savait et ses amis aussi.

Il pensa à sa blonde, Anita, qu'il reverrait la semaine suivante après son transfert. Il pensa à toute cette misère qu'il avait eue au moulin à scie à rouler des billes sous une pluie glaciale de novembre, ce qui, de l'avis de son père, était responsable de la pleurésie qu'il avait faite ensuite. Mais combien d'autres étaient-ils qui n'avaient jamais attrapé pareil coup de mort et devaient jouer un match inégal contre la terrible maladie ? Et il pensa à sa mère.

— Ouais, ben, c'est à ton tour ! dit Jean-Paul sur un ton faussement détaché.

— On dirait, enchérit Philippe.

— Demain soir, dit le troisième, on va tous avoir eu notre tour.

Les hommes en blanc entrèrent enfin au bout d'un moment qui parut une éternité à tous, ce dernier moment qu'attendent avec tant d'angoisse les condamnés devant le peloton d'exécution, sur la trappe ou sur la chaise électrique.

Martial se coucha, abandonnant toute volonté. Qu'on fasse de lui ce qu'on voudrait! La joie de la certitude s'infiltra en lui comme un liquide anesthésiant; il savait qu'il ne restait désormais plus que deux voies devant lui: être ou ne pas être. Et il se sentait libre, prêt à s'envoler sur les ailes de la vie ou sur celles de la mort. Ni les unes ni les autres ne lui paraissaient maintenant indésirables. Il fallait juste avancer un petit peu, plonger dans l'immense ravin et se laisser porter par le vent ou bien disparaître dans la nuit profonde... et belle...

On s'approcha.

On le fit glisser avec le drap sur la civière.

— Bon voyage dans les corridors! dit Jean-Paul.

— Bonne chance, ajouta Robert.

— C'est la première journée des cinquante ans qu'il te reste à vivre, enchérit le troisième.

Martial ne dit mot. Il leva mollement une main vague en signe de salutation et on l'emmena...

Il se réveilla vers le soir. Pas assez pour reprendre nettement conscience, mais suffisamment pour qu'on le ramène à sa chambre. Et il somnola, croyant entendre des voix qui lui parlaient. Tout devint noir. Il avait perdu conscience. Ou peut-être que c'était la nuit.

Immensément faible, il reprit ses sens un à un, une parcelle à la fois le prochain avant-midi, et avec eux se précisa la douleur terrible due à la chirurgie. Il sentait dans sa poitrine un creux pire qu'au lendemain de sa thoraco. Et puis son âme se trouvait si loin au milieu de son corps comme si un espace infini la séparait des choses imprécises, tournoyantes et vaporeuses qui passaient devant son regard vitreux.

On lui parla. Il répondit vaguement, sans intérêt.

Vingt-quatre heures nouvelles s'ajoutèrent aux vingt-quatre premières. Et vint l'après-midi. Il put boire et pour la première fois, il aperçut des feuilles mortes collées contre la vitre de la fenêtre. Une voix de sœur, pincée et aiguisée se fit bientôt entendre :

— Monsieur Maheux, il y a de la visite pour vous…

Le jeune homme se tourna la tête. C'était Ernest qui marmonna en entrant :

— Maudit torrieu, je le savais que t'étais capable de passer en travers de ça !

Martial ne put retenir des larmes. Pour la première fois, il comprenait que derrière sa façade rugueuse et sa pensée coriace, son père se faisait beaucoup de souci pour lui.


Philippe mourrait des suites de son opération. Les deux autres survécurent et entrèrent en convalescence, tout comme Martial, qui fut ramené à Lac-Etchemin quelques jours plus tard ; en fait, l'avant-dernier jour de septembre.

Guérir pour se marier. Guérir pour avoir des enfants. Guérir pour travailler. Guérir pour fendre du bois, pour chauffer le poêle, pour cultiver un jardin, pour élever des poulets. Guérir pour faire son temps en ce monde. Pour voir l'an 2000, qui sait. Il n'avait encore que 21 ans…

Ce premier octobre, en admirant les splendeurs de la nature autour du lac et dans tous les horizons, il se demandait s'il finirait par la retrouver, sa place sous le soleil des hommes…

Et dans sa paroisse, à cinquante milles du sanatorium, on brassait des affaires référendaires, tandis que chacun chez lui, Blanc Gaboury et Armand Grégoire se cherchaient un autre souffle d'espérance, le dernier peut-être avant la grande division de l'âme et du corps. La division de la paroisse quant à elle leur paraissait à l'un et à l'autre bien futile.

Et personne, pas même Bernadette, ne pensa à eux ce jour-là. Éva et Ernest eurent bien quelques pensées pour Martial, mais il fallait s'occuper des choses du quotidien. Qui d'autre en un temps pareil, en un jour aussi important, aurait pu s'inquiéter d'un rescapé de la tuberculose?

Les jours de référendum, on ne pense guère aux gens en sanatorium...

\*\*\*

# Chapitre 40

La veille du jour du vote, les membres du comité de la séparation tinrent une assemblée pour la dernière fois avant le moment de la grande décision paroissiale. On était loin de la quasi unanimité des cœurs du temps des apparitions. Des gros mots avaient été échangés sur le perron de l'église après la grand-messe et on avait même pu assister à un duel au cours de l'après-midi en plein milieu du village.

Ernest raconta l'histoire :

– C'est le Dominique à Matac qui aurait commencé la chicane d'après ce que j'en sais…

En disant Dominique à Matac, on savait qu'il s'agissait d'un jeune homme du bas de la Grande-Ligne de la famille Quirion de la lignée Matac. «Matac», sobriquet dont on ignorait l'origine et la signification – probablement dans l'ascendance ancestrale des Quirion, les Veilleux ou les Mathieu –, contenait un ingrédient péjoratif donc insultant dans la bouche de ceux qui le disaient et tout aussi tabarnaquant dans l'esprit de ceux qui s'en faisaient crier l'impardonnable injure.

Mais cette famille n'était pas la seule à porter le terrible stigmate d'une appellation non contrôlée. Outre Matac, il y avait Saint-Veneer pour Grand-Paul Blanchette et il y avait aussi Casse-Pinette pour un autre jeune homme nommé Lucien Jobin. Il faut dire que Matac était un surnom de famille tandis que Casse-Pinette en était un d'un seul individu.

Dans les deux cas toutefois, l'insulte était majeure et demandait réparation. Question d'honneur !

Ce dimanche-là donc, l'église délivra son monde pour le livrer à un jour splendide.

Mais puisqu'on était en période électorale, en fait référendaire, il y avait de l'électricité dans l'air bien que le soleil brillât de ses magnifiques premiers feux d'automne. Çà et là, des attroupements se formèrent. Polarisation des idées, formation de clans. Les séparatistes fraternisaient avec des séparatistes. Les unionistes avec les unionistes. Les séparatistes traitaient les unionistes de fascistes. Les unionistes traitaient les séparatistes de communistes. Les uns se disaient réalistes, les autres progressistes.

— Ce qui est certain, c'est que c'est une gang de christ, clamait solidement Dominique à Matac au sein de son petit groupe qui se trouvait à trois pas de la grande porte du centre.

Comme s'il avait entendu ce mot sacré bourré d'outrages, Casse-Pinette, petit homme énergique, rappelant Hitler par sa moustache noire et sa fière détermination, déclara aux gens qui étaient avec lui à quelques pas de l'autre groupe :

— C'est une gang de câlice !

Dominique était un séparatiste, Lucien, un unioniste. Le premier était fils de cultivateur et vivait toujours avec ses parents en dehors du village avec le projet de prendre leur relève le moment venu, et donc de devenir lui-même un cultivateur. L'autre venait d'ouvrir une boutique de forge au village et serait le concurrent d'Ernest; il était de bonne guerre qu'il ne fût pas du même camp politique. Dominique était un blondin agressif, Lucien un noiraud costaud. Cependant, une différence encore bien plus fondamentale séparait ces deux jeunes gens et elle serait déterminante dans les minutes qui suivirent: Dominique «Matac» Quirion fumait la cigarette et Lucien «Casse-Pinette» Jobin fumait la pipe.

Un jeune homme qui regardait en avant *versus* un jeune homme qui regardait en arrière. L'avenir *versus* les traditions.

Comme attirés par ce qui les repoussait, les deux groupes se rapprochèrent jusqu'à se trouver à portée de coups de poing, de coups de pied, de gros mots offensants. Tout était en place pour un affrontement sérieux. Dominique s'alluma une cigarette, une rouleuse faite d'avance et gardée dans un flamboyant porte-cigarettes métallique avec des ressorts dedans, et il dit :

— Ça fait assez longtemps qu'on paye pour le monde du village pis qu'ils prennent l'argent de nos taxes pour se payer des aqueducs à eux autres. Asteure, on va avoir le contrôle. Ça fait soixante-quinze ans qu'on essaye de s'entendre avec eux autres pis ça marche jamais...

Il fut enterré par Casse-Pinette :

— Les cultivateurs, ça paye pas cher de taxes. Mais ça se plaint tout le temps. Nous autres, on va payer tout seuls le *truck* des pompiers pis quand ils vont avoir un feu, ils vont téléphoner pour crier : «Au secours, on brûle»...

Lucien mit sa grosse pipe noire entre ses dents pour entendre venir de l'autre groupe non seulement l'affront suprême mais en plus une attaque de ses capacités. C'était carrément un défi et le plus provocateur qui soit :

— Casse-Pinette, il peut ben parler, ce morveux-là. Il est même pas capab' de s'faire tu seul une juille pour se mettre dans le cul.

Il se tourna et répliqua à l'autre qui lui faisait dos, mais se tourna aussi au même moment :

— Christ de Matac, fais attention à c'est que tu vas dire.

— C'est que t'as à me traiter de Matac, toé ? J'peux te montrer qu'un Matac, c'est pas peureux... pas d'une Casse-Pinette comme toé en tout cas...

Lucien vit rouge et leva la main sur l'autre pour le gifler, mais il se retint à moitié et seul un doigt atteignit la cigarette, qui fut emportée et frappa l'habit d'un ami de la victime, bafouant l'esprit de solidarité de Dominique.

La moutarde, la relish et le ketchup lui montèrent au nez et il répliqua de la même manière. Cette fois, c'est la pipe de Lucien qui fut emportée par la feinte de l'attaquant, et non seulement elle se retrouva par terre, mais elle se brisa contre le ciment du perron. Une cigarette, ça se remplace aisément, mais une pipe, c'est irremplaçable. La cigarette symbolise la mouvance, la rapidité, le changement: elle se consume, elle passe, elle fait vite son temps et on l'oublie pour penser à la suivante. Mais une pipe, alors… Une pipe, ça fait partie intégrante de la personnalité. Ça symbolise la pérennité, la loi, l'ordre, la tradition, la force.

Quelque chose de très grave venait de se produire: Casse-Pinette venait de faire casser sa pipe. Au fond de lui-même, Dominique aurait voulu réparer, mais il était trop tard. Lucien ramassa l'objet brisé et il rebouta les morceaux pour constater que la chose était hors d'usage et jetable. Les jeunes gens qui entouraient les deux belligérants s'attendaient au pire… ou au mieux. On savait que rendu à ce point, la bataille était inévitable. Seule l'empoignade physique permettrait de savoir qui avait raison et qui avait tort. Les poings roulés détermineraient si Matac était pire que Casse-Pinette comme sobriquet, et montrerait quelle voie était la meilleure, de la séparation de la paroisse ou de sa cohésion.

Lucien fourra les bouts de pipe dans sa poche de blouse et il leva le poing en menaçant l'autre:

— Mon calice de Matac, si j'me r'tenais pas…

Dominique leva les deux poings et les mit devant lui à la Jack Dempsey.

– Mon christ de Casse-Pinette, tu me fais pas peur pantoute.

– R'tenez-moi, les gars, je vas le planter drette là! dit Lucien que deux amis retinrent mollement.

– Si tu veux régler ça d'homme à homme, viens icitte au pied du perron...

– Tu suite... coupa Casse-Pinette.

Dominique regarda sa montre:

– À deux heures après-midi... J'vas te montrer devant tout le village que tu vaux pas plus cher que ta pipe.

– J'vas être le premier arrivé, tu sauras...

Tout le monde était survolté. Mais grâce à cette remise à plus tard de la confrontation armée à poings roulés, les deux entourages perdraient de leur courage et auraient le temps de se calmer. Et ils s'en remettraient entièrement aux deux adversaires pour les représenter au grand combat. Les belligérants ne pouvaient plus reculer et chacun s'imagina que l'autre n'oserait pas se présenter devant lui dans l'après-midi.

C'est plus facile de déclarer la guerre que de déclarer la paix: l'homme est ainsi forgé par ses propres gènes. L'espèce humaine domine toutes les autres grâce à sa cruauté légendaire et séculaire. On ne doit donc pas la condamner, cette méchanceté, même quand elle va jusqu'à la tuerie de ceux qui ne font pas notre affaire ou dont on veut se partager la dépouille puisqu'elle fut et demeure essentielle à la survie même de l'espèce. Mais il faudra attendre un siècle encore pour que les médias rendent enfin l'hommage qui leur est dû aux assassins de ce monde... La justice est longue, si longue à se faire...

En 1950, deux coqs de village qui en viennent aux prises, c'est encore bien loin de la vendetta. Et une paroisse qui se divise, ce n'est tout de même pas un pays. Ou si ça en est un dans l'esprit de certains comme le curé Ennis, c'est un bien petit pays.

En près de trois heures, la nouvelle de l'altercation eut le temps de voyager pas mal. Une bataille réelle sur les marches du temple paroissial, annoncée en temps réel par des lignes téléphoniques surchargées, amena au cœur du village boulés et curieux de toute la paroisse.

Le curé fut averti. Il reçut un appel de Fortunat qui venait de l'apprendre d'Émilien qui avait assisté à la provocation de ce duel épique.

— Faudrait arrêter ça, dit l'hôtelier, un citoyen très pacifique et de bonne composition.

— Faudrait absolument, répondit le prêtre songeur.

Mais quand il eut raccroché, plutôt que d'appeler Pit Poulin, le policier provincial, à la rescousse, il ne put s'empêcher de prendre parti pour Casse-Pinette. Et il savait que s'il devait y avoir combat, ce pauvre Dominique serait mis K.O. le temps de le dire. Ah! mais quel coup de poing sur la gueule du séparatisme paroissial en même temps! Lucien Jobin serait le grand héraut de la cause unioniste et le fier héros du peuple. En fait, Lucien Jobin assènerait par personne interposée le coup de matraque qu'il fallait sur la margoulette à Lucien Boucher.

Le mieux, pensa-t-il, serait d'intervenir avant que les choses ne se rendent trop loin. Vers deux heures moins dix, il quitterait le presbytère et passerait par l'église pour aboutir au perron, et donc au-dessus des belligérants, auxquels il intimerait l'ordre de faire la paix. Mais, resté dans le tambour, il leur donnerait cinq minutes au moins pour vider la question… et permettre à Casse-Pinette de casser la gueule à Dominique Matac.

Il se frotta les mains d'aise… Ce serait un élément de plus pour consolider la victoire de l'union.

On était à deux heures moins dix. Il ne manquait plus que les combattants. Le champ d'honneur était prêt, à l'ombre du clocher, à donner aux deux hommes la gloire en échange de leur sacrifice. Et une bénédiction en prime.

Deux heures moins cinq. Une foule assoiffée. Un soleil au zénith. Un curé déjà rendu au mitan de l'église. Des spectateurs assis dans les marches du perron. Personne ne priait mais d'aucuns pariaient. Paul Brousseau, qui restait en face de l'église, prenait des mises sur la galerie de sa quincaillerie. Lui-même favorisait Casse-Pinette à deux contre un.

— Il est plus vite que mon chien saint-bernard, disait-il à tout venant.

Gilles Maheux misa un dollar sur Dominique. Assis sur sa galerie, Ernest voyait l'attroupement de loin. Louis Grégoire arriva sur le trottoir à côté de sa maison :

— C'est qui se passe là ?

— Une bataille de rue… Le Dominique à Matac contre le petit Casse-Pinette.

Pit Roy arriva sur le trottoir du côté de chez Freddy.

Il cria à Louis une question proustienne :

— C'est qu'il se passe là ?

— Une bataille… Dominique à Matac pis Casse-Pinette.

— Comme c'est là, y a rien que du monde pour regarder. Les batailleurs sont pas là ni un ni l'autre, dit Ernest avant de faire revoler un crachat noir jusque dans le gravois de la cour par-dessus le garde-fou de la galerie.

Il se remit la pipe en bouche. Le tabac peu sec grésilla.

— Pourquoi c'est faire qu'ils se battent ? lança Pit Roy.

— La politique, cracha Ernest. Casse-Pinette a cassé la pipe à… Non, c'est Matac qu'a cassé la pipe à Casse-Pinette.

— La politique ? insista Pit tout énervé.

— Y en a un pour la séparation pis l'autre qui est contre.

— Bon ben, j'vas aller voir ça.

Et Pit se mit en marche, les mains qui frétillaient de chaque côté de ses cuisses.

— Attends-moi, Pit, dit Louis, j'y vas moi itou.

Toujours pas de combattants. Chacun de son côté avait décidé de se présenter au rendez-vous, mais avec quelques minutes de retard pour donner à l'autre la chance d'y arriver le premier, de crier victoire par forfait puis de s'en aller. Alors lui-même en arrivant pourrait le traiter de peureux, qui n'avait pas attendu le temps qu'il fallait pour se bien battre.

Le curé ouvrit doucement la porte pour écouter. Il était clair que personne ne se battait encore. Il attendit... Comme les gens qui commençaient à grommeler contre leurs élus de fortune qui ne daignaient même pas se montrer le nez pour défendre leur cause et leur peau. Matac et Casse-Pinette étaient-ils donc tous les deux des lâches?

Tel qui traite un lâche de lâche est aussi lâche que lui, mais personne ne saurait cela avant un siècle au moins. Et on fronçait sérieusement les sourcils des deux côtés de la petite foule. Le curé aussi dans le tambour. Quoi, la cause de l'union paroissiale valait-elle si peu qu'on chiait sur le bacul d'un côté comme de l'autre? Il eut envie de dire un avé, mais les événements se précipitèrent. Du haut du village arriva enfin Casse-Pinette dignement monté sur un large cheval roux, tandis que du bas du village, Matac, fils de Matac, se présentait en bicycle. L'un confia la bride de sa bête à Paul Brousseau et l'autre les guidons de son vélo à la galerie d'Ernest.

— Où c'est que tu vas, le Dominique, de ce train-là? demanda le forgeron qui savait d'avance la réponse.

— Casser la yeule à Casse-Pinette.

— Fais ben attention, mon gars, il est pas mal *rugget*, le petit Casse-Pinette.

— Y a trop la chienne, il sera même pas là.

Les deux jeunes hommes séparèrent la foule en même temps. Et à deux heures et dix, ils se firent face bien malgré eux au fond. Le curé entendit la rumeur. Il remarqua l'heure.

Un grand silence tout à coup tomba sur le village. Les belligérants se rapprochèrent, se toisèrent du regard, et soudain, se détendant comme un ressort, le poing de kangourou de Casse-Pinette toucha l'orbite oculaire de son adversaire. Ça lui fit très mal aux phalanges. Quant au territoire frappé, il vira aussitôt au noir. Mais pire, son pied gauche se détendit aussi comme un ressort, et il frappa la jambe à Dominique. Cette fois, la douleur visita le pugiliste aussi bien que le défenseur de la séparation, car son œil restait encore indolore parce que trop occupé à gonfler...

Abasourdi, poqué, choqué, Dominique recula de cinq pas. Ses jambes vacillèrent et il tomba sur les genoux. Lucien recula aussi en mettant sa main vengeresse dans sa poche pour faire bouger les doigts et faire s'atténuer leur douleur. Et il l'en ressortit aussi vite avec sa pipe cassée rafistolée avec du ruban d'électricien, qu'il montra avec un sourire en grimace :

— On va le gagner, le référendum.

Le curé sortit de l'église. Il se hâta vers le lieu de l'affrontement, sachant déjà de quel côté avait penché la balance et d'un coup si sec.

— Que se passe-t-il ici ?

— Casse-Pinette a cassé la yeule à Matac, lui annonça Paul Brousseau.

— Il avait beau pas casser ma pipe, lança Casse-Pinette.

— La bataille publique entre paroissiens, c'est pas très beau. On est tous une même famille. Mais maintenant que c'est fait, faudrait trouver moyen de se comprendre et de s'unir sous la bénédiction du Seigneur.

La victoire était présente. Le message aussi. Les deux vaudraient pas mal de votes...

Dominique quitta les lieux en chambranlant. Lucien en chevauchant. Des enfants en se chamaillant. Des partisans du perdant en chiquant la guenille. Et le curé en chargeant sa pipe.

Rentré au presbytère, le prêtre jubilait.

Dans une semaine, il verrait se soustraire de ses nombreux soucis l'éventuelle et indésirable division de sa paroisse.

— Ouais, ben c'est comme ça que ça s'est passé, maudit torrieu! dit Ernest en terminant son récit.

— Bah! ça veut rien dire, affirma Lucien Boucher, à part que Lucien Jobin est plus vite que Dominique à Matac.

— Moi, j'aurais une proposition, dit Germain Bédard. Aux États, avant les élections, ils font des sondages et ils annoncent les résultats. On pourrait faire pareil, dire que c'est notre bord qui gagne. Le monde, c'est des moutons, ils vont suivre.

— On fait un appel général pis on dit que le OUI est en avance de cent votes pas moins, enchérit Paul Martin.

— J'approuve, dit Lucien. Le référendum, faut le gagner; on fait pas ça pour le perdre…

Le dimanche, premier octobre, les gens votèrent.

Le OUI l'emporta. Une faible majorité.

On eut beau recompter les votes, rien n'y fit. La paroisse deviendrait une municipalité à part entière avec un Conseil indépendant, et elle pourrait les creuser, les saprés réservoirs d'eau à ciel ouvert dont on rêvait dans chaque rang pour combattre les incendies. Et on se servirait du *truck* du village, puisque ce serait de l'intérêt même du village de s'entendre avec les rangs et de le louer son maudit *truck* de pompier.

Mais on aura eu beau le désirer fort, le divorce, quand il vous tombe sur les bras, il est lourd à porter. Premier problème: on ne savait pas trop où fêter ça et comment. Ni Lucien Boucher, ni Germain Bédard, ni Ernest Maheux, ni Paul Martin, ni personne d'autre ne s'attendaient à la victoire du OUI.

C'est pour cette raison par ailleurs que le «OUI» l'emportait, trop de citoyens, sûrs de la défaite des séparatistes, avaient voté en faveur de leur option, histoire, comme l'avait souvent suggéré Lucien Boucher dans des assemblées de cuisine tenues dans chaque rang durant la campagne, de rendre les gens du village plus attentifs aux besoins de la paroisse.

Les membres du comité central étaient réunis au magasin, debout dans un passage entre le grand escalier et le comptoir de l'épicerie.

– Y a pas d'autre place qu'à la salle paroissiale, dit Lucien. Reste à savoir si le curé voudra nous la louer.

Freddy qu'on avait invité à la réunion sommaire puisqu'il était maire par intérim et qu'il aurait donc à jouer un rôle dans la procédure de séparation, s'exprima:

– Le curé vous refusera pas ça. C'est certain qu'ils sera pas content de ce qui arrive, mais c'est pas un mur de briques qui va être bâti autour du village... C'est deux Conseils, c'est tout. Pis deux maires. Pis deux fois plus de conseillers. Ça reste la même église, les mêmes commerces, les mêmes chemins...

– Ça prendrait un volontaire pour aller lui demander, dit Lucien. Ah! j'pourrais y aller moi-même, mais j'ai peur qu'il me dise des choses qu'il pourrait regretter lui-même demain. Quand il se fâche, c'est pas le même homme.

– Moi, j'pourrais, dit Germain. Je l'ai déjà vu fâché une fois... disons que j'ai l'accoutumance.

Pensant à la fin des apparitions, Ernest rit. De son rire long, lent, qui resta insondable...

## SUITE ET FIN
dans
*Les parfums de Rose*

MARQUIS

Québec, Canada

Achevé d'imprimer en janvier 2014
sur les presses de l'imprimerie Marquis Gagné